랑야방
인물관계도

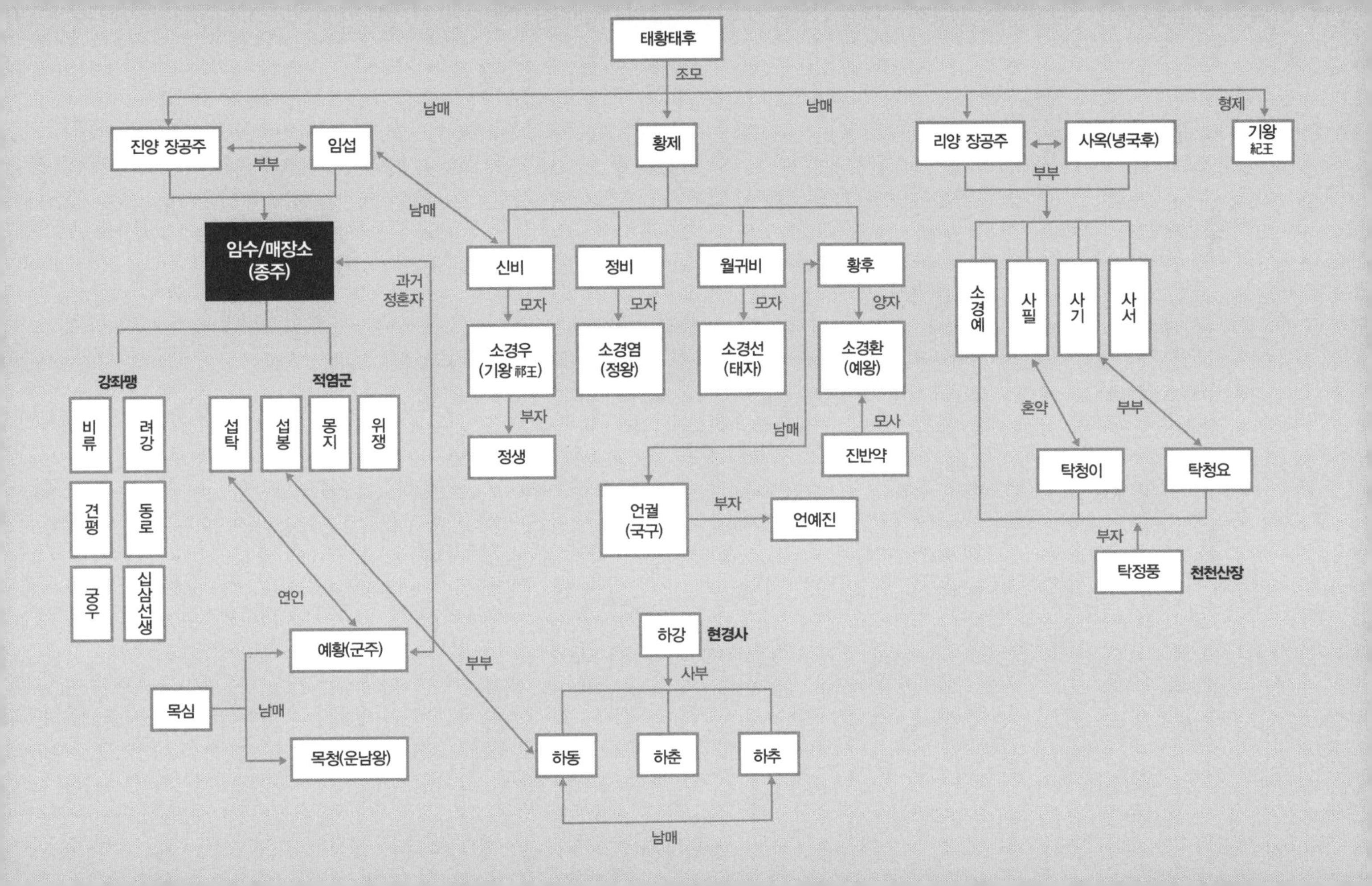

태황태후
조모
남매
남매
형제
진양 장공주
부부
임섭
황제
리양 장공주
사옥(녕국후)
부부
기왕 紀王
남매
임수/매장소
(종주)
과거
정혼자
신비
정비
월귀비
황후
모자
모자
모자
양자
소경우
(기왕 祁王)
소경염
(정왕)
소경선
(태자)
소경환
(예왕)
소경예
사필
사기
사서
강좌맹
적염군
부자
정생
남매
모사
진반약
혼약
부부
비류
려강
섭탁
섭봉
몽지
위쟁
견평
동로
궁우
십삼선생
언궐
(국구)
부자
언예진
탁청이
탁청요
부자
탁정풍
천천산장
연인
예황(군주)
부부
하강
현경사
사부
목심
남매
목청(운남왕)
하동
하춘
하추
남매

광야방

⊙ 하이옌 海宴 지음 | 전정은 옮김

마시멜로

추천사

요즘 내가 책을 읽는 것은 대부분 업무 때문이다. 실질적인 이익과 조급한 성격 때문에 책을 읽는 것에 대한 즐거움이 사라졌다고 생각했다. 그런데…… 하이옌에게 고마워해야겠다. 잠도 안 자고 《랑야방》을 다 읽은 후 참으로 오랜만에 기쁨에 감싸여 차곡차곡 진행되는 놀라운 이야기 속에서 출렁이는 나를 발견했다.

누군가 그랬다. 우리 같은 '70년대 생'은 마지막 이상주의자이자 영웅주의의 정서를 깊이 품은 세대라고.

어린 시절 무협소설을 읽으며, 의천검(倚天劍)과 도룡도(屠龍刀)〔의천검과 도룡도는 홍콩 인기 무협작가 김용(金庸)의 작품 《의천도룡기(倚天屠龍記)》에 등장하는 무기—옮긴이〕 중 무엇이 강하냐는 둥, 소리비도(小李飛刀)〔대만 인기 무협작가 고룡(古龍)의 작품 《다정검객무정검(多情劍客無情劍)》의 주인공이 사용하는 무기—옮긴이〕는 절대 허투루 나가지 않는다는 둥의 이야기에 흥분했다. 하지만 이제 세상은 많이 변했다. 차가운 무기의 시대, 싸우고 죽이는 이야기는 덧없이 사라졌다. 주머니에 남은 은자가 몇 푼 안 되는 것을 깨달은 대협들은 다른 살 궁리를 해야 하게 생겼다.

인생에는 함정이 가득하고 사회에는 적의가 가득하다. 우리가 사는 시대에서는 꿈이 많을수록 어렵다. 순진한 사람은 타락하거나 크게 꺾인다. 성장의 대가는 장아이지아(張艾嘉, 1970~80년대 대만의 가수 겸 배우–옮긴이)가 노래한 것처럼 단순히 슬픔을 토로하는 것이 아니라 피 흘리고, 죽고, 가치관을 뒤집고 재정립해야 하는 것이다. 게다가 그렇게 환골탈태한 뒤의 자신을 반드시 알 수 있다는 보장도 없다. 이런 좌절감은 다른 사람에게 설명하기 어려울 때가 많다.

하지만 알다시피, 부러질망정 굽히지 않는 시비곡직이 있게 마련이고, 비바람에 씻겨나가지 않는 아득한 감정이 있게 마련이다. 책을 읽는 것의 가장 큰 즐거움은 바로 그 글자의 세계에서는 꿈이 반드시 실현되지 않는 것도 아니고, 현실이 반드시 꿈을 짓눌러 죽이는 것도 아니라는 것이다. 비바람 속에서도 끝끝내 생기를 뿌려대는 《랑야방》 속 왕조처럼.

하이옌은 소경염에게 호연지기를, 소경예에게 인자함을, 언예진에게 대범함을, 예황에게 영광을, 린신에게 자유분방함을, 비류에게 순수함을 주었다. 그리고 마지막으로 소멸하지 않는 순수한 마음을 임수에게 주었다. 칠흑 같은 인생의 밤에서 달과도 같은 마음의 등불을.

드라마 《랑야방》의 제작자로서, 무척 자랑스럽게 이 소설을 추천한다. 모든 사람이 하이옌의 신필(神筆)을 따라 이 꿈같은 여행을 즐기기를 바라며.

— 허우홍량(侯鴻亮)

랑야방 1

권력의 기록

차례

◉ 추천사 004

◉ 매장소(梅長蘇) – 임수(林殊) / 소철(蘇哲)
랑야방의 으뜸인 강좌매랑. 강좌맹의 종주이자 랑야방 공자 서열 1위다. 본래 적염군 소원수인 임수로, 진양 장공주와 적염군 대원수 임섭의 외아들이다. 12년 전 과거 기왕(祁王)과 아버지가 이끄는 7만 적염군이 몰살당하는 사건에서 병을 얻어 무공을 잃고 병약한 사람이 되었으나, 고상한 외모에 침착한 성격, 빼어난 지략을 가졌다. 훗날 '매장소'로 개명한 후 강좌맹의 종주가 되었고, 그의 손아래 강좌맹은 천하제일 대방파로 우뚝 선다. 그런 그가 '소철'이라는 이름으로 경성에 돌아와 정왕의 책사가 된다. 그가 심혈을 기울여 획책한 덕분에 정치판에 큰 변화가 일어난다.

◉ 정왕(靖王) – 소경염(蕭景琰)
일곱째 황자. 명망 높은 대장군이자 임수의 절친한 친구다. 12년 전 적염군 사건 때 다른 전쟁을 치르느라 연루되지는 않았으나, 큰형님 기왕(祁王)과 적염군이 역모를 꾀했다는 것을 끝내 믿지 않았다. 이로 인해 12년 간 아버지인 황제에게 냉대를 받았으나, 불공평한 대우에도 절대로 뜻을 굽히지 않았다. 소신 있는 고집 센 성격으로, 그저 묵묵히 명을 받아 각지의 전장을 떠돌며 권력의 중심에서 멀어졌다. 그러던 중 뜻하지 않게 매장소의 보좌를 받아 황위 다툼에 뛰어들게 된다. 곁에서 자신을 돕는 매장소가 자신의 어릴 적 친구임을 알지 못한 채.

◉ 예황 군주(霓凰郡主)
남경 10만 철기병을 이끄는 여원수. 전 운남왕 목심의 딸이자 임수의 죽마고우이며 정혼녀다. 10년 전, 대량의 남쪽에 자리한 강적 초국이 병사를 일으켰을 때, 남쪽 국경선을 지키던 아버지 목심이 전사하자, 위급한 상황에서 상복을 입고 적을 맞이해 3만 명의 적을 섬멸한다. 그 후 어린 아우를 대신해 남경 수비군을 휘하에 거느리게 되었으며, 아우 목청이 운남왕이 되어 중책을 맡기 전까지 나라를 지키는 일을 해왔다. 적염군 사건 이후 임수가 죽었다고 믿고 섭탁과 사랑하는 사이가 된다.

◉ 예왕(譽王) – 소경환(蕭景桓)

다섯째 황자. 생모는 신분이 낮고 일찍 세상을 떠났으며, 나이 또한 어렸으므로 황위를 노릴 입장은 아니었다. 그러나 어려서부터 황후의 양자가 되어 아들이 없는 황후의 사랑을 받았고, 황제의 비위도 잘 맞춰 태자의 자리까지 위협하기에 이른다. 교활하며 야심만만한 성격으로, 황위에 대한 집념이 매우 강하다. 기린지재 매장소를 끌어들이려다 실패하자, 하강과 결탁해 마지막 승부수를 띄운다.

◉ 태자(太子) – 소경선(蕭景宣)

둘째 황자. 생모인 월귀비는 황제가 가장 총애하는 후궁으로, 황후를 능가할 정도의 위세를 얻고 있기에 두려울 것이 없었다. 그러나 만만지 않은 견제 세력인 예왕으로부터 자리를 지기키 위해 일품 군후인 사옥을 끌어들여 대항한다. 랑야각에 큰돈을 주며 치세의 재사를 추천해 달라 요청했으며, 그에 따라 매장소를 얻으려 하지만 실패한다.

◉ 몽지(蒙摯)

금군통령. 대량 제일의 고수이자 랑야방 고수 서열 2위며, 5만 금군을 이끄는 일품 장군이다. 황제에게 큰 신임을 받고 있으며, 정직하고 용맹하며 충성스럽다. 한때 임수의 아버지 임섭의 휘하에 있었으나, 명을 받아 적염군을 떠난 덕분에 적염군 사건에는 연루되지 않았다. 사건 이후 매장소와 편지를 주고받았고, 그가 살아 있다는 것을 아는 유일한 사람이 된다. 매장소가 돌아오자 남몰래 최선을 다해 그의 복수를 돕는다.

◉ 비류(飛流)

매장소의 호위 무사. 매장소가 아끼는 동생이다. 비록 지능이 떨어지고 나이는 어리지만, 신비하고 놀라운 무공을 지녀 천하에 적수가 거의 없을 정도다. 매장소의 도움을 받아 구출된 후 매장소를 몹시 의지하고 오로지 매장소의 말만 따른다. 어렵고 험한 길을 가는 매장소의 곁을 언제나 꾸밈없고 단순한 모습으로 지켜준다.

경성에 오다

1

금릉(金陵). 대량(大梁)의 수도.

진귀한 물건이 가득하고 왕의 기운이 넘치는 이곳은, 성문마저 다른 곳과는 달리 유난히 우뚝하고 튼튼했다. 강물처럼 끊임없이 흘러드는 사람들 틈에 푸른 덮개를 씌운 쌍두마차 하나가 눈에 띄지 않게 끼어 있었다. 마차는 흔들거리며 느릿느릿 나아가다가 성문에서 몇 장(丈) 떨어진 곳에서 멈췄다.

가리개가 걷히고, 새하얀 옷을 입은 깔끔한 생김새의 젊은이가 내렸다. 그는 몇 걸음 앞으로 나아가 고개를 들고 성문 위의 '금릉' 이라는 글자를 바라보았다.

마차 앞을 가던 두 명의 기사(騎士)가 기척을 느끼고 돌아보더니 함께 말머리를 돌려 달려왔다. 두 사람 모두 귀족 공자의 차림새로 나이는 거의 비슷해 보였다. 앞장선 사람이 멀리서 물었다.

"소 형, 왜 그러세요?"

매장소(梅長蘇)는 대답이 없었다. 성문을 올려다보는 자세를 유지한 채 표정도 굳은 듯 변화가 없었다. 새까만 머리칼이 바람에 휘날려 그 중 몇 가닥이 창백한 뺨 위로 흩어졌다. 그 모습 때문에 그의 온몸에서는 깊은 슬픔과 세상의 풍파를 모두 겪은 사람 같은 지친 기색이 풍겼다.

"소 형, 피곤하시죠?"

또 다른 사람이 가까이 달려와 친절하게 물었다.

"이제 다 왔어요. 오늘은 푹 쉬실 수 있을 거예요."

"경예(景睿), 사필(謝弼)."

매장소는 핏기 하나 없는 입술을 휘며 살짝 웃었다.

"이곳에 좀 더 서 있고 싶네. 몇 년 만에 왔는데 금릉은 전혀 변하지 않은 것 같군. 아마도 저 성문 안은 여전히 고관대작 가득한 경성답게 대성황을 이루고 있겠지."

소경예는 약간 불안해져서 물었다.

"예전에 금릉에 와보신 적이 있군요?"

"15년 전에 금릉에서 여숭(黎崇) 선생에게 가르침을 받은 적이 있네. 그분께서 관직에서 쫓겨나 금릉을 떠나신 뒤로는 다시 오지 않았지."

매장소는 길게 탄식하더니, 겉만 번지르르한 도시의 모습을 지워내려는 듯 두 눈을 감았다.

"스승님을 떠올리니 마치 지난 일들이 한낱 연기처럼 흩어지는 것 같아 감개무량하군. 지난 일은 구름이 흩어지고 물이 마르듯 다시는 돌아오지 않겠지."

지난날 대학자인 여숭 선생 이야기가 나오자, 소경예와 사필의 표정도 절로 숙연해졌다.

여숭. 박학다식한 일대 종사인 그는 명을 받고 조정에 들어와 황자들을 가르치면서도 잊지 않고 황궁 밖에 학당을 세웠다. 그에게 가르침을 받은 사람 중에는 부유한 집안의 자제와 귀족은 물론이고 가난한 집안 출신도 있었지만 배움에 있어서는 아무 차별도 받지 않았다. 덕분에 당시 대량에서는 여숭의 명성을 따를 자가 없었다.

그러던 어느 날, 여숭은 어떤 연유로 황제의 노여움을 사 태부(太傅)의 자리에서 일개 평민으로 강등되어 분을 품고 경성을 떠났다가 울적하게 세상을 떠났다. 천하의 선비가 모두 마음 아파한 일이었다. 매장소와 금릉까지 동행하는 동안, 소경예와 사필은 그의 학식이 무척 깊은 것을 깨닫고 분명 좋은 스승을 모셨으리라 생각했지만 그가 여숭 선생의 제자일 줄은 전혀 몰랐다.

"소 형의 몸이 좋지 않아서 금릉에서 마음 놓고 요양하시라고 왔는데, 이렇게 울적해하시면 친구랍시고 모셔온 저희 마음이 불편해요."

소경예가 소리를 낮춰 권했다.

"구천에 계신 여 노선생도 소 형이 당신 일로 상심하여 몸이 상하는 것을 원치 않으실 거예요."

매장소는 한참 묵묵히 있다가 천천히 눈을 떴다.

"안심하게. 아무래도 경성에 왔으니, 먼저 가신 스승님의 보답받지 못한 충성심과 울적하게 경성을 떠나던 처량한 마음을 잠시 애도하는 것뿐일세. 계속 슬픔에 빠져 있기야 하겠나? 나는 괜찮으니 그만 들어가세."

때는 이미 황혼녘이었다. 아침 장은 끝났고 야시장은 아직 열리지 않아 거리는 다소 한산했다. 세 사람은 금세 두드러지게 눈부신 저택에 도착했다. 높이 걸린 '녕국후부(寧國侯府)'라는 편액이 눈에 확 띄었다.

"아이고, 어서 안에다 알려! 큰 공자와 둘째 공자께서 돌아오셨어!"

마침 사방에 등을 켜느라 바삐 움직이던 하인들 중 눈치 빠른 남자 하인 한 명이 그들을 알아보고 크게 외치며 달려나와 인사했다. 세 사람은 마차와 말에서 내려, 손님을 앞세우고 대문을 들어섰다. 맨 먼저 눈에 들어온 것은 대문 안을 볼 수 없도록 세운 가림벽이었다. 그 위에 쓰인 '호국주석(護國柱石)'이라는 네 글자는 바로 황제의 친필이었다.

"근백(芹伯), 아버님과 어머님께서는 어디 계시지?"

총총히 맞으러 나오는 늙은 하인에게 소경예가 물었다.

"나리께서는 서재에 계시는데, 마님께서는 오늘 예불하러 가셨다가 공주부에서 머무신답니다요."

"그럼 아버지와 어머니는? 큰형님과 기(綺)는 어디로 갔고?"

"탁 장주님과 탁 부인은 벌써 분좌(汾佐) 지방으로 돌아가셨고, 서방님과 아가씨도 함께 떠나셨습니다요."

그들의 대화를 듣고 있던 매장소가 참다못해 실소를 터뜨렸다.

"정말 헷갈리는군. 아버님, 어머님에다 아버지, 어머니까지. 게다가 자네는 형제들과 성까지 다르니 잘 모르는 사람은 듣기만 해도 어지럽겠어."

사필이 고개를 돌리고 자기 형을 바라보며 웃음을 터뜨렸다.

"모르는 사람들이야 당연히 정신없겠죠. 하지만 경예의 출신은 가히 전설이나 마찬가지여서 모르는 사람이 별로 없어요."

소경예가 짐짓 굳은 얼굴로 꾸짖었다.

"어디서 위아래도 없이 이름을 불러? 형님이라고 하지 못해?"

농담이긴 하지만, 사필의 말이 틀린 것은 아니었다. 소경예의 출신은 예사롭지가 않았다. 그가 귀족 가문인 녕국후부와 강호에서 유명한 천천산장(天泉山莊), 이 두 곳과 연결되어 있다는 것은 조정이든 민간이든 모르는 사람이 없었다.

24년 전, 녕국후 사옥(謝玉)은 임신한 아내(황제의 누이동생인 리양 장공주)를 두고 서하(西夏)로 출정했다. 그해 강호 세가인 천천산장 장주 탁정풍(卓鼎風) 역시 묘강에서 마교의 고수와 싸우기로 약속했기 때문에, 임신한 아내를 친구에게 보살펴달라고 부탁하기 위해 금릉으로 왔다. 그런데 뜻밖의 변고로 속칭 '쇄후(鎖喉)' 라는 역병이 갑작스레 일었다.

역병을 피하기 위해 금릉성의 고관대작들은 차례차례 금릉을 떠나 부근의 고요한 사찰에 몸을 피했다. 그리고 녕국후와 천천산장의 두 부인은 공교롭게도 같은 사찰에서 동서로 나란히 이어진 곁채를 쓰게 되었다. 산속이 워낙 쓸쓸했기에 두 부인은 서로 왕래를 했고, 마침 성격도 잘 맞아 늘 같이 다녔다.

어느 날 두 사람이 한 방에서 이야기를 나누며 바둑을 두고 있는데 동시에 진통이 왔다. 그날 바깥에는 천둥번개가 요란하고 비바람이 몰아쳐, 부인들을 따르던 하인들은 밤늦도록 불안해하며 허둥지둥했다.

마침내 아기 울음소리가 터져나왔다. 두 남자아이는 거의 동시에 태어났다. 기뻐하는 와중에 산파들은 귀하디귀한 두 공자를 밖으로 데려가 커다란 목욕통에서 씻기려고 했다. 바로 그때 사고가 터졌다.

오래된 사찰의 속빈 백양나무 한 그루가 번개를 맞아 우지끈 부러지며 산실의 지붕을 때렸다. 순간 기와가 깨지고 대들보가 어그러지더니 창문까지 박살 나 광풍이 방으로 몰아쳤다. 방 안의 촛불이 모조리 꺼지고 비명이 울려 퍼졌다. 시위와 시녀들은 황망히 두 부인을 끌고 밖으로 나왔고, 놀라 바닥에 주저앉은 산파들도 허둥지둥 어둠 속을 더듬어 목욕통에서 아기를 꺼내 달아났다.

다행히 크게 위험하지는 않아 아무도 다치지 않았다. 다시 방을 골라 부인들을 잘 눕힌 뒤 겨우 숨을 돌리는데, 갑자기 심각한 문제가 생겼다. 어둠 속에서 데려온 두 남자아이는 몸에 아무것도 걸치지 않고 발가벗은 상태였다. 둘 다 똑같이 쭈글쭈글한 생김새로 큰 소리로 울어대는데, 몸무게도 비슷하고 눈코입도 비슷해서 누가 사 부인의 아이이고, 누가 탁 부인의 아이인지 알 수가 없었다. 그리고 이튿날이 되자 문제는 더욱 심각해졌다. 그 중 한 아이가 죽은 것이다.

사 부인은 대량의 장공주이니 이 사건은 황제의 귀에까지 들어갔다. 황제는 두 가족에게 아이를 데리고 입궁하라는 명을 내렸다. 황제는 이 사건이 얼마나 처리하기 어려운지 한눈에 알아챘다.

사옥과 탁정풍은 둘 다 훤칠하고 생김새가 또렷했으며, 두 부인은 곱고 우아했다. 닮았다고 할 수는 없지만 자세히 뜯어보면 얼굴 윤곽에서 특징을 찾아보기 어려웠다. 설령 아기가 자라나도, 외모만으로는 대체 어느 집 아들인지 판단하기 어려울 것 같았다.

황제는 아기를 안고 한참 동안 바라보았다. 판결을 내릴 수는 없지만 아기가 무척 마음에 들어 절충안을 떠올렸다.

"이 아기가 대체 어느 집 아들인지 확인할 수 없는 이상, 사씨 성이나 탁씨 성을 붙이는 것은 타당하지 않다. 짐이 이 아이에게 국성(國姓)을 내리고 황자의 돌림자인 '경(景)' 자를 써서 이름을 짓겠다. 경…… 그래, 예산에서 태어났으니까 경예라고 하자. 이 아기를 1년은 녕국후부에서, 1년은 천천산장에서 키우며 두 집안의 아들로 삼는 것이 어떤가?"

황제의 제안이고, 더 좋은 방법도 없었으므로 모두 동의하는 수밖에 없었다.

이렇게 해서 소경예는 두 개의 신분을 갖게 되었다. 녕국후부 사씨 가문의 큰 공자이자 천천산장 탁씨 가문의 둘째아들이라는. 그리고 한 번도 왕래가 없던 사씨 가문과 탁씨 가문은 이 일로 친척이나 마찬가지가 되어 밀접한 관계를 맺었다. 2년 전, 탁씨 가문의 장남인 탁청요(卓靑遙)는 사씨 가문의 딸 사기(謝綺)를 아내로 맞아 두 가문은 더욱 가까워졌고, 마치 한가족처럼 친해졌다.

"형님, 아버님께서 서재에 계시다니 문안인사드리러 가야지요."

사필이 매장소를 돌아보았다.

"소 형도 같이 가시겠어요?"

"이곳에 머물며 방해가 될 몸이니 당연히 주인께 인사를 드려야지."

매장소가 웃으며 말했다.

두 형제는 손님의 좌우에 서서 웃으면서 중문 안으로 들어갔다. 가는 도중에 만난 하인들은 이 모습을 보고 귀빈이 왔다는 것을 알아챘지만, 하얀 적삼을 입은 청수한 모습의 이 손님이 대체 어떤 사람인지는 짐작할 수 없었다.

귀족 가문의 규칙에 따르면, 성지를 가져왔거나 직위가 매우 높은 사람이 아닌 이상 일반적으로는 저택 한가운데의 문을 넘어 대청으로 들어올 수 없다. 그래서 두 형제는 손님을 동쪽 방으로 안내했다. 바깥은 아직 어슴푸레하나마 빛이 있었지만, 방 안에는 벌써 촛불을 환하게 밝혀놓았다.

노란 불빛 아래 한 사람이 책을 들고서 생각에 잠긴 듯 거울처럼 매끈한 수암 대리석 바닥을 천천히 거닐고 있었다. 누군가 들어오는 소리를 듣자 그는 걸음을 멈추고 몸을 돌렸다. 턱 아래로 길게 드리워진 수염이 바람도 없이 흔들렸다.

이 사람이 바로 황제의 깊은 신임을 받고 있는, 호국주석이라 불리는 녕국후 사옥이었다. 한때 '지란옥수(芝蘭玉樹)'에 비유되던 미남자도 지금은 반백이 되었지만, 단정한 용모와 매끈한 오관은 여전히 젊은 시절의 준수함을 보존하고 있었다. 관리를 잘한 몸은 살집도 적당하고 건강하고 힘이 있었다. 지금 그는 낡은 평상복 차림에 허리에 찬 옥대 말고는 그 어떤 화려한 장신구도 없었지만, 여전히 함부로 대할 수 없는 귀티가 났다.

"아버님께 인사드립니다."

소경예와 사필이 공손하게 절하고 일제히 말했다.

"일어나라."

사옥이 손을 들었다. 그의 시선이 소경예에게 향하더니 다소 엄한 투로 말했다.

"돌아올 줄은 아는구나? 두 달 가까이 보지 못했는데 그래도 중추단원절은 잊지 않은 모양이지. 아무래도 내 평소 널 제대로 가르치지 못한……."

막 훈시를 하려던 사옥은 방에 한 사람이 더 있는 것을 발견하고 곧 말을 멈췄다.

"아니, 손님이 있었더냐?"

"예."

소경예가 허리를 숙이며 말했다.

"여기 이 소 형은 소자의 친구입니다. 바깥에 있을 때 여러 가지로 보살핌을 받아, 이번에 휴양을 하시라고 금릉으로 모셔왔습니다."

매장소가 앞으로 나아갔다. 연장자를 대하는 예를 갖추면서도 전혀 긴장하지 않은 태도였다.

"평민 소철(蘇哲)이 녕국후께 인사드립니다."

"어서 오시오, 소 선생. 이곳에 오는 사람은 모두 손님이오. 하물며 아들의 좋은 친구라니 너무 겸양하지 마시오."

사옥이 손을 들고 가볍게 반례를 했다. 눈앞에 있는 젊은이는 비록 병약하지만 생김새가 빼어나고 기질도 우아하여 저도 모르게 자꾸 눈길이 갔다.

"소 선생같이 뛰어난 분이 누추한 곳까지 왕림하시다니 영광이오. 부디 어색해 말고 내 집처럼 여겨주시오."

매장소는 살짝 허리를 숙이며 웃어 보였다. 그는 긴 겉치레 인사는 하지 않고 천천히 한 걸음 물러났다. 외부인이 있으니 사옥도 계속 소경예를 꾸짖기가 민망해서 한번 노려보기만 하고 말투를 바꿨다.

"손님이 멀리서 오느라 피곤하실 테니 어서 쉴 수 있게 해드려라. 내일은 늦잠 자지 말고 공주부에 가서 어머니를 모셔오너라.

내 조정에서 돌아오면 다시 들르마. 시킬 일이 있다."

"예."

두 형제는 동시에 허리를 숙여 인사하고 매장소와 함께 물러났다. 그들은 정원 문을 나선 후에야 겨우 긴장을 풀었다.

이미 명을 받은 하인들이 손님용 원락(院落)인 설려(雪廬)를 깨끗이 청소하고 완전히 새롭게 꾸며놓았다. 뜨거운 차와 물도 준비되었고 전체적으로 몹시 아늑해서 한동안 아무도 드나들지 않은 곳임을 전혀 느낄 수 없었다.

여행길에 저녁을 일찍 먹은 터라, 소경예와 사필은 매장소와 함께 설려에서 야참을 먹었다. 대추죽과 간식거리가 나오자 소경예가 갑자기 생각난 듯 물었다.

"비류(飛流)는요? 불러서 같이 먹어야지요?"

매장소가 웃으며 대답했다.

"항상 같이 있었네."

그 말이 떨어지기 무섭게 소경예와 사필은 갑자기 등골이 서늘해졌다. 돌아보니 방금까지만 해도 텅 비어 있던 방 한구석에 어느새 나타났는지 연한 남색 옷을 입은 소년이 조용히 서 있었다. 소년의 용모는 매우 준수했지만, 머리부터 발끝까지 얼음으로 덮인 듯 싸늘해서 차마 가까이할 마음이 들지 않았다.

"처음 보는 것도 아닌데 저 신법(身法)은 정말 괴상하다니까요."

사필이 소리를 죽이며 속삭였다.

"저런 호위무사가 있으니 무서워서 소 형에게 가까이 갈 수가 없어요. 오해해서 절 한 대 치기라도 하면 어떡해요."

"그럴 리가? 우리 비류는 아주 착하다네."

매장소가 손을 흔들자 다음 순간 비류는 어느새 그들에게 다가와 몸을 웅크리더니 매장소의 무릎을 베고 누웠다.

"이것 보게, 애교도 잘 부리지. 그저 가끔 진짜와 가짜를 구분하지 못할 뿐이니 앞으로 비류 앞에서는 내게 장난을 치거나 큰 소리를 내지 말게. 그러면 돼."

기괴한 무공을 가진 이 소년 무사가 머리를 다쳐 지능이 약간 떨어진다는 것은 소경예와 사필도 이미 알고 있었다. 그리고 그들 두 사람은 매장소를 스승처럼 존경해서 그에게 장난칠 생각은 아예 해본 적도 없었다. 그래서 그 충고는 한 귀로 듣고 한 귀로 흘렸다.

비류가 죽을 좋아하지 않았기 때문에 사필은 사람을 시켜 국수를 한 그릇 말아오게 했다. 한담을 나누며 먹고 있는데, 뜰 밖에서 갑자기 사람 소리가 들려왔다. 누군가 낭랑하게 웃으며 원락으로 들어왔다.

"정말 느려터졌군. 기다리느라 곰팡이가 슬 뻔했잖아!"

소경예가 기뻐하며 벌떡 일어나 그를 맞았다.

"예진!"

하지만 사필은 살짝 눈을 찡그리며 턱을 쳐들고 물었다.

"이봐요, 언예진(言豫津) 공자님, 소식이 너무 빠른 거 아녜요? 우린 방금 들어왔다고요. 더구나 시간이 이렇게 늦었는데 뭐 하러 왔어요?"

"너희 집 집사에게 너희가 돌아오면 바로 알려달라고 말해놨지."

언예진은 성큼성큼 걸어와 매장소에게 인사했다.

"소 형, 안색은 괜찮아 보이는군요. 저 없이 오는 동안 저 두 사람 때문에 심심해 죽을 뻔하셨죠?”

국구(國舅)의 큰아들인 언예진은 소경예의 가장 친한 친구였다. 이들 세 귀공자는 본래 함께 여행을 갔다가 우연히 매장소를 만났고, 다 함께 금릉으로 돌아갈 계획이었다. 그런데 도중에 추격당하는 노부부를 구출해주는 일이 벌어졌다. 노부부는 경성에 가서, 경국공(慶國公) 백업(柏業)의 친척이 그들의 고향인 빈주(濱州)에서 마을을 휩쓸고 백성들을 쥐어짜며 전답을 빼앗아 사재로 만들고 사람을 함부로 죽였다고 고발하려던 참이었다.

녕국후부와 경국공부는 줄곧 사이좋게 지내왔기 때문에, 사필은 아버지에게 혼날까봐 이 일에 나서려 하지 않았다. 하지만 시원시원한 언예진은 의협심을 누르지 못하고, 노부부를 호위하여 먼저 경성으로 가겠다고 자진하면서도 같이 가겠다는 소경예를 끝까지 뜯어말렸다. 그렇게 해서 네 사람은 두 갈래로 나뉘어 따로 경성에 들어가게 된 것이다.

그를 만난 매장소는 자연스레 노부부에 대해 물었다.

“고발장은 벌써 어사대(御史台)에 전해졌고 황상께서는 밀지를 내려 빈주로 특사를 파견하셨어요. 조사를 해서 결론을 내기 전까지 심리를 잠시 미루기로 했죠. 그래서 아직까지 소동이 없는 거고요. 그러니 사필, 너도 너무 그렇게 날 피하려고 할 것 없어.”

언예진은 겉으로는 히죽거리면서도 사필에게 대놓고 말했다.

“내가 이렇게 늦게 찾아온 건 경예와 소 형을 보러 한 거지, 널 보러 온 게 아니라고. 떫으면 어디 날 깨물어보든가.”

“쳇!”

사필이 맞받았다.

"그 두꺼운 낯짝이 깨문다고 달라지겠어요?"

"그래그래, 장난은 그만하고 진지한 얘기를 해주지."

언예진은 의자 하나를 가져와 탁자 옆에 놓고 앉았다. 그리고 차 한잔을 꿀꺽 마신 뒤 말했다.

"다들, 아주 때를 딱 맞춰 왔다는 거 모르지?"

"때?"

영문을 모르는 소경예는 눈을 끔뻑끔뻑했다.

"무슨 때?"

"으하하하."

언예진이 친구의 어깨를 힘껏 두드렸다.

"엄청난 볼거리가 있거든!"

그가 이렇게 나오자 매장소는 그러려니 했지만, 소경예와 사필은 눈을 동그랗게 뜨고 호기심어린 표정을 지었다. 그들 두 사람은 언예진을 너무나 잘 알고 있었다. 우리의 국구부 큰 공자님은 경성을 통틀어 구경거리를 가장 좋아하는 사람이었다. 재미있는 일이 있는 곳에는 반드시 그가 있었고, 그런 것을 너무 많이 보다 보니 물이 불어나면 배가 높아지듯 눈높이가 높아졌다. 그러니 그의 입에서 '엄청난' 볼거리라는 말이 나온 이상 결코 시시하지는 않을 게 분명했다.

"조바심 나게 하지 말고 어서 말해요. 무슨 볼거리인데요? 조정에서 무과를 한 번 더 치르기라도 하는 거예요?"

사필이 재촉했다.

"그것보다 더 엄청난 거야."

언예진이 손을 내저었다.

"소 형을 처음 보았던 조그만 현성 밖에서 만난 사람들, 아직 기억해?"

"현성 밖에서 만났던……."

사필이 기억을 더듬었다.

"아, 대유(大渝)에서 우리 대량으로 보낸 사절단! 그들이 벌써 도착했어요? 무슨 일로 왔대요?"

"흐흐흐."

언예진이 싱글거리며 말했다.

"혼인 동맹을 위해 구혼하러!"

"그랬구나……."

사필은 약간 실망했다.

"폐하께서 관례에 따라 사신들을 면밀히 살피시겠군요. 그야 재미는 있지만 그렇게 대단한 볼거리는 아니잖아요."

"어이, 말 아직 안 끝났어."

언예진이 그를 흘겨보았다.

"이번 구경거리에는 폐하와 대유 사신만 있는 게 아니라 너희가 생각지도 못한 제3의 인물이 있어! 누군지 맞혀봐!"

소경예와 사필이 머리를 굴리려는 순간 매장소가 말했다.

"북연(北燕)의 사절단도 금릉에 온 건가?"

언예진은 약간 김이 빠졌지만 곧 다시 흥분하며 대꾸했다.

"소 형 말씀대로예요. 북연의 사절단도 규모가 작지 않더군요. 양쪽이 벌써 며칠째 금릉성에서 암투를 벌이고 있어요. 폐하께서는 결단을 내리지 못하셨거나 아니면 아예 결정할 생각도 없으신지, 성지를 내려 사흘 후 주작문 밖에서 공평하게 시합하라고 하셨다고요!"

"그거 재미있군."

소경예가 눈썹을 치켜떴다.

"대유 사절단에 금조(金雕) 시명(柴明)이 있다는 것은 우리가 직접 봤고, 북연 쪽에서는 탁발호(拓跋昊)가 왔는지 어떤지 몰라도 크게 뒤처지지는 않을 거야. 양쪽의 시합이라면 확실히 볼 만하겠어."

"누가 양쪽이래, 셋이라니까!"

언예진이 득의양양하게 웃었다.

"뭐?"

두 형제가 입을 모아 물었다.

"또 어느 사절단이?"

언예진이 가장 중요한 부분을 알려주기 위해 뜸을 들이는 사이, 매장소가 웃으며 말했다.

"당연히 주최자가 있어야겠지. '요조숙녀는 군자의 좋은 배필이다' 라는 말이 있지 않은가. 설마 우리 대량의 용사들더러 이 기회를 잡지 말라는 건 아니겠지?"

소경예와 사필 두 사람의 캐묻는 시선을 받으며 언예진은 어쩔 수 없이 대답했다.

"소 형이 추측하신 대로예요. 대량이 바로 세 번째죠."

사필은 무척 이상해했다.

"폐하께서 그런 명령을 내리시다니 정말 이상하네요. 화친에 동의하지 않으면 거절하면 그만이고, 동의한다면 우리나라 사람들은 무엇 때문에 시합에 끌어들이실까요?"

"모르겠어?"

다시 기가 살아난 언예진이 말했다.

"방금 말했잖아. 이건 구혼이지 화친이 아니라고! 예전처럼 폐하의 동의 아래 공주와 군주 가운데서 나이가 적당한 사람을 골라 시집보내는 게 아니란 말이야. 그런 거라면 어차피 대량 황실의 여자일 테니 상대방도 그녀가 누군지 신경 쓰지도 않겠지."

"그 말은, 대유나 북연이 이번에 특정 인물을 지정했다는 거예요?"

"물론이지."

언예진이 잔뜩 신비로운 표정으로 말했다.

"특정 인물, 두드려 맞아 머리를 싸안고 달아나는 한이 있어도 아내로 맞고 싶어 하는 사람, 누군지 맞혀……."

그의 말이 채 끝나기도 전에 매장소가 죽 그릇을 내려놓으며 말했다.

"예황(霓凰) 군주겠군."

소경예와 사필이 동시에 펄쩍 뛰며 소리를 질렀다.

"뭐라고?"

언예진은 원망스럽게 매장소를 바라보며 툴툴거렸다.

"소 형, 소 형의 그 총명함은 감탄스럽지만 뭐든 단번에 알아맞히는 버릇은 별로예요. 하나도 재미없잖아요. 성취감도 없고!"

"미안하네, 반성하지. 앞으로는 안 그러겠네."

매장소가 웃으며 말했다.

"계속하게."

"계속하긴 뭘 계속해요. 할 말은 거의 다 했는데……."

"그게 끝이라고요?"

사필이 큰 소리로 외쳤다.

"대유와 북연이 그런 개방귀 같은 요구를 했단 말이죠? 폐하께서도 참, 바로 거절하실 일이지 공개 시합을 시키시다니요! 대신들은 간언을 하지 않았어요? 어떻게 예황 군주를 시집보낼 수가 있어요?"

매장소의 입가에 아무도 알아챌 수 없을 만큼 옅디옅은 싸늘한 웃음이 떠올랐다. 옳은 말이었다. 어떻게 예황 군주를 다른 나라에 시집보낼 수 있단 말인가?

그녀는 구중궁궐에 들어앉은 보통 귀족 여자가 아니라, 일개 여자의 몸으로 남쪽 국경을 지키는 10만 철기병의 뛰어난 통솔자였다. 10년 전, 대량의 남쪽에 자리한 강적 남초(南楚)가 병사를 일으켰을 때, 남쪽 국경선을 지키던 운남왕(雲南王) 목심(穆深)이 전사했고 그 딸 예황은 어려운 상황에서 군을 이끌어야 했다. 전군은 상복을 입고 적을 맞아 청명관(青冥關)에서 남초 기병과 혈전을 치른 끝에 3만 명의 적을 섬멸했다.

그 전투 이후, 조정은 예황 군주에게 어린 아우를 대신해 남방을 지키라는 명을 내렸고, 남쪽 국경에 있는 전군이 그 휘하에 들어왔다. 군주는 어린 아우가 운남왕의 중책을 맡을 때까지 혼인하지 않겠다고 맹세한 바 있었다. 이제 그녀는 벌써 스물일곱 살이고 아직 독신이었다.

예황 군주는 무척 중요한 자리에 있었기 때문에, 황제가 다른 나라 사람에게 군주의 배필이 될 기회를 주었다는 사실에 귀공자들은 몹시 놀랐다.

소경예가 먼저 물었다.

"설마 폐하께서 군주의 뜻을 물어보지 않으신 건 아니겠지?"

언예진이 유유히 말을 이었다.

"당연히 물으셨지. 운남왕의 세자 목청(穆青)이 지난달에 성년이 되어 관작을 물려받았기 때문에, 의외지만 군주도 동의했어. 하지만 몇 가지 조건을 달았지. 첫째, 시합에 참여하는 사람은 반드시 구혼자 본인일 것, 둘째, 문장 솜씨는 폐하께서 직접 판결하실 일이지만, 무예 시합 우승자는 그녀와 싸워서 이겨야 시집을 가겠다는 것."

그 말을 듣자 두 형제는 또다시 일제히 안도의 숨을 내쉬었다. 사필이 욕지거리를 했다.

"아, 젠장, 우릴 놀렸잖아! 그렇다면 다행이네요. 대유와 북연의 이름난 고수 중 태반은 이미 혼인했으니 자격이 없고, 미혼자 중에서 아무리 골라봐야 우리 예황 군주를 이길 사람이 있겠어요?"

"반드시 이겨야 하는 건 아닐세."

매장소가 다시 끼어들었다.

"군주의 마음에 든 사람이 있다면 질 실력이 아니어도 자연스레 질 테니까."

"저도 그렇게 생각해요."

언예진이 유쾌하게 웃었다.

"다들 알다시피 군주는 늘 나를 좋아했……."

사필이 머금은 차를 푸 하고 뿜어내며 캑캑거렸다.

"좋아하긴 무슨, 야단치는 걸 좋아했겠죠! 예황 군주는 몇 년 동안 전장을 누비며 고생했다고요. 그러니 아마 진중하고 책임감 있는 남자를 좋아할걸요."

"에이."

언예진이 한숨을 쉬었다.

"사필, 겨우 좋은 꿈을 꾸려던 차에 너무하잖아."

"장난은 그만해."

소경예가 그를 툭 치며 말했다.

"그나저나 대유와 북연도 이번에는 좋은 꿈을 꾸는 셈이군. 성공하지 못해도 잃을 게 없고, 성공하면…… 생각해봐. 혼인 동맹을 맺을 수 있을 뿐만 아니라 군사(軍事)의 기재를 아내로 맞게 될 테니 금세 명성을 날릴 거야."

"대유와 북연은 최근 국정이 불안하네. 여러 당파가 서로 죽고 죽이며 태자 자리를 빼앗으려 싸우고 있지. 어느 쪽이든 예황 군주를 얻는 황자는 황태자의 자리를 손에 넣는 것이나 다름없네."

매장소가 담담하게 말했다.

"딱 정곡을 찌르는 말씀이에요. 그렇기 때문에 우리 대량의 조정이 예황 군주를 다른 나라에 시집보낼 리 없다는 것을 알면서도 밑천을 털어서라도 한번 해보는 거지요. 요행히 성공하면 돌아가서 크게 이길 테니까."

언예진이 찬동하며 말했다.

"누가 그들에게 이런 방법을 알려줬는지 모르겠어요. 그런 용기를 내게 하다니."

매장소가 흥미로운 듯 그를 바라보았다.

"누군가 알려줬다는 것을 어떻게 아나?"

언예진이 어깨를 으쓱했다.

"그냥 직감이죠. 생각해보세요. 두 나라가 똑같이 이런 생각을 하고, 거의 동시에 실행했으니 우연치곤 너무 공교롭잖아요."
"공교롭거나 말거나, 어쨌든 예황 군주를 시집보낼 순 없어요."
사필이 손을 휘젓고는 매장소를 돌아보았다.
"소 형이 보시기에 이번 시합에서 누가 이길 것 같아요?"
"점쟁이도 아닌데 내가 그걸 어떻게 알겠나?"
매장소가 실소를 터뜨렸다.
"방금 예진이 무슨 말을 해도 다 맞히시기에 점을 쳐보지 않아도 아시나 했지요."
사필이 히죽거리며 웃었다.
"사실대로 말해주지."
매장소도 웃으며 말했다.
"사실은 알아맞힌 것이 아니야."
"알아맞힌 것이 아니라뇨?"
언예진은 금세 흥미를 보였다.
"설마 소 형, 정말 점을 치실 줄 아는 건 아니죠?"
"운명이란 오묘한 것인데 나 같은 일개 어리석은 사람이 무슨 수로 꿰뚫어보겠나?"
매장소는 그렇게 말하며 소매에서 두루마리 하나를 꺼냈다.
"알아맞힌 게 아니라 이미 알고 있었네. 여기에 쓰여 있으니까."
언예진이 호기심어린 눈으로 두루마리를 받아 펼쳤다. 함께 그 내용을 본 세 사람은 깜짝 놀라 비명을 질렀다.
"대유의 구혼 친필 국서!"
사필이 두 눈을 부릅떴다.
"대체 어떻게 소 형 손에?"

"아, 우리가 대유 사절단을 만났을 때 그들이 국서를 잃어버렸다며 떠들고 있었죠. 이제 보니……."

언예진은 고개를 삐딱하게 꺾으며 매장소를 응시했다.

"소 형, 아무리 심심해도 그렇지, 남의 국서는 뭐 하러 훔치고 그래요?"

"그러게 말일세. 너무 심심해서 훔쳤네."

매장소는 아무 일도 아니라는 듯 피식 웃었다.

"대유의 사절단이 같은 객잔에 묵었고, 마침 그곳 주인장이 그들이 단향목 상자를 단단히 지키고 있더라며, 그 안에 아주 좋은 것이 들어 있는 것 같다고 알려줬다네. 호기심에 비류를 보내 가져오게 했는데, 뜻밖에도 국서가 들어 있더군. 나 같은 강호인과는 무관한 일이라 별로 관심이 없어서 원래 자리에 되돌려놓으려고 했는데, 안타깝게도 그들이 너무 빨리 알아채 난리가 벌어졌지 뭔가. 그러니 별수 있나. 그냥 갖고 있는 수밖에……."

세 사람은 비류의 독특한 솜씨를 익히 보았기에 그가 가져왔다는 말에 놀라지 않았다. 하지만 매장소의 호기심은 너무 과했다. 무슨 사달이 있을지도 모르는데 남의 나라 국서까지 들춰보다니.

"참, 시합에 참가하려면 조건이나 제약이 있어?"

소경예가 화제를 원래대로 돌려놓았다.

"있지. 깨끗한 가문이어야 하고 나이가 맞아야 하고 외모가 단정해야 하고 미혼이어야 해."

"그게 다야?"

"그게 다야."

"아니!"

사필이 소리쳤다.

"그럼 형님도 참가할 수 있잖아요!"

"나?"

소경예는 놀라 펄쩍 뛰었다.

"그야 나도 예황 군주를 존경하지만 한 번도 그런 생각은……."

"끝까지 이기라고 하는 게 아니니까 참가하라는 거예요."

사필이 그의 소맷자락을 잡아당겼다.

"우리 대량에서 참가하는 사람이 많아야 대유와 북연이 승리할 확률이 줄어들잖아요. 형님은 무공이 뛰어나니 분명 적잖은 상대를 떨어뜨릴 수 있어요. 예황 군주를 위해 자격 없는 자들을 골라내는 셈 쳐요."

"하지만……."

"하지만이라뇨! 나는 무공이 뛰어나지 못해서 나서봤자 헛수고예요. 하지만 형님은 천천산장의 둘째 공자이고 탁 백부님에게 친히 가르침을 받았으니 하여간 고수는 고수잖아요. 오는 동안 소 형이 말씀하신 대로 실전 경험을 쌓는 것이 좋아요."

사필은 반박할 틈도 주지 않고 언예진에게 말했다.

"내일 가서 형님 이름 좀 올려줘요."

"걱정 마. 내가 벌써 올려놨으니까."

언예진이 히죽거리며 말했다.

"어어, 너희……."

"긴장할 것 없네."

매장소가 웃음을 참으며 말했다.

"자네 무공은 내가 잘 아네. 끝까지 갈 수는 없겠지만 몇 번 겨뤄본들 뭐 어떤가?"

"그걸 위로라고 하시는 겁니까?"

소경예가 울상을 지었다.

"제가 그렇게 놀리기 좋은 사람인가요?"

"경성의 귀족들만 이 일을 아는 것은 아니죠? 백성들 중에서 재능 있고 용맹한 사람들도 참여할 수 있죠?"

사필이 또다시 의문을 제기했다.

"당연하지."

언예진이 그를 흘겨보았다.

"이런 소문은 숨기려고 해도 숨길 수가 없어. 하물며 폐하께서는 이번 기회에 군주께 좋은 배필을 구해줘 오랫동안 전장에서 고생한 것을 위로해주시려는 거야. 경성 오는 길에 무림의 영웅호걸들이 금릉으로 몰려드는 거 못 봤어?"

가만히 돌이켜본 세 사람은 그제야 그런 것 같다는 생각이 들었다. 하지만 본래 경성으로 가는 사람이 많기 때문에 별로 신경 쓰지 않았을 뿐이다.

"자자, 여기까지."

언예진이 일어나 기지개를 켰다.

"난 돌아가서 푹 쉬어야겠어. 사흘 후면 솜씨를 활짝 펼쳐 각지의 영웅호걸들을 물리치고 단숨에 예황 누님의 마음을 낚아채야 하거든."

"자지도 않으면서 잠꼬대를 하네요."

사필이 그를 흘겨보았다.

"이제 가야지. 소 형 쉬시는 데 방해되겠어."

소경예도 말했다.

"비류도 한참 전에 잠들었어."

돌아보니 과연 비류는 옷을 입은 채로 침대에 누워 발도 내리지 않고 단잠에 빠져 있었다.

"잠들었는데도 얼음덩어리 같단 말이야."

언예진이 평가를 하기 무섭게 비류가 번쩍 눈을 떴다. 언예진은 화들짝 놀라 재빨리 소경예를 가리켰다.

"얘가 그랬어!"

비류의 두 눈은 한동안 초점 없이 뜨여 있다가 곧 다시 감겼다.

"안심하게. 자네 목소리를 알아들었으니까."

매장소가 빙그레 웃었다.

"낯선 사람 목소리였다면 당장 일어났을 거야."

"다행이다, 다행이야."

언예진이 가슴을 쓸어내렸다.

"그럼 이만 물러갑니다. 소 형, 일찍 쉬세요."

매장소는 일어나 문밖까지 배웅했다. 세 사람이 떠나는 것을 지켜보고 있으니 마침 이경을 알리는 종소리와 북소리가 울려 퍼졌다. 그는 걸음을 멈추고 묵묵히 그 소리를 듣다가 어두운 밤 정적에 휩싸인 녕국후부를 똑바로 바라보았다. 그리고 한참 후에야 천천히 방문을 닫았다.

어린 고수

—

2

—

금릉성은 대대로 왕의 기운이 왕성하기로 이름난 곳으로, 성 한 가운데에는 당연히 대량의 황궁이 있었다. 남승문(南勝門)으로 나오면 빨간 담벼락과 벽돌길이 비스듬히 이어지면서 독립적이면서도 황궁과 하나처럼 어우러지는 정교하게 지어진 저택이 나타난다.

이 저택은 규모가 그리 크진 않지만 크고 작음으로 저택 주인의 신분을 판단하면 심각한 착오를 저지르게 될 것이다. 저택의 정문은 항상 닫혀 있었고, 문의 가로대에는 새까만 바탕에 금으로 상감한 편액이 걸려 있었다. 편액에는 관부에서 쓰는 글씨체로 네모반듯하게 세 글자가 쓰여 있었다.

'리양부(莅陽府)'

리양 장공주는 황제의 하나 남은 누이동생이자 녕국후 사옥의 아내였다. 경성 안에서 약간이나마 나이가 있는 사람이라면, 장공주가 시집가던 날 경성 전체가 떠들썩하게 들떠 있던 모습을 아직도 기억했다. 영봉루(迎鳳樓) 위에 높이 서서 평민들을 굽어보던 신

혼부부는 그야말로 영웅과 미녀라는 말이 꼭 어울렸다. 24년이라는 세월이 덧없이 흘렀지만, 두 사람의 사랑은 여전해서 아직도 서로 흠모하고 존중했다. 그들은 슬하에 3남 1녀를 두었는데 모두 교양 있고 사리에 밝은 아이들이었다. 사람들의 눈에 그들은 가장 완벽하고 모범적인 가족이었다.

황실의 예법대로라면, 리양 장공주와 사옥이 혼인을 올린 후 사옥은 공주부로 거처를 옮겨야 했고, 사람들은 그를 '녕국후 나리'가 아니라 '부마'라고 불러야 마땅했다. 하지만 공주 본인의 바람도 있었고, 돌아가신 황태후가 공주들이 시댁에서도 높은 자리에 앉아 가족들과 단란한 시간을 보내지 못하는 것을 원치 않았기 때문에, 리양 장공주는 혼인 후 녕국후부로 들어가 그곳에서 시어머니를 모시며 살았다.

장공주는 천성이 현명할 뿐 아니라 성격 또한 단정하고 진중했다. 그녀는 하인들에게 녕국후부에서는 반드시 '마님'이라고 부르게 했고, 직접 데려온 궁인들은 더욱 엄하게 단속했다. 그 후 사옥이 나날이 전공(戰功)을 세우고 조정에서의 지위가 높아지자 공주는 더욱 몸을 낮추었다. 그래서 조정과 민간의 위아래 모든 사람은 차차 두 사람을 마땅히 그리 불러야 할 '공주'와 '부마'가 아니라 '녕국후'와 '녕국후 부인'으로 대하는 데 익숙해졌다.

이곳 리양부는 공주가 열다섯 살 성년이 되는 해에 칙명을 받아 세워진 곳으로, 혼인한 후에는 빈집으로 남아 있었다. 리양 장공주는 빈집이 아까워서 사람을 시켜 기화요초를 가득 심게 하여 사계절 내내 향기를 풍기게 했고, 꽃 필 무렵이면 궁중의 후비들과 친척 귀족들이 찾아와 구경시켜달라고 할 정도로 경성에서 으뜸

가는 아름다운 경치를 가진 곳이 되었다. 장공주는 재계를 할 때나 예불을 드릴 때, 혹은 태황태후가 잠시 머물다 가라고 할 때면 이곳에서 며칠씩 묵곤 했다.

소경예와 사필 두 사람이 금릉으로 돌아왔을 때, 그들의 어머니는 마침 공주부에 묵고 있었다. 그날 아침 일찍, 두 형제는 아버지의 명을 받아 리양부로 가서 장공주를 마중하고, 그녀의 가마를 호위하여 녕국후부로 돌아왔다. 전대 녕국후와 그 부인은 이미 세상을 떠났기 때문에 따로 문안인사를 드릴 곳이 없었다. 그래서 리양 장공주는 곧장 평소 머무는 안뜰의 본채로 돌아갔다.

회랑을 따라 곁뜰로 들어가자, 담장을 따라 심은 같은 색깔의 만계(晩桂)나무에는 아직 꽃이 지지 않아 향기가 남아 있었다. 리양 장공주는 바람 속에 담긴 향기를 느끼려는 듯 살짝 걸음을 늦췄다. 공교롭게도 그때 금 소리가 담장을 넘어 들려왔다. 거리가 제법 멀어서 또렷하진 않았지만, 음률이 맑고 영기가 어려 세상의 먼지를 깨끗이 씻어내는 듯한 기분이었다.

"누가 금을 타고 있지? 예사롭지 않구나."

소경예가 고개를 들고 잠시 귀를 기울이더니 대답했다.

"소자의 친구입니다. 소철이라 하는데 잠시 금릉에 머물며 휴양하라고 소자가 청해왔습니다. 지금 설려에 묵고 있습니다."

"어머니, 한번 만나보시겠어요?"

사필이 황급히 물었다.

리양 장공주가 빙그레 웃으며 말했다.

"경예의 친구라니 너희가 잘 대접하면 될 일이지 나를 만날 이유가 어디 있겠니?"

"하지만 여기서는 잘 들리지 않잖아요. 소 형을 안뜰로 청해 가리개를 치고 연주를 들려달라고 하면 어떨까요?"

사필이 제안했다.

리양 장공주는 살짝 눈을 찌푸렸지만 여전히 부드러운 말투로 사양했다.

"필아, 저 소 선생이라는 분은 손님으로 오신 것이지 심심풀이로 데려온 연주자가 아니란다. 어떻게 그런 일로 부를 수 있겠니? 앞으로 인연이 있으면 자연히 다시 한 번 듣게 될 것이고, 인연이 없으면 강요해서는 안 된다."

소경예도 아우의 제안을 듣는 순간 리양 장공주와 같은 생각을 하고는 불쾌했다. 하지만 어머니가 거절하자 굳이 말하지 않았다. 물론 사필도 일부러 실례를 범하려는 뜻은 아니었다. 그저 어려서부터 사람을 부리는 데 익숙했고, 어머니의 지위가 무척 높다고 생각했기에 금 소리가 듣기 좋으면 불러서 몇 곡 타게 하면 된다고 생각했을 뿐이다. 결국 야단을 듣자 그의 얼굴이 새빨개졌다.

안뜰의 본채에 이르자 리양 장공주는 창가에 놓인 긴 의자에 앉아 쉬었다. 항상 영리한 그녀는 두 아들에게 할 일이 있다는 것을 눈치 챘다. 그래서 오래 붙잡지 않고 몇 마디 한담을 나눈 후 아들들을 내보냈다.

소경예는 출신 때문에 일찍부터 작위를 잇지 않겠다는 뜻을 알리고 세자 자리를 사필에게 내줬다. 더군다나 사필은 어른이 되자 확실히 형보다 정무(政務)를 잘 알았고 사람 관계에도 능숙했다. 그래서 최근 몇 년 동안 녕국후 사옥은 태반의 업무를 사필에게 넘겨줬고, 여러 가지 중요한 행사에도 그를 대신 내보냈다. 덕분에 항상 잡다한 일이 많은 사필은 안뜰을 나오자마자 어디론가 사라졌다.

반면 비교적 한가한 우리의 큰 공자님은 곧장 설려로 향했다. 매장소는 이미 금 연주를 끝내고 나무 아래에서 책을 읽고 있었다. 서두르는 발소리를 듣고 그가 고개를 들더니 뜰 문을 향해 활짝 웃었다. 햇살이 나뭇잎 사이로 떨어져 그의 얼굴 위로 흔들흔들 뛰어놀자 그 웃음은 더한층 생기가 넘쳐 보였다.

소경예도 웃음을 지으며 나아가 두 손을 모으고 인사했다.

"소 형, 어젯밤에는 푹 주무셨습니까?"

"푹 자지 못했을까봐 걱정인가?"

매장소는 대나무 의자를 끌어와 앉으라는 손짓을 했다.

"우리 같은 강호인이 잠자리를 가릴 리가 있나. 그저 예진이 얘기한 큰 볼거리를 생각하느라 조금 늦게 잠들었고 오늘도 조금 늦게 일어났을 뿐이네. 비류에게 들으니 아침에 왔었다지?"

"예."

소경예는 사방을 둘러보았다.

"비류는 왜 안 보이죠?"

"아, 금릉에 온 것이 처음이니 나가서 놀라고 했네."

매장소는 가볍게 말했지만 소경예는 저도 모르게 식은땀이 났다. 비류는 성격은 어린아이 같지만 무공은 초일류 고수였다. 그런 그를 이렇게 쉽게 밖으로 내보내다니 매장소는 정말 간이 컸다.

"걱정 말게."

매장소가 소경예의 마음을 읽은 듯 눈썹을 치켜뜨며 웃었다.

"설사 우리 비류가 바깥에서 사고를 치더라도 그 애의 솜씨라면 금방 달아날 수 있네. 녕국후부에 폐를 끼치지는 않을 거야."

"누가 폐를 끼칠까봐 그런대요?"

소경예는 쓴웃음을 지었다.

"억울합니다, 소 형."

매장소는 더 이상 말하지 않고 탁자를 톡톡 쳤다.

"이왕 왔으니 바둑이나 두면서 잠시 겨뤄보는 게 어떤가?"

소경예는 재빨리 일어나 직접 곁채에 가서 바둑판과 바둑돌을 가져왔다. 그리고 나무 아래에 놓인 돌탁자에 바둑판을 펼쳐놓았다. 매장소는 재능을 타고났지만 정말 모든 것에 완벽하지는 않았다. 최소한 바둑 솜씨에 있어서는 일류가 아니었다. 경성으로 오는 동안 소경예는 이미 그의 솜씨를 파악했기 때문에, 전력을 다하지 않고도 매장소가 턱을 괴고 눈을 찌푸리며 한참 동안 생각하게 만들 수 있었다.

세 번의 대국에서 매장소가 완패했다. 소경예가 웃으며 바둑돌을 흩었다.

"바둑 솜씨는 나쁘지 않지만 천성적으로 계산에는 소질이 없으신가봐요. 평생 저를 못 이기실 거라고 큰소리칠 수 있겠는데요."

"자신만만해하지 말게. 이제부터 비류에게 바둑을 가르칠 테니 언젠가는 눈물 쏟을 날이 올 거야. 비류는 비록 똑똑한 사람들처럼 여러 가지 생각은 못하지만 집중력은 놀라울 정도네. 내가 아는 사람들 중에 집중력에 있어서는 비류만 한 사람이 없어."

소경예는 체면을 세우려는 매장소의 말에는 아랑곳하지 않고 고개를 들어 바깥을 내다보았다.

"소 형, 대체 비류를 어디로 보낸 겁니까? 정오가 다 되었는데도 아직 안 돌아오는군요."

호랑이도 제 말 하면 온다더니, 그 말이 떨어지기 무섭게 바깥에서 날카로운 바람 소리에 이어 옷자락이 공기를 가르는 소리가 들려왔다. 우렁찬 남자 목소리가 고함을 쳤다.

"어떤 놈이냐! 감히 녕국후부에서 소란을 피우다니, 달아날 생각 마라!"

"앗, 이 목소리는……."

소경예는 깜짝 놀라 벌떡 일어났다. 그런데 갑자기 누가 팔을 힘껏 잡는 바람에 돌아보니 매장소가 무거운 표정으로 서 있었다. 그가 잠긴 목소리로 말했다.

"어서 날 데려가주게!"

창졸간에 일어난 일이라 소경예는 깊이 생각할 틈이 없었다. 그는 한 팔로 매장소의 허리를 붙잡고 내공을 끌어올려 연거푸 몸을 날리며 가장 빠른 속도로 소리가 나는 곳으로 달려갔다.

서쪽 길을 지나 중앙 뜰의 월동문(月洞門)으로 뛰어들자, 두 번째와 세 번째 문 사이의 작은 정원에서 사람 그림자가 번쩍이며 어지럽게 싸우는 것이 보였다.

비류는 신법만 기괴할 뿐 아니라 검술 또한 매섭고 잔인했다. 검을 겨누는 곳마다 싸늘한 기운이 솟구쳐 함부로 다가갈 수 없을 정도였다. 하지만 비류와 싸우는 사람 역시 전혀 밀리지 않았다. 그는 한 손으로 장법을 펼치는데도 여유롭고 능숙했으며 내공은 작열하는 태양처럼 힘차고 강력해서, 오고 감을 파악할 수 없는 비류의 신비한 신법도 마치 그 뜨거운 햇살에 바싹 마르는 것 같았다. 소년 무사는 몇 번이나 필사적으로 달려들었지만 그의 장력을 뚫고 나갈 수는 없었다.

소경예가 정신을 차리기도 전에 옆에 있던 매장소가 외쳤다.

"비류, 멈춰라."

그 소리를 들은 소경예도 곧장 큰 소리로 외쳤다.

"몽 통령, 손을 거두어주십시오!"

매장소의 명령이라면 생각도 않고 따르는 비류였기에 즉시 검을 거두고 뒤로 한 걸음 물러났다. 상대방도 그 틈을 타서 몰아붙이지 않고 두 손을 거뒀다. 비록 힘은 완전히 흩어지지 않았지만 공격은 멈췄다.

"경예, 어찌된 일이냐?"

위엄어린 이 한마디에, 소경예는 아버지가 이곳에 있다는 것을 깨달았다. 사옥은 마치 비류가 안채로 들어가지 못하게 막으려 한 것처럼 뒷짐을 지고 정원 동남쪽 구석에 서 있었다.

"녕국후 나리, 용서하십시오."

매장소가 천천히 앞으로 나아가 허리를 숙였다.

"이쪽은 제 호위무사입니다. 아직 철이 없어 규칙을 모르고 함부로 드나들었으니 제가 잘못 가르친 탓입니다. 책하신다면 기꺼이 받겠습니다."

소경예도 황급히 나아가 해명했다.

"이건 분명 오해입니다. 비류는 높은 곳을 왔다갔다하는 것을 좋아합니다. 가만히 내버려두면 결코 아무도 해치지 않……."

사옥은 손을 들어 아들의 말을 끊었다. 그는 약간 어두운 얼굴로 매장소에게 말했다.

"소 선생은 멀리서 오신 손님이니 소홀히 대접할 수야 없으나,

함부로 드나드는 호위무사의 습관은 고치는 것이 좋겠소. 그렇지 않으면 오늘 같은 오해가 앞으로 또 벌어질까 두렵소."

"옳은 말씀입니다. 반드시 엄히 가르치겠습니다."

사옥은 고개를 끄덕이고 방금까지 비류와 싸우던 사람에게 몸을 돌렸다. 그는 두 손 모아 예를 차리며 그 사람에게 사과했다.

"몽 통령, 손님으로 오셨는데 이렇게 손을 쓰게 하다니, 정말 송구스럽구려."

몽 통령은 대략 마흔 살 정도 되어 보이는 사람이었다. 힘이 넘치고 건장한 몸에 무척 남자답게 생겼으며, 두 눈은 형형하게 번쩍였지만 정기는 안으로 숨기고 있었다. 녕국후의 사과를 받자 그는 곧 괜찮다는 듯 손을 내저었다.

"저 아이의 신법이 워낙 독특해서 녕국후부의 담을 넘는데도 시위들이 아무도 알아채지 못하더군요. 무슨 꿍꿍이가 있는 불순한 자라고 생각해 대신 나선 겁니다만, 오해였다니 그냥 한 수 겨뤄본 걸로 칩시다."

그렇게 말하는 그의 시선이 흥미로운 듯 매장소에게 향했다.

"이 선생은 누구신지……."

"저는 소철이라고 합니다. 소 공자와 강호에서 만나 의기투합했지요. 이번에 그의 초대를 받아 경성에 와서 잠시 머물고 있습니다."

"소철?"

몽 통령은 그 이름을 되뇌더니 비류를 쳐다보았다가 다시 별로 눈에 거슬리지 않는 젊은이를 돌아본 후 웃으며 말했다.

"이런 호위무사를 데리고 있는 것을 보니 선생께는 분명 남다른 점이 있겠구려."

"그럴 리가요."

매장소가 태연자약하게 웃으며 대꾸했다.

"우연히 비류가 어려울 때 한 번 구해준 적이 있는데 그것을 은혜로 알고 이렇게 곁에 있어주는 것뿐이지요. 제게 무슨 출중한 재능이 있어서 이런 고수를 데리고 있는 것은 아닙니다."

"그렇소?"

몽 통령의 표정은 전혀 변화가 없어 믿는다는 소리인지 전혀 알 수 없었지만 계속 캐묻지는 않았다. 사옥도 소경예를 뚫어지게 바라보았으나 별다른 말은 하지 않았다. 사옥은 대청에서 차를 대접하겠다고 몽 통령을 청했고 두 사람은 나란히 걸어갔다.

그들이 떠나자 소경예는 발을 동동 구르며 제 머리를 때렸다.

"큰일 났군, 큰일 났어! 아버님이 의심하기 시작하셨으니 오늘 저녁에 분명 저를 불러 소 형의 진짜 신분을 캐물으실 거예요. 이를 어쩌죠?"

그와 달리 매장소는 태연자약한 얼굴로 아무렇게나 말했다.

"강호에서 만난 친구고 그 외엔 아무것도 모른다고 대답하게나."

"그렇게 쉽게 된다면야!"

소경예가 울상을 지었다.

"방금 그 몽 통령이 누군지 아세요?"

매장소의 눈빛이 약간 진지해졌다. 그가 탄식하며 말했다.

"녕국후께서 저렇게 예의를 갖추시고 저 정도 절세의 무공을 지닌 몽씨 성을 가진 통령이 이 경성에 몇이나 되겠나? 당연히 경성 지방 5만 명의 금군(禁軍)을 관장하는 일품의 장군 몽지(蒙摯) 통령이겠지."

"금군통령 말고 다른 것은요?"

"랑야방 강호 고수 순위에서 대유의 현포(玄布) 다음가는 고수이니, 우리 대량에서는 현재 제일 고수이고……."

"그렇지요. 생각해보세요, 소 형의 호위무사가 대량 제일 고수와 대등하게 싸울 수 있다니……."

"몽지가 전력을 다하지 않았잖은가."

"그야 그렇지요. 방금 몽 통령은 확실히 힘을 다 쓰지 않았어요. 하지만 그렇다고는 해도 그는 대량의 제일 고수란 말예요. 비류가 그런 사람과 그렇게 오래 싸우고도 패하지 않았다면 누구라도 놀랄 일이지요. 아버님이 어떤 사람입니까? 소 형이 무명의 강호인이라고 믿으시면 그게 더 이상한 일이에요. 게다가 제가 비밀을 지킨다 해도 사필을 불러서 금방 알아내실걸요!"

"그렇군."

매장소는 고개를 갸웃하며 한참 생각했다.

"됐네. 자네 아버님이 끝까지 캐물으시면 사실을 털어놓게. 그래봤자 자네가 근본도 모르는 사람을 집으로 들였을까봐 걱정하시는 거 아니겠나. 다 아시고 나면 괜찮을 걸세. 내가 무슨 조정의 역당도 아니고, 그저 귀찮을까봐 신분을 숨기려는 것뿐일세. 아무리 생각해도 내 신분을 감추기 위해 자네더러 거짓말로 아버님을 속이라고 할 수야 없지."

소경예는 이상하게 미안한 마음이 들어 겸연쩍은 듯 말했다.

"소 형, 정말 죄송합니다. 하지만 아버님은 진중한 분이고 말씀도 많지 않아요. 소 형의 진짜 신분을 아셔도 속으로만 생각할 뿐 다른 사람에게 알리지는 않을 겁니다."

"왜 미안해하나? 요즘 내가 너무 편한 마음에 깊이 생각해보지 못하고 비류를 내보내는 바람에 생긴 일인데……."

매장소는 그렇게 말하다 말고 비류가 당황한 표정으로 고개 숙이는 것을 보자, 황급히 그를 위로하려고 머리를 쓰다듬으며 부드럽게 달랬다.

"아니야, 비류 잘못이 아니란다. 그 아저씨가 널 막는 바람에 싸운 것이잖니, 그렇지?"

비류가 고개를 끄덕였다.

"그러니까 우리 비류는 잘못한 게 하나도 없어. 모두 그 아저씨 잘못이야!"

소경예는 또다시 식은땀이 났다. 어떻게 아이를 저렇게 가르친담?

"하지만 앞으로는 말이다, 밖으로 나갈 때 꼭 대문으로 나가야 한단다. 돌아올 때도 길이 난 곳을 따라 대문으로 들어와야 하고. 이제는 담을 뛰어넘거나 지붕을 뛰어다니면 안 돼. 이곳 사람들은 간이 조그마한데 시력은 매우 좋아서, 어쩌다가 비류를 보면 깜짝 놀라 기절할 거야, 알겠지?"

"알았어."

저런 교육 방식이라면 비류가 머리를 다치지 않았더라도 어른이 되지 못할 것이라고 소경예는 속으로 한숨을 내쉬었다.

한바탕 풍파가 지나간 후, 매장소는 아무렇지도 않은 듯 비류를 데리고 설려로 돌아갔다. 그는 바둑을 두고 금을 타며 평소처럼 자유롭고 한가하게 시간을 보냈다. 도리어 소경예는 이런저런 생각을 하느라 하루 종일 마음이 불편했다.

저녁이 되자, 예상대로 사옥이 소경예와 사필 두 사람을 서재로 불렀다. 그는 말을 돌리지 않고 직접적으로 물었다.

"너희가 모셔온 소 선생은 대체 어떤 사람이냐?"

소경예와 사필은 서로를 바라보았다. 아버지가 이렇게 물었다는 것은 이미 의심을 하고 있다는 뜻임을 알기에 속이려야 속일 수가 없었다. 하물며 아들로서 오랫동안 훈육을 받아왔으니 아버지와 맞서 싸울 힘 자체가 없었다. 잠시 망설이다가 사필이 먼저 사실을 털어놓았다.

"소 형의…… 진짜 이름은 매장소입니다. 아버님께서도 아실 겁니다. 바로 천하제일의 대방파인 강좌맹(江左盟)의 종주 매장소 말입니다."

사옥은 놀란 나머지 한동안 멍하니 있다가 겨우 입을 열었다.

"어쩐지 휘하의 호위무사마저 그렇게 뛰어나더라니…… 이제 보니 랑야방의 으뜸, 강좌매랑이었구나."

랑야방의 으뜸, 강좌매랑(江左梅郎).

비록 사옥이 귀족 출신이고 녕국후라는 자리에 있지만, 이 이름 앞에서는 두려워하지 않을 수 없었다.

"아득한 세상의 빙설 같은 모습, 그윽한 향기 아련한 음악 소리 강가에 울리네. 천하에 펼쳐진 영웅의 길을 모두 아노라니, 강좌의 매랑에게 고개를 숙이네."

9년 전, 북방의 거장인 초룡방(峭龍幫)의 방주 속경천(束擎天)이 처음 매장소를 만났을 때 읊은 구절이었다.

당시 공손씨 가문은 화를 피해 강좌로 들어갔고, 속경천은 그들을 쫓아 강을 넘었다. 강좌맹 신임 종주 매장소가 친히 강가에 나와 그를 맞았다. 두 사람은 도검을 들지도 않고 무사 한 명 거느리지 않은 채 하령(賀嶺) 꼭대기에서 이틀 동안 밀담을 나눴다. 산을 내려온 후 속경천은 북방으로 물러났고 공손씨 전 가족은 목숨을 구했다. 이후 강좌맹의 이름은 강호에 크게 떨치기 시작했다.

"강좌맹 종주는 항상 조용히 행동하기 때문에 그의 얼굴을 본 사람은 많지 않다. 너희는 어떻게 그와 사귀게 되었느냐?"

잠시 혼자 중얼거리던 사옥이 다시 물었다.

"형님이……."

사필이 우물거리자, 소경예가 바로 말을 받았다.

"말씀드리겠습니다, 아버님. 소자는 작년 겨울 진령(秦嶺)을 넘다가 어느 찻집에서 잠시 쉬었는데 우연히도 건너편 탁자에 소 형이 앉아 있었습니다. 그때 소 형은 소자가 들고 있던 한매(寒梅) 가지가 마음에 드는지 계속 바라보았지요. 소자는 아무 생각 없이 그 매화 가지를 소 형에게 선물했고 그렇게 해서 친구가 되었습니다. 그 후 강호를 떠돌면서 자주 그의 보살핌을 받았습니다. 소 형은 몸에 병이 많은데, 한의(寒醫) 순진(荀珍) 노선생께서 진료를 하더니, 반드시 강좌를 떠나 방파의 일에 나서지 말고 오로지 휴양만 해야 한다고 하셨습니다. 그래서 소자가 이 기회에 잠시 금릉에 머물라고 소 형에게 청했습니다. 아버님께서도 아시다시피 소 형의 명성이 워낙 높아 한가하게 지낼 수 있도록 소철이라고 이름을 바꿨지요."

"그랬구나."

사옥은 고개를 끄덕였다.

"됐다. 소 선생은 귀빈이니 잘 대접하도록 해라."

소경예와 사필은 나란히 허리를 숙이며 대답한 후 천천히 물러났다. 아버지의 서재에서 벗어나자 사필은 소경예를 붙잡고 캐물었다. 비류가 오늘 몽지와 겨루었다는 소식을 듣자 그 역시 놀랍다며 혀를 내둘렀다. 두 사람은 설려로 가서 매장소에게 아버지가 그의 신분을 알았다는 것을 전했다. 우리의 강좌맹 종주는 그저 빙그레 웃을 뿐 전혀 마음에 두지 않았다.

이튿날 아침 일찍, 국구 공자 언예진이 매우 단정하게 차려입고 나타나, '여행길의 피로는 충분히 쉬어 모두 풀렸을 테니 오늘은 다 같이 놀러 가자' 고 선포했다. 그는 일 때문에 바빠서 시간을 내지 못하는 사필의 원망스런 눈길을 무시하고 소경예와 매장소를 문밖으로 끌고 나갔다. 세 사람은 하루 종일 거리를 쏘다녔다.

예황 군주의 신랑감 선발대회가 가까웠기 때문에 요 며칠 경성 안은 각지에서 달려온 젊은 재자들로 붐볐다. 큰 찻집과 주루는 매일같이 손님이 구름처럼 몰려들어 북적북적했고, 때때로 칼부림이나 주먹다짐같이 화려한 볼거리가 벌어지기도 했다. 마치 신랑감 선발대회의 예선전이라도 치르는 것 같았다.

시끌벅적한 구경거리를 좋아하는 언예진에게는 몹시 신나는 일이어서, 경성에 돌아온 뒤로 이리저리 기웃거리며 구경하고 다녔다. 덕분에 소경예와 매장소를 데리고 나온 이날, 그는 어느 주루에서 가장 싸움이 많이 벌어지는지, 어느 찻집에서 벌어지는 결투가 가장 수준 높은지를 우쭐대며 설명해줄 수 있었다.

꼬박 하루를 돌아다녔지만 고수는 몇 사람 볼 수 없었다. (물론 고수들은 함부로 모습을 드러내지 않았다. 이런 때 나타나봤자 말썽만 일으킬 뿐이니까.) 언예진은 흥미진진하게 즐겼지만 소경예는 벌써 신물이 났다. 예전이라면 즐거워하는 친구를 위해 억지로 버텼겠지만, 오늘은 매장소가 함께 있었다. 매장소의 얼굴에서 피로를 느끼자 그는 즉시 '이제 요월주루로 가서 놀아보자'는 언예진의 제안을 거절했다.

"왜? 요월주루는 아주 재미있단 말이야. 며칠 전에 그곳에서 유성추를 든 사람과 쌍도를 쓰는 사람이 싸우는 것을 봤어. 글쎄, 추를 휘두르는데 힘이 하나도 없지 뭐야. 결국 그 추가 되돌아와 자기 머리를 퍽 때려서 그 자리에서 기절해버렸다고. 웃겨서 죽을 뻔……."

소경예가 낮은 소리로 그를 일깨웠다.

"예진, 소 형 피곤하잖아."

"응?"

언예진은 약간 창백해진 매장소의 얼굴을 보고 자기 머리를 콩 때렸다.

"내가 생각이 너무 짧았어. 소 형은 몸이 약하니까 당연히 우리 같지 않지. 그럼 여기서 쉬자. 이곳의 차는 정말 일품이거든."

그가 매장소를 돌아보았다.

"잘 나가는 차 몇 잔 주문할 테니 드셔보실래요, 소 형?"

"두 시간 전에 간식을 먹었는데 더 들어갈 곳이 어디 있겠나?"

매장소는 의자 등받이에 기대며 말했다. 얼굴은 피곤해 보였지만 정신은 맑았다.

“잠시 앉아 있다가 각자 집으로 돌아가세. 나와서 돌아다니기는 했지만 너무 지나치면 안 되네. 경예도 집으로 가서 부모님과 저녁을 먹는 것이 아무래도 낫겠지.”

“그건 그렇죠, 경예는 착한 아이니까요.”

언예진이 동의했다.

“나와는 달리 말이죠. 우리 아버지는 내가 나가서 언제 돌아오든 관심조차 없으시거든요.”

언예진의 말투는 가벼웠지만, 매장소는 그 속에서 옅은 외로움을 읽고 저도 모르게 그를 가만히 바라보았다. 도리어 그와 오랫동안 함께한 소경예는 이상함을 알아채지 못했다.

소경예가 점원에게 깨끗한 가마를 불러달라고 하자 머지않아 가마가 도착했고, 세 사람은 주루 앞에서 헤어졌다. 언예진은 다른 곳으로 놀러 갔고, 소경예는 매장소와 함께 녕국후부로 돌아갔다. 저택 앞에 가마를 내리기 무섭게 하인들이 알아보고 재빨리 알리러 들어갔다.

“왜 이제야 왔어요? 찾아온 사람이 한참 동안 기다렸다고요!”

사필이 바삐 마중을 나와 큰 소리로 말했다.

“누가 찾아왔다는 거야?”

사필의 원망을 들은 소경예가 즉시 물었다.

매장소는 걸음을 멈추고 망설이는 듯했지만, 그러한 표정은 순식간에 사라지고 곧 평정을 되찾았다. 사필이 두 사람의 옷매무새를 꼼꼼히 뜯어보더니 초조하게 말했다.

“이만하면 괜찮겠군. 옷 갈아입지 말고 빨리 따라와요. 황후마마와 어머님, 예황 군주께서 기다리세요.”

소경예는 멈칫했다.

사필이 말한 세 여자는 현재 대량에서 가장 존귀하고 가장 권세 있는 여자들이었다. 황후는 말할 것도 없이 육궁(六宮)을 관장하는 천하의 어머니였고, 리양 장공주는 황제의 누이동생이자 녕국후의 아내였으며, 예황 군주는 비록 지위는 그들보다 낮으나 남쪽 국경의 10만 철기병을 손에 쥐고 있었다. 이들 중 한 사람을 만나는 것조차 어려운데, 일부러 기다린 것은 둘째 치고 한번에 모두 만난다는 것은 지금껏 그 누구도 받아보지 못한 특별대우였다.

"뭘 멍하니 서 있는 거예요?"

사필이 형을 쿡 찔렀다.

"싫으면 형님은 안 들어가셔도 돼요. 어쨌거나 그분들이 보고 싶어 하는 사람은 소 형이니까요."

"그걸 말이라고!"

소경예가 불쾌하게 사필을 노려보았다.

"네가 비류와 몽 통령이 싸운 이야기를 함부로 떠들어서 그분들의 호기심을 자극한 거지? 잊었어? 소 형은 병을 치료하러 왔지, 여기저기 인사하려고 온 것이 아니야. 이렇게 소문이 나버리면 어떻게 편히 쉬실 수 있겠어?"

책망을 당하자 사필도 약간 무안해져서 멋쩍게 사과했다.

"제가 조심하지 않은 건 맞아요. 어머님과 함께 손님을 대접하면서 이런저런 이야기를 하다가 우연히 튀어나온 거예요. 용서해 주세요, 소 형."

"무슨 그런 말을."

매장소가 담담하게 말했다.

"둘째 공자 덕에 귀인을 만나게 되었으니 감사해야 마땅하지. 혹시 또 모르지 않나. 알현하러 갔다가 황후마마께서 예왕(譽王) 전하를 대신해 내게 보물을 내리실지도."

그 말을 듣자 사필은 깜짝 놀라 그를 바라보았다. 매장소는 입가에 미소를 짓고 있었지만 눈동자에는 웃음기가 전혀 없었다. 자신의 얄팍한 계략이 이 총명한 강좌맹 종주에게 간파되었다는 것을 알자, 사필은 겸연쩍은 표정을 지으며 뭐라고 변명해야 할지 황급히 머리를 굴렸다.

소경예는 특별한 출신 때문에 반은 강호인이나 마찬가지였다. 성년이 되기 전에는 1년 중 반년만 경성에 있었고, 성년이 된 뒤로는 더욱 자주 강호를 찾으며 정사(政事)에는 관심을 갖지 않았다. 하지만 아무리 그래도 결국은 녕국후부의 공자였고 조정의 큰 흐름은 잘 알고 있었다. 덕분에 매장소의 말을 듣고 사필의 표정을 보자 곧 어떻게 된 일인지 깨달았다. 와락 화가 치민 그는 매장소 앞을 가로막으며 사필에게 소리쳤다.

"가서 황후마마와 어머님께 말씀드려. 소 형은 몸이 불편해서 만나뵐 수 없다고."

"형님, 왜 이래요?"

사필은 초조하여 그를 밀어내려 했다.

"자꾸 번거롭게 하지 마세요. 대청에서 기다리는 분들이 어디 보통 사람이에요? 만나뵙겠다고 만나지고, 만나뵙지 않겠다고 안 만날 수 있을 것 같아요?"

소경예는 이를 악물고 왼손을 휘둘러 사필의 팔을 붙잡았다. 그가 살짝 힘을 주자 사필은 그 자리에서 꼼짝달싹할 수 없었다. 소경예는 그의 눈을 똑바로 바라보며 몹시 진지한 투로 말했다.

"어머님과 예황 군주는 그저 호기심일 뿐이고, 진정으로 소 형을 만나고자 하는 분은 황후마마겠지? 그러니 다시 한 번 말하겠다. 가서 황후마마께 말씀드려. 소 형이 병이 나서 실례를 저질렀으니 부디 용서해달라고 말이야."

사필은 힘껏 발버둥 쳤지만 소경예의 손아귀에서 벗어날 수 없었다. 부끄럽고 화가 나 얼굴이 확확 달아올랐다. 그는 평소 소경예를 '형님, 형님' 하고 따랐고 형제의 정도 두터웠지만, 뼛속 깊은 곳에서부터 큰형으로 여기며 존경하지는 않았다. 소경예는 성격이 부드럽고 공손해서, 어려서부터 형제자매에게 늘 양보했고 한 번도 큰형이라고 위세 부리지 않았다. 평소 약간의 괴롭힘을 당해도 개의치 않았고, 세자 신분인 사필에게는 더욱더 사납게 대해본 적이 없었다. 그런 그가 갑자기 강경한 태도로 나오자 사필로서는 당연히 놀랍고 이상하고 당황스러울 수밖에 없었다.

"됐네, 경예. 내가……."

매장소가 한 걸음 나서며 어쩔 수 없다는 듯이 입을 열었지만, 소경예는 고개조차 돌리지 않고 물리쳤다.

"안 됩니다! 절대 안 돼요!"

"형님!"

"소 형을 금릉으로 모셔올 때 네가 속으로 무슨 생각을 했는지는 상관없어. 하지만 나는 휴양을 하라고 소 형을 모셨고, 바깥의 혼란스러운 일들은 소 형과는 아무 관계 없어."

소경예는 단호한 눈빛으로 추호도 물러서려 하지 않았다.

"예왕이든 태자(太子)든, 네가 어느 쪽을 선택하든, 누구에게 붙든 그건 네 일이야. 아버님도 아무 말씀 않으시는데 내가 뭐라 할 일은 더더구나 아니지. 하지만 소 형은 제3자야. 아무리 천하제일의 방파를 손에 쥐고 있고 뛰어난 기재(奇才)지만, 소 형의 의견은 묻지도 않고 거짓말로 모셔와서 얄팍한 꼼수로 정쟁에 끌어들일 수는 없어. 혹여 소 형이 낯선 사람이라 해도, 이런 방식은 사람으로서 할 도리가 아니야. 하물며 우리는 함께 경성까지 왔으니 친구 사이라고 할 수 있는데 이럴 순 없어."

소경예가 이렇게 날카롭게 말하는 것은 한 번도 본 적 없는 사필이었다. 게다가 켕기는 것도 있어서 자연히 기세가 꺾여 우물쭈물 변명했다.

"그냥 황후마마를 뵙는 것뿐이잖아요. 뭘 결정하라는 것도 아니고……."

"그냥 뵙는 것뿐이라고?"

소경예가 냉소를 터뜨렸다.

"소 형의 학식과 강좌맹 종주라는 신분이 아니었다면, 아무 연고도 없는 황후마마께서 왜 만나려고 하시겠어? 알현을 했다가 황후마마께서 예왕 대신 은혜라도 베풀면 소 형더러 어쩌라고? 만약 황후마마께서 보통을 넘는 귀중한 상이라도 내리시면 어떨 것 같아? 받아야 할까 말아야 할까? 넌 소 형의 동의도 얻지 않고 아무 이유 없이 소 형을 어려운 처지에 빠뜨린 거야. 그러면서 친구라고 할 수 있어?"

이렇게 매섭게 책망을 당하자 사필은 민망해서 견딜 수가 없었다. 그는 얼굴 가득 부끄러운 표정을 지었고 이마에는 푸른 힘줄이 솟았다. 그런 모습을 보자 소경예도 마음이 약해져 말투를 살짝 풀며 느릿느릿 말했다.

"둘째야, 항상 네가 집안일을 도맡아 처리하는데 나는 아무 도움이 못 되어 미안하게 생각하고 있어. 네가 하는 모든 일이 사씨 가문을 위해서라는 것도 알아. 하지만 어찌되었든 친구를 이렇게 대해서는 안 되는 거야. 오늘 일을 예진이 알면, 예진도 너를 혼낼 거야. 나는 소 형을 모시고 설려로 돌아갈 테니 황후마마 쪽은 네 기지와 영리함이라면 적당히 둘러댈 수 있겠지."

말을 마친 소경예는 돌아서서 매장소를 끌고 뒤도 한 번 돌아보지 않고 떠나갔다. 사필은 그 자리에 한참 동안 멍하니 서 있다가 결국 한숨을 푹 쉬었다. 차마 쫓아갈 수가 없었다.

설려로 돌아온 후 매장소는 늘 그랬듯 나무 아래의 긴 의자에 앉았다. 소경예가 직접 뜨거운 차를 따라주고, 나무 의자를 옮겨와 오랫동안 말없이 곁을 지켰다.

"죄송해요."

한참 후에야 소경예가 가볍게 입을 열었다.

매장소의 시선이 천천히 소경예의 얼굴 위로 떨어졌다. 두 가지 신분을 지닌 이 젊은이는 평소의 부드러운 모습으로 돌아가 있었다. 표정은 온화하고 눈빛은 맑고 투명해서, 조금 전 격렬하고 단호하던 모습은 찾을 수 없었다. 하지만 그를 바라보는 매장소의 가슴은 말로 표현할 수 없을 만큼 어지러웠다. 그저 단순하고 친절한 아이라고 생각했는데, 우정과 사람의 성품에 관해 이렇게 단호하고 굳은 원칙을 가진 줄은 몰랐다.

지금 황후를 만나는 것은 비록 그가 바라는 바는 아니었지만, 만난다고 해도 적당히 상대하지 못할 것도 없었다. 하지만 소경예가 앞을 가로막고 있는 힘껏 그를 보호하려 했을 때, 마음속에서는 저도 모르게 감동이 솟구쳤다. 세상 사람이 모두 소경예만 같아도 이 세상은 훨씬 아름다웠을 것이다. 하지만 안타깝게도 대부분의 사람은 그러지 못했다. 그 자신을 포함해서.

"부디 사필을 탓하지 마세요. 사실 그 애도 악의가 있는 것은 아니에요. 그저 예왕을 지지하는데다, 소 형의 재능을 몹시 경모해서 그런 거예요."

소경예는 매장소의 표정에 담긴 의미를 짐작할 수 없어서 약간 불안했다.

"소 형은 강호의 분쟁에서 벗어나기 위해 금릉으로 오셨는데, 결국 또 다른 골칫거리를 안겨드렸군요."

매장소는 빙그레 웃으며 손을 내밀어 소경예의 무릎을 두드렸다. 그리고 낮게 말했다.

"그렇게까지 탓할 일이 아니네. 누구나 어떤 일을 하는 데는 그만한 이유가 있기 때문이야. 사필도 그렇고. 다만 모두 너무 자신만을 생각하다보면 세상의 많은 번뇌는 바로 거기서부터 생겨나는 걸세. 강호든, 조정이든, 무슨 차이가 있는가? 북연과 대유가 황위를 두고 칼부림을 한다지만, 우리 대량이라고 어디 다른가?"

"금릉에 오기 전에 소 형은 신분을 숨기겠다고 말씀하셨지요."

소경예는 풀이 죽은 듯 고개를 푹 숙였다.

"저는 분명 약속을 했고요. 그런데……."

"그게 왜 자네 탓인가? 굳이 이유를 찾자면 내가 비류를 조심시키지 못한 탓이지."

소경예는 고개를 저으며 정색했다.

"소 형, 제 마음을 달래려고 일부러 모른 척하실 필요 없습니다. 오늘 일을 겪고 나니 확실해졌어요. 어제 비류가 몽 통령과 우연히 마주치지 않았더라도, 사필은 소 형의 신분을 예왕에게 알렸을 겁니다."

"그럼 우리 밤을 틈타 경성에서 달아날까?"

매장소가 분위기를 띄우려고 농담을 건넸다.

"소 형!"

소경예는 웃지도 울지도 못하는 얼굴로 소리를 질렀다.

"됐네, 걱정 말게."

매장소는 웃으며 등받이에 몸을 기댔다.

"어차피 왔으니 편안하게 지내야지. 마차가 산에 오르려면 반드시 길이 생기는 법이라고 하지 않던가. 지금은 모두 인재를 초빙하려고 눈에 불을 켜고 있으니, 불행하게도 그들 눈에 띈 이상 강좌로 돌아가봤자 골칫거리를 가져가는 것밖에 더 되겠나. 화를 불러들였다고 강좌맹 사람들한테까지 쓸데없이 욕이나 들어먹겠지. 차라리 경성에 남아 시끌벅적한 것들을 지켜보며 그들을 관찰하는 게 나아. 그러면 곧, 사실은 내가 아무 쓸모도 없는 서생이라는 것을 알게 되겠지. 그때는 내가 불러달라고 청을 넣은들 콧방귀도 뀌지 않을 걸세."

소경예는 그렇게 단순한 일이 아니라는 것을 잘 알았지만, 어쩔 수 없이 웃음이 터져나왔다. 마음속의 울적함도 웃음과 함께 씻겨나갔다.

알현을 거절한 일은 결과적으로 아무런 소동도 없었고, 황후와 예황 군주는 조용히 돌아갔다. 확실히 사필의 솜씨는 제법인 듯했다. 그날 저녁 식사 자리는 평온했다. 녕국후와 리양 장공주 중 아무도 설려의 손님에 관한 화제를 꺼내지 않았고, 더욱이 고민에 빠진 사필은 밥을 반 그릇만 먹고 방으로 돌아갔다. 소경예는 곧 뒤따라가서 그의 상태를 살폈지만, 그는 형에게 화를 내지도 않고, 매장소에게 사과를 전해달라고 부탁했다. 그런 다음 몸이 좋지 않다며 일찍 자러 갔다.

이튿날 언예진이 또 놀러 가자며 찾아왔다. 세 사람 모두 기운이 빠진 것을 발견한 그는 자신이 뭔가 큰 구경거리를 놓친 게 아닌가 의심했다. 그래서 소경예를 붙잡아 꼬치꼬치 캐물었지만 반나절을 심문했는데도 아무런 소득이 없었다. 다행스럽게도 예진은 곧 내일이 바로 예황 군주의 신랑감 선발대회 첫날이라는 것을 떠올렸다. 이날을 대비해 푹 쉬고, 미인을 품에 안고 돌아가는 목표를 위해 매진하고자 그는 절친한 친구를 괴롭히기를 중단하고 비실거리며 돌아갔다.

신랑감 선발대회

\-

3

\-

금릉 황궁의 주작문 밖에는 황실 규칙에 따라 붉은 기둥과 유리 기와로 지은 찬례루(贊禮樓)가 우뚝 서 있는데 바로 '영봉루'였다. 대량의 3대 황제 때부터 혼례나 성년식 등 황실의 모든 행사는 이곳에서 거행되어 백성과 신하들의 축복을 받았다. 예황 군주는 비록 종실은 아니지만 공로가 매우 크고 명성이 높아, 대량의 조정에서 공주를 능가하는 특별한 예우를 받고 있었다. 그런 그녀가 신랑감을 구하는 자리이니, 그 장소는 자연스레 이곳 영봉루가 되었다.

한 달 전, 황제는 공부(工部)에 명을 내려 영봉루 앞 커다란 광장에 평대를 세우고, 그 주위로 오색 비단 막사를 세워 귀족들이 앉는 자리를 마련하게 했다. 일반 관리 및 다른 사람들은 막사 밖에 흩어져 앉았고, 그보다 더 바깥쪽은 심의를 받고 출입이 허락된 평민들이 멀리서 관람했다. 평범한 백성들은 당연히 방위선 밖으로 밀려나 이 성대한 대회를 볼 수 없었다. 그래서 멀리 떨어진 곳에서 소식을 들으며 잡담으로 무료함을 달랬다.

대회의 모든 장면을 직접 볼 수 있는 사람은 소수였지만, 이번 일이 얼마나 중요한지는 말하지 않아도 알 수 있었다. 심지어 온 천하의 이목이 주작문 밖의 평대에 모여들어, 곧 시작될 놀랍고도 흥분되는 싸움을 기다리고 있을 정도였다. 이 싸움의 우승자는 세상에서 가장 정복하기 어려우면서도 가장 빼어난 여자를 얻을 수 있었다.

녕국후부의 지위라면 당연히 비단 막사 안의 귀빈석에 앉을 수 있었다. 일행은 이미 이 엄청난 구경거리를 함께 보러 가자고 약속해두었다. 그런데 이틀 동안의 소동 때문에, 소경예는 매장소를 데리고 저렇게 공개적인 장소에 나타나는 것이 괜찮을지 판단이 서지 않아 한동안 망설였다. 그런데 그가 고민하든 말든, 당사자인 매장소는 전혀 신경 쓰지 않았다. 그는 가자고도, 가지 말자고도 하지 않고, 재미있는 구경이라도 하듯, 문 앞을 서성거리며 눈을 찌푸리고 골머리를 앓는 소경예를 바라보는 한편, 쾌활하게 비류와 장난을 쳤다.

"뭣들 하는 거야. 아직도 안 나오고!"

원망스런 목소리의 주인은 말할 것도 없이 국구 공자 언예진이었다. 오늘 그는 연보라색 새 옷을 입고 머리칼은 은고리로 단정히 묶어 꽤 말쑥하고 잘생겨 보였다. 언예진은 설려 문간에 서서 당당하게 외쳤다.

"어서 가자니까. 한 시간 후면 폐하께서 정건전(正乾殿)에서 나오실 텐데 왜 이렇게 꾸물대?"

소경예는 한숨을 쉬었다.

"가야 하나 말아야 하나 고민 중이야."

"당연히 가야지! 그야 오늘 우리 시합은 없지만 어차피 등록한 거, 싸울 상대가 어떤 인물인지 살펴보기는 해야잖아."

"내 이야기가 아니라 소 형이……."

"소 형은 더욱더 가야지. 이렇게 큰 구경거리를 보여드리지도 않을 거면 뭐 하러 경성까지 모시고 왔어?"

"넌 모르니까 그렇게 말하는 거야."

소경예는 여전히 어두운 표정으로 어제 있었던 일을 간단히 설명했다.

"이번 대회는 주요 인물이 모두 모이는 자리야. 소 형이 가면 무슨 일이 벌어질지 누가 알아?"

언예진은 고개를 갸웃하며 잠시 생각하더니 큰 소리로 웃음을 터뜨렸다.

"그러니까 더욱 가야지. 소 형이 설려에 있다고 태자나 예왕이 핑계를 대고 찾아오지 않는다는 보장은 없잖아. 그땐 누가 먼저 오고 누가 나중에 왔는지, 누가 무슨 말을 했고 누가 무슨 선물을 보냈는지 확실히 설명할 수가 없다고. 오늘 사람들이 모인 자리에서 소 형에게 알 만한 사람을 모두 소개해주고, 때를 보아 '나는 초빙을 받을 뜻이 없소' 하는 태도를 보이면, 먼저 움직인 사람이 이기는 식으로 흘러가지도 않을 테니 도리어 편해질 거야."

매장소는 비류의 머리칼을 정리해주다 멈추고 찬탄하는 눈길로 언예진을 바라보았다. 저 도련님은 모략을 좋아하지 않지만 한눈에 본질을 파악하고 정곡을 찌를 줄 알았다. 그것도 천부적인 재능이라면 재능이었다.

"네 말도 일리가 있구나."

권모술수 가득한 일에 관해 고민하는 것을 싫어하는 소경예지만, 오늘은 매장소를 위해 새벽부터 고민을 거듭한 터라 벌써 머리가 깨질 것처럼 아팠다. 그래서 언예진의 말에 금방 설득당해 곧 마음이 편해졌다.

"소 형, 특별히 준비할 게 없으면 바로 갈까요?"

"가세!"

매장소는 비류의 부축을 받으며 일어났다.

"나와 비류는 구혼하러 가는 것도 아니니 꾸밀 게 뭐 있겠나. 사필이 뜰 밖에서 한참 기다렸을 거야."

"예? 사필이 기다리는 것을 어떻게 알았어요? 내가 말했나?"

언예진이 의아해했다.

"추측일세."

매장소는 웃으며 간결하게 대답하고 먼저 설려를 나섰다. 과연 사필이 뜰 문밖 오래된 버드나무 아래에서 기다리고 있었다. 그들이 나오는 것을 보자 그가 황급히 다가왔다.

"소 형, 어제는 제가……."

"그 이야기는 됐네."

산뜻하고 부드럽게 웃는 매장소의 얼굴에는 화난 기색이 전혀 없었다.

"난 아무렇지도 않으니 자네도 마음에 두지 말게."

두 사람은 서로를 바라보며 씩 웃었고, 더 이상 말하지 않았다. 한편으로는 형제의 정이 마음에 걸리고, 다른 한편으로는 매장소를 향한 존경심이 마음에 걸린 소경예는, 두 사람의 응어리가 풀린 것을 보자 하늘 가득한 먹구름이 싹 걷히는 듯했다. 그가 바라던 화목한 분위기가 다시 찾아오자 자연히 평소답지 않게 몹시 기뻐하며 얼굴에 웃음꽃을 활짝 피웠다.

마차가 주작문 뒤에 이르자 이미 인파가 그득했다. 금릉성 전체의 고관귀족이 모두 쏟아져나온 것 같았고, 친척과 친구, 상사, 부하들이 어지러이 서로 인사하고 절하느라 마치 시장바닥처럼 주위가 시끌시끌했다. 일행은 매장소를 둘러싸 보호하며, 남들과 똑같이 좌우로 끊임없이 인사하면서 움직였다. 비단 막사 구역으로 들어가자 상황이 약간 좋아졌다.

언씨 가문과 사씨 가문의 비단 막사는 나란히 있지 않았지만, 녕국후와 리양 장공주가 황제를 따라 영봉루로 올라갔기 때문에 언예진은 다 같이 보는 것이 훨씬 재미있다며 사씨 가문 막사에 눌러앉았다. 비류도 오늘은 마음대로 사라지지 않고 내내 매장소 곁에 딱 붙어서 우연히 또는 일부러 매장소에게 다가오는 사람들을 뚫어져라 지켜보았다. 그 날카롭고 싸늘한 기운에 옆에 있는 세 명의 귀공자마저 머리칼이 곤두설 지경이었다.

정오가 다가오자 영봉루에서 갑자기 종소리가 들렸다. 아홉 번은 길게, 다섯 번은 짧게 울리는 종소리는 바로 황제의 어가가 도착했음을 알리는 소리였다. 누각 아래는 곧 엄숙해지고 찍소리 하나 없이 조용해졌다. 사례관(司禮官)의 맑고 높은 목소리가 사람들을 지휘하여 황제를 배알하는 예를 올리게 했다.

비단 막사에서 올려다보니, 영봉루 난간 안쪽을 화려하게 뒤덮은 궁선(宮扇)과 주렁주렁 구슬이 달린 관, 비단 장포가 보였다. 위치만으로 황제가 누각 가운데 앉아 있다는 것을 짐작할 뿐, 누가 누군지 얼굴조차 알아볼 수 없었다. 하지만 누각 위의 사람들 입장에서는 물론 상황이 달랐다. 높은 곳에서 사방을 내려다보아 시야에 들어오는 모든 것을 확실하게 볼 수 있었다.

그때 사례관이 오늘 시합을 할 오십 명을 평대 위로 불러들여 황제에게 절하게 했다. 그리고 한 명씩 이름을 부르며 뒤쪽으로 내려가게 한 다음, 제비뽑기로 정한 순서와 짝에 따라 정식으로 시합을 시작했다.

매장소는 천하제일 대방파의 종주였다. 비록 몸이 약해 무공을 익히지는 못했으나 각문각파의 무공에 관해서 잘 알고 있었고, 그 속을 훤히 꿰뚫어 남들에 비할 바가 아니었다. 같은 막사에 있는 세 명의 젊은이가 자꾸 이것저것 물어대도 그는 참을성 있게 하나하나 설명해줬다. 평대 위의 시합은 아직 최고조에 이르지 않았는데도 막사 안 분위기는 무척이나 뜨거웠다.

세 번째 시합이 막 끝났을 때, 절대 기회를 놓칠 리 없는 방문객들 중 첫 번째 사람이 마침내 도착했다. 하지만 모두를 놀라게 한 것은 이 방문객이 전혀 예상하지 못한 인물이기 때문이었다.

"공자님들, 즐겁게 구경하고 계신지요?"

놀라움을 전혀 숨기지 않는 사람들을 보면서도 방문객은 개의치 않았다. 그는 눈웃음을 치며 살짝 허리를 숙이고, 손에 든 총채를 탁 털며 두 손 모아 인사를 올렸다.

"아니, 이러시면 안 됩니다. 고 공공, 여기 앉으시지요."

조정 일에 익숙한 사필이 가장 먼저 정신을 차리고 달려나가 그를 부축했다.

"앉을 것까지야 있겠습니까?"

30여 년간 황제 곁에서 시중을 들어온 오랜 심복이요, 일찍부터 육궁의 태감 총관 자리를 꿰차고 있지만, 고담(高湛)은 결코 거만을 떨거나 세도를 부리지 않았다. 자기보다 나이가 몇 배는 적은 이 젊은이들을 대하면서도 그는 전혀 실례를 저지르지 않고 상냥하게 웃었다.

"어서 저를 따라오시지요. 태황태후께서 부르십니다."

"태황태후께서요?"

사필은 화들짝 놀랐다.

"그분께서도 나오셨습니까?"

"그렇고말고요. 태황태후께서 영봉루에 계시다가 여러분이 재미있게 노는 것을 보시고 불러들이라 하셨습니다."

"우리 전부 말입니까?"

"예, 여기 이 선생과 어린 형제분도 모두 가시지요."

사필이 고개를 돌리자 모두 어리둥절하여 멍하니 서로를 바라보았다.

태황태후는 황제의 친할머니로 벌써 아흔 살이 넘은 고령이었는데, 조정 일에 나선 적이 없기 때문에 마음이 편해서인지 수명이 길었다. 태후는 몇 년 전에 세상을 떠났지만 그녀는 아직도 안락하게 살고 있었다. 평소 가장 좋아하는 것이 곁에 아이들이 옹기종기 모여 있는 모습을 보는 것이기에 이렇게 부르는 것도 이상한 일은 아니었다. 하지만 나이가 들어 시력이 좋지 않을 텐데 저 멀리 앉아 있는 사람이 누구인지 알아보았다니 뜻밖이었다.

일행의 어리둥절한 기분이야 어떠하든, 태황태후가 부르면 황제라도 가지 않을 수 없었다. 그들은 옷매무새를 가다듬고 고담을 따라 막사를 나가 누각 옆에 세운 계단을 통해 영봉루로 올라갔다.

태황태후는 중앙 누각이 아닌 바람을 피할 수 있는 난각(暖閣)에 있었다. 문으로 들어서자 푹신한 의자에 비스듬히 앉은 머리가 새하얀 할머니가 보였다. 얼굴은 주름투성이지만 자상한 표정이었다. 무리를 이루고 선 궁녀들과 태감들 외에 네 사람이 태황태후 곁에 앉아 있었다. 매장소는 눈동자를 살짝 굴리며 그들 네 사람이 누구인지 확인했다.

봉황관을 쓰고 금빛 포를 두른, 상석에 앉은 기품 있고 점잖은 사람은 바로 정비인 언(言) 황후였다. 눈가와 입 주변에 주름이 약간 보이지만 희미하게나마 젊은 시절의 미모가 남아 있었다. 황후 오른쪽에는 머리를 높게 틀어올린 아름다운 얼굴의 궁장 미인이 있었다. 나이는 마흔이 넘었지만 더욱 관리를 잘해서 피부에는 여전히 윤기가 흘렀다. 그 사람은 바로 태자의 생모인 월(越) 귀비였다.

황후 왼쪽에는 단정한 모습의 중년의 미부인이 앉아 있었는데, 수려한 미모가 어딘지 낯익었다. 다름 아닌 리양 장공주였다. 마지막 한 사람은 젊은 여자였다. 단순한 복장에 화장도 수수했고, 용모도 절세의 미인은 아니지만 영기가 넘치고 빛이 났다. 방 안에 있는 화려한 복장의 귀부인들 중에 그 누구도 그녀의 기세를 누를 사람이 없었다. 예황 군주가 아니라면 누가 이런 풍모를 가질 수 있겠는가?

"왔니?"

태황태후가 덜덜 떨리는 몸으로 일어나 앉으며 활짝 웃었다.

"자자, 어서 이리 와서 누가 누군지 알려주련?"

언예진이 참지 못하고 쿡쿡 웃자 언 황후가 눈짓을 했다. 나이가 많은 태황태후는 요즘 들어 정신이 약간 오락가락했다. 젊은 이들을 가까이하는 것을 좋아하면서도 누가 누군지 기억하지 못했다. 가끔은 바로 어제 만났는데도 오늘 또다시 소개를 받기도 했다.

고담이 사람들을 데리고 앞으로 나아갔다. 그사이 매장소는 소리를 낮추고 비류를 달랬다.

"조금 있다가 저 할머니가 손을 잡게 해주렴. 웃어도 주고."

비류는 차가운 얼굴로 싫다는 표정을 지었다.

그때 태황태후는 벌써 가장 가까이 있는 소경예의 손을 잡고 있었다. 옆에서 고담이 재빨리 소개했다.

"녕국후의 큰 공자인 소경예입니다."

"소예(小睿, 소경예를 친근하게 부르는 말—옮긴이)야, 혼인했니?"

어르신이 자상하게 물었다.

"아직 못했습니다."

"아이, 서둘러야지!"

"예."

그녀는 소경예의 머리를 쓰다듬은 후 몸을 돌려 이번에는 사필의 손을 잡았다.

"녕국후의 둘째 공자 사필입니다."

"소필(小弼, 사필을 친근하게 부르는 말—옮긴이)아, 혼인했니?"

"아직……."

"서둘러야지!"

"예."

이제 태황태후는 비류에게 손짓을 했다. 매장소가 황급히 비류를 앞으로 밀었다. 소년은 굳은 얼굴로 어쩔 수 없이 태황태후가 손을 꽉 잡게 해주었다.

"이 어린 형제분은 비류라고 합니다."

고담이 재빨리 사필에게 물은 후 소개했다.

"소비(小飛, 비류를 친근하게 부르는 말—옮긴이)야, 혼인했니?"

"아니!"

"서둘러야지!"

"싫……."

비류가 '싫다'는 말을 내뱉기 전에 매장소가 재빨리 그의 입을 틀어막았다. 태황태후의 시선은 자연히 매장소에게 옮아갔다. 그녀가 그의 손을 잡아당기며 싱글벙글 웃으면서 바라보았다.

"이분은 소철 선생입니다."

고담이 말했다.

"소수(小殊, 임수를 친근하게 부르는 말—옮긴이)야."

태황태후가 약간 불명확한 발음으로 물었다.

"혼인했니?"

"아닙니다."

"서둘러야지!"

"……."

마지막으로 다가간 사람은 언예진이었다. 고담이 소개하자 태황태후는 똑같이 물었다.

"소진(小津, 언예진을 친근하게 부르는 말—옮긴이)아, 혼인했니?"

언예진은 눈을 끔뻑끔뻑하며 장난스럽게 대답했다.

"했습니다."

태황태후는 어떻게 반응해야 할지 모르는 듯 잠시 멈칫하다가 곧 새로운 질문을 던졌다.

"아이는 있니?"

언예진은 어리둥절해하다가 웅얼웅얼했다.

"아직……."

"서둘러야지!"

"……."

언 황후가 다가와 공손하게 말했다.

"황조모님, 아이들을 곁에 좀 앉게 할까요?"

"좋지, 좋아."

태황태후는 무척 기뻐하며 손짓을 했다.

"모두 와서 앉으려무나. 소수야, 왕할미 옆에 앉으렴. 소예, 소필도 이곳에 앉고. 소진아, 서 있지 말고 앉아. 소비도 너무 멀리 떨어져 있지 말고……."

젊은이들이 둘러앉자 노인은 몹시 즐거운 표정이었다. 그녀는 사람을 시켜 끊임없이 좋은 과일과 간식을 가져오게 해서 어린아이 대하듯이 그들에게 먹이고, 자신은 옆에서 그 모습을 지켜보며 기분 좋게 웃었다.

하지만 아무리 기분이 좋아도 역시 고령인지라 얼마 지나지 않아 지쳐 보였다. 언 황후는 변고라도 생길까봐 리양 장공주와 함께 계속 들어가기를 권했고, 결국 태황태후는 휴식을 위해 회궁했다. 일행은 그제야 풀려났다.

매장소는 이 파격적인 알현이 이대로 순조롭게 끝난 줄 알고 살며시 안도의 숨을 내쉬며 사람들과 함께 난각을 나섰다. 그런데 계단 입구에 도착하기 무섭게 뒤에서 맑고 듣기 좋은 여자 목소리가 들렸다.

"소 선생, 잠시 기다리시오."

그녀는 '소 선생'만 기다리라고 했지만, 다들 짐작하다시피 모든 사람이 걸음을 멈추고 일제히 돌아보았다. 예황 군주가 우아한 자태로 걸어나왔다. 강자(強者)의 풍모를 지닌 그녀는 그 많은 시선이 자신에게 쏠려도 전혀 개의치 않는 듯 곧장 매장소 앞으로 걸어와 생긋 웃었다.

"난각은 너무 답답해서 나같이 군 생활을 하는 사람에게는 맞지 않소. 소 선생만 괜찮으시다면 나와 함께 회랑을 걸으며 아래에서 벌어지는 시합을 구경하지 않겠소?"

천하에 명성을 떨치는 예황 군주는 말할 것도 없고, 보통 여자가 권했다 해도 거절하는 것은 도리가 아니었다. 그래서 매장소는 웃으며 명을 받들었다. 그는 비류에게 기다리라고 한 뒤 군주와 함께 누각의 바깥으로 향하는 긴 회랑을 걸었다.

비류는 차가운 얼굴로 그 자리에 꼼짝도 않고 서 있었다. 눈동자도 굳은 듯 먼 곳만 똑바로 쳐다보고 있어서 마치 통째로 조각상이 되어버린 것 같았다. 하지만 다른 세 귀공자는 비류처럼 조각상이 될 수는 없었다. 그들은 계단 입구에 멈춰 서서 이러지도 저러지도 못하고 우왕좌왕했다. 가자니 매장소가 걱정되고, 가지 말자니 이곳은 머물고 싶다고 오래 머물 수 있는 곳이 아니었다. 결정을 내리지 못하고 있는데, 고 공공이 다가와 웃음 띤 얼굴로 말을 걸었다.

"손님 곁에 군주께서 함께 계신데 세 분께서는 어찌 마음을 놓지 못하십니까? 누각 아래 비단 막사로 가시지요. 여기서 기다리면 아무래도 여러분이 불편하실 겁니다."

돌려서 말했지만 의미는 명확했다. 세 사람은 어쩔 수 없이 그대로 누각을 내려갔다. 하지만 의외인 것은, 깊은 구중궁궐에만 사는 고담이 비류의 신분을 잘 아는 것 같다는 사실이었다. 그는 지위가 높은 귀공자 셋을 쫓아내면서도 차가운 얼굴을 한 소년이 계단 입구에 못 박힌 듯 서 있도록 내버려뒀다.

이때 매장소는 이미 예황 군주와 바깥 회랑으로 나가 있었다. 두 사람은 어깨를 나란히 하고 걸으며 시합으로 시끄러운 평대를 내려다보았다.

"소 선생."

예황 군주의 눈동자에 빛이 감돌며 매장소의 옆얼굴을 응시했다.

"어제 녕국후부에서 오래 기다렸으나, 몸이 불편하시다 하여 뵐 기회가 없었소. 오늘 보아하니 이미 나으신 것 같소만?"

"그렇습니다. 이제 나았습니다."

일부러 핑계를 대고 그랬다는 것을 안다는 식으로 그녀가 말했는데도 매장소는 전혀 겸연쩍어하지 않고 담담하게 대꾸했다.

"사실 나는 강좌매랑이 황후마마의 초빙에 어떻게 대응할지 한번 보고 싶었소. 아쉽게 됐군."

예황 군주는 그의 태도에 더욱 흥미가 인 듯했다.

"어쩌다 그런 귀찮은 일이 생겼는지 아시오?"

"귀찮은 일이라니요?"

매장소가 고개를 돌렸다.

"제게 무슨 귀찮은 일이 있다는 말씀입니까?"

"내가 감히 확신하건대, 잠시 후 선생께서 녕국후부의 막사로 돌아가면 태자 전하와 예왕 전하께서 바로 찾아올 것이오. 내 말이 믿어지오?"

"군주께서 하신 말씀인데 어찌 믿지 않을 수 있겠습니까?"

"이상하다고 생각하지 않소?"

예황 군주의 눈빛은 검처럼 날카로웠고 말투는 오만하고 매서웠다.

"선생은 천하제일의 대방파를 손에 쥐고 있고, 강좌매랑의 맑은 이름도 강호에 널리 알려져 있소. 하지만 그래봤자 일개 평민일 뿐 조정의 정쟁에서는 사실 별달리 큰 도움이 되지 않소. 그런데 왜 태자와 예왕이 선생에게 이렇게 흥미를 보이실까?"

"솔직히 말하면……."

매장소가 쓴웃음을 지으며 말했다.

"확실히 저도 줄곧 의아했습니다. 저는 그저 평범하고 범상한 사람으로 방파 형제들의 도움을 받아 약간 이름을 얻었을 뿐, 변경을 안정시키고 나라를 바로잡은 공을 세운 것도 아닙니다. 그런데 무슨 덕이나 재능이 있다고 황자들께서 호의를 보이시는지요? 군주께서 그에 관해 정확히 알고 계시다니 부디 두 분 전하께 말씀 좀 전해주십시오. 이 매장소는 정말이지 아무런 쓸모도 없는 사람이라고요."

예황 군주가 낭랑하게 웃음을 터뜨렸다. 그녀는 매장소를 그윽하게 바라보다가 그의 시선을 따라 멀리 구름과 안개에 싸인 금릉성으로 눈길을 돌렸다. 잠시 후 천천히 입을 열었다.

"선생을 찾아온 이 귀찮은 일들은…… 랑야각에서 시작되었소."

랑야각(琅琊閣).

지명 같기도 하고 어떤 조직 같기도 한 이름이다. 하지만 다른 관점에서 보면 도리어 가게 이름 같다. 장사를 하는 가게.

이곳의 장사 절차는 이랬다. 손님이 랑야각으로 들어가서 질문을 한다. 각주가 값을 부르고 손님이 그 가격을 받아들이면 계산을 치른다. 그런 다음 랑야각은 그 질문에 답을 준다.

누군가 랑야각은 사기꾼 집단이라고 욕을 퍼부은 적이 있었다. 만약 손님이 제시한 질문에 대답을 할 수 없으면 랑야각은 입이 떡 벌어질 만한 고가를 부른다. 손님이 계산을 치를 수 없으니 랑야각은 당연히 대답할 필요가 없었다. 그러니 사기꾼이 아니면 무엇이겠는가?

하지만 그렇다고 해도 랑야각의 문 앞에는 여전히 마차와 말이 끊이지 않았고, 은자도 흐르는 물처럼 흘러들었다. 아직도 사람들은, 무엇을 알고 싶든 간에 충분한 은자만 가지고 랑야각을 찾아가면 만족스러운 답을 얻을 수 있다고 믿었다. 이 믿음만큼은 여태까지 깨뜨러진 적이 없었다.

"랑야각 때문이라고요? 그게 무슨 뜻입니까?"

매장소가 고개를 돌렸다. 표정이 약간 변해 있었다.

"선생은 랑야각이 선생을 어떻게 평가했는지 아시오?"

"압니다."

매장소가 담담하게 대꾸했다.

"랑야방 공자 순위에서 으뜸이라고 했지만 거짓말일 뿐입니다."

"랑야각이 매년 발표하는 순위는 비록 공짜지만 절대 거짓말은 아니오."

예황 군주가 맑고 은은한 목소리로 말했다.

"천하 10대 고수 순위와 천하 10대 방파 순위, 천하 10대 부호 순위, 천하 10대 공자 순위, 천하 10대 미인 순위. 이 다섯 가지 랑야방에 오를 만한 사람이 어찌 평범한 인물이겠소?"

매장소는 입술 끝을 살짝 올렸지만 아무 말도 하지 않았다.

랑야각의 신비하면서도 놀라운 정보수집 능력을 볼 때, 그들이 발표하는 다섯 가지 순위표는 확실히 의심할 구석이 없었다. 강좌맹은 천하 10대 방파 중 첫 번째를 차지하고 있었고, 종주인 매장소 자신은 공자방의 첫 번째에 올라 있었다. 뭐라고 한들 명목상 그렇게 알려진 것만은 그 역시 부인할 생각이 없었다.

"하지만…… 강좌맹은 이미 몇 년 전부터 천하제일의 대방파였고, 선생 역시 올해에 공자방의 으뜸 순위에 오른 것도 아니오."

예황 군주는 또다시 생긋 웃었다.

"그런데 태자와 예왕이 최근 끈질기게 선생을 끌어들이려고 유난스레 관심을 보이는 이유는 랑야각이 새로이 발표한 평가 때문이오."

"랑야각이 또 뭐라고 했습니까?"

매장소가 쓴웃음을 지으며 물었다.

"태자 전하가 랑야각에 무거운 상을 내리며 치세에 능한 천하의 재사를 추천해달라고 했소."

예황 군주는 가엾은 눈빛으로 그를 바라보았다.

"불행히도 선생이 추천되었소."

"그 자리에 있지 않으면 그 일을 도모하지 않는다고 했지요."

매장소가 차갑게 말했다.

"'치세'는 황제 폐하의 일인데, 다른 사람들이 나서려고 하다니 대체 무슨 생각일까요? 설령 이 몸이 랑야각주의 좋은 평가대로 치세에 능한 재사라고 쳐도, 새로운 황제가 등극한 후에야 쓸 수 있는 거 아닙니까?"

"설마 태자가 정말 치세에 능한 재사를 원한다고 생각하오? 사실 그가 당시에 뭐라고 물었는지는 이제 와서 따질 필요도 없소. 하지만 랑야각의 대답은 의미심장하오."

예황 군주가 유유히 말을 이었다.

"내가 아는 대로라면 그 대답은 이렇소. '강좌매랑, 기린지재, 그를 얻으면 천하를 얻는다.'"

"기린(전설의 동물로, 재능이 뛰어난 사람을 비유함—옮긴이)?"

매장소가 실소를 터뜨렸다.

"군주께서 보시기에 이 몸이 그 괴물 같은 짐승과 조금이라도 닮은 데가 있습니까?"

"아직도 웃음이 나오시오?"

예황 군주가 감탄스런 표정을 지었다.

"랑야각의 평가는 한 번도 틀린 적이 없소. 물론 믿는 사람에게나 그렇겠지만. 황자들이 단순히 자기 부중에 인재를 초빙하기 위해서라면야 별문제도 아니오. 선생이 거절한다고 고집스레 달라붙을 정도는 아닐 테니까. 하지만 '기린지재'라는 평가 때문에 일이 커졌소. 선생을 얻기 전에는 두 사람 다 끝까지 매달릴 것이고, 둘 중 한 사람이 선생을 얻으면 성공하지 못한 쪽은 전력을 쏟아부어 선생을 없애려 할 거요. 이런 처지인데도 선생은 아무 느낌이 없단 말이오?"

"당연히 아닙니다."

매장소가 진지하게 말했다.

"랑야각주가 분명 제게 원한을 갖고 있다는 느낌이 드는군요."

예황 군주는 저도 모르게 피식 웃으며 반쯤 몸을 돌려 난간에 기댔다. 눈동자에서 맑은 빛이 반짝였다.

"선생을 만나고 보니 오히려 랑야각주가 이번에도 제대로 맞혔다는 느낌이 드는군."

"부탁드립니다, 군주."

매장소가 황급히 두 손을 모으며 예를 차렸다.

"저는 군주와 아무런 원한도 없습니다. 어째서 타오르는 장작에 불길을 더하시려는 겁니까?"

"벌써 불길은 지펴졌소. 내가 권할 수 있는 가장 좋은 방법은 가능한 한 빨리 한 사람을 고르라는 것이오."

"그리고 가능한 한 빨리 다른 쪽을 쓰러뜨리라고요?"

"그러면 최소한 누군가는 목숨 걸고 선생을 보호하려 할 것이오. 두 사람이 모두 포기하고 일제히 선생을 죽이려 드는 것보다는 낫지 않소."

예황 군주의 말투가 별안간 차가워졌다.

"누구를 고를 거요? 태자, 아니면 예왕?"

매장소의 눈가에 몹시 날카롭고 도도한 표정이 스쳐 지나갔다. 하지만 그 예리함은 워낙 짧은 순간에 사라지고 그는 여전히 한가하고 병약한 청년으로 돌아왔다.

"좋은 신하는 주인을 고른다고 했소. 선생이 금릉에 온 것이 설마하니 공을 세우기 위해서가 아니란 말이오?"

예황 군주가 유유히 물었다.

"나이 들고 병든 몸으로 무슨 공을 논하겠습니까? 그저 잠시 쉬려고 했을 뿐입니다."

"풍운이 이는 이 대량의 수도에서 쉰다고?"

예황 군주의 두 눈이 먼 곳을 향했다. 그녀가 조롱 섞인 투로 말했다.

"강좌매랑은 역시 보통 사람과는 다르군. 정말 좋은 곳을 고르셨소."

매장소는 그녀의 조롱에는 아랑곳없이 태연하게 말했다.

"군주께서는 조정의 향방에 예상 외로 관심을 갖고 계시군요?"

예황 군주가 홱 고개를 돌렸다. 그녀의 두 눈에 정광이 번뜩이며 날카롭게 매장소를 쏘아보았다. 그 기세가 마치 활활 타오르는 불길이 날아드는 것 같아, 보통 사람이면 두려움에 그 자리에서 쓰러질 정도였다. 하지만 매장소는 태연자약하게 그 시선을 마주했고, 입가에는 여전히 한 줄기 미소가 걸려 있었다.

잠시 후, 예황 군주가 결국 일부러 터뜨린 노기를 거두며 차갑게 코웃음을 쳤다.

"우리 목씨 일족은 대대로 운남을 지키며 조정과 서로 돕고 지냈소. 조정의 향방은 우리 변경지역에 지대한 영향을 끼치는데 관심을 가지면 안 된단 말이오?"

"이 몸은 그저……."

매장소가 허리를 숙이며 예를 차렸다.

"역대의 황위 교체에서 운남은 한 번도 나선 적이 없다고 알고 있어서 한 말입니다. 누가 천자의 자리에 앉든 대량을 위해 남쪽 국경을 다스려온 목씨를 함부로 건드리진 않을 겁니다. 그런데 군주께서는 어째서 황위 다툼에 이렇게 흥미를 보이십니까?"

예황 군주는 이 질문에는 대답조차 않고, 고개를 들고 의기양양하게 웃었다. 그 눈부신 자태는 비록 여자의 몸이지만 한 지방의 원수다운 호방함과 패기로 가득해서 누구나 탄복할 만했다. 그녀가 전장에서 맹렬한 불길처럼 공격을 퍼부을 때 얼마나 사람들의 마음을 뒤흔들어놓을지 상상할 수 있을 정도였다. 새롭게 성년이 되어 관작을 이어받은 젊은 군왕에게 손윗누이가 가진 풍모와 기세의 반이라도 있다면, 운남 목왕부는 세상에서 가장 건드리기 어려운 번진(藩鎭)이 되기에 충분했다.

매장소는 눈썹을 살짝 올렸다. 이 남경(南境) 여원수의 뜻을 이미 알 수 있었다. 확실히 운남 목왕부는 조정에 충성을 다했지만, 역시 조정은 그들을 제압해야만 했다. 예황 군주는 여중호걸인데 아무 주인에게나 고개를 숙일 리 없었다. 미래의 황제가 어떤 사람일지, 어떤 방법으로 황위를 손에 넣을지 어떻게 살펴보지 않을 수 있겠는가?

"소 선생."

예황 군주는 한참 웃고 나서 정색을 하며 고개를 돌렸다.

"나를 도울 생각이 있소?"

매장소가 급히 말했다.

"군주께서 분부하신다면 당연히 전력을 다할 것입니다."

"폐하께서는 무예 시합에서 열 손가락에 든 사람들에게 문장 시합에 참여할 자격을 수여한다고 하셨소. 소 선생이 그 시합의 감독관이 되어 나를 대신해 구혼자들의 순위를 정해주시오."

이 요구는 매장소에게도 무척 의외였다. 그래서 그의 첫 반응은 완곡하게 거절하는 것이었다.

"그 시합은 폐하께서 친히 주재하시는데 제가 어찌 끼어들 수 있겠습니까?"

"소 선생의 명성을 모르는 사람이 어디 있겠소? 폐하께서도 반대하지 않으실 거요."

예황 군주가 아득한 눈빛을 하자 다소 부드럽고 온화한 모습이 되었다.

"다들 여자는 언젠가는 시집을 가야 한다고 하니, 조금 꼼꼼하게 고른다고 해도 잘못은 아닐 것이오."

매장소는 잠시 망설이다가 물었다.

"그 시합의 순위가 군주와 시합하는 순서입니까?"

"그렇소. 문장 시합에서 우승한 사람이 먼저 나와 겨룰 것이오. 그 사람이 이기면 나머지 아홉 명에게는 기회가 없소."

"그 사람이 지면 어떻게 됩니까?"

"순서에 따라 그다음 사람과 겨루게 되오. 열 명이 모두 나를 이기지 못하면 이번에는 시집을 못 가는 거지."

냉소하는 예황 군주의 모습은 마치 그 결과를 이미 아는 듯했다.

"약속해주시겠소?"

매장소는 지금 상황에서는 계속 물러나봐야 소용없으니 차라리 대놓고 나서는 것이 낫겠다고 생각했다. 그래서 천천히 고개를 끄덕이고는 누각 앞 평대에서 끊임없이 왔다갔다하는 칼과 검을 응시하며 탄식했다.

"저들 속에 정말 군주와 인연이 있는 사람이 있다면 좋으련만……."

예황 군주가 가까이 다가와 그와 나란히 섰다. 그녀는 망연한 눈길로 아래에서 벌어지는 싸움을 지켜보며 혼잣말처럼 조용히 중얼거렸다.

"소 선생께서는 왜 참가하지 않으시오?"

"저 말입니까?"

매장소가 실소를 터뜨렸다.

"이런 몸으로는 첫 번째 시합에서 나가떨어질 겁니다. 그러면 기린은 고사하고 짓이겨진 고기 떡이 되지 않으면 다행이지요."

그의 묘사에 예황 군주는 참지 못하고 웃음을 터뜨렸다.

"소 선생은 정말 재미있구려. 그런데 무슨 병을 앓으시는지?"

"오랜 고질병입니다. 얼마간 생명에는 지장이 없지요."

매장소는 아무렇게나 대답하고, 시선이 가는 대로 아래쪽을 바라다보았다. 그런데 무엇을 발견했는지 갑자기 눈썹이 바르르 떨리며 눈빛이 살짝 흔들렸다. 비록 깃털이 수면에 닿은 것처럼 순식간의 일이고 거의 눈에 띄지 않는 흔들림이었지만, 예황 군주 같은 인물은 즉시 눈치를 채고 그의 시선이 향한 곳을 바라보았다. 하지만 아무리 살펴도 그가 대체 무엇을 발견하고 놀랐는지 알아낼 수 없었다.

"영봉루는 제가 오래 머물 곳이 못 됩니다. 군주께 다른 분부가 없으시다면 이만 아래의 막사로 내려가는 것이 좋겠습니다."

매장소가 온화하게 말했다.

"게다가 기린이 계속 돌아오지 않으면 태자 전하와 예왕 전하께서 초조하다 못해 벌벌 떨고 계시지 않을까요?"

"옳은 말씀이오. 일찍 만나는 것이 낫겠지."

예황 군주가 미소 지으며 고개를 끄덕였다.

"그럼 더는 선생의 시간을 빼앗지 않겠소. 가보시오."

매장소는 두 손을 모아 물러나겠다는 인사를 했다. 조정 백관이나 황친들조차 무시하는 남쪽 지방 여원수인 그녀 역시 살짝 몸을 숙이며 그를 향해 예를 갖췄다. 그렇게 작별한 뒤, 한 사람은 난각으로, 다른 한 사람은 누각 계단을 내려갔다. 물론 비류가 매장소의 뒤를 따랐다.

그들은 영봉루 옆의 출구를 나와 비단 막사 구역으로 들어간 다음, 연이어진 기다란 통로를 따라 걸어갔다. 시위들이 담장 밖을 지키고 서 있어 길은 이상하리만치 조용했다. 매장소는 천천히 길을 걸으면서 고개를 숙이고 생각에 잠겼다. 비류가 '엇' 하고 소리치는 바람에 겨우 고개를 들었더니 맞은편에서 오는 건장한 그림자가 보였다.

금군통령인 몽지는 황궁의 안전을 책임지고 있었다. 황제가 이곳으로 나오면 그의 책임이 막중하기 때문에 특히 조심해서 사방을 순찰해야 했다. 그러니 매장소가 태황태후의 명을 받아 영봉루에 오른 것을 금군을 지휘하는 그가 모를 리 없었다. 그래서 딱 마주쳤는데도 자세히 조사하지 않고 도리어 웃으며 인사했다.

매장소도 빙그레 웃으며 고개 숙여 예를 차렸다. 두 사람은 각자 할 일이 있었기 때문에, 우연히 마주친 사람처럼 걸음을 멈추고 상투적인 인사말조차 나누려 하지 않았다.

하지만 두 사람이 어깨를 스치고 지나가는 순간, 매장소의 입술이 살짝 움직이더니 무척 조용하지만 날카로운 어조로 말했다.

"두 사람 다 돌려보내십시오!"

기린지재(麒麟之才)

—

4

—

매장소가 예황 군주와 영봉루에서 경치를 감상하며 이야기를 나누는 동안 녕국후부 막사 안의 젊은이들은 아무래도 마음이 불안했다. 그래서 매장소가 돌아오자 모두 그를 둘러쌌다.

"군주께서 뭐라고 하세요?"

호기심에 찬 언예진이 가장 먼저 달려가 물었다. 매장소는 의미심장한 미소를 지으며 눈을 끔뻑였다.

"군주께서 내가 기린을 닮았다며 칭찬하시더군."

"기린이요?"

언예진이 어리둥절해하며 물었다.

"그 괴수 말예요? 그거 칭찬인 게 확실해요?"

"무슨 헛소리야!"

사필이 그를 밀쳤다.

"군주께서 소 형이 기린지재를 가졌다고 칭찬하신 거라고요!"

매장소는 둘째 공자를 흘끗 바라보았을 뿐 아무 말도 하지 않았다. 하지만 사필은 곧 눈치를 채고 얼굴이 빨개졌다. 그 단어를 알고 있다는 것을 제 입으로 밝힌 것이다. 하지만 언예진은 그의 말을 대놓고 추궁하기보다는 오히려 매장소를 잡아끌며 방금 있었던 시합에 관해 신이 나서 떠들기 시작했다. 살짝 표정이 달라졌던 소경예조차 아예 못 들은 척 돌아서서 막사 밖으로 나가 하인에게 뜨거운 차를 가져오라고 시켰다.

매장소는 속으로 감탄했다. 이들 두 사람 중 한 명은 사심 없이 시원시원하고, 한 명은 온화하면서도 단순하고 선량했다. 하지만 정치와 권모술수에 깊이 빠진 사필보다 훨씬 예민해서, 최소한 어떤 말은 듣고도 모른 척해야 한다는 것 정도는 알았다.

사필이 '기린지재' 라는 말을 알고 있다면, 예왕의 휘하에서 결코 지위가 낮지 않다는 의미였다. 태자든 예왕이든, 기린인지 뭔지 하는 것을 휘하에 넣었다는 소식이 황제의 귀에 들어가면 황제는 분명 꺼리고 분노할 것이었다. 그래서 심복 중의 심복이 아니면 이 비밀을 알려줄 리 없었다. 예황 군주만 해도, 매장소는 그녀가 어떻게 이 소식을 들었는지 짐작할 수가 없었다.

"그러더니 그자가 요리 피하고 조리 피하는 거예요. 상대방도 어쩔 도리가 있나요, 뭐. 그런데 그자는 싸움터가 높은 단상이라는 것을 잊었나봐요. 신이 나서 피하다가 그만 발을 헛디뎌 우당탕하고 떨어진 거죠, 푸하하하!"

언예진은 한바탕 큰 소리로 웃다가 갑자기 얼굴을 굳히며 화를 냈다.

"소 형, 듣고 있어요?"

"듣고 있네."

"안 우스워요?"

"아주 우습군."

"그런데 왜 안 웃어요!"

"웃고 있잖은가."

소경예가 다가와 언예진에게 주먹질을 했다.

"우리 소 형은 기품이 넘치기 때문에 웃을 때도 고상하게 웃는다고. 웃을 때마다 배꼽을 잡고 바닥에 데굴데굴 구르지 못해 안달인 너 같은 줄 알아?"

언예진이 반박하려는데 갑자기 사필이 헛기침을 하며 낮게 말했다.

"태자 전하와 예왕 전하께서 이쪽으로 오고 있어요."

막사 안은 순식간에 조용해졌다. 매장소는 천천히 몸을 일으키며 소리 높여 말했다.

"비류, 지금 오는 사람은 손님이니 막지 마라."

밖에서 꽉 막힌 듯 '응' 하는 소리가 들렸다. 이어서 누군가 길게 고하는 소리가 울려 퍼졌다.

"태자 전하 납시오— 예왕 전하 납시오—"

앞뒤로 막사 안에 들어선 두 사람은 누가 보아도 형제라는 것을 알 수 있었다. 모두 늘씬하고 건강한 몸집에 눈빛이 깊고 입술은 얇았다. 태자 소경선(蕭景宣)은 올해 서른다섯 살이었고, 입가에는 팔자 주름이 깊게 나 있었다. 그의 기질은 다소 음침하고 질투가 많았다. 반면, 서른두 살의 예왕 소경환(蕭景桓)은 미목이 좀 더 환했으며, 들어올 때도 일부러 평화로운 웃음을 지어 보였다.

막사 안의 사람들은 일제히 예의를 갖춰 절했고, 두 황자는 당연히 재빨리 그들을 일으켜 세웠다.

"경예와 예진은 또 한참 동안 놀러 나갔다가 돌아왔겠지? 정말 부럽구나."

예왕 소경환은 성지를 받고 어서방(御書房)에서 공부하던 세가의 젊은이들을 돌본 적이 있어서, 태자에 비하면 이곳 사람들과의 관계가 훨씬 좋은 편이었다. 예왕이 웃으며 소경예의 어깨를 두드렸다.

"너희 세 사람이 귀빈을 모셔왔다는 것은 일찍이 들었는데 자질구레한 일이 많아 찾아올 시간이 없었구나."

태자는 속으로 입을 삐죽였다.

시간이 없긴 뭐가 없어? 서로 견제하며 지켜보지 않았다면 사필의 보고를 듣자마자 달려왔을 놈이. 그랬는데도 이튿날 황후마마를 보내 끌어들이려고 했잖아? 결국 헛물을 켰다니 꼴좋다!

"이분이 바로 소 선생이겠군. 과연 풍채가 고상하구려."

예왕이 계속 웃으면서 느긋하게 말을 이었다.

"강좌의 열네 개 주가 오랫동안 평온하게 지내며 민생이 안정된 것은 모두 강좌맹의 도움 덕분이오. 본 왕은 줄곧 폐하께 아뢰어 귀 맹의 노고를 치하하려 했으나, 고결한 뜻을 가진 귀 맹이 세속의 명예를 하찮게 여기지 않을까 하여 차마 함부로 움직이지 못했소."

"이 몸은 소철이라 하는데, 친구를 따라 경성에 들어왔을 뿐 강좌맹과는 아무런 관계가 없습니다. 예왕 전하께서는 부디 오해하지 않으셨으면 합니다."

매장소가 담담하게 대답했다.

이 완곡한 한마디에 예왕이 할 말을 잃자, 태자는 금세 기분이 좋아져 때를 놓치지 않고 끼어들었다.

"참 옳은 말이오. 소 선생은 소 선생인데 뭘 그리 한참 어긋난 이야기를 하나? 선생께서는 몸이 약해 경치를 구경하며 편히 쉬기 위해 경성에 왔다고 들었소. 그래, 오셔서 어디를 가보셨소?"

"아, 제가 소 형을 모시고 하루 정도 경성을 둘러보았습니다. 청락방(淸樂坊)이니 상허시(上墟市)니 부자묘(夫子廟)니 세원지(洗願池)니 모두 가봤지요!"

언예진이 천진무구한 태도로 끼어들어 대답했다.

"모두 네가 좋아하는 곳이로구나."

태자가 나무라는 눈길로 언예진을 노려보았다.

"소 선생께서는 고상하신 분인데 그런 속되고 시끄러운 곳을 좋아하실 리 있겠느냐? 금릉의 절경이라면 교외에 있는데, 아쉽게도 대부분이 황실 소유의 숲이오. 선생께서 관심이 있으시다면 출입을 허가하는 이 옥패를 받아주시오. 별달리 쓰임새는 없지만 길을 가는 데는 훨씬 편할 것이오."

말은 겸손했지만 새하얀 옥에 인장을 찍은 이 영패가 빛을 내자 모두 얼마나 값비싼 것인지 알 수 있었다. 사필은 눈썹을 치키며 저도 모르게 예왕을 흘끗 바라보았다.

잠시 불리해진 예왕은 입을 오므리며 차가운 눈으로 매장소의 반응을 지켜보았다. 그런데 이 강좌맹의 종주는 손가락으로 영패에 달린 술을 붙잡고 대충 살펴보더니 입가에 옅은 미소를 띠며 외쳤다.

"비류!"

눈 깜짝할 사이에 준수하면서도 차가운 모습의 소년이 매장소

옆에 나타났다. 귀공자들이야 이미 익숙했지만 두 황자는 화들짝 놀랐다.

"자, 이걸 가져가거라. 앞으로 우리 비류가 놀러 가고 싶은 곳이 있으면 어디든 갈 수 있단다. 또 어떤 아저씨가 붙잡으려 하면 이 영패를 보여주어라, 알겠지?"

"알았어!"

"오냐, 이제 나가 놀아라."

눈앞이 번쩍하더니 소년은 다시 모습을 감췄다. 태자는 볼썽사나운 안색으로 한참 동안 멍하니 있었지만, 예왕은 속으로 배꼽을 잡고 웃어댔다.

저 옥패는 황제의 인장이 찍힌 영패로, 태자 외에는 왕이라 해도 가질 수 없는 절대적인 신분의 표식이었다. 저 영패를 가지고 있으면 어디를 가든 백관들이 머리를 조아렸다. 첫 만남의 선물을 이렇게 통 크게 내놓았건만, 뜻밖에도 가지고 놀라며 호위무사에게 줘버릴 줄이야. 매장소가 보물을 알아보는 눈이 없다고 해야 할지, 아니면 너무 체면치레를 안 한다고 해야 할지 알 수 없는 노릇이었다.

"사실 나가서 노는 것도 체력이 필요한 일이오."

이제는 다시 예왕이 분발할 차례였다.

"소 선생은 우선 몸보신을 해야 하오. 마침 본 왕이 그렇게 얻기 힘들다는 천년하수오를 하나 구했는데, 몸보신에 가장 좋다 하오. 또 내 영산 별궁에는 약천(藥泉)이 있는데, 그곳에서 자주 목욕을 하면 기운을 차리는 데 아주 좋아서 부황께서도 칭찬이 끊이지 않으셨소. 괜찮다면 선생께서 그곳에 며칠 머무르는 게 어떻겠소? 본 왕도 선생과 시나 문장을 담론하며 랑야방 으뜸을 차지한 공자의 고상함에 물들어보고자 하오."

이 제안에 소경예조차 절로 안색이 변했다. 생각해보니 여행길에 매장소는 몹시 지쳐 얼굴에 핏기가 가시고 숨이 가빠졌으며, 밤에는 한밤중까지 기침을 하곤 했다. 천년하수오와 영산의 약천은 틀림없이 거절하기 힘들 것이다.

"너는 요즘 무척 바쁘지 않느냐. 부황께서 네 유능함을 믿고 계속해서 여러 임무를 맡기셨을 텐데?"

태자가 냉소하며 나섰다.

"그런데 소 선생을 모시고 영산 별궁이니 뭐니 갈 시간이 어디 있단 말이냐?"

"염려 마십시오, 황형. 병부와 기주(淇州)의 임무는 이미 완료해서 어제 부황께 보고드렸고, 오늘 황형께도 말씀드리려던 차였습니다. 경국공 사건은 파견한 사람이 아직 돌아오지 않았으니 당장 심리가 열리지는 않겠지요. 마침 요 며칠 한가한 참인데 어찌 이 아우더러 쉬지도 못하게 하십니까?"

예왕은 몹시 공손한 태도로 웃으며 대답했지만, 태자는 이가 갈릴 만큼 그가 얄미웠다. 아무리 보고 또 봐도 매를 버는 얼굴이었다. 주위에 사람이 없었으면 달려들어 속 시원하게 뺨을 올려붙였을지도 모른다.

"예왕 전하의 호의는 감사합니다."

매장소는 겉으로는 형제랍시고 다정한 척하면서 사실상 서로 잡아먹을 듯이 노려보는 두 사람을 바라보며 느릿느릿 허리를 숙여 인사했다.

"허나 한의 순진 선생이 특별히 지어주신 환약을 먹고 있어서 마음대로 보약을 먹을 수가 없습니다. 천년하수오가 어떤 보물인데 함부로 낭비할 수야 없지요. 그리고 영산 별궁의 약천이라면 아무래도 먼저 순 선생께 편지를 보내 여쭤보아야 합니다. 순 선생이 괜찮다고 하면 그때 전하께 폐를 끼치겠습니다."

매장소가 예왕의 호의도 거절하자, 태자는 마음이 조금 편해져서 황급히 말했다.

"그렇고말고, 몸조리를 할 때는 절대 건성건성 하면 안 되지. 좋은 약재라고 모두 먹고 좋은 물이라고 모두 들어가서야 되겠느냐? 네 부중에 한의 순진보다 더 좋은 의원이 없다면 소 선생에게 함부로 권하지 마라."

예왕은 태자와 자신이 있는 앞에서 매장소가 누구를 편들 것인지 확실히 밝힐 수는 없으리라고 짐작했다. 오늘은 다 같이 인사를 나누고 서로 상대를 관찰할 뿐, 진짜 공을 들이는 것은 나중이 될 테니 서두를 필요가 없을 것 같았다. 그래서 예왕은 곧 하하 웃으며 대범하게 말했다.

"본 왕이 경솔했소. 이곳에 술이 없어 아쉽군. 술이 있었다면 벌주 세 잔을 마셨을 텐데."

태자가 일어났다.

"경환, 소 선생은 오늘 시합을 구경하러 오셨으니 너무 시간을 빼앗으면 안 되지. 이제 그만 가자."

예왕은 잠시 생각했다. 태자가 내린 옥패는 비록 호위무사의 손에 들어갔지만 결국엔 받은 셈이었다. 그러니 괜히 불리한 위치에 있을 수는 없어 황급히 사필에게 눈짓했다.

"참, 소 형."

사필이 그 뜻을 알아채고 즉시 입을 열었다.

"여숭 노선생의 학당 유적지에 가서 추모하고 싶다고 하셨지요? 그러고 보니 여 노선생의 친필 원고가 있다고 하던데……."

"내게 있소, 내 저택에."

예왕이 재빨리 말을 받았다.

"여 노선생은 본 왕도 늘 존경해온 대학자시오. 그래서 여 노선생의 친필 원고를 수집했는데, 어떻게 소 선생도……."

"여 노선생의 문하는 천하에 두루 퍼져 있고, 소 형도 한때 그분께 가르침을 받았습니다."

사필이 거들었다.

"그것 참 공교롭구려."

예왕이 손뼉을 치며 웃었다.

"앞으로 서로 토론하며 이야기해봅시다."

비위를 맞추려고 한 말이지만 매장소조차 눈빛이 흔들렸다. 그가 조용히 물었다.

"어떤 원고를 갖고 계신지요? 《불의책론(不疑策論)》이 있습니까?"

"있소, 있소."

예왕은 무척 기뻐했다.

"본 왕의 장서루에 있소. 보고 싶으면 언제든지 찾아오시오. 아무도 선생을 막지 않을 것이오."

예왕은 원고를 선물하겠다고 하지 않고 찾아와서 보라고만 했다. 말하자면, 원고를 미끼로 자주 왕래하겠다는 뜻이었다. 상황이 좋지 않은 것을 깨달은 태자가 조급한 마음에 나섰다.

"경환, 참 인색하구나. 그래봤자 원고 몇 권이 아니냐? 소 선생께서 마음에 드신다니 선물하면 될 일인데 굳이 네 저택까지 오라니, 그렇게도 내주기 아까우면 어디 얼마나 나가는지 값을 불러보아라. 내가 사서 소 선생께 드리겠다."

이렇게 도발을 받자 예왕은 어쩔 수 없이 말했다.

"소 선생께서 받지 않으실까봐 그런 겁니다. 기꺼이 받아주신다면 당연히 당장 내놓지요."

매장소가 빙그레 웃으며 말했다.

"예왕 전하께서 아끼시는 원고를 어찌 가로챌 수 있겠습니까?"

"그 무슨 말씀이오. 소 선생이 이렇게 명성을 날리고 있으니, 여 노선생이 살아 계셨다면 필시 수제자로 여겼을 것이오. 그러니 그 원고들이 선생 손에 들어가는 것은 더할 나위 없이 타당한 일이오."

예왕은 대범한 척 말하면서 끝내 태자에게 뾰족하게 한마디 했다.

"허나 주제넘게 한마디 하자면, 황형께서 하신 말씀은 다소 부적절합니다. 그 원고들이 보통 사람 눈에야 아무것도 아닐지 모르나, 여 노선생을 존경하는 사람에게는 값을 매길 수 없는 보물이지요. 값을 불러보라는 말에 소 선생도 슬프셨을 겁니다."

태자는 와락 화가 치솟았지만, 솔직히 평소 책 읽는 것을 별로 좋아하지 않아서 문인들의 마음을 잘 몰랐다. 하지만 또 말실수를 해서 괜히 매장소의 미움을 살까봐 꾹 참았다.

두 사람의 이번 대결에는 크게 이긴 쪽도 진 쪽도 없었다. 그들은 매장소가 피로해하는 것을 보자 오래 머물지 못하고, 각자 인사치레로 몸조리 잘하라는 말을 남긴 뒤 떠났다.

막사 안에서 두 황자가 너 한마디 나 한마디 티격태격하는 것을 참다못한 언예진은 벌써부터 밖에 나가 시합을 구경하다가, 그들이 떠나는 것을 보고서야 다시 들어왔다. 매장소가 의자에 앉아 계속 기침을 해대고, 소경예가 그런 그의 등을 가볍게 두드려주는 모습을 보자, 그가 다급히 물었다.

"소 형, 왜 그래요? 또 병이 도졌어요?"

"아닐세."

매장소는 소경예가 건넨 차를 한 모금 마시고, 눈가에 묻어난 눈물을 닦았다.

"태자 전하와 예왕 전하가 모두 향을 달고 있어서 적응이 안 되는군."

"아, 알겠어요. 동해에서 나는 용연향인데, 폐하께서 그 두 사람에게만 하사하셨어요. 확실히 향이 짙어서 소 형에겐 맞지 않을 거예요. 하지만 기운을 차리게 하는 데 아주 좋고 보양 효과도 있다고요."

"그런가."

매장소는 건성으로 대답하며, 곁눈질로 그들의 이야기에 귀 기울이지 않는 척하는 사필을 흘끗 바라보았다. 그가 용연향을 싫어한다는 이야기는 아마 오늘 저녁이면 사필을 통해 예왕의 귀에 들어갈 것이다. 그리고 예왕은 다음번 그를 찾아올 때는 향을 차지 않을 것이 분명했다. 하지만 소경예와 언예진은 태자의 사람이 아니니 태자에게 소식을 전할 사람은 없었다. 만약 그가 다음에 일부러 향을 차지 않고 나타난다면 최소한 예왕부에 태자의 첩자가 잠입해 있다는 의미였다.

두 황자의 방문 후에는 드디어 조용해져서 각양각색의 방문객도 더는 찾아오지 않았다. 덕분에 일행은 마음 편히 시합을 구경했다. 아직 고수가 나타나진 않았지만 재미가 없지는 않았다.

오후에는 두 시간 동안 휴식 시간이 있었다. 영봉루 위에는 여전히 흔들리는 가리개 때문에 황제가 아직 있는지 없는지 알 수가 없었다. 아마 얼굴만 내밀 뿐, 며칠 동안 이어지는 시합을 처음부터 끝까지 지켜보진 않을 것이다. 그사이 언예진은 술과 안주, 요깃거리를 가져오게 한 후, 오전에 있었던 일들을 흥미진진하게 떠들어대며 다음 시합을 기다렸다. 이 많은 사람 중에서 오로지 그 혼자만 진심으로 이 시합에 마음을 쏟고 있었다.

다시 시합이 시작되고 얼마 안 있어 사필이 핑계를 대고 사라졌다. 소경예는 피곤해하는 매장소를 보고 돌아가자고 청했다. 언예진은 재차 만류했지만, 결국 외로이 남아 두 사람을 배웅했다.

마차에 오르자마자 매장소는 방석에 기대 눈을 감고 피로를 풀었다. 소경예도 방해하지 않고 무슨 생각에 잠긴 듯 조용히 옆에 앉아 있기만 했다. 마차는 느릿느릿 흔들리고 분위기는 무척 평온했지만, 어딘지 희미하게 응어리가 져 있었다.

이렇게 조용하게 나아가는데, 갑자기 마차 밖에서 날카로운 호통 소리가 들려왔다. 소경예가 가리개를 걷고 고개를 내밀자, 멀지 않은 길모퉁이에 군중이 모여 있고 마차 한 대가 군중 속에 파묻힌 것이 보였다. 그 안쪽에서 호통 소리가 들려오고 있었다.

"경예, 마차를 세우고 무슨 일인지 살펴보세."

매장소도 몸을 일으키며 바깥을 내다보았다.

"아이 소리가 들리는군."

"그러지요."

소경예는 마부에게 멈추라고 명한 후, 마차에서 내려 군중 가까이 다가가 살폈다. 마차를 둘러싼 사람들은 모두 같은 저택의 하인 옷을 입고 있었고, 마차 앞에는 하씨 가문의 등이 걸려 있었다. 길 가던 제3자들은 감히 가까이 가지 못하고 멀리서만 구경하는 중이었다.

소경예는 눈살을 찌푸렸다. 누가 길에서 이렇게 위세를 부리는지 대충 짐작이 갔다. 군중을 비집고 들어가보니, 예상대로 이부상서 하경중(何敬中)의 아들 하문신(何文新)이 비쩍 마른 남자아이를 걷어차며 때리고 욕을 퍼붓고 있었다.

"이 잡종 새끼, 어딜 함부로 뛰어들어? 감히 내 말을 놀래어 하마터면 떨어질 뻔했잖아!"

그는 그 말과 함께 옆에 있던 종자의 손에서 채찍을 빼앗았다. 그런데 힘껏 휘두르려던 채찍이 누군가에게 턱 붙잡혔다.

"어떤 놈이 감히……."

하문신이 대뜸 욕지거리를 하며 돌아보았다. 하지만 소경예의 얼굴을 보는 순간 욕이 쑥 들어갔다.

사실 경성 내 진짜 세가의 자제들은 보통 가정교육을 잘 받아, 이렇게 길에서 대놓고 천박한 짓을 저지르는 일이 거의 없었다. 설령 속으로는 일반 백성을 사람처럼 여기지 않는 사람일지라도, 대부분이 출신에 대한 자긍심 때문에 직접 때리거나 욕을 할 가치조차 없다고 생각했다. 그런데 하문신의 아버지는 과거를 통해 관직에 나왔고, 출사한 뒤로 여러 지방에 파견되었기 때문에 하문신은 할머니 손에 컸다. 할머니 눈에 손자는 그저 어여쁘기만 하여, 그러다보니 가정교육이 잘못되어 경성에 온 지 몇 년 만에 벌써 악명이 자자했다.

다행히 하문신은 제법 보는 눈이 있어서, 평소 건드리지 말아야 할 사람은 건드리지 않은 덕분에 여태 큰 문제 없이 살아왔다. 지금도 소경예가 나타나자 감히 이러쿵저러쿵하지 못하고 순순히 '됐다, 혼내기도 귀찮아' 하면서 부하들을 데리고 빠르게 사라졌다.

소경예는 화가 났지만 잡아다 때려줄 수도 없는 노릇이었다. 그래서 고개만 설레설레 저으며 몸을 숙이고 남자아이를 살폈다. 비쩍 마른 아이는 열 살 정도 되어 보였는데, 얼굴에는 시뻘건 손자국이 몇 개나 나 있고 약간 부어오른 상태였다. 하문신이 사라지자 남자아이는 그제야 바짝 움츠린 몸을 살짝 펴고 잽싸게 사방을 더듬어 바닥에 떨어진 책들을 주섬주섬 챙겼다. 책을 다시 산처럼 높이 쌓은 다음 낡은 보자기로 싸는데, 책은 많고 보자기는 작아서 한참을 끙끙대고도 매듭을 묶을 수가 없었다.

"이름이 뭐지?"

소경예가 아이를 도와 책들을 주워주며 어깨를 살짝 두드렸다.

"많이 걷어차인 거 같은데, 다친 데는 없어?"

남자아이는 몸을 움츠려 그의 손을 피하며 말없이 고개만 푹 숙였다.

"경예."

마차 안의 매장소가 불렀다.

"그 아이를 이리 데려오게."

"예."

소경예가 남자아이의 팔을 잡으며 온화하게 말했다.

"이 많은 책을 어떻게 들고 가려고? 사람을 시켜 대신 들어줄게. 자, 우리 먼저 가 있자."

"들고 갈 수 있어요."

남자아이가 조그맣게 중얼거렸다. 그래도 결국 저항하지는 못하고, 소경예에게 끌리다시피 마차 옆으로 갔다. 소경예가 아이를 마차 안으로 밀어넣었다.

매장소는 따스하고 부드러운 손길로 남자아이의 어깨를 눌렀다. 그리고 점점 아래로 손을 옮기며 부드럽지만 꼼꼼하게 온몸을 살폈다. 옆구리를 눌렀을 때 아이가 비명을 지르며 뒤로 피했다.

"이곳을 다쳤나보군요."

소경예가 뒤에서 아이를 부축하며 옷을 벗기고 살펴보았다. 순간 그는 저도 모르게 '헉' 하고 찬바람을 들이켰다. 아이의 마른 몸은 갈비뼈 쪽에 시퍼렇게 새로운 멍이 들었을 뿐 아니라 아문 상처 자국으로 가득했다. 대충 훑어봐도 몽둥이와 채찍으로 얻어맞은 상처에, 심지어 인두로 지진 곳까지 있었다. 흉터는 흐렸지만, 당시 이 아이가 얼마나 괴롭힘을 당했는지 충분히 상상할 수 있었다.

"집이 어디지?"

소경예가 놀라움을 감추지 못해 큰 소리로 물었다. 하지만 곧 생각을 바꿔 다르게 질문했다.

"어느 저택에서 일하지? 누가 이렇게 널 때리기에……."

"아니에요."

남자아이는 곧장 부인했다.

“맞지 않은 지는 벌써 몇 년 됐어요. 이건 예전에…….”

“예전 일이라도 말해봐. 누가 때렸어?”

“경예.”

매장소가 조용히 저지했다.

“묻지 말게. 갈비뼈가 부러지지는 않았지만 금이 갔네. 우선 데려가서 의원에게 보여야 하네. 저 책들도 같이 가져가세. 이 아이가 계속 자기 책을 걱정하는군.”

그의 말대로였다. 남자아이는 책을 모두 챙긴 것을 확인하자 눈에 띄게 안도했다. 아이가 작은 소리로 애원했다.

“저는 괜찮아요. 그만 내려주세요. 혼자서 갈 수 있어요.”

“어디로 갈 거니?”

소경예가 놓치지 않고 캐물었다. 하지만 남자아이는 제법 예리해서 그대로 고개를 숙였다.

“네가 읽는 책들이냐?”

매장소가 책 한 권을 넘겨보며 온화하게 물었다. 변함없이 부드럽고 고상한 그의 기질에 다소 안심이 되었는지, 남자아이는 고개를 들어 그를 흘끗 본 뒤 나지막이 대답했다.

“어떤 건 그런데…… 다른 것은…… 봐도 모르겠어요.”

“올해 몇 살이지?”

“열한 살이요.”

“이름이 뭐냐?”

남자아이는 한참 동안 입을 다물었다. 그러다가 대답을 안 하려나보다 생각할 즈음 어정쩡하게 두 글자를 내뱉었다.

"정생(庭生)이요."

"성은?"

"……전 성이 없어요. 그냥 정생이에요."

매장소는 다시 한 번 자세히 남자아이를 살펴보았다. 얼굴이 붓고 아직 어린애였지만, 생김새는 제법 준수했다. 처음부터 이 아이는 몹시 나쁜 상황도 순순히 받아들이고, 불공평한 대우를 당해도 반항하지 않았다. 이상한 것은 그에게서 전혀 하인 같은 느낌이 들지 않는다는 것이었다. 혈기와 강인함이 뼛속 깊이 아로새겨져, 그 어떤 모욕도 이 아이를 비천하게 변화시키지 못하는 것 같았다.

"정생, 지금 너를 보내주면 집에 돌아갔을 때 누군가 의원을 불러주느냐?"

정생은 입을 꾹 다물었다. 그럴 사람이 없는 것이 분명했고, 거짓말도 하기 싫었던 것이다.

"그렇다면 너를 꼭 우리 집으로 데려가야겠다. 의원이 보고 아무 문제 없다고 하면 돌려보내주마. 어떠냐?"

정생은 고개를 숙인 채 아무 말도 하지 않고 눈썹을 잔뜩 찌푸렸다.

"우리가 호의를 베풀면 네가 곤란해지느냐?"

정생은 흠칫하더니 입술을 꼭 깨물었다.

"혼자 나왔느냐?"

"아니요, 한 명 더 있어요."

"그 사람은 어디 갔지?"

"먼저 달아났어요."

"늦게 돌아가면 누가 널 때리느냐?"

정생의 눈에 차가운 빛이 번쩍이더니 이내 고개를 저었다.

"지금은 안 그래요. 밥만 굶길 뿐이죠."

순간 소경예는 뜨거운 피가 거꾸로 솟아 버럭 화를 냈다.

"밥을 굶겨? 대체 너희 집이 어디야? 그런 식으로 대우하는 곳에 돌아가서 뭐 해! 어서 말해봐. 내가 도와줄게. 우리 집에 가면 최소한 밥은 굶지 않아!"

정생이 시선을 들었다. 그 눈동자에 나이에 맞지 않는 성숙함과 쌀쌀함이 떠올랐다.

"제가 불쌍해서 받아주려는 거군요, 맞죠?"

소경예는 어리둥절해하며 다소 민망한 듯 해명했다.

"아니…… 내 말은……."

"저는 다른 집에 갈 수 없어요. 반드시 그곳으로 돌아가야 해요. 다른 곳으로 갈 수 있었다면 일찌감치 그랬을 거예요."

"노비 계약이 되어 있구나?"

소경예는 그렇게 짐작했다.

"주인이 누구야? 알려주면 내가 가서 상의해볼게."

정생은 무심하게 시선을 내렸다.

"안 돼요."

"이 사람이 누군지 아느냐?"

매장소가 아이의 눈을 들여다보며 말했다.

"이 사람의 아버지는 군후(軍侯)이고 어머니는 공주다. 그러니 지위가 아주 높지. 이 금릉성에서는 이 사람이 나서면 네 주인이 누구든 간에 절대 모른 척하지 못해. 알겠느냐?"

정생은 그래도 고개를 숙이고 고집스레 말했다.

"아니요, 안 돼요."

매장소와 소경예는 서로를 바라보았다. 한 번 더 말해보려는데 밖에서 마부가 높이 외쳤다.

"큰 공자, 다 왔습니다."

"자, 일단 들어가자."

소경예가 마차에서 뛰어내린 다음 아이를 안아 내렸다. 그리고 마중 나온 하인에게 일렀다.

"의원을 불러오너라."

그 뒤로 매장소도 허리를 굽히고 마차 밖으로 몸을 내밀었다. 손에는 묵직한 책 보따리가 들려 있었다. 저 조그만 아이가 이것을 어떻게 들 수 있었는지 의아하기만 했다.

"제가 할게요."

소경예가 다가가자 세심한 하인이 얼른 책 보따리를 빼앗았다. 소경예는 매장소를 부축해 마차에서 내려오게 도와줬다.

저택 문 위의 '녕국후부' 라고 쓰인 편액을 흘끔 바라본 정생의 눈동자에 그림자가 졌다. 재빠르게 다시 고개를 숙였으나, 그 표정 변화는 역시 매장소의 눈을 피하지 못했다.

아이를 데리고 설려로 들어가자, 금방 의원이 와서 진맥을 해주었다. 갈비뼈가 어긋나 반드시 푹 쉬며 영양보충을 해야 한다는 결론이었다. 게다가 아직 어린 몸이라 후유증이 생길 수도 있으니, 절대로 육체노동을 해서는 안 된다고 했다.

정생의 모습을 보면 지금 생활하는 환경이 몹시 나쁘다는 것을 알 수 있었다. 이대로 돌려보내면 아마도 이 두 가지 지시 중 하나도 제대로 지키기 힘들 것이다. 그렇지만 소경예가 아무리 따져 물어도 정생은 자신이 사는 곳에 대해 한 글자도 입 밖에 내지 않았다.

소경예에 비하면 매장소는 그렇게 성격이 급하지 않았다. 그저 사람을 시켜 맛좋은 음식을 가져오게 하여 정생에게 주고 한숨 푹 자게 했다. 하지만 정생이 불안해서 도저히 잠을 이루지 못하는 것을 보자, 책 한 권을 뒤적이며 그의 공부 수준이 어느 정도인지 하나씩 점검했다.

"공부를 가르쳐준 스승이 없느냐?"

"네."

"누가 글을 가르쳐줬지?"

"어머니요."

매장소는 살짝 신음했다. 보아하니 이 아이는 비록 배우고자 하는 마음은 있으나, 익힌 것은 얕고 뒤죽박죽이며, 산 책들도 두서가 없고 수준이 천차만별이었다. 지식이 있는 사람이 책 목록을 정해준 것 같지도 않고, 태반이 자기가 마음대로 고른 것이었다. 그런데 책을 살 돈은 어디서 났는지 궁금했다.

"정생, 공부는 이렇게 하는 것이 아니다."

매장소는 참을성 있게 그의 책들을 정리한 후, 서재에서 다른 책들을 가져와 차례대로 순서를 매겼다.

"이 책들부터 읽어라. 기초적인 책이기 때문에 문장이 간결, 명쾌하고, 인품에 관한 설명도 알기 쉽게 되어 있다. 공부도 집을 지을 때처럼 기초부터 잡고 그 위에 벽을 쌓아야 비뚤어지지 않는다. 무작정 닥치는 대로 읽으면 진짜 뜻을 이해할 수도 없고 성격만 그르친다. 이 책들도 좋은 책이지만, 너는 아직 나이가 어리고 글자도 다 모르니 설명해주는 사람이 없으면 이해하지 못할 것이다. 일단 놔두었다가 다음에 기회가 생기면 망설이지 말고 내게 물어라."

그러자 정생의 눈동자가 반짝 빛났다. 하지만 곧 다시 어두워졌다. 눈앞에 있는 이 사람이 꽤 배운 사람이라는 것을 본능적으로 느꼈지만, 어마어마한 녕국후 저택에 종종 드나들며 배운다는 것은 처음부터 불가능한 일이었다.

"감사합니다."

정생이 일어나서 두 사람을 향해 꾸벅 절했다.

"이제 가도 되나요?"

"너도 참……."

소경예가 골치 아프다는 듯이 그를 바라보았다.

"본래 가진 책도 많은데 소 선생께서 또 많은 책을 주셨으니 어떻게 가져가려고?"

정생은 산더미 같은 책을 바라보았다. 한 권도 빠짐없이 가져가고 싶은 마음이 굴뚝같았다. 그래서 이를 악물고 오기를 부렸다.

"가지고 갈 수 있어요."

"고집부리지 마."

소경예가 재빨리 그를 붙잡았다.

"다친 몸을 함부로 쓰면 안 돼. 사람을 딸려주면 되겠지?"

정생은 단호하게 고개를 저었다. 소경예는 도무지 이 아이를 어찌할 방도가 없어 포기한 눈빛으로 매장소를 바라보았다.

매장소가 잠시 생각하다가 입을 열려는데, 별안간 설려 밖에서 호통 소리가 들려왔다. 비류의 목소리였다. 곧이어 누군가 크게 소리를 질렀다.

"아이고, 도련님, 싸우면 안 됩니다요. 이분은……."

"침입자, 싸워!"

비류의 차가운 대꾸와 함께 옷자락이 공기를 가르는 날카로운 소리가 들렸다.

"너는 누구냐? 감히 날 막……."

또 다른 누군가의 화난 목소리도 들려왔지만 곧 끊겼다. 아마도 비류의 공세에 몰려 말할 틈이 없는 모양이었다.

"나가면 안 싸운다!"

매장소의 명령을 받았기 때문에 비류도 침입자를 죽이려고는 하지 않았다. 그래도 얼음처럼 차가운 말투에서는 마음을 바꿀 여지가 전혀 느껴지지 않았다. 소경예는 저 밖에서 가로막힌 사람이 누구인지 전혀 몰랐지만, 그래도 즉시 밖으로 달려나갔다. 잠시 후 그의 목소리가 들려왔다.

"비류, 싸우지 마. 그분은 손님이야, 들여보내도 돼."

"된다고 안 했어! 나가!"

비류가 고집을 부렸다.

매장소는 입술을 굳게 다물고 정생에게로 시선을 옮겼다. 아이는 창백해진 얼굴로 고개를 들고 입을 벌린 채 바깥 동정에 귀를 기울이고 있었다. 양손을 힘껏 엇갈려 잡아 당장이라도 비틀어질 것 같았다. 매장소는 마음이 아파 밖을 향해 소리를 높였다.

"비류, 들여보내렴!"

툭탁거리던 소리가 뚝 그쳤다. 이어 소경예의 목소리가 들려왔는데 무척 겸손한 말투였다.

"다치진 않으셨습니까? 어쩌자고 이렇게 뛰어들어오셨습니까? 무슨 급한 일이라도? 아버님께서는 부재중이신데, 저와 같이 대청으로 가서 기다리시는 게……."

"녕국후를 찾아온 게 아닐세."

곧바로 목소리의 주인공이 설려로 뛰어들었다. 하지만 담백한 가운데 쌀쌀함이 느껴지는 매장소의 시선을 마주하자 저도 모르게 걸음을 멈췄다. 그는 사방을 훑어본 후 정생이 무사한 것을 확인하자 그제야 정신을 차리고 물었다.

"정생, 괜찮으냐?"

"예."

정생이 낮은 목소리로 공손히 대답했다.

"이 아이를 아십니까?"

뒤따라 들어온 소경예가 황급히 물었다.

"경예."

그 사람이 몸을 돌려 정색하며 말했다.

"이 아이가 실수로 거리에서 귀인의 마차에 뛰어들었다고 들었네. 자네의 중요한 손님을 놀라게 한 모양이니 화를 내는 것도 당연하지. 하지만 아무리 그래도 어린애 아닌가. 내 얼굴을 봐서라도 자네 손님에게 사과하는 정도로 그만 풀어주게."

소경예는 그런 그를 바라보며 한참 동안 멍하니 있었다. 매장소가 웃음을 터뜨리자 그제야 그도 따라 웃기 시작했다.

"전하, 오해하셨나봅니다. 정생은 제 마차에 뛰어든 것이 아닙니다. 그저 길에서 우연히 만나 상처가 얼마나 깊은지 보려고 데려왔을 뿐입니다. 못 믿으시겠거든 정생에게 물어보십시오."

그 사람은 잠시 멈칫했다. 고개를 돌려 정생의 표정을 살피고, 소경예의 평소 행동을 떠올리자 그 말이 거짓이 아님을 알 수 있었다. 그는 곧 난처한 얼굴이 되었다.

"정왕 전하께서 왕림하실 줄은 정말 몰랐습니다."

매장소가 천천히 몸을 일으켜 인사했다.

"방금 비류의 무례는 부디 용서하십시오."

"정왕 전하, 이쪽은 소철 선생이십니다."

소경예가 황급히 나서서 소개했다.

일곱째 황자인 정왕(靖王) 소경염(蕭景琰)은 올해 서른한 살의 키 크고 늘씬한 청년이었다. 외모는 형제들과 별로 다르지 않았지만, 오랫동안 병사를 이끌고 바깥에 나가 있었기 때문에 황족다운 귀티에 강인한 기질이 더해졌고, 얼굴과 손의 피부도 관리를 잘한 다른 황자들처럼 곱지 않았다. 소철이라는 이름을 듣고도 그는 별다른 표정을 짓지 않았다. 그저 소경예가 하도 정중하게 소개했기 때문에 인사치레로 예를 갖출 뿐이었다. 도리어 매장소가 무미건조한 표정 아래로 훨씬 진지하게 그의 모습을 자세히 살펴보았다.

"정생이 정왕 전하 저택 사람입니까?"

소경예가 손님에게 자리를 권한 후 물었다.

"음…… 아닐세."

정왕은 마치 뭐라고 표현해야 좋을지 모르는 듯 곤란한 표정이었다.

"정생은 액유정(掖幽庭)에 살고 있네."

"액유정이요?"

도저히 생각지도 못한 곳이 나오자 소경예가 반사적으로 되물었다.

“거기는 벌을 받은 궁노비들이 사는 곳 아닙니까? 이렇게 어린 아이가 무슨 죄를 지었기에 그곳에 갇혀 있는 겁니까?”

정생은 쇳덩이처럼 단단하게 입을 다물었다. 얼굴에는 핏기가 전혀 없었다.

“어머니를 따라 갇힌 걸세. 그곳에서 태어났지.”

대답하지 않아도 소경예가 금세 알아낼 것을 알고, 정왕은 속 시원히 말해버렸다.

“별일 없으면 어서 돌려보내게. 액유정 사람들은 궁궐 규칙에 따라 밖에서 밤을 보낼 수 없네.”

“그럼 오늘은 어떻게 나왔지?”

소경예는 액유정의 형편을 어느 정도 알고 있었다. 그 질문을 하기 무섭게 잠시 생각해보고는 다시 말했다.

“어린 태감들이 네게 심부름을 시켰구나?”

정생은 고개를 숙이고 중얼중얼 대답했다.

“오늘은 아니에요. 오늘은 제가 데려가달라고 했어요. 책을 사려고…….”

“돈은 어디서 났지?”

“내가 주었네.”

정왕이 담담하게 말했다.

“더 심문할 것이 없으면 지체하지 말게. 시간이 늦었네. 그 태감이 먼저 달아나 액유정으로 돌아갔으니 정생의 어머니는 분명 몹시 초조해하고 있을 걸세.”

"정생의 어머니를 아십니까?"

소경예는 계속 물어도 되는지 알 수 없었지만, 도저히 호기심을 누를 수가 없었다. 정왕의 정비는 오래전에 세상을 떠나, 지금 그의 곁에는 측비 두 명밖에 없었다. 아리따운 여자들로 후원을 꽉꽉 채운 다른 황자들과는 확실히 달랐다. 어쩌면 순정남처럼 죄를 지은 궁노비를 연모하게 되었을지도 모른다. 더 나아가서 어쩌면 이 아이도…….

여기까지 생각이 미치자, 소경예는 자신의 상상력이 언예진과 비슷할 정도로 위험하다는 것을 느끼고 황급히 그 생각을 짓누르며 쑥스러운 듯이 웃었다.

연장자이고 경험이 많은데다 총명하기까지 한 정왕은 흘끗 보기만 해도 소경예가 무슨 생각을 하는지 알았지만 굳이 해명하지 않았다. 정생의 존재는, 정왕 역시 몇 년 전에야 우연히 발견했을 뿐이다. 당시 이 아이는 하도 괴롭힘을 당해 거의 사람 몰골이 아니었다. 비록 요 몇 년간 권력을 이용하여 얻어맞지 않도록 해줬으나, 아무래도 완벽하게 보호해줄 수는 없었다. 그래서 지방 순시를 위해 경성을 떠날 때마다 속으로는 늘 걱정스러웠다. 이번에 경성으로 돌아왔을 때도, 병부에서 일을 처리하느라 며칠 만에야 겨우 틈이 나서 정생을 만나러 갔다. 그런데 거리에서 말썽이 나 끌려갔다는 소식을 정생의 동료로부터 듣고 황급히 수소문해서 구하러 온 것이다. 다행히도 큰일은 아니었다.

"녕국후부에 뛰어든 것은 본 왕이 경솔했네. 다음에 반드시 사과하러 오겠네."

정왕은 그 말만 하고는 일어나서 정생에게 눈짓했다.

"늦었으니 이만……."

그 말이 끝나기도 전에 갑자기 매장소가 기침을 해댔다. 억지로 참아보려 했지만 갈수록 기침이 심해져 마치 오장육부가 찢어지는 것 같았다. 그의 이마에는 퍼런 힘줄이 불쑥 솟고, 콩알만 한 식은땀이 송송 맺혔다.

한 번도 이렇게 심하게 기침하는 매장소를 본 적이 없어, 소경예는 너무 놀라 하얗게 질렸다. 필사적으로 그의 어깨를 두드리고 가슴을 문질렀지만 아무 소용이 없었다. 손수건을 꺼내 그의 땀을 닦아주는데, 관자놀이는 뜨끈뜨끈한 반면 뺨은 싸늘했다. 그걸 느끼자 소경예는 더욱 어쩔 줄 모르면서 하인에게 의원을 부르라고 목이 터져라 외쳤다. 비류마저 달려와 덜덜 떨리는 매장소의 몸을 껴안고는 경기 들린 아이처럼 아무 말도 못한 채 그저 '어, 어' 하고 소리만 질렀다.

한참 후에야 매장소의 기침이 차츰 가라앉았다. 입을 막은 손수건을 살짝 떼자 눈을 자극하는 빨간 핏자국이 비쳤다. 매장소가 재빨리 손수건을 말았지만, 소경예는 이미 보고 말았다. 그는 가슴이 덜컥했지만 차마 사람들에게 알릴 수 없어 그의 귓가에 대고 낮게 물었다.

"소 형, 순 선생의 약을 한 알 드릴까요?"

"괜찮네."

매장소는 애써 숨을 가다듬고는 비류를 향해 싱긋 웃었다.

"고작 기침한 것뿐이잖니. 겁내지 마라, 비류. 저녁에 우리 비류가 등을 좀 두드려주면 괜찮아질 거야."

그때까지 정왕은 옆에서 바라보면서 떠나지도 남지도 못하는 상황이었다. 그러다가 매장소가 괜찮아지자 그제야 나서서 느릿느릿 안부를 물었다.

"소 선생은 어쩌다 병이 나셨소?"

매장소는 천천히 시선을 움직여, 눈을 동그랗게 뜨고 넋을 잃고 쳐다보는 정생을 찾았다. 그는 정생에게 미소를 지으며 손을 흔들었다.

"정생, 이리 오너라."

정생은 정왕을 흘끔 바라보았다. 부르는 이유는 잘 몰랐지만, 그래도 슬금슬금 긴 의자 옆으로 다가갔다.

"정생, 내게 책 읽는 것을 배우고 싶으냐?"

정생은 화들짝 놀라 순간적으로 대답할 수가 없었다. 정왕이 눈을 찡그리며 말했다.

"소 선생, 정생은 액유정 사람이오. 나이가 차서 그곳에서 나온다 해도 다른 저택의 노비가 될 것이오."

"압니다."

방금 기침을 너무 심하게 해서인지 매장소의 눈동자에는 촉촉하게 물기가 어려 있었다. 하지만 그 때문에 그의 눈길은 도리어 더욱 뜨거워 보였다.

"대답만 해보아라. 배우고 싶으냐, 아니냐?"

정생의 가슴이 급격하게 오르락내리락했다. 어떻게 된 일인지는 모르지만 불현듯 어떤 기회처럼 느껴졌다. 그래서 이를 악물고 가슴을 쭉 펴며 큰 소리로 말했다.

"배우고 싶어요!"

"좋다."

매장소의 창백한 얼굴에 떠오른 웃음이 더욱 짙어졌다. 그는 손을 뻗어 아이의 손을 자신의 손바닥에 올려놓았다.

"일단 돌아가거라. 반드시 방법을 찾아 너를 꺼내주마."

매장소의 이 갑작스런 약속에 가장 놀란 사람은 도리어 정왕 소경염이었다. 그는 저 아이의 신분을 소경예보다 더 잘 알고 있었고, 정생을 액유정에서 꺼내는 것이 얼마나 어려운지도 훨씬 잘 알았다. 어쨌거나 황자인 그도 요 몇 년간 갖가지 노력을 해봤으나 정생을 데려오겠다는 목적을 이루지 못했다. 그런데 이 청년은 한낱 녕국후부 큰 공자의 친구일 뿐이다. 설령 소경예가 온 힘을 다해 돕더라도 공연히 헛수고만 할 것이고, 괜히 정생만 또다시 실망하게 만들 것이다.

"소 선생은 마음이 선한 분이라 저 아이가 고생하는 것을 두고 보지 못하는 거요."

정왕이 담담하게 말했다.

"허나 액유정 사람은 필히 폐하의 사면을 받아야만 그곳을 떠날 수 있소. 그리 쉬운 일이 아니지. 소 선생은 녕국후께서 한마디만 해주면 될 일이라 생각하는 모양이오?"

그러자 소경예가 황급히 말했다.

"아, 제가 아버님께 부탁을 드려서……."

"경예."

정왕이 즉시 그의 말을 끊었다.

"액유정 궁노비 아들 하나를 위해서 녕국후께 폐하를 알현해달라 부탁하겠다는 말이냐? 그런 우스운 소리는 꺼내지도 마라."

"하지만……."

소경예가 계속 말하려는데 매장소가 그의 팔을 꾹 잡아 누르며 말했다.

"경예, 정왕 전하의 말씀이 옳다네. 액유정의 모든 사람은 각자의 죄가 있네. 거리에서 본 가엾은 장사꾼에게서 물건을 사주는 것처럼 단순한 일이 아닐세. 그러니 무슨 일이 있어도 녕국후께 이 이야기를 꺼내지 말게. 다른 사람에게도 말하면 안 되네, 알겠나?"

"저희 도움이 필요 없다고요?"

소경예는 놀랍고 의아했다.

"그럼 어떻게 풀어줄 생각이세요? 태자 전하나 예왕 전하께 부탁이라도 하시려고요?"

정왕의 눈썹이 꿈틀하더니 눈동자에 칼날처럼 날카로운 빛이 번뜩였다. 그가 차갑게 말했다.

"이제 보니 소 선생은…… 태자 전하와 예왕 전하와도 교분이 있구려. 정말 실례했소!"

매장소는 그를 흘끗 바라보았지만 신경 쓰지 않고 여전히 온화하고 세심하게 소경예에게 말했다.

"경예, 나를 믿어주게. 다른 사람들이 몰라야만 정생을 빼낼 자신이 있네. 이 아이 같은 노비의 자식을 신분이 높은 사람이 구하려고 하면 폐하께서는 더욱 의심하실 걸세. 그렇지 않으면 정왕 전하께서 벌써 빼내셨겠지. 약속하게. 이 일을 모른 척하고 앞으로 다시는 입에 담지 않겠다고 말일세. 그래주겠나?"

소경예는 멍하니 그를 바라보았다. 여전히 이해는 안 되지만, 그래도 매장소에 대한 믿음과 존경 때문에 고개를 끄덕였다.

이때 뜰 밖에서 누군가 보고했다.

"큰 공자, 나리께서 돌아오셨습니다."

매장소는 무슨 생각이 났는지 그 틈을 타서 말했다.

"자네는 어서 가서 문안 드리게. 나와 같이 있어줄 필요 없네."

"하지만 소 형의 몸이……."

"괜찮네. 내가 자주 기침을 한다는 건 알잖은가. 별일 아닐세. 녕국후께서 돌아오셨는데 인사는 하러 가봐야지. 내 곁에 있어주느라 아들로서의 도리마저 잊으면 녕국후께서는 분명 나를 사귀면 안 되는 나쁜 친구로 여길 거야. 어서 가게."

소경예는 알겠다고 대답한 후 일어나 정왕에게 몸을 돌렸다.

"정왕 전하, 그럼 제가 배웅하겠습니다."

"정왕 전하께서는 좀 더 머물지 않으시겠습니까? 정생에 관해 아직 여쭤보고 싶은 것이 있습니다만……."

매장소가 웃으며 말했다.

정왕의 눈빛이 번쩍였다. 이 괴상하고 병약한 청년이 대체 어떤 사람인지 확실히 파악하기 어려워 좀 더 살펴보고 싶은 생각이 들었다. 그래서 그는 소경예를 향해 고개를 끄덕이며 말했다.

"가보게. 나도 소 선생의 고상한 행실을 보니 좀 더 가까이하고 싶군."

"그러시면 먼저 실례하겠습니다."

소경예는 아버지가 중문을 들어섰으리라 생각하자 바쁜 마음에 서둘러 인사하고 중앙 뜰을 향해 달려갔다.

주인이 떠나고 뜰에 남은 두 사람은 곧바로 이야기를 나누지 않았다. 정왕은 다소 차가운 얼굴로 나무 아래 긴 의자에 앉은 사람을 살펴보았는데 무척 경계하는 모습이었다. 그에 반해 매장소의 태도는 훨씬 편안했다. 그는 낮은 목소리로 비류에게 나가 있으라고 하고, 정생에게는 책 한 권을 골라주며 작은 뜰 한쪽 구석에 가서 읽으라고 했다. 그런 다음에야 황자에게로 시선을 옮기며 빙그레 웃었다.

"정왕 전하, 설령 제게 적의가 있으시더라도 그렇게 대놓고 드러내실 필요는 없습니다."

매장소가 유유히 말을 이었다.

"최소한 지금은 전하와 제가 같은 목표를 갖고 있으니 말입니다. 정생을 구하는 것이지요."

"이상한 게 바로 그거요."

정왕의 눈빛에는 의혹이 가득했다.

"선생은 어째서 정생을 구하는 데 그렇게 애를 쓰시오? 그저 동정 때문이오?"

"당연히 그 때문만은 아니지요."

매장소는 책에 머리를 파묻고 읽고 있는 비쩍 마른 아이를 곁눈질하며 말했다. 그 눈빛은 몹시도 부드러웠다.

"저 아이는 자질이 아주 좋습니다. 제자로 삼고 싶군요."

정왕은 코웃음을 쳤다.

"천하에는 저 아이보다 자질이 뛰어난 아이가 널렸소. 선생이 사귄 친구들, 그러니까 녕국후의 공자, 태자 전하, 예왕 전하가 있는데 자질이 뛰어난 제자를 못 거둘 리 있겠소?"

"그렇다면 전하는 어째서 그리도 정생을 보호하십니까? 당당한 황자께서 별것도 아닌 노비를 위해 백주대낮에 녕국후 저택에 뛰어드시다니, 단지 동정 때문은 아닌 것 같습니다만?"

"나는 정생의 어머니를 좋아하오. 누군가 좋아하면 그 집 말뚝만 보아도 인사한다지 않소."

정왕은 건성으로 대꾸했다.

"확실히 그 말씀대로입니다. 하지만 절대 그 어미 때문은 아니겠지요."

매장소는 살짝 눈을 감았다. 그의 얼굴은 가면을 쓴 것처럼 아무 표정이 없었다.

"그 아비 때문이지요."

정왕의 몸이 부르르 떨렸다. 얼굴 근육도 제어가 안 돼 마구 꿈틀거렸다. 내려뜨린 두 손은 주먹을 꽉 쥐어, 마치 과격한 행동을 하지 않으려고 온 힘을 다해 자신을 꾹꾹 누르는 것 같았다.

"아마 이것이 저와 경예의 나이 차이겠지요. 저는 전하께서 바짝 긴장해서 정생을 대하는 것을 본 순간 어떻게 된 일인지 알 수 있었습니다만, 경예는 아니었지요. 그 당시 그는 아직 어린아이였으니까요. 공부하고 무예를 닦는 것만 아는 그에게 그런 일들은 너무나도 먼 이야기입니다."

매장소는 아예 정왕을 바라보지도 않았다. 그의 얼굴에 세상 풍파를 모두 겪은 사람 특유의 미소가 떠올랐다.

"정생은 열한 살이고 액유정에서 태어났으니 누군가의 유복자일 겁니다. 시간상으로 볼 때 가장 적당한 사람은 바로 그분입니다. 전하는 오랫동안 그분을 따랐으니 사이가 무척 좋으셨겠지요."

소경염의 눈빛이 고드름처럼 날카로워졌다. 목소리에도 온기가 전혀 없었다.

"어떻게 그걸 아시오? 당신은…… 대체 누구요?"

"태자와 예왕은 결코 제 친구가 아닙니다. 그들이 저를 끌어들이려는 것뿐이지요."

매장소는 그의 질문에 대답하지 않고 자조 섞인 웃음만 지었다.

"전하께서는 랑야각이 저를 어떻게 평했는지 아십니까? '기린지재, 그를 얻으면 천하를 얻는다.' 여러 황자에게 일어난 큰 사건들조차 모른다면 어찌 기린지재라 불릴 수 있겠습니까?"

"그러니까 일부러 이런 쪽의 비밀과 자료를 수집해서 훗날의 발판으로 삼으려는 모양이군."

"맞습니다."

매장소가 빠르게 대답했다.

"기린이 되는 것이 나쁠 것이 무엇입니까? 중요하게 쓰이고 공을 세우면 나중에 태묘(太廟)에 들어 길이길이 명성을 날릴지도 모를 일이지요."

정왕의 눈빛이 깊어지며 으스스한 한기가 감도는 목소리로 말했다.

"그래서, 선생은 태자를 선택할 것이오, 아니면 예왕을 선택할 것이오?"

매장소는 고개를 살짝 들었다. 그의 시선이 쓸쓸해 보이는 나뭇가지를 지나 짙푸른 하늘을 응시했다.

"저는 당신을 선택하려고 합니다, 정왕 전하."

"나를?"

정왕은 고개를 들고 껄껄 웃었지만 눈동자엔 슬픔이 떠올랐다.

"선생은 참 눈도 없구려. 내 어머니는 겨우 빈(嬪)에 불과하고,

지위 높은 외척도 없소. 나는 서른한 살에 아직도 친왕(親王)이 되지 못했고, 군대의 거친 사내들을 이끌고 싸움이나 할 뿐 조정에는 하등의 인맥도 없소. 그런데 날 선택해서 뭘 어쩌겠다는 거요?"

"확실히 전하의 조건은 무척 나쁩니다만……."

매장소는 담담하게 말했다.

"안타깝게도 제게는 다른 선택의 여지가 없습니다."

"무슨 뜻이오? 태자와 예왕은 모두 실력자요. 둘 중 누가 황위를 손에 넣어도 이상하지 않은데……."

"바로 그것 때문입니다. 그 두 사람 중 누가 황제가 되어도 이상하지 않기 때문에 그들을 선택하지 않는 겁니다. 저 혼자만의 힘으로, 아무도 예상하지 못한 사람을 황위에 앉혀야 기린다운 능력을 뽐낼 수 있으니까요. 안 그렇습니까?"

정왕은 매장소를 가만히 바라보았다. 눈앞의 사람이 농담을 하는 것인지, 진심을 말하는 것인지 도무지 판단이 서지 않았다.

"정왕 전하, 사실대로 말씀하십시오."

매장소는 그의 시선을 차분하게 마주하며 말했다. 그의 표정은 타락의 길로 사람을 유혹하는 악마 같았다.

"설마, 정말로 황제가 되고 싶은 생각이 전혀 없으십니까?"

소경염은 심장이 부르르 떨리는 것을 느끼며 남몰래 이를 악물었다. 황자로 태어나 한 번도 황위를 바란 적이 없다고 말한다면 거짓말이었다. 하지만 매일매일 그런 생각을 하고, 황위를 얻는 것이 인생에서 가장 중요한 목표라고 한다면, 그 또한 사실이 아니었다. 그는 다만 태자와 예왕의 앞길을 가로막을 수만 있다면 어떤 대가라도 치를 용의가 있었다.

"제가 정생을 구해낸다면 정왕 전하께 의탁하기 위한 선물이 되겠습니까?"

매장소의 눈빛은 무심했지만, 그가 하는 말은 정왕의 마음을 완전히 사로잡았다.

"황장자(皇長子), 전하께서 가장 존경하던 형님…… 그의 유일한 핏줄을 액유정 같은 곳에서 빼내는 것도 전하의 바람이겠지요?"

정왕의 눈썹이 살짝 꿈틀했다. 그가 한 자 한 자 힘주어 물었다.

"정말 할 수 있소?"

"그렇습니다."

"하지만 나는 무슨 일에건 계략만 꾸미는 당신 같은 사람을 결코 좋아하지 않소. 당신이 나를 황위에 올려주더라도 반드시 커다란 영광을 얻을 수 있다고 확신할 수 없소. 그래도 상관없소?"

"제게 생각이 있으니 자연히 정왕 전하와 교섭할 기회가 생길 겁니다."

매장소가 활짝 웃자 그에게서 환하고 시원한 분위기가 풍겨, 정왕이 말한 것처럼 전혀 음울한 책사 같지 않았다.

"전하께서는 공신을 죽이는 그런 사람은 아니실 텐데요? 오히려 태자나 예왕이 더 그렇지요."

정왕은 입술을 꾹 다문 채 신중하게 생각했다. 이 소철이라는 사람이 하는 말은 너무도 불가사의했지만, 그 태도는 매우 진지했다. 만일 그가 사기꾼이라 해도 그 동기를 짐작할 수 없었다. 게다가 태자나 예왕은 다른 형제들을 신경 써서 상대할 만한 적수로 여기지도 않으니, 고작 그의 마음을 떠보겠다고 이렇게 대단한 인물을 보낼 리도 없었다. 그렇다면 이 자는 대체 무슨 생각일까? 정말 보좌할 사람으로 자신을 고른 것일까?

"전하, 빨리 결정하시는 게 좋겠습니다. 아무래도 정생은 날이 어두워지기 전에는 돌아가야 할 테니까요."

매장소가 서두르지도 머뭇거리지도 않는 적당한 말투로 재촉했다.

마침내 정왕이 이를 악물고 결심을 했다.

"좋소. 선생이 태자와 예왕을 황위에서 떨어뜨려놓을 수만 있다면 협력하겠소."

"그 정도 결심으로는 부족합니다. 반드시 황위를 얻는 것을 절대적인 목표로 삼으셔야 합니다."

얼음같이 차가운 매장소의 목소리였다.

"태자와 예왕이 어떤 사람입니까? 그들을 실패하게 만들기 위해서는 반드시 다른 사람이 성공해야 합니다. 그 사람이 전하가 아니면 누구겠습니까? 다른 황자들 중에서 셋째 황자는 장애가 있고, 여섯째 황자는 생쥐처럼 간이 작고, 아홉째 황자는 너무 어립니다. 말씀드렸다시피 전하의 조건은 분명 무척 나쁘지만 이미 다른 선택의 여지가 없지요."

"정말 사정없이 말하는군."

정왕이 자못 흥미로운 듯 눈을 반짝였다.

"이왕 의탁하기로 했는데 그런 말로 내 미움을 사도 괜찮소?"

"좋은 말만 듣고 싶으십니까?"

매장소의 목소리에 피로가 여실히 묻어 있었다. 그는 푹신한 의자에 기대며 두 눈을 감을락 말락 했다.

"안심하십시오, 전하. 예황 군주의 신랑감 선발대회가 끝나고 열흘 안에 정생을 빼낼 수 있습니다. 자, 이제 멀리 배웅하지 못하는 것을 용서하십시오."

말을 마친 그는 뜻밖에도 벌써 잠이 든 듯 완전히 눈을 감았다. 이렇게 무례한 행동을 보고도 소경염은 개의치 않았다. 그저 매장소를 흘끗 바라보고는 한마디도 하지 않고 일어나 정생을 불렀다. 그리고 정생의 책 보따리를 대신 들고 곧장 설려를 떠났다.

희미한 지난날

—

5

—

그날 저녁 소경예는 어의를 데리고 매장소를 찾아 진맥을 맡겼다. 어의는 병자가 한의 순진이 만든 약을 복용한다는 얘기를 듣자 함부로 말하지 못하고 그저 '푹 쉬고 흥분하지 말라'는 말만 남긴 채 떠났다. 매장소는 그 핑계로 일찍 쉬겠다며 소경예를 어의와 함께 내보냈다. 하지만 정말 자지는 않았다. 그는 겉옷을 걸치고 창문을 연 다음, 창턱에 가만히 앉아 하늘에 비스듬히 걸린 초승달을 바라보며 깊은 생각에 잠겼다.

비류가 다가와 그의 곁에 있는 깔개에 앉더니, 머리를 그의 무릎에 기대고 몸을 흔들었다. 매장소는 고개를 숙이고 무릎 위에 펼쳐진 까만 머리를 바라보았다. 그는 그 머리를 부드럽게 쓰다듬으며 조용히 물었다.

"우리 비류, 왜 그러니? 심심해?"

비류는 고개를 들고 투명하리만치 맑은 눈으로 그를 보았다.

"슬퍼하지 마!"

매장소는 잠깐 당황했다가 곧 부드러운 미소를 지었다.

"그냥 넋 놓고 생각을 한 것뿐이지 슬퍼한 게 아니야. 걱정할 것 없단다, 비류."

비류는 고개를 저으며 여전히 고집을 부렸다.

"슬퍼하지 마!"

그 순간, 매장소는 갑자기 심장 전체가 시큰해지는 것을 느꼈다. 꺼질 듯 말 듯하면서 겨우 이어져온 가슴속 한 줄기 기운이 그의 행동과 표정을 제어해왔다. 사실, 슬퍼하지 않는 것은 너무도 쉬운 일이었다. 경치 좋고 안락한 곳을 찾아 은거하며, 좋은 친구 두어 명과 함께 노닐면서, 음모와 배신의 세상을 떠나 아옹다옹하지 않고 살면 오랫동안 앓던 병도 차차 나을 것이다. 호의를 받고도 저버리지 않아도 되고, 마음먹은 대로 할 수 있다면 왜 즐겁지 않겠는가? 그러나 안타깝게도 그것은 결국 분에 넘치는 희망에 불과했다. 이미 짊어진 것은 아무리 무겁고 괴로워도 이를 악물고 끝까지 책임져야만 했다.

"비류, 랑주(廊州)로 돌아가겠니?"

매장소가 소년의 머리를 쓰다듬으며 나지막이 물었다.

순간 비류의 눈이 휘둥그레졌다. 그가 와락 달려들어 매장소의 허리를 껴안았다.

"싫어!"

"린신(藺晨) 형 보고 싶지 않니?"

"아니!"

"린신 형한테 널 그만 놀리라고 편지를 써줄게. 그럼 됐지?"

"싫어!"

"하지만 비류."

매장소의 목소리에는 숨길 수 없는 애처로움이 담겨 있었다.

"내 곁에 있으면 내가 점점 나쁜 사람이 되는 것을 지켜봐야 한단다. 그렇게 되면 우리 비류마저 슬퍼질 거야."

"비류, 이렇게……."

소년이 매장소의 무릎에 뺨을 바짝 갖다 대며 말했다.

"안 슬퍼!"

"이걸로 충분하니?"

매장소는 길게 탄식했다.

"내 곁에 있으면서 내 무릎을 베고 쉴 수만 있으면 즐겁다고?"

"즐거워!"

매장소는 비류의 머리칼을 살며시 걷어주면서 몸을 뒤로 기대 온몸의 근육과 신경에서 힘을 쭉 뺐다. 노곤한 기분이 마음을 가득 채웠다.

"자!"

비류가 말했다.

"우리 비류가 피곤해서 자고 싶구나?"

"아니! 형이 자! 나쁜 사람 혼낸다!"

매장소는 어리둥절했지만 곧 비류의 말뜻을 깨달았다. 그는 눈썹을 살짝 치켜세웠다.

"누가 설려에 들어왔구나?"

"응!"

비류가 고개를 끄덕였다.

"바깥! 아저씨! 혼낸다!"

매장소는 그제야 안심하고 비류의 부축을 받아 일어났다. 그가 창밖에 대고 말했다.

“형님, 들어오십시오.”

그의 말이 떨어지기 무섭게 그림자 하나가 휙 안으로 들어왔다. 몸집이 큰데도 움직임은 귀신처럼 빨랐다.

“이 아저씨는 내 손님이란다. 우리 비류, 싸우면 안 돼. 먼저 가서 자렴.”

매장소가 달래자 비류는 순순히 자기 침대에 누워 눈을 감았다. 그가 잠이 든 후, 두 어른은 방 가운데 놓인 둥근 탁자 옆에 자리를 잡았다.

“제가 쫓아내라고 한 두 사람은 보냈습니까?”

매장소가 몽지에게 차를 따라주며 물었다.

“영봉루에서 본 두 사람 말인가? 걱정 말게. 바로 그 둘을 찾아가 자네 뜻을 전했네. 하지만 위쟁(衛崢)은 떠나고 싶어 하지 않는 것 같더군.”

“어쩔 생각이던가요?”

“경성에 남아 자넬 돕겠다고 했네. 모두의 일이니 자네 혼자 짊어지게 할 수는 없다며…….”

“헛소리!”

매장소가 화를 냈다.

“그가 어디 저와 같답니까? 저는 혼자지만 그에게는 운 낭자가 있어요. 12년간 생사를 모르고 헤어진 후 운 낭자는 끝까지 그를 기다렸습니다. 그가 어렵사리 목숨을 구해 돌아와, 슬픔 끝에 즐거움을 찾아 서로 보호하고 의지하며 살 수 있는데 왜 또 소란을 일으키겠다는 겁니까? 이 일에 그는 필요 없습니다. 가기 싫어도 가야 해요!"

"흥분하지 말게."

몽지가 차분히 권유했다.

"난들 위쟁을 모르나? 속으로는 어떻게 생각하든, 그는 결국 자네 명령을 따를 거야. 지금 내가 걱정스러운 건 자네야. 이렇게 혈혈단신으로 경성에 와서 내게 연락도 하지 않다니. 지원군도 안 데리고……."

"비류를 데려왔잖아요."

"저 아이?"

몽지는 침대 쪽으로 눈길을 돌렸다.

"그러고 보니 정말 미안하네. 그날 나는 저 아이가 자네 사람인 줄 몰랐어. 신법이 하도 놀라워 호기심에 나섰을 뿐인데, 혹시 그 일로 귀찮게 된 건 아니지?"

"아닙니다."

매장소가 담담하게 말했다.

"주목을 조금 끌었을 뿐이죠."

"왜 경성에 왔다고 내게 알리지 않았나? 이렇게 아무 준비도 없이 어떻게 자넬 도우라고?"

"절 도우시려고요?"

매장소의 웃는 얼굴 위로 무심한 표정이 떠올랐다.

"관두세요. 금군통령이 되어 무거운 은총을 받고 있는데 뭐 하려고 제 일에 연루되겠다는 겁니까? 그저 모르는 척만 해도 큰 도움이 될 겁니다."

몽지는 이를 악물며 눈가에 노기를 떠올렸다.

"진심인가? 이 몽지를 어떻게 보는 거야?"

매장소는 거의 보이지도 않을 만큼 옅은 미소를 지으며, 손바닥으로 몽지의 팔꿈치를 눌러 살짝 힘을 주어 붙잡았다. 그리고 낮게 말했다.

"형님, 그 마음을 제가 왜 모르겠습니까? 지난날 우리가 품었던 전우애를 떠나서, 협의를 중요하게 여기는 형님의 성격만 봐도 모른 척할 리 없지요. 하지만 제가 하려는 일은 승산이 없어도 너무 없어요. 형님까지 끌어들이고 싶진 않습니다. 조금만 잘못해도 대대로 충성스럽다고 이름난 몽씨 가문의 이름이 하루아침에 무너질 겁니다."

"충의는 마음에 있지 이름에 있는 것이 아니야. 직접적으로 폐하께 해를 가하지 않는다면 자네는 결코 내 적이 아닐세."

"폐하요? 폐하는 언제나 한 자루의 칼입니다. 죽일지 살릴지는 그분에게 달려 있죠."

매장소의 입가에 한 줄기 미소가 떠올랐다.

"보아하니 제가 경성에 온 목적을 이미 짐작하신 모양이군요."

"그래, 제대로 맞혔다고 믿네."

몽지의 눈동자에 우려의 빛이 짙게 떠올랐다.

"하지만 태자와 예왕일세. 한 사람을 제거하는 것은 쉬울지 모르나, 두 사람을 함께 제거하는 것은 무척 어렵네. 어쨌거나 폐하께서 한 사람은 남겨두실 테니까!"

"꼭 그렇지는 않습니다."

매장소가 냉소하며 말했다.

"폐하에게 아들이 그 둘만은 아니니까요."

몽지는 태자와 예왕 외에 다른 사람이 황위를 이을 가능성에 대해서는 지금껏 한 번도 생각해보지 못한 듯 몹시 놀란 표정이었다.

"자네…… 설마 정왕을 지지하겠다는 건가?"

"안 됩니까?"

"자네가 정왕과 사이가 좋았다는 건 아네. 그의 능력을 얕잡아 보는 것도 아니고. 솔직히 말해서 그가 가진 불리한 조건들은 별것도 아냐. 그래봤자 어머니의 지위가 낮아 지금껏 폐하의 눈에 들지 않았을 뿐이니, 그쯤이야 앞으로 실력을 보여주면 바꿀 수 있네. 하지만 가장 중요한 것은, 정왕은 천성적으로 권모술수를 좋아하지 않는다는 걸세. 정왕은 정권 다툼을 혐오해. 황위를 좇는 것이 얼마나 위험한 일인가. 그런 성격으로 악독하고 권력도 강한 태자와 예왕을 어떻게 이긴단 말인가?"

매장소는 찻잔의 뚜껑을 만지작거리며 무표정하게 말했다.

"권모술수를 좋아하지 않는 천성이면 어떻습니까? 제가 있는데요? 음울하고 피비린내 나는 일은 제가 하면 됩니다. 극악무도한 자를 쓰러뜨리기 위해서 무고한 사람의 심장에 칼을 꽂으라고 해도 상관없습니다. 물론 저도 그런 일은 마음 아프지만, 한번 극한의 고통을 겪은 사람은 그 정도 슬픔은 참아낼 수 있지요."

너무도 지독한 말이었지만, 그 속에는 무엇으로도 감출 수 없는 슬픔과 처량함이 담겨 있었다. 그의 얼굴을 멍하니 바라보던 몽지는 문득 심장께에서 참기 어려운 통증을 느꼈다. 한참 후에야 그는 겨우 기운을 차리고 나지막이 물었다.

"그래서 정왕은…… 그러겠다고 했나?"

"왜 거절하겠습니까? 태자와 예왕에 대한 미움은 그 역시 저처럼 깊습니다. 하물며 황위가 기다리는데요. 황위라는 저 엄청난 매력 앞에 저항할 수 있는 사람은 몇 안 됩니다. 경염조차도…….”

“그럴 순 없네!”

몽지가 탁자를 퍽 하고 내리쳤다.

“정왕이 천성적으로 분쟁을 싫어한다지만, 그렇다고 자넨 그걸 좋아했나? 정왕이 언제부터 그렇게 지독해졌지? 설마하니 그런 자네를 보고도 마음 아프지 않다는 건가?”

“형님.”

매장소가 빙그레 웃었다.

“잊으셨군요. 경염은 제가 누군지 전혀 모릅니다. 저는 이미 죽었어요. 그의 마음속에서 저는 상처가 되어 있습니다. 그를 위협하고 유혹해 황위 싸움에 발을 들여놓게 한 건 그저 소철이라는 낯선 사람일 뿐입니다. 그런데 마음 아플 이유가 어디 있습니까?”

“허 참!”

몽지가 걱정스레 외쳤다.

“그렇지, 모르지. 하지만 오늘 그를 만나보지 않았나? 그런데 알리지 않았다고? 정왕도 자넬 알아보지 못하고?”

“왜 알려야 하죠?”

매장소의 얼굴은 창백했으나 눈빛은 무척 차가웠다.

“한때는 천진난만한 친구였지만, 지옥에서 살아 돌아온 사람은 악귀로 변하게 마련입니다. 그가 못 알아보는 것은 물론이고, 저 자신도 저를 못 알아볼 정도지요.”

몽지가 매장소를 바라보았다. 그는 손가락 마디가 하얗게 변할 정도로 깍지 낀 두 손을 힘껏 움켜쥐어, 가슴이 갈기갈기 찢기는 듯한 고통을 지우려 애썼다. 열일곱 살 때의 그의 모습이 아직도 생생했다. 헤어질 때의 밝고 찬란하던 미소, 사과같이 빨갛게 홍조가 돌던 건강한 얼굴. 12년이라는 세월은 흐르는 물처럼 빠르게 지나갔고, 문득 정신이 들어 돌아보니 마치 전생의 일처럼 아득했다.

"그렇군. 자네 쪽에서 연락하지 않았다면 나도 영원히 자넬 못 알아봤을 거야."

몽지는 그의 손목을 움켜쥐었다. 가느다랗고 창백했다. 그가 살기 위해 발버둥 치며 버틴 과정이 얼마나 힘들고 고통스러웠을지 상상할 수 있었다.

"약속해주십시오. 절대 경염에게 알리지 않겠다고."

매장소가 창밖을 내다보며 말했다. 눈빛은 흐릿하면서도 아득했다.

"그와 함께 자라던 활발하고 사랑스러운 친구는, 그의 곁에 있는 음험하고 악독한, 수단과 방법을 가리지 않는 책사와는 결코 다른 사람입니다. 그게 더 낫지 않을까요?"

"소수……."

"경성을 통틀어 임수가 돌아왔다는 것을 아는 사람은 형님뿐입니다. 어쩌면 증조할머니는 아실지도요. 허나 제3의 인물이 나오는 것은 원치 않습니다. 형님, 부탁드립니다."

"내 쪽은 안심하게. 하지만 태황태후께서는 어떻게 아셨나? 그분은 요즘 정신이 오락가락하시는데."

"정말 저를 알아보셨는지는 잘 모르겠습니다. 분명 제 얼굴은 완전히 달라졌으니까요. 하지만 저를 보며 '소수'라고 부르시는데, 눈빛이 정말 따뜻해서 이름을 잘못 부른 것 같지는 않았어요. 어쩌면 정신이 맑지 않아서 그러셨는지도 모르지요. 여러 가지 일을 기억하지 못하시니 도리어 쉽게 받아들이신 거겠지요. 저는 그저 그분의 소수이니 그분 앞에 나타나는 것도 당연하지요. 그래서 그렇게 즐거워하셨고 전혀 놀라지 않으신 겁니다."

몽지는 약간 불안해졌다.

"태황태후께서 다른 사람에게 말씀하시진 않겠지?"

"그러시진 않을 겁니다."

매장소가 조용히 말했다.

"게다가 요즘은 그분이 무슨 말씀을 하시든 아무도 진지하게 받아들이지 않을 테니까요."

"흠……."

몽지가 길게 한숨을 내쉬었다.

"그것도 그렇군."

매장소는 잠시 말을 끊고 찻잔을 들어 한 모금 홀짝였다. 그런 다음 느릿느릿 물었다.

"형님, 이왕 오셨으니 묻고 싶은 것이 있습니다."

"편히 물어보게."

"요 몇 년간 우리는 여러 번 연락을 주고받았습니다. 그런데 기왕(祁王)에게 유복자가 있다는 것을 왜 알려주시지 않았습니까?"

"뭐라고?"

몽지는 놀란 나머지 그 자리에서 펄쩍 뛸 뻔했다.

"기왕 전하께 아이가 있다고?"

"형님도 모르셨습니까?"

매장소도 뜻밖이었다.

"경염이 정말 치밀하게 숨겼군요. 하지만 이상할 것도 없어요. 한마디라도 태자나 예왕의 귀에 들어갔다면 정생은 죽은 목숨이니까요."

"그게 확실한 소식인가?"

몽지는 믿을 수 없다는 표정을 지었다.

"기왕부의 남자들은 모두 죽었고, 여자들은 다 액유정에 갇혔네. 그 중에서 조금이라도 지위가 있던 사람은 1년도 못 되어 핍박을 받고 죽음에 이르렀지. 그런데 어떻게 유복자가 살아 있단 말인가?"

매장소는 깊어진 눈빛으로 잠시 생각에 잠겼다가 말했다.

"어떻게 된 일인지는 저도 짐작할 수 없습니다. 하지만 왕비께서는 지혜롭고 판단력이 뛰어나고 수동(秀童) 누님은 용감무쌍해서, 두 분 다 남자에게 뒤지지 않는 여중호걸이었습니다. 당시 상황은 무척 혼란스러웠으니, 그분들이 목숨을 걸고 기왕의 한 점 혈육을 액유정에 숨긴 것이 전혀 불가능한 일도 아니지요. 경염이 정생에게 쏟는 관심을 보니 이미 그 아이의 신분을 확인한 것 같더군요. 그러니 틀리지 않았을 겁니다."

"생김새는 어떤가? 기왕을 닮았나?"

"어려서부터 괴롭힘을 당해 얼굴은 누렇게 뜨고 비쩍 말라 알아볼 수가 없더군요. 하지만 눈가나 눈빛에는 지난날 기왕 전하의 모습이 남아 있었습니다."

"정왕은 그 아이가 기왕의 유복자라는 것을 알았다면서 왜 잘 보살피지 못하고 그렇게 고생하게 했단 말인가?"

몽지가 참지 못하고 원망했다.

"어쩔 수가 없었어요. 아무 연고도 없이 어린 궁노비를 보살펴 주면 의심을 살 테니까요. 실수로 정생의 신분이 알려지면 태자와 예왕이 가만있겠습니까?"

"하지만 그 아이를 계속 액유정 같은 곳에 둘 순 없잖은가?"

흥분한 몽지가 벌떡 일어나 큰 걸음으로 방 안을 왔다갔다했다. 비류가 침대에서 일어나 앉아 차가운 눈길로 경계를 돋우고 그를 지켜보았다.

"비류, 더 자렴."

매장소가 고개를 돌리고 비류를 달랜 뒤 몽지를 향해 말했다.

"형님, 일단 앉으세요. 형님만 초조하고 저와 경염은 아무렇지도 않다 생각하십니까? 정생은 반드시 구해냅니다. 하지만 완벽한 방법으로 털끝 하나 다치지 않게 빼내야 합니다."

"벌써 방법이 있나?"

몽지가 다급히 물었다.

"대충 생각은 해놨지만 상세한 계획은 좀 더 고민해봐야 합니다. 이 일은 서둘러서는 안 됩니다. 서두를수록 성공하지 못해요."

매장소는 몽지를 흘끗 바라보며 눈썹을 치켜세웠다.

"형님은 이제 대량에서 첫손가락 꼽는 고수이고 금위군이라는 중책을 맡고 있지요. 멀리 랑주에서도 침착하고 신중하며 철석같은 마음을 가졌다고 몽 통령을 칭찬하는 말을 들었는데, 오늘은 왜 이렇게 허둥거리십니까?"

몽지는 머리를 긁으며 한숨을 쉬었다.

"나도 왜 이런지 모르겠네. 다른 곳에서는 태산이 무너지기 전에는 낯빛 하나 바꾸지 않는 것이 식은 죽 먹기처럼 쉬운데, 자네와 이야기를 하는 지금은 마치 무모하고 경솔하던 젊은 시절로 돌아간 것 같군. 호로곡(葫蘆谷)의 싸움, 아직 기억하나? 기왕 전하께서 세 번이나 친필로 명을 내려 나를 제지하지 않으셨다면 난 벌써 적의 함정에 빠졌을 거야. 호로곡을 잃었다면 영존께서는 분명 내 머리를 잡아 뽑아 힘껏 발길질을 하셨겠지."

"그때 아버지께서는 확실히 형님을 못 미더워하셨어요. 하지만 나중에는 이런 말씀을 하셨지요. 사람을 알아보는 눈은 당신이 기왕께 미치지 못하신다고요. 무예 시합을 통해 그 수만의 장사 중에서 우승자도 아닌 형님을 골라 뽑아낸 기왕 전하의 보는 눈은 절대 따르지 못하신다고요."

"하지만 매섭고 정교한 용병술에 있어서는 그 누가 영존을 따를 수 있겠나? 적염군(赤焰軍)이 가는 곳이면 제아무리 강한 군대도 싸우기도 전에 겁을 집어먹지 않았나?"

옛날 일을 꺼내자 몽지는 오랫동안 가라앉아 있던 호기가 다시 샘솟는 것 같았다. 그는 눈앞에 술이 없는 것이 아쉬운 듯 찻잔을 들어 꿀꺽꿀꺽 마시며 감개무량하게 말했다.

"원망스럽게도 나는 얼마 못 가 억지로 적염군을 떠나야 했지. 기왕 전하와 영존 휘하에서 몇 년 더 갈고 닦았다면 지금보다 훨씬 나았을 텐데."

매장소는 유유히 탄식했다.

"잃는 것이 있으면 얻는 것도 있는 법이지요. 그때 적염군을 떠나지 않았다면 혹여 12년 전의 재난은 피할 수 있었을지라도, 적염군 출신이라는 이유만으로 결코 금군통령 자리가 형님 손에 들어가진 않았을 겁니다."

그 이야기가 나오자 몽지는 곧 다른 일이 떠올라 이를 악물며 한스럽게 말했다.

"꼭 그렇지는 않아. 지금 조정에는 적염군 출신으로 지극한 총애를 받으며 '호국주석' 이라는 후광을 누리는 자가 있지 않나?"

탁자에 놓인 매장소의 손이 부르르 떨렸다가 곧 차분해졌다. 그는 손가락에 힘을 주어 붉은 칠을 한 탁자를 눌렀다. 마치 탁자에 손가락 자국이라도 남기려는 것처럼.

"그동안 짐짓 따르는 척하며 겉으로는 좋은 관계를 유지하고 있네만, 정말이지 죽을 만큼 견디기 힘드네."

몽지는 마음속의 답답함을 쏟아내듯 길게 한숨을 쉬었다.

"그런데 자넨 말일세, 어쩌자고 이곳에 묵고 있나?"

"안전 때문이지요."

매장소가 담담하게 말했다.

"뭐? 이곳이 안전하다고?"

"최소한 여러 가지 귀찮은 일은 피할 수 있으니까요."

얼음처럼 차가운 매장소의 말투에서는 뼛속까지 시린 차가움이 묻어났다.

"그 세 명의 젊은이를 이용해 경성에 들어온 덕에 조정의 중추에 있는 주요 인물들과 빨리 접촉할 수 있었습니다. 태자나 예왕의 막료가 되라는 부름을 받고 손발이 꽁꽁 묶인 채 금릉에 오는 것보다야 훨씬 낫지요."

몽지는 잠시 생각하더니 찬동하며 고개를 끄덕였다.

"시간이 늦었으니 그만 돌아가십시오. 정생을 구하는 계획이 마련되면 형님의 도움이 필요합니다. 귀찮겠지만 위쟁 쪽도 성을 나갈 때까지 지켜봐주십시오. 절대 돌아오게 해서는 안 됩니다."

몽지는 그러겠다고 하며 일어났다. 그는 밖으로 걸음을 옮기다 말고 잠시 멈춰 서서 고개를 돌려 매장소를 응시했다. 애틋하고 아쉬운 눈빛이었지만, 자신이 할 수 있는 일에는 한계가 있음을 그는 잘 알고 있었다. 그는 가슴속에 솟구치는 슬픔을 억누를 수 없어 아무 생각 없이 팔을 내밀어 매장소를 힘껏 껴안았다.

침대 휘장이 살짝 펄럭이는가 싶더니, 비류가 번개처럼 튀어나와 칼날처럼 날카로운 손으로 몽지의 목을 내리쳤다. 몽지의 반격에 뒤로 밀려나자, 비류는 몸을 비틀면서 다시 일어나 연속적으로 매서운 공격을 퍼부었다.

"비류!"

매장소가 황급히 두 사람 사이를 가로막았다.

"이 아저씨는 나를 괴롭히는 게 아니라 작별인사를 하려던 것뿐이란다. 그러니 화내지 마."

"안 돼!"

소년의 얼음 같은 얼굴 위로 분노가 퍼져나갔다.

"알았어, 알았어. 앞으로는 안 그럴 거야."

매장소가 몽지에게 미안한 웃음을 지어 보였다.

"미안하군요, 형님. 우리 비류가 늘 이렇습니다."

"괜찮네. 자네를 이렇게까지 보호하려는 걸 보니 무척 기쁘네."

몽지는 비류에게 선의의 미소를 지어 보였다.

"이 사람 잘 좀 보호해다오."

비류는 그의 말을 무시하고 여전히 한쪽을 굳게 지키며 꼼짝도 하지 않았다.

"그럼 먼저 가네."

몽지가 매장소를 그윽하게 바라보며 낮은 소리로 말했다.

"소수, 몸조심하게. 절대로 무슨 일이 생겨선 안 되네, 알겠나?"

매장소는 눈시울이 뜨거워졌다. 그는 치밀어오르는 눈물을 급히 억누르며 말없이 고개를 끄덕였다.

비류가 몽지를 노려보았다. 비록 표정은 없었지만 눈빛만으로도 더는 못 견뎌한다는 것을 알 수 있었다. 몽지가 창턱을 넘어 사라지자 그는 곧 창문을 꼭꼭 닫았다.

"왜 그러니? 저 아저씨가 싫어?"

매장소가 가벼운 목소리로 놀렸다.

"싫어!"

"왜?"

"못 이겨!"

"괜찮아."

매장소가 그의 머리를 쓰다듬었다.

"우리 비류는 아직 어리잖니? 자라서 저 아저씨 나이가 되면 분명히 이길 수 있을 거란다."

비류의 표정은 변함이 없었지만, 눈동자에는 기쁜 빛이 떠올랐다. 매장소는 웃음을 참으며 비류에게 자러 들어가라고 하고선 자신도 침대로 갔다. 하지만 밤이 깊도록 끊임없이 계획을 생각하느라 잠들지 못했다.

매장소는 그 후 며칠 동안 시합을 구경하러 가지 않고 병을 핑계로 설려에서 쉬기만 했다. 다행히 지난번 그를 탐색하러 온 태자와 예왕은 그를 은혜나 권력으로 굴복시키기는 어렵다는 것을 알고, 그를 옭아맬 새로운 방법을 알아내기 전에는 찾아와 귀찮게 하지 않았다. 그는 날마다 책을 읽고 금을 타며 마음 편히 쉬었고, 덕분에 기색도 훨씬 좋아졌다.

시합에 등록한 소경예와 언예진은 매일매일 시합이 있어 매장소와 함께 있어줄 수 없었다. 반면 사필은 퍽 한가한 듯 매일 시간을 내어 찾아와 한담을 나눴다. 그는 온갖 화제를 다 꺼내면서도 예왕의 '예' 자도 꺼내지 않았다.

그래도 매일 황혼녘이면 설려는 시끌벅적해지곤 했다. 언예진 한 사람만으로도 열 명이 모인 것이나 다름없었다. 언예진은 마치 이야기꾼이라도 된 듯 그날 있었던 시합을 상세하게 들려줬다. 특히 그와 소경예가 나간 시합을 설명할 때는 더욱더 화려한 언변으로 사방으로 침을 튀기며 떠들었다. 마치 하늘이 놀라고 귀신이 울어댈 정도로 놀라운 시합이자, 무림의 대세를 바꿀 만큼 뛰어난 싸움이라도 한 것 같았다. 그의 설명을 듣는 것이 현장에서 직접 본 것보다 훨씬 재미있었다.

"저런 말을 들으니까 부끄럽지요?"

사필이 옆에 있는 형의 팔을 쿡쿡 찌르며 물었다.

"예진이 말한 사람이 형님 맞아요? 아무리 들어도 이랑신(二郎神, 치수, 수렵 등을 담당하는 도교의 신-옮긴이)이 효천견(哮天犬, 이랑신이 키우는 신령스러운 짐승-옮긴이)을 데리고 내려온 것 같은데요?"

소경예는 쓴웃음을 지으면서도 결코 언예진을 제지하여 흥을 깨뜨리지는 않았다. 도리어 옆에서 차가운 얼굴로 하늘을 올려다보던 비류가 불쑥 끼어들었다.

"불가능해!"

언예진은 한참 생각한 후에야 비류의 말뜻을 깨달았다. 그 후 그는 구체적인 초식을 묘사할 때 차마 입에서 나오는 대로 마구 지껄이진 못했다.

하지만 비록 그가 허풍을 떨긴 했어도, 실력으로 볼 때 그와 소경예는 틀림없는 일류였다. 앞서 몇 번의 시합에서는 아무 문제가 없었고, 최근 이틀 동안에도 비록 위험한 상황에 맞닥뜨리긴 했어도 결국 승리로 마무리했다.

황제는 매일 일정한 시각에 영봉루에 나타남으로써 이 시합을 중요하게 생각한다는 것을 드러내 보였다. 물론 많아야 한두 시합만 보고 떠난다는 것을 모두 알고 있었지만, 그것만으로도 충분히 영광스러운 일이었다.

이 시합에 참가한 대부분의 청년은 단순히 예황 군주를 아내로 맞고자 하는 목적만 가진 것이 아니었다. 어쨌거나 우승자는 한 명뿐이니 우승 가능성은 무척 낮았다. 때문에 더 많은 사람이 이번 대회를 자신의 실력을 뽐낼 무대로 여겼다. 이곳에서 전적과 명성을 쌓아 강호에서의 지위를 높이거나, 높은 사람 눈에 띄어 벼슬길에 오르기를 바라는 것이다.

이렇게 해서 신랑감을 고르는 이 시합은 차례차례 떠들썩하게 진행되었고, 예정된 것처럼 세상 사람들의 이목을 집중시켰다. 매일 탈락자가 나오고 떠오르는 신예가 이름을 날렸다. 다만 그것으로 얻는 부와 명성, 그리고 권력을 한데 모은 결과에 비해 볼 때, 그 과정은 제법 화려했지만 확실히 그다지 큰 반전은 없었다.

그러던 중 비록 늑장을 부리긴 했지만 결국 의외의 사건이 벌어지고야 말았다. 무예 시합 일곱째 날 저녁, 매장소는 설려로 뛰어드는 언예진과 소경예의 무거운 표정을 보고 놀라운 일이 벌어졌다는 것을 금세 알아챘다.

"소 형! 소 형!"

문을 들어서자마자 큰 소리를 지른 사람은 물론 언예진이었다. 마구 달려온 탓에 뺨이 빨갛게 달아오르고 이마에는 뜨뜻한 땀이 맺혀 있었다. 달려든 그가 대나무 의자에 털썩 앉더니 숨도 고르지 않고 다급히 말했다.

"상황이 안 좋아요, 큰일 났다고요!"

"무슨 일인가?"

매장소는 들고 있던 책을 내려놓으며 허리를 곧게 폈다.

"둘 다 졌나?"

"우리가 지든 말든 뭐가 중요해요? 하지만 상지가 졌다고요!"

"진상지(秦尚志)?"

매장소는 별일도 아니라는 듯이 눈썹을 치켜세웠다.

"그야 청년들 사이에서는 고수지만, 아직 등봉조극(登峰造極, 무공 수련에 있어 최고의 경지—옮긴이)에 이르진 못했으니 졌다고 해도 그리 놀랄 일은 아닐 텐데?"

그때쯤 옆에 와 앉은 소경예가 진지한 표정으로 말했다.

"진 것은 놀랄 일이 아니지만 단 일 초 만에 나가떨어졌어요."

매장소는 절로 놀란 얼굴이 되었다.

"그럴 리가? 설사 상대가 몽 통령이라 해도 일 초 만에 패퇴시킬 수는 없을 텐데?"

"그러니까 큰일이라잖아요!"

언예진이 발을 동동 굴렀다.

"그를 이긴 자가 대량 사람이 아닌가?"

"대량 사람이라면 우리도 이렇게 달달거리지 않아요. 그자는 북연 사람이고 이름도 참 괴상했어요. 백리기(百里奇)라나 뭐라나. 그동안 실력을 감추고 있다가 내일이 결전이니까 오늘 갑자기 솜씨를 부린 거예요. 아무래도 우승은 따놓은 당상이고, 남은 상대들도 손쉽게 쓰러뜨릴 것 같아요."

매장소는 눈을 찡그렸다.

"북연에 탁발호 말고 그런 인물이 있었나?"

"그 사람은 외공(外功)을 익혔어요. 거칠고 야만스럽게 생겼고 근육이 마치 쇳덩이 같아요. 상지가 오랑캐라고 깔보며 너무 자만을 했던 거죠. 상지가 먼저 공격을 했는데 그자가 피하지 않고 고스란히 공격을 받으면서, 자세를 가다듬지 못한 틈을 타서 단박에 상지의 어깨를 잡아 꺾었어요. 팔을 움직이지 못하게 되자 상지도 패배를 인정할 수밖에 없었죠."

소경예도 똑같이 마음이 급했지만 기분을 드러내진 않았다. 그저 굳은 얼굴로 비교적 차분하게 설명했다.

"일 초 만에 패했다는 것은 조금 억울한 평가지만, 그 백리기라는 자의 실력이 비범하다는 것은 절대 거짓이 아니에요. 그 정도 횡련공(橫練功)이면 몽 통령같이 기초가 튼튼하고 내공이 심후한 사람과 싸울 때는 별로 유리하지 않겠지만, 다른 사람은……."

여기까지 말한 다음, 그는 차마 대놓고 말할 수는 없었는지 입을 다물었다. 하지만 매장소는 이미 어떤 말인지 알 수 있었다. 예황 군주는 랑야 고수방에 오른 유일한 여자 고수이고 무공도 일류를 뛰어넘었지만, 결국은 여자였다. 기술을 주로 하고 공격은 보조수단이기 때문에 이렇게 외공에 능한 사람을 만나면 가장 불리했다. 만에 하나 실수라도 하면 그야말로 큰일이었다.

"거짓말하지 마."

일찍부터 설려에 와 있던 사필이 끼어들었다.

"시합 규칙에 따르면 반드시 끝장은 아니에요. 그 백리기라는 자가 열 명 안에 들어도, 문장 시합에서 결정권은 역시 폐하의 손에 있어요. 그자를 가장 말미에 넣으면 되는 거죠."

매장소는 눈빛을 집중하며 고개를 저었다.

"하지만 그렇게 되면 예황 군주의 바람은 이뤄질 수 없네. 군주는 마음에 들지 않는 사람은 전력을 다해 물리칠 수 있네. 만약 열 사람 중에 마음에 드는 사람이 없다면 시집을 가지 않을 수도 있어. 하지만 이기기도 힘들고 시집가고 싶지도 않은 고수가 나타났으니, 아무리 그를 맨 뒤에 세워도 위협이 될 테지. 군주는 마지막으로 그와 싸우는 낭패스런 결과를 피하기 위해서, 어쩔 수 없이 앞의 아홉 명 중 한 사람을 남편으로 골라야 하네. 군주처럼 자부심 강한 사람에게는 그런 상황을 마주하는 것만으로도 굴욕적일 거야."

"내일이 결전이니 최종 열 명이 결정될 거예요. 소 형도 가서 보시겠어요?"

소경예가 매장소에게 다가가며 낮은 소리로 말했다.

"소 형은 무공에 관해서는 저희보다 훨씬 잘 아시니, 어쩌면 백리기가 얼마나 위험한지 판단하실 수 있을 겁니다. 그리고 어떻게 상대해야 할지도……."

"자네와 예진은 그자와 겨뤄보았나?"

"아니요."

소경예는 고개를 저었다.

"저와 예진은 그자와 같은 조가 아녜요. 내일의 승부가 어떻게 되든 그자와는 싸우지 않을 거예요. 하지만 내일 그자가 이기면 확실히 열 명 안에 들 거예요. 소 형, 부디 자세히 살폈다가 예황 군주께 도움 될 만한 조언을 해주세요."

"맞아요, 맞아."

언예진이 맞장구를 쳤다.

"경예는 본래 저보다 무공이 뛰어나지 않았는데, 여행길에 소 형의 지도를 받은 다음부터 저만치 앞서갔다고요."

매장소가 빙그레 웃었다.

"군주는 이미 초일류 고수의 반열에 오른 분이고, 내가 할 수 있는 조언에도 한계가 있네. 군주는 경예와는 달라. 경예의 무공은 군주만큼 뛰어나지 않기 때문에 올라갈 공간도 훨씬 크지."

"소 형."

소경예가 울상을 지으며 말했다.

"조금 듣기 좋게 말씀하실 순 없어요? 저 충격 받아요."

"하지만 내일 시합이 끝나면 군주는 낯선 고수를 직접 상대해야 하네. 정말 위험한 일이군."

매장소는 단정한 두 눈썹을 살짝 찡그리며 말했다.

"어떻게든 방법을 찾아 보호막을 쳐야겠군."

"소 형, 벌써 방법이 있는 거예요?"

성질 급한 언예진이 캐물었다.

"내일 결전 전에 폐하께서 성지를 내려 이틀 동안 도전을 받게 해야 하네."

"도전이요?"

"그래, 조를 나누는 바람에 생긴 불리함을 없애기 위해서지. 내일 최종적으로 정해진 열 명이 우승자가 되고, 그동안 탈락한 사람들은 본래 속하지 않은 조의 우승자를 아무나 골라 도전할 수 있네. 그렇게 해서 이기면 원래의 우승자를 대신해 새로운 우승자가 되는 걸세. 그렇게 이틀 동안 싸워 마지막으로 남은 열 사람이 문장 시합에 참여하는 거지. 용기를 내어 우승자에게 도전하는 자는 결코 평범한 사람이 아니겠지. 설령 백리기를 물리치진 못하더라도 최소한 군주에게 경험을 보탤 순 있어."

세 명의 귀공자는 잇달아 고개를 끄덕였다.

"정말 좋은 생각이군요!"

언예진이 찬탄하며 말했다.

"하지만 오늘 밤 안에 황궁에 들어가 폐하께 성지를 내려달라고 해야 하네."

매장소가 아무렇지도 않게 일깨워줬다.

"별일도 아니네요. 당장 입궁할게요!"

언예진이 생각도 해보지 않고 나섰다.

"아니, 그럴 필요 없어요!"

사필이 재빨리 그를 가로막았다. 다소 민망하긴 하지만 그는 결국 얼굴을 붉히며 부탁했다.

"예왕 전하께서 하시면 안 될까요?"

그 자리에 있는 사람들은 바보 멍청이가 아니었다. 단번에 그의 생각을 꿰뚫어보고 일제히 그를 흘끗 바라보며 입을 다물었다. 지금쯤이면 황제도 백리기라는 자에 관한 보고를 듣고 초조해하고 있을 것이다. 이럴 때 그 앞에 나아가 이런 제안을 한다면 크게 기뻐하며 총애를 듬뿍 내릴 것이다. 군주 역시 은혜를 입었다고 생각할 것이고, 뜻밖의 기회를 얻게 된 수많은 탈락자는 더욱 기뻐할 것이다. 열 명의 우승자 역시 체면 때문에 강력히 반대하여 괜스레 약한 모습을 보일 리 없었다. 그러니 어느 쪽이든 적은 노력으로 큰 효과를 거둘 수 있는 일이었다. 사필이 낯가죽 두껍게 예왕에게 시키겠다고 하는 것도 이상한 일이 아니었다.

"자네가 그렇게 다리품을 팔고 싶다면 가보게."

잠시 후 매장소가 태연하게 허락했다. 사필은 무척 기뻐하며 연신 '고맙다' 고 인사한 후 잠시도 망설이지 않고 나는 듯이 사라졌다. 그가 떠나자 방 안에는 이상한 침묵이 감돌았다. 매장소는 따뜻한 베개에 머리를 기대며 눈을 감았고, 소경예는 본래 이런 일에 끼어들기 싫어하는데다 아우의 일이다보니 입을 꾹 다물었다. 언예진도 비록 당파는 없지만, 언 황후와의 관계 때문에 아무래도 예왕과 얽혀 있어서 이러쿵저러쿵 입을 댈 수가 없었다. 그래서 순간적으로 조용해졌다.

한참이 지난 후, 결국 우두커니 앉아 있는 것을 참다못한 언예진이 또 다른 문제를 떠올리고 입을 열었다.

"좀 이상하지 않아? 백리기가 어제 보여준 솜씨라면 아무리 봐도 천하에 열 손가락 안에 꼽힐 것 같은데, 어째서 랑야 고수방에는 코빼기도 안 보였을까?"

"그것도 모르면서 강호인인 척했어?"

매장소가 말하기도 전에 소경예가 먼저 나섰다.

"랑야 고수방 첫머리에는 모든 고수가 겨룬 전적을 토대로 순위를 매겼다고 명시하고 있어. 강호에 모습을 드러내지 않은 숨은 고수들은 아무리 무공이 입신의 경지에 올랐어도, 나와서 싸우지 않으면 안 돼. 물론 가끔은 그 순위에 놀랄 때도 있지만, 그건 랑야각의 소식통이 빠르고 빈틈이 없기 때문이야. 아무도 모르게 진행된 시합조차 그 결과를 알아내니, 아무래도 일반적인 인식과는 약간 차이가 있거든. 아무튼 백리기라는 자가 이번에 제대로 솜씨를 뽐냈으니, 내년에는 반드시 랑야 고수방에 오를 거야."

"칫, 소 형과 가까이 살면서 얻어들은 거지? 어디 날 가르치려 들어!"

언예진이 아니꼽다는 듯 볼을 부풀렸다.

"나도 내일부터 설려에서 살 거야!"

소경예가 웃으며 말했다.

"까마귀 떼보다 시끄러운 네가 오면 소 형은 견디실지 몰라도 비류는 싫어할……."

말이 끝나기도 전에 머리 위의 나뭇가지 끝에서 차가운 목소리가 들려왔다.

"싫어!"

언예진은 화들짝 놀라 매장소 곁으로 달려갔다.

"우리 비류 왔구나."

매장소가 미소를 지으며 손을 흔들자 비류의 모습이 나타났다.

"바깥은 재미있었니?"

"아니!"

"비류는 예진 형이 같이 사는 것이 싫니?"

"싫어!"

"왜 싫어?"

"닮았어!"

"뭘 닮았는데?"

언예진이 호기심에 눈을 반짝였다.

매장소가 웃음을 터뜨렸다.

"자네가 우리 강좌맹의 린신과 느낌이 비슷하다는 말일세. 비류가 가장 못 견뎌하는 사람이라네."

그 말을 마친 그가 고개를 돌리고 다시 소년에게 물었다.

"두 사람이 왜 닮았다는 거지? 예진 형은 한 번도 널 놀린 적이 없잖니?"

비류가 차가운 눈으로 우리의 국구 공자를 노려보았다. 목소리가 얼음장 같았다.

"속으로 생각해!"

"이봐, 이봐."

언예진이 서둘러 두 손을 내저었다.

"군자는 생각한 것만으로 벌을 받지 않는 법. 그랬다간 착한 사람을 잘못 죽이기 십상이라고."

"그래."

매장소는 웃느라 간신히 숨을 내쉬며 말했다.

"신경 쓰지 마라, 비류. 방 안에 간식을 남겨놓았단다. 모두 네가 좋아하는 거야. 어서 가서 먹으렴."

비류는 '응' 하고 대답하고 다시 한 번 언예진을 노려본 다음

휙 사라졌다.

소경예는 절친한 벗의 안색을 보자 배꼽을 잡고 웃어댔다. 한참 후에야 겨우 웃음을 그친 그는 친구의 어깨를 툭툭 치며 위로했다.

"나를 놀릴 기회를 정말 어렵게 얻었으니 실컷 웃어둬."

언예진은 대범한 척하며 손을 내젓더니 매장소를 향해 말했다.

"내일은 소 형도 오실 거죠?"

"그렇게 재미가 있다니 당연히 가야지."

매장소가 부드럽게 그를 향해 웃어 보였다.

"한데 이 도전 시합이 자네들까지 귀찮게 만들었으니 미안하네."

"뭘요, 옳은 방법인데! 모두 진짜 실력대로 오를 수 있게 되었잖아요."

언예진이 시원스레 웃음을 터뜨렸다.

"보살핌을 받는 것은 역시 불편해."

"무슨 보살핌?"

소경예는 어리둥절했다.

언예진이 그를 흘끗 바라보았다.

"둔하기는, 그래놓고 날 비웃다니."

"경예."

매장소가 그의 손등을 두드리며 나지막이 말했다.

"이번 시합은 신랑감을 선발하는 자리이지, 무관을 뽑는 자리가 아닐세. 자네처럼 외모도 괜찮고 품성도 좋고 가문도 좋은 젊은이는 당연히 조정에서 보살펴줄밖에. 자네들이 속한 조의 사람들이 특별히 약하다는 생각, 안 해봤나?"

"예?"

평화를 좋아하는 성격에 곰곰이 생각하는 것을 싫어하는 소경예는 정말로 그 사실을 눈치 채지 못한 터라 뜻밖의 일에 순간 멍해졌다.

"네가 제법 잘난 줄 알았지, 안 그래?"

언예진이 그 틈을 놓치지 않고 소경예의 귀에 대고 음산하게 말했다.

"강호에서든 경성에서든, 네가 집안 덕을 보지 않는다고 한다면 누가 믿겠냐?"

"예진!"

매장소가 웃으며 눈을 찌푸렸다.

"자네, 꼭 경예를 불쾌하게 만들어야겠나?"

"소 형, 너무 오냐오냐하지 마세요."

언예진이 고개를 설레설레 저으며 말했다.

"때로는 확실히 알려주는 게 나을 때도 있어요. 경예는 지나치게 순진해서 그렇게 하면 안 좋아요. 날 좀 배워. 이렇게 자유로우면서도 확실한 것에는 절대 흐리멍덩하게 굴지 않잖아."

돌연 매장소의 눈빛이 그윽해졌다. 그가 가벼운 소리로 탄식하며 말했다.

"확실히 자넨 정말로 솔직하고 시원한 사람일세. 경예도 자네만 같으면 좋을 텐데……."

소경예는 그런 두 사람을 번갈아 쳐다보다가, 참지 못하고 손바닥으로 두 사람 사이를 가로막으며 불만스레 말했다.

"그만! 그만! 대체 무슨 말들을 하는 거예요? 나도 바보는 아니라고요. 설령 제가 좀 순진하다 해도 이렇게 쓸개 빠진 녀석보다 못하다는 거예요?"

매장소가 담담하게 말했다.

"물론 자네도 좋은 사람이지. 나도 언제까지나 자네와 이렇게 지내고 싶네. 하지만 자네는 감정을 너무 중요시하는 성격이라 훗날 그 때문에 피곤해질 걸세. 우린 그저 미리부터 자네가 걱정스러워서 이러는 거라네."

소경예는 그의 호의를 깨닫자 순간 가슴이 뜨거워졌다.

"걱정 마세요, 소 형. 인생살이에서 경험을 쌓고 자신을 단련할 일이 적기야 하겠어요? 제가 아무리 연약하다지만 무슨 일이 생겼다고 픽 쓰러져서 가족과 친구들을 걱정시킬 만큼 약하지는 않아요."

여기까지 말한 그가 말투를 바꿔 곁눈질로 언예진을 훑어보며 말했다.

"그리고 넌 그만해. 어디 소 형처럼 침착한 적이야?"

"어이, 어이."

언예진이 두 손을 허리에 척 갖다 댔다.

"소 형이 걱정해주면 감동해서 넋이 나가고, 내가 걱정해주면 눈을 흘기는군. 차별이 너무 심하잖아?"

"너 같은 응석받이마저 내 걱정을 하게 만들다니……."

소경예가 계속 그를 흘겨보며 말했다.

"내가 무슨 할 말이 있겠어?"

"감히 날 무시해? 일단 싸우자!"

언예진이 소매를 걷어붙이며 덤벼들자 두 사람은 초식도 없이 어린아이들처럼 마구잡이로 엉켜 싸웠다. 방 안에 있던 비류조차 싸움 소리에 놀라 머리를 쑥 내밀었다.

하지만 옅은 웃음을 띠고 그들을 지켜보는 매장소의 눈동자 깊은 곳에 자리한 표정은 누구도 짐작하기 어려웠다.

황제를 알현하다

–

6

–

이튿날, 매장소는 약속한 대로 다시 영봉루 앞으로 나가 녕국후부의 막사 안에 앉았다. 사필이 옆에서 같이 관람했다. 시합이 시작되기 전, 예상대로 초록색 옷을 입은 태감이 성지를 들고 나와 새로 추가된 시합을 선포했다. 황제의 명이고 이유도 충분해서, 시합장 내에 반대를 표하는 사람은 없었다. 성지 선포는 금방 끝이 나서 시합을 지연시키지는 않았다.

소경예와 언예진의 시합 순서는 비교적 빠른 편이어서 얼마 지나지 않아 시합장에 나왔다. 결전의 날이었으니, 아무리 약한 사람이라도 평범할 리 없었다. 두 사람의 상대도 뻔한 인물이 아니었다. 소경예가 먼저 나왔는데, 상대는 스물 몇 살 정도 된 젊은 검객이었다. 나이도 비슷하고 무기도 같은 두 사람은 시작부터 강 대 강, 빠름 대 빠름을 내세워 싸웠고, 기교를 부리지 않아 힘차고 통쾌했다.

하지만 이런 싸움은 아무래도 금방 끝나게 마련이었다. 소경예의 기술이 조금 더 뛰어났기 때문에 상대방은 시원스레 패배를 인정하고 내려갔다. 그 기질이나 행동거지만 봐도 광명정대한 사람이었다. 매장소는 멀리서 몽지가 보낸 사람이 그 젊은 검객을 부르는 것을 보았다. 몽지의 마음에 꼭 들어서 휘하로 거두려는 것이 분명했다.

언예진의 상대는 한눈에도 실전 경험이 풍부한 노련한 강호인임을 알 수 있었다. 발걸음이 안정되고 눈빛도 결연했으며, 풍상에 찌든 네모진 얼굴에는 관자놀이가 불룩 솟아 있었다. 두 주먹도 두툼하고 딱딱해서 열심히 연공한 사람이 분명했다. 부채를 팔랑거리며 평대에 오른 관옥 같은 얼굴에 가냘픈 몸을 한 국구 공자의 모습과는 너무나도 선명한 대비를 이뤘기에 제법 볼만했다.

"그러고 보니 예진이 싸우는 것을 이번에 처음 보는군."

매장소는 주먹과 발길질이 오가는 평대 위를 바라보며, 막 막사로 들어와 앉은 소경예 쪽으로 몸을 돌리며 말했다.

"사실 늘 이상하게 생각했네. 자네야 천천산장이라는 배경이 있고, 녕국후도 무훈이 높은 분이니 고강한 무공을 지닌 것이 자연스럽지만, 언씨 가문은 대대로 문관을 배출했고 지위도 높아 강호와는 아무 관계도 없는데, 어째서 예진의 무공이 자네와 비슷하다고들 하는지 말일세. 결국 오늘에야 알게 되었군. 예진이 건문(乾門)의 제자였다니, 내가 그동안 예진을 너무 얕보았네."

"예진이 정식으로 건문에 들어갔던 건 아니에요. 사실은 어릴 때 큰 병을 앓아 뛰어난 심법으로 몸을 보호할 필요가 있었어요. 건문의 장문인(掌門人)이 돌아가신 예진의 할아버지 언 노태사와 교분이 깊으셔서 그를 이름만 올린 기명제자(記名弟子)로 받아주시고 바깥에는 알리지 않았던 거죠. 그래서 저희도 굳이 소 형에게 말씀드리지 않은 거예요."

소경예가 서둘러 해명했다.

매장소는 말없이 웃으며 평대 위를 응시했다. 건문 무공은 신법과 초식이 뛰어나다고 정평이 나 있었다. 따라서 문하 제자들에게 매우 높은 자질을 요구하는 반면, 연공을 할 때는 열심히 하느냐 아니냐를 중요하게 여기지 않으므로 언예진의 성격에 꼭 들어맞았다. 평대에서 옷자락을 휘날리며 부채로 가벼운 바람을 일으키는 모습만으로는 그 살상력이 어느 정도인지 단번에 알아차릴 수 없지만, 멋스럽고 시원시원한 동작만큼은 확실히 일류였다.

"나만 예진을 얕본 것이 아니라 랑야각 각주도 예진의 순위를 매길 때 실수가 있었군. 겨우 공자방 열 번째에 두다니……."

매장소가 손뼉을 치며 웃었다. 그의 두 손바닥이 마주치는 순간, 평대 위의 잿빛 그림자가 일장을 맞고 날아갔다. 비단옷에 향기 나는 부채를 든 언예진은 사뿐사뿐 평대 가운데로 나가 턱을 살짝 들고 싱긋 웃었다. 그리고 사심이 담긴 눈빛으로 무대 아래 구석구석을 쓱 훑어보았다.

"저는 실수라고 생각하지 않는데요."

사필이 고개를 갸웃거리며 말했다.

"저 경박한 모습을 보면 열 번째가 맞아요!"

절친한 친구의 저런 행동에 이골이 난 소경예는 아예 못 본 척하고 몸을 숙여 매장소의 귀에 대고 말했다.

"다음이 백리기 차례예요."

매장소는 살짝 고개를 끄덕이고 찻잔을 들어 몇 모금 마셨다.

그때 언예진이 득의양양하게 들어오며, 위풍당당한 자기 모습을 잘 보았느냐고 큰소리쳤다.

"자넨 말이야."

매장소가 웃으며 말했다.

"장난이 너무 심해. 오십팔 초면 끝낼 일을 굳이 육십삼 초까지 질질 끌다니. 마지막에 펼친 낙영빈분(落英繽紛)을 자랑하려던 거겠지?"

언예진은 멈칫하더니 놀라고 존경스런 눈빛을 지었다.

"소 형의 안목은 정말 대단해요. 하지만 제 상대가 복숭아꽃처럼 어여쁜 미인이 아닌 게 아쉬워요. 그 초식을 맞고 나풀나풀 떨어져야 진짜 낙영빈분인데."

소경예가 흥 하고 코웃음을 쳤다.

"네 상대가 어여쁜 미인이었다면 나풀나풀 떨어진 사람은 너였을 거야!"

"그만들 해요. 다음 사람이 나왔어요. 저 사람이 백리기예요?"

사필이 탁자를 톡톡 두드렸다.

모두 고개를 들어보니, 과연 한 무리의 대전 상대가 평대 위에 서 있었다. 그 중 벌처럼 잘록한 허리에 원숭이처럼 긴 팔을 가진 사람이 있었는데, 푸른 옷을 입고 허리에는 연갑(軟甲)을 둘렀으며, 손에는 방천삭(方天槊) 한 자루를 쥐고 있었다. 무기만 보면 군대의 기마전에 알맞은 사람 같은데, 뜻밖에도 최종 결승전까지 올라왔으니 무척 비범하다는 것을 알 수 있었다.

그를 마주한 상대는 몸집이 몹시 크고 튼튼하며 온몸이 근육이었다. 옷 아래가 불룩 튀어나왔지만, 큼직한 손에는 아무것도 들려 있지 않았다. 그가 바로 어제의 싸움으로 모두를 놀라게 한 백리기였다.

"저렇게 거칠고 얼굴도 못생긴 사람은 절대 군주의 짝이 될 수 없어요."

백리기를 처음 본 사필은 자연스레 흥분해서 외쳤다.

"하물며 북연 이민족이잖아요. 어떡하든 떨어뜨려야 해요."

그렇게 말하는데, 갑자기 막사 밖에서 또 다른 목소리가 들렸다.

"저는 목왕부의 선마(洗馬) 위정암(魏靜庵)입니다. 외람되게 찾아왔으나 부디 한번 뵙게 해주십시오."

입으로는 '부디 뵙게 해달라' 고 했지만, 그 말이 끝나기 무섭게 빨간 관복을 입고 턱에 고운 수염 세 가닥을 기른 중년이 안으로 들어왔다. 그가 허리 숙여 예를 갖췄다.

"방해드려 죄송합니다."

"목왕부의 위 대인이시군요."

사필은 그 사람을 모르지만 실례를 할 수는 없어 말했다.

"어쩐 일로 오셨습니까?"

그 중년이 대답하기도 전에 언예진이 외쳤다.

"앗, 졌다!"

그들이 한담을 나누는 사이, 언예진은 상대를 쓰러뜨린 무표정한 백리기를 바라보며 고개를 설레설레 젓고 한숨을 쉬었다. 오늘 싸움은 비록 단 일 초의 승리는 아니지만, 그 과정은 역시 일방적이었다. 백리기의 솜씨가 별달리 기묘하다기보다 워낙 힘세고 튼튼했다. 상대방은 기술만 가지고는 그를 공격할 방법이 없었고, 그러다 방어에 빈틈이 생기면 참패였다.

빨간 옷의 중년이 그 틈을 타서 말했다.

"저도 저 일 때문에 소 선생을 찾아온 것입니다."

"자자, 오신 분은 다 손님이니 사양 마시고 앉으세요, 앉아요."

언예진이 마치 자기가 녕국후부 막사의 주인이라도 되는 양 호들갑을 떨며 의자를 가져왔다.

"감사합니다."

위정암은 전혀 사양하지 않고 의자에 앉아 단도직입적으로 말했다.

"이번 신랑감 선발대회에 천하를 통틀어 가장 관심이 큰 것은 우리 운남 목왕부일 겁니다. 백리기가 어제 보여준 놀라운 시합에 우리 군주께서는 태연자약하시지만, 소왕야(小王爺)께서는 몹시 불안하여 특별히 저를 소 선생께 보내셨습니다. 소 선생, 어떻게 하는 것이 좋을까요?"

그가 그렇게 말하자, 다른 사람들은 둘째 치고 매장소 자신조차 놀란 표정을 감추지 못했다. 분명 이 막사 안의 사람들은 백리기를 상대할 방법을 논의하고 있었지만, 단지 대량 사람이기 때문이고, 예황 군주를 존경하는 마음에 관심을 가질 뿐이었다. 그런데 위정암의 말을 들으면 마치 본래부터 이 일을 매장소가 맡기라도 한 것 같았다.

"위 선마."

매장소는 잠시 생각한 후 신중하게 말했다.

"소왕야께서는 어째서 제게 물으라고 하셨소?"

위정암은 다소 놀란 듯 눈을 휘둥그레 떴다.

"선생께서는 우리 군주님과 약속하지 않으셨습니까? 이번 대회는 단지 황명을 따르기 위한 것뿐이고 사실은 아무도 고르지 않기로요?"

이 말은 앞서 한 말보다 더욱 청천벽력이었다. 젊은이들은 그 자리에 굳어 눈을 동그랗게 뜨고 매장소를 빤히 바라보았다.

경성에 들어온 후 매장소는 예황 군주와 잠깐 동안 단둘이 만났을 뿐이다. 그런데 어찌나 동작이 빠른지 어느새 그런 약속까지 한 것이다. 게다가 다른 사람들이 이번 대회 때문에 이리 뛰고 저리 뛰며 바삐 움직이는 것을 지켜보면서도 숨죽인 채 한마디도 하지 않았다.

물론 그들과 마찬가지로 깜짝 놀란 사람은 매장소 본인이었다. 그는 위정암을 똑바로 주시하며 말했다.

"위 선마, 어디서 그런 말씀을 들으셨는지 모르지만, 아무래도 돌아가서 소왕야께 말씀드리는 게 낫겠소. 확실히 군주께서는 이 몸에게 일을 맡기셨으나, 그 내용은 위 선마께서 말한 것과는 완전히 다르오. 아무래도 소왕야께서 오해를 하신 것 같소."

"오해라고요?"

위정암은 어리둥절했다.

"그럼 군주께서 선생께 부탁하신 일은 뭡니까?"

"군주께서는 폐하의 노고를 덜어드리기 위해, 이 몸에게 열 명 안에 든 사람들의 문장 시합에 참가하여 그들의 순위를 정해달라고 하셨을 뿐이오. 다른 말씀은 전혀 없으셨소."

암만 봐도 그가 거짓말을 하는 것 같지는 않았다. 게다가 굳이 거짓말을 할 필요도 없었다. 위정암은 잠시 어찌할 바를 몰랐다. 군주와 소왕야 사이에 무슨 이야기가 오갔는지 그는 알지 못했다.

하지만 오늘 소왕야가 분부한 바에 따르면, 이 소철이라는 사람은 군주가 매우 신임하고 마음에 들어 하는 사람이었다. 그래서 이곳에 들어와 처음 본 순간, 이 사람이 비록 고상하고 기품이 있지만 병약해서 늠름하고 뛰어난 우리 군주와는 어울리지 않는다는 생각에 약간 불만까지 품게 된 터였다.

"제가 경솔했습니다. 부디 탓하지 마십시오."

위정암은 깍듯이 예의를 차려 두 손을 모았다.

"허나 그렇다면 군주께서 그렇게 중요한 문장 시합을 선생에게 맡기셨으니 선생을 친구로 여기신다는 뜻일 겁니다. 아마 선생도 백리기의 일을 수수방관하진 않으시겠지요?"

"이 몸이 어찌 감히 온 힘을 다하지 않겠습니까? 소왕야께서는 너무 걱정하지 않으셔도 됩니다. 군주께서 어떤 분이십니까? 아무리 큰 파란이 일어도 잠재우는 분이, 종신대사(終身大事)에 실수하실 리 없습니다. 이번 일도 필시 저절로 해결될 겁니다."

"좋은 말씀 감사합니다."

성격이 시원시원한 위정암은 그렇게 말한 다음 더 이상 쓸데없는 말을 하지 않고 사람들에게 인사한 후 물러갔다.

"오늘 비류는 어디 갔어요?"

언예진이 멀어지는 그의 뒷모습을 바라보며 물었다.

"저렇게 무작정 들어오는데 막지도 않고……."

"동허(東墟)에 시장이 열려서 거기서 놀라고 보냈네."

매장소가 웃으며 말했다.

"저 선마 대인의 말투와 기백이 평범하지 않은 것을 보니, 운남 목왕부에는 인재가 즐비하겠군. 역시 천하제일의 번진답네."

"게다가 이렇게 큰 대회가 벌어졌는데도 운남에서는 한 명도 시합에 나서지 않았어요. 이것만 봐도 그들에게 군주는 너무나도 높아 차마 꿈도 꾸지 못하는 분이라는 것을 알 만해요."

사필도 덧붙였다.

하지만 소경예는 다른 질문을 꺼냈다.

"소 형, 군주께서 문장 시합 일을 맡기셨는데 어째서 아무 말씀 없으셨어요?"

매장소는 자신이 일부러 숨겼다고 생각하고 다소 마음 불편해하는 그를 보자, 곧 참을성 있게 부드러운 목소리로 해명했다.

"군주께서 그런 요청을 하시니 나는 당연히 받아들여야 했네. 다만 문장 시합 같은 큰일이 어디 군주께서 청한다고 맡을 수 있는 일인가? 결국엔 폐하의 허락이 있어야지. 하지만 아직까지 성지를 받지 못했고, 아무래도 폐하께서 허락하지 않으셨나보다 싶어 자네들에게 말하지 않았다네."

이 젊은이들은 속 좁은 사람이 아니었기 때문에, 그 설명을 듣자 일리가 있다고 생각하고 웃어넘겼다.

그날 매장소는 시합을 끝까지 본 후 돌아왔다. 너무 지쳐 저녁을 몇 숟갈 뜨다 말았고, 그 때문에 소경예와 비류는 무척 걱정했다. 하지만 이어지는 이틀간의 도전 시합에도 그는 군주의 믿음을 저버릴 수 없다며 처음부터 끝까지 자리를 지켰다.

새로 생겨난 도전 시합은 역시 효과가 있었다. 우승자 열 명 중 세 사람이 도전자에게 패해 어쩔 수 없이 물러났고, 마지막으로 남은 열 사람은 어주(御酒)를 마시고 금화(金花)를 상으로 받았다. 그 후 사흘을 쉬고 입궁하여 문장 솜씨를 겨루게 되었다.

"소 형은 우리 열 사람 모두가 마음에 들지 않는 것 같은데요?"

그날 밤 설려에 모였을 때 언예진이 상으로 받은 금화를 흔들며 물었다.

"모두 절정 고수들이라 할 수 있지."

매장소가 탄식하며 말했다.

"하지만 예황 군주의 신선 같은 모습을 생각하면 뭔가 부족한 것처럼 느껴지는군."

"저랑 경예도요?"

언예진이 인정할 수 없다는 듯이 물었다.

"인품이나 외모나, 우리 두 사람 다 경성에서는 가장 사랑받는 사람들이라고요!"

매장소는 그들을 흘끗 바라보더니 한마디로 부인했다.

"자네들은 아직 너무 어려."

언예진은 기가 막혀 눈을 흘겼다.

"나이 어린 것은 저희 탓이 아니에요. 우리도 원해서 군주보다 늦게 태어난 게 아니라고요!"

"그만 좀 해."

소경예가 그를 밀어냈다.

"우리 두 사람은 원래부터 머릿수를 채우려고 나간 거야. 군주 대신 자격 없는 사람을 미리 떨어뜨리기 위한 것뿐이라고."

"어이, 넌 머릿수 채우러 나갔겠지만 나까지 끌어들이진 말았으면 좋겠어. 나는 진지하단 말이야!"

언예진이 엄숙한 표정을 지어 보이는 바람에 모두 큰 소리로 웃음을 터뜨렸다.

그렇게 이야기를 나누고 있는데, 갑자기 하인 한 명이 빠른 걸음으로 달려들어와 헉헉거리며 말했다.

"궁에서 공공 한 분이 조서를 가지고 왔습니다요. 나리께서 어서 대청으로 오시라며……."

성지를 받는 일에 익숙한 그들은 허둥거리지 않고 잇달아 일어나 매장소에게 작별했다.

"아니, 그게 아니라……."

하인이 다급히 말했다.

"특히 소 선생 말입니다요. 소 선생께서 조서를 받으셔야 합니다요."

"내가?"

매장소는 어리둥절했지만, 하인에게 물어봤자 소용없다는 걸 알고 일어나 옷을 갈아입은 후 젊은이들을 따라 대청으로 갔다.

대청에 서 있는 태감의 손에는 성지가 없었다. 그들이 꿇어앉아 예를 갖추자 태감이 총채를 탁 털며 말했다.

"황제 폐하의 명이오. 소철은 내일 조회가 끝나고 입궁하여 폐하를 알현하라."

사람들은 감사인사를 하고 일어났다. 예황 군주가 황제에게 보고했다고 생각한 젊은이들이야 당연히 놀라지 않았지만, 이상하게도 녕국후 사옥조차 전혀 놀란 표정이 아니었다. 그는 대충 예를 갖춘 후 후원으로 돌아갔는데, 아무래도 벌써 궁 안에서 무슨 이야기를 들은 모양이었다.

이튿날 아침 일찍, 목왕부의 마차가 나타나 사람들의 추측을 더욱 확실히 증명해줬다. 이곳 귀공자들은 높은 신분이지만, 황궁에 가는 것은 채소시장에 가는 것과는 전혀 다르기 때문에 함께 가고 싶다고 갈 수는 없었다. 그래서 걱정하는 사람이든 호기심에 들뜬 사람이든 모두 뒤로하고 결국 매장소 혼자 마차에 올랐다. 그는 떠나기 전 한 가지 임무를 소경예에게 맡겼다, 비류를 잘 보살피라는.

마차가 궁 밖에 도착하자 그는 푸른 비단을 친 가마로 바꿔 탔다. 조양전(朝陽殿)을 지날 때 매장소는 마음이 약간 격해지는 것을 느끼고, 급히 눈을 감아 마음을 맑게 유지했다. 정의문(正儀門)에 들어서자 가마에서 내려 걸었다. 방향을 보니 무영전(武英殿)으로 가고 있었다. 어전 아래에 이르자 마침 한 무리의 사람이 익랑에서 나오고 있었다.

그 중 용왕포를 입고 옥처럼 곱상하게 생긴 소년이 있었다. 다소 미숙한 데는 있어 보여도 영기를 숨길 수는 없었다. 그는 멀리서부터 호기심 가득한 눈으로 매장소를 아래위로 꼼꼼히 뜯어보았다. 그러다가 매장소가 마주 보는 것을 알아차리자 곧 우호적인 표정으로 웃어 보였다. 마치 어린 처남이 새로 온 매형을 보는 것 같은 그 표정에, 매장소는 울 수도 웃을 수도 없는 기분이었다. 하지만 시선을 옮겨 놀리는 듯한 예황 군주의 웃음을 보자, 이 남경의 여원수가 일부러 그랬다는 것을 알 수 있었다.

"소 선생, 오늘은 안색이 무척 좋구려."

예황 군주가 여유로운 걸음걸이로 다가왔다.

"소개하겠소. 이쪽은 내 동생이오."

"왕야께 인사드립니다."

목청이 황급히 손을 내밀어 절하는 그를 부축했다. 평소 모두 그를 어리게 보고 '소왕야' 라고 부르는데, 매장소가 작을 '소' 자를 빼주자 몹시 기뻤다. 하물며 누님의 마음에 든 사람이니 감히 누님 앞에서 거드름을 피울 수 없었다. 그는 만면에 웃음꽃을 피우며 말했다.

"선생의 이름은 일찍부터 들었어요. 오늘 이렇게 뵈니 역시 들은 대로 비범하시군요."

매장소는 쓴웃음을 지었다.

"병이 있는 몸에게는 과분한 칭찬이십니다."

"아, 정왕께서도 오셨군요?"

문득 예황 군주가 말했다.

매장소가 돌아보니, 과연 정왕 소경염이 성큼성큼 다가오고 있었다. 두 사람의 시선이 잠깐 부딪쳤다가 곧 스쳐 지나갔다.

"이 예황의 체면 때문에 전하의 시간을 빼앗았군요."

예황 군주가 웃으며 인사했다. 그 말만 들으면 마치 정왕이 그녀의 부탁을 받고 온 것 같았다. 말수가 적은 정왕은 예의에 따라 인사만 한 후 묵묵히 그 자리에 서 있기만 했다.

"여기서 기다려야 합니까?"

매장소가 물었다.

"그럴 필요 없소. 보시오, 모두 왔소."

예황 군주가 생긋 웃었다.

"저 두 분은 늘 똑같이 움직이시는군."

매장소는 돌아보지 않아도 그녀가 말하는 사람이 누구인지 알았다. 예상대로 잠시 후 태자와 예왕의 웃음소리가 차례차례 들려왔다. 그들은 마치 너그럽고 점잖은 모습을 겨루기라도 하듯, 어전 아래의 여러 사람과 화기애애하게 인사를 나눴다.

이 두 사람은 워낙 존귀한 신분이라 모두 나아가 예를 차렸다. 며칠 전 도전자 시합을 제안한 덕에 황제의 환심을 산 예왕은 매장소를 보자 자연스레 환하게 웃어 보였다. 태자는 속으로는 불쾌했지만, 자초지종을 따져볼 때 소철을 탓할 일이 아니라 그의 곁에 사람을 붙여놓지 못한 자신의 실책이라는 것을 알고 전혀 개의치 않는 척했다. 매장소는 그들과 인사말을 나누는 한편, 예황 군주와 목청이 소외되지 않도록 챙겼다. 소매가 길면 춤을 잘 춘다고, 과연 모든 면에서 빈틈이 없었다. 소경염은 한쪽에서 차가운 눈길로 그 모습을 바라보았다. 그의 눈동자에 절로 혐오의 빛이 떠올랐다.

사람들이 다 모이자 모두 대전으로 들어갔다. 방 안에는 좋은 술과 안주, 과일과 채소가 놓인 연회 자리가 준비되어 있었다. 황제가 아직 오지 않았기 때문에 예에 따라 모두 자리에 앉지 못하고 삼삼오오 짝을 지어 서서 이야기를 나눴다.

서로 경쟁하는 태자와 예왕은 상대방이 매장소와 단둘이 있는 것을 원치 않았기 때문에, 세 사람은 계속 함께 있었다. 목청은 늘 정왕의 전공을 경모해왔고, 또 남자는 피 끓는 화제를 논해야 한다는 생각에 소경염에게 군사 부리는 법을 가르쳐달라고 부탁했다. 예황 군주는 이쪽에 끼었다가 저쪽에 끼었다가 하며, 가장 마음 편하게 시간을 보냈다.

약 일각이 지난 후, 대전 밖에서 가벼운 경쇠 소리가 들리고 사례관이 높이 외쳤다.

"황제 폐하 납시오!"

대전 안은 순식간에 고요해졌고, 모두 예에 따라 단정히 섰다. 매장소는 슬쩍 물러나 구석에 자리를 잡았다가, 누런 황포를 입은 사람이 대전 안으로 들어와 상좌에 앉자, 다른 사람들을 따라 절을 하고 만세를 불렀다.

대량의 황제는 이미 환갑을 넘겨 머리와 수염은 반백이 되었고 얼굴에도 주름이 많았다. 하지만 행동거지와 기세는 여전히 웅장하고 위엄이 있어 조금도 늙은 티가 나지 않았다. 모두 일어나라고 명한 다음, 그의 시선은 자연스레 가장 멀리 있는 매장소에게로 향했다.

구오지존의 황제 폐하에게 강좌맹의 종주니, 강호 제일의 대방파니 하는 것은 지체 높은 묘당과는 너무나도 먼 이야기였다. 황제가 매장소에게 관심을 보이는 이유는 단지 목청과 마찬가지로 그를 예황 군주가 사사로이 점찍어둔 사람이라고 오해하기 때문이었다.

처음 보았을 때는 청수한 외모와 고상한 기질, 움츠러드는 기색이 전혀 없는 태도에 역시 군주의 마음에 들 만하다고 생각했다. 두 번째 보았을 때는 안색이 너무 창백하고, 가벼운 털옷 아래에 숨겨진 몸이 너무 빈약해서 수명이 길지 못할 것 같아 약간 부족하다고 느꼈다. 세 번째로 자세히 보자, 차분하고 흔들림 없는 두 눈동자가 맑고 투명한 것 같기도 하고 깊고 그윽한 것 같기도 하다고 생각했다. 비록 참선을 하듯 말없이 내리뜨고 있지만, 날카로운 총기가 느껴졌다.

대량의 황제는 허연 수염을 쓸어내리며 남몰래 고개를 끄덕이더니 그를 불렀다.

"소철."

"평민 소철, 폐하를 뵈옵니다."

"군주가 짐에게 너의 재능이 절륜하다고 추천했고, 태자와 예왕도 너를 크게 칭찬했느니라. 짐에게 시론을 쓴 세 편의 글이 있으니 살펴보고 가장 우수한 글이 무엇인지 알려다오."

"명을 받들겠습니다."

매장소는 내시의 손에서 글을 받아들었다. 그리고 대충 훑어보듯 빠르게 읽은 후 말했다.

"아룁니다, 폐하. 〈논중추치(論中樞治)〉가 가장 우수합니다."

"음? 어째서 그러한가?"

"이 글에는 제왕의 기운이 담겨 있는데, 어찌 평민이 감히 평하겠습니까?"

대량 황제가 고개를 쳐들고 껄껄 웃었다. 그는 유쾌한 얼굴로 찬탄했다.

"과연 안목이 있도다. 군주의 신랑감을 구하기 위한 문장 시합은 그대에게 맡기겠노라. 조정 일을 하게 되었으니 비록 관직은 없으나 객경(客卿, 본국 출신은 아니지만 관직을 맡은 자—옮긴이)이나 마찬가지니 평민이라고 칭할 필요는 없다."

매장소는 잠시 망설이다가 대답했다.

"신, 명을 받들겠나이다."

그 말투는 싸늘해서, 이런 은총에는 아무런 관심이 없지만 그저 예의를 갖출 뿐이라는 듯했다.

"여봐라, 군주의 아래쪽에 소 선생의 자리를 마련해라."

"감사합니다, 폐하."

매장소는 예의를 갖추고 자리에 앉았다. 군주가 곧 그를 향해 웃어 보이는 바람에, 대전 안의 모든 사람이 '역시 그러면 그렇지' 하는 표정이었다.

그때 금군통령 몽지가 대전 문 앞에 나타났다. 그는 어가를 지키는 근신(近臣)이기 때문에 통보할 필요 없이 바로 대전으로 들어와 아뢰었다.

"폐하, 대유와 북연 양 국의 사신들과 열 명의 우승자가 입궁하여 밖에서 명을 기다리고 있습니다."

매장소는 오늘 연회가 단지 그를 위한 것이 아니라는 소식은 이미 들어 알고 있었다. 더 중요한 것은 신랑 후보들을 미리 살펴보기 위함이었다. 하지만 그 소식이 틀림이 없자, 속으로 기뻐했다.

그사이 황제가 명을 내렸다. 몽지는 명을 받고 돌아서면서 시선을 미끄러뜨리는 순간 아무도 눈치 채지 못하게 매장소를 향해 살짝 고개를 끄덕였다.

그에게 맡긴 일이 순조롭게 진행되었다는 것을 알자, 매장소는 약간 마음이 놓였다. 하지만 겉으로는 전혀 드러내지 않고 조용히 앉아 있었다. 잠시 후, 황문관(黃門官)이 경녕(景寧) 공주의 도착을 알렸다. 황제는 얼굴에 웃음을 띠며, 안으로 들어온 어린 딸에게 물었다.

"경녕, 어제는 연회에 꼭 참석하겠다고 소란을 피우더니 어쩌다 늦었느냐?"

경녕 공주는 황제의 막내딸로, 마음이 선량하고 성격이 활발해서 언제나 황제의 귀여움을 받았다. 하지만 지금은 고운 눈썹을 찌푸리고 이마에는 먹구름이 껴 있으며, 안색도 몹시 우울해 보였다. 그녀는 예를 갖추어 인사한 다음 울적하게 대답했다.

“오는 길에 새하얗고 털이 긴 고양이를 봤어요. 그 고양이를 쫓다가 늦었어요.”

“이 녀석, 그저 고양이가 좋아서는. 한데 잡지 못해서 기분이 안 좋으냐?”

경녕 공주는 한참 동안 말없이 생각하더니 낮은 소리로 말했다.

“아니에요, 그 고양이를 쫓아가다가 우연히 액유정에 들어갔는데, 그곳 사람들이 너무 힘들게 일하는 모습이 하도 비참해 보여서 기분이 조금…….”

그녀가 액유정 이야기를 꺼내자 정왕은 가슴이 쿵 내려앉아 황급히 매장소를 살폈다. 하지만 매장소는 아무 말도 듣지 못한 것처럼 차분한 표정이었다.

황제의 얼굴이 약간 어두워졌다. 그리고는 나무랐다.

“공주의 몸으로 그런 곳에 가다니? 액유정 사람들은 모두 죄인이다. 힘든 노동을 하는 것은 당연한 일이니 그리 가엾이 여길 필요 없다.”

“부황의 말씀이 맞아요.”

경녕 공주는 고개를 숙였다.

“하지만 그곳에는 아직 성년이 안 된 아이들도 있어요. 너무 허약하고 가엾어요. 제 생각에는 그렇게 어린 아이들이 무슨 죄가 있다고…….”

“그만하지 못할까!”

황제가 호통을 쳤다.

“짐이 널 너무 오냐오냐 키웠구나. 이런 자리에서 죄인들 이야기를 꺼내다니? 어서 앉거라. 사절단이 곧 들어올 테니 네가 공주라는 것을 명심해야 한다. 예황 언니를 좀 보아라. 얼마나 진중하고 기백이 있느냐."

"과찬이십니다, 폐하."

예황 군주가 곧 웃으며 말했다.

"경녕같이 귀엽고 어린 공주님께서, 정말로 저처럼 전쟁터에 나가 싸움을 하게 된다면 폐하께서도 마음이 아프실 겁니다."

황제의 눈에 자상한 빛이 떠올랐다.

"짐은 네가 그렇게 고생하는 것도 마음이 아팠느니라. 이제 목청이 관작을 이어받았으니 네게 좋은 신랑감만 구해주면 짐도 안심이 되겠구나."

"폐하의 두터운 은혜 마음 깊이 새기겠습니다. 구천에 계신 아버지도 분명 갚을 길 없는 폐하의 은혜에 깊이 감격하실 겁니다."

예황 군주가 몇 년 동안 운남을 통솔할 수 있었던 것은 단지 호방한 기상 때문만은 아니었다. 이 평범한 감사인사조차 그녀의 입에서 나오면 무척이나 진실하고 감동적이었다.

황제는 온화하게 웃었다. 그때 대유와 북연의 사자가 절(節)을 들고 들어와 인사하고 자리에 앉았다. 이어서 들어온 것은 열 명의 우승자였다. 한 명 한 명 복장이 제각각이었는데, 그 중 일부는 당황하고 불안한 표정이었다. 아침 일찍부터 불려들어와 아무런 준비가 안 된 것이 분명했다.

그들에 비해 입궁하는 일에 익숙한 소경예와 언예진은 물론 훨씬 차분했다. 들어오자마자 대전을 두루 둘러본 후 매장소를 찾아내자, 감히 소리 내어 인사는 못해도 그를 향해 일제히 웃음을 지어 보였다.

사람들이 감사하고 자리에 앉자, 황제는 궁녀를 시켜 탁자마다 술을 따르게 했다. 먼저 세 잔을 하사한 후 황제가 말했다.

"이번 대회에는 뭇 영웅이 운집하고 고수가 즐비했다. 너희는 그 중 최종 우승자이니 젊은 영웅호걸이라 할 수 있구나. 짐이 오늘 연회를 베푼 것은 바로 너희를 격려하기 위함이니라. 진짜 영웅호걸은 술꾼이라고 하니 모두 다시 한잔 들라."

열 명의 우승자는 황급히 잔을 들고 일어나 단숨에 비웠다.

황제는 손님 자리에 앉은 양 국의 사신들을 돌아보았다.

"대유와 북연은 과연 영웅호걸을 배출하는 나라답소. 이 젊은 영웅들은 멀리서 왔으나 비범한 전적을 쌓았소. 다만 짐이 잘 모르니 사신들께서 소개해주는 게 어떻겠소?"

두 명의 사신이 황급히 일어나 허리를 숙였다.

"예!"

그런데 막 소개를 하려는 찰나 갑자기 문제가 생겼다. 신랑 후보자들 중에는 두 나라의 사람이 모두 있었지만, 황제는 단지 '소개해달라' 고만 했지, 누가 먼저 소개하라고는 하지 않았던 것이다. 누가 먼저 소개하느냐는 별로 큰 문제도 아니었지만, 이런 성대한 연회에서는 누구나 서로 경쟁했다. 하물며 대유와 북연은 본래 사이가 좋은 나라도 아니어서, 평소 얼굴을 붉히고 서로 쥐어뜯고 싸운 적도 적지 않았기에, 공연히 약해 보이고 싶지 않았다.

잠시 망설인 끝에, 양 국의 사신은 이대로 가만히 있는 것은 방법이 아니라고 생각하고, 일제히 연회의 주최자에게 눈길을 던졌다. 하지만 늙은 황제는 너그럽지 못한 미소를 띠고 있을 뿐이었다. 순서 문제는 그들이 알아서 하라는 것이 분명했다.

"우리 대유는 이번에 두 명의 용사가 후보에 들었습니다."

대유의 사신이 입을 뗐다. 그 말인즉, 우리는 두 명이고 너희는 한 명이니 우리가 먼저 하겠다는 뜻이었다.

"하지만 이들 열 사람은 서로 싸울 기회가 없었습니다. 우리나라의 백리 용사는 아직 마음껏 즐기지도 못했지요."

북연의 사신도 지지 않으려고 나섰다. 이 말인즉, 너희 용사들은 우리 용사 한 명에 미치지 못하는데 무얼 믿고 먼저 말하겠다는 것이냐는 뜻이었다.

"사실 본국에는 이 시합에 나설 만한 실력이 있는 용사가 많습니다. 허나 아무래도 군주께 구혼을 하러 왔으니 실력과 외모를 겸비해야겠지요. 그래서 미리 꼼꼼히 선별했습니다."

대유의 사신은 경멸스런 눈빛을 지었다. 백리기의 추악한 외모가 군주의 마음에 들지 않을 게 분명하다고 비웃은 것이었다.

"옛말에 이르기를, '외모로 사람을 취하면 자우(子羽)를 잘못 판단한다'〔《사기(史記)》, '중니제자열전(仲尼弟子列傳)'. 공자의 제자 중에 자우라는 못생긴 제자가 있었는데, 공자가 그 외모만 보고 자질이 부족하다고 생각했으나 나중에 큰 성취를 이룸-옮긴이〕고 했소. 군주처럼 속세를 초월하신 분이 어찌 겉만 번지르르하고 속이 빈 사람에게 마음을 두시겠소."

북연의 사신도 똑같이 날카로운 말로 맞섰다.

그제야 황제가 허허 웃으며 중재했다.

"오늘 세 나라가 사이좋게 모였으니 참으로 기쁜 일이오. 무엇하러 사소한 일에 얽매이겠소. 두 분은 우선 앉으시오. 소개하는 것은 몽지에게 대신 맡기겠소."

몽지가 즉시 벌떡 일어나 '알겠습니다' 하고 대답한 후, 우선 대유의 후보자 중 한 사람에게 다가갔다. 그리고 예의바르게 손바닥을 펼쳐 가리키며 말했다.

"이분은 대유의 용사인 유광지(遊廣之)입니다. 스물여덟 살로, 부친은 이품의 중서(中書)입니다. 호씨와 약혼했으나 석 달 전에 파혼했습니다."

이어서 그는 북연의 좌석으로 갔다.

"이분은 북연의 용사 백리기입니다. 서른 살이고 북연 넷째 황자의 개인 용사로, 이번 일 말고는 넷째 황자 곁에서 단 한 걸음도 떨어져본 적이 없다고 합니다. 미혼입니다."

그 후 그는 다시 대유 쪽으로 갔다.

"이분은 대유의 용사 정성(鄭成)입니다. 스물일곱 살이고, 대유 둘째 황자의 처남입니다. 증씨와 혼인을 했으나, 증씨는 중상모략을 한 죄로 반년 전에 쫓겨났습니다."

황제는 '음' 하고 대답할 뿐 묵묵히 듣기만 했다.

대유의 사신은 대량에서 신랑 후보들의 내력을 이렇게 자세히 파악하고 있을 줄은 전혀 몰랐다. 그래서 괜히 조마조마한 마음에 황급히 해명했다.

"폐하, 이 두 사람은 우리나라의 영재들로 인품과 용모가 올바른 사람입니다. 한때 있었던 혼약은 깨끗이 정리되었으니 결코 군주께 누가 되지 않을 것입니다."

"정리한 시간이 너무 딱 맞구먼!"

북연의 사신이 냉소를 터뜨렸다.

"그래도 가노(家奴)를 데려온 귀국보다 낫소. 대체 이 시합이 군주의 신랑감을 고르는 자리라는 것을 알고나 있는 거요?”

대유의 사신이 노해 외쳤다.

“군주가 시집을 가는 곳은 사람이지 가문이 아니오. 군주 같은 분이 어찌 가문 같은 것을 신경 쓰실 필요가 있겠소?”

“자고로 귀천이 유별한데 어찌 무시할 수 있단 말이오?”

“우리나라의 백리 용사는 이곳에 오기 전 넷째 황자님과 의형제를 맺었소. 귀천이라는 것은 시시때때로 변하는 것일 뿐이오.”

“아니…….”

대유의 사신이 다시 한마디 하려는데, 옆에 있던 사람이 슬며시 소매를 잡아당기며 나지막이 말했다.

“군주께서 신랑감을 어떻게 고를지는 이미 정해졌습니다. 싸워봐야 아무 소용 없습니다.”

대유의 사신도 바보는 아니어서 그 한마디에 곧 정신이 들었다. 하물며 지금 조언한 사람은 사절단의 부 대표가 아니라 랑야방에서 이름을 날린 고수 금조 시명이었으니 듣지 않을 이유가 없었다. 그래서 그는 차갑게 코웃음을 치고 자리에 앉았다.

황제는 차가운 시선으로 그들의 싸움을 지켜보며 아무 말도 하지 않다가, 쌍방이 잠시 물러서자 그제야 천천히 말했다.

“모두 영웅호걸이니 싸울 것 없소. 안타깝게도 짐이 정무가 바빠 모든 시합을 다 지켜보지 못했소. 해서 이 용사들이 아직도 많이 낯설구려.”

“소자, 건의할 것이 있습니다.”

영리한데다 빠른 소식통까지 가진 예왕은 금세 부황의 뜻을 짐작하고 기회를 틈타 나섰다.

"오늘 연회에서 열 분의 용사가 절차탁마한다면 하나의 미담이 되지 않을는지요."

황제가 잠시 생각하더니 수염을 쓰다듬으며 말했다.

"다른 사람들의 생각은 어떤가?"

"소자가 보기에는 예왕의 제안은 아무래도 생각이 부족한 것 같습니다."

태자가 습관적으로 반박하고 나섰다.

"부황께서 계신 자리에서 어찌 칼싸움을 용납할 수 있겠습니까? 만에 하나……."

여기까지 말하는데, 매장소가 잔을 감상하듯 만지작거리며 살며시 고개를 젓는 것이 보였다. 태자는 심장이 덜컹 내려앉아 황급히 말을 바꾸었다.

"그저 부황을 걱정하는 소자의 마음입니다만, 다시 생각해보니 지난날 내란을 평정하실 때의 용맹스러운 부황의 모습이 떠오릅니다. 게다가 몽 통령도 옆에 있으니 별일이야 있겠습니까? 그러니까 소자의 말은, 다 같이 절차탁마하되, 너무 격렬하지 말아야 한다는 것입니다. 피를 보면 불길하니까요."

그가 도중에 말을 바꾸면서도 기지를 발휘해 잘 넘기자, 매장소의 암시를 보지 못해 그가 어떻게 눈치 챘는지 모르는 예왕은 실망한 듯 차갑게 코웃음을 쳤다.

"두 황자의 제안이 짐의 뜻에 꼭 맞노라."

황제가 웃으며 말했다.

"모두 마음대로 도전해보아라. 규칙을 따질 것 없다."

그 말은 곧 황제가 사람들의 시합을 직접 보고 싶다는 의미였다. 태자는 속으로 큰일 날 뻔했다며, 저도 모르게 매장소에게 감사의 시선을 보냈다. 하지만 매장소는 예황 군주 쪽으로 몸을 기울여 그녀의 이야기를 듣느라 그 시선을 보지 못했다.

자유로운 도전이라고는 하지만, 천신만고 끝에 후보 자격을 얻은 사람들은 군주의 앞이기도 해서 함부로 나서려 하지 않았다. 솜씨를 뽐내려다가 도리어 우스운 꼴을 당할까봐 겁이 난 것이다. 그래서 서로 눈치만 볼 뿐 잠시 썰렁한 장면이 연출되었다.

"역시 제가 먼저 나서야겠군요."

웃으며 옷자락을 떨치고 일어난 사람은 바로 아무것도 신경 쓰지 않는 언예진이었다. 그는 대전 한가운데로 나아가 황제에게 예를 갖춘 후 여유롭게 돌아서서 턱을 추켜올렸다.

"이 언예진, 소 공자에게 도전합니다."

어린아이와의 약속

—

7

—

언예진의 도전을 받은 소경예는 웃어야 할지 울어야 할지 몰랐지만 그래도 어쩔 수 없이 일어났다. 두 사람이 마주 보고 서서 두 손을 모아 인사하자, 대전 안의 사람들 중 여러 명이 참지 못하고 웃음을 터뜨렸다. 그들 두 사람은 어려서부터 물고 뜯고 싸워, 기어다닐 때조차 서로의 얼굴에 잇자국을 새겼다. 하지만 정식으로 대결하는 것은 한 번도 본 적이 없었다.

모두 기대를 품고 두 사람의 시합을 지켜보았다. 하지만 초식을 몇 번 주고받기도 전에 관객들은 실망하여 속으로 '쳇' 하고 불만을 터뜨렸다. 이 시합은 비무라고 할 수도 없었다. 그저 보여주기식 연기에 불과했다. 소경예는 그나마 일관되게 규칙을 따랐지만, 언예진은 마음먹고 뽐낼 생각으로 자기가 할 줄 아는 멋지고 보기 좋은 초식을 모조리 쏟아내며 마치 꽃을 탐하는 나비처럼 장내를 훨훨 날아다녔다. 가끔 소경예의 공격에 자신이 펼치려던 초식이 막히면 그를 노려보았고, 그 바쁜 와중에도 잊지 않고 좋은 각도를 골라 군주에게 유혹적인 미소를 지어 보였다. 그 모습에 그녀는 웃느라 허리를 펼 수도 없을 지경이었다.

예황 군주가 헐떡이며 손을 내저었다.

"예, 예진…… 됐어, 그만해. 알았어, 알았다고…… 어릴 때부터 네가 제일 멋졌어."

이런 식의 개막전 덕분에 장내 분위기는 훨씬 부드러워졌다. 곧이어 사람들이 차례차례 나와 도전했고, 한동안 화려한 장면이 끊임없이 펼쳐졌다. 역시 평범하지 않은 솜씨들이었고 각자 나름대로 장점이 있었다.

대략 너덧 번의 시합이 끝난 후, 가장 유력한 후보자인 백리기가 드디어 자리에서 일어났다. 그는 벌써 한 번 이긴 다음 쉬고 있는 대량의 용사에게 다가가 두 손을 모았다. 이런 자리에서 망설일 수는 없으므로 상대방도 당연히 곧 일어났다.

"저 사람은 경성 사람이 아닌 것 같아. 누군지 알아?"

언예진이 절친한 친구의 귀에 대고 물었다.

"이소(李逍)는 무당파(武當派)에서 가장 걸출한 제자야. 아버지도 평소 그를 여러 번 칭찬하셨어. 내공이 충실해서 백리기의 적수가 될 만해."

소경예가 나지막이 대답했다.

두 사람이 몰래 속삭이는 사이 시합은 이미 시작되었다. 무당파는 대대로 고수를 배출한 만큼, 그 내공 심법과 초식은 자연히 보통 사람을 뛰어넘는 데가 있었다. 상대가 백리기 같은 고수지만, 이소 역시 공격과 수비가 적절하고, 단순하고 보잘것없어 보이는 초식 속에도 위력이 담겨 있었다. 덕분에 순식간에 수십 초를 겨루면서도 아직 열세에 몰리지 않았다.

하지만 사람들이 이소가 펼친 절묘한 차소피장(此消彼長) 초식에 탄성을 터뜨릴 때, 예황 군주가 갑자기 '헉' 하고 찬바람을 들이켰다. 동시에 몽지도 기를 써서 크게 외쳤다.

"그만!"

그 외침이 그치기도 전에 이소의 몸이 날아갔다. 몽지가 몸을 날려 그를 받은 후 부축해 앉혔다. 그의 이마는 어느새 식은땀으로 가득했고 안색은 하얗게 질려 있었다. 물컹해진 그의 오른쪽 팔을 붙잡아 자세히 살피던 몽지는 눈을 잔뜩 찌푸렸다. 조금 전 내공을 십분 발휘하여 보호한 덕분에 백리기가 팔에 있는 핏줄을 모두 망가뜨리진 못했지만, 뼈가 부러지고 주요 근육도 심각하게 상했다. 젊은이는 이를 악물고 신음소리를 내지 않았지만, 오늘 입은 상처로 앞으로 다시는 무공을 익힐 수 없음을 잘 알고 있다는 것을, 창백한 눈빛만으로도 알 수 있었다.

"한의 순진 선생이 만든 단속고(斷續膏)일세. 사흘 연달아 먹고 보름 동안 힘을 쓰지 않으면 본래대로 돌아갈 수 있네."

언제 왔는지 매장소가 슬그머니 옆으로 다가와 고약 한 통을 이소의 옷 속에 넣어주며 조용히 말했다.

"순 선생을 믿는다면 마음 놓고 휴식을 취하게. 후유증도 없을 걸세."

순진의 단속고는 강호에서는 돈 주고 살 수도 없는 신비의 명약이었다. 얼굴도 모르는 사람이 그 약을 통째로 건네자, 이소는 놀라면서도 감격하여 통증조차 잊고 멍하니 매장소를 바라보며 아무 말도 하지 못했다.

몽지가 매장소를 향해 살짝 고개를 끄덕인 다음, 사람을 불러 이소를 데리고 나가게 했다. 백리기는 이미 자기 자리로 돌아가 있었다. 무관심한 눈빛을 보니, 방금 있었던 참혹한 장면이 아무렇지도 않은 모양이었다.

"사신 대인."

적당히 싸우자는 제안을 했던 태자는 이 일로 크게 체면이 깎여 가장 먼저 화를 냈다.

"좋은 뜻으로 서로 무예를 연마해보자는 것인데, 귀국의 용사는 어찌 이리도 어질지 못하단 말이오. 너무하지 않소!"

다른 후보자들도 차례차례 분노의 시선을 보냈다. 북연의 사신이 일어나서 꿋꿋이 대꾸했다.

"저희는 태자 전하의 뜻을 받들어 피를 흘리게 하지 않았습니다. 하물며 무예를 겨루다보면 다칠 수도 있는 법이지요. 우리나라가 늘 강자를 숭상해온 것은 천하가 다 압니다. 군주 또한 군사를 이끄는 호걸이시니, 전쟁터에 '어짊'이 없다는 것은 잘 아시겠지요. 우리 백리 용사가 무슨 잘못이 있단 말입니까?"

황제가 동의하지 않는 얼굴로 말했다.

"조당은 전쟁터가 아니건만 귀국의 용사가 너무 경솔했소. 다음번에는 이러지 마시오."

말은 그랬지만, 아무래도 시합 중에 벌어진 일이라 화를 내거나 벌을 내려 따질 구실을 마련하진 못했다. 그래서 질책하는 말로 약속을 받아낸 후 더 이상 그 이야기를 꺼내지 않았다.

하지만 사람들은 곧 북연 사신들의 차가운 웃음 속에서, 백리기의 목적이 단순히 솜씨를 뽐내는 것이 아님을 깨달았다. 그는 연달아 대유의 용사가 포함된 일곱 명의 후보자에게 도전했고, 비록 뼈를 부러뜨리는 식의 심한 짓은 하지 않았지만 남몰래 모두에게 크고 작은 상처를 입혔다. 마지막으로 남은 언예진과 소경예는 무시했다. 그들을 얕보았기 때문인지, 아니면 그들이 두려웠기 때문인지는 알 수 없었다.

백리기가 다시 승리를 얻어 자리로 돌아간 후 더 이상 나서려 하지 않자, 소경예가 무거운 얼굴로 일어나 차갑게 그를 바라보며 두 손을 모았다.

"이 소경예가 백리 용사에게 가르침을 받겠습니다."

오늘 처음으로 도전을 받은 백리기는 눈을 번쩍이며 북연의 사신을 돌아보았다. 사신이 고개를 흔들자 그의 표정은 다시금 흐리멍덩해졌다. 그가 고개를 저으며 거절했다.

"지쳤소."

소경예는 자기 이름이 대량의 황자로 오인받기 쉽다는 것을 알았다. 상대가 그 때문에 거절하는 줄 알고 그는 재빨리 덧붙였다.

"이 몸은 녕국후 사옥의 아들입니다. 특별히 가르침을 청합니다. 백리 용사께서 피곤하시다면 잠시만 시간을 내어 가르쳐주시지요."

백리기는 다시 고개를 돌렸지만 북연의 사신은 여전히 고개를 저었다. 그래서 그는 또 말했다.

"오늘은 더 이상 싸우지 않겠소."

사실 모두 알다시피, 소경예는 천성이 싸워 이기는 것을 좋아하지 않았다. 무예 시합 같은 것에는 이기든 지든 결코 원망하지 않는 그였다. 하지만 오늘은 백리기가 너무 과했다. 상대방이 져서 물러나는 중에도 끝까지 쫓아가 철저하게 쓰러뜨린 적도 있었다.

그 모습에 이 온화한 청년도 화가 났고, 혈기가 끓어올라 직접 도전한 것이다. 그는 숨을 크게 들이쉬고, 중상을 입더라도 백리기의 기를 꺾어놓기로 마음먹었다. 그런데 뜻밖에도 시작하기도 전에 거절당한 것이다. 게다가 백리기는 벌써 연달아 몇 번을 싸웠으니 '피곤해서 못 싸우겠다'는 식으로 말하자 성품이 온후한 소경예로서는 할 말이 없었다. 그래서 어쩔 수 없이 잠시 화를 억누른 후 말했다.

"그렇다면 시간을 정해 다시 싸우기로 하지요."

백리기는 차를 마신 후 세 번째로 고개를 돌리더니 차갑게 말했다.

"다음에 다시 싸울 이유가 어디 있소? 이곳에 사람들이 많이 있으니 그렇게 싸우고 싶으면 다른 사람을 골라 싸우시오."

그가 끝끝내 거절하자, 황제도 마음이 움직였는지 몽지에게 눈짓을 했다. 금군통령은 곧 그 뜻을 짐작하고 황급히 허리를 숙여 황제에게 속삭였다.

"폐하, 오해하지 마십시오. 저 북연 사람은 질까봐 두려운 것이 아닙니다. 단지 소 공자와 언 공자가 귀한 신분이고, 군주와도 아는 사이라는 것을 조금 전에 보았기 때문에 지체 높은 사람들에게 미움을 사고 싶지 않은 것뿐입니다. 사실 소 공자는 백리기의 상대가 못 됩니다."

그 말을 들은 황제는 비록 표정은 변함없었지만 속으로는 다소 실망스러웠다. 백리기가 저렇게 뽐내는데, 대량의 군주로서 당연히 본국 사람이 체면을 세워주기를 바랐다. 하지만 그 바람은 이루기 어려울 것 같았다. 울적해진 그의 눈에 문득 저 아래에서 매장소가 예황 군주와 무슨 이야기인가 속삭이는 것이 보였다. 예황 군주가 놀란 표정을 짓자, 황제가 저도 모르게 물었다.

"예황, 소 경과 무슨 이야기를 하고 있느냐?"

예황 군주는 잠시 머뭇거리더니 억지로 웃음을 지어 보였다.

"아무것도 아닙니다."

황제가 다소 화난 기색을 띠며 무겁게 말했다.

"황제를 기만하면 아니 되느니라. 대체 무슨 이야기냐?"

예황 군주가 웃으며 대답했다.

"어찌 감히 폐하를 기만하겠습니까? 소 선생은 방금 있었던 시합에 대해 평했을 뿐 다른 말은 하지 않았습니다."

"흠? 소 경에게 어떤 고견이 있는지 모두가 들을 수 있도록 말해보라."

예황 군주가 매장소를 바라보았다. 그의 어쩔 수 없어 하는 표정을 보자 그녀는 일어나서 말했다.

"소 선생은 강한 것은 쉽게 꺾인다며, 백리 용사의 연무 방법이 틀렸다고 했습니다. 허점이 드러나면 어린아이 몇 명으로도 쓰러뜨릴 수 있다고 합니다."

그 평가를 듣자 백리기의 얼굴 근육이 꿈틀하며 얼굴에도 노기를 떠올렸다. 하지만 북연의 사신은 대량 사람들이 체면치레를 하기 위한 말일 뿐이라 여기고 그 자리에서 자신 있게 말했다.

"그런 말은 누구에게나 할 수 있습니다. 선생께서 그리 뛰어난 고인(高人)이시라면 그의 허점을 찾아보시지요. 그런 다음 어린아이들을 데려와 쓰러뜨리면 정말 좋겠군요."

매장소가 얼른 웃으며 말했다.

"제가 허튼소리를 했습니다. 두 분은 안심하십시오. 백리 용사가 저 정도까지 단련한 것은 정말 쉽지 않은 일인데, 사람들 앞에서 함부로 용사의 앞길을 망가뜨릴 수는 없지요."

분명히 사과였지만, 도발보다 더욱 아픈 곳을 찌르는 말이었다. 일이 뜻대로 되어 만족스러워하던 북연의 사신이 그 말을 곱게 받아들일 리 없었다. 그가 즉시 대꾸했다.

"선생께 그런 솜씨가 있다면 폐하 앞에서 시험해보아도 좋습니다. 우리 백리 용사가 비록 지쳤으나 허풍을 치는 선생의 흥을 깨뜨릴 수는 없지요."

"그렇게 빨리야 되겠습니까?"

매장소는 여전히 온화하게 미소를 지었다.

"지금 당장 아이들을 찾아낼 수 있다 해도 최소한 며칠은 가르쳐야지요. 됐습니다. 제가 쓸데없는 소리를 지껄였다 칩시다. 두 분은 개의치 마십시오."

그 말을 들자 북연의 사신은 갈수록 저 말이 진짜같이 되어가는 것 같았다. 여기서 그만두면 도리어 무서워서 피했다고 생각할 것이다. 열심히 싸워준 백리기의 체면도 있고, 여기서 세치 혀에 놀아난 것이 나중에 넷째 황자의 귀에 들어가면 사신으로서 무능하다는 소리를 들을 것 같았다. 그래서 그는 냉소를 지으며 말했다.

"선생께서 가르칠 시간이 필요하시다니, 우리가 기다리겠습니다. 폐하께서 날짜를 정해주십시오. 언제든지 달려오겠습니다."

매장소는 다소 곤란한 표정으로 중얼거렸다.

"이 몸은 경성을 잘 몰라서 어디서 아이들을 구해야 할지……."

사실 아이들을 구하는 일이라면 그가 단 한마디만 해도 모든 대량 백성이 즉시 한 무리를 구해다 줄 것이다. 하지만 장내의 사람들은 그가 정말로 백리기와 싸울 생각인지, 아니면 단순히 화를 돋울 생각인지 판단이 서지 않아 감히 입을 열지 못했다.

그 모습을 본 북연의 사신은 역시 허장성세일 뿐이라고 확신하고, 불난 집에 부채질을 해댔다.

"그게 왜 어렵겠습니까? 귀 국 경성의 무관에는 어린 학생이 많을 텐데……."

"무관의 아이들은 너무 강합니다. 백리 용사가 다칠까봐 걱정이군요. 또한 무예를 배운 아이들을 모아 포위 공격하면 아무래도 불공평합니다."

상대가 이런 상황에서도 끝끝내 허풍을 떨자 북연의 사신은 화가 나서 이를 악물었다.

"상관없소이다. 절대 원망하지 않을 겁니다."

"안 됩니다."

매장소가 고개를 저었다.

"좀 더 약한 아이들이어야…… 이 궁궐 안이나 혹은 여러분의 저택에 비교적 약한 아이들이 있을까요?"

사람들은 신중하게 생각하며 아무도 대답하지 않았다. 혹여 도우려다가 실수로 그의 계획을 망칠까봐 두려워서였다. 오로지 경녕 공주만이 그런 상황을 잘 몰랐고, 또 조금 전에 액유정의 참상에 자극을 받은 터라 바로 나섰다.

"궁에 있어요. 액유정에 어린아이가 몇 명 있어요. 모두 비쩍 말라서 너무 가엾어요."

"액유정의 죄인들이라……."

매장소는 조용히 혼잣말을 중얼거렸다.

"평범한 집안 아이들보다야 적당하겠군요. 하지만 폐하께서 허락하실지……."

황제는 그의 눈빛이 자기에게 향하자, 한순간 그가 정말로 허락해주기를 바라는지 아닌지 확신할 수 없었다. 그래서 망설이는데 몽지의 목소리가 조용히 들려왔다.

"허락하시지요, 폐하."

황제는 나라의 제일 고수인 그를 무예에 있어서는 철석같이 믿었다. 그래서 곧 대답했다.

"짐이 허락하노라. 여봐라, 액유정에 가서 아이 몇 명을 데려오너라."

매장소가 덧붙였다.

"반드시 약한 아이여야 합니다."

북연의 사신이 화가 나 붉으락푸르락하며 표독스레 말했다.

"죄인도 사람인데 선생은 그 아이들을 헛되이 죽음으로 몰고 가는군요. 참으로 독하십니다."

경녕 공주는 자기가 아무렇게나 꺼낸 말이 빚어낸 결과를 보고 초조한 나머지 황급히 말을 바꾸었다.

"맞아요, 그 아이들을 죽일지도 몰라요. 부황, 절대 안 돼요!"

"안심하십시오, 공주님. 제가 제법 자신이 있습니다."

매장소가 권유했다.

"또한 죄인의 몸으로 폐하를 위해 힘쓸 수 있다면 죽더라도 마땅한 일입니다. 게다가 이기면 폐하께서 큰 상을 내리실 겁니다."

그 말을 들은 경녕 공주는 더욱 화를 냈다.

"그 아이들은 매일 궁에서 힘든 일을 하고 있어요. 아무리 많은 은자를 줘봤자 쓸 곳도 없다고요. 그러니 목숨이 더 중요해요!"

"옳은 말씀이군요."

매장소는 고개를 들고 잠시 생각했다.

"그 어린 죄인들이 아무 희망이 없다면 게으름을 피워 잘 가르치지 못할 수도 있겠군요. 제 생각이 틀렸습니다. 그 아이들은 쓰지 않겠습니다."

북연의 사신은 그가 정말 아이들을 고르자 진심인가 싶어 잠시 놀랐지만, 곧 다시 그 뜻을 꺾는 것을 보고 금세 마음이 놓여 비웃었다.

"선생은 참으로 고집이 세시군요. 이런 상황에서도 끝까지 버티시다니요. 그저 한마디 잘못했다고 하시면 될 것을, 우리 백리 용사도 그리 속 좁은 사람은 아닙니다."

매장소는 그런 그가 불편해할 정도로 뚫어져라 바라보았다. 그러다가 한숨을 내쉬며 말했다.

"제가 재삼 물러날 기회를 드렸는데도 끝내 물러나지 않으시는군요. 반드시 싸우겠다면 어쩔 수 없이 백리 용사에게 실례를 해야겠군요."

북연의 사신이 기가 막혀 반박하려는데, 방금 명을 받고 액유정으로 간 태감이 돌아와 보고했다.

"폐하, 다섯 명의 아이를 데려왔습니다."

"음, 모두 들여보내라."

"예."

태감의 뒤를 따라 오들오들 떠는 작은 그림자 다섯 개가 대전으로 들어와 바짝 몸을 웅크리고 바닥에 엎드렸다.

벌써부터 의심스러워하던 정왕은 그들 속에 정생이 섞여 있는 것을 보자 확실히 깨달았다. 그래서 대전 안 사람들의 시선이 아이들에게 쏠린 사이, 틈을 보아 재빨리 곁에 앉은 누이동생에게 몇 마디 속삭였다.

"고개를 들고 나이를 말하라. 너희는 어느 죄인의 후손이냐?"

황제가 차디찬 투로 말했다.

크게 겁을 집어먹은 다섯 명의 아이는 태감이 재촉하자 그제야 떨리는 소리로 끊어질 듯 말 듯 보고했다. 정생 차례가 되자 그는 새하얗게 질린 얼굴로 조그마하게 말했다.

"죄인은…… 열한 살로, 원래…… 대학사 경규(敬奎)의…… 손자입니다. 과장(科場) 사건으로…… 죄를 지어……."

매장소는 갑자기 마음이 찢어지는 것 같아 황급히 차를 마시며 고통을 숨겼다.

액유정에 갇혀 바깥세상의 도움이 전혀 없는 상황에서, 기왕(祁王)의 여자 가족들은 다 함께 힘을 합쳐 요행히 목숨을 건진 유복자 정생에게 가짜 신분을 만들어줌으로써, 기왕 세력의 뿌리를 뽑으려는 태자와 예왕의 손을 피하게 해주었던 것이다. 정말이지 존경스럽고 감탄스러운 사람들이었다. 하지만 마음 아픈 것은, 그 절개 높은 여자들도 괴롭힘을 당해 이제 세상에 남은 사람이 몇 명 없다는 사실이었다.

다섯 아이가 보고를 마치자 황제는 별로 깊이 생각하지도 않고 '음' 하며 매장소에게 말했다.

"소 경, 이 아이들이 쓸 만한가?"

"다섯은 너무 많습니다. 백리 용사를 너무 불리하게 할 수는 없지요. 세 명이면 충분합니다."

매장소는 대충 훑어본 후 정생을 포함한 세 명을 골랐다.

"신이 집으로 데려가 이틀 정도 가르치려 합니다만, 허락해주시겠습니까?"

"허락하노라. 이틀 후에 이 아이들이 이기면 짐이 큰 상을 내리겠다."

매장소가 한숨을 쉬었다.

"폐하의 깊은 은혜는 감사드립니다만, 공주께서 방금 하신 말씀도 일리가 있습니다. 이 아이들은 죄인이라 상금을 받아도 쓸 곳이 없지요."

황제가 웃음을 터뜨렸다.

"오해했군. 짐은 경에게 상을 내리겠다는 것이다."

"예?"

매장소는 어리둥절했다.

"신은 괜찮습니다. 애를 쓴 것은 이 아이들이니, 폐하께서는 이들이 폐하의 은총을 누릴 수 있게 해주십시오."

"그들에게도 물론 상을 내려야지."

황제는 대전 한쪽에 있는 북연의 사신이 그 말을 듣고 화가 나서 사색이 되는 것을 보자 속으로 몹시 즐거웠다.

"이 아이들이 이기면 짐이…… 음…… 무슨 상을……."

황제가 무슨 상을 내릴지 고민하고 있는데 경녕 공주가 끼어들었다.

"부황, 반드시 큰 상을 내리셔야 해요. 그래야 저 애들도 죽을 힘을 다할 것이고 소 선생도 잘 가르칠 수 있잖아요. 제 생각에는 말인데요, 저 죄인들에게 가장 큰 은혜는 노역을 면해주는 거예요. 액유정을 나가 자립할 곳을 찾게 해주면, 황금을 산처럼 쌓아주는 것보다 훨씬 좋을 거예요."

황제는 막내딸이 어린 죄인들을 너무나 가엾이 여기는 것을 보자 그녀를 기쁘게 해주고 싶었다. 더구나 이 아이들은 별로 대단한 사람들도 아니었기 때문에 깊이 생각하지 않고 고개를 끄덕이며 허락했다.

"오냐, 네 말대로 하자. 저 아이들이 공을 세우면 짐은 저 아이들의 노역을 면해주고 내정청(內政廳)에 적절히 배치해주겠노라."

경녕 공주는 무척 기뻐했다.

"감사합니다, 부황. 부황께서 인자하고 후덕한 분이신 것을 알고 있었어요."

"너도 참, 그렇게 마음이 약해서야…… 하지만 여자아이이니 마음이 좀 약하면 어떠냐."

황제는 인자하게 막내딸을 바라보다가 다시 사람들에게 시선을 옮겼다.

"오늘은 잠시 자리를 파하노라. 이틀 후 문장 시합 전에 소 경이 얼마나 잘 가르쳤는지 보도록 하겠다."

모두 자리에서 일어나 입을 맞춰 외쳤다.

"명을 받들겠사옵니다."

황제는 내시의 부축을 받고 일어나 내궁으로 돌아갔다. 대전 안의 사람들은 공손하게 서 있다가 황제가 완전히 사라진 뒤에야 차례로 흩어졌다. 태자와 예왕은 매장소에게 그 말이 사실이냐고 묻기 위해 뒤질세라 달려왔지만, 정왕은 아무 말 없이 혼자 그곳을 떠났다.

매장소는 눈동자에 감탄의 빛을 띠며 마치 차마 숨길 수 없다는 듯이 칭찬했다.

"정왕 전하께서는 참으로 진중하고 법도가 있으시군요. 말씀도 많지 않고 함부로 움직이지도 않으며, 어떤 자리에서도 놀라거나 실수를 하지 않으시니, 참으로 황자의 풍모가 있으십니다."

그 말을 들은 태자와 예왕은 기린지재는 본래 저런 사람을 좋아하는구나 싶어, 즉시 뱃속 가득한 질문을 꿀꺽 삼키고 가볍게 인사만 한 후, 똑같이 '진중하고 법도 있는' 모습으로 대전을 나갔다.

한마디로 두 황자를 따돌린 매장소가 고개를 돌려보니, 예황 군주가 웃음을 참으면서 고개를 까딱이더니 탄복한 표정을 지어 보였다. 그 역시 어쩔 수 없는 웃음으로 답했다.

그때 소경예가 정생을, 언예진은 나머지 두 아이를 데리고 다가왔다. 우리의 국구 공자는 가까이 다가오기도 전에 질문부터 퍼부었다.

"소 형, 정말 자신 있어요? 방금 확인했는데, 이 아이들은 정말 무공을 전혀 모른다고요."

"상관없네. 태어나면서부터 무공을 할 줄 아는 사람이 어디 있나? 경예, 이 아이들을 설려에 묵게 하겠다고 녕국후께 말씀 좀 드려주게."

"그건 별일도 아닙니다만."

소경예는 그래도 의심스러웠다.

"소 형, 이틀 후에는 제가 도전하게 해주세요. 아무래도……."

"됐네."

매장소가 위로했다.

"안심하게. 내가 직접 무공을 익히지는 못해도 가르치는 것은 할 수 있다네."

"소 형이 된다고 하면 되는 거야. 얼굴 좀 그만 찡그려."

언예진이 웃으며 말했다.

"원래 나보다 못생겼는데 그렇게 찡그리니 더 못생겼잖아."

사람들이 다 함께 웃음을 터뜨렸다. 덕분에 기분이 훨씬 가벼워졌다. 오직 세 명의 아이만 고개를 푹 숙이고 몸을 웅크린 채 당혹스럽고 불안한 모습이었다. 짧은 시간 안에 그들을 편안하게 해줄 수 없다는 것을 아는 매장소는 그들에게 서둘러 말을 걸려 하지 않고 손짓으로 따라오라고만 했다. 그들은 군주와 함께 궁을 나갔다.

예황은 먼저 나간 남동생이 차분하게 서서 자신을 기다리는 것을 발견했다. 매장소는 친한 친구들과 함께 있으니 목왕부의 마차로 배웅할 필요는 없을 것 같아서 더 머물지 않고 작별한 후 떠나갔다.

마침 녕국후부와 언국구부에서도 마차가 도착했다. 매장소는 아이들을 데리고 마차에 올랐다. 가는 길에도 그는 아무 말도 묻지 않고, 살짝 가리개를 걷어 바깥 거리 풍경을 보게 해주었다.

같은 마차를 탄 소경예는 가만히 있는 정생의 옆얼굴을 보며 그를 처음 만났을 때를 되새겨보았다. 그러자 차츰 어떻게 된 일인지 알 듯해 저도 모르게 매장소를 돌아보았다. 의문 가득한 그 눈빛을 대하자, 강좌맹의 종주는 빙그레 웃으며 고개를 끄덕였다.

매장소는 이 세 아이를 진지하게 가르치겠다고 굳게 맹세했지만, 그 후 이틀간 상황을 살피러 온 사람들은 하나같이 그가 무척이나 편안하고 여유롭게 지내는 것을 보았다. 정원 바닥에 괴상한 선을 그려놓고 아이들에게 선을 밟는 연습을 시키는 것 말고는, 하루 종일 나무 아래 의자에 눕거나 앉아 있기만 했다. 그 대신 열심히 신법을 선보이고 이리저리 바삐 왔다갔다하는 사람은 비류였다.

그럼에도 불구하고 손님들은 뜰 문 입구에서 몰래 훔쳐보다가 '독창적인 비결이니 보안을 요한다' 는 이유로 금방 쫓겨났다. 덕분에 이번 훈련 과정에는 신비감이 더해졌다. 비교적 특수한 상황인 소경예만 억지로 들어가 함께 있을 수 있었다.

하지만 구경하는 시간이 길어질수록 점점 뭔가 다르다는 생각이 들었다. 이튿날 저녁이 되자, 우리의 소 대공자는 다시 설려를 찾아 문안인사도 할 겸 상황을 살펴보았다. 그리고 아이들의 움직임 속도가 눈에 띄게 빨라졌다는 것을 알고 경악했다.

"어제 오후부터 시작해서 겨우 하루 반나절밖에 안 지났는데 이렇게 진도가 빠르다니요! 이 아이들의 움직임을 제대로 보려면 저도 정신을 집중해야겠어요!"

"이 아이들은 비록 몸은 약하지만, 인내심과 의지력, 집중력은 보통 어른들보다 훨씬 뛰어나지. 절대 얕보아서는 안 되네."

매장소는 손짓으로 비류에게 아이들의 속도를 조절하게 하면서 나오는 대로 대답했다.

"하지만 아무리 자질이 뛰어나도 이틀 안에는 아무것도 익힐 수 없지.”

“예?”

소경예는 깜짝 놀랐다.

“그 말은…….”

“서두르지 말게.”

매장소가 빙그레 웃었다.

“이 아이들만 가지고 백리기를 쓰러뜨린다는 것은 물론 황당무계한 꿈일세. 진짜 효과를 발휘하는 것은 사실 저 보법과 그에 맞는 검진(劍陣)이지.”

“하지만, 하지만…….”

소경예는 더욱 초조했다.

“하지만 아무리 정묘한 진법과 보법이라도 그에 상응하는 실력 없이는 효과를 발휘할 수 없잖아요! 백리기는 내공이 강해서 가만히 서서 검을 몇 번 맞아도 아무렇지 않아요. 저 아이들이 그를 찌르지 못하면요?”

“경예.”

매장소는 따스한 눈길로 그를 바라보았다.

“무예를 몇 년씩 닦고도 남의 힘을 빌려 쓰는 도리를 모르나?”

“그러려면 교묘한 수법으로 끌어들여야 하는데, 저 아이들은 무예를 전혀 모르잖아요!”

“당연히 하루아침에 그런 솜씨를 익힐 수는 없지. 하지만 이 검법과 배합하면 어떻게 되는지 자네도 보면 알 거야. 게다가 백리기가 강하면 강할수록 그 약점은 더욱 약해지지. 나는 그의 약점이 어딘지 이미 알고 있네. 그래서 폐하 앞에서 감히 그런 망언을 한 거지. 왜, 이 소 형을 못 믿겠나?"

경예는 멍하니 있다가 급히 대답했다.

"그럴 리가요. 소 형은 천하에 모르는 것이 없는데 어떻게 못 믿겠습니까? 다만 만에 하나……."

"걱정 말게. 이 일이 재미는 있지만 정말 그렇게 위험하다면 나도 나서지 않았을 거야."

매장소가 담담하게 말을 이었다.

"자네가 내 시간을 자꾸 빼앗을수록 이길 자신이 줄어든다네."

소경예는 화들짝 놀라 재빨리 말했다.

"그럼 수고하십시오, 소 형. 이만 가보겠습니다."

말을 마친 그는 즉시 뜰 밖으로 사라졌다.

그의 그림자가 멀리 사라지는 것을 확인하자, 매장소는 눈동자에 기괴한 빛을 띠며 혼잣말처럼 중얼거렸다.

"과연 착실한 아이는 속이기 어렵군. 스스로가 착실하고 지름길을 찾지 않는 사람이기에 화려하고 오묘한 것일수록 사실은 믿을 것이 못 된다는 것을 아는 게 아닐까?"

그의 말을 들은 비류가 즉시 몸을 날려 가까이 와 커다란 눈으로 그를 응시했다.

"아니야, 우리 비류한테 하는 말이 아니야."

매장소는 부드럽게 웃으며 소년의 이마에 흘러내린 머리칼을 쓸어올렸다.

"힘들지, 비류? 저 아이들은 더 능숙해져서 사람들의 눈을 어지럽게 해야 한단다. 그래야 이 소 형이 사람들을 속일 수 있어."

"너무 느려! 빨리!"

비류가 힘차게 고개를 끄덕였다.

"맞아."

매장소가 격려했다.

"지금도 너무 느려. 더욱 빨라야 해."

비류는 즉시 몸을 돌려, 다시금 세 아이의 움직임을 훈련하는 임무에 집중했다. 매장소는 마음 놓고 허리를 펴 뒤로 기댔다. 그의 시선은 여전히 뜰을 향해 있었지만, 정신은 어느새 이리저리 흩어지고 있었다. 얼마나 시간이 흘렀을까, 그는 비류의 목소리에 깜짝 놀라 깨어났다.

"아저씨!"

비류가 뜰 가운데에서 씩씩거리며 말했다. 그가 갑자기 움직임을 멈추는 바람에 그 자리에서 감히 움직일 수 없게 된 세 아이는 무슨 일인지 몰라 멍하니 서 있기만 했다.

막 정신을 차린 매장소는 금방 비류의 말을 이해하고 다급히 말했다.

"오늘은 너무 늦었구나. 비류, 동생들을 서쪽 곁채로 데려가 재우렴. 다시 나올 필요 없단다."

"자?"

"그래, 자고 내일 아침 일찍 일어나 연습하렴. 그래야 착한 아이지."

비류는 안방을 살피고 고개를 갸웃거리며 잠시 생각했다. 그러더니 착한 아이가 되는 것이 중요하다고 생각한 듯, 세 명의 어린 제자를 데리고 곁채로 가서 문과 창문을 닫았다.

매장소는 천천히 일어나 자신이 평소 묵는 안방으로 들어갔다.

비류의 말대로 몽지가 탁자 앞에 앉아 있다가 그가 들어오는 것을 보고 일어났다.

"오늘은 조금 피곤하군요. 형님, 창문 좀 닫아주세요."

매장소는 대량의 제일 고수를 하인처럼 부리며 따뜻한 침대에 누워 두꺼운 담요를 덮었다.

"아주 편한 모양이구먼."

몽지가 창문을 닫고 돌아와 그의 침대 옆에 앉았다. 그리고 깊은 눈빛으로 그의 얼굴을 뚫어져라 바라보았다.

"사실대로 말해보게. 대체 무슨 생각인가?"

"무슨 말씀이신지요?"

"모른 척하지 말고! 자네가 어제 받아온 임무 말일세. 자네를 돕기는 했네만, 백리기의 솜씨는 나도 자세히 살펴보았어. 강할수록 부러지기 쉽다는 말은 확실히 그의 단점이네. 하지만 어린아이 셋으로 그를 쓰러뜨린다는 것은 자네라 해도 할 수 없는 일 아닌가?"

"못 믿으시는군요?"

매장소가 유유히 웃으며 말했다.

"하루만 더 지나면 결과가 나옵니다. 그때 보세요."

몽지의 시선은 용암처럼 그의 얼굴로 쏟아졌다. 한참이 지나서야 몽지가 숨을 훅 내쉬며 바짝 긴장한 어깨에 힘을 뺐다. 그리고 가라앉은 목소리로 말했다.

"역시, 백리기는 자네 사람이었군."

매장소는 싸늘한 두 손을 비비며 입가로 가져가 호호 입김을 불었다.

"틀렸습니다. 백리기는 제 사람이 아닙니다. 하지만 어제 본 그 사람은 진짜 백리기가 아니지요."

"대체 이게 어떻게 된 일인가?"

"이 경성 안에서 벌어지는 복잡한 일들을 파악하고 제가 원하는 것을 얻기 위해서는, 당연히 우선 나 자신을 중요한 사람으로 만들어야 합니다. 태자와 예왕이 아무리 절 중요하게 여겨도 황제 폐하의 눈에 드는 것만 못하죠. 그래서 이 계략을 꾸밀 때부터 제가 직접 나서서 크게 주목을 끌 생각이었습니다."

매장소의 시선이 서쪽 창으로 향했다. 마치 창호지를 뚫고 서쪽 곁채에 있는 어린아이들을 볼 수 있기라도 한 것처럼.

"이제 정생을 위해 계획을 약간 수정했는데, 더욱 보기 좋고 자연스러워진 것 같군요. 하늘이 돕는 모양입니다."

"그러니까, 북연의 사절단이 강좌맹의 구역을 지날 때 진짜 백리기를 빼내고 바꿔치기했단 말인가?"

"그렇습니다. 사실 제아무리 뛰어난 변장술도 오래되면 들통나게 마련입니다. 하지만 백리기는 늘 황자의 저택에만 처박혀 있어 평소 사람들 눈에 띄지 않았고, 성정이 거칠고 외모도 추악해서 사절단 중 누구도 그를 자세히 살펴보지 않았죠. 게다가 그로 변장한 사람은 몹시 세심한 성격이기 때문에 그동안 아무런 허점도 보이지 않았습니다."

"그럼 뒤늦게야 솜씨를 발휘한 북연의 책략은……."

"출발할 때부터 그렇게 정했습니다. 우선 백리기의 실력을 숨겼다가 나중에 갑작스레 내보이자는 거였죠. 우리 쪽은 그냥 그 흐름에 편승해 완전히 그들의 계획대로 행동했을 뿐입니다. 그래야 의심을 덜 받으니까요."

매장소는 태연하게 말을 이었다.

"방금 누군가에게 남의 힘을 빌려 쓴다는 말을 했는데, 상대방이 가만있으면 우리도 나설 수가 없죠."

몽지는 생각에 잠긴 듯 고개를 끄덕였다. 대강 알 것 같았다. 몽지 정도의 무공이면, 아이들의 수련 과정을 처음 봤을 때부터 보법과 검법의 공격력이 그리 강하지 않다는 것을 금방 알 수 있었다. 하지만 그와 동시에, 아이들이 저 보법을 완전히 익히고 났을 때의 확실한 효과도 알아차릴 수 있었다. 바로 사람들의 눈을 어지럽게 만들어 혼란시키는 것이었다. 누군가의 움직임이 사람들이 확실히 볼 수 있는 정도의 수준을 넘어서면, 사람들은 누구나 본능적으로 저것이 무척 정교하고 놀라울 정도로 위력적인 무공이라고 느끼게 된다. 시합에서 저 세 명의 아이가 할 일은 바로 그들의 움직임과 공격을 아무도 보지 못하게 해서, 백리기가 쓰러졌을 때 모든 사람이 그가 저 기묘하고 판별하기 어려운 무공에 당했다고 여기게 만드는 것이다.

"하지만 아이들에게 맡긴 것은 확실히 위험해. 아무래도 금조시명과 군주는 초일류의 고수이니 안목도 뛰어날 거야. 그래도 정생을 위해서는 그렇게 할 수밖에 없겠지."

몽지는 탄식했다.

"내일 저녁에 다시 오겠네. 저 아이들의 신법이 능숙해지면 좋겠지만, 여전히 빈틈이 있다면 다른 방법을 생각해보세."

"그럼 부탁드립니다, 형님."

매장소는 웃으며 두 번째로 손가락을 입에 가져가 호호 불었다.

"담요를 덮었는데도 춥나?"

몽지가 매장소의 손을 잡으며 물었다. 싸늘한 손이 느껴지자 그는 마음이 몹시 아팠다.

"아직 겨울이 되지도 않았는데 이 모양이라니, 전엔 추위를 타지 않았잖은가. 정왕이 그런 자네를 두고 적염군의 소원수(少元帥)는 불덩이 같다고 놀린 것을 기억하네. 눈 내리는 밤에도 얇은 갑옷만 입고 단기필마(單騎匹馬)로 백리까지 적을 쫓아갔다가 붙잡아 돌아온 후에도 전혀 떨지 않았다지. 그런데 지금 자네 몸이 이렇게까지……."

"됐어요."

매장소는 손을 빼내고 담요를 높이 끌어올렸다. 말투가 하도 가벼워서 입 밖으로 나오기 무섭게 바람에 날려가는 것만 같았다.

"이러니까 형님을 자주 만나기 싫은 겁니다. 저는 이미 옛날의 저와는 완전히 다른 사람이에요. 늘 그렇게 비교하면 슬프기밖에 더 하겠어요. 저는 이제 약한 감정은 아무것도 원치 않아요. 그러니 앞으로…… 가능하면 그런 말은 하지 마십시오."

몽지는 눈처럼 새하얀 그의 얼굴을 응시했다. 쇳덩이 같은 철한의 눈시울이 벌겋게 달아올랐다. 그는 북받치는 감정을 꾹 참으려 낮게 말했다.

"자네 말이 맞아. 내가 여인네들처럼 잔소리가 너무 많았군!"

"누가 감히 우리 대량의 제일 고수더러 여인네 같다고 합니까?"

매장소는 미소를 띠며 그의 기분을 풀어주었다.

"물론 여자라도 예황 군주 같은 사람은 남자 못지 않지만 말입니다."

몽지는 낭랑하게 웃음을 터뜨리고는 몸을 일으켰다.

"아무렴, 군주에게 뒤지지 않으려면 우리도 항상 신경을 써야 한다네."

"가시게요?"

"그래, 나도 일찍 쉬어야지. 내일 다시 오겠네. 별문제 없을 것 같으면 나타나지 않고 가겠네."

매장소가 일어나 배웅하려 했지만 몽지가 억지로 눕혔다. 매장소도 쓸데없는 예절에 구애받는 사람이 아니므로 웃으면서 더는 고집을 부리지 않았다.

다음 날, 몽지는 과연 나타나지 않았다. 세 아이의 연습 상태가 만족스럽다는 뜻이었다. 저녁을 먹은 후, 매장소는 그들에게 다시 한 번 주의사항을 꼼꼼히 당부했다. 그리고 긴장하지 않도록 위로하고 일찍 가서 쉬게 했다.

하지만 설려가 그렇게 쉽게 조용해질 리 없었다. 대략 두 시간이 좀 지나 깊은 밤 의외의 방문객이 나타났다.

단 하나의 실수

–

8

–

사실 정확하게 말해서 그 사람을 방문객이라고 할 수는 없었다. 매장소가 지금 머무는 설려는 본래 그녀의 집이기 때문이다. 다만 오랜 시간이 흐르도록 그녀는 한 번도 이곳을 방문한 적이 없었다.

매장소는 무척 뜻밖이었지만 겉으로 드러내진 않았다. 그는 밖으로 나온 비류를 부드럽게 달래 방으로 들여보낸 후, 리양 장공주를 향해 빙그레 웃으며 허리를 굽히고 인사했다.

"바깥바람이 차군요. 소 선생은 몸이 안 좋다고 들었는데 안으로 들어가서 이야기하지요."

장공주의 표정은 냉담했지만 말투는 퍽 온화했다. 매장소가 옆으로 비켜 길을 내주자 그녀는 사양하지 않고 먼저 방으로 들어갔다. 얼굴을 덮치는 따뜻한 온기에 장공주는 금실로 짠 바람막이의 끈을 풀었다.

혼자 조용히 찾아왔기 때문에 시녀도 없었다. 매장소가 다가가 그녀가 벗은 바람막이를 받아 옆에 있는 옷걸이에 걸었다. 그리고 화로 위의 찻주전자를 들어 뜨거운 차를 한잔 따라주었다. 리양 장공주는 찻잔을 받았으나 입으로 가져가지는 않고 손난로처럼 손바닥을 찻잔에 바짝 갖다 댔다. 잠시 후 그녀가 말했다.

"이렇게 늦게 찾아와서 정말 미안하군요. 하지만 낮에 오면 아무래도……."

그녀가 말을 하다가 말자, 매장소는 엷은 미소를 띠며 그녀가 삼킨 말을 이었다.

"낮에는 경예가 있을까봐 걱정스러우셨군요? 그렇다면 이 몸에게 따로 분부하실 일이 있으십니까?"

리양 장공주가 고개를 들어 그를 바라보았다. 이 소철이라는 사람은 본래 평민이므로 황제의 누이동생인 그녀와는 신분이 천양지차였다. 그러니 '분부'라는 말도 어색하지 않았다. 다만 그의 몸에서 흘러나오는 빛무리가 자못 눈부셔서 누구든 단번에 그의 신분을 짐작할 수 없었다.

천하제일 대방파를 관장하고, 경성에서 손꼽히는 귀공자들이 존경하는 친구이자, 휘하에 대량 제일 고수와 겨룰 정도의 호위무사를 거느리고, 태자와 예왕이 그를 초빙하려고 나란히 애를 쓰는 사람이 그였다. 또 예황 군주가 깊은 호감을 가지고 있을 뿐 아니라 그녀와 어딘지 확실하지 않은 관계를 맺고 있었다. 이런 수많은 것을 모아 볼 때, 아무리 지체 높고 오만한 리양 장공주라 해도 그를 보통 평민으로 대할 수는 없었다.

하지만 그가 결코 보통 사람이 아니라는 것을 알기 때문에, 보통 사람으로서는 헤아릴 수 없는 능력을 갖고 있는 것이 분명하기에, 방 안에 틀어박혀 좀처럼 나들이를 하지 않는 장공주 전하마저 깊은 밤 조용한 때를 골라 혼자 이 작은 손님용 원락으로 찾아온 것이다.

"무슨 말씀인지는 모르나 이왕 오셨으니 언젠가는 말씀하셔야 합니다. 그러니 공주께서도 너무 망설이지 마십시오."

가볍게 훑어보았을 뿐이지만, 매장소는 이미 손님의 표정을 훤히 꿰뚫어보고 그 자리에서 천천히 말했다.

"공주께서 분부하시는 일이 이 소철의 능력이 닿는 일이라면 당연히 명령을 받들겠습니다. 이 소철의 능력으로 할 수 없는 일이더라도 함부로 떠들어 바깥에 알리진 않을 테니 안심하십시오."

리양 장공주의 눈빛이 살짝 굳어졌다. 마치 결심을 내린 것 같았다. 그녀는 어느새 들고 있던 찻잔도 내려놓고, 고개를 들어 매장소의 눈을 똑바로 바라보며 한 자 한 자 똑똑히 말했다.

"소 선생, 예황을 구해줘요."

그런 부탁을 받자, 매장소처럼 심지 굳은 사람조차 놀라움을 감추지 못했다.

"그게 무슨 말씀이십니까?"

"예황이 선생을 무척 높이 사고 있다는 말을 들었어요. 아무래도 두 사람 사이에 정이 있으리라 생각해요."

리양 장공주는 손을 저어 그 소문을 확실히 하려는 매장소를 저지하고, 자기 말을 끝까지 들으라는 손짓을 했다.

"예황은 총명하지만 아무래도 늘 변경에 있다보니 이 경성의 물길이 얼마나 깊고 혼탁한지 잘 몰라요. 그녀는 운남 번진의 중요성을 믿고 있고, 자신 또한 고수 중의 고수이기 때문에 신랑감을 고르는 이번 일을 놀이처럼 여기고 있죠. 모든 것이 자기가 원하는 대로 움직일 거라고 생각하니 아무래도 소홀한 부분이 있을 수밖에요."

"공주 전하의 말씀은 설마 누군가 군주에게 계략을 꾸미고 있다는 뜻입니까?"

"이 경성 사람들은 자신의 목적을 위해 못할 일이 없죠."

리양 장공주는 무슨 생각을 하는지 고통스러운 눈빛을 지었다.

"예황 한 사람이 운남 목왕부의 모든 것을 대표하고, 남쪽 국경 10만 철기라는 군사력을 상징하죠. 그 정도의 가치라면 위험을 무릅쓰고 계략을 꾸며볼 만하지 않겠어요?"

매장소는 두 눈썹을 살짝 치켜세우며 가만히 고개를 끄덕였다. 예황 군주가 가진 무게감은 물론 굳이 따지지 않아도 알 수 있었다. 다만 지금 군주의 실력과 강인한 성격으로 볼 때 누가 감히 그녀의 칼끝을 쉽사리 막을 수 있으며, 누가 감히 음모를 꾸며 목적을 이룰까?

"소 선생이 무슨 생각을 하는지 잘 알아요."

표정을 보고 그 속을 꿰뚫어보는 것은 당연히 강좌맹만 가진 비기(秘技)는 아니었다. 어려서부터 변화무쌍한 황실에서 자라난 장공주 역시 그럴 수 있었다. 그녀는 시선을 살짝 움직이며 입가에 차가운 미소를 떠올렸다.

"예황은 확실히 강하죠. 보호할 필요가 없을 정도로. 하지만 소 선생은 모를 거예요. 아무리 강한 여자도 결국은 여자예요. 남자에게는 아무것도 아닌 일도 여자에게는 의지를 무너뜨릴 충격을 줄 수 있어요. 예황에게 이미 마음에 둔 사람이 있다면 그 충격은 더욱 무거울 거예요. 누구에게 시집을 가든, 훗날 어떤 생활을 하게 되든, 아무 의미가 없는 일이 될 수도 있죠."

그렇게 말하는 리양 장공주의 표정은 무척 평온했고, 말투도 담담했다. 하지만 점점 빨개지는 두 눈과 탁자를 누르는 뻣뻣하고 창백한 손가락은 끓어오르는 그녀의 감정을 고스란히 드러내 보였다. 매장소는 고개를 돌려 눈동자에 떠오르는 동정의 표정을 감췄다.

한때 솔직하고 활달하며 불같은 성격으로, 사냥을 나갈 때마다 여러 황자와 순위를 다투던 리양 장공주에 대해서 그는 별다른 기억이 없었다. 다만 리양 장공주는 너무 차가워서 친해지기 어렵다고 원망하면서 혼잣말처럼 탄식하던 어머니의 말씀만 기억할 뿐이었다.

당시 대체 무슨 일이 있었는지, 왜 그랬는지는 정말이지 비밀스러웠고 너무나도 까마득했다. 몇 년 동안 주의 깊게 조사했음에도 값진 것은 많이 발견하지 못했다. 어쩌면 진상은 그들 몇 사람만 마음속에 깊이 숨겨둔 채 입 밖으로 내지 않은 것일지도 모른다.

"장공주 전하."

매장소는 잠시 침묵했다가 느릿느릿 입을 열었다.

"전하의 말씀에도 일리가 있습니다만, 그래도 모르겠군요. 대체 구체적으로 어떤 방법을 써서 그런 성과를 얻을 수 있다는 것입니까?"

리양 장공주의 입술이 파르르 떨렸다. 더 자세한 것은 말하고 싶지 않은 듯했다. 하지만 좀 더 자세히 알려주지 않으면 믿음을 얻을 수 없다는 것을, 그녀 역시 속으로는 매우 잘 알고 있었다.

"이번에 열 명 안에 든 후보자 중에, 폐하께서 마음에 들어 군주와 짝지어주려고 생각하는 사람이 둘 있어요. 누군지 아나요?"

매장소는 물론 바로 고개를 저었다.

"태위(太尉)의 아들 사마뢰(司馬雷)와 충숙후(忠肅侯) 가문의 료정걸(廖廷傑)이에요."

"아."

그 대답은 매장소도 별로 의외는 아니었다. 공교롭게도 두 사람 중 사마씨 가문은 태자를, 충숙후 가문은 예왕을 지지하고 있으니 나름대로 균형이 맞았다. 황제가 일부러 그랬는지 그저 우연일 뿐인지는 모르지만.

"하지만 지금 방식대로라면 군주가 일부러 져주지 않는 한 두 사람 다 승산이 없죠."

"그렇군요."

매장소는 다시 한 번 고개를 끄덕였다. 어디 그 두 사람뿐이겠는가. 열 명 모두 어려웠다.

"그래서 누군가는 초조해졌을 거예요. 운남 목왕부의 지지를 받는다는 것은 매우 유혹적이니까. 하지만 군주가 경성에 있는 동안 이 일을 결정짓지 못하면 그녀가 운남으로 돌아간 후에는 훨씬 더 힘들 거예요."

리양 장공주가 문득 냉소를 터뜨렸다.

"지금 예황의 마음에서 그 사람들은 아예 고려 대상조차 안 되죠. 허나 궁궐 사람들의 최고의 장기는 바로 수단과 방법을 가리지 않는 거예요. 어딘가 해묵은 지난날을 기억하는 사람이 있어서, 지난날 태후께서 쓰신 방법을 또다시 쓰려는 거예요."

태후의 이야기가 나오자 매장소는 또다시 무엇인가 떠올랐다.

그랬다. 지금 생각해보니 그의 기억 속 리양 장공주는 친정에 가는 일이 극히 드물었다. 더욱이 그녀가 태후와 이야기를 나누는 모습도 본 적이 없었다. 다만 그 당시 그의 삶은 너무나도 다채롭고 풍부한 일이 많았기 때문에, 그 이상한 상황을 전혀 생각해본 적이 없었던 것이다. 리양 장공주는 감정을 추스르려는 듯 눈을 스르르 감았다. 앞으로 말할 이야기야말로, 이 계략을 통틀어 가장 핵심적인 부분이기 때문이었다.

"황궁에는 '정사요(情絲繞)' 라는 술이 있어요. 한잔 마시면 환각과 최음을 일으키죠. 여자가 마시면 옆에 있는 남자를 자신이 가장 사랑하는 사람이라고 오인하게 되고, 그 약효 때문에 자발적으로 몸을 맡기게 되는 거예요. 여자는 세상에 그런 술이 있다는 것을 전혀 모르기 때문에, 사건이 터진 후에 정신을 차려도 자신이 의지가 약한 나머지 술에 취해 부도덕한 짓을 저질렀다고 생각하게 되죠. 더구나 자발적으로 한 일이니 남자에게 화를 낼 수도 없고. 그 부끄러움과 절망감은 살아도 산 것 같지 않을 거예요. 하지만 세상에서 가장 힘든 것이 죽음이라고들 하죠. 그렇게 죽으면 죽어도 눈을 감지 못할 것이고, 가슴속에 말 못한 말이 아무리 많아도 죽으면 아무 말도 할 수 없어 망설일 거예요. 어쩔 줄 모르고 있을 때 평소 믿는 사람이 권유하면 저항할 힘이 있을 리 없죠. 그저 남들에게 휘둘리는 수밖에……."

뒤로 갈수록 리양 장공주의 말투는 점점 변했다. 처량하고 슬픈 그 감정은, 제아무리 둔한 사람도 그녀가 자신의 뼛속 깊이 새겨진 느낌을 말하고 있다는 것을 알게 했다.

매장소는 일어나서 천천히 다른 쪽 구석으로 걸어갔다. 그리고 그녀를 등지고 서서, 그녀가 평정을 되찾기를 묵묵히 기다렸다. 차 한잔 마실 정도의 시간이 지나자 리양 장공주는 비로소 심호흡을 하고 천천히 말했다.

“부끄러운 모습을 보였군요. 당시 해를 입은 여자는 나의 친자매였어요. 그래서 감정이 격해진 거예요.”

“그 무슨 말씀입니까? 그런 일은 누가 들어도 분노할 만합니다. 공주 전하의 자매가 아니더라도 분하고 동정했을 겁니다. 허나 이해가 되지 않는 것은, 공주 전하의⋯⋯ 자매분이 대체 누구를 연모하였기에 태후께서 그렇게 반대하시고, 심지어 그런 방법까지⋯⋯.”

리양 장공주의 눈빛이 아득해졌다. 마치 까마득한 시공을 뚫고 멀고 먼 곳에 있는 하나의 점을 보는 것만 같았다.

“그는⋯⋯ 남초에서 대량으로 보낸⋯⋯ 볼모였어요.”

순간 매장소는 모든 것을 깨닫고 차마 더는 물을 수 없었다.

“예황은 비록 내 혈육은 아니나, 그 눈부신 모습은 나로 하여금 늘 옛날을 떠올리게 해서 속으로 무척 부러워했어요.”

리양 장공주는 드디어 고통의 한계점을 뛰어넘은 듯 점차 평온한 표정으로 돌아왔다.

“누군가 그녀에게 그런 비열한 방법을 쓴다면 무슨 일이 있어도 막을 거예요. 그러니 부디 선생이 도와줘요.”

매장소는 눈빛을 번쩍였다. 그는 잠시 망설였지만 결국 다시 물었다.

“공주 전하께서는 어떻게⋯⋯ 그 음모를 아셨습니까?”

리양 장공주는 그가 이렇게 물을 줄 알았으면서도, 참지 못하고 고개를 돌려 그다지 격렬하지 않은 그의 시선을 피했다. 그리고 한참 후에야 가볍게 대꾸했다.

"사필 그 아이는 남의 일에 잘 말려들고 마음도 모질지 못하죠. 그 아이가 안절부절못하는 것을 보고 캐물었다가 알게 되었어요."

"그렇군요."

매장소는 고개를 끄덕이며 다음 질문을 했다.

"장공주 전하의 신분이라면 그 일을 저지하는 여러 방법을 아실 겁니다. 그런데 어째서 이 몸을 고르셨습니까?"

리양 장공주가 자조하며 차갑게 말했다.

"여러 방법? 꼭 그런 것도 아니죠. 아직 사건이 일어나지도 않았는데 주모자를 찾아가 물어볼 수는 없지 않겠어요? 그들은 인정하지 않을 테니까. 황제 폐하께 보고한다? 말로만 들었을 뿐 아무 증거도 없어요. 내가 궁에 들어가 직접 막으려고 한들, 그들이 언제 그 계략을 실행할지 어찌 알겠어요? 이런 때에 장공주의 신분이 무슨 도움이 될까요?"

매장소는 잠시 생각에 잠겼다. 본래는 어째서 남편에게 도움을 청하지 않느냐고 물어보고 싶지만, 별안간 이 계략이 지난번과 똑같다면, 설령 사옥이 지난번의 공모자가 아니라 태후에게 이용당했을 뿐이라 해도 결국은 이득을 본 사람이기 때문에 함께 논의하기가 다소 난감했을 것이다. 하물며 정말 도울 생각이라면 주모자를 밝혀 벌을 줘야 했다. 혈기 넘치는 청년도 아닌 사옥이 이런 일에 기꺼이 나설 리 없었다.

거듭 생각해보아도, 이 존귀한 장공주를 도와줄 사람은 없었으니 참으로 슬프고 한탄스러운 일이었다. 다만…….

"전하, 설령 제가 도울 마음이 있다 한들, 일개 평민의 몸이니 힘이 모자랄 것 같습니다."

"선생은 예황 군주와 사이가 좋지 않나요? 게다가 내일이면 그녀를 만날 테니, 그때 그녀에게 이 소식을 전해주면 돼요. 궁 안에서 후궁들을 만날 때 조심해야 안전할 거예요."

"왜 공주께서 직접 전하지 않으십니까?"

"나는 차가운 성격이라 비록 속으로는 예황이 마음에 들지만 깊은 교분을 나눈 적이 없어요. 예황이 나를 믿지 않을 수도 있죠. 더 중요한 것은, 내게 발각되었다는 것을 저들이 이미 알고 있어요. 내가 입궁하면 반드시 후궁들이 나를 졸졸 따라다니며 군주와 단둘이 이야기 나눌 시간을 주지 않을 거예요. 마침 선생이 녕국후부 안에 머물고 있어 다행이었지요. 이곳에서는 나도 힘이 있으니 깊은 밤에 찾아오면 그들의 눈을 속일 수 있다고 믿어 의심치 않아요. 다만 선생에게 폐를 끼치게 되었군요."

매장소는 그녀를 응시하며 의미심장하게 말했다.

"장공주 전하와 아무런 교분도 없는데 이런 신임을 받다니, 정말로 영광입니다."

총명한 리양 장공주가 그 의미를 모를 리 없었다. 그녀는 빙그레 웃으며 말했다.

"갑자기 찾아와 실례가 많았어요. 하지만 첫째는 도저히 도와줄 사람을 찾을 수 없었고, 둘째로는 선생과 예황의 사이가 좋아 보였고, 셋째로는 경예가 항상 내 앞에서 입에 침이 마르도록 선생을 칭찬했기 때문이에요. 그 아이는 순수하고 선량하니, 그 아이가 좋아하고 존경하는 사람은 분명 범속한 사람이 아니겠지요.

허나 오기 전에는 나도 고민이 많았어요. 이 일로 선생이 높은 사람의 미움을 살지도 모르니까요. 내 부탁을 거절하는 것도 당연한 일이니, 부디 신중하게 생각해요."

장공주는 그 말을 끝낸 후 고개를 숙이고 조용히 차를 마셨다. 매장소는 그녀의 새까만 머리칼에 섞인 눈에 잘 띄지 않는 흰머리 몇 가닥을 응시했다. 갑자기 마음이 찌릿하고 아련한 느낌이 뭉게뭉게 피어올랐다.

"밤이 깊었으니 우선 돌아가시지요."

창밖에서 경쇠를 치는 소리가 들려오자, 매장소는 금실로 짠 바람막이를 옷걸이에서 꺼내 그녀의 연약한 어깨에 살며시 둘러주었다. 그리고 느릿하게 말했다.

"군주 역시 이 몸의 친구이니 당연히 온 힘을 다해야지요. 부디 장공주 전하께서도 내일 입궁하셔서 상황에 따라 도와주십시오."

그의 약속을 받자 리양 장공주는 길게 말하지 않고 바람막이 끝부분을 머리에 씌운 후 살며시 뜰을 나갔다. 그녀의 모습은 곧 어둠 속으로 사라졌다.

매장소는 섬돌 앞에서 눈으로 그녀를 배웅했다. 밤바람이 덮쳐오자 온몸이 서늘해졌다. 누군가의 손이 뒤에서 그를 잡아 힘껏 방 안으로 끌어당겼다. 돌아보니 다소 화가 난 환한 눈동자가 보였다.

"미안. 겉옷 입는 것을 잊었구나."

매장소는 소년의 머리를 두드리며 안심시켰다.

"우리 비류, 아직도 못 잤구나?"

"여자, 갔다! 깼어!"

"응? 시끄러웠니?"

매장소는 미안한 듯 웃으며 따뜻한 침대로 들어가 두꺼운 담요를 끌어안았다.

"더 자렴. 내일도 나가 놀아야지?"

"형도 자!"

"알았다, 알았어. 나도 자마."

매장소는 말 잘 듣는 아이처럼 눈을 감았다. 겉으로는 편안하고 침착한 표정이었지만, 머릿속에는 경성 각 지방의 새롭고 오래된 모든 자료가 흐르는 물처럼 차례차례 떠올랐다. 이 정보를 이용해 장공주가 찾아온 이번 사건의 뒤에 대체 무엇이 숨겨졌는지 판단할 수 있었다.

비류는 자기 방으로 돌아가지 않고 매장소 곁에 바짝 붙어 앉아 만족스럽게 쿨쿨 잤다. 매장소는 이불 한쪽을 그에게 덮어준 다음 천천히 똑바로 누웠다. 마침내 꿈나라로 들어가기 직전에, 그는 마지막 질문을 떠올렸다.

'태자가 예왕 곁에 심어놓은 그 첩자는 대체 누구일까?'

이튿날 이른 아침부터 언예진이 설려로 뛰어들며 참을성 없이 소식을 전했다.

"소 형, 오늘 성지가 내렸어요. 문장 시합이 내일로 미뤄졌대요."

"그래? 어째서?"

"그야 오늘 소 형이 백리기를 혼내줄 테니까요!"

언예진이 우아하게 부채를 쫙 펴고 살랑살랑 흔드는데, 소경예가 노려보는 것을 깨달았다. 그는 어리둥절했지만 곧 매장소가 부채가 일으킨 찬바람을 피하는 것을 보고 황급히 부채를 거뒀다. 그렇지만 여전히 멋있는 척 다른 쪽 손바닥을 탁탁 치는데, 모르는 사람이 보면 오늘 백리기를 혼내줄 사람이 바로 언예진인 줄 오해할 정도였다.

사필은 잘난 척하는 우리의 언 대공자를 보자 계속 이야기하고 싶은 마음이 쏙 들어가 재빨리 화제를 바꿔 설명했다.

"이렇게 된 거예요. 예왕 전하께서 표(表)를 올려, 만약 소 형이 오늘 아이들을 시켜 백리기를 물리치더라도 그의 후보 자격은 그대로이니 원래대로라면 문장 시합에도 참가해야 한다, 하지만 패배를 하면 마음이 크게 어지러워지니 불공평하다고요. 어쨌든 신랑감을 구하는 것은 서두를 일도 아니니, 하루 미룬다고 해서 무슨 일이야 있겠어요. 북연 사람들이 이러쿵저러쿵 핑계를 대지 못하게 할 수도 있고요."

"완벽한 생각이군. 폐하께서 허락하셨나?"

"그럼요."

"음."

매장소는 고개를 끄덕였다.

"알려줘서 고맙네. 시간이 늦었으니 나도 일어나야겠군. 그럼 이만."

"이만이라뇨?"

소경예가 멍하니 그에게 외투를 건네주며 물었다.

"저희도 같이 가야죠."

매장소가 그들을 흘끗 바라보았다.

"자네들은 어딜 가려고?"

"소 형이 백리기를 어떻게 쓰러뜨리는지 봐야죠!"

매장소는 참지 못하고 웃음을 터뜨렸다.

"무영전은 조당일세. 자네들이 늘 놀러 가는 묘음방(妙音坊)이 아니란 말이야. 지난번에야 폐하의 부르심을 받았으니까 갈 수 있었고, 오늘 나와 같이 가려던 것도 이번 대결이 끝나고 문장 시합이 있기 때문인데, 이제 그 시합이 취소되었으니 무슨 이유로 허락도 없이 무영전에 간단 말인가? 아무리 귀공자들이라 해도 최소한 초대는 받고 가야 하지 않겠나?"

"아악!"

언예진이 울부짖으며 폴짝 뛰었다.

"잊고 있었다! 괜히 시간 낭비했잖아. 당장 가서 알현을 청해야지. 죽어도 그 재미있는 것을 놓칠 수는 없어!"

사필은 본래 갈 생각이 없었기 때문에 아무렇지도 않았다. 하지만 소경예는 다소 초조해하며 허둥지둥 일어나 언예진을 따라나갔다. 사필은 어깨를 으쓱하고 그런 두 사람의 뒷모습을 바라보며 한숨을 쉬었다.

"갈수록 더 예진을 닮아가네요. 전에는 구경거리를 저렇게까지 좋아하진 않았는데……."

매장소도 무예를 모르는 사필에게 이번 대결이 어떤 점에서 사람들의 호기심을 자극하는지 설명하고 싶지 않았다. 그래서 하얀 바람막이를 동여매며 비류에게 나지막이 몇 마디 당부한 후, 옆에서 기다리는 세 아이를 데리고 뜰 밖으로 나갔다.

녕국후부의 마차와 호위들이 벌써 문밖에 대기하고 있었다. 사필은 좌우를 두리번거리다가 농담을 걸었다.

"예황 군주께서 오늘은 마차를 안 보내셨네요. 소 형, 조금 실망하셨죠?"

매장소는 대답 없이 웃으며 가리개를 내렸다. 마부가 채찍을 휘두르자 느릿느릿 마차 바퀴 소리가 울리며 황궁을 향해 똑바로 나아갔다.

오늘 무영전에 모인 사람은 지난번보다 훨씬 적었다. 백리기 말고는 다른 아홉 명의 후보자는 그림자도 보이지 않았고, 대유의 사절단 중에서도 대표 두 명만 왔다. 황자들 중에는 정왕만 정생이 걱정되어 일찍부터 와 있었고, 태자와 예왕은 어디로 갔는지 보이지 않았다. 목왕부의 남매도 더디게 움직여 아직 도착하지 않았다고 했다. 그래서 매장소가 세 아이를 데리고 전각에 들었을 때, 저 멀리서 정왕만 고개를 끄덕였을 뿐 다가와 말 거는 사람 한 명 없었다. 이 썰렁한 느낌은 시끌벅적한 며칠 전과는 너무나 달랐다.

하지만 매장소는 이런 조용한 분위기가 좋았다. 그는 세 명의 어린 제자를 대전 한구석으로 안내한 후 한 명 한 명 손을 잡으며 웃는 얼굴로 부드럽게 격려했다. 얼마 후 놀람과 두려움으로 가득 차 어지러이 흔들리던 눈동자들이 차분해졌다. 아이들은 진지하게 고개를 끄덕이며, 반드시 열심히 해서 죄인의 신분을 벗어던질 기회를 놓치지 않겠다는 뜻을 나타냈다.

약 반 각이 지나자 예황 군주와 목청이 늠름한 모습으로 들어왔다. 매장소는 미소 띤 얼굴로 그들을 맞이하는 한편, 속으로는 언제 어디서나 저렇게 활력이 넘치는 두 남매의 모습에 감격했다. 그들의 모습은 일부러 게으른 척 고상함을 떨어대는 경성의 귀족들과는 확연히 달랐다. 오로지 정왕 혼자 그들과 비슷한 기질을 간직하고 있을 뿐이었다.

"소 선생의 표정을 보니 확신이 있나봅니다?"

먼저 말을 건 사람은 목청이었다. 그는 성큼성큼 걸어와 살짝 허리를 숙이고 세 명의 아이에게 물었다.

"말해봐. 소 선생께서 뭘 가르쳐주셨어?"

매장소는 아이들이 이 전각 안의 사람들 모습에 익숙해지는 것도 나쁘지 않다고 생각하고 그를 막지 않았다. 그리고 예황 군주에게 잠시 옆으로 가서 이야기하자는 눈짓을 했다.

"왜 그러시오? 무슨 비밀 이야기라도 있소?"

남경의 여원수가 농담을 던졌다.

"누군가 군주께 경고해달라는 부탁을 했습니다."

매장소가 낮은 소리로 말했다.

"군주를 맞이하는 것이 희망이 없어 보이자 궁궐의 누군가 군주를 억지로 시집보내려는 음모를 꾸미고 있습니다. 예왕과 황후 마마를 조심하십시오. 그쪽에서 군주 혼자만 불러 연회를 베풀면 가능한 한 가지 마십시오."

"억지로 시집을 보낸다?"

놀라워하던 것도 잠시, 예황 군주는 자신 있게 웃음을 터뜨렸다.

"무슨 방법으로 말이오?"

매장소는 자세히 설명할 수 없어 대충 말했다.

"후궁에서 쓰는 방법을 얕보시면 안 됩니다. 입에 넣는 것은 반드시 조심하십시오."

그가 더 말하려고 할 때, 갑자기 바깥에서 발소리가 들리더니 언예진이 소경예를 끌고 뛰어들었다. 그가 하하 웃으며 말했다.

"딱 맞춰 왔군, 딱 맞췄어! 소 형, 아직 시작하지 않았죠?"

목청이 잔뜩 불쾌한 얼굴로 앞을 막으며 눈을 찡그렸다.

"아직이야. 그리고 소 선생은 우리 누님과 이야기하고 계시잖아. 방해하지 마!"

그의 이 강력한 보호 때문에 예황 군주는 오히려 매장소와 단둘이 속삭이기가 불편해졌다. 아무래도 아직 시집가지 않은 왕가의 딸이고 신랑감을 고르기 직전이었으니, 예의에 어긋난 일을 하는 것은 결코 좋지 않았다.

다행히도 민망한 상황은 순식간에 지나갔다. 황제의 어가가 도착했기 때문이다. 사람들이 추측한 대로, 태자와 예왕은 좌우에서 사이좋게 황제를 부축하며 들어왔다. 경녕 공주가 뒤를 따랐고 몽지가 호위했다. 황제가 자리에 앉자 두 황자와 경녕 공주는 옥으로 만든 계단을 내려가 사람들과 함께 절하고 만세를 외쳤다. 그리고 일어나라는 명이 떨어진 후 각자 자리에 앉았다.

"소 경."

황제가 편안하게 미소를 띠며 말했다.

"좋은 성과가 있었는가?"

"신이 긴말해봐야 무슨 소용이겠습니까? 잠시 후 폐하께서 직접 보시지요."

매장소는 손짓으로 세 아이를 불러와 한 줄로 세워 바닥에 엎드리게 했다. 황제는 그 조그마한 세 아이를 살펴보았다. 그리고 시선을 돌려 우락부락한 백리기를 바라보자 결국 자신이 없어져 저도 모르게 몽지에게로 고개를 돌렸다.

"폐하, 시작할까요?"

그 틈을 타 몽지가 허리를 숙이며 청했다.

활시위는 이미 당겨졌으니 활을 쏠 수밖에 없었다. 황제는 걱정스런 눈빛을 숨기며 고개를 끄덕였다.

명을 받은 세 아이가 일어나 각자 검을 한 자루씩 쥐고 품(品) 자 형을 이루며 섰다. 표정이 몹시 결연했다. 저 엄숙한 표정은 이틀 전 두려움에 떨던 모습과는 완전히 달라, 구경꾼들은 그것만으로도 정신이 번쩍 들었다.

백리기는 빈손으로 나섰다. 그는 가소로운 표정으로 앞에 있는 상대를 쓱 훑어보더니 아무렇게나 자세를 취했다.

"시작!"

몽지의 명령이 떨어지자 갑자기 장내에 가벼운 바람이 일었다. 세 아이가 팽이처럼 뱅글뱅글 돌기 시작한 것이다. 발걸음이 어지럽게 교차하면서, 선명하던 아이들의 모습이 순식간에 흐릿해지고 뒤엉켰다. 무공이 다소 떨어지는 사람은 눈앞이 어지러워졌다.

대유의 금조 시명은 곧 흥미가 솟았다. 그가 허리를 곧게 펴고 자세히 보려는데, 갑자기 옆에서 짙은 살기가 엄습했다. 가슴이 철렁하여 저도 모르게 정신을 집중하며 돌아보니, 대량 제일 고수이자 금릉성 금군통령인 몽지가 흉악하게 자신을 노려보고 있었다. 이글이글 불타오르는 그 눈동자는 마치 아버지를 죽인 원수라도 보는 것 같았다. 시명은 괜히 오싹 한기가 들어 마음을 가라앉히려 애쓰는 한편, 대체 그에게 무슨 잘못을 했을까 하고 곰곰이 생각했다.

무공이 화려하고 현란하기로 이름난 예황 군주도 아이들의 표홀한 신법을 보자마자 푹 빠졌다. 그녀가 앞으로 몸을 숙이며 자세히 보려는 순간, 갑자기 옆에서 '아이쿠' 하는 매장소의 비명이 들려왔다. 정신이 흐트러져 고개를 돌려보니, 그가 찻잔을 엎은 바람에 탁자에서 떨어지는 물을 피하느라 황망히 몸을 움츠리는 것이 보였다. 그 바보스러운 모습은 평소의 침착하고 우아한 모습과는 너무 달라서, 군주는 입꼬리를 올리며 픽 웃었다.

두 명의 고수가 동시에 신경을 딴 데 판 바로 그때, 장내에 억눌리고 둔탁한 소리가 울렸다. 이어 '콰당' 하는 소리와 함께 세 아이가 검을 거두고 뒤로 물러났다. 화려한 빛도 사라졌다. 자세히 보니 백리기가 바닥에 한쪽 무릎을 꿇은 채 팔로 몸을 겨우 지탱하고 있었다. 승복할 수가 없는지 얼굴에는 분노가 가득했다.

"이겼다!"

"이겼어!"

언예진과 경녕 공주가 동시에 환호를 터뜨렸다. 제왕의 품위를 지켜야 하는 황제도 그 순간에는 미소를 드러냈다. 몽지의 노기를 막느라 정신을 집중하고 있던 시명도 온몸에 힘이 탁 빠졌다. 방금까지 불구대천의 원수처럼 노려보던 몽 통령이 갑자기 표정을 바꿔 그를 향해 진실하고 우호적인 미소를 지어 보인 것이다. 그 순간 그는 자신이 꿈이라도 꾼 게 아닌가 생각했다.

"백리 용사, 괜찮나?"

북연의 사신이 화가 나고 초조해 뛰쳐나갔다.

"사신께서는 걱정 마십시오. 저희는 손님을 해치지 않습니다."

매장소가 웃으며 말하더니 세 아이에게 눈짓했다.

"어서 폐하께 감사인사를 드리지 않고."

어린 세 명의 검객이 즉시 머리를 조아렸다. 황제는 크게 기뻐하며 말했다.

"너희가 공을 세웠으니 짐이 약속을 지켜 죄인의 신분을 사해주겠노라. 궁궐 안에서 적절한 자리를 받거나 아니면 친구에게 의탁해도 된다."

경녕 공주가 몹시 기뻐하며 즉시 대꾸했다.

"부황께서는 정말 인자하세요."

막내딸을 흘끗 바라보던 황제는 문득 기발한 생각이 들었다.

"경녕, 이 아이들이 정말 그렇게 마음에 드느냐? 저들이 저렇게 뛰어난 검술을 배웠으니 환관을 삼아 네 시중을 들게 하는 것도 좋겠구나. 네게는 보통 시위들보다 강한 시위가 생기고, 저들에게는 의식주를 걱정하지 않아도 되는 안식처가 생기는 셈이니……."

그 말이 떨어지자 매장소와 정왕의 안색이 동시에 싹 변했다. 특히 정왕은 당장이라도 벌떡 일어나 소리칠 것 같았지만, 매장소가 강력한 눈짓으로 저지했다.

"폐하, 그 말은 온당치 못합니다."

직접적으로 반대하고 나선 사람은 놀랍게도 소경예였다. 그는 일어나 예를 갖추면서 낭랑하게 말했다.

"폐하께서는 이 아이들을 액유정에서 풀어주시겠다 명하셨습니다. 이는 곧 그들을 자유롭게 해주겠다고 허락하신 것입니다. 한번 내린 황명을 어찌 거둘 수 있겠습니까? 하물며 저 아이들은 궁궐의 규칙을 모르니 궁에 남겨두어도 아무런 이득이 없을 것입니다. 공주 전하의 시중을 들 때는 몸에 무기를 지닐 수 없으니 저 검법

또한 아무런 소용이 없습니다. 제 생각에는 경녕 공주 전하 역시 저 아이들을 환관으로 만들어 곁에 두고 싶진 않으실 겁니다."

경녕 공주가 황급히 나섰다.

"맞아요, 맞아요. 제 궁에는 이미 태감들이 있는데 저 아이들을 데려가서 뭘 하겠어요? 부황, 제게는 다른 걸 주세요."

평소 소경예를 무척 아끼던 황제는 그의 직언에도 화를 내지 않고 손을 내저으며 그를 자리에 앉힌 후 더는 그 이야기를 꺼내지 않았다. 매장소도 식은땀이 났다.

"소 경이 잘 가르쳐서 으뜸가는 공을 세웠군. 문장 시합이 끝나면 짐이 따로 상을 내리겠다."

몹시 기분이 좋아진 황제는 뜻밖에도 친히 술을 따라 사람을 시켜 매장소에게 건넸다.

"우선 축하의 뜻으로 술 한잔을 내리노라."

매장소는 감사인사를 하고 잔을 받아 단숨에 마셨다. 기침이 나왔지만 억지로 꾹 눌러 참느라 얼굴이 벌게졌다. 황제는 백리기와 북연의 사신을 짐짓 위로한 뒤 기쁜 모습으로 궁으로 돌아갔다. 황제가 떠나자 매장소는 곧 소매로 입을 가리고 허리가 꺾일 정도로 기침을 해댔다. 소경예가 탁자를 훌쩍 뛰어 넘어와 그를 부축하고 등을 쓸어주었다. 태자와 예왕도 황급히 안부를 물었다.

"괜찮습니다. 폐하께서 내리신 어주가 너무 향기로워서……."

매장소는 한참 기침을 한 후에야 겨우 입을 막은 손을 뗐다. 그리고 소경예의 부축을 받으며 고개를 들었다. 태자와 예왕은 무척 관심어린 표정으로 가까운 곳에 서 있었다. 하지만 지난번 무영전의 연회 때처럼 두 사람의 몸에서는 용연향 냄새가 전혀 나지 않았다. 우연이 아니라 일부러 그런 것이었다.

매장소는 다시 한 번 확신했다. 예왕 곁에는 분명히 태자의 첩자가 있었다.

"소 선생, 괜찮으시오? 잠시 쉬었다 가는 것이 어떻소?"

예황 군주는 조금 전 찾아온 궁녀와 이야기하느라 그제야 다가와 물었다.

"괜찮습니다."

매장소는 빙그레 웃어 보인 다음, 태자와 예왕에게로 돌아섰다.

"두 분 전하께서는 매일 정무로 바쁘실 텐데 이 몸 때문에 시간을 지체하시면 감당하기 어렵습니다."

태자와 예왕은 확실히 급한 일이 있었는지, 더 매달리지 않고 예의를 차리기 위해 한두 마디만 한 뒤 돌아서서 떠났다. 그들이 사라지는 것을 본 예황 군주가 소리를 낮춰 매장소에게 말했다.

"황후마마께서 과연 연회를 베풀어 나를 부르셨소. 그 부름을 거절할 수는 없으니 가야겠소."

"군주."

매장소가 황급히 그녀를 불러 세웠다. 하지만 아무리 생각해도 더는 당부할 말이 없어 한숨을 푹 쉬고 이렇게만 말했다.

"조심하십시오."

예황 군주가 떠나자 이제 대전에는 몇 사람 남지 않았다. 매장소는 확실히 몸이 불편했으나, 지엄한 황궁에서 예의에 어긋나게 가마를 탈 순 없었기 때문에 앉아서 잠시 쉬는 수밖에 없었다. 소경예와 언예진도 당연히 그와 함께 남았다.

경녕 공주는 줄곧 정왕과 이야기를 하고 있었다. 그러다가 그때쯤 이야기가 마무리되었는지 소경염이 다가와 안부를 물었다. 일행은 몇 마디 나눴지만 결국 할 말이 없어졌고, 정왕은 그 틈을 타 돌아서서 정생에게 말을 걸었다.

황제는 곧 후비들의 처소로 갔기 때문에 몽지는 따라가지 않았다. 또 속으로는 임수의 상태가 걱정스러워 대전을 떠나지 않고 있었다. 사람들이 거의 흩어지자 마침내 참다못한 그가 다가왔다.

"소 선생은 괜찮나?"

"모르겠습니다."

소경예가 눈을 찌푸리며 말했다.

"이렇게 많이 쉬었는데도 전혀 좋아지는 것 같지 않습니다."

"내가 한번 보겠네."

몽지가 손을 뻗어 매장소의 맥을 짚었다. 곧 그의 눈썹이 잔뜩 일그러졌다. 그는 기를 운용하여 매장소의 몸에 내공을 주입해 상처를 억눌렀다. 잠시 후 비로소 그가 길게 숨을 내쉬며 얼굴을 약간 폈다. 매장소는 손을 빼고 나지막이 고마움을 표했다. 이번엔 조금 전처럼 잔뜩 지친 목소리가 아니라 활력이 조금 묻어났다.

"놀라 죽을 뻔했잖아요."

이런 무거운 분위기를 가장 싫어하는 언예진이 툴툴거렸다.

"이제야 괜찮아졌군요. 소 형의 몸은 문제가 생기기 십상이니 정말 좀 푹 쉬셔야 해요. 경예, 어서 소 형을 모셔가자. 오늘 약속한 마구(馬球) 시합은 아무래도 못하겠지?"

"당연하지! 아직도 마구를 할 생각이 들어?"

소경예는 몹시 불쾌해했다.

"누가 한댔어? 그래도 정걸에게 알려는 줘야지. 약속을 했단 말이야."

"네가 가서 말하면 되잖아. 나는 안 가."

두 사람의 이야기를 들은 매장소는 어쩐지 이상한 느낌이 머리를 스쳤다. 하지만 단박에 알아챌 수가 없어 저도 모르게 눈을 찌푸리며 생각에 잠겼다.

"왜요, 또 안 좋으세요?"

소경예가 황급히 물었다.

"아닐세. 자네 방금 누구와 마구를 하자고 약속했다고 했나?"

"료정걸이요. 모르실 거예요. 충숙후의 세자인데……."

순간 환한 빛이 눈앞을 스치며, 오늘 아침 어느 순간부터 느껴지던 이상한 기분이 확 솟아오르는 듯했다. 갑작스레 깨달은 매장소의 가슴에 전율이 일었다.

군주가 후궁으로 불려갔으니, 이치대로라면 황후와 예왕은 이번 계략을 위해 모든 방면에서 일찍부터 준비를 해뒀어야 했다. 그런데 어째서, 어째서 예왕 진영에서 군주의 신랑감으로 내정된 료정걸이 궁 밖에서 마구를 하자는 약속을 했을까?

어젯밤 리양 장공주가 한 모든 이야기가 다시 한 번 빠르게 머릿속을 스쳐갔고, 곧 가장 이상한 부분을 잡아냈다.

장공주는 자신이 이 음모를 알아차릴 수 있었던 것은 사필이 불안해하는 모습을 보고 캐물었기 때문이라고 했다. 그런데 오늘 아침 만난 사필은 기분이 무척 좋아 보였다. 더구나 출발할 때 예황 군주를 두고 농담을 할 만큼 전혀 양심에 찔리는 일을 한 사람 같지 않았다.

다르게 생각하면, 황후와 예왕이 꾸민 이 계략은 무척 위험했다. 그러니 많아야 도와줄 사람 몇 명만 알고 있을 것이고, 다른 사람 귀에 들어가게 놔둘 리 없었다. 사필은 이런 궁중 비화에 관해서는 아무 도움이 되지 않았다. 그런데 예왕이 왜 그에게 알려줬겠는가?

리양 장공주가 거짓말을 한 것이다. 중요하지 않다고 생각했기에 차마 말하기 힘든 부분에서 사실을 숨긴 것이다. 그녀는 결코 사필에게서 이 음모를 알아낼 수 없었다. 소식의 출처는 아마 그녀의 남편, 녕국후 사옥이었으리라.

지난날 태후가 쓴 수법은 겨우 몇 사람만 알고 있었고, 사옥은 바로 그 중 한 명이었다. 그가 자신이 지지하는 사람에게 이 계략을 제안할 때 리양 장공주가 엿들었다면, 설령 한두 마디뿐이었다 해도 그녀는 금방 모든 것을 알아챌 수 있었다. 가장 중요한 오해는 바로 이 마지막 순간에 생겨난 것이다.

리양 장공주는 사실을 숨기기 위해 사필을 끌어들였고, 사필이 예왕의 사람임을 누구보다 잘 아는 매장소는 너무나도 자연스럽게 이 계략을 세운 사람이 황후라고 생각한 것이다. 그가 잠시 놓치고 있었던 것은, 이 일이 본래 사필과는 무관하며 도리어 사필의 아버지인 사옥의 솜씨라는 것이었다.

사옥의 입장은…… 사옥은…….

매장소는 다급히 숨을 헐떡이며 이를 악물었다.

그가 중립을 지킨다고? 황위 다툼에 나서지 않는다고?

다른 사람들은 몰라도, 매장소 자신은 사옥이 어떤 사람인지 너무나도 잘 알아야 했다. 그에게는 오점이 있었고, 그 자신조차 순수하고 깨끗한 신하가 될 수 없다는 것을 알고 있었다. 그런 그가 늙은 황제의 만년에 이르러 훗날을 대비하지 않을 리 없었다. 사필이 대놓고 예왕을 지지하는 바람에 태자에게는 이미 미움을 샀다. 태자가 성공하면 사씨 일가는 다 같이 무너질 것이다. 이런 상황에서 중립을 지킨들 아무 의미가 없었다.

영리한 사옥이 그런 무의미한 일을 할 리 있겠는가? 사실, 그는 아무것도 모르는 척 아들이 예왕과 한편이 되도록 놔두고 자신은 아무도 돕지 않는 듯이 꾸미고 있었다. 그것은 곧 그가 빈틈 하나 없는 계획을 세우고 있다는 뜻이었다. 그 계획은 황위 다툼의 승리자가 누구든 그 자신은 편안하게 영광을 누릴 수 있게 해줄 것이다.

사필은 드러내놓고 예왕을 지지했고, 사옥은 남몰래 태자를 지지했다. 그리고 태자에게, 사필은 태자를 위한 첩자라고 말하고 가끔씩 정보를 빼내 증명했다. 그래서 예왕은 아무것도 몰랐고 태자는 더욱 기뻐했다.

그들을 속이는 것이 성공하면 훗날의 상황은 이랬다. 예왕이 이기면 사필 덕분에 사씨 일가는 무사하다. 태자가 이기면 사옥 부자는 모두 공신이 되어 더욱 유리하다. 그래서 사옥의 속마음은 진심으로 태자를 보필하는 것이었다.

여기까지 생각이 미치자 매장소의 이마에서 식은땀이 뚝뚝 떨어졌다.

정말 위험한 것은 황후의 정양궁(正陽宮)이 아니라, 태자의 생모인 월 귀비의 소인궁(昭仁宮)이었다. 군주가 후궁으로 간 지는 벌써 오래되었다. 그녀가 그의 제안에 따라 황후를 경계하면, 월 귀비 앞에서는 도리어 마음이 풀어져 쉽게 함정에 빠지지 않을까?

이것이 가장 나쁜 상황이라면, 시간을 따져볼 때 아직 기회는 있었다.

"정왕 전하, 당장 입궁하여 소식을 알아봐주십시오. 만일 군주께서 월 귀비의 소인궁에 가셨다면 곧 따라가서 무슨 대가를 치르더라도 군주를 찾아내셔야 합니다."

매장소는 벌떡 일어나 정왕의 손을 꽉 움켜쥐며 무섭게 말했다.

"예황 군주께서 위험에 처하셨습니다. 상세한 것은 다음에 말씀드릴 테니 당장 가십시오, 어서요!"

소경염은 영문을 몰라 얼떨떨했지만, 매장소의 진지하다 못해 처절한 표정을 보자 그 말을 믿고 당장 달려갔다.

이어서 경녕 공주를 돌아보며 말하는 매장소의 목소리는 여전히 다급했다.

"경녕 공주 전하, 부탁드립니다. 당장 증조할머…… 아니, 태황태후께 가서 그분을 소인궁으로 모셔가주십시오. 이 또한 예황 군주를 구하기 위해서이니 일분일초를 소홀히 하지 말고 반드시 그렇게 하셔야 합니다. 공주 전하는 예황 군주와 자매처럼 친하시지요. 그러니 반드시 도와주셔야 합니다."

경녕 공주는 어찌할 바를 몰라 뒤로 물러섰지만, 예황 언니를 구한다는 말에 가슴이 덜컥 내려앉았다. 그래서 깊이 생각해볼 틈도 없이 바로 움직였다.

"몽 통령, 당장 사람을 불러 소인궁 밖에 매복시키십시오. 태위공자 사마뢰가 나타나면 함부로 궁에 들어왔다는 죄로 체포하셔야 합니다. 아시겠습니까?"

몽지도 자세히 묻지 않고 그의 어깨를 툭툭 치며 안심하라고 한

다음 나는 듯이 달려갔다.

대전에는 대체 어떻게 된 영문인지 모르는 두 명의 귀공자만 남아 멍하니 매장소를 바라보았다.

"소 형, 대체…… 대체 뭐가 어떻게 된 거예요?"

잠시 후, 언예진이 더듬더듬 물었다.

매장소는 눈을 감았다. 몹시 피로한 표정이었다. 그는 무거운 한숨을 내쉬며 조용히 중얼거렸다.

"모두 내 잘못이네. 내가 한 가지를 잘못 생각했어. 이제는 그저 일어날 수 있는 최악의 결과가 아직 일어나지 않았기만을 바랄 뿐이네."

위험천만

9

향기 좋고 맑은 술 한잔이 예황 군주 앞에 놓였을 때, 그녀는 아무 망설임 없이 받아 들고 술을 준 사람을 향해 생긋 웃었다.

월 귀비는 관리를 잘한 희고 매끈한 손가락으로 공중에 작은 호를 그린 후 다시 앞으로 가져왔다. 뒷걸음질 치는 우아하고 아름다운 모습에, 보랏빛 비단으로 만든 봉황 치마가 살짝 팔락이고, 향기로운 공기 속에는 옥패 소리가 딸랑딸랑 울렸다. 그녀 역시 운남 사람이었다. 멀고 먼 고향에서 입궁한 지 35년이 지났지만 한 번도 고향에 가본 적이 없었다. 군주에게 고향 이야기를 듣는 동안 그녀의 눈빛은 가볍게 찰랑거려, 마치 이팔청춘 소녀 때의 아득한 기분으로 돌아간 것 같았다.

옛 추억으로 가득한 이 눈빛 때문에, 방금 황후궁에서는 팽팽하게 긴장하고 있던 예황 군주의 신경이 탁 풀렸다.

"취호 주변에는 매년 갈매기들이 돌아옵니다. 경치는 별로 변하지 않았는데, 강 주변으로 버드나무를 심어 퍽 우아해졌답니다. 마마께서 말씀하신 취운정도 아직 있지요. 하지만 차은사(遮隱寺)

화재로 불에 타 옮겨졌습니다."

예황 군주는 잔을 입가에 가져갔지만 마시지 않고 살짝 입술만 적셨다. 그리고 계속 말했다.

"그런데 마마께서 말씀하신 점괘를 설명해주는 고승은 아직 뵙지 못했습니다."

"기연이겠지요. 그 고승이 설명하는 점괘는 정말이지 신통하답니다. 그 고승이 아직 있다면 군주의 혼사가 어떻게 될지도 물어볼 수 있을 텐데."

월 귀비가 태연히 말했다. 그녀는 군주가 술을 마시지 않는 것을 보고도 재촉하지 않고 도리어 보조개를 드러내어 웃으며 먼저 한잔을 비웠다. 한때 그녀는 후궁을 주름잡던 절세미녀였다. 게다가 화려한 복장과 정교한 화장술 덕에, 비록 눈가에 가느다란 주름이 생겼어도 저렇게 생긋 웃으면 아직도 경국지색의 옛 모습이 드러났다. 그래도 칼날 같은 시간이 남긴 흔적은 아무도 막을 수 없었다.

"마마께서 이리도 옛 고향을 그리워하시니 폐하께 청해 한번 다녀오시는 것은 어떻겠습니까?"

"본 궁은 황후마마와는 달리 금릉성이 고향이 아니에요. 운남에서 경성까지는 아득히 먼 길이니, 어가와 함께 간다면 혹시 볼 수 있을지도 모르죠. 하지만 혼자 다녀오겠다고 청하다니, 아마 그런 법도는 없을 거예요. 그저 훗날……."

그렇게 말하던 월 귀비는 갑자기 부적절하다고 생각했는지 급히 입을 다물었다.

예황 군주는 무슨 말인지 알아들었지만 모르는 척하며 한 귀로 흘렸다. 일개 귀비는 구중궁궐을 떠나 머나먼 고향으로 갈 수 없지만, 훗날 태자가 등극하여 어머니를 모시고 외지로 순시를 나가는 것은 어려운 일이 아니었다. 다만 그런 훗날은 지금의 늙은 황제가 붕어한 후라는 전제조건이 있기 때문에 함부로 입에 올릴 수 없었다.

물론 대놓고 말할 순 없어도, 태자의 생모인 그녀로서는 큰 변고가 일어나지 않는 이상 언젠가 올 그날을 기다릴 수밖에 없었다. 안타까운 것은, 풍운이 변화무쌍한 황실에서 무슨 변고가 일어날지는 너무나도 예측하기 어려운 일이었다. 최소한 예왕 소경환의 존재는 그들 모자의 눈엣가시였다.

예왕의 생모는 신분이 낮았으며 일찍 세상을 떠났고, 태어난 순서도 예왕이 태자 다음이기 때문에 본래는 황위를 다툴 자격이 없었다. 그런데 그는 어려서부터 황후의 손에 자랐고, 아들이 없는 황후는 마치 자기가 낳은 자식처럼 여겼다. 지금의 국구는 천성이 한가롭고 자유로워, 유명무실한 관직에 앉아 신선 타령이나 하고 있지만, 언 노태사가 남긴 문하 제자와 오랜 친구들은 여전히 황후의 큰 힘이었다. 더욱이 예왕 본인도 총명하고 호방하여 황제를 기쁘게 하는 데 능숙했다. 그 덕분에 여기저기 총애를 받아 다른 황자들과는 확연히 다른 대우를 받으며 태자를 압박했다.

수십 년간 후궁에 몸담고 살며 오로지 외모만으로 귀비의 자리에 오른 이 여자는, 자신의 안전과 부귀를 보장하고, 다시는 조마조마 신경을 곤두세우며 살지 않아도 될 날이 아직 한참 멀었다는 것을 알고 있었다.

"군주, 이번에는 경성에서 오래 머물 생각인가요? 본 궁은 군주 같은 고향 사람과 자주 이야기를 나눴으면 좋겠군요."

"요즘은 남쪽 국경이 어느 정도 안정되었고, 아우인 청도 관작을 이어받아 왕이 되었으니 훨씬 자유로워졌습니다. 아마 한 달 보름 정도는 머물 수 있을 겁니다."

"그렇게 빨리?"

월 귀비가 놀란 표정을 지었다.

"신랑감을 골라 혼례도 준비해야 하잖아요."

예황 군주는 가볍게 웃으며 부인하지 않고 나오는 대로 대답했다.

"고를 수 있으면 그때 생각해보겠습니다."

"군주는 보통 여자가 아니에요. 이곳 경성의 화려한 경치는 확실히 군주에게는 아무 매력이 없겠죠. 남쪽의 하천과 초목, 광활한 밀림이 군주의 성격에 훨씬 잘 어울려요."

예황은 그 말이 마음에 쏙 들어 저도 모르게 웃었다.

"마마는 경성에 오신 지 오래되셨는데도 아직 우리 운남 여자들의 성격을 잘 아십니다."

"젊을 때 의기충천하지 않은 사람이 어디 있겠어요? 이 깊은 궁궐 안에서 오랫동안 깎여나가 더 이상 남지 않은 것뿐이지요."

월 귀비는 고개를 저으며 탄식했다.

"오늘만 해도 그래요. 본 궁도 군주와 더불어 고향 이야기를 나누며 마음을 털어놓고 싶은데 안타깝군요. 설령 본 궁이 옛날이야기만 하겠다고 해도 군주는 못 믿겠지요?"

예황 군주는 시선을 모아 그녀를 가만히 바라보았다. 그리고 잠시 후 간단하게 '예' 하고 대답했다.

"그럼 본 궁도 말 돌리지 않겠어요."

월 귀비가 표정을 가다듬었다. 말투도 훨씬 진지해졌다.

"이번 대회에 참여한 사마뢰 공자는 태자가 친히 경성을 두루 돌아다니며 고른 사람이에요. 문무를 겸비하고 재능과 인품도 뛰어나요. 무예에서는 군주보다 약간 떨어지지만, 군주가 이미 대단한 고수인데 구태여 힘만 센 사람을 낭군으로 맞을 필요가 있겠어요? 본 궁이 보장하건대, 사마뢰 공자는 정말이지 군주와 잘 어울리는 짝이에요. 하물며 군주와 본 궁은 본래 동향 사람이고, 태자는 군주를 매우 존중하고 있어요. 그러니 군주께서도 태자를 지지해주세요."

예황 군주는 조용히 그녀의 말이 끝나기를 기다렸다가 비로소 웃으며 말했다.

"태자께서는 황위를 계승할 분입니다. 우리 운남 목왕부는 지금은 폐하께 충성하고 훗날 태자께서 등극하신 후에는 새 군주에게 충성할 것입니다. 그 점은 걱정하실 필요 없습니다. 그리고 신랑감을 구하는 일은 폐하께서 이미 규칙을 세우셨습니다. 사마 공자께서 그렇게 뛰어나다면 무슨 걱정이십니까?"

강하지도 부드럽지도 않은 거절에 뜻밖에도 월 귀비는 눈썹을 치켜세우며 실소를 터뜨렸다.

"솔직히 그런 대답이 나올 줄 알고 있었지만 직접 물어본 거예요. 역시 우리 운남 사람들의 무뚝뚝한 성질은 변하지 않는다니까. 좋아요. 군주가 그렇게 솔직하게 나오는데 본 궁이 어떻게 강요하겠어요. 자, 사죄의 뜻으로 한잔 올리지요. 방금의 무례를 개의치 않는다면 깨끗이 비워요. 나중에 다시 만날 때는 우리 꼭 고향 이야기만 하고 이런 복잡한 조정 일은 꺼내지 않기로 해요."

월 귀비가 소매로 잔을 가리고 단숨에 비웠다. 그러자 예황도 계속 안 마시고 버틸 수는 없었다. 하물며 이곳은 비록 후궁 안이지만 황후의 정양궁도 아니었다. 그래서 자그마한 잔을 바라본 후 천천히 술을 마셨다.

술이 그녀의 입으로 들어가는 것을 보자, 월 귀비의 눈동자에는 뜻밖에도 연민의 빛이 떠올랐다. 하지만 미간에 어린 결연함은 사라지지 않았다. 그녀는 얇디얇은 칼을 들고 손수 감귤을 잘랐다. 지극히 차분하고 깔끔한 동작으로 껍질을 벗기고 속살을 꺼낸 그녀가 역시 직접 예황 군주에게 귤을 가져다줬다.

"고향의 감귤입니까?"

예황이 하나 맛본 후 약간 놀라워했다.

"그래요. 감귤에는 다리가 없어도 멀리 경성까지 올 수 있죠. 하지만 본 궁에게는 다리가 있어도 고향 땅을 밟을 수가……."

월 귀비의 얼굴에 슬픈 표정이 떠올랐다. 고향이 그리워 그러는 것 같기도 하고, 또 다른 심경 때문인 것 같기도 했다.

"마마, 너무……."

예황이 그녀를 위로하려는데 궁녀 한 명이 계단 앞에 나타나 아뢰었다.

"귀비마마, 태자 전하와 사마뢰 공자께서 찾아오셨습니다."

"어머, 어쩜 이렇게 우연히."

월 귀비가 손뼉을 치며 웃었다.

"태자에게 사마 공자를 한번 데려오라고 한 것을 깜빡했군요. 마침 군주도 여기 있으니 한번 만나보는 게 어때요?"

예황 군주는 더럭 의심이 들었지만, 상대방이 대체 무슨 방법을 쓰려는지 알 수가 없었다. 잠시 망설이는 사이, 어느새 태자가 훤칠하고 잘생긴 화려한 복장의 공자 한 명을 데리고 들어왔다. 태자는 허허거리며 다가와 인사한 후, 사마뢰에게도 군주에게 절하라고 명했다.

무예 시합에서도 보았고, 무영전 연회에도 함께 참석했기 때문에 예황 군주도 물론 사마뢰를 보는 것이 처음은 아니었다. 하지만 지난번과는 달리 그 남자는 슬그머니 그녀에게 가까이 다가왔다. 시선이 살짝 마주치는 순간, 그녀는 마음이 어지러워지는 것을 느꼈다.

눈을 감고 호흡을 가다듬고 나자, 예황은 자신이 위험한 상황에 처했다는 것을 예리하게 느꼈다. 본래 그녀는 다소 오만하게도 자신의 무공이라면 아무도 강요할 수 없다고 생각했다. 그런데 그녀의 예상과는 달리 상대는 아예 강요하지도 않았다. 그저 어떻게 했는지는 모르지만 그녀의 정신을 흔들어놓은 것이다. 만약 그녀가 견디지 못하고 무슨 행동이라도 하면, 아무 증거가 없으니 나중에 입이 열 개라도 해명할 방법이 없었다. 황제라도 그녀가 강요를 당해 그랬다고는 믿지 않을 것이다. 지금 가장 급한 일은 서둘러 이곳을 떠나는 것이었다.

"마마, 갑자기 급한 일이 생각나서 먼저 가보겠습니다."

예황 군주는 바삐 말한 후 돌아섰다.

"군주……."

사마뢰가 슬며시 손을 뻗다가 저도 모르게 멈추고 태자를 돌아보았다. 태자가 흉악하게 노려보자, 그는 이를 악물고 용기를 내어 쫓아가 예황 군주의 팔을 붙잡았다.

"무엄하다!"

예황이 홱 돌아서며 기를 모아 붙잡은 손을 떨쳐내려 했다. 그러나 시선이 마주치는 순간 또다시 정신이 몽롱해졌다. 붙잡힌 팔이 화끈거리다가 따스하게 변했다. 홀로 전장에 서서 얼굴로 불어닥치는 찬바람을 맞을 때 그렇게도 간절히 바라던 그런 따뜻함이었다.

"사마 공자, 군주께서 피곤한 것 같군요. 좀 쉬게 해줘요."

아득하게 들려오는 월 귀비의 목소리가 싸늘했다.

태자는 뒤로 물러나 사마뢰가 군주의 허리에 팔을 두르는 것을 바라보았다. 고통스럽고, 모순적이면서도 부드러운 표정이 군주의 고운 얼굴을 스쳐가자, 태자도 차마 똑바로 볼 수 없어 고개를 돌렸다.

바로 그때, 요란한 호통 소리가 들려왔다. 월 귀비가 벌떡 일어났다. 계단 위에 있어 멀리 내다볼 수 있는 그녀는 누군가 민첩하게 안으로 달려드는 것을 보았다. 오는 사람을 막기 위해 길목마다 선 궁인들은 모두 그 사람 손에 맞아 나뒹구느라, 달려드는 그의 기세를 한 치도 꺾을 수 없었다. 그는 곧장 안으로 들어와 일장으로 사마뢰를 내리쳤다.

정왕은 무력을 쓰는 일이 극히 적었지만, 그의 무공은 전쟁터에 한 번도 나가보지 않은 보통 사람들로서는 상상조차 못할 정도로 강력했다. 사마뢰는 켕기는 것도 있고, 감히 황자와 맞서 싸울 수도 없는데다 본래 실력이 약했기 때문에 연신 뒤로 물러나 몇 장이나 쫓겨갔다.

"경염! 정말이지 무엄하고 당돌하구나. 어디 이 소인궁까지 함부로 뛰어들어?"

그때쯤 정왕이 혼자 온 것을 확인한 월 귀비는 즉시 나아가 꾸짖었다.

"게다가 무력을 써서 사람을 해치기까지 하다니, 반역이라도 하려는 것이냐?"

정왕은 주위를 훑어본 후 예황 군주가 몽롱한 눈빛으로 다리에 힘이 풀려 있는 것을 발견했다. 자세히 알 수는 없지만 대충 무슨 일인지는 짐작할 수 있었다. 월 귀비 모자의 이런 추악한 행실을 보자 그는 그녀와 입씨름할 마음조차 없었다. 그래서 곧바로 군주에게 다가가 요혈을 몇 군데 짚은 후 그녀를 어깨에 둘러멨다.

태자는 놀람과 분노가 교차하여 연신 욕을 퍼부으며 수하 시위들에게 소경염을 단단히 포위하라고 명령했다. 포위망 안쪽 시위들은 강철 칼을 들고, 바깥쪽 시위들은 활을 들었다.

"경염, 감히 어마마마의 궁에 뛰어들어 군주를 납치하려는 것이냐? 본 태자가 이곳을 호위하고 있어서 다행이구나. 어서 군주를 내려놓아라. 그러면 형제의 정을 봐서라도 부황께는 알리지 않겠다."

소경염은 차가운 눈길로 그를 흘끗 바라보곤 무시하고 앞으로 걸음을 옮겼다. 그를 포위한 시위들은 저도 모르게 그를 따라 움직이며 태자에게 정말 공격하느냐는 질문이 담긴 시선을 던졌다.

태자 소경선도 이러지도 저러지도 못하는 진퇴양난 상태였다. 이복형제인 정왕은 전쟁터에서 싸우던 사람이라 웬만한 힘으로는 제압할 수 없었다. 그렇다고 정말 활을 쏘아 소인궁 안에서 황자가 죽기라도 하면 그 또한 작은 일이 아니었다. 하물며 그가 예황 군주를 업고 있으니 잘못하면 그녀가 다칠 수도 있었다. 하지만 그를 붙잡지 못하고 이대로 나가게 내버려두면, 사건을 수습하기 힘든 것은 매한가지였다. 이리저리 머리를 굴려보아도 만전지책이 떠오르지 않던 태자는 저도 모르게 어머니를 바라보았다.

"활을 쏘아라!"

월 귀비가 아리따운 붉은 입술을 꾹 다문 채 잇새로 내뱉었다.

"어마마마!"

"활을 쏴!"

월 귀비의 목소리는 몹시 낮았지만 말투는 거칠었다.

"적어도 죽은 자는 말이 없다. 우리에겐 말할 기회가 훨씬 많아!"

태자는 부르르 떨더니 앞으로 나아가 소리 높여 말했다.

"정왕이 소인궁에 침범해 어마마마를 암살하고 군주를 모해하려 했다. 즉시 쏴 죽여라!"

시위들은 잠시 망설였지만, 어쨌든 태자는 그들의 주인이기 때문에 그 명에 따라 화살을 메겼다. 순간 화살이 비 오듯 날아갔다. 정왕은 한 걸음 나아가 발길질로 시위 한 명을 걷어차고 그의 단도를 손에 넣었다. 칼이 춤추듯이 움직이며 눈처럼 새하얀 빛을 자아냈다. 첫 번째 화살 비를 쳐내고 잠시 틈이 비자, 그는 필사적으로 싸워 왼쪽으로 움직여 계단 앞으로 간 후, 군주를 바닥에 내려놓고 다시 쫓아오는 두 번째 화살 비를 막았다.

정왕이 갑자기 훌쩍 몸을 날려 공중에서 몇 번 도약하며 어지럽게 공격을 퍼붓더니, 시위들이 밀집한 곳에 내려서서 궁수들을 어지럽혔다. 칼을 든 시위들은 그의 적수가 아니었다. 한바탕 혼전

속에서 그는 맹렬하게 하늘 위로 솟구치며 이리 찌르고 저리 찔렀다. 얼이 빠진 채 지켜보던 태자는 갑자기 목이 서늘해지는 것을 느꼈다. 날카로운 칼이 그의 목에 닿아, 싸늘한 한기가 피부까지 스며들었다.

"모두 멈춰라!"

정왕의 목소리는 크지 않았지만 장내는 곧 얼어붙었다.

"소경염, 네가 감히……."

월 귀비는 온몸을 바들바들 떨며 이를 악물고 화를 냈다.

"삼군(三軍) 속에서 장수를 베고 대장을 붙잡는 것은 본디 내가 늘 하던 일이오."

정왕이 싸늘하게 웃으며 서릿발처럼 오만하게 말했다.

"태자 전하께서 내게 너무 가까이 계셨소."

"경염! 대체 어쩔 셈이냐?"

태자가 떨리는 소리로 물었다.

"군주를 이리로 데려와서 나와 함께 궁을 나가게 해주시오."

월 귀비가 얼음같이 차가운 시선으로 '흥' 하고 싸늘히 코웃음을 쳤다.

"본 궁이 거절한다면? 감히 태자를 죽이기라도 할 테냐?"

"귀비마마께서는 태자 전하를 두고 나하고 도박을 하시겠다는 거요?"

소경염의 목소리에는 온기가 전혀 없었다.

"어마마마!"

태자는 심장이 미친 듯이 쿵쾅거려 저도 모르게 소리를 질렀다.

월 귀비의 얼굴은 찬 서리가 내린 듯 냉정했지만, 가슴이 계속

오르락내리락하는 것을 보면 격렬하게 생각하고 있는 것이 분명했다. 그녀가 고운 눈썹을 살짝 찡그리며 뭐라고 말하려는 순간, 바깥 뜰 문 쪽에서 다급하고 우렁찬 보고가 들려왔다.

"태황태후 납시오!"

월 귀비는 가슴이 철렁했다. 절망의 싸늘한 전율이 등을 훑었다. 그녀는 어쩔 수 없이 힘껏 눈을 감아 재빨리 평정을 되찾았다. 그리고 가장 먼저 사마뢰에게 말했다.

"당장 뒷문으로 나가거라. 명심해라. 오늘 넌 소인궁에 한 발짝도 들여놓은 적이 없다!"

사마뢰는 어리둥절해서 어쩔 줄 모르며 좌우를 둘러보다가 곧 정신을 차리고 걸음아 날 살려라 하며 뒷문으로 쪼르르 달아났다.

"경염."

월 귀비는 빠른 걸음으로 계단에서 내려와 재빨리 말했다.

"잘 들어라. 오늘 태자는 너희에게 화살을 쏘지 않았고, 너 역시 칼로 태자의 목을 겨누지 않았다. 잘 알겠지?"

정왕은 눈빛을 번쩍이며 대답하지 않았다.

"칼로 태자를 위협한 것은 황자에게 화살을 쏜 것이나 마찬가지로 폐하께서 듣고 싶어 하는 이야기가 아니다. 본 궁은 너와 같이 죽고 싶지 않아. 그 외의 다른 이들은 각자의 능력에 맡기고 폐하께서 판결하시도록 하자."

월 귀비가 차갑게 웃었다.

"너는 똑똑한 아이니 네게도 유리한 거래라는 것을 알 것이다. 싫어할 이유가 있을까?"

정왕은 안색을 바꾸지 않았지만, 손에 든 칼은 천천히 태자의 목을 떠나 바닥에 툭 떨어졌다.

이때 태황태후의 노쇠한 몸이 내원(內院, 후궁들이 거주하는 궁전—옮긴이)의 월동문 밖에 나타났다. 그녀 곁에는 영문을 모르는 얼굴의 경녕 공주 외에, 봉황관을 쓰고 황포를 두른 고귀하고 단정한 용모의 여인도 있었다. 바로 정양궁의 주인 당금 황후였다.

"여기 뭐 볼 게 있다고 데려왔니?"

태황태후가 몽롱한 눈으로 정원을 한 바퀴 둘러보았다.

"여긴 왜 이렇게 사람이 많지?"

월 귀비가 황급히 태자에게 눈짓해 무리 지은 시위들을 해산시켰다. 그리고 재빨리 나아가 아리땁게 절하며 말했다.

"신첩, 태황태후, 황후마마께 인사드립니다. 두 분이 오시는 줄도 모르고 마중을 나가지 못했습니다, 부디 용서……."

언 황후는 월 귀비가 말을 끝낼 때까지 기다리지 않고 차갑게 물었다.

"저기 앉은 사람은 예황이 아닌가? 어떻게 된 것인가?"

월 귀비가 곁눈질로 살펴보니, 정왕이 벌써 예황에게 다가가 그녀를 부축해 일으키고 있었다. 군주는 얼굴이 빨갛게 달아오르고 두 눈을 감고 있어서, 아무리 봐도 아무 일 없다고 할 수가 없었다. 그래서 그녀는 이렇게 말했다.

"오늘 군주를 청해 연회를 베풀었는데, 뜻밖에도 술기운이 너무 강했는지 그만 취하고 말았답니다."

"예황 군주는 여중호걸이고 주량도 약하지 않네. 그런데 저렇게 쉽게 취할 리가……."

"신첩도 이상하게 생각했어요."

월 귀비의 얼굴에는 여전히 웃음꽃이 피어 있었다.

"어쩌면 요즘 신랑감 구하는 일에 신경을 많이 써서 그랬나보지요."

"그럼 뜰에 가득한 시위들은 뭔가? 누가 감히 소인궁에서 소란이라도 피웠나? 말해보게. 본 궁이 책임지고 처리해주겠네."

"아아, 저 시위들 말인가요?"

월 귀비가 쿡쿡 웃었다.

"태자가 도진전림(刀陣箭林)이라는 것을 훈련하는 모습을 구경시켜준다지 뭐예요. 훈련이 잘되면 마치 춤추는 것 같다나 뭐라나."

언 황후는 월 귀비의 눈동자를 똑바로 바라보더니 갑자기 비웃음을 터뜨렸다.

"귀비, 그게 무슨 농담인가? 예황 군주 같은 귀빈이 취해 계단에 쓰러졌는데도 아랑곳 않고 도리어 아들과 함께 나와서 도진인지 뭔지를 구경하다니, 본 궁에게 그렇게 말하는 것은 괜찮지만 설마 폐하께도 그리 보고하겠다는 것인가?"

"폐하께 어떻게 보고할지는 신첩의 일이지요. 어찌 감히 신첩의 일로 황후마마께 근심을 끼치겠어요."

월 귀비가 부드럽게 받아쳤다. 여전히 하얗게 질린 태자는 저렇게도 차분한 어머니를 보자 그제야 천천히 다가와 태황태후와 황후에게 절을 올렸다.

태황태후는 황후와 귀비의 말다툼을 흥미롭게 듣고 있다가 태자가 와서 인사하자 곧 자상한 표정으로 그의 머리를 쓰다듬었다.

"선아, 저기 있는 두 사람은 누구니? 너무 멀리 있어 잘 안 보이는구나."

"예……."

태자가 약간 민망한 듯이 대답했다.

"그게…… 경염과…… 예황 군주입니다."

"저 아이들은 왜 이 할미 곁에 오지 않는 거니?"

"걱정 마세요, 태황태후."

언 황후가 부드럽지만 차가움을 듬뿍 담은 목소리로 말했다.

"예황은 취했을 뿐이니 곧 깨어날 거예요. 예황이 깨어나면 앞으로는 그런 독한 술은 마시지 말라고 신첩이 잘 달래겠어요."

월 귀비는 가슴이 턱 막혀 안색을 바꾸지 않으려고 이를 악물었다. 확실히 이것은 전체 사건 중에서 가장 처리하기 힘든 부분이었다. 정왕이 태자를 칼로 위협한 것은 죄였으니 화살로 그를 공격한 것도 쌍방이 합의 아래 입을 다물 수 있는 일이었다. 사마뢰도 이미 사라져 황후는 현장의 증거를 아무것도 잡지 못했다. 그녀가 황제 앞에서 무슨 말을 하든 일방적인 주장이기 때문에 변명할 길이 있었다. 유일한 문제는, 무슨 짓을 해도 군주의 입을 막을 수 없다는 것이었다. 이제 그녀는, 군주가 여자로서의 수치심과 자존심 때문에 치욕을 당할 뻔한 일을 사람들에게 알리지 않고 자신의 순결한 명성을 지키려 하기를 바랄 뿐이었다.

경녕 공주는 이미 예황 군주 곁에 가 있었다. 그녀는 예황의 빨개진 얼굴을 걱정스레 바라보며 나지막이 말했다.

"어떡해요? 이렇게까지 취하다니. 우선 내 궁에서 쉬게 해요."

정왕도 누이가 보살피는 것이 낫다고 생각하고 고개를 끄덕였다. 그는 사람을 시켜 가마를 가져오게 한 후, 먼저 황후의 허락을 받아 경녕 공주와 함께 예황 군주를 호위하며 떠나갔다.

황후도 예황 군주의 입으로 이 일을 알리는 것이 자기가 직접 나서는 것보다 훨씬 효과적이라는 것을 알고 더 이상 말하지 않았다. 그래서 태황태후를 모시고 소인궁 중앙 전각으로 들어가 웃으며 담소를 나눴다. 월 귀비도 부득불 함께했다. 먼저 황제를 찾아가 바람을 잡을 시간도 없고 태자와 입을 맞출 기회도 없이, 그들 모자는 억지로 환하게 웃어야 했다. 그 모습을 보는 황후는 속이 다 시원했다.

예황 군주를 경녕 공주의 침전인 인소각(引簫閣)으로 호송한 후, 정왕은 곧 어의 여럿을 불렀다. 어의들은 진맥을 한 후, 군주는 맥이 급하고 기운이 허해서 피 흐름이 원활하지 않을 뿐 큰 증상은 없으니 생명에는 지장이 없다고 말했다. 정왕은 겨우 안심이 되어 기를 모아 혈도를 풀어주려고 했다. 그런데 갑자기 군주가 이를 악물고 눈을 떠 그를 바라보며 고개를 저었다. 그러자 그도 어쩔 수 없이 손을 멈추고 누이동생에게 잘 보살펴달라고 말한 후, 오해를 사지 않기 위해 전각을 나와 뜰의 긴 의자에 앉았다. 그녀가 치료받기를 기다리는 한편 보호하기 위해서였다.

대략 한 시간이 지나자 경녕 공주가 뛰어나와 숨을 헐떡이며 말했다.

"일곱째 오라버니, 언니가 막 눈을 떴어요. 오라버니를 불러오래요."

정왕은 벌떡 일어나 서둘러 안으로 들어갔다. 과연 예황 군주는 편안한 표정이었다. 그 모습을 보자 그는 완전히 마음을 놓고 다가가 혈도를 풀어줬다. 군주는 천천히 침대에서 일어나 앉았다. 그리고 서릿발 같은 눈빛으로 잠시 생각에 잠겼다가, 천천히 고개를 들고 정왕을 바라보며 낮게 말했다.

"고마워요."

정왕은 살짝 고개만 끄덕이고 아무 말 하지 않았다. 도리어 경녕 공주가 친절하게 물었다.

"예황 언니, 대체 얼마나 마셨기에 이렇게 취했어요? 아까 한참 동안 흔들었는데 아무 반응도 없었다고요."

"이제 괜찮아."

예황이 경녕의 조그마한 얼굴을 부드럽게 쓰다듬으며 말하고는 침대에서 내려와 신발을 신고 일어났다.

"언니, 어딜 가려고요?"

"폐하를 뵈러."

정왕의 눈빛이 흔들렸다. 그가 낮게 물었다.

"결정했소?"

"확실히 체면이 서는 일은 아니죠."

예황은 얼음처럼 차디차게 웃었다.

"어쩌면 귀비도 내가 이 굴욕을 감추기 위해 울분을 억누르길 바랄 거예요. 하지만 이 예황을 잘못 봤어요. 오늘은 다행히 무사히 넘어갔지만, 혹여 무슨 일이 있었어도 그 때문에 내가 굴복할 줄 알았다면 오산이에요. 절대 그럴 수 없어요."

"폐하께서는 양거전(養居殿)에 계실 거요. 군주께서 결심이 섰다면 이 몸이 호위하겠소."

정왕은 아무런 의견도 내지 않고 차분하게 말했다.

"그러실 필요 없어요. 전 이미……."

"아무리 그래도 이곳은 운남이 아니오. 조심하는 것이 좋소."

그의 호의를 깨달은 예황은 더 이상 사양하지 않고 고개를 끄덕였다. 경녕 공주는 두 사람을 번갈아 바라보다가 결국 참다못해 물었다.

"대체 무슨 이야기예요? 무슨 말인지 모르겠어요."

"나중에 설명해줄게."

예황이 그녀에게 미소를 지어 보였다.

"지금은 기분이 좋지 않아서 폐하를 뵙기 전에는 말하고 싶지 않구나. 경녕, 용서해줘."

"용서라뇨……."

경녕 공주가 다소 미안한 듯 말했다.

"그럼, 나도 같이 가도 돼요?"

"안 돼."

정왕이 단박에 거절했다.

"이런 일에는 나서지 말고 여기서 기다려라. 여기저기 수소문하지도 말고, 알겠지?"

경녕 공주도 아무것도 모르는 어린 소녀가 아니었다. 두 사람의 무거운 표정과 오늘 있었던 여러 일을 조합할 때 결코 단순한 사건이 아니라는 것을 짐작하고, 더 캐묻지 않고 순순히 고개를 끄덕였다.

인소각을 나온 두 사람은 말없이 걸었다. 두 사람 다 이야기할 기분이 아니었다. 두 사람에게 인사하는 궁인들도 전혀 보지 못하는 것 같았다. 그렇게 양거전 앞에 이르자 걸음을 멈추고 전각 밖에 서 있는 황문관에게 통보하게 했다.

두 사람이 함께 왔다는 말을 듣자 황제는 조금 놀라 황급히 그들을 불러들였다. 게다가 군주의 안색을 본 순간 더욱 의심이 들어, 그들이 예를 마치기를 기다렸다가 즉시 물었다.

"예황, 어쩐 일이냐? 누가 널 불쾌하게 했느냐?"

예황 군주는 치마를 걷고 절한 후 고개를 들었다.

"폐하, 부디 예황의 억울함을 풀어주십시오."

"어허, 이런, 이런, 일어나거라. 어서 일어나라니까. 무슨 일인지 천천히 말해보아라."

예황 군주는 꿇어앉은 채 황제의 눈을 똑바로 바라보았다.

"오늘 월 귀비마마께서 고향 이야기를 하자며 저를 소인궁으로 부르시더니, 몰래 술에 약을 타서 제 정신을 어지럽혔습니다. 때마침 태자께서 사마뢰를 내원으로 데리고 들어와 불측한 짓을 하여 억지로 저를 그에게 시집보내려 하셨습니다. 부디 이 일을 자세히 조사하여 공정하게 처리해주십시오."

그녀의 말은 간결하고 솔직했으며, 전혀 꾸밈이 없어 도리어 한 자 한 자 마음을 울렸다. 황제는 화가 난 나머지 온몸을 부르르 떨며 버럭 소리를 질렀다.

"귀비와 태자에게 속히 양거전으로 들라 하라!"

이 명령은 유난히도 빨리 전해져, 얼마 지나지 않아 나타날 사람들이 모두 나타났고, 나타나지 말아야 할 사람들마저 우르르 몰려왔다. 명을 받은 월 귀비와 태자 외에 황후와 예왕도 따라서 나타났다.

"월 귀비! 태자! 죄를 알렷다!"

사람들이 인사를 마치기도 전에 황제가 고개를 쳐들고 노갈을 터뜨렸다.

월 귀비는 깜짝 놀란 표정으로 황공하게 머리를 조아렸다.

"신첩이 무슨 일로 폐하를 노하게 했는지 부디 명확히 말씀해 주세요."

"그래도 모른 척해?"

황제가 탁자를 내리쳤다.

"오늘 예황에게 무슨 짓을 했느냐? 말해보아라!"

"예황 군주 말인가요?"

월 귀비는 더욱더 놀란 척했다.

"신첩이 오늘 군주를 연회에 청했는데, 군주가 술기운을 이기지 못해 정신없이 취했지요. 신첩과 태자가 군주를 돌보고 있는데, 황후께서 갑자기 태황태후를 모시고 나타나시더니, 경녕 공주에게 군주를 데려가 쉬게 하라고 하셨답니다. 그 후의 일은 신첩도 모릅니다. 설마 대접이 소홀해서 군주가 냉대를 당했다고 생각하시는 건가요?"

예황 군주는 뻔뻔하게 발뺌하는 그녀를 보자 저도 모르게 냉소를 터뜨렸다.

"마마의 술은 정말 대단합니다. 딱 한 잔 마셨을 뿐인데 미약을 탄 것처럼 정신이 몽롱해지더군요. 세상에 그런 술이 있습니까? 하물며 제가 그 술을 마시자마자 태자께서 사마뢰를 데리고 들어와 치근거리게 했는데, 그것도 우연입니까?"

"그 술은 폐하께서 내리신 칠리향이에요. 독하기는 하지만, 그걸 마시고 미약을 탄 것 같다고 한 사람은 군주뿐이에요. 폐하, 신첩의 궁을 뒤져보세요. 그것 말고 다른 술은 절대 없을 거예요. 게다가 군주께서는 그때 정말 취하신 모양이군요. 그때 들어온 사람은 분명 태자뿐이었는데 사마뢰라니요? 소인궁의 궁인들을 모두 취조해보아도 아마 사마뢰가 들어오는 것을 본 사람은 아무도 없을 거예요."

예황 군주는 고운 눈썹을 치켜뜨며 화를 냈다.

"소인궁 사람들은 모두 마마 사람들이니, 마마께서 부인하는데 누가 감히 다른 말을 하겠습니까?"

월 귀비는 직접 반박하지 않고 오로지 황제를 향해 아리따운 얼굴로 호소했다.

"소인궁 사람들이 비록 신첩의 시중을 들고 있지만, 신첩을 포함한 모든 사람이 폐하께 속해 있답니다. 폐하의 은덕을 받고도 감히 폐하를 속일 리가요?"

그녀가 날카로운 혀로 반박하기 어렵게 만들자, 언 황후가 도저히 분을 참을 수 없어 꾸짖었다.

"자네는 참으로 언변이 좋군. 누가 감히 그 상대가 되겠나? 하지만 아무리 그래도 사실을 부인할 수는 없네. 설마 군주가 아무 이유 없이 자네를 모함하겠나?"

월 귀비는 그래도 태연한 표정이었다.

"신첩도 군주께서 왜 아무 이유 없이 이런 이야기를 지어내시는지 모르겠군요. 황후마마께서도 어찌하여 아무 증거도 없는데 신첩을 믿지 않고 무작정 군주만 믿으시는지……."

언 황후는 가슴이 철렁하여 순간적으로 자신이 잘못했다는 것을 깨달았다. 그녀는 끝까지 방관자로 남아 있어야 했다. 이렇게 끼어들어서는 안 되었다. 본디 예황 군주가 귀비를 고발했으니, 황제는 군주가 여자의 순결까지 걸고 귀비를 모함하리라고는 생각하지 않았다. 하지만 황후가 끼어들어 예황 군주를 두둔하자, 이 일은 갑자기 두 여자의 싸움으로 변질되었고, 의심 많은 황제를 다시 생각하게끔 만들었다.

월 귀비는 황제가 눈을 찡그리고 생각에 잠기는 것을 보자 다시 느릿느릿 말했다.

"더욱이 신첩은 황후마마를 증인으로 삼고 싶군요. 군주가 취한 후 황후마마께서는 태황태후를 모시고 갑자기 소인궁 내원으로 들어오셨지요. 그때 누군가 군주에게 불측한 짓을 하는 것을 보셨는지요? 태황태후께서는 연로하시니 이런 일로 귀찮게 해드릴 수 없지만, 경녕 공주도 함께 있었지요. 폐하, 공주에게 물어보세요. 소인궁에 들어왔을 때 차마 눈 뜨고 볼 수 없는 장면이 있었는지 아닌지요."

예황은 이 귀비마마의 혀가 이토록 날카로울 줄은 꿈에도 생각 못했다. 그녀는 더욱 화가 치밀어 무심결에 쏘아붙였다.

"그야 두 분 마마께서 때맞춰 오신 덕분에 귀비마마의 계략이 성공하지 못했기 때문에……."

월 귀비는 몸을 돌렸다. 불꽃처럼 활활 타오르는 예황의 눈빛을 마주하면서도 그녀는 전혀 움츠러들지 않고 편안하게 말했다.

"군주가 계속 내게 불측한 마음을 품었다고 말하니 따질 마음은 없어요. 군주는 황후마마와 예왕과 가깝고, 나와 태자와는 가깝지 않죠. 그야 우리의 덕이 모자라기 때문이니 감히 원망하지는 않아요. 하지만 군주, 입만 열면 내 계략에 당했다고 하는데, 그래서 옥체가 상했나요? 내가 정말 독한 계략을 꾸몄다면, 어찌하여 황후마마께서 그렇게도 때를 꼭 맞춰 구하러 오셨을까요?"

황제가 눈썹을 꿈틀하며 황후와 예왕을 곁눈질했다. 그 말에 흔들린 것 같았다.

예황 군주는 화가 나서 두 손이 싸늘하게 식었다. 전쟁터에서 수천수만의 적병과 싸우는 것보다 이 궁중의 귀비를 상대하는 일이 더욱 오싹했다. 화가 나서 되받아치려는 순간, 옆에서 진중한 목소리가 들려왔다.

"부황, 소자가 증인입니다. 소자가 소인궁 내원에 들어갔을 때, 분명 사마뢰가 군주 곁에서 불측한 행동을 하고 있었습니다."

월 귀비가 부르르 떨며 믿을 수 없다는 눈길로 소경염을 노려보았다.

"상황이 급박한 것을 보고 소자는 실례를 무릅쓰고 억지로 군주를 모셔 나오려고 했습니다."

정왕은 그녀를 깡그리 무시한 채 당당하고 차분하게 말했다.

"귀비와 태자께서는 소자를 막기 위해 시위들에게 화살을 쏘게 했습니다. 소자는 어쩔 수 없어 태자를 인질로 삼아 목숨을 부지하고 태황태후께서 오실 때까지 버텼습니다. 소자, 칼로 태자를 협박한 것이 가벼운 죄가 아니라는 것을 잘 압니다. 허나 자신의 잘못을 덮기 위해 부황께 사실을 속이는 것은 원치 않습니다. 부디 깊이 생각해주십시오. 무슨 꿍꿍이를 품었다가 실패하여 격분한 것이 아니라면, 태자께서 어찌하여 소자를 죽여 비밀을 지키려고 했겠습니까?"

이 사실은 황후나 예왕조차 모르는 일이어서 모두 그 자리에 얼어붙었다. 특히 소경염이 이렇게 대범하게 나올 줄은 생각도 못한 월 귀비는 금세 마음이 어지러워져 얼굴이 하얗게 질렸다.

"월 귀비! 그런 일이 있었느냐?"

황제가 무거운 얼굴로 물었다. 이미 노여움을 참지 못하는 표정이었다.

월 귀비는 이를 악물고 고개를 들었다.

"황후마마와 군주, 정왕께서 한목소리로 신첩이 죄를 지었다 하시니, 감히 더 변명하지도, 증거를 보여달라 하지도 않겠어요. 그저 폐하께서 영명하게 판단을 내리시길 바랄 뿐이에요. 폐하께서 신첩에게 죄가 있다 하시면, 우리 모자는 당연히 달게 벌을 받고 절대 원망하지 않겠어요."

그녀가 물러나는 척 공격하자, 황제는 도리어 망설여졌다. 믿지 않자니 모두가 입을 모아 고발하고, 믿자니 입을 맞춘 듯 너무 똑같이 말하는 것 같아 도리어 걱정스러웠다. 그가 망설이고 있는데 전각 밖에서 태감이 아뢰었다.

"폐하, 금군통령 몽지가 뵙기를 청하옵니다."

황제는 이렇게 심각한 일을 처리하는 데 방해를 받고 싶지 않아 손을 내저으며 말했다.

"잠시 기다리라 해라."

태감이 허리를 숙이고 물러나더니 잠시 후 다시 나타나 말했다.

"폐하, 몽 통령이 소인에게 대신 전해달라 했습니다. 소인궁 밖에서 허락 없이 궁에 들어온 사마뢰를 붙잡았으니 처분을 바란다고 합니다."

그 말이 떨어지자마자 전각 안의 모든 사람이 깜짝 놀랐다. 그러나 놀라움이 가시자 각기 다른 표정이 되었다.

월 귀비는 팽팽히 긴장한 표정이었고, 태자의 얼굴은 흙빛이 되었다. 정왕과 군주는 생각에 잠겼고, 황후와 예왕은 속으로는 기뻤지만 상석에 높이 앉은 황제 앞이라 겉보기에는 기분이 복잡한 듯 어두운 표정을 지었다.

질식할 것같이 길고 긴 침묵 끝에, 마침내 황제가 무거운 팔을 들어 보고한 태감을 물러가게 했다.

"월 귀비, 이래도 할 말이 있느냐?"

앞서의 사나운 목소리와는 달리, 이 한마디는 이상하리만치 부드럽고 지쳐 있었다. 하지만 사람들 귀에는 오히려 유난히 섬뜩하게 들려왔다.

월 귀비의 아리따운 화장도 그녀의 창백해진 낯빛을 가리지 못했다. 그녀는 고개를 돌리고 멍하니 사랑하는 아들을 바라보다가, 갑자기 어좌 아래에 털썩 엎드려 황제의 다리를 끌어안고 떨리는 소리로 부르짖었다.

"억울하옵니다……."

"이 지경까지 와서도 여전히 억울하다는 것이냐?"

"신첩이 억울하다는 것이 아닙니다."

월 귀비는 고개를 들었다. 두 눈에 눈물이 가득 고였고 표정은 몹시 슬퍼 보는 사람의 마음을 뒤흔들었다.

"하지만 태자는 억울하옵니다!"

"뭐라고?"

"이 모든 일은 신첩이 꾸민 계략이고, 신첩의 생각입니다. 태자는 아무것도 모릅니다. 신첩이 거짓말로 사마뢰를 한번 보자며 태자에게 데려오게 했고, 태자는 그저 어미 말을 따랐을 뿐입니다. 폐하도 아시다시피 우리 선이는 항상 효심이 깊었어요. 신첩에게

뿐만 아니라 폐하께도 늘 그랬습니다!"

"태자가 완전히 무고하다면, 어찌하여 이곳에 불려온 순간부터 감히 한마디도 하지 않은 것이냐?"

"폐하, 선이가 무슨 말을 하길 바라십니까? 설마 이 많은 사람 앞에서 모든 죄를 어미에게 떠넘기기라도 하라는 말씀입니까? 순진하고 효성스러운 선이가 어찌 그런 일을 하겠습니까! 저 아이가 스스로를 보호할 줄 몰라 한두 가지 실수로 항상 못된 마음을 품은 사람들에게 업신여김을 당하니, 신첩은 너무 걱정된 나머지 힘이 될 사람을 좀 더 많이 붙여주고 싶었을 뿐입니다. 그러면 남들에게 당하지는 않을 테니……."

"허튼소리!"

황제가 버럭 화를 내며 월 귀비를 바닥에 내팽개쳤다.

"후계자의 지위를 가진 태자가 어찌 남들에게 당한다는 말이냐? 너는 태자의 생모로서, 태자를 선하고 바르며 부지런하고 책임질 줄 아는 사람으로 키워, 위로는 아비의 시름을 덜어주고 아래로는 백성들의 모범이 되도록 해야 했다. 그것이야말로 진정으로 태자를 위하는 일이다! 그런데 무슨 짓을 했느냐? 그런 비열한 방법까지 써? 오늘 예황에게 무슨 일이 생겼다면 너는 백번 죽어도 속죄하지 못했을 게야! 태자의 명성과 지위도 너 때문에 망가졌으니, 참으로 우둔하구나, 우둔해!"

그야말로 추상같은 위엄이요, 벼락같은 꾸짖음이었다. 그 꾸짖음에 모든 사람이 두려움에 간담이 서늘하고 정신이 쏙 빠졌다. 그러나 그가 이렇게 호되게 꾸짖었음에도 불구하고, 예황의 얼굴에는 한 줄기 냉소가 떠올랐고, 황후와 예왕은 살짝 실망한 표정이 되었다.

황제가 아무리 욕하고 꾸짖어도 결국 나무란 사람은 월 귀비였다. 특히 마지막 한마디로 태자는 아무런 책임이 없다는 것을 명확히 밝힌 것이다. 이런 상황에서 황제가 속으로 정말 태자가 무고하다고 믿는지 아닌지는 중요하지 않았다. 중요한 것은 태자가 '신하를 위험에 빠뜨리고, 군주를 욕보이려는 어미를 돕고, 비밀을 지키려고 형제를 죽이려 했다'는 불인불의하고 불효불충한 대죄를 저질렀다는 혐의를 받고 있다는 것이었다. 정말 그 죄목에 따라 처벌하면 태자의 지위가 흔들릴 수밖에 없었다. 그리고 황제는 아직 이런 일로 태자를 폐하여 비교적 평온한 조정 국면에 파란을 일으키고 싶지 않았다. 그래서 월 귀비가 책임을 떠안으려 하자 황제는 그에 편승해 일단 태자 연루 건을 덮으려 한 것이다.

그렇게 꾸짖은 다음, 황제는 잠시 숨을 돌렸다. 그리고 서둘러 월 귀비를 처벌하지 않고 도리어 몽지를 불러들였다. 잠시 후, 몽지가 들어와 절을 했다. 황제가 그에게 어떻게 사마뢰를 붙잡았는지 물었다. 몽지는 부하들이 규정대로 순찰을 돌다가 우연히 마주쳤고, 붙잡고 보니 태위 공자여서 함부로 처리할 수 없어 황명을 받으러 왔다고 보고했다. 듣고 보니 이상한 곳이 전혀 없어서, 황제는 사람의 헤아림은 역시 하늘의 헤아림을 벗어날 수 없다고 생각하며 저도 모르게 한숨을 쉬었다.

"사마뢰는 지금 어디 있는가?"

"시위들이 교대할 때 쉬는 정원에 잠시 잡아두고 사람을 시켜 지키게 했습니다."

황제는 '음' 하고 고개를 끄덕였다. 이 사건은 군주의 여자로서의 명예가 걸려 있으니 관리들에게 맡겨 심문할 수는 없었다. 그래서 직접 심문하여 자백을 받을 생각으로, 곁에 있던 어린 태감을 보내 범인을 데려오게 했다. 그런데 뜻밖에도 태감은 나간 지 한참이 지나서야 허둥지둥 달려와 아뢰었다.

"사마뢰는 얻어맞아 얼굴에 멍이 퍼렇게 들어 참으로 끔찍하옵니다. 지금은 혼절해 쓰러져 도저히 폐하를 뵈올 수 없사옵니다."

황제는 눈을 찡그리며 날카로운 시선으로 몽지를 바라보았다. 금군통령도 어리둥절했다.

"그럴 리가, 신의 부하들은 명령도 없이 함부로 범인을 구타할 리 없습니다만……."

"아닙니다."

어린 태감이 황급히 말했다.

"시위들이 때린 것이 아니라…… 듣자니……."

"누구냐, 빨리 말해라!"

"목 소왕야십니다. 무슨 소식을 들으셨는지 갑자기 달려와서 시위들이 막을 수도 없었다고 합니다. 소왕야께서 친히 두드려 패고 걷어차는 바람에 사마뢰는 팔 하나가 부러지고……."

황제는 '음' 하면서 예황이 어떻게 반응하는지 흘끗 바라보았다. 사실 이번 사건의 최종 판결이 내려지기도 전에 목청이 쳐들어와 용의자를 사사로이 처벌한 것은 틀림없는 죄였다. 하지만 황제의 시선이 날아들었을 때, 이 남경의 여원수는 여전히 본래의 무표정한 얼굴로 앉아 꼼짝도 하지 않았다. 일어나서 '아우의 무례한 행동을 용서해주십시오' 라든가 하는 말조차 늘어놓지 않았다. 도리어 멋쩍어진 황제가 어린 태감을 꾸짖었다.

"좀 부러지면 어떠냐. 그게 뭐 그리 큰일이라고 짐에게 보고하는 게야. 썩 물러가라!"

욕을 퍼부은 다음 곁눈질로 다시 살펴보니, 예황 군주는 여전히 차가운 얼굴로 감사인사조차 할 기미도 없었다. 저 강직한 기개는 남자들 중에도 가진 사람이 몇 없었다. 그래서 황제는 불쾌해하기는커녕 도리어 몹시 마음에 들어 속으로 남몰래 찬탄해 마지않았다.

비록 사마뢰를 심문할 수는 없지만, 이미 결론이 내려졌으니 심문은 중요하지 않았다. 황제는 바삐 성지를 내려 '함부로 궁궐에 들어온' 죄목으로 벌을 내렸다. 그 아비인 사마 태위도 연루되어 직위가 강등되고 봉록을 깎이는 처벌을 받았으나 아무도 이의를 제기하지 않았다.

그러나 월 귀비 문제는 황제도 약간 난처했다. 이 여자는 꽃다운 청춘에 입궁하여 오랫동안 깊은 은총을 받았다. 품계 역시 황후 다음이었고 태자의 생모이기도 했다. 중벌을 내리자니 마음이 아팠고 약하게 처벌하자니 군주가 실망할 것이다. 하물며 저렇게 많은 눈이 보고 있으니 '공평함'이라는 단어를 생각하지 않으려야 않을 수 없었다. 그가 망설이는데, 태자가 바닥에 엎드리며 울었다.

"소자가 어마마마 대신 군주께 잘못을 빌겠습니다. 부황, 부디 어마마마께서 오랫동안 부황을 섬겨온 정을 보아 가볍게 처벌해……."

"이 불효막심한 놈!"

황제는 태자를 걷어차 바닥에 쓰러뜨렸다.

"네 어미가 이렇게 멍청한 짓을 하는데 막지 않고 무얼 했느냐? 네 효심은 다 어디로 갔단 말이냐?"

태자는 슬피 울면서 기어와 황제의 다리에 매달려 눈물을 철철 흘렸다. 무릎에 머리를 파묻은 그를 보며, 황제는 문득 정신이 흐리멍덩해졌다. 무엇인가 명치를 꾹 누르는 것처럼 쥐어뜯는 듯한 통증이 느껴졌다.

오랫동안 애써 잊었던 그림자 하나가 머릿속에 떠올랐다. 올곧은 자태, 준수한 얼굴, 차갑고 고집 센 표정, 그리고 활활 타오르는 불꽃처럼 격렬한 눈빛까지. 그가 지금 이 녀석처럼 내 다리를 붙잡고 눈물 흘리며 하소연했다면 나도 마음이 약해져 다시금 그를 품에 안았을까?

그렇지만 세월은 물처럼 흘렀고, 지나간 날은 돌이킬 수 없었다. 어쩌면 머리가 희끗희끗해지고 나이를 먹자 지난날의 호된 처벌이 새삼 떠오른 것인지도 모른다. 파괴된 것은 그 사람뿐만이 아니었다. 황제의 마음에도 똑같이 은밀한 상처를 남겼다. 아무도 알아채지 못하는 상처를.

황제는 마침내 떨리는 손으로 태자의 머리를 쓰다듬었다. 월 귀비는 겨우 마음이 놓여 한쪽으로 픽 쓰러져 한 팔로 억지로 몸을 지탱했다.

"월씨는 덕이 없고 행실이 비열하여 궁에 받아들일 수 없노라. 오늘부터 귀비의 칭호를 박탈하고 빈으로 강등하며, 일체의 보급품과 예우를 거두노라. 청려원(清黎院)으로 거처를 옮겨 반성하게 하고 황명 없이 나오지 못하게 하라."

황제는 한 글자 한 글자 천천히 내뱉은 후, 마지막으로 황후에게 시선을 돌렸다.

"황후는 어떻게 생각하는가?"

황후의 뜻대로라면 액유정에 처넣는 것이 가장 좋았다. 하지만 그녀 역시 사리를 아는 사람이었다. 어미는 아들 덕분에 귀해지는 법, 태자가 무사하니 황제가 뭘 귀비를 심하게 욕보일 리 없었다. 지금은 무슨 말을 해도 소용없을 테니 아무 말도 하지 않는 것이 나았다. 황후가 말없이 시선을 내리뜨자 황제는 예황에게 시선을 던졌다.

"군주는 이의가 있느냐?"

예황이 황제에게 고발한 것은 단지 정의를 찾기 위해서였고, 속으로는 황제가 이 일 때문에 태자를 폐할 리 없다는 것을 알고 있었다. 비록 황제가 태자를 두둔하고는 있지만, 어쨌든 그녀 때문에 태자의 생모이자 일품의 귀비를 쫓아냈으니 나름대로 성의를 보인 셈이었다. 그녀가 끝까지 물고 늘어지면 도리어 불리해질 것이다. 그래서 그녀 역시 아무 말 없이 고개만 저었다.

"그리고 너."

황제가 태자를 매섭게 노려보았다.

"너도 석 달간 동궁에서 밖으로 나오지 말고 조용히 책을 읽으며 후계자의 길이 무엇인지 곰곰이 생각해보아라. 앞으로 또 한 번 이런 천박한 일에 휘말리면 결코 용서치 않겠다!"

"소자…… 부황의 말씀 공손히 따르겠사옵니다."

"일어나라."

황제는 약간 화가 풀린 얼굴로 고개를 들어, 모든 것을 꿰뚫는 시선으로 방 안을 한 바퀴 둘러보았다. 그의 시선이 정왕에게 떨어졌다.

"경염……."

"예, 부황."

"무슨 죄를 저질렀는지 알렷다?"

밝디밝은 마음

—

10

—

부황의 매서운 시선을 받고도 정왕은 전혀 두려워하지 않았다. 그는 옷자락을 걷어올리고 앞으로 나아가 꼿꼿이 무릎을 꿇고 앉았다.

"예, 부황."

황제는 차갑게 코웃음을 쳤다.

"묻겠다. 군주가 위험에 처한 것을 어찌 알고 때맞춰 군주를 구하러 갔느냐?"

사실 정왕은 황제가 이렇게 물었을 때 뭐라고 대답할지 계속 생각하고 있었다. 하지만 질문을 받는 순간까지도 최선의 답변을 찾아내지 못해 순간적으로 머뭇거렸다. 그가 군주를 구하러 간 것은 매장소의 부탁을 받아서였다. 그러나 매장소가 군주의 위험을 어떻게 알았는지는 그 역시 알지 못했다. 그래서 차마 함부로 그의 이름을 댈 수 없었다.

"왜 그러지? 이 질문이 어려우냐?"

황제는 잠시 기다렸다가 다소 준엄해진 말투로 물었다.

"아닙니다. 소자는…… 소자는 본래……."

"부황."

갑자기 차분한 목소리가 들려왔다.

"소자가 경염에게 가달라고 부탁했습니다."

"네가?"

황제는 눈을 찌푸렸다.

"네가 어떻게 알고?"

"사실은 이렇게 된 일입니다."

예왕이 앞으로 한 걸음 나서며 두 손을 모았다.

"소자는 모후께 문안을 드리러 입궁하는 중이었습니다. 그런데 부청문(溥清門)으로 들어가 소인궁을 지날 때, 허둥지둥 달려와 도움을 청하는 군주의 시녀와 마주쳤습니다. 시녀는 소인궁 안 상황이 좋지 않다고 말하더군요. 소자는 심각한 상황인 것을 알고 망설이다가 귀비마마께 무례가 될망정 군주에게 무슨 일이 생기도록 놔둘 수 없었습니다. 허나 소자는 무공이 약해 내원으로 뛰어들다가 가로막히면 시간이 지체될 수 있었지요. 그때 마침 경염이 지나가기에 먼저 들어가서 상황을 안정시키고 있으면 모후를 모셔오겠다고 했던 겁니다. 호방한 경염은 당장 그러겠다고 했습니다. 그런데 귀비마…… 아차, 월빈께서 이성을 잃고 황자를 죽여서까지 비밀을 지키려고 하셨을 줄은 몰랐지요. 그 후의 일은 들으신 대로입니다. 소자가 경염에게 칼로 태자를 협박하라 하지는 않았으나, 어쨌든 소자의 부탁을 받고 들어간 것입니다. 그러니 부황께서 벌을 내리신다면 소자도 마땅히 함께 벌을 받겠습니다."

그의 말은 청산유수 같았고, 도리에 어긋나는 부분도 없었다. 물론 월씨 모자는 시녀가 도움을 청해 정왕을 들여보냈다는 것이 시간상 절대 불가능하다는 것을 알았지만, 지금 그들에게는 의문을 제기할 자격조차 없었다. 게다가 사소한 것에 매달려보았자 변하는 것이 없기 때문에 입을 다물었다. 황제는 예왕이 말은 저렇게 해도 태자의 약점을 발견해서 몹시 기뻐했으리라는 것을 잘 알았다. 그래도 그가 말한 사건의 경위는 믿음이 가서 고개를 끄덕였다.

"그랬더냐. 그래도 경염이 태자를 인질로 잡아 협박한 것은 윗사람에 대한 무례이니 법률대로 엄벌에 처해야 하느니라."

예황 군주의 안색이 변하는 순간, 황제가 말을 이었다.

"허나 생각해보니 그런 일이 벌어진 데는 그럴 만한 이유가 있었겠지. 예왕 또한 너와 벌을 나눠 받겠다고 하고, 더욱이 군주를 구한 것도 공이라면 공이다. 공과 죄가 모두 있으니 상을 내리지도, 벌을 내리지도 않겠노라. 예왕은 이상을 감지하고 때맞춰 결단을 내릴 줄 아니 짐이 심히 만족스럽다. 비단 백 필과 황금 천 냥을 상으로 내리고, 왕주(王珠, 소설의 주 무대인 대량에서 친왕의 계급을 의미하는 것으로, 왕주의 수가 많을수록 계급이 높음—옮긴이)를 하나 더하겠노라."

"성은이 망극하옵니다, 부황."

"짐이 피곤하니 이제 그만 모두 물러가라."

황제는 지친 듯 눈을 감고 힘없이 뒤로 누웠다. 전각 안의 모든 사람은 감히 말을 보태지 못하고 소리 죽여 물러났다.

언 황후가 자연스레 월빈의 처벌을 집행했다. 태자도 어쩔 도리가 없어, 어머니가 후궁으로 끌려가는 것을 지켜보면서 이를 갈며 예왕에게 분노의 시선을 던질 뿐이었다.

이렇게 해서 이번 일에 얼굴조차 들이민 적 없는 예왕이 이 사건의 최대 수혜자가 되었다. 그는 황제에게 크게 상을 받았을 뿐 아니라, 정왕을 보호해줌으로써 인심을 썼고, 발 벗고 나서서 군주를 구해줌으로써 운남 목왕부의 은인이 되었다. 단 하나 나쁜 점은 태자의 원망이 고스란히 그에게 쏟아져 두 사람 사이의 틈이 더욱 깊어졌다는 것이다. 하지만 그와 태자는 이미 공존할 수 없는 사이였고 서로 죽이지 못해 안달이었다. 이 정도 원한을 더한다고 해서 크게 달라지는 것이 없었기에, 이 유일한 나쁜 점도 따지고 보면 나쁜 점이라 할 수도 없었다.

거의 잃은 것 없이 큰 이득을 본 장사에 예왕은 속으로 뛸 듯이 기뻐하면서, 기린지재라는 소철의 뛰어난 견식에 크게 감탄했다. 황후의 부름을 받고 급히 가는 도중에 우연히 그를 만난 것이 참으로 다행이었다. 무엇보다 능력 있는 인재를 알아보고 공손히 대책을 물어본 것도 다행이었다. 그러지 않았다면 그 혼자만의 힘으로는 정왕을 보호함으로써 모든 공로를 손에 쥐게 되리라고는 생각지 못했을 것이다. 생각해보면 정왕은 정말 대담했다. 하지만 너무 경솔해서 앞뒤 가리지 않고 덤벼드는 성격이니 상대할 가치도 없었다. 이번에 예왕이 부황 앞에서 단단히 편을 들었으니 정왕은 크게 감격했음이 분명했다. 게다가 예황 군주는 말할 것도 없이…….

바로 그때, 예황 군주가 다가와 옷매무새를 가다듬으며 예를 차렸다.

"예왕 전하께서 베푼 도움에 어찌 감사를 드려야 할지 모르겠군요. 훗날 기회가 있으면 반드시 보답하겠습니다."

그녀가 웃으며 말하자, 예왕도 황급히 마주 예를 차리며 만면에 웃음을 띠었다.

"천만의 말씀이오. 군주와 본 왕이 어떤 사이인데, 최선을 다하는 것이 당연하오."

예황의 얼굴에 완벽한 미소가 떠올랐다. 그녀는 다시 한 번 인사치레를 하며 곁눈질로 말없이 떠나는 정왕을 바라보았다. 초조했지만 겉으로는 전혀 드러내지 않고 여전히 천천히 말을 이었다.

"월빈에게는 아직도 화가 풀리지 않지만, 황후께 벌을 받는 것을 보러 가기는 민망하군요. 혹시 전하께서……."

"군주, 안심하고 본 왕에게 맡기시오. 본 왕이 이 길로 후궁에 들어가 황후께 반드시 군주의 화를 달래달라고 말씀드리겠소."

예왕은 시원스레 웃으며 돌아서서 빠른 걸음으로 후궁을 향해 사라졌다. 예황 군주는 그가 멀리 사라진 것을 확인한 다음 서둘러 정왕을 쫓아갔다. 예황이 뒤에서 부르는 소리를 듣고, 소경염은 걸음을 멈췄다.

"무슨 일이라도 있소, 군주?"

"제가 예왕 전하께 감사인사를 할 때, 사실 그와는 아무 상관이 없다고 알려주고 싶으셨지요?"

예황 군주가 영리한 웃음을 지어 보였다.

"그런데 왜 그러지 않으셨습니까?"

정왕은 살짝 고개를 숙인 채 묵묵부답이었다.

"전하께서 때맞춰 달려와 저를 구해주신 것은 소 선생 때문이지요?"

소경염은 그녀의 말에 움찔 놀랐다.

"어떻게 아셨소?"

"소 선생이 미리 제게 후궁의 음모를 조심하라고 경고했기 때문이에요. 하지만 모호하게 이야기하는 바람에 저는 황후만 경계하고 월빈은 크게 신경 쓰지 않았지요."

정왕의 눈썹이 꿈틀했다. 갑자기 의심이 인 그가 느릿느릿 물었다.

"그가 월빈을 조심하라고 말하지 않았다는 말이오? 하지만 나에게 입궁하라고 청할 때는 정확히 소인궁이라고 했소."

"아, 소 선생과 이야기를 하다가 도중에 끊겼기 때문에 알려줄 시간이 없었을 거예요."

선천적으로 도량이 넓은 예황 군주는 전혀 개의치 않고 여전히 웃으며 말했다.

"비록 그의 도움을 받았지만 드러내놓고 감사할 수는 없고, 도리어 예왕에게만 감사인사를 하게 생겼군요. 더욱이 그저 말로만 끝낼 수도 없겠지요. 내일 아우를 시켜 큰 선물을 보내야겠어요."

정왕은 이해할 수 없었다.

"왜 그래야 하오? 군주도 분명……."

예황은 빙그레 웃더니 동궁 쪽으로 고개를 돌렸다.

"월빈은 벌을 받았지만 태자는 여전히 태자이고, 그 세력은 여전히 강력해요. 제가 보란 듯이 예왕에게 감사를 하면 할수록 태자는 더욱더 예왕을 원망할 것이고, 그러다보면 한동안 전하를 귀찮게 할 생각은 못하겠지요. 어쨌거나 전하는 아직 태자와 정면으로 맞설 상황이 아니시니, 예왕을 앞세우는 것이 좋지 않겠어요?"

정왕도 이런 저울질을 생각하고 싶지 않아서 그렇지, 모르는 바는 아니었다. 예황이 간략히 설명하자 곧 알아들었다. 그는 저도 모르게 앞을 가만히 응시하며 고개를 설레설레 젓고 한숨을 쉬었다. 두 사람은 나란히 궁을 나왔지만, 가는 동안 그 이야기는 더 이상 하지 않았다.

막 신무문(神武門)을 나서는데, 누군가 큰 소리로 불렀다.

"누님!"

목청이 나는 듯이 달려와 예황 군주 바로 앞에서 우뚝 멈추고 떠들어댔다.

"누님, 괜찮아요? 놀라 죽을 뻔했네!"

"왕이 되었는데도 여전히 덜렁대는구나. 이런 일로 놀라 죽다니, 세상에는 이보다 더 큰일도 수두룩해!"

예황은 입으로는 꾸짖으면서도 손으로는 흐트러진 남동생의 머리를 사랑스러운 듯이 쓸어 넘겨주었다.

"누님이 다칠까봐 그러는 거라고요."

목청이 아양을 떨었다.

"황궁은 좋은 곳이 아니니까 앞으로는 자주 가지 말아요. 경성의 저택은 운남보다 크진 않지만 누님이 살기에는 충분해요. 어서 돌아가요."

예황 군주는 웃으면서 아우를 툭툭 치고는 정왕을 돌아보며 말했다.

"전하께서도 저택으로 돌아가는 길이시지요? 함께 가시지요."

"아니오, 나는 잠시 가볼 곳이 있소."

소경염은 잠시 생각하더니 결국 사실대로 털어놓았다.

"일단 녕국후부에 들를 생각이오."

소경염이 녕국후부 문 앞에 도착했을 때, 통지를 받고 마중 나온 사람은 사필이었다. 그는 정왕을 보자마자 물었다.

"정왕 전하께서 직접 오셨군요? 어서 들어오십시오. 소 형은 설려에 계십니다."

"뭐라고? 소 선생이 내가 올 줄 알고 있었다는 말인가?"

정왕이 약간 어리둥절해서 물었다.

"그런 것은 아닙니다."

사필이 웃으며 말했다.

"소 형은 그저 정왕 전하께서 액유정에서 풀려난 세 아이를 받아들이실 거라고만 했습니다. 훈련을 시켜 훗날 근위병으로 삼으려고 하시니 곧 사람을 보내 데려가실 거라고요. 한데 전하께서 몸소 오실 줄은 몰랐습니다."

정왕은 그제야 상황을 짐작하고 사필이 알고 있는 그대로 행동했다.

"소 선생이 지도한 검법이 무척 흥미롭기에 가르침을 받을까 해서 왔네. 아이들도 데려갈 겸."

"정왕 전하께서는 전공이 탁월하시니 무예에 관심이 많은 것도 당연합니다. 무예에 전혀 소질이 없는 저와는 같을 리가 없지요."

사필은 그렇게 말하며 정왕을 안내했다. 두 사람이 설려의 문 앞에 도착하자 시종이 안으로 들어가 통보했다. 곧 비류가 나타나 싸늘한 눈초리로 두 사람을 바라보았다. 세빙처럼 차갑고 날카로운 눈빛이 찔러오자 사필은 영 불편했다.

"들어가!"

소년이 딱딱하게 말했다.

사필은 억지로 웃으며 정왕에게 전했다.

"소 형은 병중이라 떠들썩하면 좋지 않으니, 저는 들어가지 않는 편이 낫겠습니다. 전하께서는 들어가십시오."

처음부터 누군가 같이 있는 것을 원치 않은 정왕은 고개를 끄덕이고 작은 뜰로 들어섰다. 매장소가 이미 섬돌 아래에 나와 기다리고 있었다. 그의 뒤에 나란히 선 세 아이 말고는 아무도 없었다.

"전하께 인사드립니다."

매장소가 아랫사람으로서 예를 갖추며 몸을 숙이자, 정생 등도 일제히 절을 했다.

"그럴 것 없소."

정왕은 열렬하지도, 냉담하지도 않은 목소리로 말했다.

"내 마차가 문 앞에서 기다리고 있소. 아이들은 마차에서 기다리게 하시오."

그 말을 듣자 매장소는 곧 정왕이 단둘이 할 말이 있다는 것을 알아챘다. 그는 비류를 시켜 녕국후부의 하인 한 명을 불러 세 아이를 데리고 같이 나가도록 했다. 그런 다음 자신은 정왕을 방 안으로 모신 후 친히 차를 끓여주었다.

"예황 군주가 오늘 모욕을 당할 뻔했다는 것을 아시오?"

정왕은 자리를 권하는 매장소의 손길을 보지 못한 것처럼, 여전히 뒷짐을 지고 서서 쌀쌀하게 물었다.

"무사히 구해내시지 않았습니까?"

"알고나 있소? 내가 한 발짝만 늦었어도 군주는 벌써 후원으로 끌려갔을 거요. 그렇게 되었다면 내가 아무리 뚫고 들어가려 한들 군주를 구하지 못했을 거요."

정왕이 한 걸음 다가섰다. 목소리가 더욱 준엄해졌다.

그가 설려에 들어온 후부터 매장소는 그의 몸에서 은은히 솟아나는 분노를 느낄 수 있었다. 아직까지 월씨 모자에 대한 분노가 풀리지 않았나보다 했지만, 지금 하는 양을 보니 매장소 자신에게 화를 내고 있었다.

"비록 과정은 위험했으나 모든 것이 잘 처리된 셈입니다. 전하께서는 어째서 이리도 화를 내시는지요?"

곰곰이 생각하던 매장소의 얼굴이 단박에 하얘졌다.

"설마 군주께서 부끄러움을 못 참으시고……."

"정말 군주의 감정에 관심이 있기는 한 거요?"

정왕이 냉소했다.

"군주에게 조심하라고 알려준 것은 자그마한 인정을 베푼 것에 불과했겠지. 이 틈을 타 월씨 모자를 제대로 처벌하지 못한 것이 선생은 무척 불만스러울 거요. 하긴, 원만히 해결되기는 했소. 내가 목숨 걸고 군주를 구했고 격렬한 장면이 벌어졌으니 군주는 내게 몹시 감사할 것이고 훗날 싸움이 일어나면 운남 목왕부는 자연스레 나를 지지할 거요. 이게 바로 선생의 목적 아니오?"

매장소는 살짝 당황해서 천천히 눈동자를 굴리다가 한참 후에야 비로소 입을 열었다.

"설마 전하께서는 제가 일부러 군주를 속여 사건이 벌어지게 해놓고 최대의 이익을 꾀했다고 생각하십니까?"

"아니란 말이오?"

정왕은 그의 눈을 똑바로 바라보았다.

"선생은 소인궁에서 사고가 벌어질 것을 알고 있었소. 사전에 군주에게 알릴 기회가 분명히 있었는데 어째서 말하지 않았소? 군주에게 황후를 조심하라고 말할 시간은 있어도, '월 귀비' 라는 말 한 마디 꺼낼 시간조차 없었단 말이오?"

서슬 푸른 정왕의 얼굴을 보면서도 매장소의 표정은 되레 평온했다. 솔직히 정왕이 그렇게까지 오해할 줄은 생각도 못한 일이었다. 하지만 역시 열 길 물속은 알아도 한 길 사람 속은 모르는 법, 누군가의 생각을 완전히 알아맞힌다는 것은 영원히 불가능한 일이었다. 그러니 설령 한때 친밀하기 그지없던 아버지와 아들도 유언비어에 휩쓸려 틈이 생길 수 있었던 것이다.

매장소의 아련하고 평온한 표정이 정왕의 분노에 기름을 끼얹기라도 한 듯 정왕은 더욱더 화가 치밀었다. 동시에 그는 매장소의 무응답이 자신의 질문에 대한 묵인이라고 여겼다. 섬돌 앞에 쓰러져 있던 예황 군주의 괴롭고 분노하고 치욕스러워하던 얼굴을 떠올리자 그는 심장을 가득 채운 분노가 활활 타올라 참을 수 없었다. 그는 저도 모르게 매장소의 멱살을 잡아 자기 쪽으로 바짝 끌어당기고, 다른 손으로 그의 팔을 거칠게 움켜쥐었다. 분노의 숨결이 매장소의 차가운 피부를 태워버릴 것만 같았다.

"잘 들으시오, 소철."

소경염의 목소리는 마치 꽉 문 잇새로 비어져나오는 것 같았다.

"당신 같은 모사꾼들은 아무리 음험하고 뻔뻔한 짓도 눈 깜짝 않고 해치운다는 것을 잘 아오. 당신 같은 자들이 쏜 차가운 화살은 제아무리 강한 사람조차 막을 수 없다는 것도 알고 있소. 그래도 경고하겠소. 나를 주군으로 여긴다면 내 생각을 잘 알아두시오. 예황 군주는 권력 투쟁에 탐닉하는 그런 사람이 아니오. 그녀는 10만의 남쪽 방위군의 원수요. 그녀가 군인으로서 나라와 백성을 보호하는 책임을 떠맡고 있기 때문에, 그녀가 전쟁터에서 피투성이가 되도록 싸우고 있기 때문에, 당신 같은 자들이 이 번화한 왕도(王都)에서 아옹다옹할 수 있는 거요! 군인의 뜨거운 피가 무엇인지, 전쟁터의 연기가 무엇인지 알아주기를 바라지도 않소. 하지만 군주 같은 사람을 바둑돌로 삼아 마음대로 조종하고 희생시키는 것만은 결코 허락할 수 없소! 전쟁터에서 피를 흘리며 싸우는 장수들조차 존중할 줄 모른다면 이 소경염, 절대로 당신과 함께하지 않겠소! 알아들었소?"

매장소의 가슴속에서 뜨거운 파도가 용솟음치고, 입가에는 구슬픈 미소가 떠올랐다. 군인이 무엇인지 모른다고? 전쟁이 무엇인지 모른다고? 어쩌면 12년 전 얼어붙은 눈밭에서 이미 그의 심장은 식고 피마저 식었는지 모른다. 하지만 뼛속 깊이 각인된 그것까지도 식을 수 있을까?

하지만 지금은 이 질문에 관해 깊이 생각할 필요가 없었다. 바로 대답할 필요도 없었다. 매장소의 떨리는 시선 안에 화가 난 비류의 얼굴이 불쑥 들어왔기 때문이다. 살기 가득한 소년의 손에서 지독한 한기가 스멀스멀 흘러나왔다. 그 손이 저승사자의 낫처럼 정왕의 뒷덜미를 내리쳤다.

"멈춰!"

매서운 꾸짖음과 함께 매장소는 온 힘을 다해 정왕을 옆으로 밀치고 자기 몸으로 그를 가로막았다.

살기등등하게 초식을 펼치던 비류는 갑자기 좋아하는 형이 장풍 범위 안에 나타난 것을 보았다. 형이 이 공격을 견뎌낼 수 없다는 것을 잘 아는 그는 기겁하여 즉시 힘을 거뒀다. 왼손으로 오른손을 막으며 뒤로 몇 자 물러섰지만, 차가운 기운은 여전히 정왕의 측면과 매장소의 어깨에 닿았다. 정왕은 자주 훈련을 해서 몸이 쇳덩이처럼 튼튼했기 때문에 이미 힘이 빠진 이 기운만으로는 그에게 아무 영향도 주지 못했다. 하지만 매장소는 마치 날카로운 얼음 조각에 찔린 것 같았다. 목구멍이 달달해지며 새빨간 피가 울컥 솟구쳤지만, 그는 억지로 피를 삼켰다.

"형!"

비류가 소리를 질렀다.

매장소는 가슴의 통증을 눌러 참으며 얼굴을 굳히고 정왕 앞을 가로막았다. 그리고 준엄하게 말했다.

"내가 한 말 모두 잊었느냐? 이분은 털끝 하나 다치지 않게 하겠다고 내게 약속했지?"

"하지만……."

비류는 딱딱한 표정이었지만, 커다란 두 눈에는 아이답게 억울함이 가득했다.

"말대꾸하지 마!"

매장소가 꾸짖었다.

"하지 말아야 할 일은 하지 말아야지! 어서 전하께 사과드려!"

비류는 몸을 부르르 떨며 입을 꾹 다물었다. 준수한 얼굴이 팽팽해지며 고집스럽게 고개를 외로 꼬았다.

정왕은 비류에게는 아무런 반감이 없었기 때문에 눈을 찌푸리며 나섰다.

"오해를 한 모양인데 너무 몰아붙이지 마시오."

매장소가 굳은 얼굴로 말했다.

"아닙니다. 이것만은 꼭 기억해야 합니다. 비류, 사과하지 않을 테냐?"

매장소가 이렇게 무섭게 꾸짖는 일은 거의 없었기 때문에 비류는 얼굴이 시뻘게지고 숨도 거칠어져 가슴이 오르락내리락했다. 이를 악물어 뺨 양쪽 근육이 팽팽해지고 이마에는 푸른 힘줄이 불룩 솟았다. 어려서부터 표정을 짓지 않도록 훈련받지 않았다면, 당장이라도 울음을 터뜨릴 것 같은 얼굴이었을 것이다.

매장소는 한숨을 쉬었다. 그는 또 마음이 약해져 천천히 비류에게 다가가, 두 손으로 비류의 얼굴을 감싸고 톡톡 두드리면서 나지막이 말했다.

"힘 빼. 그렇게 이를 악물면 머리가 아프잖니."

비류는 입을 삐죽거리더니 그의 품으로 와락 뛰어들어 두 손으로 그의 허리를 단단히 감쌌다.

"그래, 그래……."

매장소가 애매하게 비류를 달랬다.

"우리 비류, 이제 형 말 들을 거지?"

"들어."

"그럼 정왕 전하께 사과해야지."

비류는 고개를 숙이고 잠시 생각하다가 갑자기 두 눈을 번쩍 뜨고 밉살맞게 정왕을 노려보며 꼿꼿하게 말했다.

"저 사람부터!"

정왕은 무슨 말인지 몰라 눈썹을 찡그렸지만, 매장소는 곧 알아들었다.

"쓸데없는 소리. 전하가 왜 네게 먼저 사과해야 한다는 거냐?"

"형한테!"

"나한테도 마찬가지란다."

"형 때렸어!"

"때린 게 아니야."

매장소는 어쩔 도리가 없어 어깨를 축 늘어뜨렸다.

"조금 화가 나서 형에게 가까이 다가와서 말을 한 것뿐이란다."

"사과해야 해!"

비류는 끈질겼다.

"나는 사과하지 않겠소."

매장소가 뭐라고 하기도 전에, 뜻밖에도 정왕이 입을 열었다. 매장소가 돌아보니 소경염의 표정은 무척 진지해서, 비류의 지능이 낮다는 이유로 아무렇게나 달래려는 것은 결코 아니었다. 도리어 매우 숙연한 말투였다.

"방금 내가 한 말은 모두 진심이오. 단 한마디 잘못도, 거짓도 없소. 그러니 사과하지 않겠소. 저 소형제도 내게 사과할 필요 없소. 그는 단지 호위로서의 책임을 다한 것뿐이니 잘못이 아니오. 하지만 당신은 예황 군주를 찾아가 사과해야 한다고 생각하오."

매장소는 그를 바라보며 잠깐 동안 깊이 생각하더니 물었다.

"예황 군주께서도 제가 일부러 잘못 알려줬다고 생각하십니까?"

소경염은 멈칫했다.

"그렇지는 않소. 군주는 당신이 말을 하기 전에 다른 사람이 이야기를 끊었다고 알고 있소."

"그럼 왜 굳이 사과해야 할까요? 공연히 군주의 기분만 상하게 할 텐데요."

매장소가 담담하게 말했다.

"이미 이 왕도에서 그런 불행을 당하신 군주를 기어코 더 괴롭히셔야겠습니까?"

정왕도 그것까지는 생각하지 못했는지 멍해졌다.

"정왕 전하의 말씀, 명심하겠습니다. 앞으로는 조심하지요."

매장소가 말을 이었다.

"하지만 저도 전하께 드릴 말씀이 있습니다. 모든 권모술수를 싸잡아 반감을 가지시면 안 됩니다. 태자나 예왕 같은 사람들을 상대하려면 열정만으론 안 됩니다. 가끔은 더 독해지고, 더 음흉해지고, 더 잔인해져야 합니다. 조금만 긴장을 풀면 돌이킬 수 없는 상황이 될 수도 있습니다. 전하께서도 그걸 모르시진 않겠지요?"

소경염은 눈썹을 잔뜩 찌푸렸다. 그 말이 거짓이 아님은 그도 잘 알고 있었다. 다만 가슴이 턱 막힌 것처럼 말로는 표현할 길 없는 혐오감이 치솟았다.

매장소는 그의 표정 변화를 하나하나 지켜보며 여전히 차갑고 단호한 투로 말했다.

"어쩔 수 없이 마음이 불편해질 때도 있겠지만, 필히 참아내야 합니다. 전하의 역린이 무엇인지 알았으니 건드리지 않겠습니다. 하지만 제게도 저만의 계략과 방법이 있으니 전하께서는 차차 적응하셔야 할 겁니다. 전하와 제게는 공통의 목적이 있습니다. 그 목적을 위해 개인적인 감정을 조금 희생하는 것은 별일도 아니지요."

정왕은 고개를 들고 심호흡을 하더니 눈을 감고 한동안 말이 없었다. 한참 만에야 그는 천천히 눈을 뜨고 번쩍이는 눈으로 매장소를 바라보았다.

"그게 선생의 진심이군. 알았소, 나도 솔직하게 말하지. 태자와 예왕에 관해서라면 나는 이미 한 줌의 혈육의 정도 남아 있지 않소. 그들과 그들의 패거리를 어떻게 상대하든 아무렇지도 않소."

"대놓고 그런 말씀까지 제게 하시다니, 정말 솔직하시군요."

"어차피 손을 잡기로 했는데 무엇하러 숨기겠소. 선생이 나를 해칠 생각이었다면, 정생의 비밀만으로도 나를 옭아맬 수 있을 거요. 선생은 음험하고 잔인하지만 확실히 재능이 있소. 내 곁에 선생 같은 사람이 없다면 무슨 힘으로 태자나 예왕을 상대할 수 있겠소? 하지만 이 대량의 천하와 조정에는 아직 정쟁에 끼어들지 않은 선량한 신하들이 있소. 그들에게는……."

"그들도 이용해야 합니다."

매장소가 냉정하게 말했다.

"하지만 제 능력이 닿는 한 해치지는 않겠습니다."

정왕은 그런 그를 똑바로 바라보았다. 한참 후 그는 천천히 고개를 끄덕이며 한 자 한 자 명확하게 말했다.

"기억하고 있으니 됐소."

매장소는 빙그레 웃었다. 오늘의 대화가 끝난 것을 알자 그는 한 걸음 물러나 허리를 숙이며 인사했다. 과연 정왕은 더 이상 말하지 않고 돌아서서 성큼성큼 밖으로 나갔다. 그러나 문 앞에 이르자 갑자기 우뚝 멈춰서더니 돌아보지도 않고 말했다.

"정생을 구해주어 고맙소."

"별말씀을."

매장소는 무덤덤하게 말했다.

"고생하는 것이 가엾어 너무 편애하시지 않기만을 바랄 뿐입니다. 사내대장부로서의 호기를 일찍 배울 수 있도록 군에 넣어 훈련을 받게 하십시오. 저처럼 머릿속이 계략으로만 가득 찬 사람이 되지 않도록……."

소경염의 몸이 살짝 굳는 것 같았다. 하지만 그는 결국 고개를 돌리지 않고 곧장 뜰을 나갔다.

비류는 조금 전부터 화난 눈으로 못 박힌 듯이 그를 끝내 노려보고 있었다. 그의 모습이 사라졌는데도 여전히 그가 사라진 방향을 노려보며 시선을 거두지 않았다.

"비류, 그러면 안 된다."

매장소가 소년의 손을 잡고 억지로 안방으로 끌어당겼다.

"한 번 더 말하마. 저 사람은 절대 해치면 안 돼. 무슨 일이 있어도 절대로, 알겠지?"

"알았어."

"오늘 같은 일이 일어나면 나도 좋아하지 않을 거야."

"저 사람 나빠!"

비류가 억울한 듯 말했다.

"형을 때렸어!"

"때리지 않았어. 때린다고 맞지도 않을 것이고……."

매장소는 비류의 정수리를 어루만졌다.

"저 사람에게 맞으면 나도 분명 화가 날 거야. 날 잘 보렴. 내가 화난 것 같니?"

비류는 그를 자세히 뜯어보더니 고개를 저었다.

"솔직히 나는 무척 기쁘단다."

매장소가 소년의 얼굴을 꼬집으며 웃었다.

"정말 무척 기뻐."

"기뻐……."

비류는 곤혹스러운 듯이 고개를 갸웃거렸다.

"저 사람이 변하지 않았기 때문이란다."

그렇게 말하는 매장소의 눈이 점차 아련하게 변했다.

"겉모습만 보면 말하는 것도, 웃는 것도 싫어하고, 가슴속은 원한과 분노로 가득한 것 같지만, 그 뼛속은 아직도 그때처럼 마음씨 좋은 소경염이야. 아직도 그때처럼 때로는 날 놀리고 때로는 내게 놀림당하던 좋은 친구 그대로야."

"형."

"응? 왜?"

"울지 마!"

"그래."

매장소는 숨을 들이쉬고 얼굴에 웃음을 떠올렸다. 그는 손가락으로 눈가를 가볍게 문지르며 말했다.

"눈물은 안 되지. 우리는 무척 기쁘니까."

"기뻐!"

비류는 금세 조금 전까지 하던 걱정을 잊고 바깥을 가리켰다.

"해다, 놀자!"

"그래, 나가 놀자꾸나."

논다고 했지만 매장소는 나무 아래 놓인 긴 의자에 앉아 초겨울 오후의 나른한 햇볕을 쬐기만 했다. 비류는 나뭇가지 사이로 해무늬를 쫓아 폴짝폴짝 뛰며 더없이 신나게 놀았다. 그러다가 이따금씩 매장소 곁으로 돌아와, 매장소가 손수건으로 땀에 젖은 자신의 이마를 닦아주게 했다.

순간 시공이 뒤집히고 매장소는 얽매인 곳 없는 청춘 시절로 돌아가 있었다. 그는 들판에서 웃옷을 벗고 사나운 말을 길들이고 있었다. 말발굽 아래로 누런 먼지가 일었다. 경염이 울타리 밖에서 술 주머니 하나를 휙 던지자 그는 그것을 받아 들어 고개를 젖히고 꿀꺽꿀꺽 마셨다. 술이 맨가슴으로 방울방울 떨어졌다. 아버지가 들어와 웃으면서 그의 머리를 쓰다듬고 손수건으로 부드럽게 닦아주었다…….

"형."

비류가 맑고 투명한 눈을 깜박이며 그를 불렀다.

"아무것도 아니야."

매장소는 부드럽게 그를 마주 보았다.

"해가 무척 따뜻하구나. 졸음이 쏟아지네."

"그럼 자!"

비류가 벌떡 일어나 담요를 가지고 와서 매장소에게 조심스레 덮어주었다. 그러고는 자신은 그 옆에 바짝 붙어 앉아 무릎에 기댔다.

해가 뉘엿뉘엿 기울고, 설려는 갑자기 이상하리만치 조용해졌다. 그러나 이미 변화무쌍한 파도에 휩쓸린 매장소에게, 이같이 평온한 시간은 앞으로 점점 더 얻기 어려워지고, 점점 더 짧아질 것이다.

자객과의 싸움

—

11

—

경성에서 서쪽으로 약 10리 떨어진 곳에 오르락내리락 이어진 들판이 펼쳐져 있었다. 들판 옆으로는 작지만 맑은 강이 흐르고, 강 건너편으로는 밀림이 우거졌다. 경치가 그윽하고 지형이 완벽한 데다 관도에서도 가까워, 언제나 귀한 집 공자들이 말을 타고 나와 놀거나 기사(騎射)를 연습하곤 했다.

말발굽 소리가 어지러이 들리고, 말 두 마리가 강가를 따라 질풍같이 달려왔다. 말은 용처럼 용맹하고 사람은 비단처럼 고왔으며, 고삐와 조각을 새긴 안장은 무척 고급스러웠다. 기마술 역시 도구 못지않게 뛰어나 참으로 멋진 장면이었다. 앞장선 사람이 한참 신나게 달리다가 말머리를 돌려 강으로 뛰어들었다. 물보라가 사방으로 튀고 까만 신발과 전의(箭衣, 움직이기 좋게 소매폭이 좁은 고대 궁수 복장—옮긴이)가 흠뻑 젖었다.

"경예! 미쳤어? 지금은 한겨울이라고, 어서 나와!"

다른 한 명이 강가에서 고삐를 잡아당기며 큰 소리로 외쳤다. 물속의 기사는 듣지 못한 듯 말이 마음대로 뛰어다니도록 내버려뒀다. 수면이 말의 배에 닿을 정도로 수심이 깊어졌다.

"오냐, 그래!"

강가에 있던 사람이 성질을 냈다.

"안 올라오겠다 이거지? 그럼 나도 들어가주마. 그래봤자 꽁꽁 얼어서 지난번처럼 한바탕 앓기밖에 더 하겠어?"

그 말과 함께 그는 전혀 주눅 들지 않고 강으로 뛰어들었다. 그의 동료가 마침내 정신을 차리고 고삐를 당겨 그의 앞을 가로막았다. 두 기사는 말머리를 나란히 하고 천천히 강가로 올라가 작은 언덕을 하나 넘었다. 갑자기 소경예가 고삐를 확 잡아당기더니 말에서 뛰어내렸다. 그리고 온 힘을 다해 몇 걸음 달리다가 바닥에 철퍼덕 엎드려 들풀 사이로 머리를 처박았다.

언예진이 고개를 설레설레 저으면서도 고삐를 놓고 말에서 내려 다가갔다. 그가 소경예의 옆구리를 툭툭 찼다.

"야, 이제 죽은 척이냐?"

소경예는 찍소리도 없었다. 새까만 머리칼이 양쪽으로 흘러내려 풀과 함께 그의 얼굴을 완전히 가리고 있었다.

"별수 없는 녀석."

언예진이 그의 곁에 앉으며 풀 하나를 뜯어 입에 물었다.

"넌 어려서부터 대범한 척하는 걸 제일 좋아했잖아? 우리 소 대공자님께서 도량이 넓고 따뜻하고 우아한 성격을 가진 겸손한 군자라는 것을 모르는 사람이 없는데, 오늘은 왜 이래? 소 형도 아무 말 안 하는데 왜 네가 이렇게 화를 내는 거야?"

소경예가 몸을 홱 뒤집었다. 얼굴 근육이 팽팽하게 긴장되었고, 두 눈은 하늘을 똑바로 노려보았다.

"등은 다 데웠으니 이제 뱃가죽을 데우려고?"

언예진이 히죽거리며 그의 옆에 엎드려 풀잎으로 그의 귀를 간질였다.

"신발과 버선 다 젖었지? 벗어서 말려."

"저리 가, 귀찮게 하지 말고!"

소경예가 그의 손을 쳐냈다.

언예진도 눈썹을 치켜세웠다.

"야! 똑바로 봐, 나야, 나. 네 화풀이 상대가 아니거든? 어디서 뺨 맞고 와서 어디서 화풀이야? 난 동네북이 될 생각 없다고!"

소경예가 벌떡 일어나 앉아 화난 눈으로 그를 쏘아보았다.

"뭐라고 했어?"

"노려보면 뭐? 누가 겁낸대?"

언예진이 그를 마주 쏘아보며 더욱 소리를 높였다.

"화낼 필요 없어. 소 형이 무엇 때문에 모든 것을 너한테 알려 줘야 해? '너랑 상관없어, 묻지 마' 그 말 한마디가 그렇게 화가 나냐?"

"난 소 형을 친구로 생각해. 그런데 소 형은 우리를 뭘로 생각하는 걸까?"

언예진이 웃음을 터뜨리며 곁눈질로 절친한 친구를 바라보았다.

"경예, 설마 아직도 소 형이 우리를 따라 금릉에 온 이유가 친구를 사귀고 휴양을 하기 위해서라고 생각하는 건 아니지?"

"그……."

소경예는 머뭇거렸다.

"나도 그렇게 둔하지는 않아. 하지만 소 형도 우리에게는 어느 정도 진솔함과 믿음을 보여줘야 하지 않아?"
언예진이 냉소했다.
"앞으로 소 형의 역할에서 진솔함과 믿음이야말로 가장 필요없는 것이지. 있잖아, 내가 몰래 사필에게 물어봤는데, 그때 말한 '기린지재'는 본래 랑야각주가 한 말이래. 태자와 예왕이 서로 다투어 소 형을 끌어들이려는 것도 다 거기서 비롯된 거야. 생각해 봐, 소 형의 능력과 강좌맹의 세력을 볼 때 그런 이야기를 경성에 와서 알았다는 게 말이 돼?"
"무슨 말인지 알아."
소경예가 한숨을 내쉬었다.
"소 형이 경성에 온 것은 나름의 목적이 있어서겠지. 하지만 어쨌든 그 일은 소 형이 원해서 일어난 게 아니야! 물론 태자나 예왕의 세력은 강호 방파 하나로 막을 수 있는 것이 아니지. 그렇지만 소 형이 가진 지식과 모략은 확실히 기린지재라는 이름을 들을 만해. 그런 소 형이 주인을 선택하고 그를 위해 일하더라도 잘못은 아니지. 세상에 태어나 공을 세우고 널리 이름을 날리는 것을 싫어하는 사람이 어디 있겠어? 더구나 너와 나는 소 형이 강좌맹을 얼마나 아끼는지 알잖아. 만약 소 형이 경성에서 성공하면 강좌맹은 조정의 지지를 받는 것이나 다름없게 돼. 그게 소 형의 목적일 수도 있겠지."
"어쩔 생각이야?"
언예진이 그를 뚫어져라 바라보며 물었다. 말투에서 점점 차가움이 느껴졌다.
"경예, 소 형은 이미 황위 다툼에 뛰어들었어. 그런데도 불안하지 않아?"

소경예는 입을 꾹 다물고 한참 동안 생각하더니 가볍게 한숨을 쉬었다.

"걱정이 돼. 만약 소 형이 선택한 쪽이 지면……."

"그 말이 아니야."

언예진이 곧 그의 말을 잘랐다.

"어느 쪽을 선택하든 난 상관없어. 하지만 넌? 녕국후부의 입장이 소 형과 반대면 어떡할래?"

소경예는 정말로 그것까지는 생각해본 적이 없는지 한참 동안 멍하니 있었다. 그리고 더듬더듬 대답했다.

"그럴 리는 없겠지. 사필은 예왕 쪽으로 쏠려 있지만 아버님은 중립……."

"너희 아버지도 끝까지 중립을 지킬 순 없어!"

언예진이 다시 말을 잘랐다.

"너희 아버지는 우리 아버지와는 달라. 우리 아버지도 봉작을 받았지만 한직에 계셔. 하지만 너희 아버지는 무신들의 수장이고, 조정의 주춧돌이라고. 후계자 문제는 역대 황실에서 가장 큰일인데, 그 일에 관여하지 않는 것이 어디 그리 쉽겠어?"

"하지만…… 하지만……."

소경예는 곰곰이 생각했다. 최악의 상황이 떠오르자 갑자기 모골이 송연해지고 식은땀이 났다.

"어이, 이봐."

언예진이 하얗게 질린 그의 뺨을 툭툭 쳤다.

"확률은 반반이니까 별로 낮지 않아. 벌써부터 그렇게 겁먹을 거 없다고."

소경예는 친구의 손을 뿌리치며 무거운 표정으로 말했다.

"안 돼. 역시 소 형에게 말해봐야겠어. 조정은 너무 혼탁하니 섞이지 않는 것이 제일이라고……."

"쳇, 네 입으로 소 형이 원한 것이 아니라고 말했잖아. 소 형이 그러겠다고 한들 태자와 예왕이 허락할까?"

언예진은 손에 묻은 지푸라기를 탁탁 털고는 가부좌를 틀고 앉았다.

"경예, 너도 잘 알 거야. 소 형은 우리와는 다른 사람이야. 그 속이 얼마나 깊은지, 얼마나 고집스러운지, 속으로 어떤 생각을 품고 있는지, 우리는 아예 넘겨다볼 수조차 없어. 이제 소 형은 네가 경성으로 모시고 와서 잘 돌보겠다고 약속한 그때의 소 형이 아니야. 확신하는데, 지금 소 형의 머릿속에는 널 생각할 틈은 요만큼도 없을걸. 네가 아직도 예전처럼 소 형을 친구로 생각하면, 나중에 피해 보고 상처 입는 사람은 분명 네가 될 거야, 알겠어?"

"예진……."

"친한 친구니까 이런 말을 하는 거야. 이제부터는 이렇게 생각해. 소철은 우연히 만난, 별로 친하지 않은 친구다, 같이 경성에 왔고 너희 집에 묵고 있다, 이 정도로만 여겨. 이런 말 거슬리겠지만, 소 형은 깊이를 알 수 없는 사람이고, 너나 내가 아무리 잘나도 소 형의 지기(知己)가 될 자격은 없어."

이렇게 엄숙하고 진지하게 이야기하는 언예진은 소경예로서도 처음이었다. 그래서 저도 모르게 그 분위기에 억눌려 고개를 숙이고 한참 생각했다. 아무리 생각해도 그의 말이 틀림없었다. 사람과 사람 사이의 미묘한 느낌을 어떻게 짧은 말 몇 마디로 명확히 판별할 수 있겠는가?

"됐어, 할 말은 다 했으니까 천천히 생각해봐."

언예진이 폴짝 뛰어 일어나 소경예의 팔을 잡아끌고 일으켜 세웠다. 그리고 또다시 아무 생각 없는 사람 같은 웃음을 지었다.

"이제 같이 묘음방에 가서 음악이나 듣자. 너무 오랫동안 못 갔으니 궁우(宮羽) 낭자가 날 무척 그리워할 거야. 게다가 십삼 선생이 새로운 곡을 지었다잖아. 저녁에는 놀잇배를 타고 호수를 유람하면서 등 구경 하자. 어때?"

"어떻긴요."

소경예가 그를 흘겨보았다.

"우리 도련님께서 같이 가자시는데 어찌 아니 가겠습니까요?"

"하하하, 말귀는 잘 알아듣는군. 추운 줄도 모르고 축축하게 젖었으니 어서 가자. 묘음방에 가면 갈아입을 옷이 있을 거야."

언예진이 돌아서서 두 사람의 말을 끌어와 소경예에게 고삐 하나를 던졌다. 안장을 잡고 왼발로 등자를 딛고 오른발에 힘을 주어 폴짝 뛰는 순간, 그가 '으악' 하고 비명을 질렀다.

"왜 그래?"

소경예가 돌아보았다.

"돌멩이를 밟았어. 미끄러질 뻔했네."

언예진이 왼발을 거두고 돌멩이를 뽑아내 휙 걷어찼다. 돌멩이가 떨어진 곳은 들판에서 움푹 들어간 곳이었다. 울창하게 자라난 풀 때문에 돌이 떨어지는 소리는 별로 크지 않았지만, 도리어 풀 사이로 바스락거리는 소리는 똑똑히 들려왔다.

"누가 엿듣는 거냐?"

언예진이 눈썹을 추켜올리며 높이 외쳤다.

"내가 먼저 왔고 너희가 뒤에 도착했는데 엿듣다니?"

차분한 목소리가 들려왔다.

"가능한 한 너희를 방해하지 않으려 했지. 하지만 돌멩이가 날아오는데 피하지도 말란 말이냐?"

맑고 은은한 목소리에 이어 두 귀공자의 눈앞으로 누군가 천천히 모습을 드러냈다. 옅은 붉은빛이 도는 잿빛의 단순한 장삼을 걸친 그 사람은 키가 크고 늘씬했으며, 긴 머리칼은 반만 묶어 올렸고, 깊고 그윽한 두 눈으로 웃는 듯 마는 듯한 얼굴을 하고 있었다. 분명 젊고 잘생긴 얼굴인데, 이마 가장자리에는 새까만 머리칼 사이로 듬성듬성 백발이 보여 다소 부드러운 느낌을 더했다.

나타난 사람을 자세히 본 언예진과 소경예는 시선을 교환하며 동시에 뒤로 한 걸음 물러서 낮은 목소리로 상의하기 시작했다.

"대체 누구야?"

"내 눈에는 형님 같은데……."

"만약 누님이면?"

"누님이 언제 떠났는데 이렇게 빨리 돌아오겠어? 한참 더 조사해야 할걸."

"그건 그래. 그렇게 멀리 갔는데……."

나타난 사람이 빙그레 웃으며 두 사람을 바라보더니 미소를 띤 채 가볍게 불렀다.

"예진, 내가 이렇게 멀리 있는데, 너희는 쑥덕거리기만 하고 반갑게 달려올 생각이 없는 것 같구나. 아무래도 내가 누군지 알아낸 모양이지?"

언예진은 눈을 끔뻑끔뻑하면서 다시 한 번 그 사람을 아래위로 자세히 뜯어보았다. 그러다가 마침내 안심하고 얼굴에 웃음을 떠올리며 기쁜 듯이 달려가 그를 힘껏 껴안았다.

"추 형, 돌아왔군요! 동해는 재미있었어요?"

그 사람의 입가에 사악한 웃음이 떠올랐다. 그가 천천히 두 팔을 뻗어 언예진을 품에 단단히 끌어안았다. 소경예는 머리부터 발끝까지 소름이 쫙 끼치고 온몸의 털이 올올이 곤두서는 것만 같았다. 그는 저도 모르게 뒷걸음질 치며 크게 소리쳤다.

"예진, 어서 도망쳐. 하동(夏冬) 누님이야!"

안타깝게도 때늦은 경고였다. 언예진은 온몸이 얼어붙었다. 발버둥 치려 했지만 두 팔은 이미 단단히 옥죄었고, 허리도 하동의 한쪽 팔에 붙잡혀 있었다. 그는 하동의 다른 손이 몹시 느린 속도로 올라와 자신의 얼굴 위에 떨어져 부드럽게 어루만지는 것을 두 눈 뻔히 뜨고 바라볼 수밖에 없었다.

"경예……."

언예진이 떨리는 소리로 말했다.

"이 의리 없는 자식, 어서 와서 구해줘."

"구해?"

하동이 그를 훑어보며 부드럽게 물었다.

"경예, 와서 구해줄 테냐?"

소경예의 머리가 즉시 땡땡이 북처럼 좌우로 흔들렸다.

"예진, 동해가 재미있었느냐고 물었지? 어쩌나, 난 모르겠는걸. 나는 그곳엔 가지도 않았으니까."

하동의 손가락에 갑자기 힘이 들어갔다. 그 손가락이 언예진의 뺨을 호되게 꼬집자 얼굴에는 새빨간 손자국이 생겼다. 소경에는 보기만 해도 잇몸이 얼얼해지는 것 같았다.

"내가 어디 갔었는지 아니? 빈주란다. 그곳은 정말 가난하고 황폐한 곳이었어. 조사하는 것도 너무 어려워서 엄청난 힘을 쏟아부은 후에야 겨우 알아낼 수 있었지! 누구 때문에 이렇게 골치 아픈 임무가 떨어졌더라. 어디 잘 생각해볼까?"

"살려줘……."

언예진은 얼굴이 불타는 것처럼 화끈거리는 것을 느끼고 조금의 과장도 없이 비명을 질러댔다.

"일부러 그런 게 아니라고요. 폐하께서 누님을 보내실 줄 누가 알았냐고요."

"살려달라고 소리친다고 되겠니?"

하동이 음침하게 웃었다.

"하추(夏秋)는 동해에 갔고, 하춘(夏春)은 부인을 마중하러 청강주(靑江州)에 갔으니, 누가 널 살려줄지 모르겠구나. 지지리도 말 안 듣는 녀석 같으니라고. 놀러 나갔다가 내게 일거리를 가져와? 이 하동 누님이 너무 한가해 보였구나, 응? 내가 정말 그렇게 할 일이 없었다면 너희를 제대로 훈육했을 거야. 머리가 좀 굵어졌다고 예전의 아픔을 까맣게 잊은 건 아니겠지?"

'훈육' 이라는 말 한 마디에 두 귀공자는 동시에 다리가 후들거렸다. 아무리 거칠고 사나운 개도 주인에게 절대 반항하지 않는 이유는, 어려서부터 반항할 때마다 몽둥이로 흠씬 두들겨 맞았기 때문이라고 한다. 보통은 너무 어릴 때이므로 주인을 이길 수가 없다. 그렇게 오랫동안 맞고 지내면 개의 머릿속에는 이 사람에게는 절대 반항하면 안 된다는 고정관념이 생긴다. 그래서 나중에 다 자라서 훨씬 힘이 강해지고 이빨이 날카로워져도 한때 훈육을 받은 주인만 보면 더없이 유순해지는 것이다. 소경예와 언예진은 지난날 그 '어린 강아지' 무리 중 하나였고, 하동은 바로 그 '훈육사'였다.

대량의 역대 황제에게는 직속 감찰기관인 현경사(懸鏡司)가 있었다. 그 구성원은 장경사(掌鏡使)라 불렸고, 스승이 제자를 거두어 전수하는 식으로 대대로 이어져왔다. 현경사는 군주에게 지극한 충성을 품고 있었고, 항상 황제의 어명만을 받아 가장 중요하고 은밀한 사건들을 조사해왔다. 현 현경사 수좌(首座) 하강(夏江)은 모두 세 명의 제자를 거두었는데, 그 중 하추와 하동은 쌍둥이였고, 하춘은 그들과 아무런 혈연관계가 없었다. 세 사람의 성격은 완전 달랐지만, 역대 현경사 구성원들과 마찬가지로 서로 사이가 무척 좋았다. 본래 장경사의 직무에 훈육 같은 것은 포함되지 않았다.

그런데 17년 전 어느 날, 황제가 갑자기 기발한 생각을 해냈다. 세가의 자제들은 너무 응석받이로 자라 쓸모 있는 인재가 되는 경우가 많지 않았는데, 조정에는 별로 좋은 일이 아니었다. 그래서 황궁 한구석에 자리를 마련하고 수인원(樹人院)이라 이름 지은 다음, 경성 내 삼품 이상 관리 가문의 다섯 살에서 열한 살 사이의 남자아이를 모두 수인원으로 보내 장경사에게 신체단련을 받게 했다. 하춘과 하추는 그나마 온화한 성품이라 비록 엄하긴 해도 이 어린 보물단지들의 능력 한계를 고려해서 훈련을 시켰다. 하지만 갓 출사한 당시 스무 살이던 하동은 황실에 보답하고자 하는 열정이 강해서, 사부가 자신을 훈련시킬 때 쓰던 방식으로 이 응석받이 '어린 강아지' 들을 다루었고, 수인원은 매일같이 울음소리와 비명소리가 끊이지 않았다. 가엾은 언예진은 그때 겨우 다섯 살로, 여리디여리고 곱디고왔다. 본래대로라면 거만하고 잘난 척해야 마땅한 이 어린 새싹은 단 며칠 만에 하동 누님만 보면 저절로 서리 맞은 풀처럼 시들시들해져 잎을 바짝 오므리게 되었고, 지금까지도 그 고질병이 낫지 않았다.

"하…… 하동 누님……."

훈육 받은 시간이 비교적 짧았던 소경예는 언예진보다 증상이 약간 가벼웠다. 그래서 용기를 내어 말했다.

"예진은 정말 일부러 그런 게 아니에요. 길에서 우연히 고발장을 가진 노부부를 만났고 모른 척할 수가 없어서……."

하동은 '흥' 하고 코웃음을 쳤다. 언예진의 팔을 비트는 힘은 전혀 줄어들지 않았고, 도리어 얼굴을 더욱 바짝 들이밀었다. 사실 얼굴만 보면 비록 성별을 가늠하기는 힘들지만 하동은 제법 곱상한 편이었고, 내공을 수련한 덕에 실제 나이보다 훨씬 젊어 보였다. 하지만 머릿속에 비참하고 괴로운 기억만 가득한 언예진에게 저 예쁜 얼굴은 마귀의 가면이나 다를 바 없었다. 그래서 그 얼굴이 조금씩 조금씩 다가오자, 우리의 국구 공자는 머리가 쭈뼛쭈뼛해지는 것을 느끼고 저도 모르게 비명을 지르려고 했다.

"예진, 아무 말 말고 날 부축해. 그리고 천천히 관도로 가."

섬세한 거미줄 같은 목소리가 귓가에 달라붙었고, 다가오던 몸이 갑자기 묵직해졌다. 동시에 비릿한 피 냄새가 코를 찔렀다. 언예진은 심장이 철렁했지만, 곧 표정을 감추고 표 나지 않게 몸의

각도를 바꿔 이미 똑바로 서 있을 수도 없는 하동의 몸을 지탱해 줬다. 그러면서도 입으로는 계속 용서를 빌었다.

"하동 누님, 제발 화내지 마세요. 경성으로 돌아가 보고부터 하시라고요. 그다음에 저를 어떻게 벌하시더라도 순순히 받을게요."

그러면서 언예진은 한 손을 빼내 하동의 팔을 붙잡고 몸을 옆으로 살짝 돌리며 그 틈을 타 소경예에게 눈짓했다. 소경예는 어리둥절했지만 아무래도 강호를 누빈 경험이 있어서 즉시 이상을 알아챘다. 자세와 표정은 여전히 그대로였지만 그의 시선은 재빨리 좌우를 훑었다. 숨을 죽이고 정신을 집중해서 주위를 감지하자 과연 옅은 살기가 퍼져 있는 것이 느껴졌다.

"너란 녀석은 어려서부터 입만 살았지."

하동이 환하게 웃자, 금세 중성적인 외모 위로 여성스러운 아름다움이 드러났다.

"시간을 끌면 될 줄 아느냐? 내 손에 잡혔으니 달아날 생각 말고 같이 가자!"

"알았어요, 알았어. 제가 언제 하동 누님 말씀을 거역한 적 있어요?"

언예진은 히죽히죽 웃으면서 목소리를 낮춰 속삭였다.

"어떻게 된 거예요? 말은 탈 수 있어요?"

하동도 웃으면서 그의 머리를 톡톡 두드리며 입술을 살짝 움직였다.

"이대로 가. 내가 쓰러지지만 않으면 저 자들도 감히 함부로 덤벼들지는 않을 거다."

그때 소경예가 말을 끌고 다가왔다. 잔뜩 관심어린 눈빛이었지만 함부로 말을 할 수가 없었다.

"안심해, 작게 이야기하면 들리지 않을 거리니까."

하동은 여전히 소리를 낮춰 말했다.

"내가 경성으로 들어가는 것을 원치 않으니, 아마 최후의 승부수를 던질지도 몰라. 너희도 준비해. 강 속, 그리고 강 건너편 숲 속에 있어."

두 사람은 암암리에 진기를 끌어올렸다. 그리고 한 명은 여전히 팔을 붙잡힌 모양새로 하동을 부축해 앞으로 가고, 다른 한 명은 말을 끌고 일부러 천천히 따르며 뒤를 막았다. 세 사람이 그렇게 관도 방향으로 느릿느릿 움직이는 모습은 멀리서 볼 때는 장난을 치는 것 같아서 전혀 긴장을 느낄 수 없었다.

하지만 갈수록 거칠어지는 하동의 숨소리와 점점 무거워지는 걸음걸이가 상황이 악화되고 있음을 알려줬다. 소경예는 앞선 두 사람이 남긴 피 묻은 발자국을 보며 큰일이라는 것을 알았다. 그는 일부러 말발굽으로 피 묻은 풀잎을 짓이기면서 뒤에 몸을 숨긴 살수(殺手)들이 발견하지 못하기만을 빌었다.

하지만 직업 살수들의 예민한 감각은 역시 보통이 아니었다. 분명 아무것도 노출하지 않았는데, 강 건너편 밀림 속에서 가느다란 휘파람 소리가 날카롭게 들려왔다. 곧이어 나뭇잎이 흔들리며 연회색 그림자 몇 개가 빠른 속도로 날아왔다. 그와 동시에 조용하던 강에서도 물기둥이 솟구치더니, 은빛 잠수복을 입고 손에는 분수자(分水刺)를 든 대략 열 명쯤 되는 살수가 튀어나왔다. 양쪽의 살수가 한데 모여 순식간에 부채꼴 모양을 만들더니 곧장 세 사람을 덮쳤다.

대뜸 악전고투가 벌어졌다. 살수들의 초식은 화려하지 않았고 자세 또한 아름답지 않았지만, 무척 간단하고 효율적이었다. 덮치고, 찌르고, 베고, 찍는 동작 하나하나가 질질 끄는 것 없이 오로지 목숨을 앗으려는 목적 하나만을 위해 펼쳐졌다. 강호에서 위험한 싸움을 겪어본 소경예마저 순간적으로 이 짙은 살기를 마주하자 움직임이 약간 굼떴으니, 비무 시합만 해온 언예진이 적응하지 못한 것은 말할 필요도 없었다. 게다가 두 사람에게는 무기도 없어, 맨손으로 목숨을 내걸고 인정사정없이 공격하는 살수들을 상대해야 했으므로 금세 열세에 처했다. 그들의 주 목표가 하동이 아니었다면 두 사람은 벌써 피투성이가 되었을 것이다.

그들에 비해 장경사인 하동은 훨씬 노련했다. 지금 상태로는 한 걸음 옮기기도 힘들었지만, 그녀는 어느새 새하얗게 반짝이는 비수를 들고, 간결하고 빠른 초식으로 살수들의 공격을 막아냈다. 그녀를 포위한 살수들은 단숨에 그녀에게 가까이 갈 수 없었다. 안타깝게도 그녀는 이미 상처를 입어 시간이 갈수록 힘이 달렸다. 연거푸 덮쳐오는 맹렬한 공격을 막아낸 후 다리에 힘이 빠진 듯 비틀비틀하더니 바닥에 쓰러졌다. 비록 억지로 지탱하고는 있지만 점점 위험해지고 있었다.

다행히 맨 처음 공격 받은 뒤로 소경예와 언예진도 진정이 되었다. 장경사를 죽이려 할 정도라면 그들 두 사람이 어떤 집 자제인지도 신경 쓰지 않을 것이다. 하물며 그들이 두 사람의 신분을 모를 수도 있었다. 그래서 마음을 다잡자 도리어 집중력이 생겼고, 동작도 훨씬 부드러워졌다. 그들 중 한 명은 천천검법을 익혔고, 다른 한 명은 건문의 심법을 수련했으니 확실히 그들의 무공은 젊은 사람들 중에서는 출중했다. 게다가 목숨이 걸린 위험한 상황이었고, 자신을 위해서만이 아니라 친구에게 살 길을 마련해주고자 하는 생각에 온 힘을 다해 싸웠다.

전열을 가다듬은 두 사람은 어깨를 나란히 하고 하동의 앞을 가로막으면서 공격과 수비를 적절히 배합했다. 비록 칼을 몇 번 맞았지만 점점 상황을 만회하여 결국 성공적으로 분수자 두 자루를 빼앗아 손에 넣었다.

천천산장의 검법은 강호에서 크게 명성을 얻어 화산파와 쌍벽을 이루고 있었다. 소경예는 분수자를 검처럼 사용했는데, 완전히 손에 익지는 않았으나 위력이 크게 증가했다. 여기에 눈을 어지럽히는 언예진의 신법과 하동의 기괴한 초식이 더해져, 눈 깜짝할 사이 상황이 바뀌었다. 양쪽은 이제 대등하게 싸우기 시작했다.

아무래도 비밀스러운 일을 하는 살수들에게는 일격에 적을 쓰러뜨리는 것이 가장 높은 경지였고, 이렇게 오래 싸우는 것은 좋지 않았다. 하물며 이곳은 경성 근교이니 시간이 갈수록 지나가던 사람들 눈에 띌 가능성이 높았다. 그래서인지 밀림 속에서 다시 한 번 휘파람 소리가 들렸다. 짧고 다급한 소리였다. 세 사람은 적의 공격 중심이 바뀌는 것을 느꼈다. 이제 그들은 소경예와 언예진을 공격하고 있었다. 하동은 그사이 겨우 한숨을 돌리고 가슴을 어루만진 후 몇 걸음 물러나 전장에서 벗어나 숨을 고르고 지혈을 했다.

공세가 거칠어지고 하동까지 빠졌지만, 소경예와 언예진의 호흡은 점점 더 잘 맞아떨어졌고, 싸울수록 자신감이 강해졌다. 분수자가 차가운 빛을 뿌리며 번쩍일 때마다 살수들이 비틀거리며 물러났다. 다만 상대방이 사람 수가 많아 곧 다시 다른 사람들로 채워졌다.

그때 휘파람 소리가 또 바뀌었다. 끝음이 급격히 아래로 떨어지자, 은빛 잠수복을 입은 다섯 명의 살수가 몸을 통째로 던지며 자살 공격을 해왔다. 동시에 밀림 속 지휘자가 친히 모습을 드러냈다. 수면을 밟고 좁디좁은 강물을 건너는 그의 움직임은 매우 빨라 순식간에 참혹한 전투 현장에 도착했다. 그는 이미 다쳐서 쓰러진 살수까지 포함하여 모든 부하를 이끌고, 소경예와 언예진 두 사람의 좌우 양쪽으로 길을 나눠 우회한 후 곧장 하동에게 날아들었다.

"누님, 조심하세요!"

언예진이 다급히 외치며 소경예와 함께 재빨리 뒤로 물러났다. 가능한 한 그들보다 먼저 하동에게 가려 했지만, 바짝 붙어 목숨을 내놓고 공격하는 살수들을 쉽게 따돌릴 수 없었다. 연회색 그림자 몇 개가 그들을 지나 얼음처럼 차가운 기운을 쏟아내며 인정사정없이 하동의 몸을 덮치는 것이 보였다.

"하동 누님!"

두 사람의 초조한 외침 속에서, 이미 힘이 다하고 녹초가 되었어야 할 하동이 갑자기 고개를 번쩍 들었다. 눈동자가 차갑게 번쩍이더니 그녀의 몸이 회오리바람처럼 빙글빙글 돌기 시작했다. 마치 사람의 목숨을 빨아들이는 회오리바람처럼 맑게 번쩍이는 빛줄기를 따라 사방으로 피가 튀었다. 앞장서 달려간 살수들은 벌써 얻어맞아 저 멀리 날아갔다.

이 갑작스런 변화는 두 명의 귀공자를 놀라게 했을 뿐 아니라,

살수들마저 순식간에 얼어붙었다. 그 놀라움이 끝나기도 전에, 하동의 맹렬한 움직임은 잠시도 멈추지 않고, 검집에서 나온 예리한 검처럼 전광석화같이 살수 무리 중 한 사람의 가슴을 내리쳤다. 그리고 여세를 몰아 재빨리 그의 턱을 뽑고 그의 몸을 바닥에 내동댕이친 후 발로 밟았다.

살수들은 이미 진열이 흐트러졌다. 목적을 이루지 못하게 된 것을 보자 그들은 분분히 뒤로 물러나 작은 강을 건너 밀림 속으로 사라졌다. 소경예와 언예진도 끝까지 쫓을 마음은 없어 강가까지만 쫓다가 멈췄다. 그들은 고개를 돌려 하동을 노려보았다.

준수한 외모의 여자 장경사는 고개를 쳐들고 큰 소리로 웃음을 터뜨리며 발끝으로 포로를 눌렀다. 양쪽 어깨로 흘러내린 머리칼이 바람에 흩날리고, 눈빛은 자연스럽고 태도는 자신만만했다. 목소리마저 무척 또랑또랑했다.

"이곳에 나타나 도와줘서 고맙구나. 너희가 아니었으면 거북이처럼 움츠리고 있는 이 대장을 생포하지 못했을 거야. 이 자는 무공은 그저 그렇지만 경공은 제법이거든. 오는 내내 내 곁으로는 다가오지 않아서 잡기가 무척 힘들었는데, 하하하하!"

세상에는 그런 사람들이 있게 마련이다. 무엇을 어떻게 해도 절대로 따질 수 없는 그런 사람이. 소경예와 언예진에게 하동이 바로 그런 존재였다. 그래서 두 사람은 굳은 얼굴에 떨떠름한 표정을 지으면서도 원망스러운 말 한마디 할 수 없었다.

"어디, 자살용으로 쓸 독을 어디에 숨겼나 볼까?"

하동이 몸을 숙이고 바닥에 쓰러진 살수 지휘자를 일으켜 세우더니, 그의 빠진 턱을 꽉 움켜쥐었다. 살수가 통증을 참지 못하고 두 발을 마구 버둥댔다. 얼굴은 납빛처럼 창백했다.

"쯧쯧, 아직도 이 사이에 물고 있군. 정말 창의력이라곤 없다니까. 다른 곳에 좀 숨길 순 없어?"

말투는 가벼웠지만, 옆에서 듣고 있는 소경예와 언예진 두 사람은 저도 모르게 오금이 저려 서로를 바라보았다.

실수로 붙잡혀 바로 자살하는 살수는 이 업계에서는 최고급 전사였다. 찾기도 어려울뿐더러 값도 상상할 수 없을 정도로 비쌌다. 하동이 빈주에서 대체 무엇을 찾아냈기에 이런 살수가 따라붙었을까?

"이렇게는 물을 수도 없겠군. 역시 독주머니는 빼내야겠어."

하동은 곁에 있는 두 사람의 안색이 바뀌든 말든, 어떻게 이 살수의 이 사이에서 독약을 꺼낸 다음 빠진 턱을 원래대로 돌려놓고 심문을 할지 궁리하기 시작했다. 여자들은 대체로 깨끗한 것을 좋아하게 마련이고, 남들에게 잘생긴 남자로 오해받는 하동 역시 예외는 아니었다. 그녀는 살수의 어긋난 턱을 한참 동안 쳐다보았지만, 손가락을 입에 넣지 않고 독약을 꺼낼 방법이 떠오르지 않았다. 결국 귀찮은 나머지 주먹으로 그의 얼굴을 퍽 갈겼다. 둔탁한 신음과 함께 살수가 새빨간 피를 토했다. 동시에 이 몇 개와 조그만 가죽 주머니 하나가 튀어나왔다.

소경예와 언예진은 다시 한 번 마주 보았다. 안색은 더욱 퍼렇게 질려 있었다. 역시 저것이 마녀의 본색이었다. 저 지독하고 악랄한 성격은 옛날과 전혀 달라지지 않은 것이다.

하동은 아무 일도 없던 것처럼 손등을 옷에 문지른 후, 철컥 하고 살수의 턱을 원래대로 돌려놓았다. 하지만 서둘러 심문하지 않고 우선 잡고 있던 손목을 힘껏 비틀었다. 순식간에 손목 관절이 부러지고 근골이 끊어졌다. 살수는 너무 아파 비명조차 지르지 못하고, 다 죽어가는 물고기처럼 입을 쩍 벌리고 헉헉거리며 몸을 부르르 떨었다. 눈동자에 지독한 원한이 서렸다.

"감히 그런 식으로 봐?"

하동이 냉소를 짓더니 다른 한 손을 낚아채 손목을 위로 꺾었다. 뼈가 부서지는 소리가 연이어 들리더니 그의 팔뚝은 완전히 흐물흐물해졌다. 살수는 참혹한 비명을 지르며 기절했지만, 얼마 지나지 않아 지독한 통증에 다시 정신을 차렸다.

"하동 누님!"

상대가 사람을 죽이고도 눈 하나 깜짝 않는 악인이라는 것을 알면서도, 소경예는 차마 볼 수가 없었다.

"그만하세요. 이건 너무…… 더욱이 심문도 하셔야잖아요? 뼈가 부러져 죽기라도 하면 좋을 게 없어요."

"맞아. 그만 깜빡할 뻔했구나."

하동은 차갑게 웃더니 살수의 머리칼을 잡아 얼굴을 들게 했다. 그리고 그의 눈을 똑바로 쳐다보며 오싹할 만큼 차가운 목소리로 말했다.

"나는 심문보다는 고문을 더 좋아하지. 괜히 시원시원하게 대답해서 내게서 고문하는 즐거움을 빼앗지 말도록."

"하동 누님……."

소경예가 더 말하려는데 언예진이 그를 다른 쪽으로 끌고 가서 말렸다.

"나서지 마. 장경사에게는 그들만의 방법이 있는 거야. 우리가 끼어들 일이 아니야."

"저렇게 고문하는 것이 효과가 있어?"

"저 자는 목숨을 내놓고 남을 죽이는 살수야. 악독하게 굴지 않으면 한 글자도 말하지 않을걸. 보기 싫으면 안 보면 되잖아. 세상일이 다 그렇게 부드럽고 공손하게 해결될 것 같아?"

언예진은 고개를 돌리고 하동 쪽을 흘끗 보더니 한숨을 쉬었다.

"아무래도 경국공 사건은 간단히 끝나지 않겠어. 또 얼마나 큰 파란이 일려나."

"뭔가 이상해."

소경예가 눈을 찌푸렸다.

"장경사가 상대하기 어렵다는 것은 누구나 아는데, 저렇게 심혈을 기울여 하동 누님을 상대하느니, 차라리 처음부터 고발자가 경성에 들어오지 못하게 막는 게 낫잖아. 아예 저런 고급 살수를 보내 그 노부부를 죽였다면 그분들이 강좌맹의 관할지로 달아날 수 있었겠어? 이제 고발장은 올라갔고, 장경사가 밀지를 받고 움직이고 있는데, 이제야 마음이 급해져서 증인을 없애려고 하다니, 왜 굳이 쉬운 일을 마다하고 어려운 일을 하려는 걸까?"

"처음에는 경국공도 몰랐을 수 있지."

언예진이 잠시 생각한 후 말했다.

"빈주 쪽 친척이 자기 힘으로 처리할 수 있다고 생각하고 경국공에게 알리지 않았을 거야. 그런데 도중에 우리가 끼어들어 고발자가 무사히 경성에 들어와 사건을 알리도록 해줬지. 연루자들은 그제야 당황했고……."

소경예는 고개를 저었다.

"경국공이 몰랐다면 단순히 친척을 제대로 관리하지 못한 죄뿐인데, 무엇하러 장경사를 암살하려고 했겠어?"

"하동 누님이 빈주에서 다른 것을 발견했을지도 몰라. 어쩌면 하동 누님을 쫓은 사람은 경국공과는 완전히 무관할지도 모르고. 뭐, 저 성격에 새로운 원수를 만들었을 수도 있잖아."

언예진이 어깨를 으쓱했다.

"가능한 일이 너무 많아. 난 그런 걸로 고민하기 싫어, 골치 아파. 하동 누님이나 고민하라지. 조사가 끝난 다음 직접 가서 물어보면 답이 나올 거야. 괜히 여기서 쓸데없는 생각 말자고."

"앗!"

갑자기 소경예가 비명을 지르는 바람에 언예진은 화들짝 놀라 그가 바라보는 쪽으로 시선을 돌렸다. 하동이 죽은 개를 던지듯 흐물흐물해진 살수의 몸을 바닥에 팽개치는 것이 보였다. 그녀는 품에서 수건을 꺼내 손을 닦으며, 초승달 같은 두 눈썹을 잔뜩 찌푸렸다.

"왜 그래?"

언예진이 물었다.

"죽었어."

소경예가 다소 엄숙한 표정으로 천천히 대답했다.

"경예, 눈이 좋구나."

하동이 서서히 그들에게로 시선을 돌렸다.

"확실히 죽었어. 이렇게 공들여 겨우 잡았는데 아쉽구나. 저 자는 입술 아래쪽에 극독을 묻혀놓고 있다가 혀로 핥자마자 죽었어. 혐오스러운 것들. 죽고 싶지도 않은데 실수로 핥을까봐 겁나지도 않나봐."

"그럼 뭘 알아냈어요?"

언예진이 몇 걸음 다가가다가 퍼렇게 부풀어오른 공포스러운 시체의 얼굴을 보자 곧 다른 쪽으로 시선을 돌렸다.

"어쨌거나 대장이잖아요. 뭔가 아는 게 있을 거예요."

"딱 한마디 했어."

하동이 무표정하게 말했다.

"아직 끝나지 않았다."

"그게 무슨 말이에요?"

"이 일이 끝나지 않았다는 뜻이지."

하동이 시체를 몇 장 밖으로 걷어차며 욕을 퍼부었다.

"젠장, 저놈을 이용해서 끝나지 않았다는 것을 내게 알릴 필요 없다고. 그동안 계속 날 귀찮게 했으니 너희가 끝내고 싶어도 내가 허락 못해!"

"하동 누님……."

언예진이 식은땀을 닦으며 말했다.

"누님은 여자라고요. 그런 상스러운 말은 하시면 안 돼요, 너무 볼썽사나워요."

"어머나."

하동이 간드러지게 웃으며 다가왔다. 눈초리에 매혹적인 분위기가 물씬 풍겼다.

"우리 언 공자께서 어른이 다 되셨네. 여자가 무엇인지도 알고. 이리 와서 누님께 알려주련? 여자들이 네게 뭐라고 하던?"

언예진은 연신 뒷걸음질 치며 소경예의 뒤로 숨었다. 그는 함부로 입을 놀린 것을 몹시 후회하며 배시시 웃었다.

"아무것도 아니에요. 우리 하동 누님은 미모와 총명함과 재능을 다 갖췄으니, 이 대량에서 최고로 훌륭한 여자예요."

하동이 몇 번 냉소를 터뜨렸다.

"내가 무슨 최고라고. 듣자니 진짜 최고의 여자가 드디어 혼인을 하게 되었다지? 지금 상황은 어떠냐? 신랑감은 골랐니?"

언예진은 순간 무척 의아해하며 소경예를 바라보았다. 소경예 역시 똑같이 놀란 표정이었다. 수인원을 떠난 후 두 사람은 하동과 만날 기회가 별로 없었다. 그래서 그녀가 예황 군주를 어떻게 생각하는지 알지 못했다. 하지만 어쨌든 예황은 귀한 군주이고, 품행이 올바르다는 것을 모든 사람이 알고 있었다. 장경사인 하동은 조정의 관리라 할 수 있으니, 이렇게 조롱하는 말투로 그녀 이야기를 하는 것은 아무래도 적절하지 못했다.

"아니, 하동 누님은 예황 군주가 싫으세요?"

소경예가 참지 못하고 물었다.

"내가 싫다 좋다 할 수 있는 사람이니?"

하동의 말투는 여전히 차갑고 딱딱했지만, 어쩐지 처량하고 슬프게 느껴졌다.

"그녀는 뛰어난 여자이니 일찍 시집을 갔어야지. 10년 전 그녀의 진영에 갔을 때 말한 적이 있어. 그녀가 시집가기만 하면 나는 그녀를 좋은 친구로 여기겠다고."

두 사람은 들으면 들을수록 하동이 예황 군주에게 어떤 생각을 갖고 있는지 알 수 없었다. 한참 동안 멍하니 있던 언예진이 나지막이 물었다.

"하동 누님, 그 말은 군주가 시집을 가지 않으면 그녀를 친구로 생각하지 않겠다는 말이에요?"

"맞아."

"왜요? 설마 여자들은 친구를 사귈 때 시집을 갔는지 안 갔는지 따져야 하는 거예요?"

하동은 얼음같이 차가운 눈길로 싸늘하게 두 사람을 훑어보았다.

"너희는 너무 어려서 모르는 게 많아. 어쨌든 너희와는 상관없는 일이니 더 묻지 마."

"우리가 어리다고요?"

언예진이 소리를 질렀다.

"군주는 우리보다 겨우 몇 살 많잖아요?"

"이변은 눈 깜짝할 사이에 생기기도 하지. 1년이 평생이 되기도 하고."

하동은 앞을 똑바로 바라보았다. 뺨은 약간 창백했고 머리칼 몇 가닥이 목덜미에 붙어 있었다. 표정은 변함이 없었지만, 그녀의 모습이 갑자기 훨씬 부드러워진 것 같았다.

"사실 그때 있었던 일에 대해 그녀 역시 확실히 알지 못해. 그래도 당사자이니 벗어날 수 없지. 하지만 너희는 달라. 너희는 완전히 무관하지. 과거의 일은 폭설로 막힌 산골짜기처럼, 아무 관계 없는 사람들은 들어가기가 무척 힘든 법이야. 그런데 겨우 호기심 때문에 캐물을 필요가 어디 있겠니?"

소경예와 언예진은 마주 보았다. 여전히 알아듣기 힘들었지만 더 이상 묻지 말라고 하니 끝까지 캐물을 수는 없었다. 더욱이 지금 눈앞에 서 있는 사람은 수인원의 마녀였으니 아예 함부로 굴 수조차 없었다.

"아직 말하지 않았다. 군주가 결국 어떤 신랑감을 골랐지?"

하동은 마치 마음속에 떠오른 옛 기억을 털어내려는 듯이 머리를 흔들었다. 새하얀 백발이 까만 머리칼 속에서 번뜩였다.

"그 정도 규모의 시합이라면 썩 괜찮은 사람이 몇은 있었겠지?"

"아직 결정되지 않았어요. 내일 문장 시합이 있거든요."

언예진이 탄식했다.

"그다음에 예황 군주와 비무도 해야 하는데 지면 희망이 없어요. 제가 볼 때 후보자들 중에서 군주의 적수는 없어요. 군주가 특별히 마음에 들어 하는 사람도 못 봤고요. 그러니 이번에도 시집갈 생각은 없나봐요."

"흠, 꽤 억울한 모양이구나?"

하동이 입꼬리를 살짝 올리며 비웃었다.

"사실이잖아요."

언예진이 턱을 치켜들었다.

"내가 어디가 어때서 진지하게 생각해주지 않는지 모르겠어요."

"사실 넌 참 좋은 아이야."

뜻밖에도 하동은 평소와 달리 찬물을 끼얹지 않았다.

"하지만 예황 군주 입장에서 넌 아직 어려. 그녀는 이미 한 지방의 군대를 이끄는 원수인데, 아무래도 자기보다 더 성숙한 사람이 눈에 들어오겠지."

언예진은 과장스럽게 한숨을 푹푹 쉬며 시큼한 목소리로 감개무량하게 읊조렸다.

"임이 태어났을 때 나는 태어나지 않았고, 내가 태어났을 때 임은 이미 늙었나니……."

"어이."

소경예가 기가 차서 그를 걷어찼다.

"아무렇게나 읊어대지 마. 누가 늙었다는 거야?"

"앗!"

언예진은 재빨리 입을 틀어막았다.

"실수야, 실수. 맞아도 싸다, 싸. 하지만 내 말뜻이 뭔지 알 거야. 몇 년 일찍 태어나지 못한 게 한스러워서 말이야. 내가 지금 소 형 정도의 나이만 되어도 군주는 나를 어린 남동생처럼 대하지 않을 텐데……."

"소 형을 끌어들이지 마."

소경예가 그를 노려보며 함부로 혀를 놀리는 것을 막았다.

"하동 누님은 이제 막 경성에 돌아오셨으니 제대로 말씀드려야지. 열 명의 후보자가 누군지 자세히 알려드리는 게 어때?"

"후보자들에겐 관심 없다."

하동이 담담하게 말했다.

"그렇지만 그 소 형이라는 사람은 궁금해졌어. 풀 속에 숨어 있을 때 너희가 재잘재잘 끊임없이 그의 이야기를 하는 것을 들었는데 꽤 뛰어난 인물 같더구나. 그래, 그 사람이 얼마간 재능이 있어서 야심을 품고 경성에 와 명예와 이익을 좇고자 하는 거냐?"

"소 형은 그런 사람이 아니에요!"

소경예가 몹시 불쾌해하며 말했다.

"하동 누님, 소 형을 모르면서 어떻게 그리 함부로 단정하세요?"

"모르면 어때?"

하동의 눈빛에 싸늘한 한기가 스쳤다.

"가서 인사나 나눠야겠구나. 태자니 예왕이니 하는 사람들이 앞다투어 초빙하려고 한다니, 몸값이 예황 군주보다 높군. 그런 사람이 경성에 나타났는데, 장경사라는 사람이 제대로 알아보지도 않으면 안 되지."

소경예와 언예진은 긴장해서 서로를 바라보며 눈빛으로 이야기를 나눴다. 하동은 두 사람의 표정을 보면서도 전혀 개의치 않고 옷매무새를 정리했다.

"같이 경성으로 가자. 예진의 말은 내게 주고 너희 둘이 경예의 말을 타."

"아이고……."

언예진이 죽는소리를 했다.

"다 큰 남자 둘이 비좁게 어떻게 같이 타요."

"그럼 나와 같이 타든가."

하동이 생긋 웃었다.

"누가 같이 탈래?"

두 젊은이는 얼굴이 하얗게 질려 일제히 힘껏 고개를 저었다.

"그럼 너희가 좀 고생하는 수밖에. 경예, 어서 말을 가져와."

소경예는 순순히 고개를 숙이고 자유롭게 풀을 뜯고 있는 말 두 마리를 끌어왔다. 그가 고삐를 건네며 낮은 소리로 말했다.

"하동 누님, 상처부터 싸매는 게 어때요? 피가 나는 것 같은데……."

"역시 경예가 친절하고 세심하구나."

하동이 미소를 지었다.

"괜찮아. 성에 들어가서 처리하면 돼."

"하동 누님, 정말 다친 거예요?"

언예진이 관심어린 눈으로 머리를 쑥 들이밀었다.

"어딜 다치셨어요?"

하동은 그의 관자놀이를 손가락으로 톡 튕기며 대꾸했다.

"멍청아, 이제 알았니? 저 살수들은 쉬운 상대가 아니야. 더구나 진짜 피를 보여주지 않고서야 저렇게 웅크리고 들어앉은 대장을 쉽게 끌어낼 수 있었겠어?"

소경예는 몇 장 밖에 너부러진 시체를 바라보며 눈을 찌푸렸다.

"저 사람은 그냥 둬도 돼요?"

"더 이상 말을 할 수 없는 죽은 자는 주인에게 버림받은 망가진 칼과도 같지. 주워서 뭣에 쓰게?"

하동의 말투는 몹시 냉혹했다.

"돌아가서 경조윤(京兆尹)에게 사람을 보내 수습하라고 하면 돼. 여기 놔둬도 귀찮게 될 테니까."

"그래야겠네요. 살수의 몸은 깨끗해서 아무 단서도 못 찾을 테니까요. 그만 가요."

언예진이 말안장을 잡고 뛰어올랐다. 소경예도 뒤따라 말에 올라 그의 뒤에 탔다. 해는 이미 서쪽으로 기울고 있었다. 미약한 말발굽 소리 속에서 두 마리 말을 탄 세 사람은 그림자를 길쭉하게 늘어뜨리며 경성 성문을 향해 달려갔다.

협골유장(俠骨柔腸)

—

12

—

매장소가 말한 대로, 월 귀비의 품계가 깎이고 태자가 잘못을 반성하기 위해 방에 갇혔다는 소식은 채 하루도 되지 않아 조정과 민간에 널리 퍼졌다. 중서성에서 이 사건을 공표할 때 '황제의 뜻을 어기고 윗사람에게 불경한 짓을 했다'는 모호한 표현을 사용하는 바람에 도리어 유언비어가 난무했다. 각종 희한하고 괴상한 추측이 잇달아 나오는 것만 봐도, 인간의 상상력이란 무한하다는 것을 알기에 충분했다.

황제가 최근 총애하던 후궁을 월 귀비가 이유 없이 때려 죽였다는 소문도 있었고, 월 귀비가 태자의 정무 처리에 감 놔라 배 놔라 간섭하는 바람에 황제의 노여움을 샀다는 소문도 있었다. 그뿐 아니라 월 귀비가 내원에서 무당을 불러 저주를 하다가 황후에게 현장을 들켰다는 소문도 있었고, 심지어 월 귀비가 강아지를 제대로 훈련시키지 못해 강아지가 황제의 발을 물었기에 그렇게 되었다는 말도 있었다.

이 일과 아무런 관계도 없고, 아무것도 모르는 사람일수록 뒤에서 신나게 쑥덕거리며 억측을 해댔다. 반면 관련자들이나 내용을 대강 아는 사람들은 입을 꾹 다물고, 앞에서든 뒤에서든 한마디도 하지 않았다. 소경예와 언예진은 당시 무영전에서 매장소가 하는 말을 들었기 때문에, 이 일이 예황 군주와 관련 있다는 것을 짐작은 했으나, 구체적으로 무슨 일이 있었는지는 자세히 알지 못했다. 하지만 두 사람 모두 눈치 빠르고 똑똑했기 때문에 캐묻지 않았다.

다음 날 있을, 이른바 문장 시합은 이 사건 때문에 연기되었다. 하지만 이런 상황이 되자 후보자들에게든 주최자에게든, 시끌벅적하던 이번 신랑감 선발대회는 계륵(鷄肋)이 되고 말았다. 예황 군주가 속으로 어떤 생각을 하는지는 아무도 알 수 없었다.

하지만 여기까지 싸워온 후보자들 입장에서는 그리 쉽게 포기할 수 없는 것도 당연했다. 어쩌면 군주는 여자답게 조심스러워서 겉으로 드러내지 않는 것일 수도 있었다. 최후에 마주 보고 싸울 때에나 그녀가 속으로 무슨 생각을 하는지 확실히 알 수 있을지도 모른다. 그래서 문장 시합의 구경꾼은 적었지만, 머릿수를 채우러 나온 소경예 같은 사람만 빼고, 진정으로 참가한 사람들은 몹시 진지한 태도였다.

각자 딴마음을 품은 사람들 속에서, 가장 신이 났다가 크게 실망한 사람은 바로 북연 사절단이었다. 무공이 뛰어난 백리기가 있기 때문에 그들은 자신만만하고 자랑스러워했다. 확실히 백리기는 후보자들 중에서 유일하게 예황 군주를 쓰러뜨릴 가망이 있는 사람이었다. 그러나 물이 차면 넘치는 법이라고, 엉뚱하게도 비실비실한 소철이 나타났다. 그가 무슨 요술을 썼는지 이 외공의 고수는 영문도 모르고 패배를 당했다. 사실 패배해도 그뿐이었다. 체면이 좀 깎이지만 기분만 잘 다스리면 유리한 상황이라는 것은 변함이 없었다.

하지만 어찌된 셈인지 백리기는 싸움에서 패한 다음 날 역관에서 사라졌다. 북연의 사신은 순방영(巡防營, 지역의 치안을 담당하는 군대)에 부탁해 성내를 샅샅이 뒤졌지만 백리기의 코빼기도 찾지 못하고, 되레 대량 관병들의 웃음거리가 되었다. 구혼 건도 성사시키지 못하고 데려온 사람도 사라졌으니, 재수 옴 붙은 북연의 사신은 귀국 후 어떤 꼴을 당하게 될지 알 수 없는 상황에 처하고 말았다.

물론 이 성대한 시합에서 이득을 본 사람은 아무도 없었다. 그들 중 일부는 처음부터 절벽에 핀 예쁜 꽃을 꺾을 생각조차 없었다. 이번 무대를 통해 이름을 날리고 얼굴을 알리거나, 누군가의 눈에 들어 출세할 기회를 얻으면, 그 정도도 충분한 수확이라고 생각했다. 그 사이에서 아무 힘도 들이지 않고 가장 큰 것을 얻은 사람은 바로 어디선가 툭 튀어나온 소철이었다.

감쪽같이 모습을 드러낸 이 병약한 청년은, 소년 호위무사의 절륜한 무공으로 몽 통령의 인정을 받아 교분을 맺었고, 뒤이어 어린아이들을 가르쳐 신비한 수법으로 비무 시합의 우승자를 쓰러뜨림으로써 자신의 강력한 실력을 선보였다. 그 후 군주를 위해 문장 시합을 주관하면서 뛰어난 도략과 눈부신 재능으로 황제에게 큰 칭찬을 받았다. 그는 관직이 없는 평민인데도 황궁 서재에서 황제와 독대해 네 시간 가까이 이야기를 나눴다고 했다. 그들이 무슨 이야기를 했는지는 아무도 모르지만, 그 후 후한 상과 객경이라는 존칭이 내려졌다. 이 떠오르는 신예가 결코 쉽게 볼 인물이 아니라는 것을 분명히 보여주는 대목이었다.

더욱이 소식에 정통한 어떤 사람은, 백이면 백, 소철이 군주의 신랑감으로 내정되었고 다른 사람들은 그저 들러리에 불과하다고 단언했다. 이런 헛소문이 퍼지자 자연히 커다란 풍파가 일었다. 비록 참가자 대부분의 목적은 군주의 남편이 되는 것이 아니었지만, 들러리가 된다는 것은 기분 좋은 일이 아니었다. 따라서 경성 전체가 이 신진 재사에게 주목했다. 그의 거처가 경계가 삼엄한 녕국후부가 아니었다면, 아마도 사람들의 노려보는 시선 때문에 이미 한참 전에 껍질까지 홀라당 벗겨졌으리라. 하지만 그렇다 해도 여전히 집안과 지위가 남다른 귀족 자제들은 이 소철이라는 사람이 대체 어디가 그렇게 대단한지 보려고 끊임없이 찾아들었다.

"오늘 마지막 사람도 군주에게 패배해 탈락했나?"

매장소는 어깨에 걸친 털옷을 벗으며 길게 한숨을 쉬었다.

"이 성대한 대회도 결국 아무 결론 없이 끝나는군. 정말이지 유감스러운 일이야."

그의 앞에 선 소경예가 눈을 찌푸렸다. 이 사람과 지내는 시간이 길어질수록 점점 더 알 수 없는 느낌이었다. 친구에게 잘못한다고 하기에는 그는 분명 온화하고 친절하며 남의 마음을 잘 읽는 사람이었다. 그렇다고 친구에게 잘해준다고 하기에는, 늘 뜨거운 우정을 허비하는 기분이 들고, 마치 장벽을 가로지른 듯 도저히 그의 마음에 닿을 수 없는 것 같았다. 참지 못하고 성질을 부렸던 그날 다시 매장소를 보았을 때, 그는 자신이 약간 속 좁은 사람처럼 느껴져 많이 반성했다. 하지만 이제 보니 그는 소경예가 화를 냈다는 사실조차 모르고 있었다.

미지근한 물처럼 이러지도 저러지도 못하는 상황은 다른 부분에서도 마찬가지였다. 매장소가 군주를 대하는 태도 역시 이런 식이었다. 군주와 관련된 일은 모두 마음에 새기고 사사건건 끼어들어 결국 경성 전체의 주목을 받았지만, 진지하게 말해서 그는 정말 딴마음이 전혀 없는 것 같았다. 군주가 좋은 짝을 만나기를 바라는 마음도 거짓이 아닌 듯했다.

그때 꽃길 한쪽에서 이상한 목소리가 들려왔다. 누군가 내던져지는 소리였다. 소경예가 그쪽을 흘끗 보더니 고개를 설레설레 저으며 한숨을 푹 쉬었다.

지금 두 사람이 있는 곳은 매장소가 머무는 설려가 아니라 녕국후부 안뜰과 제법 가까운 정자였다. 사방으로 지붕이 있는 복도가 이어져 있고, 꽃과 나무가 가득했으며 옆으로는 작은 길들이 나 있었다. 하지만 실제로는 큰길 옆의 잠시 쉬어가며 경치를 구경하는 곳이지, 오래 머물기에 적당한 곳은 아니었다.

사실 요 며칠 온갖 이유로 만남을 청하는 사람이 너무 많았기 때문에 거절을 하더라도 계속 새로운 핑곗거리를 만들어내야 했다. 매장소는 귀찮은 일들을 계속 쌓아두지 않으려고, 아예 사통팔달인 이곳으로 나와 털옷을 걸치고 화로를 끼고 앉아서 한가롭게 책을 뒤적였다. 누구든 그를 만나러 오면 사필이 이곳으로 안내하여 옆에서 보게 했다. 호기심이 충족되면 그 사람은 기쁘게 떠나갔고, 덕분에 적잖은 손님을 물리칠 수 있었다.

하지만 그저 그의 모습을 보는 것만으로 만족하지 않는 사람도 있게 마련이었다. 그들은 어떻게든 사필의 방어막을 뚫고 가까운

거리에서 접촉하려 했다. 하지만 매장소가 그저 심심풀이로 몽지와 나란히 싸울 수 있는 호위무사를 둔 것은 아니었다. 경계 구역 안으로 침입하는 사람들을 붙잡아 내던지는 것은, 요 며칠 비류가 무척 재미있어 하는 놀이였다.

"오늘 찾아올 사람은 이 정도일 거예요. 이곳은 너무 추우니 그만 설려로 돌아가시죠."

매장소가 또다시 여우털 목도리를 여미는 것을 보자 소경예가 저도 모르게 권했다.

매장소는 고개를 저으며 부드럽게 미소 짓더니 전혀 엉뚱한 이야기를 꺼냈다.

"경예, 정생 그 아이는 잘 지내나?"

"예?"

소경예는 의아하여 대꾸했다.

"오전에 저더러 한번 만나고 오라 하시더니, 제가 벌써 다녀온 것을 어떻게 아셨죠?"

"자네 신발에 검붉은 모래가 묻어 있잖은가. 정왕부의 연무장에만 있는 모래인데, 그곳에 가지 않았다면 어디서 묻었겠나?"

소경예가 발을 들어 살펴본 후 어깨를 으쓱했다.

"정생은 잘 지내는 것 같았어요. 정왕부 뒤쪽에 커다란 집이 있는데, 본래 전투 중 사망한 병사들의 고아들을 거둬 키우는 곳이에요. 정생도 그곳에 사는데, 독방이 있고 글과 무예를 가르치는 선생도 있어요. 잘 먹고 잘 자고 괴롭힘도 당하지 않으니 걱정하실 필요 없어요."

매장소의 눈에 찬탄의 빛이 어렸다. 정왕은 역시 총명했다. 정생을 특별히 우대하지 않고, 오히려 자세를 낮춰 사람들 사이에 숨어 있게 한 후 남몰래 가르치는 것은 확실히 최상의 방법이었다.

"정생 그 아이, 제법 은혜를 알더군요. 제게 특별히 소 형의 건강 상태를 물으면서, 언젠가 소 형에게 가르침을 받고 싶다고 했어요. 참, 그리고 선물을 맡겼는데……."

소경예는 품을 더듬어 작은 꾸러미를 꺼냈다. 풀어보니 나뭇가지를 깎아 만든 조그만 매였다. 조각 솜씨는 서툴렀지만 몹시 순박하고 흥미로웠다.

매장소는 소경예의 손을 흘긋 바라보더니 웃음꽃을 피우며 말했다.

"마음씨가 고맙군. 비류는 저 고목 위에 있네. 자네가 직접 갖다 주게."

"예?"

소경예가 다시 한 번 의아하여 대꾸했다.

"비류에게 주는 선물이라는 것을 어떻게 아셨어요?"

"척 보면 알지."

매장소는 웃음을 금치 못했다.

"내게 줄 생각이었다면 그런 걸 고르지 않았을 거야. 비류는 그 아이들에게 이틀 동안 보법을 가르쳤고 정생은 비류를 무척 좋아해. 둘이 나란히 앉아 그런 장난감을 만드는 것을 본 적이 있네."

"정말이지 소 형을 속일 방법이 없군요."

소경예는 고개를 저으며 웃었다. 그리고 매장소가 가리킨 고목을 돌아보며 조그만 나뭇가지 매를 다시 쌌다. 그는 몸을 훽 날려 나무 밑으로 가 고개를 들고 외쳤다.

"비류, 내려와서 봐. 이게 뭐게?"

겉보기에는 아무 문제도 없어 보이는 나뭇가지 사이에서 과연 잘생긴 얼굴 하나가 쑥 튀어나왔다. 비류가 눈을 동그랗게 뜨고 내려다보았다.

"자, 네 꼬마 친구가 선물을 보냈어."

소경예가 손을 높이 들고 흔들었다.

"뭐야?"

"내려오라니까. 와보면 알아."

이미 익숙해져서 그런지 소경예는 마치 형이라도 되는 것처럼, 겉보기에는 냉혹하지만 사실은 아이처럼 순진한 사랑스런 소년을 놀리기 시작했다.

"뭐야?"

놀림을 받은 비류는 역시 약간 부루퉁해져서 다시 물었다.

"안 내려올 거야? 그럼 난 간다."

소경예가 꾸러미를 든 손을 등 뒤로 감추며 떠나는 척했다.

바로 다음 순간, 비류의 두 발은 어느새 바닥에 내려와 있었다. 그가 손바닥을 뒤집으며 공격하자 소경예는 걸음을 옮기며 겨우 피했다. 동시에 허리를 쭉 펴며 뛰어올라 허공에서 몇 번 몸을 뒤집으면서 반대 방향으로 달아났다. 무예를 익힐 때 초식은 누군가에게 전수 받아야 하고 내공은 열심히 수련해야 했다. 하지만 신법이라는 것은, 고수 중의 고수가 쫓아올 때면 크게 잠재능력을 발휘하여 평소보다 뛰어난 효과를 낼 수 있었다.

매장소는 멀리서 두 사람의 추격전을 바라보았다. 결국 한 수 낮은 소경예가 비류에게 붙잡혀 꾸러미를 빼앗겼고, 작은 매를 꺼낸 비류는 나뭇가지 사이를 폴짝폴짝 뛰어 사라졌다. 그 모습을 보자 매장소의 가슴속에는 평온한 느낌이 모락모락 솟아났고 얼굴에도 미소가 떠올랐다.

하지만 그 미소는 금세 입가에서 사라지고, 언제 어디서 왔는지 모를 압력이 천천히 밀려왔다. 그는 반사적으로 고개를 들고, 정확히 복도 동쪽의 좁고 작은 다리 쪽으로 시선을 던졌다. 다리 위에는 훤칠한 사람이 서 있었다. 너무 멀어서 얼굴을 확실히 볼 수 없었지만, 확실한 것은 그 사람이 진지한 얼굴로 매장소를 응시하고 있다는 것이었다.

하루 종일 기다린 방문객이 마침내 찾아오자, 매장소는 천천히 일어났다. 새하얀 여우털 목도리가 그의 목에서부터 어깨로 미끄러졌고, 쌀쌀한 바람이 불어와 옷깃 밖으로 드러난 피부를 스쳤다. 한때 익숙하던 새외의 모래바람은 아니지만, 그래도 그 추위에 칼날이 살을 에는 듯했다.

매장소가 일어나는 것을 보자, 그 사람도 더는 가만히 서 있지 않고 다리를 내려와 붉게 칠한 처마가 있는 복도로 들어섰다. 한 걸음 한 걸음 옮길수록 강좌맹 종주의 눈에 비친 그의 모습이 차차 또렷해졌다.

성 밖 서쪽 교외에서와는 달리, 하동은 지금 여자 복장을 하고 있었다. 비록 여전히 소매가 좁은 경장에 장화를 신은 간편한 옷차림이었지만, 앞섶의 자수와 허리에 매단 술은 요사하면서도 신비한 중성적 기질과 잘 어우러져 맵시와 매력을 더했다. 다만 길고 곧게 뻗은 머리칼은 끈으로 간단히 묶었을 뿐 비녀를 꽂지도 않았고, 새까맣고 구름 같은 머리 사이로 드러난 한 줄기 흰 머리칼은 여전히 유난히도 눈에 띄었다.

매장소의 차분한 시선 속에서 이 여자 장경사는 복도의 굽이진 난간으로 걸음을 옮겼다. 그녀가 갑자기 날렵하게 몸을 틀자, 묶은 머리칼의 끝부분이 팔락였다. 길고 긴 속눈썹 아래 가을 물처럼 차가우면서도 깊고 어두운 시선이 한곳에 모였다. 손을 들고 몸을 움직이자 그녀는 흐르는 구름처럼 가볍게 날아올랐고, 장풍이 쏟아졌다. 하지만 이 보제금영(菩提金影) 초식을 잘게 부숴버린 것은 공기의 흔들림조차 없이 뻗어낸 비류의 공격이었다.

짧은 순간 벌써 몇 초를 주고받은 하동이 낭랑하게 웃음을 터뜨리며 외쳤다.

"솜씨가 좋군!"

고수의 싸움에서는 호흡이 계속 이어지는 것이 무척 중요했다. 그녀가 상대를 질식하게 만드는 듯한 비류의 공격을 받으면서도 일부러 찬탄을 터뜨린 것은 오만한 성격 때문이기도 하지만, 도발하기 위해서이기도 했다. 상대가 지기 싫어서 입을 열게 만들면 현경사의 자랑거리인 면침심법(綿針心法)으로 빈틈을 찾아 공격할 수 있었다.

아쉽게도 비류는 일반적인 상대가 아니었다. 비류가 어려서부터 배운 것은, 참고 견디며 적이 놓치는 부분과 약점을 공격하는 것이었다. 하동이 소리를 내자 호흡에 미세한 변화가 생겼는데, 이는 빽빽한 그물에 갑자기 커다란 구멍이 난 것과 마찬가지였다. 비류는 단번에 그 구멍을 뚫고 들어가 눈 깜짝할 사이에 그녀를 복도 동쪽 끝까지 몰아붙였다. 하동의 말 속에 숨은 도발 따위는 이 소년은 전혀 눈치 채지 못했다.

그때쯤 소경예는 벌써 매장소 곁에 와 있었다. 두 사람이 격렬하게 싸우는 것을 보자 그는 다소 초조해져 소리를 질렀다.

"소 형, 어서 비류에게 그만하라고 하세요. 저 사람은……."

"현경사에서 대대로 전해지는 무공은 역시 패도적이군."

매장소가 빙그레 웃으며 여유롭게 말했다.

"설령 실수가 있어도 밀리기만 할 뿐 패하지는 않아. 랑야각에서 일찍이 장경사들을 순위에 올리지 말라는 황실의 밀명을 받았기 망정이지, 아니면 10대 고수 중 저들이 자리를 차지하지 못한 때는 없었겠지."

"장경사들을 순위에 올리지 말라고 했다고요?"

한 번도 그런 말을 들어본 적 없는 소경예는 몹시 놀랐다.

"어쩐지, 전 그저 장경사들이 워낙 은밀하게 움직여 랑야각이 전적 자료를 수집하지 못했다고 생각했어요."

매장소가 웃으며 대답했다.

"랑야각을 너무 얕보았군. 하지만 장경사는 강호에 나가 일하는 적이 거의 없고 조정에서도 숨겨진 존재이니 순위에 올라가지 않는 것이 맞네."

"그럼 비류는 저런 무공을 갖고도 어째서 순위에 오르지 않죠?"

"비류는 지금까지 밖에 나간 적이 없으니까. 내년에는 순위에 나타날 거야."

매장소가 한숨을 쉬었다.

"랑야각주에게 비류를 순위에 올리지 말아달라고 부탁할 수 있다면 얼마나 좋겠나. 비류는 아직 어린아이인데……."

"쉽지 않은 일이에요. 이번에 비류는 경성에서 고수들과 연달아 싸웠어요. 아마 벌써…… 앗!"

소경예가 말을 하다 말고 별안간 무엇을 깨달았는지 소리를 질렀다.

"소 형, 저 사람이 누군지 알고 있는데 왜 빨리 비류에게 그만두라고 하지 않는 거예요! 소 형과 이런 한담이나 나누고 있다니, 나도 참……."

하지만 매장소는 고개를 저으며 태연자약하게 말했다.

"싸우게 내버려두세. 나는 나서지 않겠네."

"소 형……."

"비류에게는 사람을 다치게 하면 안 된다고 이미 잘 말해뒀네. 무엇이 걱정인가?"

매장소가 담담하게 말했다.

"장경사의 무공과 성격은 누구도 확신하지 못해. 내가 비류에게 멈추라고 하면 비류는 정말 멈출 거야. 만약 그때 상대방이 갑자기 성질을 부리면 비류가 다치지 않겠나?"

그 말을 듣자 소경예도 주저했다. 매장소는 다시 긴 의자에 천천히 앉으며 방금 일어나면서 떨어뜨린 긴 털목도리를 둘렀다. 그 여유로운 모습을 보면 정말로 나서지 않을 모양이었다. 하지만 소경예가 어떻게 그와 똑같이 행동할 수 있겠는가? 소경예는 한숨을 푹 쉬고, 한창 싸움을 벌이는 두 사람을 쫓아가 높이 외쳤다.

"하동 누님, 그만하세요, 네?"

오랜만에 제대로 된 적수를 만난 하동은 호승심이 일어 그의 말엔 아예 귀 기울이지도 않았다. 그녀는 재빨리 한 발짝 물러나더니, 양손에서 거친 바람을 일으키며 온 힘을 다해 사문(師門)의 절

학인 강자류(江自流)를 펼쳤다. 두 팔을 둥글게 모아 마치 태극을 그리듯 휙휙 휘두르자 손 그림자가 즉시 사라지는가 싶더니, 강력한 힘이 회오리처럼 빙빙 돌며 비류를 덮쳤다. 소년의 차갑고 무심한 얼굴에도 이 순간에는 한 줄기 표정이 떠오르고 말았다.

하지만 어떻게 해석해도 그 표정은 결코 당황스러움이 아니었다. 그의 표홀한 몸은 출렁이며 덮쳐오는 힘을 보고도, 발에 힘을 주어 낙법을 준비하기는커녕 도리어 더욱 몸을 가볍게 하여 나뭇가지 끝에서 하늘하늘 떨어지는 마른 잎처럼 회오리를 따라 뱅글뱅글 돌며 불가사의한 자세로 귀신같이 옆구리 아래쪽으로 두 손을 뻗었다. 그 손은 무색무형의 손 그림자 사이를 똑바로 찔러, 정확하게 하동의 손목 부위를 때렸다.

모든 것이 너무나도 갑작스레 끝났다. 조금 전만 해도 사람 그림자가 휙휙 날아다니고 장풍이 어지럽게 일었지만, 눈 깜짝할 사이에 두 사람은 신속하게 떨어져나가 한 장의 거리를 두고 서로를 바라보고 있었다.

하동은 왼손으로 오른쪽 손목을 잡고 있었다. 표정은 아직 평온했지만 안색이 다소 창백하고 들릴락 말락 숨을 헐떡였다. 비류는 여전히 평소 늘 보는 모습 그대로 차가운 얼굴에 눈동자에도 아무런 감정이 없었다. 그는 하동의 발밑을 힘주어 가리키며 말했다.

"거기! 괜찮아?"

소경예는 넋이 나간 얼굴로 두 사람을 번갈아 바라보며 한동안 아무 말도 하지 못했다. 지금 그 앞에 거울이 하나 있었다면, 그는 자기 얼굴에 새겨진 두 글자를 똑똑히 볼 수 있었으리라. 경악!

비류의 무공이 지극히 높다는 것도, 이 소년의 수법이 자신보다 훨씬 뛰어나다는 것도 이미 알고 있었다. 하지만…… 하지만 저 사람은 하동이었다. 출사한 후 10여 년간 현 황실의 장경사로서 조정과 강호 양쪽에서 손가락 꼽을 만한 고수가 아닌가. 반면 비류는 어린아이나 다름없는 지능에, 소 형의 무릎에 기대 있는 모습을 자주 보이던 소년이었다. 그런데 그가 하동을 쓰러뜨리다니!

놀라움을 숨길 생각도 못한 소경예에 비해, 당사자인 하동은 도리어 훨씬 침착하고 태연했다. 그녀는 운기행공으로 손목에 고인 응어리를 푼 다음, 헝클어진 머리칼을 정리하고 입을 오므려 생긋 웃었다.

"이 하동이 경솔했소. 소 선생을 한번 뵙게 해주시오."

앉은뱅이 관목들 사이로 매장소의 목소리가 유유히 들려왔다.

"비류, 그 누님을 모셔오렴."

비류는 곧 고개를 끄덕이고 매장소가 있는 쪽을 가리키며 하동에게 말했다.

"가!"

비류를 잘 아는 사람은 그가 늘 이런 모습이라는 것을 알지만, 모르는 사람에게 이런 행동은 몹시 무례했다. 소경예가 황급히 다가가 말했다.

"하동 누님, 나무라지 마세요. 비류는 늘 저렇게 간단히 말해요. 불손한 게 아니라고요."

하동도 보는 눈이라면 누구에게도 뒤지지 않았다. 싸움이 끝나고 자세히 살펴보며 비류가 남들과 다른 점이 있다는 것을 알아챈 그녀는 화를 내지 않고 복도로 들어가 정자에 올랐다.

매장소는 손님을 맞으려고 벌써 일어나 있었다. 그는 웃는 얼굴로 하동에게 조그만 탁자 옆의 비단 방석에 앉기를 권하고는, 직접 옆에 있는 화로의 뚜껑을 열어 모락모락 피어오르는 하얀 김을 바라보며 말했다.

"매설 7푼, 청로 3푼을 섞었습니다. 이제 다시 물이 끓기 시작했군요. 한잔 맛보시겠습니까?"

"후한 대접, 감사합니다."

하동이 편안하게 대답했다.

이때 비류는 또 어느 나무 위로 올라가 놀고 있는지 행방이 묘연했다. 늘 세심하고 예민한 소경예는 하동이 그저 호기심이 동한 보통 사람과는 달리 이유가 있어서 찾아왔다는 것을 알았다. 그는 그들을 방해하고 싶지 않아, 바깥채에서 친구와 약속이 있다며 인사하고 떠나갔다. 그리하여 정자 위에는 두 사람만 남았다.

물을 부어 자줏빛 자사 다기를 따뜻하게 데운 후, 매장소는 나무 국자로 적당한 양의 찻잎을 떠서 찻주전자 바닥에 깔고, 보글보글 끓는 물을 주전자의 9할 정도 차도록 천천히 부어 거품을 빨아낸 다음 첫 물을 버렸다. 그리고 다시 물을 부어 잠시 기다렸다가 두 손으로 손님에게 바쳤다.

하동도 두 손으로 잔을 받아 천천히 향을 음미하고 살짝 한 모금 마셨다. 찻물을 잠시 입에 머금었다가 삼키자 이와 목이 달달했다. 그녀는 두 눈을 살며시 감고 맛을 느끼면서 한동안 아무 말도 하지 않았다. 정말로 차를 마시러 온 손님 같았다.

그녀가 말이 없자, 매장소 역시 아무 말 없이 미소 띤 얼굴로 차를 마셨다. 뜨거운 수증기를 쐬자 본래 과도하게 창백한 그의 뺨이 발갛게 달아올라 한가롭고 고상해 보였다. 하동은 시선을 모아 한참 동안 그를 바라보다가, 이윽고 가볍게 탄식하며 말했다.

"솔직하게 한마디 하겠습니다. 부디 나무라지 마십시오, 선생."

"별말씀을 다 하십니다, 하 대인."

매장소가 경칭을 쓰며 겸손한 어조로 말했다.

"하실 말씀이 있으면 개의치 말고 하십시오."

"선생께서는 확실히 대단히 뛰어난 인물이군요. 아직도 선생이 어떤 사람인지 꿰뚫어볼 수가 없습니다. 하지만 선생께서 어떤 사람이든 결국 둘 중 하나일 수밖에 없겠지요."

"허."

매장소는 미소를 지었다.

"무슨 말씀인지 상세히 듣고 싶군요."

"선생은 차와 음률을 좋아하는 고상한 재자(才子)이거나 속셈이 가득한 모사(謀士)일 겁니다. 어느 쪽이든 예황 군주와는 어울리지 않습니다."

매장소는 여전히 웃음 띤 얼굴을 유지하며 온화하게 말했다.

"하 대인께서 이렇게 찾아오신 것이, 소문을 듣고 이 몸이 군주가 고른 짝인 줄 알고 미리 관찰하기 위해서란 말입니까?"

하동은 피식 웃었다.

"목적은 확실히 그렇지만, 소문을 들었기 때문은 아닙니다."

"그래요?"

"나는 예황 군주와 오래 알고 지냈고, 군주의 성격은 제법 잘 압니다. 특별한 이유가 없다면, 설사 선생이 아무리 폐하와 황자들에게 인정을 받고 잘나가는 사람이라 해도 군주가 그렇게 예우하지는 않았을 겁니다."

이렇게 말한 다음 하동의 눈빛이 갑작스레 차갑게 변했다.

"하지만 군주의 여러 가지 우대에도 선생의 반응은 정말 실망스럽더군요. 서로 좋은 감정을 갖고 친해질 생각이 전혀 없는 것 같아 나로선 이해할 수가 없습니다. 목왕부에도 나와 같은 생각을 하는 사람들이 있지요. 선생이 너무 오만하고 정성이 없다고 말입니다."

매장소의 얼굴에 쓴웃음이 떠올랐다. 그는 손에 든 차를 다시 한 모금 마신 후 비로소 천천히 대답했다.

"하 대인, 이 몸도 직언을 올리지요. 대인께서는 정말이지 잘못 알고 계십니다."

"잘못이라고요?"

"군주께서는 절세의 풍모와 원대한 도량을 지니셨습니다. 장님도 벙어리도 아닌 제가 어찌 그분을 경모하는 마음이 없겠습니까? 다만 첫째로는 늘 병을 앓고 허약한 몸이라 수명이 길지 못합니다. 여태 아내를 맞아들이지 않은 것도 남의 집 귀한 딸을 고생시키기 싫어서인데, 하물며 군주라니요? 둘째로는 제게 뜻이 있다 한들 아마 군주께서는 다르실 겁니다. 하 대인께서 방금 말씀하신 것처럼, 제가 어떤 사람이든 군주와는 어울리지 않습니다. 하 대인께서도 그 점을 잘 아시는데, 군주 본인이 어찌 모르시겠습니까? 군주의 마음속에 들어갈 사람은 필시 의기 높은 대장부이자 호기로운 사내로, 군주와 함께 전장에 나아가 나란히 적을 막아낼 사람일 겁니다. 어찌 이 몸처럼 게으르고 의기소침하며, 용맹함이라고는 전혀 없는 사람과 같겠습니까?"

"허나 예황은 분명……."

"예황 군주께서는 확실히 저를 남다른 예우로 대하셨습니다. 하지만 그 이유는 여러분이 상상하는 그런 게 아닙니다."

매장소는 찻잔을 내려놓고 손가락을 펼쳐 화로에 쬐었다.

"하 대인께서는 장경사로서 뛰어난 수법을 가지고 계시니 분명 저의 내력을 상세히 조사하셨겠지요?"

하동은 태연히 고개를 끄덕였다.

"그렇소. 강좌맹 종주가 이렇게 젊은 데 조금 놀라긴 했지요."

매장소는 자기가 차가운 공기 속에 뿜어낸 김을 보며 느긋한 눈빛으로 느릿느릿 말했다.

"제 신분은 군주께서도 알고 계십니다. 군주께서 저를 좋게 보신 것은 바로 그 때문입니다."

하동이 눈썹을 치켜세웠다. 눈동자에 이해할 수 없다는 감정이 스쳐갔다.

"강좌맹이 비록 천하제일의 대방파이고 자못 기세가 있지만, 선생이 화를 낼 만한 말이긴 해도 그래봤자 강호 문파에 불과합니다. 군주께서는 귀한 몸이고 10만 철기병을 통솔하는 분인데, 선생의 그 정도 신분 때문에 군주가 그랬다고요?"

매장소는 천천히 일어나 앉았다. 소매에서 향 몇 개를 꺼내 옆에 있는 보라색 솥에 넣어 태우고, 품에 내내 안고 있던 난로도 꺼내 뚜껑을 열어 작은 부젓가락으로 빨갛게 타오른 숯을 바꾼 다음 다시 단단히 껴안으며 긴 의자에 훨씬 편한 자세로 앉았다. 그런 다음에야 웃으며 말했다.

"하늘은 흐리지만, 난로를 안고 향을 태우며 맑은 차까지 있으니 이 또한 즐거운 일이라 할 수 있지요. 하 대인께서 급한 일이 없으시다면 이 정자에서 제 옛이야기를 좀 들어보시겠습니까?"

하동의 시선이 담담한 미소를 짓는 매장소의 웃는 얼굴에 꽂혔다가 한참 후에야 아래로 뻗은 속눈썹 사이로 서서히 옮겨졌다. 오늘 녕국후부에 오기 전 그녀는 이 소철이 어떤 사람일까 상상했었다. 그런데 진짜 만나보니 그는 소문과 상상보다 훨씬 깊이가 있었다.

"소 선생께서 그럴 틈이 있으시다니 당연히 귀를 씻고 경청해야지요."

매장소는 그녀를 향해 살짝 고개를 끄덕이더니, 얼굴을 옆으로 돌려 유일한 청중에게서 시선을 옮겨 어슴푸레 황혼이 지는 하늘 저편을 바라보았다. 그러고는 빠르지도 느리지도 않은 속도로 이야기를 시작했다.

"어느 나라 어느 왕조에 한 번왕(藩王)이 있었습니다. 용맹한 병사들을 데리고 변경을 지키며 항상 황제의 깊은 총애를 받고 신임도 두터웠습니다. 어느 해, 그 번왕이 딸을 데리고 경성에 갔습니다. 어린 군주는 황궁에 남아 수많은 황실 종친의 아이들을 알게 되었지요. 그 중에는 조정 대원수의 외아들도 있었습니다. 그녀보다 두 살 많은 그 아이는 무척 활달하고 거만하고 잘난 척하는 장난꾸러기였지요. 두 사람은 늘 함께 장난을 치곤 했습니다. 격 없이 지내는 두 아이를 보고 태황태후가 나서서 둘의 혼사를 정해줬지요. 번왕과 대원수는 깊은 교분은 없었지만, 뭐니 뭐니 해도 가문이 잘 맞았기 때문에 양쪽 모두 이의는 없었습니다. 그런데 누가 알았을까요. 혼사가 결정되고 겨우 1년 만에, 대원수가 역모사건에 휘말려 부자 모두 목숨을 잃었습니다. 번왕은 멀리 변경에 있어 그 사건과는 관련이 없었지만, 아무래도 사돈 될 사이였기에 연루될 수밖에 없었지요. 황제는 그에게 의심을 품기 시작했고 군량이나 다른 여러 면에서 예전처럼 척척 잘해주지 않았습니다. 그렇게 2년이 지나자 번왕의 전력에도 자연히 영향이 미쳤지요. 그때 이웃 나라가 갑자기 병사를 일으켜 변경을 침범했습니다. 번왕은 첫 번째 싸움에서 패배하고 두 번째 싸움에서 전사했지요. 남은 딸과 어린 아들, 그리고 주인 없는 병사들은 모두 의지할 곳 없는 서글픈 처지가 되었습니다. 그때는 아직 구원병도 도착하지 않았고 정세는 위급했지요. 나이 겨우 열일곱이던 어린 군주는 상복을 입고 싸움터에 나가 아버지를 대신해 병사를 이끌고 악전고투했고, 놀랍게도 성을 지켜냈습니다. 하 대인, 그 어린 군주가 당세의 뛰어난 여인이라고 생각지 않으십니까?"

하동은 그윽한 눈빛으로 가만히 한숨만 쉴 뿐 대답이 없었다. 당시 그녀가 구원군을 따라 남쪽으로 내려갔을 때 보았던, 성벽 위에 선 하얀 갑옷을 입은 굳센 표정의 소녀가 다시금 눈앞에 떠오르는 것 같았다. 나이가 그 소녀보다 열 살 많고, 오랫동안 현경사에 있으며 온갖 일을 보아온 그녀였지만, 그때의 역경을 함께 헤쳐나간 후 이 불굴의 소녀에게만은 '존경'이라는 감정을 느꼈다. 심장을 칼로 저미는 피맺힌 원한이 가로막지 않았다면, 장경사 하동과 예황 군주, 이 두 명의 용맹한 여자 사이의 우정은 생사지교를 맺은 뜨거운 혈기의 남자들에 결코 뒤지지 않았으리라.

매장소는 그녀의 표정을 슬쩍 살피며 다시 말을 이었다.

"위급은 해결되었지만 상황은 여전히 불안했지요. 어린 군주는 한 싸움으로 위명을 떨쳤고, 번왕의 철기들은 모두 그녀에게 복종

했습니다. 그녀보다 더 나은 적임자를 찾지 못한 조정은 그녀가 잠시 번진의 군대를 이끄는 것을 허락했습니다. 그 잠시가 10년이라는 긴 세월이 되었지요. 몇 번이나 위험한 상황이 있었지만 그녀 혼자 막아냈습니다. 사람들은 강력한 병사를 이끄는 그녀의 혁혁한 위세만 보았지, 그 마음속 괴로움과 부담감이 어떤지 누가 알겠습니까? 심지어 사람들은 2년 전 그녀가 거의 돌이킬 수 없을 정도로 위기에 몰렸었다는 사실조차 모릅니다."

여기까지 말하자 하동은 소름이 끼친 듯 표정이 바뀌었다.

"그런 일이 있었는데 조정이 몰랐다는 겁니까?"

매장소는 눈빛으로 그녀를 위로하며, 여전히 원래의 어조를 유지한 채 말했다.

"군주의 휘하는 야전에 능하고 공격과 방어를 잘하니 분명 용맹한 군대입니다. 하지만 가장 약한 부분이 바로 수전(水戰)이지요."

운남의 철기군을 비교적 잘 아는 하동은 저도 모르게 고개를 끄덕이며 동의를 표했다.

"그 위기는 이웃 나라의 어떤 고인(高人)이 지독한 수공(水攻) 계책을 입안하면서 비롯되었지요. 처음에는 기습을 해서 힘으로 강나루를 빼앗고, 거함으로 진영을 삼고, 작은 배는 무기로 삼고, 수로를 길로 삼아, 모든 보급품을 물 위로 운반하며 엄청난 수군을 이용해 강을 따라 곧장 중심부를 들이치는 것이었지요. 비록 위험하지만 기발한 효과를 얻을 수 있는 계책이었습니다. 군주가 전력을 들어 강나루를 공격하면 적은 그 틈을 노려 수군을 상륙시켜 어지럽히고, 군주가 물에서 적군을 공격하면 단점으로 적을 공격하는 셈이니 적에게 이로웠습니다. 양쪽 모두 휘하에 장수가 많았으니 적을 깨뜨릴 방법이 없었지요. 일군의 원수로서 당시 군주의 애타는 마음을 누가 알겠습니까?"

여기까지 말한 후 그는 기침을 몇 번 콜록콜록하고는 차를 마셨다.

"그다음엔 어떻게 되었지요?"

넋을 잃고 듣던 하동은 이야기가 멈추자 참지 못하고 캐물었다.

"위기일발의 순간, 진영에 한 젊은이가 찾아왔습니다. 그는 자신이 수전에 능하다 자부하며 일을 시켜달라고 했습니다. 사람을 보는 혜안이 있는 군주는 파격적으로 그를 기용했습니다. 그 사람은 과연 허풍선이가 아니라 정말 수군의 기재였습니다. 보름 동안 방법을 생각한 다음, 그는 직접 전투에 임해 단번에 적을 격파했습니다. 전쟁이 끝나고 조정에 첩보를 올릴 때, 군주는 본디 그를 으뜸으로 올려 표창을 해달라고 청할 생각이었습니다. 하지만 그는 무슨 이유인지 끝끝내 이름 올리는 것을 거절했지요."

"아니?"

하동은 당황했다.

"혈전의 공로도 거부하다니, 참 이상하군요."

"어쩌면 그 사람은 관직에 뜻이 없었을지도 모르지요."

매장소는 담담하게 말한 후 다시 이야기를 이어갔다.

"그 후 반년 동안 그 젊은이는 군주의 진영에 남아 새롭게 수군을 훈련시키고 예전의 약점을 보완했습니다. 그자는 성격이 시원시원하고 인품도 남달랐으며 장난스럽기도 했습니다. 두 사람은 나이도 외모도 잘 어울렸기 때문에 함께하는 나날이 길어질수록 자연히 서로 호감을 느끼게 되었습니다. 다만 여러 차례 때가 좋지 않아 서로에게 고백을 하지 못했을 뿐입니다. 정말이지 유감스러운 일이지요."

여기까지 들은 하동은 곰곰이 생각하다가 저도 모르게 화가 치밀었다. 서로 호감이 있었다면 공개적으로 열리는 군주의 신랑감 선발대회는 그 남자에게 매우 좋은 기회였다. 그런데 그 사람이 나타나지 않은 것을 볼 때 벌써 군주를 저버린 것인지도 모른다. 늘 불공평한 일을 두고 보지 못하는 하동인데 군주의 이런 이야기를 듣자 화가 나지 않을 수 없었다. 그녀는 즉시 옷자락을 떨치며 일어나 팽팽하게 긴장된 얼굴로 물었다.

"그 사람이 누굽니까? 지금 어디에 있지요?"

매장소는 직접적으로 대답하지 않고 고개를 약간 숙인 채 여전히 빠르지도 느리지도 않은 속도로 이야기를 계속했다. 하지만 목소리가 점점 가라앉았다.

"반년 후 어느 날, 그 젊은이는 갑자기 작별을 고하고 떠났습니다. 간단한 편지 한 통만 군주에게 남긴 채 말입니다. 편지에는 '맹에서 부르니 명을 받아 돌아간다' 라고 되어 있었지요. 군주는 단호하게 가버린 그에게 화가 나 편지를 찢어버리고 아무에게도 쫓지 말라고 했습니다. 하지만 그 아우는 받아들일 수가 없어 고수를 보내 그 뒤를 쫓았습니다. 놀랍게도 그 사람은 도주(塗州)에 들어간 뒤로 마치 바다에 떨어진 빗물처럼 감쪽같이 사라져 더 이상 종적을 찾을 수 없었습니다."

하동이 얼마나 예민한 사람인가. 이 이야기를 듣자 그녀는 곧 요점을 찾았다.

"도주라면 강좌맹의 세력이군요. 장장 열네 개의 주를 가진 곳이 강좌맹 말고 또 어디 있겠습니까?"

매장소는 인정하지도 부인하지도 않고 말했다.

"그 후 다시 1년이 흘렀지만 번왕의 부중에서는 여전히 그 젊은이의 소식을 얻지 못했습니다. 군주는 비록 아무 말 없었지만, 부중 사람들은 그 사람의 박정함을 도무지 용서할 수 없었습니다. 때마침 군주의 어린 아우가 성년이 되어 경성에 들어와 작위를 이어받았습니다. 조정은 공개적으로 군주의 신랑감을 구하려고 마음먹고 먼저 그녀의 의견을 물었습니다. 모두 군주의 오만한 성격상, 그런 공개적인 도전 방식은 받아들이지 않을 거라고 생각했습니다. 그런데 놀랍게도 그녀는 조건을 몇 개 덧붙인 후 승낙했지요."

하동은 동요했다. 너무 애처로운 마음에 저도 모르게 한숨이 푹 나왔다. 그녀는 착잡한 얼굴로 말했다.

"여자의 애착은 언제나 남자보다 깊지요. 그녀가 겉으로는 아무렇지 않은 것 같아도 사실 속으로는 여전히 그 젊은이가 이번 기회에 시합에 나와줬으면 하고 바란 거군요."

매장소는 고개를 숙인 채 말이 없었다. 그의 눈빛도 처량했다. 이야기는 여기까지였다. 이제 반 정도 진행되었지만, 미래가 어떻게 될지는 모르는 일이었다. 앞으로 어떻게 될런지는.

—

13

—

두 사람이 이야기를 나누는 사이 하늘 저편으로 어두운 구름발이 점점 내려앉고 있었다. 눈이 내릴 것처럼 춥고 저녁이 되자 바람도 거세졌다. 하동은 찻잔을 내려놓고 일어나 정자 가장자리로 가서 먼 곳을 내다보았다. 하늘 가득한 어두운 안개와 먹구름에 어우러진 가늘고 늘씬한 그녀의 몸은 더한층 유연하면서도 힘 있어 보였다. 요사하면서도 아름다운 얼굴에는 아무 표정이 없어, 뭔가 깊이 생각하는 것 같기도 하고, 아무 생각 없이 운기행공을 하는 것 같기도 했다. 그러나 폭풍 전야의 고요함이란 늘 짧은 법이었다. 아주 잠깐이 지난 후 그녀는 심호흡을 하더니 몸을 홱 돌렸다. 불길처럼 번쩍이는 눈빛이 똑바로 매장소를 덮쳤다. 목소리는 더욱더 매서웠다.

"선생은 그 일을 잘 아는군요. 그렇다면 말해주시죠. 서로 사랑하는데 그자는 왜 오지 않았답니까?"

"왜 오지 않았느냐고요?"

매장소가 처연하게 웃었다. 그의 안색이 눈처럼 허옜다. 그는 천천히 눈을 감으며 혼잣말처럼 중얼거렸다.

“하 대인은 제게 그리 물을 수 있지만, 저는…… 제가 어찌 그에게 그렇게 물을 수 있겠습니까?”

서로 사랑하는데 왜 오지 않는가? 왜 오지 않는가?

이미 지옥에 떨어졌지만 아직 이 세상에 살고 있는 사람이기 때문이었다. 그래서 그는 고통스레 발버둥 치며 양쪽에서 시련을 당할 수밖에 없었다.

그에게 남녀 간의 사랑이란 물론 순수하고 아름답지만, 친구의 우정 또한 금이나 옥처럼 귀했다. 세상에서 가장 자유롭고 세속의 법칙에 구애받지 않는 사람이라 해도, 친구에게 미안할 일은 결코 하지 않으려는 집념만큼은 갖지 않을 수 없었다.

하지만 ‘정’이라는 글자는 결코 피할 수 없는 것. 겉으로는 예전처럼 빙그레 웃으며 아닌 척해도, 마음속 상심과 울적함을 가릴 수는 없었다. 얼마 전 영봉루에서 강좌맹 종주라는 그에게 몇 번이나 말하려던 군주처럼, 묻고 싶지만 묻기 어려워 괴로워하던 군주처럼, 그것은 아무리 평온하고 꿋꿋한 얼굴의 가면도 가릴 수 없는 마음속 감정이었다.

당시 예황을 돕기 위해 그 사람을 보낼 때, 그 역시 이런 결말은 예상하지 못했다. 하지만 이제 빙설처럼 깨끗한 두 사람의 진심을 보았는데, 어떻게 고지식한 생각을 품고 그 사이의 장애물이 되겠는가?

임수는 본래 기구한 운명이었다. 어린 시절 사랑과는 무관한 혼약 때문에 벌써 몇 년 동안 예황을 힘들게 했다. 지금은 언제 숨이 끊어질지 모르는 병약한 몸이고 앞길도 순탄치 않으니, 더욱더 남녀 간의 정에 개입할 여력이 없었다. 오늘 차를 준비하고 하동이 오기를 기다린 것도 결국 이 시름을 마무리 짓기 위해서였다.

"하 대인."

매장소가 다시 눈을 떴을 때 그 눈 속에는 평온함과 부드러움만 남아 있었다. 그는 부드럽게 하동을 응시하며 평온하고도 차분한 목소리로 말했다.

"저는 군주와 교분이 깊지 않아 직접 전하기는 어려운 말이 있습니다. 오늘 차를 준비해 하 대인을 대접하고 이런 이야기를 들려드린 것은 대인께 저 대신 말을 전해달라 청하기 위해서입니다. 군주는 계속 결정을 내리지 못하고 망설이며 제게 직접적으로 그 사람의 사정을 묻지는 못하셨지만, 그분이 속으로 무엇을 궁금해하시는지 압니다. 그 사람은 확실히 우리 강좌맹 사람입니다. 예전에는 저도 군주의 마음을 확실히 몰랐고, 두 사람 사이에 무슨 오해가 있나보다 해서 그를 추궁하고 싶지 않았습니다. 하지만 군주와 만난 후, 알아야 할 것들은 확실히 알았지요. 그러니 군주께선 안심하셔도 됩니다. 그 사람의 마음도 결코 군주에 비해 얕지 않습니다. 다만 지금은 몸을 뺄 수 없는 일이 있어 잠시 경성에 들어오지 못할 뿐이지요. 군주께서 저를 믿으신다면 그에게 조금 더 시간을 주시기 바랍니다."

그 말을 듣자 하동은 서둘러 반응하지 않고 도리어 한참 꼼꼼하게 음미했다. 이윽고 그녀가 눈을 찌푸리며 말했다.

"남아대장부라면 시원시원해야지요. 사랑하면 사랑하는 것이고, 사랑하지 않으면 사랑하지 않는 겁니다. 대체 무슨 대단한 임무가 있기에 금릉에 올 수 없을 정도로 바쁘단 말입니까?"

매장소는 자세히 해명하지 않고 담담하게 한마디만 했다.

“강호 사람에게는 마음대로 할 수 없는 일이 있습니다. 부디 이해해주십시오.”

하동은 차갑게 ‘흥’ 하고 코웃음 쳤지만 결국은 이렇게 말했다.

“군주와 관계있는 일이고, 선생께서도 이렇게 솔직하게 알려주시니, 선생 대신 발품을 좀 팔아도 상관없겠지요. 하지만 선생도 그자에게 전해주시죠. 훗날 만나면 이 하동이 쉽게 넘어가지 않을 거라고요.”

매장소는 미소를 지었다.

“하 대인 같은 친구를 얻는 것은 참으로 쉬운 일이 아니지요.”

그 말을 듣는 순간, 하동의 눈빛이 돌연 싸늘해졌다. 그녀가 차갑게 말했다.

“지금은 내 친구가 아닙니다. 혼인을 해야 친구라고 인정할 겁니다.”

“그렇습니까?”

매장소는 그 말은 전혀 개의치 않고 쉽사리 말을 이었다.

“벌써 효력을 잃은 지난날의 혼약 때문입니까? 군주가 다른 사람에게 시집가지 않는 이상 여전히 임가의 사람이라는 말씀이군요. 하 대인께 임가의 사람들은 곧 불구대천의 원수군요?”

아무 생각 없이 한 말 같지만, 하동은 그 말을 듣자 온몸이 딱딱하게 굳고 속눈썹이 격렬하게 떨렸다. 그녀는 매장소가 그 일을 아는 것을 이상하게 생각하지 않았다. 그때의 케케묵은 일은 비록 조정이 기억을 지우려 애를 썼지만, 아무래도 만 명 가까운 사람이 연루된 큰 사건이었으므로 강좌맹 같은 제일 방파의 실력으로 마음먹고 조사하고자 하면 자연히 알아낼 수 있었다. 사실 그녀를 충격에 빠뜨린 것은 그 말을 들었을 때의 자신의 느낌이었다. 별안간 가슴속에서 억누를 수 없는 감정이 거칠게 흘러나왔다.

벌써 12년이나 지난 일인데도, 더 이상 한밤중에 꿈에서 깨어나 떨리는 가슴으로 눈물 흘리지 않게 되었는데도, 다년간의 수련으로 평온을 되찾았음에도, 여전히 완전히 치유되지 않았다. 저 고상한 서생이 지나가는 말처럼 꺼낸 '임가' 두 글자는 가슴속의 피나는 고통과 뼈에 아로새긴 원한을 불쑥 끄집어냈다. 그 감정은 까만 머리칼 속의 흰머리처럼, 영원히 선명하게 눈에 띄고 언제 어디로 가든 결코 모른 척할 수 없었다.

매장소의 눈길이 하동의 몸에서 떠났다. 느닷없이 드러난 그녀의 약한 면을 차마 볼 수 없는 것처럼.

장경사인 하동은 당연히 강자 중의 강자였다. 하지만 자랑스러운 신분과 굳센 가면을 벗기면, 그녀 역시 그 참극이 남긴 수천수만의 비통한 고아와 과부 중 한 명이었다.

처음 시집갔을 때의 그녀는 아름다운 청춘이었고 생기발랄했다. 머리에 쓴 가리개를 벗기기도 전에 그녀는 속세의 예법에 구애받지 않고 남편 대신 술을 마시기 위해 신방을 나섰다. 환한 달과 붉은 촛불 아래의 아름다운 한 쌍 중 한 명은 적염군의 명장이었고 한 명은 현경사 문하 제자였다. 부모와 스승이 웃으며 축복을 빌어주고, 군의 형제들은 그들을 둘러싸고 축하하며 앞으로 좋은 시절 보내며 서로 돕고 의지하라고 했다. 그 행복이 길고 길 줄 알았는데, 그 좋던 부부의 금슬이 7년 만에 잿더미가 될 줄 누가 알았을까? 오래된 길가에서 두 사람이 아쉬워하며 작별하던 모습을 본 것이 엊그제 같은데, 다시 만난 그녀는 이미 혼자된 지 12년 된 미망인이었다.

다행인 것은 그녀가 하동이라는 것이었다. 장경사의 직책과 굳은 심지가 그 충격을 견디게 해주었고, 동문 사형제 앞에서는 한 번도 슬픔을 드러내지 않았다. 불행한 것 역시 그녀가 하동이라는 것이었다. 그 어지러운 혼란 속에서 사람들은 굳센 그녀를 세심하게 챙기지 못했다. 어느 날 갑자기 그녀의 귀밑머리가 하얗게 세고 눈동자가 얼음처럼 차가워진 것을 발견한 후에야, 모두 그녀의 마음속에 있는 울분과 슬픔을 깨닫고 깜짝 놀랐다.

어쩌면 조금이나마 하동의 심경을 헤아리는 사람은 예황 군주였을 것이다. 어쩔 수 없이 서둘러 어른이 되어야 했던 그 소녀, 본래부터 세상에서 가장 오만하고 세력 강한 그 여자는 처음 하동과 만났을 때 하동의 여러 가지 도발과 괴롭힘을 참고 넘겼다. 두 사람이 어깨를 나란히 하고 적을 막아내며 깊은 우정을 쌓은 후에도, '하루라도 시집을 가지 않으면 내 친구가 될 수 없다' 는 하동의 차가운 선언을 묵묵히 받아들였다.

하지만 매장소는 잘 알고 있었다. 이 세상 누구든 감히 예황 군주에게 나쁜 짓을 하면 가장 먼저 나설 사람이 바로 하동이라는 것을. 군주가 시집을 가든 안 가든, 군주가 명분상으로는 여전히 임가의 사람이든 아니든, 그녀는 하동의 가장 가까운 친구였다. 전쟁터에서 맺은 우정은 세상에서 가장 변질되기 어려우니까.

"소 선생."

잠시 침묵이 흐른 후, 하동이 격하게 요동치는 감정을 다스리며 차갑게 물었다.

"경성에 오신 이유가 대체 뭡니까?"

매장소가 빙그레 웃으며 말했다.

"아니, 장경사 대인께서 그것도 모르십니까?"

하동은 차갑게 코웃음을 쳤다.

"기린지재라는 말도 알고 선생이 웅지를 품고 있다는 것도, 언젠가 주군을 골라 섬기려는 것도 압니다. 하지만 알 수 없는 것은, 설령 선생이 태자와 예왕의 싸움에 끼어들고자 해도 그 오래된 지난 이야기들을 이렇게까지 상세히 조사할 필요는 없지 않은가 하는 겁니다."

매장소는 그녀의 냉랭한 태도는 전혀 개의치 않고 여전히 미소를 지으며 말했다.

"지금 일어나는 일은 모두 지난날의 연장선입니다. 과거를 조사하지 않고서야 지금 무엇을 해야 하고 무엇을 하면 안 되는지 어찌 알겠습니까? 아무리 오래된 지난 일이라도 원인이 있었기에 결과가 있는 겁니다. 현경사가 항상 공정하려고 애쓰는 것도 그런 신념이 있기 때문 아닙니까?"

"지난 일에는 물론 그만한 의미가 있지요. 다만 그 일들과 선생이 무슨 관계인지 알 수 없는 것뿐입니다."

하동의 눈빛이 횃불처럼 이글거리며 매장소의 얼굴을 쏘았다.

"설마 12년 전의 그 사건이 태자와 예왕이 서로 싸우는 지금의 정세에 영향을 준다는 겁니까?"

"연루가 되었다면 많든 적든 영향을 주겠지요. 하 대인께서는 설마 그들이 그날의 사건에 아무 관계가 없다고 생각하십니까?"

매장소가 담담하게 반문했다.

여자 장경사는 잠시 침묵하다가 말했다.

"그렇지요. 당시 그들이 불난 집에 부채질을 해 기왕(祁王)의 멸망을 재촉한 것은 인정합니다. 하지만 기왕이 야심을 품고 역모를 꾸미지 않았다면, 적염군이 그를 도와 비열한 짓을 하지 않았다면, 어찌 그런 벌을 받는 결과가 일어났겠습니까?"

매장소의 안색은 변함이 없었지만 남몰래 이를 악물었다. 한참 후 그가 숨을 토해내며 말했다.

"그러니까…… 그것이 대인께서 정왕 전하와의 만남을 피하는 이유입니까?"

하동의 표정이 굳어지며 그를 가만히 바라보더니 잠긴 소리로 물었다.

"그건 무슨 의미입니까?"

"하 대인께서는 조정에서 기왕의 역모와 관련해 발표한 내용을 의심 없이 믿지만, 정왕은 시종 기왕을 적극 변호했습니다. 황제 폐하의 인자함과, 형제의 정에 미혹되었을 뿐 확실히 역모와는 무관하다는 조사 결과가 아니었다면 정왕 역시 벌써 그 죄에 연루되었을 겁니다. 하지만 그렇다 해도 그분은 여전히 좌천당하고 억압을 받았습니다. 10년 동안 전쟁터에서 공을 세웠지만 친왕으로 봉해지지도 못해, 태자와 예왕은 정왕을 신경 쓰지도 않습니다. 대인과 정왕은 생각이 다르니, 서로 만났을 때 이 일을 꺼내지 않으면 괜찮지만, 혹시 실수로 꺼내게 되면 충돌을 피할 수 없을 겁니다. 그러니 가능하면 만나지 않는 것이 좋겠지요."

매장소가 하동의 눈을 똑바로 바라보았다.

"제 추측이 맞습니까?"

하동은 그를 뚫어져라 바라보았다. 그의 시선은 자세히 살피는 것 같기도 하고 별뜻 없는 것 같기도 했다. 하지만 결국 그녀는 부인하지 않고 담담하게 대꾸했다.

"정왕 전하는 황자시니 이 하동도 가능하면 건드리지 않는 것뿐입니다. 그는 기어코 사실을 인정하지 않고 역도들에게 마음이 쏠렸지만, 폐하께서 넓은 아량으로 관대하게 대하시는데 제가 그를 어쩌겠습니까?"

매장소는 몸을 살짝 숙여 그녀에게 뜨거운 차를 다시 따라주면서 말했다.

"보아하니 하 대인께서는 정왕이 반드시 틀렸다고 생각하시는군요?"

"물론 정왕이 틀렸지요."

하동의 시선은 확고부동했다.

"소 선생께서 일부러 그 일을 조사하셨다면 기왕의 역모를 조사한 사람이 누군지 아시겠지요?"

매장소의 입가가 남들이 알아보지 못할 만큼 살짝 긴장되었다. 그는 고개를 돌리고 여전히 산들바람처럼 고상한 표정을 지으며 웃었다.

"그야 누구나 아는 일이지요. 현 현경사의 수좌이자 대인의 스승인 하강 대인이시지요."

하강의 이름이 나오자 하동의 눈동자에는 즉시 공손의 빛이 떠올랐다. 목소리도 전에 없이 차분했다.

"스승님께서는 출사하신 이래 폐하를 보좌하셨고, 황명을 받아 수많은 사건을 조사하셨지만 오늘에 이르기까지 한 번도 실수하신 적이 없습니다. 소 선생께서 또 한 번 감히 의심하는 말씀을 하시면 스승에 대한 불경이라고 여기겠습니다."

"그럴 리가요."

매장소가 두 손을 내저으며 웃었다.

"하 수좌께서는 현경사를 지휘하면서 강직하고 공정한 성품으로 모두의 존경을 받는 분입니다. 저 같은 사람이 어찌 감히 의심을 하겠습니까? 이야기를 하다보니 갑자기 정왕이 생각났고 그래서 여기까지 이야기가 흐른 것이지요. 너무 나무라지 마시기 바랍니다."

"소 선생은 나라의 재자이신데, 어째서 조정과는 멀리 떨어진 정왕에게 갑자기 흥미를 보이시는지요?"

매장소가 눈동자를 굴리며 말했다.

"하 대인 앞에선 뒷말을 할 수가 없군요. 정왕처럼 무공이 높고 병사를 잘 거느리며, 또 황위에 위협이 되지 않는 황자라면, 누구라도 그를 휘하에 끌어들이면 강력한 도움이 되지 않겠습니까?"

하동은 멍하니 그를 바라보다가 갑자기 고개를 젖히고 큰 소리로 웃음을 터뜨렸다. 얼마나 우스웠는지 눈물이 다 나올 지경이었다.

"아니, 제 말이 그렇게 우습습니까?"

"우습고말고요."

하동은 눈가에 맺힌 눈물을 쓱 닦으며 다시 자리에 앉았다.

"선생은 기린 같은 재주와 천하를 바로잡을 재능을 가졌고, 천하제일 대방파를 거느려 눈과 귀가 되어줄 사람이 수없이 많습니다. 한데 지난 사건을 시시콜콜 따지고 조사하면서도 결국 사람 마음까지는 확실히 파악하지 못하셨군요."

"그렇지만도 않을 텐데요? 정왕은 폐하께 억압을 당하고, 그 어머니도 후궁에서 특별히 총애를 얻지 못하고 있습니다. 훗날을 위해서 무력을 가진 지금 일찍 결단해야 합니다. 이대로 수수방관하다가 나중에 모든 것이 결정 나면 다시는 두각을 나타낼 기회가 오지 않을 겁니다."

하동은 냉소를 지으며 말했다.

"역시 모사답게 형세와 이해만 따지고 사람 마음은 고려하지 않는군요. 다른 것은 몰라도 이것만큼은 단언할 수 있습니다. 나중에 선생께서 보좌할 주군이 태자가 되든 예왕이 되든, 정왕을 그들의 휘하로 끌어들이는 것은 영원히 불가능할 겁니다."

"호?"

매장소가 미미하게 웃음을 지었다.

"그렇게까지 확신하십니까, 하 대인? 형세에 의외의 변화가 생기면 사람 마음도 자연히 변하게 마련이지요. 몇 년 동안 뜻을 펼치지 못해 울적해하던 정왕에게 좋은 기회가 생겼는데 쉽사리 놓치려 하겠습니까?"

하동이 입꼬리를 살짝 삐죽이며 고개를 돌렸다. 더 이상 이 이야기는 하고 싶지 않은 것 같았다. 그녀가 비록 오랫동안 사리를 모르고 고집을 피우는 정왕 소경염에게 불만이 있기는 해도, 최소한 그가 큰형인 기왕과, 친한 친구였던 임수에게 보이는 정은 몹시 진실하고 깊다는 것을 잘 알았다. 그는 사건에 연루될까 두려워 어떻게든 선을 그으려고 한 적이 단 한 번도 없었고, 그 점 때문에 하동의 마음속에는 그를 향한 존경심이 남아 있었다. 그래서 소철의 냉정한 추리에 약간의 반감이 생기자 더 이상 대꾸하지 않은 것이다.

하지만 매장소의 가슴은 그녀의 이런 반응에 오히려 훈훈해졌다. 그가 방금 그런 말을 한 목적은 이 장경사가 훗날 그와 정왕의 왕래를 단순히 그를 끌어들이기 위한 계략으로 여기고 깊이 관심 갖지 않게끔 하기 위해서였다. 하지만 분명히 기왕 및 임가와는 반대편 입장에 있는 하동이, 정왕이 그동안 한 행동들에 차마 악담을 못하는 것을 보자 속으로 감동할 수밖에 없었다.

소경염은 10여 년간 꿋꿋이 참으며 아무리 불공평한 일을 당하고 박대를 당해도 허리를 숙이고 지난날의 입장에 대해 부황에게 무릎 꿇고 죄를 청하지 않았다. 그는 본래 군중에서 명망 있는 대장군이었다. 조금이라도 기미가 있었다면 태자와 예왕은 그를 받아들여 날개로 삼기를 무척 바랐을 것이다. 그는 누차 전공을 세웠고 변경을 안정시킨 공이 있는 성인 황자였다. 허리를 굽히고 고개를 숙이며 좋은 말로 뉘우치기만 하면, 황제도 이렇게 오랫동안 마음 독하게 먹고 공을 세워도 상을 주지 않을 정도까지 냉담하게 대하진 않았을 것이다.

그러나 누가 봐도 쉬운 이 모든 행동을, 그는 끝내 하지 않았다. 그저 묵묵히 주어진 명을 받들어 각지의 전쟁터를 바쁘게 뛰어다녔고, 가끔 시간이 나면 대부분을 왕부나 성 밖 군영에서 보냈다. 그렇게 황권의 중심에서 멀리 떨어져, 기꺼이 조정과 민간의 관심을 받지 않으려 한 것은 모두 마음속의 외로운 분노를 가라앉히기 힘들어서였다. 하지만 그런 정왕 소경염이기에, 지난날 적염군 소원수의 절친한 친구이자, 오늘날 매장소가 전적으로 지지할 미래의 주군이 될 수 있었다.

강좌맹 종주는 평온하면서도 그윽한 눈빛으로 눈이 내릴 것 같은 황혼의 하늘을 훑어보았다. 시꺼멓게 내려앉은 두꺼운 구름 속에서 가느다랗게 빛줄기가 새어나왔다. 정왕을 위해서 도움이 될 만한 모든 힘을 끌어들여야 했다. 목왕부는 본래부터 크게 염려할 문제가 아니었다. 지금 가장 중요한 것은 바로 장경사 하동이었다.

군웅들을 비웃던 지난날 적염군 선봉대장 섭봉(聶鋒)은 원수가 악의로 사지에 몰아넣는 바람에 전군이 포위되어 시체조차 온전히 보존하지 못했다. 이 결말은 유가족들의 가슴에 대못을 박았고, 하동의 뼛속 깊은 원한의 뿌리가 되었다. 손을 맞잡고 작별하던 잘생긴 낭군은 부서지고 망가진 몸과 피에 젖은 반쪽의 장포가 되어 돌아왔다. 사문의 혁혁한 위명도, 모든 사람이 경외하는 장경사라는 신분도, 매년 묘 앞에 외로이 서는 그녀를 막지 못했고, 다시는 눈썹을 그리지 않는 사람으로 만들었다. 이렇게 가슴 찢어지는 고통과 뼈를 깎는 원한을 두고, 어찌 원망하지 말고 어찌 미워하지 말란 말인가?

"하 대인은 경성 교외 밖에서 기습을 당하셨다지요?"

매장소는 하동의 일은 천천히 도모해야 한다는 것을 알고, 웃으며 다른 화제를 꺼냈다.

"그날 경예가 다쳐서 돌아오는 바람에 녕국후부의 아래위가 모두 놀라 발칵 뒤집혔지요. 장공주께서 의원을 부르고 약을 가져오라 명했고, 집안이 아주 시끄러웠습니다. 대인의 상처는 나으셨는지요?"

"남자아이가 조금 다친 것이 무슨 대수인가요? 장공주께서 지나치게 응석받이로 키우셨군요."

하동은 전혀 개의치 않고 말했다.

"내 상처는 심각하지 않아서 벌써 나았습니다. 신경 써주셔서 고맙군요."

"하지만 상처가 갓 나았을 때는 아무래도 움직일 때 지장이 있지요. 조금 전 우리 비류가 저지른 무례는 용서하십시오."

비류 이야기가 나오자 하동의 눈에 무사다운 열기가 스쳐갔다.

"호위무사는 과연 명불허전입니다. 오늘의 패배는 기꺼이 승복하지요. 하지만 너무 마음 놓지 말라고 하십시오. 우리 현경사는 여태까지 패해도 용기를 잃지 않았습니다. 이 하동도 나중에 더욱 열심히 수련하여 다시 한 번 가르침을 받으러 오겠습니다."

매장소는 전혀 걱정되지 않는 듯 말없이 미소를 지었다. 비류는 지능의 한계 때문에 도리어 마음속에 잡념이 없었다. 놀 때도 연공을 했고, 연공 자체가 놀이였다. 게다가 무예를 익히는 자질이 매우 뛰어나, 보통 사람이 두 배 노력해도 그의 속도를 따라잡기 어려웠다.

하동은 잔에 남은 차를 다 마신 후 탁자에 내려놓고 일어났다.

"오늘은 실례가 많았습니다. 선생의 부탁은 전력을 다하겠습니다. 나중에 선생께서 무엇을 하시든 모두 선생의 일입니다. 다만 미리 한 가지 경고하지요. 선생에게 하늘과 통하는 수완이 있다 한들 법망을 건드려 성심을 거역하는 일은 하지 마십시오. 그렇지 않으면 현경사의 맑은 거울과 날카로운 검이 선생을 용납하지 않을 겁니다."

"하 대인의 좋은 말씀 명심하겠습니다."

매장소는 일어나 그녀를 배웅하며 느긋하게 웃음을 지었다.

"대인께서 이렇게 간곡히 분부하시는데 감히 모른 척할 수야 있겠습니까? 해서 저도 충고 한마디 드리겠습니다. 충성이 반드시 충성은 아니요, 간악함이 반드시 간악함은 아닙니다. 조정에서 높은 자리에 있고 강호와도 통하는 사람, 아무런 흔적 없이 목숨을 건 살수를 부릴 수 있는 사람이 몇 명이나 될까요?"

하동은 심장이 부르르 떨려 홱 고개를 돌렸다. 하지만 눈앞에 보이는 담백한 얼굴과 편안한 표정을 보면 마치 방금 한 말이 단지 일상적인 인사말에 불과한 것처럼 느껴졌다.

질문하는 그녀의 눈빛을 받고도 매장소는 더 설명할 뜻이 없어 보였다. 그는 청삼을 살짝 들고 걸음을 옮겨 앞장서서 손님을 배웅했다. 건성으로 하는 '조심히 가십시오'라는 말도 이번에는 진짜 일상적인 인사말이었다.

오랫동안 장경사로 일해온 하동은 금방 그의 뜻을 깨달았다. 그래서 그가 깊이 이야기 나눌 생각이 없어 보이자 곧바로 시선을 옮기고 더 이상 캐묻지 않았다.

직위의 특성 때문에 장경사의 행동은 항상 비밀스러웠다. 하동은 경성에 온 뒤에도 돌아왔다는 사실을 크게 떠벌리지 않았다. 하지만 마음만 먹으면 그녀의 행적을 속속들이 아는 것도 어려운 일이 아니었다. 다만 하동은 음으로 양으로 쏟아지는 수많은 눈길에 일부러 신비롭게 행동하려 하지 않았다. 그녀는 황궁과 녕국후부, 경성의 목왕부 등 세 군데를 공개적으로 드나든 다음, 내내 현경사 관청에 틀어박혀 거의 나오지 않았다.

의외로, 하동이 경성에 돌아옴에 따라 일어날 '토지 강탈 사건' 폭풍은 예상과 달리 바로 터지지 않았다. 하지만 당장이라도 비가 쏟아질 것 같은 팽팽한 긴장 상태가 사람들을 더욱 견디기 어렵게 했다. 경국공 백업은 일찍이 몸져누웠는데, 어의가 넌지시 흘린 바로는 꾀병이 아니었다.

또 하나 사람들이 예상한 일도 벌어지지 않았다. 군주의 신랑감으로 내정되었다던 그 사람은 여전히 녕국후부에서 객경 대접을 받고 있었다. 황제는 그에게 진귀한 서필 두 폭을 하사하며 금을 타고 차를 마시자고 한번 불렀지만, 혼례 소식은 전혀 들려오지 않았다. 도리어 예황 군주는 하동의 방문을 받은 다음 날 사람을 보내 그에게 편지를 전했다. 그들이 대체 무슨 꿍꿍이속인지 다른 사람들은 도저히 알 수 없었다.

방에서 반성하라는 벌을 받은 태자는 무척 열심이었다. 벌을 받은 진짜 이유가 숨겨졌기 때문에 공개적으로 군주에게 사과할 수는 없지만, 동궁 사람들은 목왕부의 사람을 만날 때마다 예의를 갖춰 양보하고 남들이 혀를 내두를 정도로 몸을 낮췄다. 그 덕분에 잔뜩 화난 목왕부 사람들은 분풀이할 곳을 잃었고, 이로써 양쪽의 관계는 공개적으로는 악화되지 않았다. 월 귀비는 강등된 후 더욱 괴로운 척하며 빠르게 늙고 초췌해가는 모습을 보여, 황제는 점점 연민에 빠져 분노도 처음처럼 강하지 않게 되었다.

이런 무겁고 답답한 국면 속에서, 이미 경성의 유명인이 된 소철은 한가롭게도 따뜻하고 화창한 날을 골라 젊은 친구들을 불러 나들이를 나갔다.

얼룩덜룩한 흰 벽, 파손된 처마, 이따금씩 보이는 틈이 생긴 담벼락들. 여장 위에는 아무 규칙 없이 웃자란 자등과 담쟁이덩굴, 들장미의 시든 줄기로 가득했다. 시선이 닿는 곳은 온통 시든 풀과 반쯤 말라버린 연못, 그리고 어디서나 볼 수 있는 무너진 석가산(石假山)의 돌멩이와 거미줄 가득한 긴 복도뿐이었다. 언덕을 따라 오르락내리락 쌓아올린 바깥쪽 담은 오래전 인적이 끊긴 이 조그마한 장원을 아직도 튼튼하게 둘러싸고 있었다.

시든 나무로 어지러운 이 황폐한 수풀 속에 어울리지 않게 화려한 옷을 입은 사람들이 서 있었다. 그들은 주변의 쇠락한 풍경을 구경이라도 하듯 이리저리 둘러보았다.

"고개를 들었을 때 숭음탑(崇音塔)의 꼭대기가 보이지 않으면, 내가 어디 있는지 정말 몰랐을 거야."

그렇게 말한 사람은 겨울인데도 멋있는 척 부채를 들고 나온 국구부의 도련님이었다.

"금릉성에 이렇게 황량한 곳이 있었다니, 소 형, 어쩌다 이런 곳을 찾으셨어요?"

"내가 찾은 게 아니라네."

그렇게 대답하는 청삼을 입은 사람이 쓴웃음을 지었다.

"어떤 상단에 성안에서 머물 만한 장원을 사고 싶다고 말했는데, 그곳 주인이 이곳을 추천하더군. 아주 좋은 곳이라며……."

"아주 좋은……."

사필이 메아리처럼 그 말을 따라하더니, 멍하니 멀지 않은 곳에 있는 반쯤 무너진 화단을 바라보았다.

"그 사람이 좋다고 했다고 곧이곧대로 믿었단 말예요? 어떤 곳인지 보지도 않고 돈을 치렀다고요? 강좌맹이 그렇게 부자예요?"

언예진이 세 단계로 질문을 쏟아내며, 자기라면 절대 안 그런다는 뜻을 분명히 했다.

"그게, 비류를 보내 살펴보게 했더니 무척 좋다고 해서……."

"무척 좋다……."

메아리가 다시 한 번 희미하게 울렸다. 비류의 그림자가 그에게 겹쳐진 것처럼 그의 앞을 휙 스쳐 지나가더니, 여기저기 망가지고 쓰러진 미로 같은 가산 속으로 사라졌다. 아주 신나는 모양이었다.

언예진은 팔짱을 끼고 고개를 삐딱하게 꼬며 눈앞에 있는 우아한 남자를 바라보았다. 상인에게 집을 사면서 아이만 보내 확인하게 하고 값을 치렀다니. 기린지재란 본래 이런 건가? 역시 남달라.

"사실 그리 나쁜 곳도 아닐세."

매장소가 웃으며 말했다.

"최소한 구역도 좋고 크기도 적당하잖은가. 한참 동안 사람이 살지 않았으니 이렇게 폐허같이 된 것도 이상한 일은 아니지. 잘 보수하고 정리하면 아주 예쁠 거야. 게다가 비류도 저렇게 좋아하니까. 시간이야 좀 들겠지만."

언예진은 부채로 다른 쪽 손바닥을 탁탁 치면서 한가롭게 주위를 천천히 걸었다. 마치 이 정원을 다시 한 번 꼼꼼히 둘러보려는 것 같았다. 그런데 열 걸음 정도 걷다가 '으악' 하는 비명과 함께 그의 모습이 사라져버렸다.

옆에 있던 사람들은 화들짝 놀라 멀쩡하던 사람이 갑자기 사라진 신비로운 곳으로 일제히 달려갔다. 움직임이 가장 재빠른 소경예가 자연히 맨 먼저 도착했다. 그는 큰 소리로 연신 외쳤다.

"예진! 예진!"

"여기야……."

답답한 목소리가 아래쪽에서 들려왔다.

"나 좀 꺼내줘……."

소경예에게 손목을 잡혀 지하에서 쑥 뽑혀 나온 우리의 국구 공자의 화려하고 아름다운 옷에는 거무죽죽한 먼지와 누렇게 시든 지푸라기가 잔뜩 묻어 있었다. 소경예가 손으로 앞뒤를 탁탁 털었더니 먼지가 부옇게 일었다.

"낡은 우물이군. 음산한데?"

사필이 우물 입구를 가득 덮은 잡초를 조심조심 헤치고 안을 들여다보았다.

"둔덕이 완전히 무너졌어. 그러니까 몰랐지."

"다행히 내 반사 신경이 일품이어서 때맞춰 입구를 잡은 거야."

언예진은 머리에 붙은 지푸라기를 털어내며 죽상을 했다.

"에이, 재수 없어!"

하지만 소경예는 웃음을 터뜨렸다.

"떨어진 사람이 너라서 다행이야. 소 형이었다면 아무것도 못 잡고 곧장 바닥으로 곤두박질치셨을 텐데."

언예진은 이를 악물고 마치 배은망덕한 사람을 보듯 가장 친한 친구를 노려보며 원망스레 말했다.

"다행은 뭐가 다행이야? 내가 떨어진 게 그렇게 좋냐?"

매장소도 다가와 그의 옷을 털어주며 온화하게 물었다.

"다치진 않았나?"

"네, 저 같은 고수가 어디 그렇게 쉽게 다치겠어요?"

언예진이 하하 웃으며 아무렇지도 않은 듯 손을 휘휘 저었다.

"그러게."

사필이 진지하게 고개를 끄덕이며 동의했다.

"뭔가를 붙잡고 공중에 매달리는 게 형 특기잖아요. 예전에 수인원에 있을 때도 그렇게 매달려 있는 걸 자주 봤지요."

언제 왔는지 비류도 현장에 나타나 눈을 휘둥그레 뜨고 오물을 뒤집어쓴 언예진을 바라보았다. 못 볼 것을 본 듯한 그 시선에 언예진은 더욱더 낭패스러웠다.

"이런 폐허에는 위험한 곳이 더 있을지도 몰라. 나갈 때는 돌길 위로 가야겠어."

소경예가 한마디 당부한 후 매장소를 돌아보았다.

"소 형, 우리 발자국을 보고 따라오세요."

"형님은 너무 소심하다니까요."

사필이 비웃었다.

"아무리 황폐해도 정원은 그냥 정원이에요. 우물이 뭐 여기저기 있겠어요?"

"조심해서 나쁠 건 없지."

매장소가 웃으며 소경예의 편을 들어줬다.

"잡초가 빽빽하지만 예진이 조심하기만 했다면 떨어지지 않았을지도 모르네. 여긴 잡초로 뒤덮이고 높낮이가 제멋대로니 역시 도로로 가는 게 낫겠네."

아무래도 나이 많은 사람이 하는 말이 잘 먹히는 법. 모두 그의 제안을 따라 도로로 돌아가 아직 가보지 않은 곳을 천천히 둘러보았다. 하지만 아무리 둘러보아도 어디든 똑같이 황량했다. 정원은 별로 크지 않아 일행은 곧 후문에 이르렀다. 뜻밖에도 양쪽 문이 꼭 닫혀 있고 얼룩덜룩 녹이 슨 자물쇠가 채워져 있었다. 비류 말고는 아무도 저 정원을 되짚어 돌아가고 싶지 않았다. 그래서 가장 앞장선 사필이 슬쩍 문을 밀어보았는데, 예상 밖으로 문짝이 통째로 우당탕 떨어져나갔다.

"세상에, 이렇게까지 낡다니. 쓸 만한 건 푸른 벽돌로 지은 저 방들밖에 없겠는데?"

언예진이 고개를 설레설레 저었다.

"손보지 않을 곳이 하나도 없어."

"방의 문과 창문도 갈아야 할 것 같아. 썩지는 않았지만 너무 더러워."

사필도 말했다.

"소 형이 어떤 분인데 이렇게 허술한 곳에서 사신단 말예요? 동성 쪽에도 좋은 곳이 있다고 하던데……."

"됐네."

매장소가 웃으며 그의 말을 잘랐다.

"값도 치렀는데 어쩌겠나? 예진 말대로 우리 강좌맹이 경성 안에 장원을 몇 개나 사서 비워둘 정도로 부자는 아니라네."

사필이 황급히 말을 이었다.

"동성의 장원은 돈이 필요 없어요. 전하께서……."

"사필."

소경예가 다소 짜증나는 투로 말했다.

"그런 건 소 형이 직접 결정하는 거야. 왜 그렇게 말이 많아?"

사필은 골이 나서 더 말하려고 했지만, 매장소는 두 사람 사이에 끼어들며 농을 던졌다.

“이곳이 아무리 안 좋아도 이왕 샀으니 여기서 살 수밖에. 아니면 강좌맹 형제들이 내가 돈을 함부로 쓴다고 욕지거리를 퍼부을 거야. 자네들도 내가 욕먹는 것은 원치 않겠지?”

말은 그렇게 하면서도 그는 속으로 사필이 방금 말한 전하가 어느 전하인지 곰곰이 생각해보았다.

“보수하면 살 수는 있겠지만 한 달은 넘게 걸릴 거예요.”

소경예가 사방을 둘러보더니 다시 물었다.

“소 형, 정말…… 꼭 이사하셔야 해요?”

“아무래도 경성에 오래 머물러야 할 것 같은데, 계속 녕국후부에 폐를 끼치면 나도 불편하다네.”

가만히 응시하는 매장소의 눈빛은 무척 온화했고, 그가 하는 말은 이상하리만치 겸손했다.

“설려는 손님용이고, 본채에 방해가 되지도 않아요. 그런데 폐라뇨?”

매장소는 빙그레 웃었다.

“녕국후와 장공주께서 싫어하시지 않는다는 건 아네. 하지만 아무래도 불편해서…….”

간단한 한마디였지만 그 속에는 깊은 뜻이 담겨 있었다. 이곳에 있는 사람들은 모두 바보가 아니었기에, 그가 언젠가 어떤 황자의 중요 막료가 될 것임을 떠올리자 어떤 점이 불편한지 알 수 있었다. 한순간 일행은 침묵에 빠져들었다.

“이사하면 어때요, 어쨌거나 별로 멀지도 않잖아요. 제 입장에서는 여기 와서 소 형을 만나는 게 녕국후부에 가는 것보다 훨씬 편해요."

잠시 후, 언예진이 낭랑하게 웃으며 침울한 분위기를 깨뜨렸다.

"그런데 이곳이 비록 크지는 않아도 결국은 장원이잖아요. 비류와 단둘이서 되겠어요? 하녀와 호위무사가 더 있어야 해요."

"나는 평소 가까이서 시중 받는 것을 별로 좋아하지 않네. 비류도 스스로 알아서 잘하고. 하지만 정원을 청소하는 하인은 몇 명 고용해야겠지. 그건 별로 어려운 일이 아니야. 그리고 호위무사는 우선 비류가 있고, 또 경성에 머무는 친구가 몇 명 있으니 손님으로 같이 살자고 청해보겠네."

언예진은 그가 경성에 들어올 때 호송했던 네 명의 고수가 아직 떠나지 않았다는 것을 떠올리곤 곧 무슨 말인지 이해했다. 그래서 더 이상 말하지 않고 고개를 숙인 채 아직 깨끗해지지 않은 옷자락을 탁탁 털었다. 그런데 두어 번 털다 말고 그의 손이 우뚝 멈췄다.

"왜 그러나?"

매장소가 이상한 것을 깨닫고 황급히 물었다.

"없어요."

"없다니, 뭐가?"

"내 취월각(翠月珏)……."

"응?"

취월각이 언예진에게 얼마나 귀중한지 잘 아는 소경예와 사필이 우르르 달려왔다.

"안 가져온 거 아냐?"

"취월각은 이 허리띠에 걸어놓았어. 허리띠를 차고 있는데 안 가져왔을 리 없잖아? 너희를 찾아가기 전에 만지작거리기도 했는데…….”

그렇게 말하는 언예진의 안색이 하얗게 질렸다.

매장소는 그들이 말하는 것이 무슨 보물인지 몰랐지만, 일행의 표정만 보고도 사소한 일이 아님을 알 수 있었다. 그가 서둘러 말했다.

“분명 떨어뜨렸을 거야. 자네가 오늘 걸은 길을 따라가면서 자세히 살펴보세. 찾을 수 있을지도 몰라.”

“맞아, 맞아.”

소경예도 찬동하며 위로하듯 친구의 등을 쓰다듬었다.

“오늘 못 찾으면 또 어때. 큰 상금을 내걸면 분명 찾을 수 있어.”

언예진은 걱정스럽고 초조해서 더 이상 한담을 나눌 마음도 없었다. 그는 쓰러진 문짝을 뛰어넘어 다시 황폐한 정원으로 들어가, 잡초를 헤치고 돌멩이를 뒤집으며 샅샅이 살폈다.

매장소가 작은 소리로 소경예에게 취월각이 어떻게 생겼는지 물었다. 세 사람도 소매를 걷어붙이고 허리를 숙여 함께 찾기 시작했다. 비류는 높은 나뭇가지에 대롱대롱 매달려, 아래에서 벌어지는 이해 못할 광경을 호기심어린 눈초리로 바라보았다.

이 황량한 정원을 되짚어 나가는 길은 올 때보다 한 시간 가까이 더 걸렸다. 기억을 더듬으며 지나갔던 곳을 모조리 들러 샅샅이 뒤지고 쓰레기까지 헤쳐보았지만, 취월각의 그림자도 찾을 수 없었다.

마침내 일행은 시큰한 허리를 쭉 펴고 동시에 같은 곳을 바라보았다. 잡초에 가려진 무너진 우물 쪽이었다.

“설마 그럴 리가?”

사필이 다소 불안해하며 말했다.

"저 안에 떨어졌으면 찾기 힘들 거예요. 물은 없지만 두꺼운 진흙이……."

소경예가 눈을 찌푸리며 팔꿈치로 아우를 툭 쳤다. 그는 몸을 돌려 웃는 얼굴로 언예진의 어깨를 툭툭 치며 가벼운 목소리로 말했다.

"그래봤자 낡은 우물이야, 별다를 게 있겠어? 내가 내려가서 반드시 찾아줄게!"

"내가 갈게."

언예진은 그의 호의를 느끼고 미소를 지어 보였다.

"어쨌든 난 벌써 옷을 더럽혔잖아. 너까지 끌어들일 필요……."

"저리 가."

소경예가 진심 반 농담 반으로 그에게 주먹을 휘둘렀다.

"옷이 대수야? 저 아래는 어두운데 내가 너보다 밤눈이 밝아. 게다가 우리 도련님께서는 뱀을 가장 무서워하잖아? 깊고 축축한 저런 곳에는 뱀이 무지무지 많다고."

그 말을 하기 무섭게 그는 아우와 절친한 친구의 가소로운 눈빛을 감내해야 했다. 그가 영문을 몰라 머리를 긁적이자 옆에 있던 매장소가 조용히 말했다.

"경예, 지금은 겨울일세. 뱀들은 겨울잠을 잘 때지."

"신경 쓰지 마요."

사필이 형을 흘겨보며 말했다.

"가서 밧줄을 찾아올게요. 누가 내려가든 밧줄을 매달아야 할 거야."

사필이 돌아서는데 매장소가 가로막았다.

"벌써 비류가 찾으러 갔네. 그 아이가 동작이 좀 빨라."

그렇게 설명하는 사이 소년의 그림자가 휙 날아들었다. 과연 그의 손에는 굵직한 노끈이 들려 있었다.

소경예가 선수를 쳐서 밧줄 한쪽 끝을 자기 허리에 묶었다. 언예진도 어두운 곳에만 들어가면 장님이나 다름없는 자신을 잘 알기에, 다투지 않고 밧줄이 단단히 묶였는지 점검하며 조용히 말했다.

"조심해."

"응."

소경예가 대답하며 매장소를 돌아보았다. 바닥에 웅크리고 앉아 잡초를 뽑고 있는 그를 보자, 소경예는 이상해하며 물었다.

"소 형, 뭐 하세요?"

"풀과 나무 막대기로 횃불을 만드는 중일세. 가지고 내려가게."

"괜찮아요. 저는 밤에도 사물을 명확하게 볼 수 있다고요. 다들 저더러 부엉이라고 해요."

매장소는 하하 웃음을 터뜨리며 고개를 설레설레 저었다.

"앞을 보라는 게 아니야. 이 우물은 퍽 깊은 것 같고, 입구가 잡초로 가려져 공기가 잘 통하지 않는 것이 분명하니 아래쪽은 더럽고 탁한 공기만 있을 걸세. 아래로 내려갔을 때 횃불이 꺼지면 오래 머물러선 안 되네. 안 그러면 질식할 수 있어."

언예진과 사필은 화들짝 놀라 황급히 몸을 숙여 풀을 뽑기 시작했다. 곧 간이 횃불이 만들어졌다. 매장소는 비류의 몸을 더듬어 작고 정교한 부싯돌을 찾아내 불을 붙였다. 소경예는 횃불을 쥐고 천천히 내려갔다. 사필과 언예진이 밧줄을 단단히 잡아당겨 조금씩 조금씩 풀어내렸고, 매장소는 우물 입구에 몸을 숙이고 불꽃의 밝기를 주시했다.

허리띠에 매달 수 있는 만큼 취월각은 부피가 별로 크지 않았다. 그래서 소경예는 내려간 지 한참이 되었는데도 아직 찾지 못한 양 계속해서 '더 아래로, 더 아래로' 하고 소리쳤다.

"그만! 바닥에 도착했어. 역시 진흙더미군."

한참 후, 우물 바닥에서 소경예의 목소리가 들려왔다. 목소리는 이끼 가득한 우물 벽에 메아리쳐 약간 변형되어 있었다.

"찾기가 쉽지 않은걸. 잠시 뒤져봐야겠어. 횃불의 풀이 거의 다 탔으니 불이 꺼져도 너무 놀라지 마."

"하지만……."

언예진은 입술을 깨물었다. 미안한 마음에 뭐라고 더 말하려 하는데 어깨가 묵직해지는 것이 느껴졌다. 누군가의 손이 어깨를 누르고 있었다. 돌아보니 매장소의 미소 띤 눈동자와 딱 마주쳤다.

"걱정 말게. 불꽃이 안정적으로 타고 있었으니 괜찮을 걸세."

모든 것을 아는 듯한 그의 눈빛을 대하자, 언예진은 저도 모르게 시선을 떨어뜨리며 나지막이 말했다.

"경예는 본래 깨끗한 것을 가장 좋아한다고요."

"그래봤자 우물 속 진흙 아닌가. 지워지지 않는 것도 아니고."

매장소가 웃으며 말했다.

"경예 자신도 괜찮다는데 자네가 왜 걱정이야? 그 취월각은 자네에겐 무척 중요한 것이지?"

"맞아요."

언예진이 고개를 끄덕였다.

"집안에 대대로 전해져온 물건인데 할아버지께서 임종 전에 제게 주셨어요."

"그러니까."

매장소가 빙그레 웃었다.

"친구가 가장 중요하게 생각하는 물건을 찾아주는 것은 경예에게도 무척 중요한 일일세."

언예진은 그를 가만히 바라보다가 갑자기 활짝 웃으며 우물 입구에 엎드려 큰 소리로 외쳤다.

"경예, 내게 잘 보일 기회는 쉽게 오지 않아. 그러니 더 힘내!"

"꺼져!"

우물 아래에서 웃음 섞인 욕설이 들려왔다.

"나가기만 해봐, 네 몸에 진흙을 잔뜩 묻혀줄 테다!"

매장소는 두 사람의 말다툼에 웃음을 참을 수가 없었다. 사필도 웃으면서 고개를 설레설레 저었고 덕분에 분위기는 훨씬 좋아졌다. 대략 차 반 잔 정도 마실 시간이 흘렀지만, 아래쪽에서는 아직 아무것도 찾지 못한 듯 계속 부스럭대는 소리만 들려왔다.

"경예, 없으면 그냥 올라와. 이곳에 떨어뜨리지 않았을지도 모르잖아."

언예진이 소리쳤다.

"조금만 더……."

소경예의 목소리가 웅웅 하며 들려왔다. 그런데 메아리가 끊어지기도 전에 갑자기 밧줄이 힘차게 흔들렸다. 동시에 아래에서 '으악' 하는 놀란 비명소리가 들려왔다.

"왜 그래?"

깜짝 놀란 언예진이 상반신을 우물에 넣다시피 하며 외쳤다.

"경예! 경예!"

얼마 후, 우물 아래에서 마침내 대답이 들려왔다.

"아무것도 아냐."

"아무것도 아니라면서 왜 사람 놀라게 소리를 질러?"

언예진이 참지 못하고 화를 냈다. 그러고는 사필을 돌아보며 말했다.

"끌어올리자!"

"서두르지 마."

소경예가 황급히 그들을 만류했다.

"아직 뒤져보지 않은 곳이 있어. 곧 끝나."

"서두를 것 없네. 무슨 일이 있으면 경예가 알려주겠지. 어차피 내려갔으니 샅샅이 뒤져보는 게 나아."

매장소도 부드럽게 권했다.

언예진은 눈을 잔뜩 찌푸리고 다시 우물 입구에 걸터앉아 성질을 누르며 조금 더 기다렸다. 이윽고 아래쪽에서 목소리가 들려왔다.

"끌어올려!"

올라오는 것은 내려가는 것보다는 훨씬 쉬웠다. 눈 깜짝할 사이에 소경예의 머리가 우물 밖으로 불쑥 튀어나왔다. 사람들의 예상대로 온몸이 진흙투성이였고 두 손은 시커멨다.

언예진은 아무 말도 없이 그의 손을 덥석 잡아 자기 옷 안쪽에 대고 북북 문질렀다. 오히려 사필이 물었다.

"찾았어요?"

소경예가 시커먼 다른 쪽 손을 들어 보였다. 다섯 손가락을 구부리고 주먹을 꽉 쥐었는데, 그 손을 천천히 펴자 거무스름한 진흙이 묻은 초승달 모양의 조그만 물건이 있었다.

"정말 여기에 떨어졌구나."

사필이 소매 속에서 손수건을 꺼내 취월각을 깨끗이 닦아 언예진에게 건넸다. 언예진은 묵묵히 그것을 바라보더니 받아서 품에 넣었다.

"찾았으니 잘됐어. 자자, 냄새나는 두 사람은 어서 돌아가서 씻으시죠!"

사필이 안도하며 말하다가 갑자기 등짝을 한 대 얻어맞았다.

"둘째야."

소경예가 고개를 돌리며 엄숙한 표정으로 말했다.

"우리는 가서 씻을 테니 너는 경조윤 관아에 좀 다녀와야겠어."

"경조윤? 거긴 왜요?"

사필은 이해할 수가 없었다.

"신고하러. 저 우물 바닥에…… 해골이 있어."

"뭐?"

모두 깜짝 놀랐다.

"방금 비명을 지른 게 해골을 발견했기 때문이야?"

언예진이 실성한 소리로 외쳤다.

"그래."

"그런데도 바로 올라오지 않았다고?"

"지푸라기 한쪽에서 녹색으로 반짝이는 걸 본 것 같았거든. 취월각은 워낙 작아서, 먼저 나와 시체를 끌어올리게 했다면 또 어디로 사라질지 모르잖아. 그래서 좀 더 뒤져보려고 했던 거야. 다행히 진짜 취월각이었어."

"이 멍청아!"

언예진이 이를 악물고 욕을 해댔다.

"냄새나 죽겠다, 얼른 가서 씻어."

"낡은 우물 속 시체라……."

사필의 안색이 하얗게 변했다.

"듣기만 해도 소름끼치는데 형님은 정말 간이 크군요. 그걸 알고도 저 밑에서 그렇게 오래 버티다니…… 저 같으면 벌써 기어 올라왔을 거예요."

"네가 어떻게 경예와 같으냐? 저래 봬도 경예는 반은 강호인이라고!"

언예진이 곧 공격 대상을 바꾸었다.

"예예, 저는 정말 쓸모없는 관료인입니다요!"

사필이 자조 섞인 말투로 대답하고 어깨를 으쓱했다.

"가요, 소 형."

소경예가 이상한 듯 그를 노려보았다.

"소 형을 어디로 데려가려고?"

"경조윤에 가서 신고해야죠!"

"너 혼자 가면 되잖아?"

사필이 눈을 치켜떴다.

"형님, 이곳은 이제 소 형 소유예요. 사건 신고를 하려면 당연히 소 형이 가는 게 맞잖아요."

"사필의 말이 맞네."

매장소는 눈꼬리로 황폐한 잡초 속에 자리한 우물 입구를 가만히 훑었다.

"확실히 내가 가야 할 일이지."

복잡한 사건들

—

14

—

발견한 사람의 신분이 남달랐기 때문인지, 귀공자들이 우연히 들춰낸 '낡은 우물 안 시체 사건'은 경성 안팎에서 일반적인 형사 사건보다 훨씬 큰 반향을 불러일으켰다. 게다가 보고를 받고 현장에 나와 조사를 한 경조윤 관아에서는, 우물 밑에서 열 구에 가까운 시체를 파냈다. 시체들은 완전히 썩어 문드러졌는데, 검시 결과 모두 여자였다. 이 놀라운 소식이 퍼져나가자 성안은 순식간에 발칵 뒤집혔다. 경조윤 고승(高升)은 상관으로부터 기한 안에 사건을 해결하라는 엄명을 받고 이를 조사하느라 머리가 터질 지경이었다.

이 황폐한 장원의 현재 주인으로서, 매장소는 몇 번이나 조사를 받으러 가야 했다. 하지만 정말 아무것도 몰랐기 때문에 아무리 물어도 단서를 찾아낼 수 없었다. 더욱이 그는 막 떠오르는 유명인이었으므로 고승도 차마 그를 괴롭힐 수 없었다. 결국 중개상인만 고스란히 고승의 위협을 견뎌내야 했다. 그와 동시에 고승은 부하들을 사방으로 파견하여, 이 장원이 폐허가 되기 전에 대체 무엇이 있었는지 샅샅이 조사하게 했다.

대략 7~8일이 지나자 조사 결과가 나왔다. 이 장원은 올해에 두 번이나 팔렸다. 본래는 장신(張藎)이라는 사람 소유였는데, 그는 대체 무슨 배경이 있는지 경성의 기루를 몇 곳이나 소유하고 있었다. 소극적인 인물이지만 재력과 인맥은 무척 두터웠던 그는 4년 전에 세상을 떴고, 그 후 불초한 아들들과 조카들 때문에 사업이 점점 기울어 결국 그들이 이 장원을 팔려고 내놓은 것이다.

고승은 이 단서를 근거로 곧 장씨 집으로 사람을 보내 이 일과 관계된 성인 남자들을 모조리 체포해 한 명씩 고문했다. 이때 장신 생전의 심복이라고 자칭하는 사도관(史都管)이 경조윤 관아를 찾아 자수했다. 그는 누군가 몰래 자신을 죽여 입막음하려 한다며, 관부의 비호를 요청했다. 이 소식을 들은 고승은 무척 기뻐하며 밤인 것도 아랑곳 않고 심문했다.

그런데 채 몇 마디 묻기도 전에 갑자기 문밖에서 하인이 알려왔다. 태자 전하의 명이 내렸다는 것이다. 고승은 걱정스러워하며 옷을 갈아입고 대청으로 나갔다. 푸른 옷을 입은 어린 태감이 서 있다가 그가 예를 갖추어 인사를 끝내자 낭랑하게 말했다.

"태자 전하의 명이오. 도성에서 낡은 우물에 숨겨진 시체를 발견한 사건으로 떠들썩하다고 들었다. 정무를 보는 태자로서 묻지 않을 수 없노니, 고로 경조윤 고승은 내일 동궁에 들어 이 사건을 상세히 보고하라."

"신 고승, 태자 전하의 명을 받듭니다."

고승은 황급히 머리를 조아렸다.

명을 전한 태감이 떠나자 고승은 마음이 불안해 이리저리 생각해보았다. 왕공귀족이 그득한 금릉성의 관리가 될 정도이니 고승에게는 나름대로 약삭빠른 방법과 영리한 머리가 있었다. 태자가 갑자기 이 사건에 끼어든 것은 아무리 생각해도 단순히 정무를 보는 태자라는 책임감 때문만은 아니었다. 그 속에는 틀림없이 알 수 없는 속사정이 있을 것이다. 이것저것 생각해본 후, 고승은 사람을 시켜 취조실에서 사도관을 꺼내 후원에 있는 자신의 밀실로 데려오게 했다. 사도관을 심문할 때도 그는 일부러 주위의 모든 사람을 물렸다.

고승이 혼자 밤새도록 사도관을 심문하고 있을 때, 예왕부 서재에도 밤이 깊을 때까지 등불이 환히 밝혀져 있었다.

"그 사도관의 손에 정말 명부가 있다고?"

예왕 소경환이 방 안을 왔다갔다하며 물었다.

"확실한 소식이냐?"

"제가 보장합니다."

잿빛 옷을 입은 중년이 그 앞에 서서 당당하게 말했다.

"그 장원은 란원(蘭園)이라 하는데, 명의는 장신의 사택이지만 사실상 그가 경영하던 비밀 기루입니다. 조신들 중 국법 때문에 차마 대놓고 기루에 드나들지 못하는 사람들이 몰래 장신을 통해 즐겼지요. 장신은 손님이 무슨 요구를 하든 모두 만족시켜줬습니다. 시간이 지나면서, 음탕하고 잔인한 방법으로 즐기던 사람들은 이따금 힘 조절을 못한 나머지 심심풀이로 데리고 놀던 여자 아이들을 죽이곤 했습니다. 그 시체들은 그 중 일부입니다. 4년 전 장신이 죽자 이 사업은 압력을 받아 중단되었습니다. 하지만 그가 시체들을 그렇게 소홀히 처리했을 줄은 아무도 몰랐을 겁니다. 더욱이 그 모든 일을 명부에 적어뒀을 줄은 누구도 예상 못했고요.”

예왕의 눈에 그윽한 빛이 번뜩였다.

“그러니까 그 명부에는…….”

“모두 이름난 사람입니다. 심지어 조정의 중신들도…….”

“우리 쪽은?”

“아마 양쪽 모두 있을 겁니다. 다만…….”

잿빛 옷의 중년이 음산하게 웃었다.

“태자 전하 쪽이 좀 더 급할 겁니다.”

“어째서?”

“제가 사도관을 찾아냈을 때, 그는 비록 명부를 내놓지는 않았지만 제 신임을 얻기 위해 당시 사람을 해친 손님의 이름을 몇 알려줬습니다. 그 중 한 명이 바로 루지경(樓之敬)입니다.”

예왕의 눈이 반짝 빛나더니 참지 못하고 껄껄 웃었다.

“정말 루지경이라고? 하하하, 태자는 분명 몸이 달아 발을 동동 구르고 있겠군.”

“루지경도 자기가 한 일을 잘 알고 있을 겁니다. 제 생각에는, 분명 먼저 태자를 찾아가 솔직히 털어놓고 도움을 청했겠지요. 전하께서는 어째서 사도관을 직접 보호하지 않고 도리어 관아를 찾아가게 하셨습니까? 만에 하나 태자가…….”

“걱정 마라.”

예왕이 차갑게 대꾸했다.

“이 경성에서는 태자도 한 손으로 하늘을 가릴 수 없다. 고승은 겉보기에는 평범한 인물 같으나 사실은 그렇지 않아. 태자가 아무리 위협해도 최소한 2~3일은 버틸 것이다."

"전하의 말씀은……."

"우리가 끼어들었다는 것을 대놓고 드러내 보일 순 없지. 그러면 부황께서 의심하실 것이다."

예왕은 창문 앞에 놓인 등불의 불똥을 응시하며 입꼬리를 살짝 올렸다. 그리고 잿빛 옷의 중년을 가까이 오게 한 다음 그의 귓가에 대고 몇 명의 이름을 속삭였다. 그런 다음 다시 말했다.

"오늘 밤 수고를 좀 해줘야겠구나. 본 왕 대신 한 사람씩 찾아가 지난날 장신과 거래가 있었는지, 사람을 해친 적이 있는지 솔직하게 털어놓으라고 해라. 사실대로 말하면 본 왕이 방법을 강구해 지켜줄 것이고, 거짓말을 했다가 조사해서 발각되면 죽어 마땅하다고."

"예."

"조금 전에 말한 사람들만 명부에 없다면 다른 사람들은 상관없다. 희생을 치르지 않고서야 어떻게 승냥이를 잡겠느냐."

잿빛 옷의 중년은 높은 사람을 위해 아무 때고 버림받는 사람을 많이 보아왔기에 전혀 개의치 않고 '예' 하고 대답한 후 물러갔다.

예왕은 방 안에서 계속 왔다갔다하며 눈을 찌푸리고 생각에 잠겼다. 마음이 썩 편안한 것 같지 않았다. 한참이 지난 뒤 그는 탁자 위의 은빛 등롱을 향해 말했다.

"매장소가 란원을 사자마자 이런 사건이 터지다니, 너무 공교롭지 않느냐? 그의 이런 행동이 이미 내게 기울었다는 의미일까?"

그때 방 안은 텅 비어 있었고, 그는 마치 혼잣말을 하는 것 같았다. 하지만 그 말이 떨어지고 얼마 지나지 않아 방 동쪽에 걸린 두꺼운 가리개가 살짝 흔들리더니, 아리땁고 감미로운 여자 목소리가 들려왔다.

"꼭 그렇지는 않지요. 어쩌면 개인적인 은원 때문이고 전하와는 무관할 수도 있습니다."

지극히 아름다운 이 목소리를 따라 곱고 아름다운 그림자 하나가 나타났다. 얼굴만 보면 경국지색이라고까지는 할 수 없어도, 온몸에 흐르는 아리따운 분위기가 더해지면 보는 사람의 혼을 앗아갈 정도로 매우 아름다웠다.

예왕이 그녀를 향해 몸을 돌렸다. 그의 눈동자에도 흔들리는 감정이 드러났지만, 금세 자제심을 되찾았다.

"반약, 뭔가 찾아냈느냐?"

진반약(秦般若)은 붉은 입술을 살짝 오므리고 잠시 말이 없다가 비로소 입을 열었다.

"전하, 루지경이 익주(翼州) 자사를 지낸 것을 아시지요?"

"그야 알지."

예왕의 머리가 빠르게 돌아갔다.

"익주는 강좌맹의 구역이지. 둘 사이에 무슨 일이 있었느냐?"

"루지경은 얻기 어려운 인재지요. 그래서 태자가 심복으로 생각하고 있고요. 하지만 색을 좋아하는 그 본성은 도저히 바꿀 수 없었답니다. 조사해보니 익주에 있을 때 그가 쌍둥이 자매를 납치한 적이 있었어요. 그 자매의 사촌오라버니가 강좌맹의 평범한 인물이었는데, 상관을 찾아가 루지경이 누이동생들을 돌려주게 해달라고 간청했다고 해요. 루지경은 그러겠다고 해놓고, 돌아가자마자 두 자매를 강간하고 풀어줬지요. 그 자매들은 치욕을 참지 못해 자결했고, 루지경은 자신의 죄를 한사코 부인했어요. 증거가 없는 강좌맹은 그를 내버려둘 수밖에 없었고 그렇게 사이가 틀어졌지요. 허나 이 일은 공개된 적이 없어 아는 사람이 매우 적답니다."

예왕은 잠시 기다렸지만, 여자가 계속 말할 생각이 없어 보이자 놀란 듯 물었다.

"그게 다냐?"

"부족하다고 생각하시나요?"

"당연히 부족하지."

예왕은 도저히 알 수가 없었다.

"루지경은 호부상서이고 태자의 심복이다. 매장소가 단지 일개 방 내 사람의 사촌누이를 위해 루지경과 적이 되다니?"

진반약은 잠시 잠자코 있다가 말했다.

"전하께서는 진심으로 매장소를 끌어들이고 싶으신가요?"

"말할 필요가 있느냐? 당연한 말이다."

"그렇다면 전하께서는 매장소의 성격과 행동 방식을 좀 더 이해하셔야 합니다."

"그 말은……."

"전하께는 그 두 자매의 일이 아무것도 아니지만, 매장소에게는 견딜 수 없는 모욕이자 무례랍니다. 강좌맹이 빠른 속도로 천하제일의 대방파로 우뚝 서게 된 것은, 단순히 강호에서 필사적으로 싸웠기 때문만도, 인의와 도덕으로 민심을 얻었기 때문만도 아니에요. 가장 중요한 것은, 강좌맹이 오랫동안 고집스러울 정도로 그 권위를 지켜왔기 때문이지요. 만약 강좌맹이 나서지 않았다면, 루지경이 제아무리 악독한 짓을 해도 별로 신경 쓰지 않았을 거예요. 하지만 루지경은 하필 이 강호의 방파를 얕보고 겉으로는 떠받들면서 뒤로는 무시하는 장난을 치며 강좌맹의 역린을 건드렸지요. 그러니 강좌맹은 일종의 도전으로 받아들인 거예요."

예왕은 다소 넋이 나간 얼굴로 듣고 있었다.

"그러니까 매장소는 사사로운 복수를 위해서 한 일일 뿐, 내게 호의를 보이려는 뜻은 전혀 없었다는 말이냐?"

"그것까지는 저도 단언할 수 없어요. 그자가 짧은 경성 생활에서 한 모든 일은 마치 수수께끼 같아서, 저도 아직 확실히 알 수가 없군요."

진반약이 가볍게 탄식했다.

"전하께서 처음 그를 초빙하고자 하는 뜻을 전한 것이 7월이었지요?"

"그래."

"태자의 초청도 전하보다 별로 빠르지 않을 거예요. 제가 조사한 자료를 보면, 경성으로 오라는 초청을 받기 전에 매장소는 순수한 강호인이었어요. 그가 조정의 그 누구와도 왕래하거나 연관되었다는 정보는 없어요. 하지만 그 후 매장소는 태자와 전하의 초청을 거절하고, 강좌맹의 본부를 떠났지요. 그리고 이곳저곳 전전하다가 결국 경성으로 왔어요. 그는 대체 무슨 생각일까요?"

"아마 그도 태자나 본 왕의 눈에 든 인재에게는 두 가지 길밖에 없음을 잘 알 것이다. 랑야방의 으뜸인 강좌매랑으로서 만족스러운 나날을 보내고 있는데, 왜 굳이 죽을 길로 가겠느냐?"

"하지만 전하, 그가 지금 가는 길이 일반적 의미의 살 길일까요?"

그 질문에 예왕은 당황해서 우물쭈물했다.

"지금 전하의 마음을 가장 무겁게 짓누르는 건 경국공이지요?"

예왕 소경환은 눈을 찌푸렸다.

"반약, 잘 알면서 왜 묻느냐?"

"군에는 중립인 자가 너무 많아요. 유일하게 전하를 지지하며 충성을 바치는 몇몇 무신은 모두 경국공 일파지요. 경국공이 쓰러지면 전하의 손아귀에는 붓만 남고 칼은 사라질 거예요."

"본 왕도 알고 있다."

예왕이 다소 화를 내며 말했다.

"네가 일깨워주지 않아도 된다."

"지금까지의 행동으로 보아 매장소는 조정의 형세를 잘 이해하고 있어요. 경국공이 전하께 얼마나 중요한지 모를 리가 없지요. 사필의 말대로, 정말 그들이 길 가다 우연히 만나 도왔다 하더라도, 매장소의 마음이 조금이라도 전하께 기울었다면 결코 일을 크게 만들거나 그 두 사람을 경성에 들여보내지 말아야 했어요."

빠르지도 느리지도 않은 그녀의 말에 예왕의 이마에 어두운 구름이 덮였다. 하지만 그는 조용히 주먹을 쥐었을 뿐 아무 말도 하지 않았다.

진반약이 손을 들어 귀밑머리를 가볍게 쓸었다. 앵두 같은 입술에서 다시 한 번 탄식이 새어나왔다.

"둘 중 하나를 선택해야 하는 상황에서, 전하께 죄를 지었다는 것은 태자의 환심을 샀다는 의미지요. 해서 그때 저는 전하께 자신 있게 말씀드렸어요. 매장소가 경성에 들어오면 태자를 선택할 가능성이 아주 크다고요."

"하지만……."

예왕은 말을 하려다가 다시 입을 다물었다.

"하지만 지금 그의 행동은 정말이지 제 예상을 벗어났지요."

진반약은 고개를 숙이며 소매의 주름을 눌러 폈다. 새하얀 손목에 찬 백옥 팔찌가 살짝 흔들리자, 희고 매끄럽고 윤나는 그녀의 피부와 마찬가지로 몹시 매혹적이었다. 하지만 이 아름다운 여인의 입에서 차분하게 흘러나오는 소리는 온통 얼음처럼 차가운 권모술수였다.

"경국공의 일로 전하께 사소한 죄를 지었다고 한다면, 군주의 사건 때는 태자에게 큰 죄를 지었어요."

돌연 예왕의 눈동자에 차가운 빛이 번뜩였다.

"아니, 너는 군주의 일이 매장소의 솜씨라고 생각하느냐?"

"설마 전하께서는 그날 거리에서 혼자 천천히 걷고 있는 그를 만난 게 정말 우연이라고 생각하시나요?"

예왕이 한 걸음 물러나 자단목으로 만든 등받이 의자에 앉더니 주먹으로 힘껏 다리를 때렸다. 얼굴 위로 복잡한 표정이 드러났다.

"그래봤자 너도 추측일 뿐이다. 군주의 이번 사건에는 얽힌 사람이 너무 많아. 정왕, 경녕, 태황태후, 황후, 몽지, 그리고 나…… 그 중 매장소가 조종할 수 있는 사람이 어디 있겠느냐?"

"그렇다면 전하께서는……."

"아마 일부는 우연이겠지."

예왕이 싸늘한 눈빛으로 천천히 말했다.

"어쩌면 그가 아무것도 하지 않았는데 우연히 소식을 들었을 수 있다. 어쩌면 태자를 노리고 한 일이 아니라 예황 군주를 구하려고만 했을 뿐인지도……."

부인할 수 없는 것은, 비록 예왕이 매장소의 통제력을 과소평가했을 수는 있지만, 사건의 과정에 대한 추측은 사실과 크게 다르지 않다는 것이었다. 진반약은 잠시 생각해본 후, 매장소가 군주 사건의 모든 과정을 조종하기란 불가능하다는 것을 인정하고 고개를 끄덕였다.

"하지만 이야기를 하다보니 갑자기 놓친 부분이 있다는 것을 알았다."

예왕이 냉소를 떠올렸다.

"내일 단금(緞錦)에게 연락해 태자에게 소식을 전하게 해라. 최대한 자연스럽게."

진반약은 약간 당황했지만 금세 무슨 말인지 깨달았다. 예왕은 비로소 매장소가 군주의 사건에 관련 있다는 것을 알게 된 것이다. 황후가 경녕을 살살 달래어 매장소가 그녀에게 태황태후를 모셔오라고 했다는 것을 알아냈기 때문이다. 하지만 다른 관련자들은 소 선생의 이름 단 한 글자도 입 밖에 내지 않았다. 태자와 월빈은 지금 예왕과 황후, 정왕, 심지어 예황 군주까지도 증오하고 있지만, 아무리 해도 매장소까지 증오할 생각은 못했을 것이다. 그들은 매장소가 이 일의 폭로 건과 관련 있다는 것을 아예 모르기 때문이었다. 그래서 그들에게 매장소가 한 일을 알려주면 예왕에게는 당연히 큰 이익이었다.

예왕은 진반약의 표정을 보자 그녀가 말을 알아들었다는 것을 알고 저도 모르게 웃으며 말했다.

"은나라 때 비간이 일곱 개의 구멍이 있는 심장을 가져 사람 마음을 잘 헤아렸다고 하더니, 내가 볼 때 반약 네 심장에는 일곱 개 이상의 구멍이 있는 것 같구나."

진반약은 겸양하지도 자랑스러워하지도 않고 그저 생긋 웃었다. 등불에 비친 미인의 모습이 옥처럼 고와 예왕은 마음이 동해 저도 모르게 그녀의 손을 잡았다. 하지만 진반약은 살짝 그 손을 뿌리쳤다.

"아직도 싫으냐?"

소경환이 눈을 약간 찡그렸다.

진반약이 태연하게 말했다.

"반약이 비록 세상을 떠도는 몸이지만 평생 첩은 되지 않겠다고 사부님께 맹세한 적이 있답니다. 부디 용서하세요, 전하."

예왕은 일찍부터 그녀에게 눈독을 들이고 있었지만, 황자로서의 격조가 있는데 차마 강요할 수 없었다. 또한 명철한 두뇌로 정보를 수집하고 분석하는 그녀의 능력도 마음에 들어서 어쩔 수 없이 욕심을 억누르며 심호흡을 했다.

예왕비는 명문가 출신으로 아버지와 형제들은 모두 조정의 대신이었다. 게다가 벌써 아들을 낳았고 그녀 자신도 황후의 총애를 듬뿍 받았다. 제아무리 진반약의 미모에 이끌려도 그녀 때문에 아내를 버릴 생각은 결코 없었다. 더욱이 앞으로 길고 긴 날이 있는데 서두를 필요도 없었다. 그는 곧 자줏빛 도자기 주전자[자사호(紫沙壺)]

를 들고 미인에게 향기로운 차를 한잔 따라주며 웃었다.

"본 왕이 무례한 짓을 했구나."

진반약도 그가 적정한 선에서 멈추는 것을 잘 알기에, 웃어넘기며 앞서의 화제를 계속 이어갔다.

"제가 이해할 수 없는 것은 매장소의 행동에 아무런 규칙이 없기 때문이랍니다. 경국공의 사건에서 그는 전하에게 죄를 짓는 길을 선택했고, 군주의 사건에서는 또 태자에게 죄를 짓는 길을 선택했어요. 지금은 란원을 사서 우물 안 시체 사건을 들춰냈는데, 이 사건에는 양쪽의 사람이 모두 연루되어 있어요. 전하께서도 그 명부에 우리 쪽의 중요한 사람이 들어 있지 않을까 불안하여 회요(灰鷂)에게 밤새 조사하라고 하신 거지요?"

예왕은 눈을 찌푸린 채 한참 동안 넋을 놓고 있다가, 저도 모르게 진반약에게 따라준 찻잔을 들어 마시며 바보처럼 중얼거렸다.

"설마…… 그자가……."

"무슨 말씀이세요?"

진반약이 버드나무 같은 눈썹을 치켜세웠다.

"그가 나와 태자의 기량을 시험하는 게 아닐까?"

진반약도 심장이 쿵 내려앉아 저도 모르게 생각에 잠겼다.

"그리고 자기 능력을 보여주려는 의미이기도 하겠지."

예왕은 생각할수록 그럴듯한 느낌이 들어 책상을 탁 쳤다.

"재주 있는 사람들은 생각이나 행동이 괴팍하게 마련이라 속좁은 주군을 만나는 것을 가장 꺼린다. 그러니 시험을 하는 것도 이상한 일이 아니지. 매장소가 군주에 대한 계책을 깨뜨린 장본인임을 알고도 태자가 여전히 그에게 겸손한 태도로 대하고, 나아가

루지경을 내놓으며 사사로운 정에 치우치지 않는다는 것을 보여주면, 아무리 심지가 굳은 매장소라도 태자에게 끌릴 것이다. 매장소가 태자의 손에 들어가면 필시 몇 가지 공을 세워 지난날 태자에게 지은 죄를 보상하는 한편 신임을 얻으려 하겠지. 그때는 우리가 가장 먼저 공격을 받을 것이다."

그렇게 말하는 동안 예왕은 더욱 마음이 불안해져 초조한 듯 벌떡 일어섰다.

"그자는 세상에 둘도 없는 전략가다. 결코 태자에게 빼앗길 수 없어."

하지만 진반약은 천천히 자리에 앉으며 생각에 잠긴 듯 말했다.

"만약 전하께서 태자를 앞질러 매장소를 부하로 삼게 된다면 추호도 의심하지 않고 온 마음으로 믿으실 건가요?"

그동안 예왕은 그저 어떻게 하면 이 강좌매랑을 휘하에 끌어들일지만 생각했지, 끌어들인 다음 어떻게 쓸 것인가 하는 문제는 생각해본 적이 없으므로 금방 대답하지 못했다.

한참 후, 책상 위의 은 등롱 안에서 '타다닥' 하는 소리가 들리며 등기름 냄새가 희미하게 흘러나왔다. 진반약이 일어나 뚜껑을 열고 은가위로 불똥을 잘라내며 곁눈으로 슬쩍 예왕을 훑어보았다.

"매장소 한 사람조차 다루지 못한다면 어찌 패업을 논하겠느냐?"

예왕은 그녀의 눈빛을 보지 못한 듯 크게 울리는 소리로 말했다.

"반약, 태자의 동정을 잘 살펴라. 본 왕은 반드시 매장소를 손에 넣겠다."

밤의 날개가 내려앉는 곳은 보통 두 가지를 얻게 된다. 어둠과 고요함. 그러나 세상의 어떤 곳은 상황이 정반대였다.

금릉성 서쪽 나시(螺市)라고 불리는 기다란 유흥가는 길 양쪽으로 높고 화려한 집들이 서고 정자와 누각이 이어져 있었다. 낮에는 고요하고 평화롭지만 밤만 되면 붉은 등불 아래 술판이 벌어지고 음악 소리에 맞춰 춤판이 벌어졌다. 성을 통과하는 개울이 구불구불 옆으로 흘러 이곳 인간선경에 운치를 더해, 손님들이 놀이에 빠져 돌아가는 것도 잊게 만들었다.

나시 거리에 자리한 환락장들은 각자 특유의 풍격과 사람을 끌어들이는 매력이 있었다. 예를 들어 묘음방의 악곡은 언제나 다른 곳보다 유행했고, 양류심(楊柳心)의 춤은 가장 참신했으며, 홍수초(紅袖招)에는 미인이 가장 많았고, 란지원(蘭芷院)은 항상 놀라운 기쁨을 주는 예인(藝人)을 선보였다. 각자 장점이 있어서 서로 경쟁하면서도 기반을 튼튼히 다져갔다. 그들 사이에는 불문율이 있어서, 비록 이웃이지만 아무 충돌 없이 지냈고 이따금씩 서로 돕는 상황도 벌어지곤 했다. 바로 지금처럼.

"주 아주머니, 제가 일부러 돕지 않겠다는 게 아니에요."

묘음방의 주인 신 이모가 난처한 표정으로 말했다.

"서로 오래 알고 지냈고, 양류심과 묘음방은 늘 한가족 같았잖아요. 다른 낭자들이야 실컷 불러가도 아무 말 안 할게요. 하지만 궁우 낭자는 오늘 손님을 안 만나기로 했다니까요."

"동생, 다른 낭자 같으면 우리 집에도 있지. 궁우 낭자만 날 살려줄 수 있다니까!"

주 아주머니는 창백한 얼굴로 당장이라도 눈물을 흘릴 것 같았다. 누가 붙잡고 있지 않았다면 벌써 그 자리에 무릎을 꿇었을 것이다.

“왜 그러세요? 대체 어떤 골치 아픈 손님이기에 주 아주머니마저 이러세요?”

주 아주머니가 대답하려는데 시동 하나가 쪼르르 달려왔다. 시동은 멈춰서기도 전에 울상을 지으며 외쳤다.

“아주머니, 큰일 났어요. 하 공자께서 난장판을 만들고 있어요!”

신 이모는 눈을 찌푸린 채 흐느적거리는 주 아주머니를 부축하며 물었다.

“이부상서 하 대인의 그 도련님이에요?”

“바로 그 망나니지!”

주 아주머니가 발을 동동 굴렀다.

“오늘 밤 실컷 취해 들어오더니 반드시 심류(心柳)를 만나야겠다는 거야. 하지만 심류는 문원백네 구 공자와 함께 있어 다른 낭자를 보냈더니, 끝내 싫다며 저 난리를 피우지 뭐야.”

신 이모는 얼굴을 굳혔다.

“하루 이틀 온 사람도 아닌데, 먼저 온 사람이 우선이라는 규칙을 모른대요?”

“세력을 믿고 그러는 거겠지. 문원백도 작위는 있지만 조정에서 직책을 맡고 있지 않잖아. 하지만 하 상서는 이부의 대권을 쥐고 있으니 실세 중의 실세지. 저 하 도련님은 남들이 알랑거리며 떠받들어주는 데 아주 습관이 됐어. 독방에서 두 시간을 기다리더니 저렇게 성질을 부리잖아.”

신 이모가 한숨을 푹 쉬었다.

"세상살이가 다 그렇지요. 구 공자에게 한번 양보해달라고 하지 그러셨어요?"

주 아주머니가 '후유' 하고 한숨을 쉬었다.

"구 공자가 심류에게 푹 빠진 지 오래됐는데 이럴 때 물러나겠어? 그분이 먼저 왔으니 가지 않겠다고 버티면 나도 규칙을 어기면서까지 쫓아낼 순 없어. 게다가 심류 고것도 하 도련님이라면 질색을 하니……."

"그럼 심양(心楊)은요?"

"병이 나서 일어나지도 못해."

신 이모는 입을 꾹 다물고 깊이 생각에 잠겼다.

"동생, 제발 부탁이야. 궁우 낭자가 얼굴만 내밀면 저 하 도련님은 분명 춤이라도 출 것처럼 기뻐할 거야. 그럼 우리 집도 무사해. 나중에 동생에게 무슨 일 생기면 내가 섶을 지고 불속에라도 뛰어들게."

"알았어요, 알았어. 입에 발린 말은 그만해요."

신 이모는 무릎이라도 꿇으려는 주 아주머니를 잡아 일으켰다.

"제가 일부러 이러는 게 아니라고요. 솔직히 간판 낭자들 중에 거만하지 않은 사람이 어디 있어요? 일단 궁우 낭자에게 물어봐야 하니 당장은 대답 못해요."

"나도 데려가. 내가 직접 궁우 낭자에게 부탁해볼게."

"그…… 알았어요, 같이 가요."

신 이모가 주 아주머니를 데리고 돌아서는 순간, 두 사람은 어리둥절했다.

연노랑 치마저고리에 연녹색 가죽 상의를 걸친 여자가 고운 자태로 난간 앞에 서 있었다. 그녀가 생긋 웃으며 말했다.

"모두 들었어요. 심양 누이의 문병을 갈 생각이었는데, 아주머니께 그런 난처한 일이 생겼다니 간 김에 하 공자를 달래볼게요."

신 이모가 다가가 낮은 소리로 물었다.

"자신 있니?"

궁우는 냉소를 지었다.

"그래봤자 하문신이잖아요? 내게 다 방법이 있어요."

그녀는 묘음방의 간판 낭자였고 신 이모는 한 번도 그녀의 행동을 통제한 적이 없었다. 그녀가 이렇게 나오자 신 이모는 더 권하지 않고 잡역부에게 가리개 있는 가마를 준비하게 했다. 그리고 직접 문 앞까지 나가 궁우가 하녀들의 시중을 받으며 떠나는 것을 지켜보았다.

양류심에 도착해보니 그곳은 벌써 엉망진창이었다. 다행히 귀빈들의 독방은 뒤쪽에 서로 분리된 작은 정원에 있기 때문에, 소란이 벌어진 이웃들만 방해를 받았을 뿐이다. 양류심 사람들은 최대한 사태가 커지지 않도록 통제했다.

난장판 중심에 있는 화려한 옷의 청년은 경성에서 악명이 자자한 하문신이었다. 생김새는 나쁘지 않았지만, 건방지고 콧대가 높아 누가 봐도 도무지 호감이 들지 않았다. 궁우도 그를 흘끗 보자 자기도 모르게 입을 삐죽이며 혐오스런 표정을 지었다.

"낭자……."

주 아주머니는 발등에 불이 떨어진 듯 다급했지만 차마 재촉할 수도 없어 조심스레 그녀를 불렀다. 궁우는 검은 옥 같은 눈동자를 살짝 굴렸다. 과연 환락가의 사람답게 곧 입가에 미소가 피어올랐다. 그녀가 사뿐사뿐 안으로 들어가자, 주 아주머니는 하문신을 가로막고 있던 사람들을 즉시 물렸다.

닥치는 대로 물건을 때려 부수는 데 푹 빠진 이 도련님은 풀려나기 무섭게 옆에 있던 난초 화분을 집어 들어 공교롭게도 궁우가 있는 쪽으로 휙 던졌다. 사람들의 비명 속에서 궁우는 가녀린 허리를 살짝 비틀며 재빨리 왼쪽으로 한 걸음 물러나 날아드는 화분을 겨우 피했다. 동시에 여린 비명을 지르며 바닥에 털썩 쓰러졌다.

"궁우 낭자!"

주 아주머니는 혼이 반쯤 달아날 정도로 놀라, 그쪽으로 돌진하여 그녀를 일으켜 세우며 연신 물었다.

"어디 다친 데는 없어?"

하문신도 '궁우'라는 두 글자를 듣자 곧 눈을 반짝이며 정신을 차렸다. 저 아리땁고 고운 미인은 바로 그가 온갖 방법을 다해 청해도 겨우 한두 번밖에 보지 못한 궁우가 아닌가? 순간, 그는 만면에 웃음꽃을 피우며 부랴부랴 달려가 그녀를 부축했다.

"궁우 낭자가 어떻게 여기에? 많이 놀랐겠구려. 저 죽일 놈의 노비들이 뭘 몰라서……."

궁우는 몸을 바르르 떨면서도 하문신의 손을 밀어내며 나지막이 말했다.

"제가 이상한 곳에 서 있었던 거예요."

"맞소, 맞소."

하문신은 일단 전적으로 동의한 후 다시 물었다.

"낭자는 어딜 가는 길이오?"

"아, 오늘은 일이 없어서 심류 언니와 얘기 나누려고 왔어요."

"심류는 지금 손님을 맞고 있어. 낭자, 잠시 앉았다 가지?"

주 아주머니가 황급히 말했다.

"그럼 묘음방으로 돌아갔다가 다음에 올게요."

"이런, 이런."

하늘에서 떡이 떨어진다더니, 이렇게 갑자기 절세의 미인이 나타나자 하문신은 벌써부터 뼈가 흐물흐물 녹아 은근히 말했다.

"낭자가 오늘 일이 없다니 이 몸이 무료함을 달래주겠소. 돌아가봤자 긴 밤 외롭기밖에 더 하겠소. 자자, 어서 들어오시오."

필사적으로 손님을 청하면서 보니, 이 정원의 독방은 자기 손에 이미 난장판이라는 사실이 떠올랐다. 이런 곳에 미인을 불러들일 수는 없기에 그는 재빨리 주 아주머니에게 눈짓했다.

"어서 가장 좋은 방을 내놔. 이 공자님께서 궁우 낭자와 술을 마시며 달구경을 해야겠다."

주 아주머니가 고개를 들어보니 하늘은 먹구름이 가득했다. 달구경은 무슨. 하지만 그 말을 대놓고 할 수는 없었다. 역귀를 겨우 달랬으니 어서 빨리 방을 준비하는 것이 중요했다. 주 아주머니는 곧 호호 웃으며 말했다.

"춘교각(春嬌閣)이 비었어요. 아주 편안하고 화려한 곳이니 그곳으로 가시는 게 어떨까요?"

"빨리, 빨리 안내해."

하문신은 초조함을 이기지 못하고 재촉하는 한편, 궁우의 옥같이 고운 팔을 잡았다.

"궁우 낭자, 갑시다."

궁우는 고개를 숙이고 다시 한 번 하문신의 손을 밀어냈다. 그리고 자기 하녀를 부른 후 말없이 걸음을 옮겼다. 하 도련님은 불쾌했지만, 이 묘음방의 간판 낭자가 항상 이런 식이라는 것을 알기에 색심을 누르고 함께 방을 나섰다.

춘교각은 양류심 동쪽 끝에 위치하여 호수를 돌아간 다음 복숭아 숲을 지나야 했다. 미인이 함께 있기에 하문신은 전혀 멀다고 느끼지 않고 내내 히죽거렸다. 호수를 지나 청석을 깐 길을 걷는데, 갑자기 궁우가 우뚝 걸음을 멈추며 낮은 소리로 말했다.

"공자, 먼저 가세요. 저도 곧 가겠습니다."

하문신은 당황해서 즉시 물었다.

"무슨 일이오?"

"좀 전에 넘어지면서 흙이 묻었어요. 옷부터 갈아입어야겠어요."

"괜찮소."

하문신이 음흉하게 말했다.

"이 몸은 미인을 볼 때 무슨 옷을 입었는지는 신경 쓰지 않는다오. 괜히 귀찮게 갈아입을 필요 없소."

궁우가 고운 눈동자를 굴리며 부드럽게 말했다.

"공자와 함께 술을 마시는데 단정하지 못한 차림은 원치 않습니다. 용서하시지요."

미인이 이렇게 애교를 떠는데 하문신이 무슨 말을 할 수 있겠는가. 그가 웃으며 대답했다.

"좋소, 좋소. 허나 이 몸은 먼저 가 있지 않고 여기서 기다리겠소. 옷을 갈아입고 나서 같이 갑시다."

궁우는 아리따운 시선을 던지며 말없이 미소를 지었다. 치맛자락이 팔락이는가 싶더니 그녀는 사뿐히 몸을 돌려 옆에 있는 작은 누각의 모퉁이로 사라졌다. 하문신은 그 아름다운 자태에 이끌려 좀 더 보고 싶은 마음에 저도 모르게 몇 걸음 뒤따랐다. 그런데 갑자기 발밑이 따끔하고 동시에 시야 가장자리로 반사광이 스쳐갔다. 고개를 숙여 자세히 살펴보니, 정교하게 만들어진 진주 비녀였다. 미녀의 머리에서 미끄러져 떨어진 모양이었다.

몸을 숙여 비녀를 주워 든 하문신의 머리에 미인이 옷을 갈아입는 황홀한 장면이 떠올랐다. 마음이 동한 그는 곧장 비녀를 소매 속에 넣고 방금 궁우가 간 방향으로 쫓아갔다. 비녀를 돌려준다는 핑계로 눈을 호강시켜줄 생각이었다. 앞장서서 길안내를 하던 주 아주머니는 곧 잘못되었음을 깨닫고 소리쳐 막으려고 했다. 하지만 하씨네 못된 하인이 그녀를 옆으로 홱 밀쳐버렸다.

작은 누각의 꺾어진 복도를 돌아가자 과연 저 앞에 노란 등불이 반짝이는 방이 보였다. 하문신은 싱글벙글하며 창가로 다가갔다. 막 머리를 들이밀려는데 안에서 말소리가 들려왔다.

"낭자, 심류 낭자는 바로 이곳 독방에서 구 공자를 접대하고 있는 거예요?"

"그래, 구 공자는 잘생기고 멋있어서 심류 언니와 잘 어울려. 두 사람이 만나서 나도 정말 기뻐."

"낭자가 뭐가 기뻐요? 그 두 사람이 이층에서 사랑을 속삭이게 해주려고 낭자는 억울하게 그 소인배와 함께 있어야 하잖아요?"

이 말에 궁우가 가만히 탄식했다.

"친구 사이에 당연히 서로 도와야지. 하지만 그 하 공자는 정말 이지 너무 옹졸해. 그 사람이 구 공자의 풍모를 10분의 1만 가졌어도 이렇게 괴롭지는 않을 텐데. 안타깝게도 그는 구 공자의 발끝에도 못 미쳐. 그 정도 용기로는 구 공자에게 덤비지도……."

이런 말을 들으면 보통 사람도 참지 못할 텐데, 하물며 하문신은 보통 사람이라고 할 수도 없었다. 당장에 노기가 끓어오르고 나쁜 마음이 솟구쳤다. 더욱이 그 구 공자인가 뭔가 하는 놈이 있다는 말에 즉각 계단으로 달려가 단숨에 이층으로 올라갔다. 그가 순서대로 방문을 걷어차며 고래고래 욕을 퍼부었다.

"구가 놈아, 썩 나오지 못해!"

이번에는 워낙 소란스러워서 길을 가던 사람들마저 들을 수 있을 정도였다. 주 아주머니가 사람을 데리고 황망히 달려온 것은 물론, 하씨네 가노들도 우르르 누각으로 올라갔다.

이층에는 심류와 구 공자 외에 두 명의 손님이 더 있었다. 게다가 둘 다 재수 없게도 하문신이 앞서 걷어찬 두 개의 방문 안에 있었다. 하지만 마흔 살 이상 되는 그들을 보자, 하문신이 아무리 지능이 떨어진들 자기가 찾는 사람이 아니라는 것은 알 수 있었다. 세 번째 문을 걷어차려는 순간, 도리어 먼저 문이 활짝 열리고 스무 살 정도 되는 단정한 용모의 청년이 튀어나왔다. 그도 큰 소리로 외쳤다.

"누가 소란을 피우느냐?"

하문신은 순식간에 눈이 시뻘게져, 우르르 달려들어 주먹을 휘둘렀다. 구 공자는 귀족 출신으로 먹고 마시며 즐기는 것은 잘해도 남에게 무시당하는 데는 익숙하지 않았다. 게다가 술도 좀 마셨고, 사랑하는 미인이 뒤에서 보고 있으니 가만히 서서 맞을 이유가 없었다. 그가 몸을 살짝 피하며 똑같이 주먹을 내질렀다. 두 사람 다 무공을 익혔을 리 없고, 평소 누구와 충돌이 있어도 직접 나서는 일은 드물었다. 그래서 지금 서로 뒤엉켜 싸울 때도 초식 따위는 아예 없고 거리의 건달들처럼 치고 박기만 해서 참으로 볼썽사나웠다.

뒤이어 달려온 주 아주머니는 초조해져 거의 울음을 터뜨리기 직전이었다. 부하들에게 두 사람을 떼어놓으라고 소리소리 지르는 사이, 하씨네 가노들이 달려들어 주인을 도와 상대방을 붙잡았다. 구 공자에게도 하인은 있었지만, 다른 곳에서 차나 술을 마시는 중이라 이 소식을 듣지도 못했다. 주 아주머니는 상황이 나빠지는 것을 보자 양류심의 호위무사들을 시켜 구 공자를 보호하게 했다. 하씨네 가노들은 주인만 믿고 위세를 부리는 데 익숙해서, 상대가 누구든 간에 마구 주먹질을 해댔다. 하문신은 더욱더 난폭하게 굴며 옆에 있던 커다란 꽃병을 휘둘러 구 공자의 머리를 내리찍었다.

"피하세요, 공자!"

방 안에서 놀란 비명소리가 들려왔다.

구 공자는 황급히 왼쪽으로 몸을 피했지만 뜻밖에도 갑자기 오른쪽 다리가 말을 듣지 않았다. 그가 균형을 잃고 비틀거리는 사이 검은 그림자가 머리를 덮쳤다. 그는 이마에 지독한 통증을 느끼며 바닥에 픽 쓰러졌다.

사람 허리까지 오는 하얀 도자기 꽃병은 머리에 맞아 산산조각이 났다. 꽃병이 깨지며 내는 굉음에 장내에 있던 모든 사람이 얼어붙었다. 모두 느린 화면을 보듯 눈을 휘둥그레 떴다. 구 공자의 이마에서 새빨간 피 한 줄기가 주르륵 흘러내리고 몸이 비틀비틀하더니 도자기 파편으로 가득한 바닥으로 허물어지듯 쓰러지는 것이 보였다. 머리가 어느새 온통 피범벅이 되어, 순간적으로 가해자 하문신조차 놀라 멍해졌다.

잠깐의 침묵이 끝나고, 방 안에 날카로운 비명소리가 울려 퍼졌다. 그제야 모두 깜짝 놀라 정신을 차렸다. 큰일이 벌어졌다는 것을 깨달은 사람들의 얼굴이 흙빛이 되었다. 주 아주머니가 구 공자에게 달려가 그의 맥을 짚어보더니 당장이라도 기절할 것처럼 온몸에 맥이 풀린 듯 주저앉았다.

"저, 저놈이 피하지 않았어. 안 피했다고……."

하문신이 두서없이 중얼거리며 연신 뒤로 물러나 난간에 기댔다. 비교적 간이 큰 손님 한 명이 다가와 살펴보더니, 고개를 들고 떨리는 소리로 말했다.

"주…… 죽었소."

그때쯤 주 아주머니가 약간 정신을 차리고 머리가 마구 헝클어진 채 일어나 높은 소리로 외쳤다.

"누구 없어! 신고해, 어서 신고해!"

하문신도 직접 사람을 죽인 데 놀라 얼어붙었지만, 그가 데려온 사람들 중에는 약간이나마 알아서 일처리를 할 호위무사가 있었다. 그자가 황급히 상황을 제압하며 말했다.

"일단, 신고하지 마시오. 의논을, 같이 의논을 한 다음……."

그 말을 듣자 하문신도 머리가 조금 맑아진 듯 달려들어 주 아주머니를 붙잡고 소리쳤다.

"신고하지 마! 돈을 주겠다, 돈을!"

"돈이 무슨 소용 있어요?"

주 아주머니가 엉엉 울며 말했다.

"구 공자도 관리의 아드님이라고요. 문원백 나리께서 가만히 계시겠어요? 우리 양류심은 이제 끝장이에요, 끝장……."

"도련님, 가만히 계시지 말고 어서 갑시다. 어서 집으로 돌아가 나리께 말씀드려야지요, 어서요!"

그 호위대장이 황급히 소리치며 하문신을 끌고 밖으로 달려갔다. 책임을 지고 싶지 않은 양류심 사람들이 당연히 앞을 가로막았고, 또다시 한바탕 소란이 일었다.

이 시끌벅적한 난리통과는 선명한 대비를 이루며, 어느샌가 이 층 복도에 궁우가 나타났다. 이미 옅은 남색의 겹옷으로 갈아입은 그녀는 이 난장판으로 천천히 걸음을 옮겨 아무도 알아채지 못하는 상황에서 사건이 벌어진 방으로 들어갔다.

방 안에는 나긋나긋하고 아름다운 낭자가 쓰러져 있었다. 그녀는 놀라고 당황한 표정이었고, 물처럼 맑고 고운 눈동자는 두려움으로 가득했으며, 온몸을 바들바들 떠는 바람에 이가 부딪쳐 계속 '딱딱' 소리를 냈다. 한눈에도 이 피비린내 나는 사고에 놀라 넋이 나간 게 분명해 보였다.

궁우는 그녀에게 다가가 몸을 숙이고, 그녀의 등을 살며시 토닥이며 부드럽게 말했다.

"심류 언니, 두려워하지 말아요. 괜찮아요, 언니에게는 아무 일도 없을 거예요."

그녀의 목소리는 맑고 달콤해서 마치 사람을 진정시키는 마력이라도 있는 것 같았다. 심류는 덜덜 떨리는 얼굴을 들어 그녀를 바라보더니 와락 품으로 달려들며 큰 소리로 울음을 터뜨렸다.

방 바깥의 소란은 여전히 계속되고 있었다. 궁우는 품안에 있는 심류의 긴 머리칼을 부드럽게 쓰다듬으며, 문 앞에 피투성이가 되어 쓰러진 시체를 훑어보았다. 그녀의 입가에 재빨리 냉소가 스쳐 지나가더니, 곧 아무 표정 없는 얼굴로 돌아왔다.

—

15

—

사실 예왕은 요 며칠 기분이 무척 좋았다. 회요를 보내 밤새 자기 사람 중 가장 중요한 몇 명이 이번 '우물 안 시체 사건'에 연루되지 않았다는 것을 확인한 그는 발을 동동 구르고 있을 태자를 느긋하게 구경하기로 했다. 호부상서 루지경은 젊고 정력이 왕성해서, 매년 태자를 위해 쥐도 새도 모르게 엄청난 돈을 끌어왔다. 그야말로 태자가 애지중지하는 보물단지였다. 그 보물단지가 부서지기 직전이니, 예왕은 자면서도 웃음이 나올 지경이었다. 속으로는 벌써 몇 번이나 태자를 실컷 비웃었는지 모른다.

그러나 남의 눈의 티는 봐도 자기 눈의 대들보는 보지 못한다고, 자신에게도 똑같은 문제가 곧 닥칠 것은 전혀 알아채지 못했다. 아직 심각한 상황은 아니지만, 골치깨나 썩을 정도는 되니 더 이상 이렇게 웃고 있지만은 못할 것이었다.

"전하! 전하! 제발 살려주십시오. 우리 집안의 3대독자입니다. 아들이라곤 그 애밖에 없습니다."

예왕부 객청(客廳)에서 눈물콧물을 빼며 꿇어앉은 보라색 옷의 관리는 다름 아닌 이부상서 하경중이었다. 그의 아들 하문신은 문원백의 아들 구정평(邱正平)을 때려죽인 후, 하인들의 보호를 받아 집으로 달아나는 데 성공했다. 하지만 잠시 피할 수는 있어도 평생 피할 수는 없는 법. 이튿날 경조윤 관아에서 그를 잡아들이겠다며 사람을 보냈다. 하경중은 종일품의 고위 관리라는 자기 직책을 믿고 문을 걸어 잠근 채 꼼짝도 하지 않았다. 그런데 고작 팔품밖에 안 되는 경조윤의 포두(捕頭)는 제법 인물이었다. 그는 화를 내지도, 거칠게 행동하지도 않고, 공문을 들고 저택 문 앞에 서서 큰 소리로 읽어내려갔다.

"명을 받들어 범인 하문신을 체포한다. 하문신은 어젯밤 기루 양류심에서 사람을 죽이고 몰래 도망쳤다. 문을 열어라!"

이런 식으로 반복해 읽으면서, 읽다 지치면 사람을 바꿔가며 계속하자 문 앞에 모이는 사람이 점점 많아졌다. 이대로 두었다간 금릉성 전 인구가 구경하러 몰려들지도 몰랐다. 창피당하는 것은 둘째 치고 어사(御史)의 귀에까지 들어갈까봐 하경중은 어쩔 수 없이 패배를 인정하고 울며불며 아들을 내주었다. 동시에 아들을 체포하러 온 포졸들에게 아들을 괴롭히지 말라고 단단히 으름장을 놓은 다음, 서둘러 예왕부로 달려와 애걸했다.

사건은 나시 거리에서 일어났고, 진반약이 각지의 소식을 알아보기 위해 거느린 염탐꾼은 대부분 그곳에 있었다. 따라서 빠른 시간 내에 그 사건을 조사하여 슬그머니 예왕에게 보고했다. 많은 사람이 보는 앞에서 사람을 죽여 증인이나 증거가 확실한, 빼도 박도 못하는 현행범이라는 말을 듣자, 소경환은 곤란하지 않을 수 없었다. 그는 눈을 찌푸리고 방 안을 서성이며 얼굴을 굳힌 채 아무 말도 하지 않았다.

"전하."

불확실한 예왕의 표정을 보자 하경중은 마음이 급해져 또다시 눈물을 쏟았다.

"소신도 잘 압니다. 제가 자식을 잘못 가르쳐 이렇게 큰일을 저지른 게지요. 하지만 전하, 소신이 오랫동안 몸과 마음을 다해 전하께 바친 충성을 생각하신다면…… 소신은 나이 쉰이 넘어 아들이라고는 하나밖에 없고, 노모께서는 그 아이를 목숨처럼 애지중지하십니다. 무슨 일이라도 생기면 노모께서 결코 견디지 못하실 겁니다. 전하, 전하……."

예왕은 차가운 눈길로 그를 흘끗 바라보았다. 몹시 귀찮았지만, 그는 항상 부하를 거둘 때 은혜를 베푸는 방식을 주로 사용해왔다. 하물며 이 하경중은 이부상서가 된 후 관리 임면과 상벌의 권한을 단단히 지켜, 태자가 몇 번이나 끼어들려고 시도했으나 한 번도 성공하지 못했다. 그런 그가 이렇게 울어대는 것을 보니 그 쓸모없는 아들은 그의 약점이 분명했고 결코 잘못 처리하면 안 되겠다는 생각이 들었다. 그래서 목소리를 풀고 약간 책망하는 투로 말했다.

"아들 교육에 너무 신경을 안 쓰셨구려. 천자가 있는 경성에서 어떻게 그리 방자한 짓을 할 수 있단 말이오? 평민을 죽였으면 몰라도, 죽은 사람이 문원백의 아들이라니. 문원백이 비록 지금 관직을 맡고 있진 않지만, 그 조상이 세운 공훈은 무시할 것이 못 되오. 본 왕이 억지로 비호하다간, 세상물정 모르는 어사들의 탄핵은 그렇다 쳐도 문원백 스스로 상주문을 올릴 것이오. 부황께서 아시기라도 하면 그대나 본 왕이나 좋을 게 없소."

하경중은 머리를 바닥에 쿵쿵 찧으며 울었다.

"전하께서 난처하시다는 것을 잘 압니다. 그저 평민을 죽였다면 소신이 어찌 감히 전하께 아뢰겠습니까? 죽은 사람이 문원백의 아들이기 때문에 제 힘으로는 어쩔 수가 없어 이렇게 전하께 부탁드리는 겁니다. 전하, 전하도 아시다시피 문원백은 겁 많고 소심한 사람입니다. 전하께서 몸소 나서서 설명하시면 짐작하건대 차마 전하의 체면을 깎지는 못할……."

"말은 참 쉽게 하는구려. 이게 어디 작은 일이오? 그대 아들은 아들이고, 남의 아들은 아들이 아니란 말이오? 사람이 화가 머리끝까지 나면 무슨 짓인들 못하겠소?"

예왕은 야단을 친 후 다시 위로했다.

"벌써부터 그렇게 애태울 것 없소. 내일 당장 참수당하는 것도 아닌데 뭘 그러시오?"

"신은 경조윤 관아에서 판결을 내리고 나면 돌이키지 못할까 봐……."

"경조윤?"

예왕이 냉소를 터뜨렸다.

"경조윤인들 이 사건이 마냥 좋겠소? 고승도 지금쯤 골치깨나 아플 것이오."

예왕의 말도 그럴듯했다. 고승이 이 소식을 들었다면 분명 비명을 질렀을 것이다. 우물 안 시체 사건으로 태자를 바짝 긴장시켜 놓은 상태에서, 또다시 기루 살인 사건으로 예왕의 총신이 끼어들었으니, 아마 지금 경성 안에서 가장 머리 아픈 사람은 바로 겨우 삼품의 직책을 가진 경조윤 고승일 것이다.

하경중은 소맷자락으로 얼굴을 닦으며 다소 진정한 목소리로 말했다.

"소신은 아무래도 마음이 불안합니다. 전하께서는 모르시지만, 경조윤에서 보낸 포졸들은 인정사정이 없었습니다. 그래서 걱정이……."

"그게 바로 고승의 장점이오."

예왕은 도리어 감탄한 표정을 지었다.

"이 사건은 그대와 문원백이 연루되었으니 언제든지 천자의 귀에 들어갈 수 있소. 하물며 누가 봐도 명확한 사건이고 지체할 이유가 없으니 당장 사람을 보낸 거요. 꾸물대다가 그대가 아들을 어디론가 보내버리면 책임은 고스란히 고승이 져야 할 테니까. 문원백이 어디 쉬운 상대요? 아무튼 이제는 사람은 잡아놓았으니 상황을 보면서 천천히 심문하면 되오. 만에 하나 그대 아들이 죽을죄로 판명된다면 포졸들을 보낼 때 그대에게 밉보인 것은 무시하면 될 일이고, 혹여 무죄로 풀려난다면 그대에게 은혜를 베푼 것이니 그깟 포졸들의 무례 따위로 그대가 뭐라 하기야 하겠소? 이곳 금릉성의 지방 장관이 되는 것이 이부상서 역할보다 쉽다고는 생각지 마시오."

하경중도 권모술수를 잘 아는 사람이었다. 아들 때문에 마음이 어지럽고 머리가 복잡했지만, 예왕이 일깨워주자 곧 이치를 깨달았다. 인정사정 봐주지 않는 고승의 행동에 불안하던 마음도 차차 가라앉았다. 그가 허리를 숙이며 말했다.

"역시 전하께서는 헤아림이 귀신 같으십니다. 소신이 어리석었습니다."

"아첨할 것 없소. 어쨌든 이번 사건은 무척 곤란해서 본 왕도 당장 해결 방법이 떠오르지 않소."

예왕은 몸을 돌려 또다시 울며 애원하려는 그를 보더니 황급히 손을 내저었다.

"계(季) 선생을 찾아가 상의해보시오. 본 왕도 무얼 할 수 있고 무얼 못하는지 다시 한 번 생각해보겠소."

하경중은 예왕의 편안한 목소리를 듣자 크게 기뻐 황급히 머리를 조아리며 감사했다. 그리고 바삐 곁채로 달려가 예왕이 말한 계 선생을 찾았다. 소경환은 태자와 제위를 다툴 실력이 있는 황자였고, 그 휘하에는 당연히 지모 있는 막료가 많았다. 예왕이 계 선생을 지목한 것은 그가 법률가 출신이기에 이런 공소 사건을 가장 잘 알 거라 판단했기 때문이다. 어쩌면 좋은 방법을 생각해낼지도 몰랐다.

하경중에게 상세한 내용을 듣고 나자, 허옇게 센 계 선생의 두 눈썹은 털뭉치처럼 잔뜩 찌푸려졌다. 그 모양새가 본래도 주름이 가득한 얼굴과 어우러져 몹시 우스꽝스러웠다. 하지만 하경중의 지금 상태는 남의 얼굴에 신경 쓸 여유가 전혀 없었다. 그는 눈 하나 깜짝하지 않고 계 선생을 바라보았다. 털뭉치가 찌푸려지면 찌푸려질수록 그의 마음은 점점 더 어지러워졌다.

차 한잔 마실 정도의 시간이 지난 후, 계 선생이 한숨을 푹 내쉬며 말했다.

"공자께서 정말 큰일을 저지르셨군요."

"그건 나도 아오."

하경중이 초조하게 말했다.

"허나 이 사건이 해결되어야 혼을 내도 낼 것이 아니오!"

계 선생이 손으로 턱밑 수염을 쓰다듬으며 천천히 말했다.

"지금으로서는 경조윤 관아에서 판결을 내리게 하는 것이 낫겠습니다."

"뭐라고?"

하경중이 펄쩍 뛰었다.

"하 대인, 진정하십시오."

계 선생이 부축이라도 하듯 손을 내밀었다.

"이 늙은이가 천천히 설명을 드리지요."

하경중은 마음을 가라앉히고 두 손을 모았다.

"선생, 말씀하시오."

"우선, 경조윤이 비록 경성의 치안을 맡고 있으나 결국은 지방 장관일 뿐입니다. 대인이든 문원백이든 어느 쪽에도 함부로 할 수 없지요. 공자께 유죄를 선언하는 것도 물론 어렵지만, 무죄를 선언하면 혼자서 어찌 그 책임을 질 수 있겠습니까? 만약 그가 이러지도 저러지도 못해 사건을 질질 끌면, 괴로운 사람은 공자입니다. 그러니 우선 대인께서 한발 양보하셔서 고승에게 설 곳을 마련해주십시오. 그가 사건을 매듭짓게 하되, 억지로 뒤집으라고 강요 마시고 공자에게 살인죄를 판결하라고 말입니다."

"뭐요?"

"놀라지 마십시오. 경조윤이 판결을 내리는 것은 두려워할 일이 아닙니다. 두려운 것은 이 일이 돌이킬 수 없는 사건이 되는 것이지요. 대인께서 양보하시면, 고승도 자연히 우호적으로 나올 것입니다. 비록 살인죄로 판결 나도 증거를 모호하게 만들고 증언에 도 허점을 남겨둘 겁니다. 어쨌든 문원백은 경조윤이 유죄 판결을 한 것만 알지, 구체적으로 보고서에 어떻게 썼는지는 알 수 없습니다. 그렇게 되면 고승은 한편으로는 대인의 동의를 얻고, 다른 한편으로는 문원백에게도 밉보이지 않게 되니 결코 거절하지 못할 겁니다."

계 선생이 교활한 웃음을 지으며 말했다.

"생각해보십시오, 대인. 경조윤에서 살인 사건으로 판결하면 그다음은 어떻게 됩니까?"

"그야 형부로……."

"그렇습니다. 반드시 형부에 보고해야겠지요."

계 선생은 손가락으로 탁자를 톡톡 두드리며 몹시 만족스럽게 말했다.

"경조윤의 손에 있을 때는 사건을 조작할 수 없습니다. 우선적으로 그는 그럴 만한 배짱이 없고, 둘째로는 관직이 낮아 책임을 질 수도 없기 때문이지요. 그러나 형부는 다릅니다. 권한과 책임은 말할 것도 없고, 관건은 형부가 예왕 전하의 세력이라는 것입니다. 제 상서는 고승보다는 훨씬 마음을 써주지 않겠습니까?"

하경중은 퍼뜩 정신이 든 것처럼 허벅지를 탁 치며 찬탄했다.

"과연 계 선생은 노련하구려!"

"이 사건은 비록 큼직한 사람들이 연루되었지만 그래봤자 딱 한 사람 죽은 보통 형사 사건일 뿐입니다. 제아무리 제 상서가 도울 마음이 있어도, 특별히 이 사건을 들먹일 이유가 없지요. 그러니 경조윤 관아에서 직접 보고를 올리도록 해야 합니다. 보고 내용이 빼도 박도 못하게 증거가 명확하다면 물론 아무 방법도 없지만, 진술에 이상한 점이 있으면 형부에서 재조사할 이유가 충분합니다. 그렇게 되면 손을 쓸 여지가 있지요. 이송되는 동안 공자께서 약간 고초를 겪으시겠지만요. 어떻습니까, 대인?"

하경중은 몹시 감격했다.

"참으로 신묘한 계책이오. 바로 가서 전하를 뵙고 제 상서 앞에서 말씀 좀 잘해달라 부탁하겠소. 하지만 고승 쪽은……."

"그건 걱정 마십시오. 고 대인은 지금 우물 안 시체 사건으로 정신이 없으니, 이 뜨거운 감자를 어떻게든 남에게 넘기려고 안달일 겁니다."

계 선생이 웃으며 말했다.

"고승의 막료가 이 늙은이의 오랜 친구입니다. 하 대인을 위해 나서보지요."

하경중은 황급히 허리를 깊이 숙여 인사했다.

"수고를 끼치는구려. 이번 일이 잘되면 반드시 후하게 대접하겠소."

"다 전하를 위해 하는 일인데 무슨 말씀이십니까?"

계 선생은 겸손하게 사양하며 일어나서 배웅했다. 하경중은 예왕의 심복 중의 심복이자 총신이었기에 결코 소홀히 할 수 없었다. 그래서 계 선생은 잠시 주변을 정리한 후 검은 천을 두른 작은 가마를 준비하라고 한 후 곧 경조윤 관아로 향했다.

"자!"

비류가 커다란 달걀형 과일 하나를 매장소 앞에 내밀었다. 액즙

이 가득한 것이 무척 먹음직스러웠다. 매장소는 웃으면서 곁눈질로 옆에서 물을 마시고 있는 몽지를 바라보고는, 괜히 장난기가 일어 물었다.

"비류, 말해보렴. 이 배가 무슨 색이지?"

"하얀색!"

몽지가 '푸하' 하고 머금었던 물을 내뿜었다. 그가 콜록거리며 비류를 노려보았다.

"무…… 무슨 색?"

비류는 '흥' 하고 코웃음을 치며 그를 무시하고 고개를 돌려버렸다.

"비류, 이건 지금 먹는 게 아니란다."

매장소가 미소를 지으며 말했다.

"이건 동리(凍梨)야."

"동리……."

"오래 보관할 수 있도록 꽁꽁 얼린 거지. 하지만 먹을 때는 해동부터 해야 한단다. 안 그러면 베어 물 수가 없어."

비류가 눈을 동그랗게 뜨고 왼손에 든 배와 오른손에 든 배를 번갈아 바라보았다. 결국 둘 중 작은 것을 입으로 가져가 한입 깨물었지만 곧 우뚝 멈췄다.

"못 먹겠지?"

다시금 고수의 풍모를 회복한 몽지가 다가오며 말했다.

"물에 넣어 해동해야 연해져서 먹을 수 있다."

비류는 그 말이 끝나기 무섭게 모습을 감췄다.

"역시 비류가 가장 즐겁군."

몽지가 감개무량한 듯 웃었다.

"하지만 지금 경성에서 가장 즐겁지 못한 사람이라면 역시 경조윤 고승이겠지?"

매장소도 웃음을 금치 못했다.

"그럴 겁니다. 정말 미안하군요. 이렇게 골치 아픈 사건 두 개를 그에게 던져놓고 나는 여기서 이렇게 동리나 먹고 있으니."

두 사람이 지금 있는 곳은 성 남쪽의 고상한 찻집이었다. 거리에 접해 있지만 시끄럽지 않았고, 대나무로 만든 방마다 매우 품위 있게 꾸며져 있었다.

우물 안 시체 사건이 관아에 알려진 후, 금릉성 사람들은 두 가지를 알게 되었다. 하나는 란원의 우물 속에 시체가 있다는 것이고, 다른 하나는 새롭게 등장한 유명인 소철이 집을 사려 한다는 것이었다.

란원은 낡고 황폐한데다 흉흉한 사건이 벌어진 곳이니 그곳에 살 수는 없었다. 그래서 소철은 새로운 저택을 사야 했다. 그래서 이 기회에 교분을 틀 생각이 있는 사람이나 그저 좋은 마음으로 추천하러 온 사람, 혹은 정말 집을 팔려는 사람 등 온갖 사람이 그에게 저택을 보여주겠다며 초청해대는 마당에 눈코 뜰 새가 없었다. 하지만 아직은 녕국후부에 머물고 있으므로 이 모든 귀찮은 일은 대부분 사필이 막아주었다. 덕분에 목왕부와 하동이 추천한 저택을 둘러본 후 오늘이 세 번째 외출이었다.

"내가 고른 이 저택은 어떤가?"

몽지가 가까이 다가오며 물었다.

매장소는 천천히 눈을 돌려 그를 바라보았다.

"설마 정말 저더러 이 집을 사라고 불러낸 겁니까?"

몽지가 장난스레 웃었다.

"유명인과 교분을 트고자 하는 마음도 있긴 했네만, 자네가 이렇게 따라나와주니 제대로 체면이 서는구먼."

"몽 통령이 어떤 사람인데 감히 무시할 수 있겠습니까? 오늘 제가 형님의 초청을 받아들인 것을 사필은 분명 당연하게 여길 겁니다. 거절했다면 도리어 이상하게 생각하지 않았을까요?"

매장소는 빙그레 웃었다.

"하물며 처음 경성에 제 이름이 알려진 것도 모두 형님과 비류의 대결 때문 아닙니까? 제 계획은 아니었지만 의외의 효과가 있었죠."

"비류 그 아이는 확실히 기재(奇才)야. 며칠 못 본 사이 또 늘었더군. 얼마 전에는 하동까지 물리쳤다지?"

"예."

매장소는 별로 관심이 없는 듯 건성으로 대답했다.

"저 아이는 마음이 평화로워 무도(武道)와 잘 통합니다. 하지만 아직은 어려서 내공이 정순하지 못해요. 형님처럼 정순하고 강한 고수를 만나면 불리할 수밖에 없지요."

"무슨 상관인가. 아직 수련할 시간이 얼마든지 있는데."

몽지가 찻잔을 두드리며 다시 한 번 물었다.

"내가 고른 저택이 어떤가?"

매장소는 잠시 생각해본 후 말했다.

"딱 형님이 고를 만한 곳이더군요."

"말이 심하잖아. 내가 비록 누각이니 정자니 하는 것은 잘 모르지만, 자네 마음은 잘 알아. 그래서 우여곡절 끝에 그 집을 찾아낸 거라고. 그런데도 감사할 줄을 모르니, 원.”

“그게 그 뜻이에요.”

매장소가 부드러운 눈길로 그를 바라보았다.

“역시 형님이 제가 원하는 것을 잘 아시는군요.”

칭찬받으려고 우쭐대던 몽지였지만, 이렇게 직접적으로 감사 인사를 받자 도리어 멋쩍은 듯 머리를 긁적였다.

“그곳 경치가 별로라는 것은 나도 아네.”

“조경은 다시 손을 봐야겠지요. 아니면 제가 그 많고 많은 집 중에 왜 하필 그곳을 골랐는지 사람들이 이상하게 생각할 테니까요. 그래도 그 한 가지 좋은 점이 경치 좋은 열 곳보다 낫습니다. 형님, 정말 신경 많이 쓰셨군요.”

“특별히 신경 쓴 것도 아니야.”

몽지가 쑥스러운 듯 대꾸했다.

“그냥 아무 생각 없이 돌아다니다가 발견한 거지. 그 저택 뒷담장은 정왕부의 뒷담장과 겨우 몇 장밖에 떨어져 있지 않아. 그 사이에는 지하수로 때문에 도로가 없고 사면은 숲으로 둘러싸여 있네. 게다가 두 저택의 정문이 서로 다른 거리로 나 있어서 마치 다른 구역에 있는 것처럼 느껴져 두 집이 그렇게 가깝다는 사실을 알아차리기가 무척 어렵지. 소수, 자네 부하들 중에 지하를 잘 아는 사람 있지? 이사한 다음에 후원과 정왕부 후원 사이에 비밀 통로를 파라고. 그러면 평소 남들이 보는 앞에서 대놓고 만나지 않아도, 정왕이 밤에 슬그머니 비밀 통로로 들어와 자네와 밀회를 할 수도 있고…….”

매장소는 웃어야 할지 울어야 할지 몰라 힘없이 이 대량의 제일 고수를 바라보았다.

"좋은 생각이긴 하지만 단어 선택 좀 조심하시면 안 될까요? 밀회라니요?"

"뭐 어때, 뜻만 통하면 되지."

몽지는 잠시 생각한 후 다시 물었다.

"지금 당장 입장을 확실히 할 건 아니잖나? 지난번 군주의 일도 자네가 망가뜨렸다는 것을 언젠가는 태자도 알게 될 거야. 태자는 도량이 넓은 사람이 아니야. 자네에게 무슨 보복을 하려 들지 모르니 일단은 예왕 편에 붙는 척하는 게 좋겠네. 그의 비호를 받는 것이 대단한 일은 아니지만, 최소한 양쪽 다 적으로 만들 수는 없잖은가?"

"걱정 마세요. 지금 그 두 사람은 몹시 바빠 절 신경 쓸 틈도 없을 겁니다."

매장소의 얼굴에 쌀쌀한 웃음이 떠올랐다.

"방어만 하고 공격하지 않는 것은 패착입니다. 예왕이 우물 안 시체 사건으로 호부상서 루지경을 물어뜯은 이상, 태자는 반드시 하문신 사건을 물고 늘어질 겁니다. 제 생각에는 하경중은 어떻게 해서든 아들의 살인 사건을 형부로 넘기려고 하겠지요."

"형부는 예왕의 세력인데 태자가 잘 지켜볼 수 있을까?"

"예왕이 유리하긴 하겠지요. 하지만 하문신 사건은 매우 명확합니다. 문원백이 노발대발하면 형부가 손을 쓰고 싶어도 이리저리 돌아가야 하겠지요."

"그들이 서로 싸우는 것이 자네에게는 가장 좋겠지."

몽지는 매장소가 소매 속으로 손을 넣는 것을 보고, 얼른 손난로를 그쪽으로 밀어주었다.

"하지만 하문신이 태자 손에 죽더라도 결국 하경중 자신은 아니니 예왕에게 큰 손해도 아니잖은가."

갑자기 매장소의 입가에 의미심장한 웃음이 출렁였다. 그가 가볍게 말했다.

"만약 부하들이 적당한 선에서 멈추도록 단속하는 법을 예왕이 안다면, 하문신 사건에서는 분명 아무 피해도 입지 않을 겁니다. 지금 그의 최대 약점은 역시 경국공 백업이니까요."

몽지가 허벅지를 탁 치며 말했다.

"그러잖아도 물어보고 싶었는데 마침 얘기가 나왔으니 말하겠네. 하동이 돌아왔으니 아마 적잖은 증거를 모아왔을 거야. 그런데 왜 그 토지 강탈 사건은 여태 잠잠하지? 폐하께서는 대체 무슨 생각이실까?"

"폐하께서는 이번 사건의 주동자가 누구일까 생각하고 계실 겁니다."

금군통령인 몽지는 당연히 단순무식한 사람이 아니었다. 그래서 가만히 생각해본 후 고개를 끄덕였다.

"그렇군. 현경사는 사건을 조사할 뿐이지 판결할 권리는 없네. 이번 사건은 워낙 커서, 중서성과 어사대, 정위부 등 삼사에서 심리하는 수밖에. 하지만……."

매장소는 손바닥을 뒤집어 손난로에 손을 대 따뜻하게 했다. 표정은 차분해서 마치 한담이라도 하고 있는 것 같았다.

"폐하께서 토지 강탈 사건을 다루려는 것은, 최근 권세가들이 토지를 마음대로 겸병하는 일이 나날이 성행해서 나라에 해가 되기 때문입니다. 하지만 삼사에 심리를 맡겼을 때, 중립인 기관이 없거나 누군가 위에서 압력을 넣으면 이 토지 강탈 사건은 곧 정쟁으로 바뀔 겁니다. 이 사건을 통해 경고를 내리려는 초기의 목표도 달성하지 못하게 되겠죠."

몽지는 눈을 찌푸리며 탄식했다.

"어쩐지 폐하께서 자꾸만 결정을 못 내리고 망설이시더라니. 확실히 어려운 일이군."

매장소는 웃을 듯 말 듯한 얼굴로 그를 흘끗 바라보았다.

"그러니 형님께서 폐하의 근심을 풀어드려야지요."

"내가?"

몽지는 깜짝 놀랐다.

"나한테 무슨 좋은 방법이 있다고?"

"방법이야 있지요."

매장소는 품에 안은 난로에 좀 더 바짝 몸을 붙이며 입꼬리를 살짝 올렸다.

"폐하께 한 사람 추천하면 됩니다."

"누굴?"

"정왕입니다."

몽지가 벌떡 일어났다.

"뭐라고?"

"삼사를 다스리려면 일반 관리로는 안 됩니다. 황족에게 의지해야만 하죠. 태자를 보내면 수습할 수 없이 일이 커질 것이고, 예왕을 보내면 큰 일을 작은 일로, 작은 일은 없던 것으로 만들겠죠. 정왕은 조정 중심에서 멀어진 지 오래고 성품도 강직하니, 그에게 맡기면 폐하가 이 일을 처리하려는 목적을 정확히 이룰 수 있습니다."

"하지만 정왕 입장에서는 이 일로 사람들의 눈 밖에 날 수도 있잖은가?"

"이 바닥에 뛰어들면서 어떻게 아무에게도 미움을 사지 않을 수 있겠습니까? 관건은 그만한 가치가 있느냐 없느냐지요."

매장소의 목소리는 가벼우면서도 쌀쌀했다.

"이 일을 잘 처리하면 민심을 얻고 위엄도 살리고 능력도 보여줄 수 있습니다. 더욱이 누군가에게 미움을 사면 반드시 그 반대편에 있는 사람들의 지지를 받겠지요. 영원히 멀찍이 떨어져 있으면 모두 그의 존재를 잊게 됩니다."

한참 동안 바보처럼 매장소를 바라보던 몽지가 이윽고 한숨을 토하며 말했다.

"자네 생각이 맞네. 이 세상에는 본래 완벽히 안전한 일이란 없지. 분명히 자네도 꼼꼼히 생각을 해봤을 거야. 하지만 만에 하나 폐하께서 동의하지 않는다면?"

"동의할 겁니다."

"어떻게 확신하나?"

"그보다 더 좋은 방법이 없으니까요."

매장소는 입을 다물고 목구멍으로 올라오는 한숨을 꾹 삼켰다. 선택의 여지가 없는 것 말고도 사실은 다른 이유가 있었다. 그것은 바로 황제가 정왕을 사랑하지 않는다는 것이었다. 그는 정왕이 이 사건을 맡은 후 맞게 될 결과와 그 어려움을 별로 고려하지 않을 것이고 그래서 더욱 쉽게 결정을 내릴 것이다.

그리고 정왕에게 있어 이 일은 돌이킬 수 없는 길로 들어가는 첫걸음이었다. 첫발을 내디디면 다시는 돌아갈 수 없었다.

몽지와 이야기를 나누면서 아직 하지 못한 말이 많았지만, 매장소는 벌써 지친 얼굴이 되어 나른하게 탁자에 엎드려 잠시 쉬었다. 들어오던 비류가 그 모습을 보고 깜짝 놀라 달려들었다. 몽지는 매장소를 깨울까봐 막아섰고, 소년은 곧 화가 났다. 장풍이 날아들자 몽지도 어쩔 수 없이 막아섰다. 두 사람은 번개같이 몇 초를 주고받았다. 동작은 크지 않았지만 얕게 잠들었던 매장소는 곧 깨어나 어쩔 수 없이 다시 똑바로 앉았다.

"소 형!"

비류가 즉시 몽지를 팽개치고 달려가는 바람에 우리의 금군통령은 그만 깜짝 놀랐다.

매장소는 소년에게 웃음을 지어 보이며 그가 소매 속에서 꺼낸 배를 받았다. 멍한 얼굴로 바라보는 몽지를 보자 그는 참지 못하고 물었다.

"형님, 왜 그러세요?"

몽지가 비류를 자세히 바라보며 말했다.

"내가 전력을 다한 것도 아니고 해칠 생각도 없었지만, 분명 싸우던 중이었는데 즉시 물러날 수 있다니. 움직임이 워낙 유연해서 치고 들어갈 틈도 없고, 호흡도 흔들리지 않았네. 정말 어처구니없을 만큼 놀랍군."

매장소가 놀리듯이 웃었다.

"심장이 철렁했지요? 대량 제일 고수라는 그 이름을 언젠가 우리 비류에게 빼앗길지도 모르니 조심하십시오."

"아직은 멀었어, 아직은."

몽지가 호기를 부리며 큰 소리로 웃었다.

"저 아이를 얕볼 수는 없지만, 그렇다고 겁나지는 않아. 세상에 이런 무공이 존재하는 것을 아는 것만도 내겐 큰 이득이지. 하지만 저 신법과 초식은 너무 기괴하고 음험한데 어떻게 호흡이 저렇게 양순할 수 있지?"

"원래 비류가 배운 심법은 몸에 너무 좋지 않았습니다. 억지로 연공하면 위력은 강해지지만 수명이 짧아지죠. 그래서 지금은 체내의 음험한 기운을 없애기 위해 희일결(熙日訣)로 바꾸었지요."

매장소가 간단히 설명했다.

매장소의 말투는 가벼웠지만, 몽지는 심법을 완전히 바꾸려면 앞서의 것을 무너뜨리고 다시 익혀야 한다는 것을 잘 알고 있었다. 비류는 목숨이 위험할 정도의 중상을 몇 번이나 입고서야 이렇게 새로 태어날 수 있었을 것이다. 희일결이라는 이름은 낯설지만, 비류가 가진 내공으로 보아 필시 최고급의 내공 심법일 텐데 누가 전수해줬는지 알 길이 없었다. 하지만 이렇게 신기한 무공에는 반드시 아무도 모르는 강호의 비밀이 이어져 있었고, 따라서 아무리 매장소와 친밀한 관계라 해도 깊이 따져 물을 생각은 전혀 없었다. 다만 조금 전 비류의 내공 성질을 찬찬히 떠올리며 혼자 고민했다.

"먹어!"

비류는 두 사람이 자기 이야기를 하는 것을 알면서도 귀를 기울이기는커녕, 매장소가 배를 한입 베어 물다 마는 것을 보고 소매를 잡아당기며 재촉하기만 했다. 매장소는 그에게 따스하게 웃어 주고는 천천히 배를 먹었다.

그가 맛있게 먹는 것을 보자 몽지도 웃으며 비류에게 장난을 걸었다.

"나는 손님이라고. 나한테도 하나 줘야지?"

비류는 잠시 망설였다. 솔직히 그는 자기가 이길 수 없는 이 아저씨가 싫었다. 하지만 형이 그를 대하는 것을 보면 분명 자기편이었다. 아무리 생각해도 방법이 없자, 비류는 차가운 얼굴로 소매 속에서 다른 배 하나를 꺼내 그에게 던졌다.

몽지가 받아 한입 베어 물더니 그만 그 자리에 굳어버렸다. 하지만 매장소의 웃음기어린 눈짓을 받자 아무렇지도 않은 듯 다시 먹기 시작했다.

그때 가까운 대나무 숲에서 은은한 피리 소리가 들려왔다. 구성지고 맑은 소리에 마음이 씻겨나가는 듯했다. 비류가 음악 속에 몸을 날려 날개 없는 새처럼 창밖으로 나가 다시 숲으로 뛰어들었다.

"저 녀석, 아무래도 수증기로 해동했나봐."

몽지가 거의 다 베어 먹은 배를 들고 고개를 설레설레 저으며 한숨을 쉬었다.

"배는 달아야 제맛인데 찌는 바람에 나무토막같이 됐군."

매장소는 그 말을 듣는 둥 마는 둥하며, 청죽으로 짠 대나무 의자에 몸을 기대고 눈꺼풀을 살짝 내리뜬 채 바람에 실려오는 그윽한 피리 소리에 가만히 귀를 기울였다. 마침내 곡이 끝나자 그가 한숨을 길게 쉬며 말했다.

“제가 경성에 온 것은 이 넓은 세상과 치열하게 싸우기 위해서인데, 십삼 선생의 이 곡은 너무 슬프군요.”

몽지가 눈썹을 치켜뜨자 대나무 울타리 두 개를 사이에 두고 이웃한 옆집에서 마른 몸집의 노인이 걸어나왔다. 푸른 적삼을 입고 있어서, 대나무 숲 깊은 곳에서 넘실대는 자욱한 안개와 어우러져 어딘지 모호해 보였다. 그는 이쪽으로 와서도 안으로 들지 않고, 옷을 걷고 계단 앞에 꿇어앉아 가라앉은 소리로 말했다.

“다시 작은 주인을 뵈오니 지난날이 생각나 가슴이 미어집니다. 작은 주인의 마음을 어지럽힐 생각이 아니었는데, 실로 죽어 마땅합니다.”

매장소의 눈에도 그리움이 떠올랐다. 그가 나지막이 말했다.

“십삼 선생이 제 마음을 아시는군요. 예를 차릴 때가 아니니 어서 들어오십시오.”

노인은 애처로운 표정으로 일어나 안으로 들어왔다. 여위고 수척한 매장소의 모습을 보자 노인은 몹시 격분하여 수염과 머리칼이 부르르 떨렸다. 몽지도 한때 적염군에 있었기 때문에 임수의 어머니 곁에 있던, 황제가 친히 봉한 이 악사(樂師)를 대강 알고 있었다. 하지만 금릉성에서 오랫동안 일하면서 묘음방의 천재 작곡가인 십삼 선생의 이름을 들었으면서도 그 두 사람을 연결 지어 생각해본 적은 없었다. 이제 눈앞에 벌어지는 상황을 보자 어떻게 된 것인지 깨닫고 마음이 몹시 흔들렸다.

매장소는 마음을 가라앉히고 십삼 선생에게 가까이 오라고 손짓했다. 그리고 몽지에게 말했다.

“형님, 십삼 선생은 우리 임가의 오랜 친구입니다. 앞으로 금군

통령인 형님께서 잘 보살펴주시기 바랍니다."

몽지는 그 말뜻을 깨닫고 고개를 끄덕였다.

"묘음방인가? 내 잘 살펴주겠네."

"미리 감사합니다."

매장소는 가볍게 웃음을 지었다.

"형님이 나오신 지도 오래됐고 저희는 이제부터 법을 어기는 나쁜 짓을 의논해야 하니, 아무래도 금군통령께서는 자리를 피하시는 게 좋겠지요?"

몽지가 '흥' 하고 코웃음을 쳤다.

"무슨 기밀 이야기를 하는지 반드시 들어야겠다면 어쩔 텐가?"

매장소는 천천히 고개를 숙이고 한동안 말이 없었다. 한참 만에야 겨우 입을 열었다.

"필요하다면 형님의 힘을 이용하는 것도 마다하지 않겠습니다. 하지만 아직은 별로 위험하지 않은 일만 도와주셨으면 합니다. 아무튼 지금의 자리를 얻기가 쉽지는 않으셨을 테니……."

몽지가 그를 똑바로 바라보며 말했다.

"사실을 듣고 싶은가?"

"형님……."

"확실히 내겐 지금의 지위와 신분이 중요하네. 자네가 돌아오지 않았다면 아직도 그랬겠지."

몽지의 눈빛은 단호해서 마치 쇳물을 부어 만든 것처럼 흔들림이 없었다.

"하지만 소수, 자네가 돌아온 이상 이제는 변명하려야 할 수도 없네."

매장소는 눈을 감았다. 다시 눈을 떴을 때 그의 눈동자는 물처럼 맑고 평온했다. 심지어 더 이상 몽지를 바라보지도 않았다. 그가 십삼 선생을 향해 말했다.

"십삼 선생, 조사하라고 한 일은 알아보셨습니까?"

"예."

십삼 선생이 공손히 대답했다.

"홍수초의 진반약은 13년 전 나라를 잃은 활족(滑族)의 마지막 공주가 키운 제자인데, 예왕의 막하에서 깊이 신임을 받고 있습니다. 조사해보니 총 열다섯 명이나 되는 대신들의 첩이 그녀의 부하였습니다. 이것이 명단입니다. 정보망도 빽빽하게 갖추고 있으나 다행히 궁우가 그 속에 우리 사람을 끼워 넣는 데 성공했습니다. 작은 주인께서 명만 내리시면 그녀의 세력을 무너뜨릴 자신이 있습니다."

몽지가 눈을 찌푸렸다.

"규방을 통해 대신들을 감시하다니, 예왕은 정말 태자보다 술책이 다양하군."

"태자는 적은 줄 아십니까?"

매장소가 그를 흘끗 바라본 후 다시 고개를 돌렸다.

"진반약은 일단 놔두십시오. 직접 예왕에게 알리기 힘든 소식이 있을 때 그녀를 이용해야 하니까요. 돌아가서 궁우와 의논하여, 제가 가진 중요한 정보 두 가지를 어떻게든 진반약이 알아내게끔 하십시오."

"명을 내려주십시오."

"첫째, 장경사 하동이 경성에 돌아오는 길에 공격을 받았습니다. 모두 경국공의 지시라고 알고 있지만, 사실은 아닙니다. 목숨을 건 그 살수들은 천천산장에 고용되었고, 장주인 탁정풍이 직접 보냈다고 합니다. 둘째, 경성에 와서 경국공을 고발한 노부부는 분명히 노쇠한 몸인데도, 강호의 세가가 고용한 살수에게서 달아나 사해를 떠돌다가 강좌맹의 세력 범위에 들어왔습니다. 이는 그들이 운 좋게 어떤 협사를 만났기 때문이 아니라 누군가 몰래 보호했기 때문입니다."

매장소는 잠시 멈췄다가 다시 말했다.

"배후에서 그들이 경성으로 들어가 고발장을 전할 때까지 보호한 사람 역시 천천산장이 보냈습니다."

"응?"

옆에서 듣고 있던 몽지는 영문을 몰라, 끼어들 일이 아니라는 것을 알면서도 저도 모르게 물었다.

"그게 대체 어떻게 된 일인가?"

"서로 모순되는 이 정보만 보면 헷갈리기 십상이지요."

매장소가 웃으며 말했다.

"제가 설명해드리겠습니다. 천천산장의 탁씨 가문이라 하면 조정의 누가 떠오르십니까?"

"그야 녕국후 사옥이지. 그 두 집안은 같은 아들을 둔 뒤로 더할 나위 없이 사이가 좋잖은가."

"탁정풍은 본디 강호인이니, 이 일에 끼어든 것은 분명 사옥의 부탁을 받았기 때문입니다. 생각해보십시오. 사옥이 탁씨 가문을 통해 경국공을 고발할 사람을 경성으로 호송했다니 뭔가 이상하지 않습니까?"

몽지가 망설이듯 말했다.

"그렇지, 사옥이 겉으로는 중립이지만 세자 사필은 분명히 예왕에게 충성을 바치고 있네. 경국공은 예왕이 무척 의지하는 사람인데, 사씨 가문이 어떻게 천천산장을 통해 경국공을 고발할 사람을 경성까지 호송할 수 있지? 설마……."

몽지는 숨을 헉 들이켰다. 갑자기 머리가 환해지는 것 같았다.

"설마 사옥이 사실은 태자 사람이라는 건가?"

매장소는 미소를 지었다.

"빈주의 토지 강탈 사건은 조사하기 어려운 일이 아닙니다. 평범한 사람을 보냈어도 쉽게 알아냈겠지요. 그런데 폐하는 하필 하동을 보냈습니다. 결과적으로 그녀는 토지 강탈 사건의 전말뿐 아니라, 노부부를 경성까지 호송한 사람을 탁정풍이 보냈다는 것까지 알아냈지요. 형님과 마찬가지로 그녀 역시 사씨 가문을 떠올렸고, 곧 사옥이 사실은 태자의 세력임을 깨달았을 겁니다. 그렇지만 사옥은 아직 양쪽 모두에 발 담그고 있는 이 좋은 상황을 유지하고 싶겠지요. 토지 강탈 사건에서 자신이 맡은 역할을 예왕에게 알리지 않으려고, 죽기를 각오하고 하동이 경성에 돌아오기 전에 죽이려고 한 겁니다."

몽지는 눈썹을 잔뜩 찌푸리며 탄식했다.

"사실 그럴 필요까지는 없는데……."

"맞습니다. 그럴 필요는 없었지요."

매장소의 눈빛은 침착했다.

"장경사는 지금껏 정쟁에 끼어들지 않았으니 하동이 알았다 해도 누구에겐가 알리지 않았겠지요. 하지만 당사자인 사옥은 당황한 마음에 순간적으로 그걸 잊었던 겁니다."

"하동은 이제 자신을 죽이려던 사람이 사옥이라는 것을 알고 있나?"

"압니다."

"역시 자네가 알렸겠지?"

몽지가 흐흐 웃었다.

"제가 알리지 않았어도 직접 알아냈을 겁니다."

"참 이상하군. 사옥이 비밀을 지키려고 자신을 죽이려 했다는 것을 알면서, 어째서 경성으로 돌아온 지 한참이 지났는데도 하동은 아무 말도 하지 않는 거지? 사납고 손해 보는 것을 싫어하는 그 여자의 성미와는 도무지 어울리지 않는군."

매장소는 가볍게 한숨을 쉰 후 조용히 말했다.

"저도 그녀가 말해주기를 바랐지요. 나중에 곰곰이 생각해보니 왜 입을 다물었는지 알겠더군요."

"이유가 뭔가?"

"지난날 섭봉이 전사했을 때 그의 시신을 경성까지 호송해 하동에게 넘긴 사람이 바로 사옥입니다. 그 은정 때문에 하동은 그를 한 번 용서할 수밖에 없었던 거지요."

몽지는 가슴이 턱 막혔다. 지난날 그 참혹했던 결과는 알지만 구체적으로 무슨 일이 있었는지는 지금까지도 확실히 알지 못했고, 감히 물을 수도 없었다. 섭봉 이야기를 꺼내는 매장소의 말투는 담담하고 표정도 무척 평온했지만, 몽지는 왠지 모르게 까닭 없이 두려움이 일었다. 마치 저 얇디얇은 피부를 뚫고 흉악스러운 지옥의 한쪽 구석에서 어른거리는 장면들을 들여다본 것 같아 차마 더 이상 볼 수가 없었다.

"하동이 말하지 않겠다면 제가 말할 수밖에요."

매장소는 여전히 조용히 말을 이었다. 아무런 감정의 흔들림도 없어 보였다.

"아쉽지만 사옥의 순조롭고 편한 나날도 이제 끝입니다. 그가 태자를 선택했으니, 저는 상대해야 할 적 중에 결코 그냥 놔둘 수 없는 호국의 주석이 있다는 것을 예왕에게 알려야겠지요."

몽지는 힘껏 고개를 끄덕였다.

"사옥은 정말이지 심계가 깊은 자일세. 하지만 소수, 겨우 그 두 가지 정보만으로 예왕이 알아차리겠나?"

"걱정 마십시오."

매장소가 빙그레 웃었다.

"그 진 낭자는 총명하기 그지없고 워낙 꼼꼼해서, 적은 정보를 이용해 효과적인 결론을 이끌어내는 데 아주 뛰어납니다. 그녀라면 이 정도 정보도 충분하지요. 그런 여자가 자신의 야심을 이루기 위해 예왕을 선택한 것이 안타까울 따름입니다. 그렇지만 않았다면 정말 탐나는 인재입니다."

"무슨 그런 말을. 그 여자가 아무리 총명해도 결국 자네에게 당하지 않았나?"

매장소는 고개를 저었다.

"그녀는 밝은 곳에 있고 저는 어두운 곳에 숨어 있으니 잠시나마 제가 유리한 겁니다. 이런 걸로 으스댈 일은 아니지요."

매장소는 다시 고개를 돌려 조용히 듣고만 있는 십삼 선생에게 당부했다.

"조심해서 정보를 풀어야 합니다. 내용과 시기도 무척 중요합니다. 진반약은 눈치가 워낙 빠르니 절대로 소홀히 하면 안 됩니다."

"예."

십삼 선생이 고개를 숙였다.

"결코 명을 어기지 않겠습니다."

"좋습니다."

매장소는 다소 피곤한 기색으로 몸을 일으켰다.

"무슨 일이 생기면 늘 하던 대로 제게 연락하시면 됩니다. 이만 돌아가시지요, 십삼 선생."

십삼 선생이 허리를 숙여 인사하고 물러났다. 그런데 얼마 못 가 무슨 생각이 난 듯 걸음을 멈추고 품에서 수를 놓은 주머니를 꺼내 두 손으로 받쳐 올렸다.

"작은 주인, 이리도 위험한 경성에 계시니 편히 잠도 못 주무시겠지요. 궁우가 몇 달 동안 배합해 만든 안면향(安眠香)입니다. 오늘 제가 작은 주인을 뵈러 간다고 하자 부탁하더군요. 부디 그녀의 호의를 내치지 마십시오. 주무시기 전에 조금씩 태우면 좋은 꿈을 꿀 수 있습니다."

매장소는 가만히 서 있었다. 그 하얀 얼굴 위로 떠오른 표정이 어떤 것인지 아무도 알아볼 수 없었다. 잠시 말없이 있던 그는 결국 천천히 손을 뻗어 주머니를 받더니, 제대로 보지도 않고 소매 속에 넣으며 담담히 말했다.

"알겠습니다. 궁우에게 고맙다고 전해주십시오."

십삼 선생은 다시 한 번 예를 올린 후 그곳을 나가 대나무 숲 안개 속으로 재빨리 사라졌다.

다가오는 살기(殺氣)

—

16

—

찻집을 나온 후, 매장소와 몽지는 외출할 때와 똑같이 한 사람은 검은 천을 두른 작은 가마를, 다른 한 사람은 대춧빛의 준마를 탔다. 뒤로는 금군 호위병 몇 명과 사필이 보낸 하인 두 명이 따랐다. 일행은 번화한 대로의 인파를 피해 조용한 외진 길을 골라 돌아갔다. 막 골목을 벗어나 큰길에 이어진 사거리에 도착하자, 금군통령의 부하 한 명이 말을 몰고 달려와 황제가 찾는다고 알렸다. 몽지가 약간 망설이는 사이 매장소가 가마의 가리개를 걷고 말했다.

"몽 통령의 후의를 입었는데, 폐하께서 찾으신다니 감히 더 붙잡을 수가 없군요. 이만 물러나겠습니다. 나중에 직접 찾아뵙고 감사드리지요."

"원, 별말씀을."

몽지는 두 손을 모으고 인사한 다음, 돌아서서 금군 호위병들에게 소철을 녕국후부까지 잘 모시라고 분부했다. 그리고 작별인사를 한 후 황궁 쪽으로 말을 달렸다.

몇몇 거리를 지나쳐 달리던 몽지는 어젯밤 관복 허리띠의 옥패가 떨어졌다는 것을 떠올렸다. 눈에 확 띌 정도는 아니지만, 황제를 알현할 때는 의복을 단정하게 하는 것이 중요했다. 그래서 달리는 속도를 늦추고, 통령부로 가서 새 허리띠를 가져오게 하려고 명을 전하러 온 부하를 돌아보았다. 그런데 뜻밖에도 그 부하는 어디론가 사라지고 없었다.

순간 의심이 더럭 일었다. 곰곰이 생각해보니, 그 부하는 언뜻 보기에는 늘 보던 부하 중 한 명 같았지만, 명령을 전하는 동안 계속 엎드려 있었고 두어 마디밖에 하지 않았기 때문에 자세히 확인하지는 못했다. 아무래도 누군가 부하로 가장한 것 같았다.

입궁하여 황제를 뵈라는 명령이 가짜라면 황궁으로 들어서는 순간 들통날 것이다. 그러니 상대의 목적은 그를 속여 무언가 하게 만드는 것이 아니라 매장소에게서 떨어뜨려놓으려는 것이 분명했다.

여기까지 생각이 미치자 몽지는 가슴이 철렁해서 황급히 말머리를 돌려 쏜살같이 왔던 길을 되짚어 달려갔다. 그는 채찍을 휘둘러 말을 재촉하고, 내공을 써서 행인들에게 길을 비키라고 마구 소리치면서, 제발 매장소에게 아무 일 없기를 빌었다. 날개가 돋아나 날아갈 수 없다는 것이 이렇게 한스러울 수 없었다.

매장소와 헤어졌던 사거리 입구에 이르렀지만 그의 종적은 이미 사라지고 없었다. 멀지 않은 곳의 두 갈림길은 양쪽 다 녕국후부로 통했다. 몽지는 잠시 멈추고 연신 주변을 맴돌며 결정을 내리지 못했다. 어쩔 줄 몰라 갈팡질팡하는데, 갑자기 어디선가 어렴풋이 들려오는 외침 소리가 그의 예민한 청각에 감지되었다.

그는 재빨리 방향과 거리를 판단한 후, 안장 위에서 몸을 훌쩍 날려 옆에 있는 단층집 지붕으로 올라갔다. 발끝으로 지붕을 몇 번 차자, 그의 몸은 시위를 떠난 화살처럼 앞으로 쏘아져나갔고, 얼마 되지 않아 혼전이 벌어진 현장에 도착했다. 주위를 쓱 훑어본 그는 이내 깜짝 놀라고 화가 치솟았다.

매장소가 탄 가마는 길옆에 쓰러져 있고, 가마 지붕은 산산조각 나 있었다. 가마꾼과 하인들이 사방에 너부러져 있는데 기절한 것인지 죽은 것인지 알 수가 없었다. 몽지가 딸려 보낸 호위병들도 예외는 아니었다. 거리 한가운데에서 비류가 황삼을 입은 사람과 격렬하게 싸우고 있었다. 장풍과 검기가 어찌나 세찬지 어지럽게 휘돌며 급박하고 거센 기운을 만들어내 호위병들은 아예 가까이 가서 도울 수도 없었다.

몽지는 그 싸움을 자세히 보지도 못하고 황급히 주변을 살폈다. 하지만 매장소의 모습은 보이지 않았다. 그는 걱정스러운 마음에 큰 소리를 지르며 아래를 덮치면서, 활활 타오르는 불길 같은 광폭장(光瀑掌)으로 싸움터를 내리쳤다. 비류와 함께 상대방을 붙잡을 요량이었는데, 그의 일장에 상대방은 다급히 뒤로 물러섰음에도 불구하고, 비류는 도리어 불쾌한 듯 즉시 방향을 바꿔 공력이 실린 장법으로 그의 공격을 막는 것이었다.

"어이, 나라고!"

이런 상황에서 비류와 싸우면 상대에게 달아날 기회를 줄 뿐이라는 것을 잘 아는 몽지가 외쳤지만, 비류는 그걸 헤아릴 만한 머리가 없었다. 이렇게 되자 자세히 설명할 틈이 없는 몽지는 내공을 써서 반대편으로 날아간 후 황삼을 입은 적의 퇴로를 막았다.

비류도 굳이 그를 쫓아오지 않고, 돌아서서 다시 적을 향해 연거푸 장법을 펼쳤다. 눈 깜짝할 사이에 두 번이나 상대를 바꿔 공격하는데도, 그 과정은 물 흐르듯 자연스러웠고 호흡 또한 전혀 끊임이 없었다. 황삼을 입은 사람은 저도 모르게 '아니!' 하며 놀라서 비명을 질렀다.

몽지도 위치를 바꿔 다시 한 번 싸움에 끼어들려는데 갑자기 옆에서 조용히 부르는 소리가 들려왔다.

"형님……."

돌아보니, 매장소가 비스듬히 앞쪽에 보이는 거리에 인접한 처마 밑에 서서 손을 흔들고 있었다. 당황한 그가 다시 한 번 그 위치를 살펴보니, 하필이면 그가 막 도착했을 때 서 있던 그 지붕 아래였다. 처마 때문에 시야가 가려, 처음 살폈을 때는 매장소를 발견하지 못했던 것이다.

그는 매장소에게로 휙 날아가 맥을 짚어보고 온몸을 샅샅이 살폈다. 안색은 백짓장처럼 허옜지만 다친 곳이 없어 보이자 그는 겨우 '휴' 하고 숨을 내쉬며 안도했다.

"잠시 동안은 비류가 버틸 수 있으니 끼어들지 마세요."

매장소는 길 한가운데에서 격렬히 싸우는 두 사람을 뚫어져라 바라보며 나지막이 속삭였다.

"자네만 괜찮으면 됐어. 비류의 솜씨라면 나도 안심……."

몽지는 말하다 말고 갑자기 입을 다물었다. 조금 전에는 다급한 상황이었고, 그가 공격하자마자 상대방이 물러났기 때문에 그 실력이 어떤지 살펴보지 못했다. 그런데 이제 와서 자세히 살펴보니 가슴이 서늘했다.

비류의 지금 실력은 10대 고수에 들고도 남았다. 그 무공의 깊이는 측정할 수도 없을 정도고, 장경사 하동마저 그의 손에 패했다. 대량 제일 고수라 불리는 그 자신도 이 소년과 싸우려면 정신을 바짝 차려야 했다. 그런데 마치 가면을 쓴 것처럼 부자연스러운 얼굴을 한 저 사람은 비류가 전력을 다해 덤비는데도 여전히 유리한 상태였다.

매장소는 그 모습을 묵묵히 지켜보다가 눈을 찌푸렸다. 이미 속으로 판단을 내린 듯, 그는 고개를 돌려 몽지와 눈빛을 주고받았다. 상대방의 눈빛에서 자신과 같은 결론을 내렸다는 것을 읽자, 그는 곧 한 걸음 앞으로 나아가 소리 높여 외쳤다.

"탁발 장군, 멀리서 오신 손님인데 시험 삼아 몇 초 겨룬 정도면 충분합니다. 몽지 대인도 계신데 이만 끝내고 다 함께 이야기나 나누는 것이 어떻겠습니까?"

가면을 쓴 사람은 자기 이름이 나왔을 뿐 아니라 조금 전 강력한 일장을 날린 사람이 바로 몽지라는 것을 듣자, 계속 싸우다가 이 무명의 소년 고수에게 지면 좋을 것이 없음을 깨달았다. 그래서 장법을 거두고 뒤로 물러나 싸움터에서 빠져나왔다. 비류도 매장소의 말을 듣고 굳이 쫓아가지 않았지만, 차갑고 예리한 눈빛은 상대의 몸에 달라붙어 떨어질 줄 몰랐다.

눈앞의 이 사람이 바로 랑야 고수방 3위인 초일류 고수라는 것을 알자, 몽지는 일부러 그에게 다가가 매장소의 앞을 가로막은 다음, 두 손 모아 예를 갖췄다.

"탁발 장군, 귀국 사절단은 이미 며칠 전에 경성을 떠났는데, 어째서 장군은 반대로 몸소 왕림하셨소?"

탁발호는 묵묵히 그 자리에 서 있기만 했다. 얼굴에 가면을 쓰고 있어서 표정도 볼 수 없었다. 잠시 냉기가 흐른 후, 그가 두 손을 모으며 마주 인사했다.

"본국의 사절단은 귀국에서 목적을 이루지 못하고 돌아왔소. 본국의 넷째 황자께서 친히 선발한 용사 백리기도 저 소 선생의 가르침을 받은 후 여태 행방이 묘연하오. 그런데 이렇게 와보지 않으면 그야말로 얼굴을 들 수 없는 일 아니겠소."

그 말을 들은 매장소가 웃으며 말했다.

"설마 장군께서는 백리 용사를 대신해 제게 화풀이를 하러 오신 겁니까? 그렇다면 정말 억울하군요. 그때 저는 몇 번이나 고사했지만, 황명을 어길 수 없고 귀국의 사신 또한 부추기시니 어쩔 수 없이 잔재주를 조금 부렸을 뿐입니다. 부디 장군께서 넓은 마음으로 이해해주십시오."

탁발호가 차갑게 코웃음을 쳤다.

"백리기가 출발하기 전에 내가 직접 그 무공을 시험해보았소. 해서 이곳에 오기 전에는 나 또한 당신이 술사(術士) 같은 무리로 잔꾀를 써서 이겼으리라 생각했소. 그런데 오늘 싸워보니……."

그의 시선이 비류를 쓱 훑었다.

"저런 고수를 무명의 호위로 데리고 다닐 정도라면 확실히 남다른 솜씨가 있겠다는 생각이 드는군."

매장소는 쓴웃음을 지었다.

"비류는 아직 어린데 어떻게 탁발 장군의 상대가 되겠습니까? 제게 남다른 솜씨가 있다면, 장군의 일격에 가마가 박살 나 이렇게 낭패한 꼴로 달아나지도 않았겠지요."

그 말을 들은 몽지의 얼굴이 즉각 어두워졌다.

"탁발 장군, 입국을 알리지도 않고 우리 대량 경성에 들어와 함부로 나라의 객경을 공격하다니, 이 무슨 도리요?"

탁발호는 말문이 막혔다. 대답할 말이 없는 것이 분명했다. 그는 절륜한 무공만 믿고, 아이들을 이용해 백리기를 패퇴시키고 모습을 감추게 한 소철이 대체 어떤 인물인지 보려고 몰래 대량의 경성으로 숨어들었다. 본래 그를 해칠 마음은 없었고 실력만 가늠해보고 떠날 생각이었는데, 소철 곁에 비류 같은 고수가 있는 줄은 꿈에도 생각하지 못했다. 그에게 발목을 잡힌 사이 대량 제일 고수 몽지까지 나타난 것이다. 결국 떠나지도 못하고 신분까지 발각되어 이렇게 민망하고 해명하기 난처한 지경에 처하고 말았다.

하지만 비록 이치에는 어긋나도 약해 보일 수는 없었다. 더욱이 그는 랑야 고수방 3위이고, 몽지는 2위였다. 두 사람은 싸워본 적도 없는데, 랑야각주가 무슨 근거로 그렇게 순위를 매겼는지 알 수 없어 승복하지 못하던 차였다. 아무튼 범행 현장을 들킨 지금, 이번 기회에 한번 싸워보는 것이 주절주절 변명하는 것보다는 나았다. 그래서 그는 검을 뽑아 가슴 앞에 세우며 차갑고 오만하게 말했다.

"이곳은 몽 대인의 근거지이니 내게 무슨 할 말이 있겠소. 덤비시오!"

매장소는 처음에는 막으려고 했으나 눈썹을 살짝 꿈틀하더니 곧 생각을 바꿔 멀찌감치 물러나 관전했다. 비류도 그의 곁을 지켰다. 표정은 냉랭했지만 두 눈동자에는 흥분이 묻어났다.

랑야 고수방의 2인자와 3인자가 대량의 수도 한복판에서 겨룬다는 소식이 퍼져나가면, 강호인의 절반이 무슨 수를 써서든 구경하러 몰려들 것이 분명했다. 나머지 절반이 오지 않은 이유도 무슨 수를 써도 갈 수 없다는 것을 알기 때문이지 다른 이유는 없었다. 하지만 아쉽게도 이 사건은 너무 갑작스럽게 벌어져, 이제 와서 소식을 전하고 표를 판다 한들 이미 늦은 뒤였다. 그래서 눈 복이 터진 것은 한쪽 구석에 느긋이 서 있는 매장소와 비류뿐이었다.

그 옛날 북연에서는 권신의 세력이 점점 커져 황족인 모용씨는 어쩔 수 없이 강산을 넘겨줘야 했다. 그런데 탁발씨의 주인이 선위 의식 때 습격을 감행해 권신을 암살했다. 그때 전각은 병마로 가득했으나 그는 홀로 차가운 빛을 뿌리는 검을 휘두르며 닥치는 대로 적을 죽였고, 입은 옷이 피에 흠뻑 젖은 채로 모용씨를 복위시켰다. 그 후 탁발씨는 북연의 검술 종가 중 으뜸으로 우뚝 섰고, 역대 가장들은 한 사람도 빠짐없이 절세의 고수로 이름을 날렸다.

탁발호의 이런 입지전적인 가문에 비하면 몽지의 명성은 몹시 소박했다. 그는 내·외공을 모두 소림사에서 익혔고, 그 무공은 조금도 신묘하거나 놀라운 데가 없었다. 오로지 맨손과 맨발로 이 자리까지 올라온 것이다. 조금 전 탁발호와 비류처럼 빠름을 빠름으로 맞서는 싸움과는 달리, 몽지의 초식은 과할 정도로 분명하고 진중했다. 마치 탁발호가 연속해서 수십 검을 찌를 때 그는 겨우 일장만 느릿느릿 휘두르는 것 같았다.

하지만 빠름과 느림은 서로 달라도 가는 길은 같았다. 탁발호의 검이 마치 빛의 그물처럼 보일 정도로 빠르다면, 느리지만 단단한 몽지의 일장은 두꺼운 벽과 같았다. 빛의 그물과 두꺼운 벽이 서로 부딪치자, 절세 고수의 싸움에서나 흘러나올 만한 눈부신 불꽃이 탁탁 튀었다.

이 절정의 싸움을 직접 본 극소수의 관전자 중 한 명으로서, 매장소는 이 기회를 소중히 할 생각이 전혀 없는 게 분명했다. 힘없는 눈빛이 어딘지 넋 나간 사람 같았으며, 때때로 고개를 숙이고 깊이 생각에 잠겨 아예 자세히 보지도 않았다. 검풍과 장풍이 가운데에서 폭발하여 두 사람이 각자 뒤로 몇 걸음 튕겨났을 때에야, 그는 겨우 정신을 차리고 그쪽을 바라보았다. 그리고 그제야 관중으로서의 의무를 떠올리고 재빨리 박수를 치고 환호를 질렀다.

겉으로 볼 때 이 싸움은 아직 승부가 나지 않아서 계속 싸워야만 할 것 같았다. 그러나 매장소가 '멋지다' 고 외치며 다가갔을 때, 몽지는 그에게 돌아가라고 하기는커녕 오히려 잔뜩 끌어올린 내공을 거둬들였다. 마치 이 틈을 타 이 싸움에 종지부를 찍으려는 것처럼. 탁발호의 표정은 가면에 완전히 가려져 아무런 단서도 찾아볼 수 없었다. 하지만 가면이 워낙 얇고 정교해서 자세히 보면 그가 이를 악물었고, 눈동자의 흰자위에 벌건 핏줄이 선 것을 알 수 있었다. 몽지 역시 감정을 억누르고, 들고 있던 보검을 검집에 넣으며 차갑게 코웃음을 쳤다.

"탁발씨의 한해검(瀚海劍)은 과연 사막의 열풍처럼 날카롭고 넘치는 바닷물처럼 거세구려."

몽지가 진지한 표정으로 칭찬했지만 말투는 곧 다시 싸늘해졌다.

"하지만 내가 앞서 던진 질문에는 반드시 대답해야 하오. 본국의 경성에 와서 대체 무엇을 하려는 것이오?"

탁발호의 얼음처럼 싸늘한 눈빛이 매장소의 얼굴을 훑었다.

"본국의 구혼 사절단은 좋은 뜻으로 이곳에 왔는데, 용사 한 명이 까닭 없이 실종되었소. 귀국은 그에 관해 우리에게 해명이나 했소?"

"백리기 말이오?"

몽지는 백리기 실종 사건의 진상을 잘 알고 있었지만, 겉으로는 시치미를 뚝 뗐다.

"제 몸에 달린 다리로 어디를 갔는지 우리가 어떻게 알겠소? 탁발 장군께서 본국에 죄를 물을 권리가 있다고 생각한다면, 어째서 국서를 가져와 명확하게 묻지 않는 거요?"

"흥, 당신네 대량 사람들은 항상 입만 살아서 번지르르하게 말을 늘어놓으니 물어도 아무 소용 없지. 나는 그저 백리기를 고국에 돌아올 낯조차 없게 만든 사람이 대체 어떤 인물인지 보려고 왔을 뿐이오."

매장소가 웃으며 말했다.

"탁발 장군께서 사람을 만나실 때는 항상 이렇게 불쑥 뛰어들어 가마를 쪼개놓으시나봅니다."

탁발호는 꿋꿋했다.

"나는 한번 벌인 일은 결코 후회한 적 없소. 내가 소 선생에게 죄를 지었으니 어떻게 하는 것이 좋은지 확실히 말해보시오."

"그야 일단……."

몽지가 일단 잡아 가둔 후 따져보자고 말하려는데, 매장소가 허리를 쿡 찔렀다. 다행히 눈치 빠른 몽지가 재빨리 말을 바꿨다.

"일단 공격을 받은 소 선생의 의견부터 들어봐야겠소."

이 뜻밖의 말에 탁발호는 깜짝 놀라 저도 모르게 매장소에게 시선이 갔다. 신분이나 지위는 물론이고, 나이나 경력으로 보아도 이 자리를 이끌 사람은 몽지여야 했다. 설마 저 소철이라는 사람이 금군통령마저 허리를 숙이고 명을 따라야 할 만큼 높은 자리에 있단 말인가?

"몽 통령께서 또다시 제게 어려운 문제를 던져주시는군요."

매장소는 탁발호가 경악한 이유를 짐작하고 저도 모르게 피식 웃으며 홀가분한 표정으로 말했다.

"조금 전 탁발 장군의 공격에 가마만 부서지고 사람은 다치지 않았습니다. 저 하인들에게도 인정을 베풀어 죽이지 않으셨으니 소란을 일으킬 뜻은 없었던 것이 분명합니다. 그리고 백리기의 일은 저희도 모르는 일입니다. 본인이 굳이 떠나겠다는데 장군께서 무슨 수로 찾아낼 수 있겠습니까?"

탁발호는 멍청이가 아니었기 때문에 매장소의 말 속에 숨은 뜻을 금방 이해했다. 그가 소철을 찾아온 것은 북연의 체면 때문이지, 반드시 백리기의 행방을 알아내야만 하는 것은 아니었다. 그래서 멍석을 깔아주자, 옳다구나 하며 대꾸했다.

"소 선생이 모른다고 하니 나로서도 믿지 않을 도리가 없구려. 두 분은 안심하시오. 내 즉시 금릉성을 떠나 도중에 멈추지도 않고 열흘 안에 본국으로 돌아가겠소."

"좋소!"

몽지가 낮은 소리로 말했다.

"탁발 장군이 한번 뱉은 말은 지키는 사람이라는 것을 믿소. 그럼 여기서 헤어지고 다음에 봅시다!"

비록 매장소가 풀어주겠다는 뜻을 비쳤지만, 탁발호는 몽지까지 이렇게 시원시원하게 나올 줄은 예상 못하고 한 번 더 치열한 싸움이 벌어질 것을 대비하고 있었다. 기껏 올려놓은 기세를 쓸 곳이 없어지자 그는 도리어 어리둥절했다. 하지만 신분이 드러난 자신이 잠시라도 금릉성에 머무는 것은 결코 적절하지 못하다는 것을 잘 알기에, 잠시 당황했지만 곧 정신을 차렸다. 그는 두 손을 모아 인사한 후 상대방이 뭐라고 하기도 전에 몸을 날려 곧바로 모습을 감췄다.

주변의 기운을 통해 북연의 고수가 정말 멀리 떠난 것을 확인하자, 몽지는 허리를 숙여 쓰러진 사람들을 살폈다. 모두 기절했을 뿐 큰 문제는 없었다. 그제야 그는 매장소를 한쪽 구석으로 끌고 가 조용히 물었다.

"저 자를 왜 놓아주었나?"

매장소가 그를 흘겨보았다.

"잡을 자신이나 있었습니까?"

"그야 뭐, 힘든 싸움이 되겠지만…… 그래도 저 자의 말대로 여긴 내 근거지야. 게다가 강호의 결투도 아니니 꼭 혼자서 싸울 것도 없잖은가?"

"잡고 나면요?"

매장소가 담담하게 말을 이었다.

"죽일 겁니까? 아니면 계속 가둬둘 겁니까?"

몽지는 후속조치에 대해서는 생각해보지 못한 듯 주저했다.

"저 자는 북연의 신책상장(神策上將)이자 북연 황제가 아끼는 사위입니다. 죽이든 가두든, 북연 황제와 탁발 가의 가장이 두 손 놓고 가만히 있을 리 없어요. 탁발호 하나 때문에 양국에 분쟁이라도 일어나 변경이 불안해지면 누가 나가 지켜야 할까요?"

매장소는 한숨을 푹 쉬었다.

"태자나 예왕은 아니겠지요?"

"아!"

몽지도 그제야 깨달았다.

"그렇군. 이럴 때 정왕을 밖으로 내보낼 순 없지."

매장소는 멀리 탁발호가 사라진 쪽을 바라보았다. 눈동자가 은은하게 번뜩였다. 그는 얇은 입술을 살짝 움직여 차갑게 말했다.

"아직껏 싸워본 적이 없는데, 저 자의 용병술은 어떤지 모르겠군요. 언젠가 틈이 나면 한번 겨뤄보고 싶군요."

"하긴."

몽지도 웃으며 말했다.

"저런 자와 싸우는 것은 아주 짜릿하지. 나한테 선봉을 내주는 것 잊지 말라고."

매장소는 그를 따라 웃었다. 날카로운 기운이 순식간에 사라지고 다시금 평온하고 우아한 모습으로 돌아왔다. 그가 고개를 돌리고 물었다.

"명을 받고 황궁으로 가는 중이었잖습니까? 어떻게 다시 돌아올 생각을 했죠?"

"그 부하는 가짜였네. 도중에 그걸 알고 자네와 나를 떼어놓으려는 계략이구나 싶어 급히 쫓아왔지. 아무 일도 없어서 다행이야."

"가짜요?"

매장소의 길고 고운 눈썹이 찌푸려졌다.

"그래, 변장술이 아주 쓸 만하더군. 내가 잘 아는 부하 모습으로 변장해서 처음에는 나도 전혀 의심하지 않고 속아 넘어갔네. 도중에 갑자기 그자에게 시킬 일이 생각나지 않았더라면 황궁에 들어가서야 속임수라는 걸 알았을 거야."

매장소는 천천히 앞으로 걸어가면서 양손 손가락을 맞대고 문지르며 가만히 생각에 잠겼다. 잠시 후, 그는 고개를 돌리고 단호한 어조로 말했다.

"형님, 당장 입궁해서 황제 폐하께 오늘 탁발호를 만났다는 사실을 보고하십시오."

"엉? 왜? 벌써 놓아줬잖은가?"

"놓아줬기 때문에 입궁하라는 겁니다. 말은 보고지만 죄를 청하는 것이기도 하지요."

매장소의 어두컴컴한 눈동자는 그 깊이를 알아볼 수가 없었다.

"형님이 말씀하시지 않으면, 곧 다른 사람이 황제 폐하께 형님이 사사로이 타국의 중신을 경성에 들였다고 아뢸 겁니다."

"그럴 리가? 설마하니 탁발호가 남들 눈에 쉽게 띌 만큼 부주의한 사람이란 말인가?"

몽지는 약간 놀란 듯 말했다.

"그리고 자넨 그걸 어떻게 알았나?"

"형님, 부하를 사칭한 그 사람을 탁발호가 보냈다고 생각하십니까?"

"그럼 아닌가?"

몽지는 가만히 생각해보더니 곧 깨달았다. 대량의 황제는 본래도 이렇게 갑작스레 불러대는 습관이 있었다. 게다가 몽지 자신을 속일 만큼 금군에서 황제의 명을 전하는 사람의 얼굴과 행동을 똑같이 흉내 낼 수 있는 자라면, 금릉성 각지의 군대 상황을 무척 잘 아는 사람이 분명했다. 몰래 경성에 숨어든 지 며칠 되지도 않은 탁발호 같은 외부인이 할 수 있는 일은 결코 아니었다. 소철이 오늘 외출했다는 소식만 듣고, 돌아오는 길에 매복하고 기다린 것만 해도 탁발호로서는 이미 대단한 일이었다.

그의 표정을 본 매장소는 그가 상황을 이해했다는 것을 알고 다시 말했다.

"제가 추측할 수 있는 것은, 누군가 의도적으로 제가 외출한 틈을 타서 공격하려 했다는 겁니다. 다만 형님이 곁에 있는 것을 꺼려 제게서 떨어뜨려놓은 거지요. 그런데 뜻밖에도 도중에 탁발호가 끼어들어 그 계획이 무산되었고, 그들이 상황을 알고 움직이기 전에 형님마저 계략을 간파하고 돌아온 겁니다. 처음부터 끝까지 그들은 얼굴을 드러내지 않았습니다. 하지만 설령 그들이 가까이 오지 못했다 해도, 탁발호의 한해검법이 워낙 엄청났으니 그들이 전혀 눈치 채지 못했다는 데 도박을 할 수는 없지요. 당장 가서 폐하께 먼저 이 일을 고해야 합니다."

"알았네."

몽지는 턱을 쓰다듬으며 고개를 끄덕였다.

"폐하께서도 지금 북연과 사이가 나빠지는 것을 원치 않으시니, 자네 말처럼 공개적으로 탁발호를 잡으려고 하진 않으실 거야. 잡아봤자 처리할 방법이 없으니까. 어서 빨리 금릉성을 떠나게 하는 것이 가장 좋은 방법이니, 내가 마음대로 했다고 심하게 탓하지는 않으실 걸세."

"그러니까 즉시 가서 빠짐없이 보고하십시오. 마음대로 놓아주고 보고도 하지 않으면 폐하는 분명 의심하실 겁니다."

매장소가 그의 팔을 떠밀었다.

"지체하지 말고 어서요."

"하지만 여긴……."

"이제 다들 깨어났을 겁니다. 저와 비류가 지키고 있다가 알아서 돌아가겠습니다."

"그럴 수야 없지. 만에 하나 자네를 공격하려고 기다리던 자들이 아직 떠나지 않았으면 어쩌려고?"

매장소는 우스운 듯 그를 흘끗 바라보더니 낮게 말했다.

"여보세요, 몽 통령님, 제가 이 금릉성에서 의지할 사람이 금군 통령 한 사람밖에 없다고 생각하십니까? 안심하세요. 별일 없을 겁니다."

몽지는 멍하니 서 있다가 민망한 듯 너털웃음을 터뜨렸다. 언제나 질질 끄는 법이 없는 그는 매장소의 말을 듣자 더 이상 미적거리지 않고 '또 보세' 하고는 몸을 날려 떠났다.

매장소는 비류를 데리고 쓰러진 사람들을 살핀 후, 소년에게 그들의 혈도 몇 군데를 누르게 했다. 탁발호는 대량의 수도에서 사람을 해칠 마음이 없었기 때문에 무척 조심했다. 그래서 혈도를 누르자 모두 곧 깨어났다.

이곳은 녕국후부에서 그리 멀지 않아, 매장소는 다시 가마를 가져오게 하지 않고 비류의 부축을 받아 걸어갔다. 그리고 대문 앞에 도착하자 몽지의 부하들은 모두 돌려보냈다.

멀쩡하게 나간 그가 이런 모습으로 돌아오자, 사필은 지붕이 사라진 가마를 한참 동안 넋 놓고 바라보다가 겨우 정신을 차리고 대체 무슨 일이냐고 캐물었다.

오늘 몽지를 따돌리고 그를 공격하려던 사람은 조사할 필요도 없이 태자와 관련된 사람이었다. 어쨌거나 자세히 따져보면 그가 금릉에 온 후 미움을 산 사람은 태자 파밖에 없었다. 예왕 쪽은 기린지재를 손에 넣었다는 꿈을 꾸고 있으니 이렇게 빨리 공격해올 리 없었다. 필시 군주의 사건에서 매장소가 맡은 역할을 알아차린 태자가 그를 동궁으로 끌어들이려는 희망을 접고 '얻지 못하는 것은 망가뜨린다'는 절차를 밟기 시작한 것이 분명했다.

태자의 솜씨라면, 분명 사옥과도 관계가 있었다. 녕국후부의 가마꾼이 가는 길도 이미 정해져 있었을지 모른다. 그렇지 않았다면 가짜 금군 호위병이 이 넓은 금릉성에서 그렇게 쉽사리 몽지를 찾아낼 리 없었다. 하지만 초조하게 캐묻는 사필의 모습과 그의 간략한 설명에 화들짝 놀라는 반응을 보면, 이 젊은이는 정말 이 습격 계획에 관해 아무것도 모르는 것 같았다.

그동안 사필을 관찰한 결과, 매장소는 예왕같이 총명한 사람이 사필이 자기편이라는 사실을 전혀 의심하지 않는 이유를 거의 확신했다. 이 녕국후부의 세자는 자신이 예왕에 충성하는 것을 아버지가 정말로 묵인하는 것으로 믿고 있었다. 그래서 말이나 행동에 아무런 거짓됨이 없었던 것이다. 바꿔 말하면, 사필은 아버지가 훗날 가장 안전한 결과를 얻기 위해 자신을 이용해 양다리를 걸치고 있다는 사실을 까맣게 몰랐다.

사옥이 가장 아끼는 아들까지 이용할 만큼 신중하다는 것을 알게 되자, 매장소는 가슴 한구석이 서늘했다. 그리고 가엾은 마음에 사필의 추궁을 당하는 동안 그를 대하는 태도도 훨씬 부드러워졌다.

"정말 누가 한 짓인지 아무 단서가 없었어요?"

사필은 그의 이런 마음을 아는지 모르는지 진지하게 생각에 잠겼다.

"한 명도 못 잡았어요?"

"몽 통령이 나타났는데 누가 감히 남아 있었겠나? 당연히 놀라 달아났지."

매장소는 지친 듯이 웃었다.

"몽 통령에게 맡기게. 나는 이런 일에 신경 쓰고 싶지 않아."

"하지만 분명 소 형을 노린 거잖아요."

사필이 다급히 말했다.

"제가 예왕 전하께 가서……."

"됐네."

매장소는 사필을 가만히 들여다보며 붙잡았다.

"단서가 없는 사건이니 조사해도 소용없네. 사주한 사람을 어쩌지도 못할 것이고. 내가 앞으로 더 조심하면 되네."

사필은 어리둥절하다가 놀란 듯 외쳤다.

"설마……."

매장소는 그의 말을 가로막으며 눈을 감았다.

"사필, 좀 피곤해서 쉬어야겠네. 경예가 돌아와 이 사건을 들으면 이미 끝난 일이라고 나 대신 전해주게. 똑같은 이야기를 다시 하고 싶지 않네."

사필은 그의 창백한 얼굴과 지친 표정을 말없이 바라보았다.

'피곤하다'는 말은 확실히 거짓이 아니었다. 그래서 더 이상 매달리지 않고, 푹 쉬라는 말만 남긴 채 천천히 설려에서 물러갔다.

그날 소경예는 어머니 리양 장공주와 외출했다가 늦게 돌아왔다. 사필에게서 매장소가 밖에서 습격을 당했다는 소식을 듣자 즉시 설려로 달려갔지만, 손님 저택 문 앞에 도착해보니 등불이 모두 꺼져 있고 안에 있는 사람은 이미 깊이 잠든 것 같았다. 예전이었다면 그러거나 말거나 안으로 달려들어가 그들을 깨웠을 테지만, 어쩐지 요즘은 그런 친구 사이가 점점 서먹서먹해지는 것 같았다. 쓸모없는 예의와 인사치레도 처음 만났을 때보다 훨씬 많아졌다. 어두컴컴한 저택 문과 밤빛 아래 선 나무들을 보자, 그런 기분이 더욱 뼈저리게 느껴졌다. 그가 그렇게나 존경하던 친구는 이제 정말 멀리멀리 떠나, 더 이상 함께 여행하며 담소를 나누던 소형이 아닌 것 같았다.

길게 한숨을 내쉰 뒤 소경예는 돌아서서 자갈이 깔린 길을 따라 천천히 자기 방으로 향했다. 밤은 고요하고 바람은 차가웠다. 공기 속에는 물비린내가 묵직하게 깔려 있어 한밤중에 다시 눈이 내릴 것 같았다.

그들이 처음 만난 곳은 눈 내리는 진령산이었다. 그들은 매화나무 가지로 친구를 맺고 술을 마시며 이야기를 나눴다. 그 후 짧디짧은 시간이 흘렀지만 세상은 너무 많이 변해 감회에 젖지 않을 수 없었다.

소경예는 발걸음이 점점 느려지고 점점 가벼워졌다. 가산 한쪽을 돌아서는데 문득 얼굴이 시원해졌다. 만져보니 물방울이었다. 고개를 들고 눈길 닿는 곳을 둘러보았지만 하늘은 온통 어두컴컴해서 아무것도 볼 수가 없었다. 그러나 피부와 코가 눈보다 한 걸음 앞서 사락사락 떨어지는 눈송이를 발견했다.

아직 삼경도 되지 않았는데 눈이 내리고 있으니, 내일이면 얼음가루로 하얗게 뒤덮인 유리 세상이 되리라. 이 속세의 복잡함을 벗어던지고, 좋은 친구 두세 명과 따뜻한 화로에 둘러앉아 술을 마시고 눈 구경을 할 수 있다면…… 그 기분, 그 경치, 모두가 인간사의 더없는 즐거움일 것이다. 그렇지만…….

다시 한 번 한숨을 쉬고, 소경예는 가슴속의 답답함을 털어내려는 듯이 고개를 가로저었다. 그리고 손을 내밀어 얼굴 위로 떨어지는 촉촉한 눈을 만졌다. 그가 다시 걸음을 옮기려는 순간, 시야 한쪽으로 휙 지나가는 검은 그림자가 보였다. 워낙 쏜살같이 지나가서 마치 환각처럼 느껴질 정도였고, 제대로 보려고 고개를 홱 돌렸을 때는 이미 사라지고 없었다.

예감 때문인지 아니면 불안함 때문인지, 소경예는 모든 동작을 멈추고 가산 뒤에 가만히 서서 바위 틈새로 설려 쪽을 응시했다.

과연 얼마 지나지 않아 또다시 검은 그림자가 번쩍했다. 이번에는 집중해서 보고 있었기 때문에 훨씬 분명했다. 검은 그림자는 설려 동쪽 담장 옆으로 다가와 담을 넘고 지붕 위에 몸을 숨기고 가만히 있었다. 얼마 후, 두 번째 그림자가 들어왔다. 이렇게 몇 차례 반복하자 설려 지붕 위에는 열 명 가까이 사람이 모였다.

어째서 비류가 아직까지 눈치 채지 못했는지 의아해하는 사이, 별안간 설려 서쪽 곁채의 창문이 흔들렸다. 그와 동시에 지붕 위에서 억누른 신음소리가 들리고 누군가 고꾸라져 정원으로 떨어졌다. 어둠 속에 어느새 마르고 유연한 몸집의 그림자 하나가 나타나 귀신같이 동에 번쩍 서에 번쩍 했다. 나머지 검은 그림자들은 모조리 동쪽 곁채 지붕으로 물러나 낭패한 몰골로 그를 막고 있었다.

소경예의 얼굴 위로 비류의 솜씨에 감탄하는 웃음이 떠올랐지만, 다음 순간 그 웃음은 딱딱하게 굳고 말았다. 그의 시야에 또 한 명의 습격자가 나타난 것이다. 그는 남쪽 담장을 넘어 마침 다른 사람들을 막고 있는 비류를 피해 들어갔다. 소경예는 깊이 생각할 겨를도 없이 몸을 날리며 크게 외쳤다.

"누가 감히 녕국후부에 침입하느냐!"

무기를 가지고 있지 않았기 때문에, 소경예는 그렇게 외치는 동시에 맨 앞에 있는 사람을 골라 육탄돌격을 했다. 상대방은 설려의 상황을 무척 잘 아는지, 비류 말고 다른 사람의 존재는 생각지도 않은 모양이었다. 처음에는 약간 놀랐지만 곧 안정을 되찾아 두 사람을 보내 소경예를 막았다. 그리고 자신은 다른 사람들과 함께 매장소가 평소 머무는 안방을 덮쳤다.

이 자객단의 수령은 과감한 결단을 내렸지만, 두 가지 실수를 범했다.

첫째는 소경예의 무공을 얕보았다는 것이다. 소경예를 막으러 보낸 두 사람은 삼 초 만에 무기를 빼앗기고 사 초에는 나란히 바닥에 쓰러져, 이 녕국후 공자의 걸음을 겨우 조금 지체시켰을 따름이었다.

둘째는 비류의 성격을 얕보았다는 것이다. 매장소가 사람을 해치지 말라고 비류를 단속했기 때문에 옆에서 지켜보는 사람들은 이 소년이 무공만 높을 뿐이라고 착각하곤 했다. 그런데 오늘 밤의 그는 살신(殺神)처럼 일말의 여지도 남기지 않고 하나같이 살초만 펼쳐, 주위 사람들을 빠르고도 깔끔하게 처리해 보는 사람을 놀라게 했다.

하지만 소경예와 비류 역시 한 가지 실수를 했다. 이 자객단 수령의 실력을 얕본 것이다.

열세를 깨달은 그 수령은 재빨리 모든 사람이 힘을 합쳐 비류를 상대하게 한 다음, 혼자 소경예의 칼에 맞섰다. 무기는 칼이었지만 초식은 검법이었다. 빼앗은 무기이기 때문에 손에 꼭 맞지는 않았지만, 칼과 검의 정수가 만나 날카롭기 그지없었다. 수령은 위치와 자세를 바꿔가며 손목에 단 쇠바늘로 칼을 가로막았다. 춤추는 칼날이 멈추는 순간, 뒤이어 날아든 소경예의 일장이 그를 힘껏 내리쳤다.

가슴에 일장을 맞은 그의 몸은 실 끊어진 연처럼 저만치 날아갔다. 그 순간 소경예도 잘못된 것을 깨달았지만 이미 늦은 후였다. 수령은 그 일장의 힘을 고스란히 받아 화살처럼 빠르게 날아가 문에 부딪혔고, 문을 부수며 그대로 안방으로 들어갔다. 소경예가 알기로 저 안방에는 늘 힘없고 허약한 매장소 한 사람뿐, 시중드는 하인조차 없었다.

"소 형!"

소경예가 소리소리 지르며 달려가 망가진 문짝을 밟고 어두컴컴한 방 안으로 뛰어들었다. 피비린내가 훅 끼쳤다. 놀랄 만큼 밤눈이 밝은 그도 희미한 그림자 하나가 방 한가운데 선 것만 볼 수 있었다. 머리에서 뭔가 반응하기도 전에 눈앞에 불꽃이 번쩍 하더니 탁자 위의 등불이 환하게 켜졌다. 방 안을 가득 채운 노란 불빛

속에서, 털 달린 긴 외투를 걸친 매장소가 탁자를 짚고 힘없이 서 있었다. 등불이 그의 하얀 얼굴 위로 그림자를 드리워 유난히 스산해 보였다.

소경예의 시선은 매장소의 몸을 지나 그가 탁자에 내려놓은 조그만 쇠뇌에 닿았다. 붉은색 몸통에 시위는 검은색이며, 걸이 부분은 백옥으로 되어 있었다. 쇠뇌 전체에는 눈물 같은 방울 무늬가 있었다.

"화불성(畫不成)?"

"맞네. 반(班) 가에서 만든 경노(勁弩) '화불성' 일세."

매장소가 담담히 말했다.

"금릉성은 역시 남다른 곳이군. 이것까지 쓰게 만들다니."

소경예는 고개를 숙였다. 자객 수령의 시체는 그의 발치에서 멀지 않은 곳에 쓰러져 있고, 작고 정교한 화살이 그의 목 한가운데에 똑바로 박혀 있었다. 가슴팍에 검붉은 피가 묻어 있지만 그것은 소경예의 일장에 맞아 흐른 피였다. 목에 생긴 상처는 화살이 워낙 빠른 나머지 근육이 수축되어 피는 한 방울도 흐르지 않았다. 어둠 속에 앉아 화살을 쏜 사람이 얼마나 눈이 매섭고 손이 안정적이었는지 짐작할 수 있는 장면이었다.

"보지 않는 편이 나을 걸세."

소경예가 죽은 사람의 복면을 벗기려는 것을 보고 매장소가 낮은 소리로 만류했다.

"이렇게 늦은 시각에 자네가 올 줄 몰랐네."

"오늘 소 형이 밖에서 피습을 당했다는 말을 듣고 걱정이 되어 왔는데, 와보니 시간이 이미 늦었더군요."

소경예는 손가락으로 복면 한쪽을 잡고 있었지만, 어쩐지 불안한 예감이 들어 벗겨낼 수가 없었다. 그는 사필이 아니었다. 어려서부터 강호와 접촉했고 강호를 잘 알았다. 제 손으로 사람을 죽인 적도 있었고, 시체 가득한 강호의 복수 현장을 본 적도 있었다. 그는 시체를 두려워하지 않았다. 제아무리 잔인한 모습으로 죽은 사람도, 랑야 공자방 2위에 오른 이 소 공자를 까무러치게 할 수는 없었다.

그렇지만 소 형은 '보지 않는 편이 낫다' 라고 했다. 이 자객은 눈앞에 쓰러져 있고 얼굴은 검은 천으로 가려져 있었다. 보든 안 보든 똑같은 얼굴이었다. 이미 밝혀진 진상처럼, 그가 알든 모르든 그 사실은 변하는 것이 아니라 영원히 그대로 존재했다.

소경예는 이를 악물고 결국 부피가 없는 것처럼 느껴지는, 그렇지만 천근처럼 무거운 검은 천을 벗겨냈다. 자객의 얼굴을 바라본 그의 눈빛이 흔들렸다. 손가락에 천천히 힘이 들어가더니 주먹을 꽉 쥐었고, 얼굴 근육은 긴장으로 인해 부르르 떨렸다.

낯설면서도 익숙한 얼굴이었다. 낯설다는 것은, 한 번도 인사를 하거나 이야기를 나눠본 적이 없기 때문이었다. 그의 이름도 모르고 직위도 몰랐다. 그러나 익숙하다는 것은, 늘 보는 얼굴이기 때문이었다. 그는 항상 아버지 곁에서 따라다니며 자질구레한 명령을 수행해왔다.

이 얼굴이 아무것도 설명할 수 없다면, 이 순간, 천천히 조여드는 그물과도 같은 이 정적은 마디마디 소경예의 심장을 옥죄었다. 고요하면 할수록 온갖 소리가 그 속에 섞여들었다. 밤바람이 불어오는 소리, 눈이 펄펄 날리는 소리, 쿵쿵 뛰는 심장 소리, 오르락

내리락하는 숨소리…… 듣지 말아야 할 소리도 들려왔지만, 들어야 할 소리는 오히려 들리지 않았다.

위풍당당한 녕국후부가 한밤중에 습격을 받았다. 살기와 고함소리, 칼이 맞부딪치는 소리가 밤하늘을 갈기갈기 찢을 만큼 컸지만 마치 돌멩이 하나가 우물 속에 떨어진 것처럼 경미한 파문만 일었을 뿐 아무런 반향이 없었다.

설려 바깥의 비류는 벌써 적을 모두 해치웠는데도 무엇을 하는지 안으로 들어올 기미가 없었다. 자욱한 피 냄새는 밤바람을 타고 차차 옅어져 이제는 거의 무시할 수 있을 정도로 사라졌다.

아무도 도우러 오지 않았다. 심지어 무슨 일인지 살피러 오는 사람도 없었다. 녕국후부 전체가 마치 아무 소리도 듣지 못한 양, 편안하게 깊은 잠에 빠져 내일의 여명이 밝아오기만을 기다리고 있었다.

"경예."

매장소의 목소리가 차분하게 울렸다. 앞에 있는 이 젊은이의 당황스럽고 불안한 마음을 무시하듯 무미건조한 목소리였다.

"오늘 집을 보고 왔네. 몽 통령이 추천한 곳인데 장질방(長郅坊) 쪽에 있네. 깨끗하고 튼튼한데다 가구와 물건들도 완비되어 있더군. 정원 풍경이 다소 처지지만 뜯어고치면 될 걸세. 그래서…… 이사를 가야겠네."

"이사……."

소경예의 시선은 여전히 바보처럼 시체에만 머물러 있었다. 그가 혼잣말처럼 중얼거렸다.

"그렇군요. 가셔야죠. 이 설려는 아무래도 머물 곳이……."

"경예, 내 말을 듣게."

매장소는 손바닥으로 젊은이의 어깨를 누르고 살짝 힘을 줬다.

"방으로 돌아가서 오늘 밤 설려에 온 적이 없는 셈 치게. 자네가 본 것은 환상이었네. 내일 예진과 함께 나가 놀면서 마음을 풀게. 모든 것은 여전히 그대로야. 공연히 쓸데없는 생각으로 어머니를 걱정시키지 말게."

"모든 것이…… 정말 그대로일까요?"

소경예는 몸을 일으키고 매장소의 눈을 똑바로 마주 보았다.

"아버님께서 왜 소 형을 죽이려 하는지는 궁금하지 않아요. 전 그저 소 형이 왜 이 금릉성의 소용돌이 속으로 뛰어들려고 하는지 알고 싶어요. 소 형은 제가 가장 동경하던 강호인이에요. 그 어떤 것에도 구속받지 않는 자유로운……."

매장소는 쓸쓸하게 웃으며 탁자 위의 콩알 같은 등불을 바라보았다.

"틀렸네. 세상에는 본래 자유로운 사람이란 없어. 감정이 있고 욕망이 있는 한 영원히 자유로울 수 없다네."

"하지만 소 형은 분명 이 일을 피할 수……."

"경예."

매장소가 두 눈을 들었다. 살을 에듯 날카로운 눈빛이었다.

"자네는 내가 아니야, 대신 판단하지 말게. 그만 돌아가게. 나는 내일 아침 나가겠네. 설려에 있는 동안 돌봐줘서 고마웠네. 새집이 정리된 다음 자네가 원한다면 언제든지 환영하네."

소경예는 멍하니 그를 바라보며 물었다.

"앞으로도 계속 만날 수 있을까요?"

매장소가 환히 웃었다.

"안 될 것이 뭐 있나? 혹시 자네가 오기 싫다면 모르지만."

짙은 안개 속과 같은 이 상황과 아버지와 매장소의 적대적인 입장을 떠올리자 소경예는 얽히고설킨 실타래처럼 가슴이 답답하고 어떻게 해야 할지 갈피를 잡을 수 없었다. 본래 그는 사필 혼자 조정의 싸움에 끼어든 줄 알고 그런대로 문제없겠다고 생각했다. 훗날 무슨 문제가 있어도 녕국후와 장공주의 보호를 받을 수 있기 때문이었다. 그런데 오늘, 아버지가 겉으로 보이듯이 중립을 지키는 것이 아니라는 사실을 갑작스레 알게 되었다. 이는 사씨 가문이 황위 다툼에 훨씬 깊이 개입되어 있다는 뜻이었다. 평소 조정 일에 나서지 않고 자주 바깥을 떠돌며 한가롭고 자유롭게 즐겼지만, 그도 결국은 사씨 가문의 아들이었다. 완전히 관심이 없을 수는 없었다. 지금 생각해보니 교외 들판에서 그에게 충고를 한 언예진은 그야말로 선견지명이 있었던 것이다.

"아직 그 상황까지 가지도 않았는데 왜 미리 걱정하나?"

매장소가 그의 마음을 읽은 듯 빙그레 웃으며 말했다.

"자네의 타고난 그 천성을 지켜내기만 한다면 버티지 못할 일이 어디 있겠나? 바깥에 내리는 저 눈이 겉보기에는 점점 더 강해지는 것 같지만, 언젠간 그친다는 것을 우리 둘 다 알고 있잖은가."

그 말에 대답이라도 하듯, 눈보라가 떨어져나간 문 안으로 휘잉 몰아치며 서늘한 한기와 함께 그림자 하나가 나타났다. 비류가 바닥에 떨어진 시체를 들어 별로 힘들이지도 않고 밖으로 휙 던졌다. 소경예가 문가로 다가가 보니, 아무렇게나 던진 시체는 담장 밖까지 날아갔다. 정원 안도 이미 너부러진 시체 하나 없이 깨끗했다.

“이렇게 던져버려도 되는 거야?”

소경예가 놀란 목소리로 물었다.

“괜찮네.”

대답한 사람은 매장소였다.

“밖에 두면 누군가 처리할 테니.”

얼음장 같은 그 목소리는 도저히 평소 알고 지내던 따뜻한 소형 같지 않았다. 소경예는 심장이 서늘해지고 등골이 오싹했다.

“같이!”

어느새 비류가 돌아와 매장소의 손을 잡아끌었다.

“오냐.”

매장소는 그를 향해 부드럽게 웃어 보였다. 저렇게 빨리 표정을 바꾸는 것도 너무나 자연스러웠다.

“같이 서쪽 방으로 가서 자자꾸나. 경예 형부터 배웅하고, 응?”

비류가 고개를 돌려 여전히 멍하니 서 있는 소경예를 노려보았다.

“나빠!”

“비류.”

“됐습니다, 괜찮아요.”

소경예가 정신을 차리고 말했다. 가슴속에서 솟구치는 씁쓸한 맛을 느끼며 그가 울적하게 말했다.

“쉬세요. 그만 갈게요. 날이 밝기까지…… 조심하세요.”

매장소는 미소를 지으며 고개를 끄덕였다. 소경예가 무거운 발걸음으로 돌아서서 밖으로 나가는 것을 보는 동안, 매장소의 얼굴에 떠오른 미소는 점차 흐릿한 슬픔으로 바뀌었다. 뒤에서 본 젊은이의 머리는 푹 숙여져 있었고, 꼿꼿하던 자세도 약간 구부정하게 변해 있었다. 마치 보이지 않는 묵직한 물건이 그의 어깨를 짓누르는 것 같았다. 반드시 짊어져야 할 짐이지만 그것을 짊어지는 것이 너무나 힘들어 보였다. 그가 앞으로 어떤 일을 겪게 될지 어쩌면 매장소만 알고 있을지도 모른다. 그러나 가슴 속에서 쇳덩이처럼 꽁꽁 얼어붙은 집념이 분명하게 속삭였다. 설령 안다 해도 일어나야 할 모든 일은 결국 정해진 궤도에 따라 일어나야만 한다고.

"이제 시작일 뿐이야. 경예…… 부디 버텨내기를……."

혼잣말처럼 중얼거린 매장소는 무심코 마음속에서 피어오르는 연민을 접고 천천히 서쪽 곁채로 들어갔다.

—

17

—

이번 눈은 그쳤다 이어졌다를 반복하며 거의 사흘 동안 사락사락 내렸다. 매장소는 눈 속에서 조용히 새집으로 이사했다. 일부러 아무에게도 알리지 않았지만, 며칠 지나지 않아 알 만한 사람은 모두 알게 되었다.

목왕부와 예왕부에서는 당연히 후한 선물을 보내왔고, 황궁에서도 주보와 비단 몇 상자를 하사했다. 그 중에는 경녕 공주가 보탠 것도 있다고 했다. 장경사 하동은 빈손으로 찾아와 집을 한 바퀴 돌아보더니, '참 흉물스런 곳이군' 하는 말만 툭 던지고 사라졌다.

하지만 그 후로 찾아온 다른 손님들은 차마 이런 유의 평가를 할 수 없었다. 왜냐하면 모두 알다시피, 이 집을 추천한 사람이 몽통령이기 때문이었다. 무인의 심미안이란 어쩌면 이 정도가 아닐까 싶었다.

소경예와 언예진, 사필도 물론 손님으로 방문했다. 하지만 그 신나고 떠들썩하던 분위기는 더 이상 없었다. 언예진 혼자만 어떻게든 재미있는 이야기로 사람들을 즐겁게 해주려고 애썼지만, 소경예는 아예 몇 마디 대꾸조차 하지 않았고, 심지어 사필마저 무슨 영문인지 어딘가 정신이 팔려 멍한 상태였다.

매장소는 그 틈을 타 세 사람에게 함께 경성을 나가 근교의 호구(虎丘) 온천에서 며칠 쉬라고 권했다.

"지금이야말로 온천을 즐기기에 딱 좋은 계절이죠."

그의 말을 들은 언예진이 마음이 동한 듯 말했다.

"경예는 신경 쓸 것 없어요. 언제든지 끌고 갈 수 있으니까요. 하지만 사필은 가고 싶다고 갈 수는 없을 거예요. 우리처럼 한가한 사람이 아니거든요, 매일매일 할 일이 얼마나 많은지. 호구 온천에 다녀오려면 최소한 보름은 걸리잖아요."

그의 말이 떨어지기 무섭게 사필이 탁자를 쾅 내리쳤다.

"내가 왜 못 가요? 가요, 다 같이 가자고요."

"머리가 어떻게 된 거 아냐?"

언예진이 그의 이마에 손을 댔다.

"매일 바쁘다, 바쁘다 떠들어대더니 이제는 안 바쁜가봐?"

사필은 멈칫하더니 우울한 얼굴로 대꾸했다.

"안 바빠요. 이젠…… 할 일도 없어요."

거짓말인 것 같지 않아 언예진도 그만 당황했다. 소경예가 사필의 어깨를 주무르며 말했다.

"둘째야, 쓸데없는 생각 마. 소 형 말대로 호구 온천은 푹 쉬기 좋은 곳이야. 같이 가서 기분 전환도 하고 돌아오자."

매장소는 속으로 한숨을 쉬었다. 그가 뭔가 말하려는데, 새로 고용한 남자 하인이 달려와 보고했다.

"선생, 예왕 전하께서 오셨습니다."

사필은 화들짝 놀라며 어쩔 줄 모르고 쩔쩔맸다. 매장소는 그의 기분을 짐작하고 조용히 말했다.

"자네만 괜찮다면 뒷문으로 빠져나가게."

언예진은 눈동자를 데굴데굴 굴렸다. 사필이 왜 갑자기 예왕을 보는 것을 두려워하게 되었는지 모르지만, 분명 그만한 이유가 있을 거라고 생각했다. 그래서 공연히 따져 묻지 않고 두 형제와 함께 하인의 안내를 받아 그곳을 떠났다.

매장소가 한발 먼저 바깥 정원의 가림벽 쪽으로 마중 나가자 예왕이 벌써 들어오고 있었다. 편안한 차림에 방설 모자를 쓴 그는 만면에 겸손한 웃음을 띠고 있었다. 공손히 인재를 구하는 태도가 제법 익숙해 보였다. 매장소가 허리를 숙여 인사하자, 예왕은 재빨리 다가와 그를 부축해 일으키고는 웃으며 말했다.

"눈길을 뚫고 선생을 찾아온 것은 친구이기 때문이오. 이렇게 예를 차릴 것 없소."

매장소가 빙그레 웃으며 일어났다. 예왕은 새집을 추켜세울 요량으로 사방을 두루 둘러보았지만 말문이 턱 막혀 한참 만에야 겨우 한마디 칭찬을 했다.

"넓고 탁 트인 것이 소박하고 독특한 맛이 있구려."

매장소는 대답 없이 웃기만 했다. 그는 막 단장을 마친 서재로 예왕을 안내하여 자리를 권한 후 사람을 시켜 차를 올리게 했다.

"새집으로 이사를 하셨는데 부릴 사람은 충분한지 모르겠소? 본 왕이 데리고 있는 하녀들은 자색이 뛰어나고 훈련도 잘되어 있소. 선생께서 괜찮으시다면……."

"호의에 감사드립니다."

매장소가 살짝 몸을 숙이며 대답했다.

"허나 저는 강호인이고 아직 아내를 맞지도 않았으니 하녀들의 시중을 받는 것은 익숙하지 않습니다. 다행히 경성에 옛 친구가 몇 명 있어서 하인들을 보내줬는데 쓸 만합니다. 나중에 부족한 부분이 있으면 전하께 요청드리지요."

예왕도 그냥 해본 말이지 그가 정말 받아들이리라곤 생각지 않았기 때문에, 완곡하게 거절을 당하고도 아무렇지 않았다. 그의 시선이 방 안을 한번 둘러본 후 책상 위에 내려앉았다.

"이건 선생의 작품이오? 정말 훌륭한 그림이구려!"

"제대로 그린 것이 아닙니다."

매장소가 웃으며 말했다.

"전하께서는 이 저택이 소박하고 독특하다고 하셨으나, 안타깝게도 제 수준은 아직 속된 편입니다. 이 그림은 제가 구상하고 있는 정원 풍경의 밑그림이지요. 봄이 되어 눈이 녹으면 사람을 써서 이 모양대로 정원을 다시 짓고 조경을 할 생각입니다."

"아니, 이게 겨우 밑그림이라니? 벌써부터 기품이 넘치는구려. 풀과 나무는 조화롭고 길은 아름다운데다, 작은 것 속에 큰 것이 있고 가지런하지 않으면서도 운치가 있소. 가슴속에 심오한 뜻을 품고 있는 사람이 아니고서야 결코 생각해낼 수 없는 풍경이오."

칭찬할 것이 아닌데도 감탄을 터뜨리는 예왕이니, 칭찬할 거리를 찾자 더욱더 미사여구를 갖다 붙였다.

"완전히 보수를 하고 나면 이곳은 틀림없이 금릉성 제일가는 정원이 될 것이오. 본 왕이 말하지 않았소. 암, 강좌매랑이 사는 저택이 이 정도는 되어야지."

"과찬이십니다, 전하. 몽 통령께서 잘 골라주신 덕분이지요. 처음 왔을 때부터 이곳의 위치와 형태가 꼭 마음에 들었고, 값도 적당해서 바로 샀지요. 다행히 이번에는 운이 좋았는지 란원에서처럼 무시무시한 일도 없고, 며칠 살아보니 무척 편안합니다."

예왕은 그가 먼저 란원 이야기를 꺼내자 속으로 기뻐하면서 책상을 떠나 다시 자리에 앉으며 말했다.

"란원의 우물 안 시체 사건 때문에 많이 놀라셨겠구려. 듣자니 그 사건은 이미 경조윤부에서 결론을 내렸다고 하던데, 선생도 알고 계시오?"

"관부에서 맡은 사건을 평민인 제가 어떻게 알겠습니까?"

매장소는 허허 웃었다.

당신이 루지경에게 복수하기 위해 옛일을 들췄다는 걸 뻔히 아는데 어떻게 되어가는지 살펴보지 않을 리가 있느냐며 속으로 중얼거리면서도, 예왕은 겉으로는 드러내지 않고 온화한 얼굴로 하하 웃었다.

"정말 기이한 사건이오. 평범한 형사 사건인데 조정 대신이 여럿 연루되었으니 말이오. 그래서 경조윤 고승이 어제 형부에 글을 올려 이 사건을 맡아달라고 했소. 이품 이상 관리들이 연루되었는데, 경조윤 관아의 권한에는 한계가 있어 판결을 내릴 수가 없으니, 모든 증거와 증인을 상부에 올려 보내야만 확실히 처리할 수 있다고 말이오."

매장소는 예왕의 미간에서 숨길 수 없는 만족감을 읽고 저도 모르게 속으로 피식 웃었다.

고승은 비록 어느 쪽 사람도 아니지만, 태자가 약간 압력을 가했다고 해서 일부러 증거를 망가뜨릴 사람은 아니었다. 이 사건 때문에 두 발 뻗고 잠들지 못하던 차에, 마침 막료 한 명이 하문신의 살인 사건을 대충 마무리 지어서 상부에 보고하라고 귀띔을 해 주었다. 그 제안이 그를 일깨웠다. 그래서 고승은 곧 밤새도록 사도관을 심문하여 '루지경'이라는 이름을 뱉어내게 한 다음, 상세한 내용은 묻지도 않고 오로지 '이품 이상의 관리'라는 말만 내세워 사건 전체를 형부로 넘겨버렸다. 남에게 밉보일 수 있는 큰 사건 두 개를 하루 만에 털어내고 나자 고승도 드디어 마음 편히 잠들 수 있었다. 올해 근무성적 평가에서는 무능하다며 하위권에 머물겠지만, 그래도 목숨과 가족은 지켜낸 셈이었다. 이 기회에 다른 지방 관리로 좌천된다면 두말할 것도 없이 더욱 좋았다.

고승의 미꾸라지 같은 행동은 예왕의 마음에 꼭 들었다. 두 사건 중 하나는 그에게 불리했고 다른 하나는 그에게 무척 유리했다. 그 두 사건이 모두 형부의 손에 들어왔고, 형부상서 제민(齊敏)은 그의 오랜 심복이니 기분이 퍽 좋은 것도 당연했다. 그런데다 루지경이 강좌맹의 원수이고 이 사건을 들춰낸 것도 매장소이니, 당연히 인사를 하러 찾아온 것이다.

"듣자니 란원 사건에 이부의 루 대인이 연루되었다지요?"

과연 이 눈치 빠른 소철은 사건이 형부로 넘어갔다는 말을 듣자마자 관심을 드러냈다.

"형부에는 동급의 관리를 심리할 권리가 있습니까?"

"선생은 조정의 규율을 잘 모르나보오. 형부만으로는 물론 그럴 권한이 없지만, 증인과 물증이 확실하면 폐하께 상주하여 정위

(廷尉)와 부사감심(府司監審)을 파견해달라고 요청할 수 있소. 이 두 곳이 공동으로 심리하면 동급 불가침의 제약을 받지 않소."

"그렇군요."

매장소가 알겠다는 표정을 지었다.

"하지만 그 전까지는 계속 형부가 사건을 조사했으니, 감사를 하는 정위 대인께서는 아무래도 확실히는 모르겠지요. 그러면 전체적으로는 형부가 주도하게 되지 않겠습니까?"

"당연한 말이오. 사람의 탈을 쓴 짐승 같은 루지경이 힘없고 무고한 여자들을 잔인하게 죽였으니, 형부는 결코 용서하지 않을 것이오. 그러니 안심하시오, 선생."

소철은 신고자일 뿐이지 원고는 아니었다. 그런 그에게 '안심하라' 는 것은 어딘지 이상했지만, 매장소는 그 말을 듣고도 이의를 제기하지 않고 말없이 고개만 끄덕였다. 자신이 루지경과 사사로운 원한이 있다는 것을 인정하기라도 하듯이.

그가 더욱더 자신에게 기울었다고 생각한 예왕은 공범을 만난 기분이 들어 기뻤다. 그래서 말이 나온 김에, 다음에 물어보려고 한 다른 문제까지 꺼냈다.

"소 선생은 빈주의 토지 강탈 사건을 아시오?"

매장소는 고개를 숙이고 차를 마시면서 태연하게 고개를 끄덕였다.

"예, 금릉에 오는 길에 원고인 노부부를 우연히 만났지요."

갑자기 예왕이 벌떡 일어나 길게 읍하며 말했다.

"본 왕이 그 사건 때문에 곤란한 상황이오. 부디 도와주시오."

매장소는 한참 동안 그를 바라보더니 낮은 목소리로 물었다.

"폐하께서 마침내 그 사건을 심리하기로 결정 내리셨습니까?"

"그렇소. 부황께서 오늘 태자와 본 왕을 불러 이 사건을 심리하는 것을 어떻게 생각하는지 하문하셨소. 그리고 결국…… 그 사건을 정왕에게 맡기고 삼사에서 협조하라고 결정하셨소."

매장소는 안색 하나 바꾸지 않고 말했다.

"태자와 전하께서는 폐하의 결정에 뭐라고 하셨습니까?"

"둘 다 반대는 하지 않았소."

예왕은 한숨을 푹 쉬었다.

"태자는 부황께서 이 사건을 결코 자기에게 맡기지 않으리란 걸 알기에 반대하지 않은 것이오. 본 왕이 맡지만 않으면 만족스럽겠지. 하물며 정왕은 워낙 강직한 성격이잖소."

"전하께서는요?"

"본 왕도 부황께서 의심할까봐 차마 반대할 수 없었소. 선생도 알다시피 경국공 백업은 본 왕과 친분이 무척 두텁소."

예왕의 얼굴에 걱정스런 표정이 떠올랐다.

"이 사건이 태자의 손에 들어가지 않은 것만도 큰 행운이오만, 그 고지식한 경염에게 말이 통하지 않을까봐 걱정이오."

"전하께서는 얼마 전 군주의 사건 때 폐하 앞에서 정왕을 비호하지 않으셨습니까? 그때 한 번 인정을 베푸신 셈입니다."

예왕은 쓴웃음을 지었다.

"그야 그렇지만, 그 정도로 고개를 숙이고 명을 따를 사람이 아니라는 게 문제요. 소 선생은 경염이 어떤 사람인지 모르는 모양인데, 솔직히 말해서 본 왕은 그렇게 꽉 막히고 고집불통인 사람은 처음 봤소. 가끔은 부황마저도 못 말리실 정도니……."

"전하께서는 정왕이 전하의 뜻대로 이번 사건을 판결 내릴 수 있도록 그를 제압할 방법을 찾길 바라십니까?"

"선생께 좋은 방법이 있다면 본 왕은 실로 그 은혜를 잊지 못할 것이오."

"하면 감히 묻겠습니다. 전하께서는 이 사건을 어떻게 처리해야 만족하시겠습니까?"

"못된 백성이 무고했다는 것을 증명하면 가장 좋소. 그게 어렵다면 소문이라도 가라앉혀야 하오."

매장소는 그를 가만히 바라보다가 갑자기 냉소를 터뜨렸다.

"전하, 어젯밤 잠드신 후 아직 깨어나지 못하신 것 같군요. 현경사에서 수집한 증거가 장난이라고 생각하십니까?"

예왕은 헛기침을 했다. 오랫동안 인자하고 너그럽게 보이도록 애써온 그였기에 포용력도 절로 늘어나 이 정도 말에 화를 내지는 않았다. 도리어 부끄러운 듯 얼굴을 붉히며 말했다.

"그야…… 어렵긴 하겠지. 그러니 반드시 정왕이 보호해주게끔 만들어야 하오. 어찌되었거나 경국공은 몰랐던 것으로 판결하면 벌금을 내든 녹봉을 깎든 상관없소."

매장소는 입을 다물고 심원한 눈빛으로 한참 동안 예왕을 응시했다. 그 시선에 예왕이 약간 불편해하자, 비로소 그가 차가운 목소리로 말했다.

"전하께서 정말 그런 마음을 갖고 계시다면, 저도 솔직히 말씀드리지요. 세상에 많고 많은 길 중에서 어찌하여 하필이면 죽음의 길을 가시려 합니까?"

예왕이 멈칫했다.

"그게 무슨 말씀이오?"

"전하께서는 현명한 군왕으로서, 폐하께는 깊은 총애를 받고 여러 신하에게는 우러름을 받고 계십니다. 그 덕분에 기세를 드높여 태자와 나란히 싸우실 수 있는 것입니다. 그런데 전하께서 제아무리 하늘을 찌르는 위세를 지니셨다 해도, 이 대량의 천하에서 단 한 사람, 결코 적으로 삼을 수 없는 사람이 있습니다."

매장소가 얼음조각처럼 차가운 미소를 입가에 머금으며 칼날처럼 예리하게 한 자 한 자 내뱉었다.

"바로 황제, 전하의 부친이십니다."

예왕이 벌떡 일어나며 변명했다.

"본 왕이 언제 부황을 적으로 삼는다 했소?"

"전하께서는 토지 강탈 사건을 심리하려는 사람이 누구라고 생각하십니까? 태자입니까? 정왕입니까? 모두 틀렸습니다. 바로 폐하십니다! 폐하께서 노심초사 끝에 정왕을 내세운 이유가 무엇이겠습니까? 바로 토지 겸병의 폐해를 단번에 제압하기 위해서가 아닐까요? 전하와 태자가 싸우는 가장 큰 목적은 물론 황위를 차지하는 것이겠지요. 허나 황제 폐하는 다릅니다. 그분은 여전히 나라를 다스려야 합니다. 두 분이 물고 뜯으며 싸우는 것은 용납하실 수 있으나, 국정을 방해하는 것은 결코 받아들이지 않으실 겁니다. 폐하께서 이 사건을 조사하기 위해 장경사를 파견했을 때, 정왕에게 심리를 맡겼을 때, 폐하의 마음속에서 이 사건의 결과는 이미 정해져 있었습니다. 전하께서 그 사이에 끼어들어 폐하의 계획을 방해하면 가장 노할 사람이 누구겠습니까? 경국공 한 사람 살리자고 폐하의 총애를 내던지시다니요. 무엇이 중하고 무엇이 가벼운지는 전하께서도 잘 아실 겁니다."

그의 말에 예왕의 이마에는 식은땀이 솟았다. 그는 잠시 멍하니 앉아 있다가 탁자 위의 찻잔을 들어 단숨에 꿀꺽꿀꺽 삼켰다.

"전하."

매장소의 목소리는 그를 놓아주지 않으려는 듯 쌀쌀함을 싣고 계속 이어졌다.

"경국공을 구할 방도는 없습니다. 그 점은 반드시 알고 계셔야 합니다."

경국공을 구할 수 없다…… 이 결론은 매장소가 처음으로 말한 것이 아니었다. 예왕부의 모사들이 모여 논할 때도 많은 사람이 제기한 결론이었다.

하지만 당시 그들이 그렇게 말한 것은, 심리를 맡은 사람이 황소고집에 융통성 하나 없는 정왕인데다 장경사가 직접 수집한 증거까지 있기에 판결을 뒤집기가 거의 불가능하다는 뜻이었다. 그 모든 이야기는 어떻게 조작하느냐에 초점이 맞춰져 있었기 때문에, 예왕은 여전히 일말의 요행을 기대하고 있었다. 하지만 오늘 매장소의 몇 마디 말은 그 뿌리를 흔들어놓았다. 경국공을 구할 수 없는 이유는 그를 구하기 어렵기 때문이 아니라 아예 구할 길이 없기 때문이었다.

예왕은 태자와 달리 스스로 판단할 능력이 있는 사람이었다. 매장소가 짚어주자, 그는 곧 사실이 그렇다는 것을 알아차렸다. 방금까지의 기쁨은 순식간에 흔적도 없이 사라지고, 마음이 착 가라앉았다. 사실 경국공과는 사적인 교분이 그리 깊진 않았다. 하지만 그는 애매한 태도를 보이는 군의 일반적인 상황과는 달리 공개적으로 예왕을 지지한다고 선언한 무신이었다. 또 원로로서 문하 제자나 옛 친구가 많아 유달리 귀중한 인물이기도 했다. 며칠 전이었다면, 그를 잃는 것이 커다란 타격이긴 해도 억지로 버틸 수는 있었을 것이다. 하지만 진반약에게서 사옥이 태자 편임을 확인했다는 보고를 받은 뒤로 경국공의 중요성이 새삼 부각되었다.

대량의 제도에는 문무 관원의 구분이 분명했다. 황실 종친이나 외척이 아니면, 문신은 봉작을 받을 수 없고 무신은 정치에 관여할 수 없었다. 또 일품 이하는 문무 관직을 겸임할 수도 없었다. 문신은 근무 성적이 좋거나 상사나 황제의 눈에 띄어 발탁돼 승진하지만, 무신은 황제의 총애만으로는 승진할 수 없고 반드시 전공을 세워야만 했다. 이런 전통 때문에 대부분의 무신은 황위 다툼 같이 군무와 무관한 정치에는 크게 흥미를 느끼지 못했다. 큰 위험을 무릅쓰고 새로운 주군을 세운다 한들 전쟁에서 실질적인 공을 세우지 못하면 승진할 수 없으니, 도무지 얻을 것이 없는 거래였다. 차라리 강 건너 불구경하듯 지켜보는 편이 나았다.

하지만 벌써 일품 관직에 올라 봉작을 받은 무신들은 이런 제약을 받지 않기 때문에 황제로부터 추가적인 은혜를 받을 수 있었다. 품계를 뛰어넘는 대우나 가족의 세습 같은 상도 기대할 만했다. 현재 대량에서 이런 자격이 있는 무신은 겨우 다섯 명에 불과했다. 이들 다섯 사람의 의견이 곧 무신 대부분의 의견이었다. 지금 이들 다섯 사람 중 대놓고 예왕을 지지하는 경국공과 남몰래 태자의 편을 드는 녕국후 외에 나머지는 정치 싸움에 나서지 않고 있었다.

물론, 황제가 최종적으로 후계자를 결정할 때 고려할 요소 중

8할은, 태자와 예왕의 정무 처리하는 능력과 육부의 실권을 장악하는 힘이었다. 하지만 나머지 2할은 역시 군의 태도를 참고하지 않을 수 없었다. 예왕이 앞서의 8할에서 태자보다 우위에 있더라도, 차이를 크게 벌리지 못하면 나머지 2할에서 결과가 뒤집힐 수도 있었다.

더욱이 무신들의 마음은 언제나 확신하기 어려웠다. 대부분의 무신은 위험을 피하기 위해 어느 쪽으로도 치우치지 않고 물어도 모른다고 고개만 젓다가, 마지막 순간에 황제가 물으면 그제야 아무도 못 듣게 황제의 귀에 대고 속닥속닥하곤 했다. 이렇게 하면 새 황제에게 특별히 총애 받지도 못하지만 큰 화도 피할 수 있었으므로, 야심이 많지 않은 사람은 보통 이런 방식을 택했다. 이것만 봐도 일품 군후(軍侯)의 공개적인 지지를 받는다는 것은 예왕에게 있어 더없는 기회였다.

"소 선생은 모르오."

예왕이 한숨을 쉬며 흉금을 털어놓는 투로 입을 열었다.

"본 왕은 항상 무신들의 지지만큼은 태자보다 앞선다고 생각했소. 본 왕에게는 경국공이 있고 또 사필도 있으니 군의 태도에 노심초사할 필요가 없었소. 녕국후가 양쪽에 모두 발을 담그고 있을 줄은 짐작도 못했소. 그는 사필이 본 왕의 휘하에 들어오는 것을 반대하지 않는 척하며 그의 마음이 본 왕에게 있다고 오인하게 해놓고, 실제로는 태자에게 투신해 토지 강탈 사건을 터뜨려 경국공을 쓰러뜨리려 했소. 이제 본 왕에게는 군의 마음을 살필 길이 없소. 훗날 중요한 순간에 그 부분에서 밀리지 않을까 걱정이오."

매장소는 예왕이 토로하는 감정 앞에서도 가만히 고개를 끄덕일 뿐 아무 반응도 보이지 않았다. 이런 그의 태도에 예왕의 눈빛이 순간적으로 번쩍였지만, 표정은 여전히 차분했다. 그는 두 눈을 깜빡이고 다시금 쓴웃음을 지어 보이며 자책하듯 말했다.

"허 참, 본 왕이 너무 경솔했구려. 소 선생이 녕국후부의 공자들과 교분이 깊다는 것을 깜빡했소. 이 이야기 때문에 선생 입장이 곤란하겠구려."

매장소는 담담한 표정으로, 부인하지도 않고 당황한 듯 살짝 고개를 숙였다.

"하지만 본 왕이 아는 대로라면, 소 선생은 경예와 사필과는 친구지만 예황 군주와는 지기나 다름없지 않소. 심지어 그녀 때문에 태자의 미움을 사기도 했고……."

예왕은 매장소의 옆얼굴을 뚫어져라 바라보며 말을 이었다.

"어쩌면 선생의 뜻은 아니었을지 모르나, 일단 발을 들여놓은 이상 빠져나가기는 어려울 것이오. 본 왕의 추측이 틀리지 않았다면, 선생이 눈발을 무릅쓰고 서둘러 이곳으로 이사한 것은 뭔가 속사정이 있기 때문 아니오?"

"전하, 그 무슨 말씀이십니까?"

매장소의 너털웃음이 어딘지 억지스럽게 느껴졌다.

"저는 강호인이라 규칙에 얽매이지 않고 예의도 잘 모릅니다. 삼엄한 녕국후부는 아무래도 익숙하지 않아 이렇게 서둘러 나온 것이지요. 태자 전하께서 저에 대해 오해하고 계신 부분은 언젠가 기회가 생기면 확실하게 해명해야겠지요."

거절의 뜻을 담은 이 대답에, 예왕의 눈 밑 근육이 부르르 떨리고 미간도 흉악하게 일그러졌다. 하지만 아주 짧은 순간이었을 뿐, 그는 곧 노기를 꾹 눌렀다.

이런 때일수록 태자처럼 쩨쩨하게 굴 순 없다. 그랬다간 다 된 밥에 코 빠뜨리는 격이고, 다 잡은 승기를 놓칠 뿐이다. 이것이 예왕이 남몰래 스스로를 타이르는 말이었다.

매장소가 랑주를 떠나 금릉성에 온 이상 필시 무슨 각오가 있었을 것이다. 랑야각의 한마디에 결정된 자신의 운명을 벗어나지 못한다는 것을 알았으니, 주인을 골라 움직일 준비를 해야 했다. 어쩔 수 없이 처한 이런 상황에서는 인자하고 너그러운 사람일수록, 좀 더 안전한 느낌을 주는 사람일수록 선택받을 가능성이 높았다. 한번 결심을 내리고 입장을 명확히 하면, 이 기린지재는 반드시 할 수 있는 모든 일을 할 것이다.

매장소는 강좌맹을 너무나도 중요하게 생각하고 있었다. 그가 선택한 쪽이 장래 황위 쟁탈전에서 진다면, 강좌맹은 그 종주 때문에 피해를 입을 것이 분명했다. 이런 결과는 무슨 일이 있어도 매장소가 용납하지 않을 것이다. 그래서 그를 끌어들이고 태자 파의 사람들과 접촉하지 않도록 잘 지켜보면서, 그와 강좌맹의 운명을 자신의 운명과 꽁꽁 묶어놓으면, 그의 심계와 재능을 마음 놓고 이용할 수 있었다.

이는 예왕이 며칠 전 '만약 매장소를 부하로 삼게 된다면 추호도 의심하지 않고 온 마음으로 믿을 것인가' 라는 진반약의 질문을 받은 뒤, 오랜 고심 끝에 세운 책략이었다. 그는 이 책략이 기린지재의 약점을 틀어쥐어 반드시 전력을 다하게 만들 수 있다고 확신했다. 물론 일단 그를 휘하로 끌어들여야 한다는 것이 전제조건이었다.

"소 선생께서 토지 강탈 사건을 어떻게 처리해야 하는지 알려 준 것만으로도 본 왕은 무척 감격했소. 나중의 일은 지금 당장 강요하지 않겠소."

온화한 웃음과 그에 꼭 맞는 겸손한 말투로, 예왕은 인자한 주군의 풍모를 완벽하게 드러내 보였다.

"선생 같은 분이라면 시국을 헤아리는 데도 탁월한 안목이 있을 터이니 본 왕이 쓸데없는 말을 보탤 필요가 어디 있겠소. 다만 이 말만은 하고 싶구려. 선생께서 어떤 선택을 하든, 훗날 어떤 일이 생기든, 선생께서 원하신다면 예왕부의 문은 언제나 활짝 열려 있을 것이오."

몹시 그럴싸하고 듣기 좋은 말이었기에, 매장소도 그에 맞춰 은근히 감동한 표정을 끌어내는 것이 무척 자연스럽게 느껴졌다. 그의 표정을 꼼꼼히 살피던 예왕도 매우 만족했다.

"본 왕이 오늘 너무 많이 떠들어 선생의 휴식을 방해하지 않았나 모르겠소. 이만 가보겠소."

급할수록 돌아가라는 말을 잘 아는 예왕은 매장소의 표정이 약간 흔들리는 것을 보자 도리어 한 걸음 물러났다. 경국공 때문에 노심초사하던 마음을 억누르고 웃는 얼굴로 일어나 작별하는 것만 보아도 확실히 인물은 인물이었다.

매장소는 그를 따라 일어나 허리를 숙이고 인사했다.

"전하께서 신분을 꺼리지 않고 누추한 곳까지 왕림하셨는데, 방해라니 가당치도 않습니다. 날이 어두워지니 응당 술을 마련해 대접해야 하나, 전하께서 정무로 몹시 바빠 여유가 없으시니 차마 그 말씀을 꺼낼 수가 없군요. 차 한잔만 내놓고 대접이 변변치 못했으니 부디 용서하십시오."

그는 그렇게 말하며 배웅하겠다는 의미로 손을 내밀었다.

예왕이야 물론 더 남아 있고 싶은 마음이 간절했다. 하지만 매장소의 말은 붙잡고 싶은 것인지 보내고 싶은 것인지 명확하지 않아 그 진의를 알기 어려웠다. 잘못 짚으면 이 기린지재와 마음이 통하지 않는다는 것을 훤히 드러내는 꼴이 될까봐 예왕은 재빨리 머리를 굴렸다. 하지만 결국 좋은 방법을 찾지 못해, 어쩔 수 없이 걸음을 늦추며 매장소가 몇 마디 더 하기만을 기다렸다.

다행히 하늘이 그의 소원을 들어주었는지, 두 사람이 어깨를 나란히 하고 서재를 나와 굽이진 회랑 가운데의 정자에 이르렀을 때, 매장소가 시선을 들어 저 멀리 아득한 구름을 바라보며 가볍게 말했다.

"예왕 전하, 너무 심려하실 것 없습니다. 이번 일이 아니었더라도 경국공은 사옥의 상대가 못 됩니다. 그러니 그를 잃어도 그리 아쉬운 일은 아니지요."

"그도 그렇소."

예왕이 눈을 찌푸렸다.

"허나 아무래도 그는 조정에서 제법 힘이 있으니 없는 것보다는 낫지 않소."

매장소가 빙그레 웃었다.

"제 짧은 생각으로는, 이참에 경국공을 완전히 버리고 정왕을 적극 지지하시는 것이 좋겠습니다."

"정왕을?"

예왕도 이번에는 자못 깜짝 놀랐다.

"그는 황자이고 황명을 받아 이 일을 맡았는데 누가 감히 그를 괴롭히겠소? 그런데 그를 지지하라니?"

"빈주의 토지 강탈 사건 때문만이라면 그렇지요."

매장소는 걸음을 멈추고 차분히 말했다.

"허나 전하께서도 아시다시피 이 사건은 시작에 불과합니다. 심리가 끝나면 각지에서 유사한 사건이 줄지어 보고될 것이고 더 많은 세가가 연루될 겁니다. 그 복잡한 관계를 처리하는 일이라면 정왕은 확실히 경험이 없지요. 그럴 때 전하께서 도움의 손길을 내밀어, 정왕이 세가들의 아우성을 잠재우고 폐하의 농민 안정 정책을 공고히 할 수 있도록 협력한다면, 정왕도 어찌 전하께 감사하지 않겠습니까?"

예왕은 숨이 턱 막혔다. 별안간 지금까지 한 번도 보지 못한 새로운 길을 본 것처럼 머리가 환히 맑아졌다.

"선생의 말은……."

매장소가 차갑게 말했다.

"경국공은 전하의 총애를 받을 가치가 없습니다. 경국공 둘을 합친 것보다야 정왕의 마음 반을 얻는 것이 낫지 않겠습니까?"

예왕의 표정이 몹시 흥분되고 홍조가 빠르게 퍼져나갔다.

"정왕을 얻을 수만 있다면 당연히…… 하지만 정왕의 성격이…… 그를 다스리지 못할까봐 실로 걱정이오."

매장소의 눈처럼 싸늘한 눈동자가 칼날같이 예왕의 눈을 찔렀다.

"다스릴 수 없어도 다스려야 합니다. 녕국후는 이미 태자의 사람이 되었습니다. 정왕을 제외하고 군에서 녕국후에 필적할 만한 사람이 또 누가 있습니까?"

예왕은 그 말이 틀림없다는 것을 알기에 더욱 눈을 찌푸렸다.

"사옥과 정면으로 맞서려면 확실히 다른 사람들은 불가능하오. 허나 경염은 고집불통이오. 훗날 꼭 필요할 때 병력을 움직이려 들지 않으면……."

매장소는 서서히 몸을 돌려 예왕의 눈을 직시했다. 그리고 몹시 느릿느릿한 말투로 물었다.

"전하, 군을 장악하려는 이유가 무엇입니까? 황궁에 쳐들어가 모반을 하기 위해서입니까?"

예왕은 놀라 펄쩍 뛰며 저도 모르게 주변을 둘러보았다. 그가 노한 목소리로 말했다.

"선생, 그게 무슨 말씀이오? 본 왕에게 그런 뜻이 있다면 하늘이 용서치 않을 것이오."

"황궁에 쳐들어갈 것도 아니고 모반을 할 것도 아니라면 병력을 움직인다는 것은 무슨 말씀입니까?"

매장소의 목소리는 얼음처럼 차가웠다.

"정왕의 역할은 군을 제압하는 데 있습니다. 태자 쪽에는 사옥이 있고 심지어 몇몇 일품의 군후가 더 있을 수도 있겠지요. 하지만 무슨 상관이겠습니까? 전하 곁에 정왕과 예황 군주가 있는 한, 훗날 폐하께서 후계자를 고르실 때 전하의 군 장악력은 결코 태자에 뒤처지지 않고 평수를 이룰 겁니다. 신하의 길을 어기지만 않으면 모든 것은 숫자 놀음에 불과합니다. 그저 폐하께 보여주기 위한 것이지 실제로 사용할 필요는 없습니다."

예왕의 휘하에는 모사들이 구름처럼 많았다. 그들은 종종 예왕 앞에서 국정을 논하고 시국을 평했는데, 이렇게 새로운 의견을 제

시한 사람은 한 번도 없었다. 이제 새로운 길이 열리자 복잡하던 머리가 점점 환하게 개었다.

그렇지, 군대는 문신들과는 달라. 당장 내 마음대로 병력을 쓸 수 있을 만큼 포섭할 필요가 없어. 군대는 힘을 보여줄 때 필요할 뿐인데 고분고분 말을 잘 듣는다고 해서 무슨 소용이 있겠어?

예왕의 표정 변화를 주시하던 매장소는 그가 완전히 마음을 빼앗긴 것을 알 수 있었다. 매장소는 입꼬리를 살짝 올리며 가볍게 한마디 덧붙였다.

"만 번 양보해서, 설령 태자가 정말로 불측한 짓을 저질러 폐하께서 위험해진다면, 정왕의 강직한 성품으로 볼 때 과연 전하의 명령을 받은 다음에야 병력을 움직일까요?"

이번 배웅 길은 장장 이각이 지난 뒤에야 끝났다. 예왕은 가마에 오르기 전에 일부러 그를 문지방 밖으로 끌고 나간 다음 친밀하게 어깨를 토닥이며 당부했다.

"선생은 몸이 안 좋으니 바람을 맞으면 안 되오. 어서 들어가시오."

매장소는 그런 그를 바라보며, 분명히 안에 서 있던 사람을 끌어내놓고 좋은 사람 흉내를 낸다며 속으로 욕하면서도 겉으로는 웃는 얼굴로 대답했다.

"이곳은 확실히 바람이 차군요. 어서 가마에 오르시지요, 전하. 멀리 배웅하지 못하는 것을 용서하십시오."

탁 트인 거리에서 사이좋은 주군과 신하의 관계를 연출한 예왕은 무척 만족스러웠다. 하지만 눈발 가득한 찬바람이 얼굴을 때리자 아무래도 견디기 힘들어서, 쓸데없는 인사말은 줄이고 돌아서서 가마에 올랐다.

가리개가 내려지자마자 매장소는 돌아서서 재빨리 가림벽 안으로 들어갔다. 그리고 나쁜 기운을 토해내듯 몇 번이고 심호흡을 했다.

"형……."

돌아보니 비류가 눈을 휘둥그레 뜨고 걱정스러운 표정으로 바라보고 있었다.

"괜찮아."

그는 저절로 입가에 미소를 떠올리며 소년의 손을 잡았다.

"방금 독사하고 놀았는데, 너무 오래 있다보니 그만 구역질이 났구나."

"독사?"

비류는 즉시 경계하며 독사를 찾아내려는 듯 사방을 샅샅이 둘러보았다.

"벌써 나가버렸단다."

매장소는 참지 못하고 실소를 터뜨렸다.

"괜찮아. 그 독사는 오랫동안 알고 지냈으니 어디에 독이 있는지도 형이 잘 알아. 물리지는 않을 거야."

"못 물게 해!"

"그래, 우리 비류가 있는데 누가 감히 형을 물겠니?"

매장소는 소년의 머리를 쓰다듬었다. 그의 목소리가 점점 낮게 가라앉았다.

"더구나…… 나 자신도 이제는 독사로 변해버렸으니……."

비류가 곧은 눈썹을 찌푸렸다. 비록 매장소가 한 말의 뜻은 알아듣지 못했지만 그 속에 어린 희미한 슬픔은 느낄 수 있었다. 그래서 즉시 가까이 다가오며 힘껏 고개를 저었다.

"아니야!"

매장소는 쿡쿡 웃으며 소년의 등을 토닥였다.

"그래그래, 아니야. 그만 돌아가자. 내일은 형하고 나가 놀까?"

비류가 고개를 끄덕였다.

"응! 온천!"

"아니, 온천으로 가는 게 아니란다."

매장소는 비류가 온천 이야기를 어떻게 들었는지 전혀 이상해하지 않고, 웃으면서 그의 머리에 묻은 눈을 털어주었다.

"나무로 만든 매는 잃어버리지 않았지? 내일 형과 함께 정생을 보러 가자꾸나."

휘몰아치는 폭풍우

—

18

—

정생을 만나러 간다고 선언한 후, 비류는 연공이자 놀이인 평소의 활동을 딱 멈추고 뭔가를 찾는 듯 방마다 이 잡듯이 뒤졌다. 모든 남자아이가 그렇듯, 비류도 정리하는 데는 소질이 없었다. 아무리 좋아하는 장난감이라도 하루 이틀 가지고 놀다보면 마치 딴 세상으로 가버린 듯 어디론가 사라져버리기 일쑤였다. 지금까지의 경험대로라면 찾지 못한 물건들은 찾아다닐 필요가 없었다. 얼마 지나지 않아 아무 이유 없이 어디선가 제 발로 튀어나오게 마련이니까.

하지만 이번에는 달랐다. 비류가 아무리 지능이 떨어진다 해도 얼마 전에 이사했다는 것은 알고 있었다. 사라진 나무 매 장난감이 새집에서 튀어나올 가능성은 아예 없었다. 그래서 직접 하나씩 뒤지기 시작한 것이다.

"비류, 밥 먹어라."

"안 먹어!"

"비류야, 잃어버리면 어때. 그래도 밥은 먹어야지. 내일 정생이 그 매에 대해서 물어본다는 보장도 없고, 물어본다 한들 잃어버렸다고 사실대로 말할 필요도 없잖아? 린신 형이 가르쳐준 걸 잊었니? 거짓말을 못하는 아이는 착한 아이가 아니라고…….”

비류는 부끄러운 나머지 화를 냈다.

“아직 못해!”

“아직 거짓말을 못한다고?”

매장소는 웃음을 참고 다정하게 위로했다.

“괜찮아. 천천히 배우면 돼. 우리 비류가 얼마나 영리한데. 그 어렵다는 무공도 다 배웠으니 그깟 거짓말을 못 배울 리 없지. 걱정 마라. 린신 형이 놀리면 내가 대신 때려주마.”

소경예가 이 자리에 있었다면 분명 강좌맹의 이런 교육 방식에 항의했을 것이다. 하지만 안타깝게도 그는 없었고, 비류는 자신이 받은 교육이 어디가 잘못되었는지 전혀 눈치 채지 못했다. 다만 린신 형의 비웃는 얼굴이 떠올라 우울해져 얼굴을 굳혔다.

“어서 밥 먹으렴.”

매장소가 다가가 소년을 방 안으로 끌고 왔다.

“일부러 너 주려고 사온 삼황계(三黃雞)야. 자, 일단 다리부터 먹고. 이렇게 하자. 내일 너도 정생에게 줄 선물을 가져가는 거야. 그럼 공평하지?”

비류는 닭다리를 뜯으며 눈을 빛냈다.

“무스 스무?”

“무슨 선물이냐고? 어디 보자…….”

매장소는 턱을 어루만졌다.

“네가 제일 좋아하는 걸 선물해야겠지.”

"안 돼!"

"왜 안 돼?"

"형이야!"

"네가 제일 좋아하는 게 형이라고? 그럼 당연히 선물할 수 없지."

매장소는 빙긋 웃었다.

"그럼 금사 조끼를 주는 건 어떻겠니?"

"안 돼!"

"왜 안 돼?"

"안 좋아해."

"금사 조끼를 안 좋아한다고?"

매장소의 입가에 숨길 수 없는 웃음이 떠올랐다.

"하지만 비류야, 네가 그 조끼를 안 좋아하는 이유는 네 무공이 워낙 높아 입을 필요가 없기 때문이야. 그러니까 내내 상자 속에 넣어두기만 하지. 하지만 정생은 다르단다. 정생은 아직 어리고 무공도 낮아. 누가 정생을 괴롭히려고 할 때 그 조끼를 입으면 맞아도 안 아프니까 분명 그 선물을 마음에 들어 할 거야."

비류는 눈을 끔뻑끔뻑하면서 진지하게 생각해보았다. 매장소가 하는 말이라면 의심해본 적이 없는 비류였다. 그래서 곧 고개를 끄덕였다.

"조끼는 네 침대 밑 상자에 들어 있어. 자기 전에 꺼내뒀다가 내일 잊지 말고 가져가자꾸나."

"응!"

방 안의 화로는 활활 타오르고 비류의 얼굴도 발갛게 익었다. 비류는 외투를 벗고 겹옷만 입은 채 매장소의 무릎에 엎드려 그가 입은 털옷의 부드러운 털을 만지작거리며 놀았다. 비류가 가장 좋아하는 방식의 휴식 시간이었다. 하지만 얼마 쉬지도 못하고 그가 갑자기 고개를 들어 질문하듯 매장소를 바라보았다.

"가보렴."

매장소가 담담하게 한마디 했다. 늘 따라붙는 '사람을 해치지 마' 라는 당부도 없었다.

비류의 가벼우면서도 튼튼한 몸이 흔들 하더니 어느새 어둠 속으로 사라졌다. 곧이어 지붕 위에서 이상한 소리가 들려왔다. 격렬하지도 않았고 지속 시간도 매우 짧았다. 일각이 채 지나지 않아 소년은 다시 방으로 돌아왔다. 피비린내가 어렴풋이 날 뿐 옷은 깨끗하고 멀쩡했다.

나중을 위해서 시작은 반드시 엄격하게 해야 했다. 나타난 사람이 누구든, 소철의 집은 녕국후부보다 뚫고 들어오기 훨씬 어렵다는 사실을, 이곳에 오려면 목숨을 내놓을 준비가 되어 있어야 한다는 것을 피로써 인식시켜줘야 했다.

"며칠만 지나면 기관이 모두 설치될 거야. 려강(黎綱) 일행도 옮겨올 것이고."

매장소는 감귤 껍질을 까고 비류에게 먹여줬다.

"그 후에는 감히 찾아오는 사람이 많지 않을 거야. 괜찮지?"

앞으로 덤비는 사람이 없다는 말에 감귤을 씹는 비류의 눈동자에 약간 실망한 기색이 떠올랐다.

"아무도 안 오면 좋잖니? 비류도 조용히 그림을 그릴 수 있고. 그림 그리는 걸 좋아하지 않았니?"

"좋아. 그것도 좋고."

"그렇구나. 그림 그리는 것도 좋고 싸우는 것도 좋다면 몽 아저씨와 싸울 기회를 한번 마련해주마. 어떠냐?"

"좋아!"

비류가 다시 눈을 빛내며 귤을 더 달라는 듯 입을 벌렸다.

"이제 끝. 과일을 다 먹었으니 가서 자야지."

매장소는 웃으며 비류를 일으켜 세웠다.

"자자, 어서 가거라. 가는 길에 장 아주머니께 내 방에 뜨거운 물 좀 가져다 달라고 해주렴."

비류는 순순히 일어나 곁채로 달려갔다. 장 아주머니에게 말을 전한 후, 자기도 대야 가득 물을 받아 방으로 돌아가 얼굴과 발을 씻고 침대로 훌쩍 뛰어올랐다. 그러다가 갑자기 생각이 나서 침대 밑에서 커다란 등나무 상자를 꺼냈다. 상자 안을 뒤져 금사 조끼를 꺼내는데, 손가락에 뭔가 딱딱한 것이 닿았다. 호기심이 일어 꺼내보니 놀랍게도 정생이 준 나무 매 장난감이었다.

한 손에는 조끼를, 다른 한 손에는 나무 매를 들고 침대에 누운 비류는 피곤한 듯 눈을 감았다. 이 나무 매 장난감이 어쩌다 이 상자에 들어갔는지 알 수가 없어 머리를 갸웃거렸지만, 말 그대로 갸웃거리기만 했을 뿐 금세 단잠에 빠져들었다.

다음 날 아침 매장소는 곧바로 외출하지 않고 방 안에서 향을 태우고 금을 만지며 시간을 끌었다. 정왕이 아침 훈련을 끝내고 관례대로 군무를 다 처리했을 즈음에야 가마를 준비하게 하고 비류를 불렀다.

"가자."

그의 거처와 정왕부의 뒷담은 엎어지면 코 닿을 정도로 가까웠지만, 정문에서 나가면 왼쪽으로 꺾어 큰길로 들어간 다음, 다시 왼쪽으로 꺾어 또 다른 큰길로 들어가서 또 한 번 왼쪽으로 꺾어 세 번째 큰길에 들어서야 소박하면서도 위엄 있는 정왕부의 대문을 볼 수 있었다.

문 앞에 가마를 내린 후 명함을 전하고 잠시 기다렸다. 군인 차림을 한 사람이 나와 그를 안으로 안내했다. 정왕은 직접 마중 나오지 않고 호영당(虎影堂)에서 기다리고 있었다. 명함에 정생을 보러 왔다고 썼기 때문에, 그 아이 역시 불려나와 있었다. 못 본 사이 정생은 제법 키가 자라고 살도 올랐다. 표정도 처음 만났을 때처럼 우울하거나 위축되지 않았고, 깨끗하고 몸에 꼭 맞는 솜옷을 입고 있었다. 화려하지는 않아도 부드럽고 따뜻해 보이는 옷이었다. 그의 눈매는 아버지인 기왕(祁王)을 별로 닮지 않았지만, 입을 다물고 웃는 모습은 보는 사람에게 어딘지 낯익은 기분을 자아내게 했다.

매장소와 비류의 모습이 나타나자, 정생은 이내 웃음을 지어 보였다. 하지만 원래 조용한 성격에다 최근 엄격하고 체계적인 교육을 받았기 때문에 장난꾸러기 어린아이처럼 행동하지는 않았다. 그저 조용히 서서 정왕과 매장소가 서로 인사를 끝내기를 기다렸다가, 한 걸음 나와 절을 하며 말했다.

“정생이 소 선생님과 비류 형님에게 인사드립니다.”

정왕은 그가 소철에게 절하는 것을 원치 않았는지 눈을 찌푸렸다. 하지만 아무래도 이 사람이 정생의 은인이기 때문에 아무 말도 하지 않았다.

강좌맹에서 언제나 막내였던 비류는 누군가 ‘형님’이라고 불러

주자 몹시 기뻤다. 그래서 재빨리 품에서 금사 조끼를 꺼내 정생의 손에 우겨넣었다.

"받아!"

정생은 매끈하고 부드러운 느낌이 좋아 자세히 바라보았다. 조끼라는 것은 알 수 있었지만 무엇으로 만든 것인지 짐작이 가지 않았다. 하지만 비류의 선물이기 때문에 그저 기뻐서 함박웃음을 지으며 고마워했다.

비록 정생은 알아보지 못했지만, 경험과 안목이 있는 정왕은 그것이 불이나 물에 망가지지 않고, 어떤 무기도 막아준다는 강호의 보물인 금사의(金絲衣)라는 것을 단박에 알아보았다. 그는 곧 눈을 찌푸리며 매장소에게 말했다.

"금사의는 대단한 보물이오. 이리 귀중한 선물은 받을 수 없소."

"왜 제게 말씀하십니까?"

매장소가 이상하다는 눈빛으로 그를 마주 보며 말했다.

"저건 비류가 주는 겁니다. 그러니 비류에게 말씀하시지요."

정왕은 당황했다. 차갑고 싸늘한 비류를 보자 말해봤자 통하지도 않을 것 같았다. 그래서 그저 답답한 듯 신음하다가 돌아서서 매장소를 대청 안으로 안내했다.

매장소는 정왕이 군무를 모두 끝냈으리라 생각하고 출발했다. 그런데 호영당 안에는 아직도 정왕의 부하 중 가장 중요한 사람들이 질서정연하게 서 있었다. 대부분은 익숙한 얼굴이고, 몇 명은 처음 보는 얼굴이었지만, 모두 굳센 눈빛에 튼튼한 몸을 한 군중의 호걸이었다. 정왕이 들어오는 것을 보자 사람들이 일제히 두 손을 모으며 예를 갖췄다.

"이분은 소철 소 선생이다."

정왕이 간단히 소개했다. 그리고 잠시 생각하다가 억지로 한마디 덧붙였다.

"본 왕의 친구이니 앞으로 서로 돕도록 해라."

"예!"

장수들이 일제히 대답했다.

매장소는 빙그레 웃으며 고개를 끄덕여 예를 차렸다.

친구? 친구라고 할 수밖에 없었겠지. 벌써부터 '이 사람이 내 모사다' 라고 선언할 수는 없을 테니까.

"전영(戰英), 나머지 일은 네가 주관하여 논의해라."

정왕은 가장 가까이 서 있는 장수에게 명을 내린 후, 천천히 매장소에게 돌아섰다.

"이곳은 공무를 논하는 자리이니 선생과 나는 서재로 가서 이야기합시다."

매장소는 살짝 고개를 끄덕였다. 두 사람은 나란히 호영당 뒤로 빠져나와 청석을 깐 길을 걸었다. 무슨 이유인지 걷는 동안 둘 다 아무 말이 없었다. 둘 중 누구도 분위기를 바꿀 화젯거리를 찾을 생각조차 없었다.

사실 서재로 가려면 호영당을 통과할 필요가 없었다. 매장소는 다른 길을 알고 있었다. 하지만 상황을 보니 다 함께 공무를 논하는 도중에 명함이 들어왔고, 함께 있던 장수들은 요즘 가장 유명한 소철이라는 사람이 어떤 모습인지 궁금해했다. 그래서 정왕은 일부러 그를 호영당으로 데려가 선을 보인 것이었다.

그 맹장들이 병약하고 비실비실한 그의 모습을 보고 어떻게 생각했을지는 알 수 없었다. 고된 훈련을 버텨내지 못할 것 같은 연약한 사람은 일단 깔보는 것이 군의 기풍이었다. 생각해보면 지난날 섭진(聶真)도 처음 적염군에 왔을 때 그와 경염의 배척을 받았다. 연달아 몇 번의 어려운 싸움을 지휘하여 승리한 다음에야 그 상황이 조금 나아지지 않았던가?

막사 안에 앉아 세운 전략으로 적의 간담을 서늘하게 하던 적염군의 꾀주머니이자, 병사를 움직일 때면 언제나 놀라운 책략을 내던 그였지만, 세상에 마지막으로 남긴 한마디는 이상하리만치 단순했다.

"소수, 살아남아야 한다……."

까맣게 탄 불기둥을 그 가녀린 등으로 막으며 온 힘을 다해 자신을 눈구덩이 속으로 밀어 떨어뜨릴 때 그가 한 말이었다. 그 맑고 환한 눈동자 속에는 기대만 있고 원한은 없었다. 임수만 살릴 수 있다면, 살아남은 다음 그가 무슨 일을 하든 상관없었다. 강요하지도 않았다. 하지만 떠난 사람은 강요하지 않아도, 살아남은 사람은 잊지 못했다.

"소 선생, 어디 불편하시오?"

옆에서 정왕의 목소리가 들려왔다.

"안색이 창백하군."

"아닙니다. 오늘은 어제보다 조금 더 추워서 그런 것 같군요."

"당연하오. 오늘은 동지니까."

정왕은 무슨 생각이 난 듯 멀리서 당직을 서고 있는 병사를 불러 분부했다.

"서재에 화로를 갖다 놓아라."

병사가 명을 받고 물러가자 매장소는 미소를 지었다.

"감사합니다."

"내 서재에는 평소 불을 피우지 않소. 선생이 추위를 탄다는 것을 잊고 챙기지 못했구려."

정왕의 목소리는 흔들림 없이 고요했다.

"최근에 이사를 했다 들었는데, 직접 찾아가 축하를 드리지 못했소. 용서하시오."

"예황 군주께 들으셨습니까?"

정왕은 빙그레 웃으며 아무 말도 하지 않았다. 하지만 부인하는 것도 아니었다.

모퉁이를 돌자 서재가 보였다. 화로는 먼저 와 있었지만, 옮긴 지 얼마 되지 않아 방 안의 쌀쌀함이 아직 완전히 가시지 않은 상태였다. 그래서 매장소는 화로와 가장 가까운 의자에 앉았다. 고개를 들다가 무의식중에 정왕의 눈길이 남쪽 창 아래의 오래된 의자에 향해 있는 것을 보자, 그는 문득 가슴이 저릿했다. 예전에 그가 습관적으로 앉던 자리였다. 의자는 그대로지만 사람은 변했다. 지금 그가 앉으려 해도 경염이 허락하지 않을 것이다.

자리를 잡고 앉아 차를 마시고 격식을 차린 인사말까지 끝내자, 대화는 곧 중요한 화제로 옮아갔다.

"예왕이 저더러 전하를 찾아가 호의를 전하라는 뜻을 비쳤습니다. 토지 강탈 사건은 예왕을 염려하지 말고 하고 싶은 대로 하십시오."

정왕이 싸늘하게 대꾸했다.

"처음부터 신경 쓸 생각도 없었소."

"어제 성지를 받으셨지요?"

매장소는 여전히 평화로운 말투로 물었다.

"하룻밤이 지났는데 무슨 방법이라도 있으십니까?"

"현경사가 보내준 증거로 충분하오. 이 사건은 별로 어려운 판결이 아니오."

정왕의 말투는 매서웠다.

"경국공은 단순히 눈감아준 것이 아니라 주모자요."

"하지만 그는 일품의 군후입니다. 사면권이 있지요."

"세 사람 이상이 죽은 살인 사건에 연루가 되면 사면 받을 수 없소."

"그는 경성에 있었으니 살인 사건은 그가 직접 개입하지 않았습니다."

"주가촌(朱家村)을 도륙한 것은 그자요. 밀서가 증거요."

"밀서는 그의 친필이 아니라 그 부중에 있는 막료가 쓴 거지요."

"그 막료는 어젯밤 내가 청해왔고, 오늘 자백했소. 그다지 경골한도 아니더군."

"정말 공손히 초청해오신 것은 아니겠지요?"

매장소는 찬탄하는 눈빛으로 말했다.

"장경사가 가져온 증거 중에 그 막료가 빠진 것을 단번에 알아채고, 선수를 쳐서 번개같이 그자를 붙잡으셨다니, 정말 탄복했습니다."

정왕의 얼굴에는 자랑스러운 기색이 전혀 없었다.

"경국공이 그 밀서를 태워버린 줄 알고, 하동의 손에 들어갔다는 사실을 까맣게 몰랐기 때문이오. 그렇지 않았다면 벌써 그 막료를 죽였겠지."

"하지만 전하, 이런 생각은 해보셨는지요? 경국공 사건을 엄히 처리하면 각지의 피맺힌 원한들 중 태반이 잇달아 상부에 올라올 겁니다. 예전에는 지방 관아에서 거부했지만 이제 그럴 수도 없게 되겠지요. 뒷감당할 자신이 있으십니까?"

"병사가 오면 장수로 막고, 물이 밀려오면 흙으로 막는 법. 못 할 일이 어디 있소?"

오늘 매장소는 어려워하지 말라고 정왕을 격려하러 온 것이었다. 그런데 이제 보니 위험을 가벼이 여기는 그의 고질병은 여전했다. 격려 따위는 할 필요조차 없었다.

"전하의 자신감은 높이 삽니다만, 구체적인 사항을 처리할 때에는 미묘한 차이를 두어야 합니다."

매장소가 정색을 하며 권했다.

"세가와 귀족들은 늘 서로를 적으로 여기지만, 그것은 연합할 필요가 없을 때의 일입니다. 서로 다른 사건을 처리하실 때는 적절히 차이를 두십시오. 일부는 보호하고 일부는 가볍게 처벌하고 일부는 중벌을 내리시면, 세가들은 서로 이득이 다르고 판결의 규칙도 찾을 수가 없어 쉽게 손을 잡을 수 없을 겁니다. 그런 식으로 토지 겸병을 억제하고 호족들이 대규모로 연합해서 저항하는 것도 사전에 막으면, 나라의 근본인 농업을 안정시키고 유랑민을 줄일 수 있습니다. 이렇게 해서 모든 것이 폐하께서 원하시는 가장 좋은 방향으로 흘러가면, 폐하께서는 필시 전하를 다른 눈으로 보시게 될 겁니다."

그 말을 듣자 소경염의 표정이 약간 변했다. 그는 한참 동안 묵묵히 앉아만 있다가 낮은 목소리로 대답했다.

"선생의 말씀이 옳소. 나는 그저 공평함만 생각했는데, 도리어 효과를 보지 못할 수도 있겠구려."

매장소는 빙그레 웃으며 계속 말을 이었다.

"예왕이 전하를 도울 뜻이 있으니 너무 냉정하게 굴지 마십시오. 예왕 쪽 사람이 연루되면 한두 명 정도 가볍게 처벌하여 호의를 보이십시오."

정왕은 짙은 눈썹을 치켜세우며 이상하다는 듯 물었다.

"전력을 다해 경국공을 보호해야 할 사람이, 어째서 손에 쥔 고깃덩이를 내놓으면서까지 나 같은 짱돌에게 잘 보이려는 거요?"

"이번에는 폐하의 생각을 돌려놓지 못한다는 것을 잘 알기 때문입니다."

매장소는 숯 위로 손을 가져가며 말했다. 눈동자에서 빛이 반짝였다.

"경국공은 없고, 사옥이 적 진영에 있다는 것을 알았으니 마음이 불안하지 않을 리 없지요. 지금 예왕에게는 전하야말로 가장 중요한 사람입니다."

"나를 돋보이게 하기 위해서 선생께서는 엄청난 노력을 들여 경국공을 쓰러뜨리고 사옥의 본모습을 드러나게 했군."

정왕이 냉담하게 코웃음을 쳤다.

"참 고맙소."

"아니, 전하께서는 제 솜씨가 마음에 들지 않으십니까?"

"사람들이 내가 예왕과 한패라고 여기는 것이 싫소. 태자든 예왕이든 나는 어디에도 붙을 생각이 없소."

"다소 괴로우시겠지만, 제가 보장하건대 심한 일은 시키지 않을 겁니다. 더욱이 전하께서 오랫동안 배척당하신 것은 모두 알고 있으니……."

"세상 사람이 날 어떻게 보는지는 상관하지 않소."

정왕이 이를 악물며 말했다. 시선이 약간 흔들렸다.

"하지만 죽은 사람에게도 영혼이 있소. 그들이 이런 모습을 보는 것이 싫소."

매장소의 가슴속에서도 후끈거리는 열기가 솟구쳤다. 한참 만에야 그 열기를 잠재운 그가 다시 말했다.

"영혼이 겉모습만 볼 리 없지요. 그들은 전하의 마음을 알 겁니다. 하물며 이것은 임시변통에 지나지 않습니다."

"사실 나도 알고 있소. 나 자신이 선택한 길이니 괴로우니 아니니 할 일이 아니지."

정왕이 숨을 깊이 들이쉬었다.

"선생이 시킨 대로 하겠소. 걱정 마시오."

매장소는 안심한 듯 미소를 지으며 화제를 바꿨다.

"폐하께서 삼사의 관원 중 전하를 보필할 사람을 고르라고 하셨는지요?"

정왕이 고개를 끄덕였다.

"고르셨습니까?"

"선생이 알려주시오."

정왕이 솔직하게 말했다.

매장소는 품에서 반으로 접은 종이를 꺼내 정왕에게 내밀었다. 소경염은 종이를 펼쳐 한참 들여다보더니 깊은 생각에 잠겼다.

"그 사람들이 어떻습니까?"

매장소는 그가 한동안 생각하기를 기다렸다가 천천히 물었다.

"아주 좋군."

정왕의 간결한 평가였다.

"전하께서 친하게 지내실 만한 사람들입니다."

매장소가 웃으며 말했다.

"하지만 그들은 훗날 결코 전하의 당여가 되지 않을 겁니다."

그런 말을 듣고도 정왕은 전혀 놀란 표정이 아니었다. 오히려 매장소의 말에 담긴 깊은 뜻을 깨달은 듯 고개를 끄덕이며 동의했다.

"모사라면 제가 있으니 충분합니다. 군 쪽은 더욱더 염려할 것 없고, 황궁에는 경녕 공주가 계십니다. 그분은 눈에 띄지 않기 때문에 더욱 큰 도움이 되지요. 그리고 조정에는…… 제 생각에는 조정에 당파를 만들지 않는 것이 좋습니다. 당파를 일찍 만들수록 태자와 예왕의 경계를 살 뿐입니다. 전하께 필요한 것은 순수한 신하일 뿐입니다."

매장소는 묵직한 어조로 한 자 한 자 또렷하게 발음했다.

"순수한 신하가 많을수록 권모술수가 줄어들고, 전하께서도 타고난 성품을 지킬 틈이 많아집니다. 하물며 이 사람들과 교류하면 마음이 불편하지도 않으실 겁니다."

"하지만 이 사람들은…… 위로 올라가기가 무척 어렵소."

"태자와 예왕 쪽에서는 확실히 그렇지요. 저는 전하께서 그 상황을 바꾸실 수 있기를 바랍니다. 그들에게 부족한 것은 재능도 아니고 지모도 아닙니다. 오직 기회가 없었을 뿐이지요. 그들의 성품이라면 훗날 당여는 되지 않더라도 능력을 알아봐준 전하께 은혜는 느낄 겁니다. 전하께서는 오로지 진심으로 그들과 사귀시면 됩니다. 그들에게 계략을 쓸 일이 있다면 제가 할 테니까요."

"그런……."

정왕은 당황한 눈으로 한참 동안 그를 바라보았다.

"그렇게까지 할 필요가 있소?"

매장소는 빙그레 웃었다.

"그게 모사의 본분이니까요. 전하께 손수 그런 일까지 시킨다면 오히려 제가 불안합니다."

"알겠소."

정왕은 뭔가 생각난 듯 낮은 소리로 말했다.

"얼마 전 내게 편지를 보내 경운루(慶雲樓)에 반나절 동안 앉아 있게 한 것은 바로 이 때문이군."

"그렇습니다."

매장소가 웃으며 대꾸했다.

"벌써 인사를 나누셨습니까?"

"그렇소. 할 일 없이 앉아 있는 것이 심심하던 차에 그가 눈에 확 띄더군."

정왕은 의자에서 몸을 쭉 폈다.

"경운루에 와서 밥을 먹는 많고 많은 사람 중에 오직 그자만이 구매 담당자를 불러 생활필수품과 고기, 채소, 달걀의 가격을 하나하나 따져 물었소. 그러니 눈에 띄지 않을 리 있겠소."

"호부는 국고와 재정을 담당하니 본래부터 민생과 깊은 관계가 있지요. 안타깝게도 지금은 루지경의 손에 부패의 온상이 되었습니다. 진심으로 물가의 흐름에 관심을 갖고 관찰하며 성실하게 일하는 자는 아마 그 한 사람뿐일 겁니다. 아마도 청하(淸河) 군주의 아들이자 귀한 가문의 출신만 아니었다면 벌써 내쳐졌을 겁니다."

매장소는 감개무량하게 말을 이었다.

"그날 즐겁게 이야기를 나누셨는지요?"

"마음이 잘 맞았소."

정왕은 매장소를 뚫어져라 바라보았다.

"루지경은 그런 살인 사건에 연루되었으니 아마도 상서 자리에 오래 앉아 있지 못할 거요. 무슨 생각이라도 있소?"

"전하께서는 어떠십니까?"

"심추(沈追)는 삼품의 시랑이니 한 등급 승진하여 상서가 되는 것도 불가능한 일은 아니오. 허나 그는 태자 쪽 사람도 아니고 예왕의 사람도 아니오. 그를 그 자리에 앉히는 것이 가능하겠소?"

"양쪽 모두와 관련이 없기 때문에 기회가 온 겁니다."

매장소는 더욱더 태연스레 웃었다.

"물론 아직 해야 할 일이 많지만 가능성은 있습니다. 예왕은 몇 년 동안 이날을 기다려왔습니다. 그러니 태자가 자기 사람을 꽂아 넣는 것은 무슨 발악을 해서라도 막겠지요. 태자도 마찬가지입니다. 루지경이 쓰러진 것만도 커다란 손해인데, 그 틈을 타 예왕이 그 자리를 빼앗으면 얼마나 손해가 막심하겠습니까? 두 사람이 서로 싸우면 어부지리가 생기는 법이지요."

"그렇군. 그런 상황에서 선생이 거들면 심추에게는 정말 행운이구려."

정왕이 고개를 들고 껄껄 웃었다.

"선생은 정말 신기묘산이오. 기린지재란 이름이 아깝지 않구려."

매장소는 얼굴에 씁쓸한 웃음을 떠올리며 시선을 내리뜨고 대답하지 않았다.

기린지재? 그 누구보다 강한 사람이란 없다. 단지 오랫동안 혼신의 힘을 다해 노력하고 이 일만 생각했기 때문에 주도면밀하게 챙길 수 있는 것뿐이다.

"하지만 심추는 확실히 청류(清流)요. 그를 높은 자리에 앉히는 것은 정말이지 내가 원하는 바요."

정왕은 그를 똑바로 바라보며 두 손 모아 예를 갖췄다.

"선생의 의견은 내 감사히 받겠소."

매장소도 몸을 살짝 숙여 마주 예를 갖췄다.

"심추는 첫걸음일 뿐입니다. 며칠 지나면 예부와 이부, 형부에도 빈자리가 날 겁니다. 제가 중요하게 여기는 사람은 모두 전하께 드린 그 명단에 있습니다. 부디 함께 심리하게 된 이번 기회에 교분을 트고 성품을 살피시면서, 공을 세울 기회를 주어 폐하의 눈에 띄게 하십시오. 모두 총명하니 전하께서 발탁할 마음이 있는지 없는지 명확히 말하지 않아도 자연히 알아차릴 겁니다."

"심추만 해도 어렵게 얻은 기회인데, 어떻게 그 세 곳에 자리가 난단 말이오?"

그렇게 묻던 정왕은 호부상서 루지경이 실각하게 된 계기가 이소철이 별생각 없이 사들인 집 때문이라는 것을 떠올리고 곧 상황을 파악했다.

"단시일 안에는 아무 일도 없을 겁니다. 전하께서는 마음을 가라앉히고 토지 강탈 사건을 잘 처리하십시오."

매장소의 눈동자에 어렴풋이 날카로운 빛이 번뜩였다.

"새해가 되면 하경중과 제민을 그 주인과 함께 놀이판으로 불러들일 겁니다."

간단하기 그지없는 말이었지만, 매장소의 입에서 나왔기 때문에 거대한 힘이 담겨 있었고 함부로 의심할 수가 없었다. 정왕은 눈앞에 있는 우아하고 차분한 서생을 응시했다. 그가 경성에 돌아온 후, 음으로 양으로 일어난 파란들을 생각하자 어쩐지 감격스러웠다. 하지만 천하를 주름잡는 재주를 가진 강좌매랑이 왜 이렇게 확고부동하게 자신을 선택했는지는 알 도리가 없었다. 정말 그가 말한 것처럼 인정받지 못하는 황자를 세워야 더욱 무겁고 높은 지위를 얻을 수 있기 때문일까?

"전하께서는 오늘 군무가 많으신지요?"

매장소는 그가 무슨 생각을 하는지 모르는 듯, 손을 소매 속에 넣으며 한가하게 물었다.

"제가 찾아왔을 때도 이른 시간이 아니었는데 여전히 공무를 논의 중이시더군요."

"일상적인 업무는 빨리 처리하지만, 오늘은 까다로운 일이 있어서 지체되었소. 경조윤 고 대인이 도움을 청하러 찾아왔기 때문이오."

"또 무슨 일로? 고 대인께서 올해 일복이 터지셨나봅니다."

매장소는 저도 모르게 웃음을 터뜨렸다.

"이번에는 제가 그런 게 아닙니다. 그래, 대체 무슨 일입니까?"

"머리를 쓰는 일이 아니라 몸을 써야 하는 일이오."

정왕이 대답했다.

"최근 동쪽 교외 산간에 괴수가 출몰해 백성들을 놀라게 한다고 하오. 경조윤부에 보고가 되어 포졸들이 잡으러 갔으나 힘이 모자라 놓쳤소. 그래서 내게 병사를 빌려달라고 온 것이오. 그리 어려운 일은 아니지만, 그 괴수가 대체 어떤 모습인지 궁금해서 어떻게 하면 생포할 수 있을까 상의해보았소."

"교외라고는 하지만 황제가 계시는 수도입니다. 그런데 괴수라니요? 정말 이상한 일이군요. 붙잡으시면 제게도 좀 구경시켜주십시오."

정왕이 눈썹을 추켜올렸다.

"소 선생께 그런 호기심이 있는 줄은 몰랐소."

"설마하니 전하의 눈에 이 몸은 그저 음침하고 못된 생각만 하는 사람이란 말입니까?"

매장소는 자조하듯 말하고는, 다리가 저려와 일어나서 몇 걸음 천천히 거닐었다. 서쪽 창가로 다가간 그는 별생각 없이 창 옆 탁자에 놓인 주홍색의 철궁을 만지려고 손을 내밀었다.

"건드리지 마시오!"

갑작스런 정왕의 외침에 매장소는 놀라 손을 멈췄다. 그는 잠시 가만히 있다가 천천히 팔을 내리며 돌아보지도 않고 낮게 말했다.

"죄송합니다."

정왕도 다소 실례했다고 생각했는지 멋쩍은 목소리로 해명했다.

"친구의 유물이오. 그는 살아생전…… 낯선 이가 자기 물건에 손대는 것을 좋아하지 않았소."

매장소는 이러쿵저러쿵 묻지도 않고 멍하니 고개를 끄덕였다.

창 앞에 서서 한동안 말없이 넋을 놓고 있던 그가 불쑥 작별인사를 했다.

정왕은 철궁을 만지지 못하게 해서 화가 났나보다 싶어 아무래도 마음이 불편했다. 그렇다고 사과를 하려니 그것도 어색하고, 더욱이 임수의 철궁을 아무나 만지게 놔둘 수도 없었다. 그래서 모른 척하고 일어나 배웅했다.

두 사람은 나란히 서재를 나왔지만 분위기는 묘하게 어색했다. 매장소는 말을 하고 싶지 않은 모양이었고, 정왕도 우스개에 능한 사람이 아니었다. 그렇게 내내 말없이 연무장 근처까지 왔을 때에야 두 사람 다 걸음을 멈췄다.

대문으로 이어지는 똑바른 길은 반대편이었다. 하지만 두 사람은 마치 약속이라도 한 것처럼 이쪽으로 걸음을 옮겼다. 둘 다 비류가 분명 이곳에 있다고 생각했기 때문이다.

정왕은 군인이기에 그의 왕부는 다른 황자들의 저택과 달리 안채가 멀리 있고 자그마했다. 대신 앞뜰이 무척 넓어 몇 개의 보병 연무장뿐만 아니라 기마술을 익힐 수 있는 경마장까지 있었다.

지금 그 경마장 한가운데에서는 그야말로 '떠들썩한 구경거리'가 벌어지고 있었다. 비류는 일개 호위무사에 불과했지만 그 명성은 매장소에 전혀 뒤지지 않았다. 심지어 무장들은 마르고 허약한 서생보다 기괴한 무공으로 누차 고수들과 싸운 비류에게 훨씬 더 호기심을 느끼고 있었다. 그래서 비류를 초대한 정생은 일찌감치 바깥으로 밀려났다. 비류를 둘러싸고 차례차례 도전하는 사람들은 모두 정왕의 부하 장수였다.

비류는 아무 표정이 없었지만, 눈동자가 반짝반짝 빛나는 것으로 보아 오늘 제대로 신이 난 듯했다. 강좌맹에 있을 때는 모두 정신없이 바빴기 때문에 이렇게 많은 사람과 함께 무예를 닦을 시간이 없었다. 게다가 이곳 사람들은 무공도 훌륭하고 성격도 진지하기 이를 데 없었기에, 그를 놀리려는 사람이 단 한 명도 없었다.

정왕이 오는 것을 보자 눈치 빠른 사람들이 길을 터주었고 장수들은 분분히 인사를 올렸다. 매장소가 아무 말이 없자 정왕이 손을 흔들었다.

"계속해라."

그때 비류와 싸울 차례가 된 사람은 장창을 쓰는 쌍둥이 형제였다. 나이는 스물 대여섯밖에 안 되어 보이고 교위(校尉) 복장을 하고 있었다. 둘 다 건장하고, 창을 춤추듯 휘두르면 힘차고 날랜 기운이 넘쳐났으며 서로 마음이 통해 손발이 척척 맞았다. 물론 전쟁터에서 말을 타고 적을 무찌르는 데는 뛰어났지만, 무공의 고수를 맞아 싸우기에는 아직 부족했다. 게다가 비류는 사정을 봐주는 성격이 아니니 단번에 두 형제를 붙잡아 오른쪽 왼쪽으로 내다꽂고는 얼굴을 살짝 굳혔다. 아마도 이번 상대는 너무 약해서 재미가 없는 모양이었다.

"이렇게 끝낼 수는 없다. 전하께 멋진 모습을 보여야지!"

괄괄한 목소리와 함께, 우람한 몸집에도 둔해 보이지 않는 사람이 비류 앞에 나타났다. 그는 기다란 만도 한 자루를 들고 있었다. 짙은 눈썹에 커다란 눈을 했고, 늠름하고 위엄이 있었으며, 공격을 하기도 전에 목소리만으로도 기선을 제압할 정도였다.

"척 장군! 척 장군!"

주위에 있던 사람들이 즉시 환호성을 질렀다.

사품 참장인 척맹(戚猛)은 다년간 정왕을 따른 심복 장수로, 군에서도 제법 우러름을 받고 있었다. 그가 나타나자 분위기는 자연히 후끈 달아올랐다. 그 확확한 열기에 비류도 이 사람은 보통 인물이 아니라는 것을 느끼고, 눈동자에 기뻐하는 빛을 떠올렸다.

시끄러운 응원 속에서도 가만히 뒷짐을 지고 선 정왕의 표정은 몹시 냉담했다. 척맹이 비류의 상대가 되지 못한다는 것을 알기 때문이었다.

과연 처음에는 비류가 독특한 형태의 만도에 흥미가 생겨 몇 초 봐주었지만, 구경이 끝나자 갑자기 장풍이 거세졌다. 척맹이 기초가 튼튼하고 엄청난 힘을 타고났기 망정이지, 그렇지 않았다면 버티지도 못했을 것이다. 연신 몇 걸음 밀려난 척맹이 칼을 등 뒤로 들어올렸다. 눈부시게 번쩍이는 칼등의 고리가 철컥 움직이더니 칼 속에서 또 다른 칼 하나가 튀어나와 유성처럼 빠른 속도로 비류에게 날아들었다. 이 일 초는 척맹의 비장의 무기였다. 이것으로 여러 번 강적을 쓰러뜨렸고 수많은 전공을 세울 수 있었다. 하지만 비류에게 이런 수준의 공격은 놀랄 만한 것도 아니었다. 그가 손을 휙 내젓자 비도(飛刀)는 방향을 틀어 옆에 있는 나무에 콱 박혔다. 척맹은 두 눈썹이 꿈틀하더니 버럭 소리를 질렀다.

"가라!"

칼등이 한 번 더 부르르 떨리더니 또다시 빛이 폭사했다. 매장소는 안색조차 변하지 않았지만, 새까만 동공이 순식간에 확 수축되었다. 이번에는 그 비도가 바로 그의 목을 향해 날아들고 있었던 것이다. 예전의 임수였다면 이깟 비도 따위는 아무것도 아니었다. 하지만 무공을 완전히 잃은 지금은 보통 남자 한 명조차 쓰러뜨리지 못하니, 날카로운 칼을 피하는 것은 절대 불가능했다.

어차피 피할 수 없다면 무엇하러 피하겠는가?

매장소는 손가락 하나 까딱하지 않고 그 자리에 서 있었다. 바로 그때, 비류 또한 화살처럼 빠르게 몸을 날렸지만 아무래도 출발이 늦어 때를 맞출 수가 없었다.

위기일발의 순간, 비도의 손잡이는 마지막 순간에 정왕의 손에 잡혔다. 칼끝은 매장소의 목에서 겨우 손가락 하나 길이만큼밖에 떨어지지 않았다. 하지만 방향이 약간 틀어져, 정왕이 나서지 않았더라도 목을 살짝 스치기만 했을 것이다.

매장소는 비류를 향해 가볍게 손짓했다. 아무도 그것이 무슨 뜻인지 몰라 그저 모든 동작을 멈추고 가만히 서 있는 비류만 바라보았다.

척맹은 머리를 긁적이며 허허 웃었다.

"실수요, 실수. 선생 같은 서생들은 칼이니 검이니 하는 것에 익숙하지 않을 텐데 많이 놀랐겠구려."

매장소는 서릿발같이 차가운 표정에 고드름처럼 날카로운 눈빛으로 척맹을 쏘아보았다. 이런 장면은 군중에서는 보기 드문 일이 아니었다. 새로 들어온 사람이나 다른 부대에서 옮겨온 사람, 혹은 별로 마음에 들지 않는 사람에게는 늘 이런 식으로 위세를 부리곤 했다. 이때 상대의 솜씨가 제법 괜찮으면 기본적인 인정을 받을 수 있었다.

임수도 예전에 이런 적이 있었다. 그해, 병부의 한직에 있던 나이 마흔의 허약한 문사를 아버지가 적염군에 데려와 요직에 앉히자, 젊은이답게 혈기 왕성하던 어린 장군은 일부러 자기 검을 부러뜨리고 부러진 검날을 그자의 가녀린 몸으로 날려 보내 그 담력을 시험해보았다. 그날 아버지의 곤장은 유난히도 거칠어서 거의 사흘 동안 침대에서 일어나지 못했다.

매장소는 정왕이 그 일을 아직 기억하고 있다고 믿었다. 당시 아버지가 그를 훈계하던 말도 기억하고 있을 것이다. 형을 집행하는 자리에서, 당사자인 섭진은 용서하라는 말 한마디 하지 않았다. 임수가 매를 맞는 이유는 자신을 도발해서가 아니기 때문이었다. 당시 기왕(祁王) 전하가 바로 자기 옆에 있기 때문이었다. 지금 비도가 날아들었을 때 정왕이 매장소 옆에 있었던 것처럼.

척맹에게 악의는 없었고, 그의 목표도 정왕은 아니었지만, 어쨌거나 날카로운 무기를 자신의 주군이 있는 방향으로 날린 것은 분명했다. 정왕이 현 상황에 안주하며 그저 대장군 왕으로서의 미래를 바란다면 웃으며 넘어갈 수 있는 장면이었다.

하지만 지금은 상황이 달랐다. 그의 웅심과 포부가 대량의 지존의 자리를 향하는 순간, 그는 의식적으로라도 군주다운 기질을 길러야 했다. 결코 어떤 방식으로도 무시할 수도, 거스를 수도 없는 기질을.

딱딱하게 굳은 정왕의 쇳덩이 같은 얼굴을 보자, 히죽거리던 척맹도 점차 잘못되었다는 것을 깨달았다. 슬슬 마음이 불안해진 그는 저도 모르게 자기의 전방 왼쪽으로 시선을 돌렸다. 정왕의 부하 중에서 품계가 비교적 높은 장수들은 모두 그쪽에 서 있었다. 모두 약간 긴장한 표정이었다. 그 중 한 명이 암암리에 어서 빨리 꿇으라고 손짓을 했다.

“소장이 경솔했습니다. 사죄드립니다, 선생. 거칠고 무식한 사람이라 생각하고 용서해주십시오.”

척맹은 소철을 아끼는 정왕이 그에게 무례를 저지른 행동 때문에 화를 냈다고 생각하고, 매장소에게 읍하며 사과했다.

“제게 사과하실 필요 없습니다.”

매장소가 차갑게 말했다. 그의 입에서 나오는 말은 독이 묻은 칼처럼 매서웠다.

“창피를 당한 사람은 제가 아니라 정왕 전하이시니까요.”

그는 자신의 이 한마디가 일으킬 동요에는 아랑곳하지 않고, 여전히 얼어붙을 것처럼 차가운 시선을 척맹의 얼굴에서 정왕의 얼굴로 옮겼다.

“저는 본디 군에서의 정왕 전하의 풍모를 흠모해왔습니다. 그런데 오늘 보니 참으로 실망스럽군요. 주군도 눈에 없고 기강마저 해이한 오합지중이니 폐하의 환심을 얻지 못하는 것도 이상한 일이 아닙니다. 주군이신 정왕 전하가 계신 방향으로 칼을 던질 정도라니, 아주 훌륭한 규율입니다. 부하들 사이에서 전하의 위엄은 일개 강호의 방주인 저보다도 못하군요. 오늘 참으로 좋은 구경을 했습니다. 그럼 이만!”

그의 말이 끝나기도 전에 척맹이 식은땀을 뻘뻘 흘리며 바닥에 털썩 꿇어앉았다. 정왕은 차갑게 그를 노려보며 아무 말도 하지 않았다. 정왕의 얼굴은 물처럼 고요했다. 장내의 모든 사람이 가슴이 서늘해져 찍소리도 못하고 차례차례 꿇어앉았다. 영문을 모르는 정생마저 이 분위기에 놀라 슬그머니 엎드렸다. 그래서 매장소가 비류를 데리고 방약무인하게 왕부의 문을 나설 때에도 누구 하나 감히 막는 사람이 없었다. 소철의 말이 비록 귀에는 거슬리지만 한마디도 틀리지 않았다는 것을 모두 알기 때문이었다. 비무라는 이름으로 외부에서 온 사람을 시험하는 것은 관례였지만, 정왕이 그 자리에 있느냐 없느냐는 확실히 다른 문제였다.

"전하."

결국 정왕부에서 품계가 가장 높은 중랑장 열전영(列戰英)이 나지막이 입을 열었다.

"저희가 잘못했습니다. 부디 화를 푸십시오. 달게 벌을 받겠습니다."

척맹은 힘껏 머리를 조아리며 떨리는 목소리로 말했다.

"벌을 내려주십시오, 전하."

정왕의 시선이 날카롭게 사방을 훑어보았다. 모두 고개를 숙이고 시선을 피하자, 그의 시선은 곧 척맹에게로 향했다.

매장소는 그 어느 때보다 날카로운 말투로 그에게 커다란 숙제를 남겼다. 내부를 정돈하라는 것.

지존의 길을 선택했으니 그에 따라 바뀌어야 할 일들은 생각보다 훨씬 많았다. 토지 강탈 사건을 빌려 조정에서 밑천을 마련하는 것은 물론, 동시에 정왕부를 단단히 벼리어 튼튼한 철판으로 만들어놓아야만 했다.

정왕은 처음으로 자기 어깨에 얹힌 무게를 느꼈다. 그러나 그의 허리는 이 때문에 더욱 꼿꼿해졌다.

"척맹은 무례하고 불손하며 함부로 윗사람을 범했다. 곤장 오십 대에 백부장(百夫長)으로 강등한다. 전영, 네가 형벌을 집행해라."

그 말만 남기고, 정왕은 획 몸을 돌려 어찌할 바를 모르는 수많은 부하를 연무장에 남겨둔 채 성큼성큼 그곳을 떠났다.

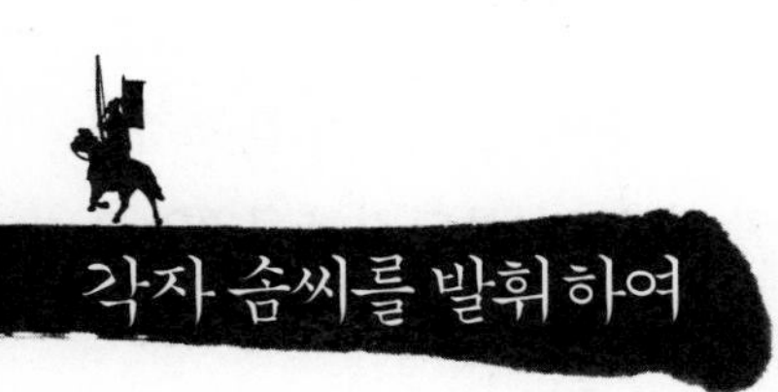

각자 솜씨를 발휘하여

—

19

—

동지가 지나자 연말이 점차 가까워졌다. 옛것을 보내고 새것을 맞이하는 만큼 기쁨이 충만해야 마땅했지만, 황제의 명이 떨어진 경성의 분위기는 갑작스레 팽팽하게 긴장되었다.

"빈주 토지 강탈 사건을 정왕 소경염에게 맡기니 삼사에서 협조하라. 명확히 밝혀 판결을 내릴 것이며 사리사욕을 채우지 말라."

황명을 전하러 온 태감에게서 정식으로 성지를 받은 이튿날, 소경염은 함께 조사를 할 삼사의 관리 명단을 발표했다. 본래도 진동하던 조야가 이 일로 다시 한 번 뒤흔들렸다. 정왕이 심리를 맡음으로써 경국공이 이 사건에서 빠져나올 가능성이 까마득해졌다면, 함께 조사할 관리의 명단은 철저하게 경국공을 궁지에 몰아넣었다.

조정의 관리 중에는 애매한 태도를 보이는 사람도 있고, 완전히 한쪽으로 기울거나 양다리를 걸치는 사람도 있었지만, 조정에 발을 담근 이상 제법 머리는 있는 사람들이었다. 따라서 정왕이 고른 사람들이 어떤 인물인지는 누가 봐도 알 만했다.

경국공이 이 위기를 벗어나지 못할 것이라는 의견이 곧 조정의 공론이 되었다. 친척이나 친구뿐만 아니라 아무도 감히 구원의 손길을 내밀 수 없었다. 심지어 누구나 인정하는 그의 가장 커다란 의지처인 예왕 소경환조차 이상한 태도를 보였다.

형부는 예왕의 세력권이었고, 정왕이 사건을 심리하는 곳 역시 이곳이었다. 모두 정왕이 크든 작든 방해를 받을 것이라고 생각했지만, 뜻밖에도 예왕은 놀랄 만큼 협조적으로 굴었다. 사람이든 물건이든 한마디만 하면 척척 내놓았고 전혀 성가시게 하지 않았다. 어쩌다가 누군가 조금이라도 미적거리면 당장에 불호령이 떨어졌다.

아슬아슬한 상황이던 경국공이 버림을 받은 것이 확실해지자, 유일하게 남은 문제는 그가 황제의 은혜로 목숨을 건질 수 있느냐 없느냐 하는 것이었다. 물론 일품 군후의 부귀영화는 잃을 게 분명했다.

토지 강탈 사건의 심리가 시작되고 열흘이 지났다. 아직 판결은 나지 않았지만 각 지방에는 이미 그에 대한 소문이 퍼져나갔다. 유사한 성질의 사건들이 사방팔방에서 물밀듯이 경성으로 모여들었다. 겸병을 한 적 있는 세가들은 슬그머니 농민들에게 토지를 반환하거나 보상을 해주었고, 이따금씩 함구하라고 협박하는 일도 벌어졌다.

정왕은 잇달아 벌어지는 이 사건들을 처리하며 아무도 몰랐던 능력을 보여줬다. 그는 신중하면서도 과단성 있고, 든든하면서도 민첩하여, 협력하는 관리들과도 잘 맞았다. 혼란을 초래할 수도 있었던 이 큰 사건은 황제의 지지와 예왕의 협력, 조력자들의 재주에 힘입어 정왕의 손에 깔끔하게 처리되었고, 모든 사람이 입을 모아 칭찬했다.

한 달이 채 되지 않아 사건은 기본적으로 판결이 났다. 경국공과 그 친척 및 친구 중 주모자 열일곱 명이 교수형을 선고 받고 감옥에 갇혔다. 가산은 모조리 몰수되고, 가족 중 남자는 유배를 보내고 여자는 관노비로 삼았다.

잡아 가두고 재산을 몰수한 후, 정왕은 함께 일한 관리들을 데리고 입궁하여 보고했다. 황제는 재빨리 그들을 무영전으로 불러들였다. 전각으로 들어가자, 정왕은 벌써 황제 옆에 서 있는 예왕을 볼 수 있었다. 온 지 한참 된 것 같았다.

"경염, 맡긴 일은 끝냈느냐?"

황제가 느릿느릿 물었다.

"부황의 명을 받아, 친족들과 결탁하여 농민의 토지를 침탈하고 사람을 해친 경국공의 혐의를 조사했습니다. 여기 판결문이 있으니 읽어보십시오."

황제는 태감이 받아온 판결문을 처음부터 끝까지 읽어본 후 담담한 표정으로 '음' 하고 한 마디만 하고는 옆에 있는 예왕에게 건넸다. 그리고 계단 아래에 있는 사람들을 훑어보며 물었다.

"판결문은 누가 집필하였는가?"

"형부 주사 채전(蔡荃)입니다."

정왕이 대답하며 채전에게 앞으로 나가 알현하라고 눈짓했다.

"아주 잘 썼다. 말이 조리 있고 근거도 적절하구나."

황제는 채전을 흘끗 본 후 다시 정왕에게로 시선을 옮겼다. 그리고 말없이 한참 있다가 이윽고 입을 열었다.

"잘해줬다. 후속조치도 잘 마무리해서 계속 상황을 안정시키도록 해라."

"명을 받들겠습니다."

예왕이 웃으며 끼어들었다.

"이번 판결은 확실히 훌륭했습니다. 부황께서 참으로 딱 맞는 사람을 고르셨습니다. 이렇게 큰 사건인데, 경염이었기에 망정이지 다른 사람이었다면 아직도 쩔쩔매고 있을 겁니다."

황제가 다정하게 그를 바라보며 얼굴에 웃음을 떠올렸다.

"너도 이번에 사리분별을 잘하더구나. 짐이 걱정을 많이 덜었다. 황자들 중에서 네가 가장 진중하고 대국을 볼 줄 안다. 네가 스스로 경염을 도와 여러 가지를 처리했다고 하던데, 응?"

"경염이 형부와 왕래가 별로 없어 낯선 부분이 있을까봐 자질구레한 일을 몇 가지 도왔습니다."

예왕은 웃으면서 손을 내저었다.

"그 도량이 실로 마음에 든다. 여봐라!"

황제가 살짝 손을 들어 내시를 불렀다.

"금주(金珠)와 황단(皇緞) 네 짝을 예왕에게 하사하라."

"성은이 망극하옵니다, 부황."

사건 조사에 힘쓰고, 빠르고 깔끔하게 임무를 마친 정왕은 미적지근한 칭찬 몇 마디가 전부였지만, 겨우 잡다한 일에서 귀찮게 하지 않았을 뿐인 예왕은 무거운 상을 받았다. 정왕과 함께 보고하러 온 삼사의 관리들은 이 모습을 보자 겉으로는 아무 말도 하지 않았지만 속으로는 몹시 불만스러웠다.

황제의 편애와 예왕의 뽐내는 모습, 그리고 동료들의 동정 속에서도 정왕 자신은 별다른 표정이 없었다. 그동안 불공평하고 억울한 대우에 익숙해져 있었기 때문에, 황제의 맹목적인 편애도 더 이상 그를 실망시키지 못했고, 도리어 투지를 불태우게 했다.

무영전에서 물러나와 삼사의 관리들과 막 헤어졌을 때, 예왕이 바삐 쫓아와 멀리서 정왕을 불렀다.

"경염, 잠깐 기다려라."

예전의 성격대로라면 못 들은 척 가버렸을 테지만, 지금 소경염에게 개인적인 호불호는 아무것도 아니었다. 그래서 그는 걸음을 멈추고 차분하게 돌아섰다.

서둘러 다가온 예왕이 우호적인 웃음을 가득 띤 얼굴로 정왕의 손을 잡으며 해명했다.

"섭섭해할 것 없다. 부황께서는 네가 한 일에 무척 만족스러워하셨어. 일을 완전히 마무리 지은 다음에 상을 내리시려는 게지. 한 일도 없는 내가 상을 받은 것도 다 네 덕이다. 너만 괜찮다면 그 금주와 황단은 네 저택으로 보내놓으마."

"그러실 것 없습니다. 군무만 아는 제게는 필요 없는 물건들입니다."

"어디 네가 쓰라고 주는 것이더냐? 제수씨들에게는 쓸모가 있을 게야."

정왕은 눈을 찌푸리며 태연하게 말했다.

"황형, 제게 측비밖에 없다는 것을 모르십니까? 규칙에 따르면 측비는 그런 물건을 사용할 수 없습니다. 호의는 감사드리지요."

예왕은 당황했다. 말 잘하기로 유명한 그도 이 순간만큼은 말문이 막혔다.

예법에 따르면, 정왕은 친왕(親王)이 아닌 군왕(郡王)이므로, 그 측비는 더욱 지위가 낮아 금주를 장신구로 쓰거나 황단으로 만든 옷을 입을 수 없었다. 하지만 이런 규칙은 엄격히 지켜지지 않았다. 왕들의 측비는 물론이고 귀족 부인들도 금주로 치장하는 것이 유행이었고, 황제도 이를 눈감아줬다. 오로지 정왕 혼자 꼬장꼬장하게 그 규칙을 지키고 있었던 것이다.

예왕은 그런 그를 잘못이라고 할 수도 없어 멋쩍은 듯 허허 웃었다.

"내 생각이 짧았군. 하지만 네 능력이면 친왕이 되는 것도 시간문제다. 크게 문제 될 것도 없지. 참, 곧 정월이구나. 초닷샛날 연회를 열 생각인데, 경염 너도 이번에는 꼭 오너라. 작년에도 안 오지 않았느냐."

정왕은 작년에 초대도 받지 못했지만, 두 사람의 우호적인 모습을 남들에게 보여주고자 하는 예왕의 속셈을 잘 알기에 타박하지 않고 천천히 고개를 끄덕였다.

"가서 황형과 형수님께 문안드리겠습니다."

표정은 예전처럼 냉담했지만 어쨌거나 반응은 있었기에, 예왕은 그간 베푼 은정이 효과를 발휘했다고 생각하고 속으로 몹시 기뻐했다. 좀 더 친한 척해보려는데, 황후의 궁녀가 나타나 어서 정양궁으로 오라고 전했다. 그는 어쩔 수 없이, '골치 아픈 일만 있으면 찾으신단 말이야' 하면서 서둘러 떠났다.

소경염은 예왕의 속셈을 꽤 침착하게 잘 처리했다. 적극적으로 대응하지는 않으면서도 남들에게는 예왕에게 살짝 쏠린 것처럼 느껴지게 한 것이다. 평소 차갑고 딱딱한 인상을 주는 그였기에,

조금만 쏠린 척해도 여러 가지 추측이 난무했다.

어렵사리 경국공을 쓰러뜨렸는데 더 무서운 정왕이 불쑥 나타났으니, 태자는 몹시 짜증을 냈다. 그런 태자에 비해 사옥은 조정에서 몇 번이나 예왕의 불쾌한 태도를 마주하면서도 꾹 참고 마음을 다스렸다.

토지 강탈 사건 외에 조정과 민간이 주시하는 다른 두 개의 사건도 진전이 있었다. 이 두 사건은 같은 날 경조윤부에서 상부로 보고가 올라갔지만, 사건을 맡은 형부는 완전히 다른 식으로 처리했다. 우물 안 시체 사건은 최강의 구성원을 시켜 썩은 나무를 베듯이 조사, 증거 수집, 심문, 판결, 보고 및 승인 등 모든 과정을 벼락같이 처리했다. 루지경은 끝까지 부인했지만 증거가 너무나 확실하여 면직되고 감옥에 갇혔다. 황제의 비답만 내리면 시대를 풍미하던 우리의 호부상서 나리도 한물간 사람이 되고 말 것이다.

반면 하문신 살인 사건은 누가 봐도 명확한 일인데 계속 한쪽에 묵혀두기만 했다. 문원백이 재촉하면, 제민은 온갖 의심스러운 점을 갖다 붙이며 어물쩍 넘어갔다. 입만 열면 조사가 필요하다느니 하면서, 슬그머니 실수로 죽인 것처럼 몰고 가려 했다. 화가 난 문원백은 결국 드러눕고 말았다.

결과적으로 작년 연말에 터진 폭탄은 마치 예왕의 바람대로 움직이는 것 같았고, 예왕은 기쁜 나머지 드러내놓고 우쭐댈 정도였다. 하지만 그런 예왕에게 정신 차리라며 찬물을 끼얹은 사람은 바로 홍수초의 진반약이었다.

나시 거리에서 가장 유명한 세 곳의 청루는 묘음방, 양류심, 그리고 홍수초였다. 묘음방, 양류심이 오랫동안 명성을 날린 데 비해 홍수초는 생긴 지 겨우 몇 년밖에 되지 않았다. 하지만 그 성장세는 마치 장강의 뒷물결이 앞물결을 밀어내듯 점점 더 강해지고 있었다.

묘음방의 음악과 양류심의 춤은 결국 손님들이 이를 즐길 만한 품위가 있어야 하는 반면, 홍수초의 고객 유치 비결인 미모는 어떤 사람에게나 통하기 때문이었다. 이 세상에 음악과 춤을 싫어하는 남자는 있을 수 있어도 미녀를 싫어하는 남자는 절대 없었다.

홍수초의 아가씨들은 언제나 미모로 유명했다. 홍수초에서 아무나 골라잡았을 때, 비록 그녀가 노래를 못하고, 춤을 못 추고, 시를 못 읊고, 그림을 못 그리고, 듣기 좋은 말을 못하고, 말귀를 못 알아들을망정, 최소한 비할 데 없이 아름다웠다.

아름다움과 상냥함, 그리고 거만하지 않은 성격이 바로 홍수초 아가씨들의 특징이었다. 묘음방 궁우 낭자에게 문전박대를 당하거나, 하루 한 사람의 손님만 받는 양류심 심양, 심류 낭자와 만날 행운을 잡지 못했다면, 홍수초에서 위로를 받을 수 있었다.

이곳의 아가씨들은 고상하고 괴팍하지 않아서 한 번도 손님을 쫓아낸 적이 없었다. 돈을 치렀다는 전제 아래. 물론 아름다운 아가씨는 값이 비쌌다. 아름다우면 아름다울수록 비쌌다. 하지만 이 금릉성에 넘쳐나는 것 또한 수많은 은자를 함부로 써대는 봉들이었다.

신비하고 아름답고 신뢰도 높은 예왕부의 진반약이 바로 그 홍수초의 주인이었다. 하지만 그녀 자신은 가기(歌妓)도 무희도 아니었다. 정말 말 그대로 주인일 뿐이었다. 누구나 놀라 쓰러뜨릴 만한 미모를 가졌지만, 진반약은 공개적으로 홍수초에 얼굴을 드러낸 적이 없었다. 그래서 경성에서 그녀가 홍수초의 진짜 주인이라는 것을 아는 사람은 채 세 명이 되지 않았다.

홍수초는 마르지 않는 자금의 원천일 뿐 아니라, 또 다른 면에서도 진반약에게 풍부한 소득을 가져다줬다. 바로 정보였다. 돈으로 웃음을 살 때는 보통 마음이 가장 편할 때이고, 그럴 때는 입도 가벼워지게 마련이었다. 조금만 기교를 부리면 아주 유용한 이야기를 들을 수 있었다.

홍수초의 어떤 아가씨들은 진반약의 엄격하고 특수한 훈련을 통해, 어떻게 하면 손님을 달래어 더 많은 이야기, 더 다양한 이야기를 하게 만드는지를 배운 다음, 대략의 들은 내용을 기억해 매일 한 번씩 보고했다.

진반약은 이 정제되지 않은 정보에 엄청난 시간을 할애했다. 매일 많은 양을 읽고 그 중에서 유용한 정보를 골라낼 뿐만 아니라 날카로운 분석까지 곁들였다. 하지만 홍수초가 진반약이 정보를 얻는 유일한 방법은 아니었다. 청루에 있는 사람 말고 특별히 고른 총명한 여자들을 어떻게든 조정 대신들의 첩으로 밀어 넣어, 남들은 잘 모르는 자료를 얻었다.

예왕에게 있어 이 아리땁고 똑소리 나는 여자는 결코 그 휘하의 어떤 모사에도 뒤지지 않았다. 물론 마음속으로는, 머지않은 장래에 이 아름다운 여자가 단순히 자신의 모사만은 아니게 되리라고 기대하고 있기도 했다. 이번에 진반약이 찾아낸 문제도 여느 때와 마찬가지로 이런 정보 덕분이었다.

홍수초의 한 손님이 아가씨들과 농지거리를 하다가 별생각 없이 말했다.

"다 기분 좋자고 나와 노는 거 아니냐. 이 집 아가씨가 바쁘면 저 집 아가씨를 찾으면 되지, 한 사람에게 목맬 필요가 어디 있느냐? 하문신 그자가 위세를 부려도 유분수지, 어디 청루에서 질투 때문에 싸움질을 해? 심류가 아무리 좋아도 자기 목숨보다 소중할까? 아비 덕분에 살아날 줄 알았나본데, 허 참……."

이 말에 정신이 번쩍 든 진반약은 즉시 사람을 보내 그 손님을 조사했다. 그 사람은 황제의 아우인 기왕(紀王)의 장사(長史)로, 호색한이었다. 사건이 발생한 날, 그는 양류심에서 무희들과 놀고 있었지만 현장에는 없었다.

진반약은 의심이 가시지 않아 일부러 사람을 시켜 그에게 말을 걸었고, 그 결과 놀라운 사실을 알아냈다. 이미 가지고 있는 다른 자료들과 종합해보고 그 심각성을 깨달은 진반약은 즉시 예왕을 찾아갔다.

"문원백이 벌써 결정적인 증인을 확보했는데도 형부가 어떻게 나오는지 보려고 참고 있다는 말이냐?"

그녀의 몇 마디만 듣고도 예왕은 눈을 잔뜩 찌푸렸다.

"어떻게 그럴 수가 있겠느냐?"

"문원백은 이미 형부에 대한 믿음을 잃었기 때문이지요."

진반약이 확신하다시피 말했다.

"지금 상황만 해도 증인이 부족하지는 않아요. 형부가 조금이라도 공평히 처리할 생각이 있다면 그 증인이 없어도 충분히 판결을 내릴 수 있죠. 하지만 형부가 하문신의 죄를 숨길 마음이 있는 한, 아무리 그 증인을 내세워도 소용없다는 것을 아는 거예요. 그래봤자 형부에 대비책을 마련할 시간만 줄 뿐이니까요."

예왕은 천천히 고개를 끄덕였다.

"알겠다. 그러니까 문원백이 형부가 판결을 내리기만 기다리고 있다는 말 아니냐? 만약 판결 결과가 만족스럽지 못하면 그 증인을 부황 앞에 데리고 나가 억울함을 호소할 생각이겠지?"

"그렇지요."

"부황께서 믿으실까?"

예왕이 냉소를 지었다.

"문원백이 홧김에 사건을 너무 단순하게 보는군. 긴장할 것 없다. 형부가 판결을 내릴 때는 사소한 것까지 속속들이 따져서 처리했을 것이다. 문원백이 증인을 데리고 부황 앞에 가서 아무리 떠든들 무슨 소용이 있겠느냐?"

가을 물 같은 진반약의 눈동자가 출렁였다.

"다른 사람은 몰라도 그 증인은 가능합니다."

예왕은 그녀의 엄숙한 말에 저도 모르게 어리둥절했다.

"직무를 다하지 못해 죄송합니다. 그날 현장이 너무 혼란스럽고 사람이 많아, 조사하라는 명을 받고도 경조윤부가 데려간 목격자 중에 한 사람이 빠졌다는 사실을 놓쳤습니다."

진반약이 입을 다물자 볼에 얕은 보조개가 나타나, 엄숙한 표정 속에서도 곱고 아름다운 모습이 드러났다.

"나중에 기왕부의 장사가 홍수초에서 했다는 말이 의심스러워 다시 한 번 조사를 했는데, 그 결과 경조윤이 그 사람을 빠뜨린 것이 아니라 그 사람은 애초부터 불려가지도 않았다는 것을 알아냈지요."

"빙빙 돌리지 말고 말해봐라. 그 증인이 대체 누구냐?"

"기왕 전하십니다."

예왕은 기겁했다.

"기왕 숙부?"

"예, 그날 사건이 발생한 누각에는 두 명의 손님이 더 있었는데, 그 중 한 사람이 기왕 전하였지요. 그 사건의 과정을 직접 목격하셨을 겁니다."

"이런, 정말 큰일 났군!"

예왕의 표정이 어두워졌다.

"기왕 숙부는 비록 조정 일에 관심이 없고 풍류와 여색만 즐기시는 분이지만, 워낙 정직한 성격이니 부황께 사실대로 말할 것이다."

"그렇지요. 지금은 증인이 워낙 많아서 나설 필요가 없다고 생각하셨는지, 사건이 벌어진 다음 날 처첩들을 데리고 온천 별장으로 떠나셨습니다. 그래서 지금 상황을 잘 몰라서 나서지 않으시는 거랍니다. 그 때문에 그분이 증인 중 한 명이라는 사실을 저희가 놓쳤던 이유이기도 하고요."

"휴……."

예왕은 몹시 난처한 듯 의자에 기대 손가락으로 두 눈 사이의 콧날을 눌렀다.

"기왕 숙부는 쉬운 상대도 아니고, 본 왕 역시 신하의 아들 하나 때문에 숙부와 얼굴을 붉힐 수는 없다. 만약 문원백이 정말 기왕 숙부를 업고 억울함을 호소할 생각이라면 형부의 입장이 난처해지겠지. 아무래도 하문신을 구할 수가 없겠구나."

"저도 그렇게 생각해요. 할 일이 있고 하지 말아야 할 일이 있는 법, 작은 것 때문에 큰 것을 잃을 수야 없지요."

하문신 같은 망나니에게는 별로 호감이 없었기 때문에, 진반약도 그를 포기하는 것이 별로 괴롭지 않았다.

"하 대인이 아무리 쓸모 있는 분이라지만, 아들이 저지른 잘못 때문에 전하께서 희생하면서까지 해결해줄 수는 없지 않겠어요? 죽은 아들 하나 때문에 무너진다면 크게 쓸 위인이 못 되지요."

예왕이 그녀를 흘끗 보며 한숨을 쉬었다.

"네 뜻은 안다. 하지만 하경중은 실로 쓸모 있는 사람이고 그 아들은 그의 목숨 줄이나 다름없다. 외아들이라지 않느냐. 외아들을 끔찍이 여기지 않는 사람이 어디 있겠느냐? 물론 네 말도 옳다. 구할 수도 없고, 억지로 구하려고 할 수도 없겠지. 제민에게 남몰래 기왕 숙부와 접촉하라고 해야겠구나. 기왕 숙부의 태도가 완강하면 억지로 밀어붙일 수는 없겠지. 살아날 길이 없으니 사람 죽인 값은 목숨으로 갚을 수밖에."

"영명하십니다, 전하."

진반약은 봄바람처럼 생긋 웃었다.

예왕이 손을 내밀어 미인의 고운 어깨를 짚으며 부드럽게 말했다.

"본 왕에게 네가 있어 다행이다. 네 혜안에 많은 도움을 받는구나. 지난번에는 사옥의 진면목을 밝혀내고, 오늘은 또 형부가 잘못을 저지르지 않도록 막아줬으니, 어떤 상을 내려야 좋을까?"

진반약은 눈을 내리뜨고 고개를 숙이며 살짝 한 걸음 물러나 예왕의 손에서 어깨를 빼냈다. 그러면서 일부러 혹은 무심코 나긋나긋한 손가락으로 그의 손바닥을 스치며 곱게 웃었다.

"비록 여자의 몸이지만, 어려운 순간 서로 돕는 군신(君臣)의 이야기를 언제나 동경해왔답니다. 여자로 태어나는 바람에 재능과 지식의 한계로 평생 조정에는 들 수 없게 되었으나, 전하의 은혜를 입어 미래의 성군을 위해 일할 수 있게 된 것만으로도 만족합니다. 그런데 상이라니요."

"훗날 보위에 오르면 네가 바로 나의 여승상이다. 용상도 함께 나눌 수 있는데 못 줄 것이 무엇이냐?"

예왕의 말 속에는 농이 가득했다.

"다만 네 눈에 차지 않을까 걱정이구나."

진반약은 빙그레 웃을 뿐 화를 내지도, 직접적으로 대답하지도 않았다. 대신 옷깃을 여미며 나지막이 말했다.

"기왕 전하의 일은 어서 빨리 제 상서께 알리는 것이 좋겠습니다. 저는 아직 마무리 짓지 못한 일이 있어 이만 물러가겠습니다."

다가오는 듯하다가도 물러나는 그녀의 이런 태도에 예왕은 더욱 몸이 달았다. 하지만 이 여자는 너무나도 귀중했기에 차마 함부로 대할 수 없었다. 그래서 기침을 하며 들뜬 마음을 억누르고 떠나는 그녀를 그저 바라보기만 했다.

곧 형부상서 제민이 예왕부에 도착했다는 소식이 왔다. 본래 그는 유능한 관리들과 함께 증인을 매수하여 자백을 바꾸고 검시를 다시 할 방법을 논의하던 중이었다. 그런데 방법을 거의 찾아낸 상황에서 누군가 찬물을 끼얹은 것이다.

또 다른 목격자가 기왕이라는 소식을 듣자, 제민은 머리가 쪼개지는 것 같았다. 예왕은 우선 기왕의 속내를 파악하라고 했지만,

제민은 그의 속내를 알아보는 것은 중요하지 않음을 알고 있었다. 기왕의 솔직한 성격은 모르는 사람이 없었다. 설령 솔직하지 않더라도, 사람을 죽인 못된 귀공자를 위해 위증을 할 인물은 아니었다. 문원백이 그에게 아무 요청을 하지 않아도, 황제가 물으면 분명히 사실대로 말할 사람이었다.

하지만 예왕의 명령을 받았으니 흉내라도 내지 않을 수 없었다. 그래서 제민은 이틀간 휴가를 내고 직접 기왕의 온천 별장을 다녀올 준비를 했다. 출발하기 전부터 그는 이미 헛걸음이라는 것을 알고 있었다. 하지만 그 결과가 이렇게나 일찍, 이렇게나 빨리 찾아올 줄은 결단코 예상하지 못했다.

형부상서가 아무 소득 없이 돌아서게 된 이유는, 본래 생각대로 기왕의 태도가 완강했기 때문이 아니었다. 사실 제민이 순전히 시간 낭비였다는 것을 깨닫게 되었을 때는 기왕을 만나기도 전이었다. 무슨 복잡한 일이 있어서가 아니라 모두 우연 때문이었다.

호구는 온천으로 유명해서 별장이 많았다. 기왕의 별장은 그 중에서 규모가 가장 크고 가장 편안하게 지어진 곳이었다. 무릇 기왕과 교분이 있는 사람이라면, 호구에 올 때 이 별장을 빌리곤 했다. 예를 들면, 풍류와 놀이를 좋아한 덕분에 나이와 상관없이 기왕과 깊은 우정을 쌓은 언예진 같은 사람이었다. 언제나 즐거운 우리의 국구네 도련님과 다소 우울한 녕국후의 큰 공자, 슬픔에 빠진 녕국후 둘째 공자 세 사람이 별원을 찾아와 인사를 청하자, 기왕은 몹시 기뻐하며 그들을 맞아들였다.

항렬도 다르고 나이 차도 많았지만, 평생 풍류를 즐기며 살아온 기왕은 아직도 젊은 시절의 멋스러움을 간직하고 있었다. 그래서 젊은이들과 함께 있어도 전혀 세대 차이를 느끼지 않고 몹시 즐거워했다. 활력이 넘치는 손님들이 찾아왔고 그 중에는 그가 무척 좋아하는 어린 예진까지 있어서 기왕은 무척 흐뭇했다. 연회를 베풀고 좋은 술을 가져와 주고받으며 한껏 흥이 나자 서로 못할 말이 없었다.

처음에는 물론 아리따운 여자 이야기가 화젯거리였다. 경성의 미인에 대해서 기왕이 아는 것은 결코 랑야각주보다 적지 않았다. 그래서 미인 품평이 시작되자 기왕은 신이 나서 떠들어댔다. 언예진도 미인을 아끼는 사람이었다. 그가 가장 경모하는 사람은 묘음방의 궁우였다. 여자 이야기를 하자 두 사람은 곧 의기투합하여, 묘음방 낭자 이야기에서 양류심의 낭자 이야기로 옮겨갔고, 자연스레 양류심에서 벌어진 살인 사건까지 입에 담게 되었다.

이때 기왕은 이미 혀가 꼬여 있었다.

"나도 아라…… 그…… 그때 내가 고…… 고기에 이써……."

언예진이 눈을 휘둥그레 떴다.

"거, 거기에 계셨다고요? 어떻게, 어떻게 죽였어요?"

기왕은 혀가 많이 꼬였지만 정신은 제법 멀쩡했다. 멀쩡했을 뿐만 아니라 무척 흥분한 상태였다. 언예진이 묻자 그는 실감나게 상황을 묘사하며, 그때 있었던 일을 처음부터 끝까지 세세하게 이야기해줬다.

다른 두 명의 청중은 그렇다 치고, 언예진은 발도 넓고 수다도 좋아했다. 이튿날이 되자 그는 호구에 있는 다른 귀족들의 별장을 찾아가 기왕이 살인 사건을 친히 목격한 이야기를 여기저기 떠벌리고 다녔다. 그래서 제민이 호구에 도착했을 때, 호구로 휴가를 즐기러 온 거의 모든 귀족 관료는, 하문신이 직접 사람을 때려죽였고, 기왕이 그 사실을 똑똑히 목격했다는 것을 빠짐없이 알고 있었다.

이런 상황에서 기왕의 태도를 살피는 것은 아무 의미가 없었다. 형부상서는 속으로 한숨을 푹 쉬며 중얼거렸다.

'아이고, 하 대인, 내가 돕지 않으려는 게 아니라오. 대인의 아드님은 정말…… 정말이지 재수가 없구려.'

대량의 율법에 따르면, 사형수는 매년 봄과 가을 정해진 기간에 처형되는데, 이를 '춘결(春決)', '추결(秋決)'이라 했다. 아들이 풀려날 희망이 없고 사형을 선고받을 수밖에 없다는 것을 알자, 하경중은 제민에게 달려가 시간을 늦춰 춘결 이후에 판결해달라고 부탁했다. 그렇게 해서 목숨을 연명시키고 다른 기회를 기다려보겠다는 것이었다.

하지만 하경중의 생각을 문원백이 모를 리 없었다. 그의 손에는 중요한 증인이 있었고, 경성의 여론도 그의 편이었다. 그래서 더욱 완강한 태도로 밤낮 가리지 않고 빨리 심리를 하라고 형부를 압박했다. 며칠 전 호부상서 루지경을 잃은 태자도 이런 좋은 복수의 기회를 쉽사리 놓칠 리 없었다. 태자 휘하의 어사들이 연이어 글을 올려 제민이 직무를 소홀히 하고 사건을 무마하려 한다고 탄핵했다.

이렇게 되자 며칠도 지나지 않아 형부는 더 이상 버틸 수 없게 되었다. 예왕 역시 어차피 사형 판결을 받을 거라면 반년 더 사는 것이 무슨 의미가 있겠느냐며 제민에게 심리를 허락했다. 며칠 안 돼 재판이 열렸고 증인과 증거물이 바삐 왔다갔다했다. 하문신은 사사로운 감정으로 사람을 때려죽인 죄로 참수형을 선고받았다.

판결이 난 다음 날, 하경중은 몸져누웠다. 그를 진맥한 어의는 정신이 없고 기운이 약해져 푹 쉬어야 한다고 했다. 마침 연말이므로, 이부에서는 모든 관원의 성과를 평가하여 진급과 상벌에 대한 초안을 세워야 했다.

각지의 실무 관리들은 새해 인사라는 이름으로 분분히 경성으로 새해 선물을 올려 보냈고, 빈자리를 노리는 관리들도 공공연히 사방을 돌아다니며 새해 인사 명목으로 관계를 트고자 했다. 누가 봐도 이부가 가장 바쁜 시기였는데, 하경중이 앓아눕자 곧 혼란이 벌어졌다.

태자의 비공식적인 수입 대부분이 호부에서 나온 것처럼, 예왕 또한 이부의 인사권 덕분에 짭짤한 부수입을 얻고 있었다. 은자가 물줄기처럼 줄줄 흘러들어오는 이 좋은 기회를, 이부상서의 병 때문에 놓칠 수는 없었다.

하지만 예왕이 초조해하거나 말거나, 아들 일로 충격을 받아 쓰러진 하경중은 결코 꾀병이 아니었다. 소리 지르고 꾸짖어도 그는 도저히 일어나지 못했다. 상황이 점점 나빠지자, 예왕은 부득불 심복 모사들을 불러 모아 이 일을 타개할 방법을 논의했다.

이틀 후, 예왕이 친히 하경중의 집으로 찾아갔다. 그는 모든 사람을 병풍 뒤로 물리고 자신의 신하를 친절하게 위로했다. 구체적으로 어떻게 위로했는지는 아무도 알지 못했다. 다만 며칠 지나지 않아 하경중은 병이 씻은 듯이 나아 다시 공무를 처리하기 시작했고, 노련한 솜씨로 그간의 혼란을 재빨리 손보았다. 매일 눈코 뜰 새 없이 바쁘게 움직이며, 연말 성과 평가를 진행하고 외부 관리들을 만났다. 너무 바쁜 나머지 밤이 깊도록 일하는 날도 자주 있었다. 마치 늙은 목숨을 주인을 위해 버리려는 것 같았다. 슬픔을 힘으로 변모시키는 그의 모습을 보자 태자는 대체 어떻게 된 일인지 알 수가 없었다.

하지만 태자도 지금은 하경중만 집중 관찰하고 있을 틈이 없었다. 그의 정신은 또 다른 사건에 쏠렸다. 이 사건은 바로 예부가 당면한 곤란한 문제였다.

연말 황실에서 가장 중요한 것은 제사였다. 황실에서는 조상과 하늘, 땅 그리고 신에게 제사를 올렸다. 조정과 황족에게 제례의 규범을 정확히 지키는 일은 내년의 큰일들이 순조롭게 풀리는지 아닌지와 밀접한 관계가 있으므로 결코 아무렇게나 할 수 없었다.

여기서 날카로운 사옥이 태자에게 무척 유리한 문제를 발견했다. 대량의 예법에 비(妃) 이하의 후궁들은 제례에 참석할 수 없으며 대례장 밖에 무릎을 꿇고 기다려야 했다. 하지만 태자가 제례에서 술을 따른 후 반드시 부모의 옷을 만져 효를 표하는 것 역시 대량의 예법이었다.

이것이 모순이었다. 월씨는 빈으로 강등되었지만 여전히 태자의 생모였다. 계급은 낮지만 신분은 무척 존귀했던 것이다. 이 때문에 제사를 준비하는 예부는 몹시 난처했다.

사옥은 몰래 태자에게 건의해, 이 기회를 이용해 황제에게 울며 사죄하고 어머니를 복위해달라고 청하게 했다. 설령 단번에 귀비로 돌아갈 수는 없어도, 최소한 한 궁의 주인 자리에는 앉혀야 했다. 그래야 독립적인 거처를 갖고 밤에 황제가 머물 수 있게 함으로써 차차 옛정을 되살릴 수 있기 때문이었다.

태자는 그 제안에 뛸 듯이 기뻐하며, 단단히 준비하고 입궁했다. 그는 황제 앞에 무릎을 꿇고 족히 두 시간 동안 울면서 자신의 어질고 효성스런 마음을 마음껏 펼쳐 보였다.

황제도 난처했다. 월씨는 본래 그가 가장 사랑하는 후궁이어서, 이 기회에 사면할 마음이 없는 것도 아니었다. 하지만 월씨가 쫓겨난 지는 겨우 몇 달밖에 되지 않았다. 이렇게 쉽게 죄를 사하면 예황 군주가 실망할 것이다.

"부황, 군주에겐 제가 직접 찾아가 사과하고 보상하겠습니다."

이미 가르침을 받은 태자는 황제가 망설이는 이유를 알고 즉시 황제의 무릎을 끌어안았다.

"군주는 총명하고 의로우니 연말 제례 때문이라는 것을 이해해 줄 겁니다. 제가 어머니 대신 군주의 꾸짖음을 듣고 어머니의 죗값을 치르겠습니다."

아들의 울음에 마음이 흔들린 황제는 예부상서 진원성(陳元誠)을 불러들이게 했다. 이 늙은 상서는 두 명의 황제를 섬긴 원로로, 무슨 일이든 오로지 '예'만 따지는 고집불통이었다. 태자와 예왕이 온갖 방법으로 구슬리려고 했으나 그의 털끝 하나 움직이지 못했다. 이 늙은 상서가 떡 버티고 있는 덕분에, 다행히도 예부는 육부에서 유일하게 태자 편도 예왕 편도 아닌 부서로서 중립을 지키고 있었다.

진 상서는 월씨가 폐출된 진짜 이유를 알지 못했다. 그저 성지의 내용만 듣고 후궁 안의 자잘한 분쟁 때문이라고 생각했다. 그러잖아도 제례를 어떻게 치를 것인가 고민하던 그는, 황제가 월씨를 복귀시키는 것에 관해 의견을 묻자 당연히 반대하지 않았다.

예부 쪽은 이견이 없고 심지어 대찬성을 했지만, 황제는 여전히 망설였다. 마침 그때 사옥이 서북 주둔군의 물자 문제로 알현을 청했다. 황제는 사옥이 태자와 관계있다는 것을 아직 몰랐다. 그저 군의 사람으로만 여기고 그를 불러 월씨를 복귀시켜야 하는지 의견을 물었다.

사옥은 잠시 생각해본 후 대답했다.

"신의 생각에, 태자께서 현명하고 어지신 것은 월씨의 공입니다. 월씨는 후궁에 오래 머물면서 폐하께 충심을 보였고 잘못을 했다는 말을 들은 적이 없습니다. 불손했다는 이유로 일품의 귀비에서 빈으로 강등한 것은 너무 무거운 벌이 아닌가 합니다. 당시에도 조정에 그런 의견이 있었으나, 폐하의 집안일이기 때문에 감히 아무도 직언하지 못했을 뿐입니다. 이제 폐하께서 마음을 돌려 은혜를 베풀고자 하시니, 명을 내리시면 그뿐인 것을 어찌 망설이십니까?"

"흠, 경은 모르네."

황제가 약간 난처한 투로 말했다.

"월씨의 죄는 다른 데 있네. 태자를 보살피겠답시고 궁 안에서 예황을 모욕했다네. 짐은 월씨를 쉽게 용서했다가 남쪽 병사들의 마음이 흔들릴까 걱정이라네."

사옥은 고개를 숙이고 짐짓 망설이는 태도를 보였다. 한참 생각한 끝에 마침내 그가 천천히 앞으로 나아가 낮게 말했다.

"그 문제 때문이라면 신은 더욱더 사면해야 한다고 생각합니다."

황제는 어리둥절했다.

"그게 무슨 뜻인가?"

"생각해보십시오, 폐하. 월씨는 태자의 어머니이니 곧 주군이고, 예황 군주는 조정의 무관이니 신하입니다. 주군이 잠시 혼란에 빠져 잘못을 했다고 원망을 품는 것은 신하의 도리가 아닙니다. 설령 군주의 공로가 커도 은총을 베푸시기만 하면 됩니다. 폐하께서는 군주를 위해 귀비를 강등하고 태자에게 벌을 내리셨으니 이미 지극한 은총을 내리신 것입니다. 군주가 충성스러운 신하라면 그때 이미 월씨를 용서해달라고 청해야 마땅합니다. 물론 여자들이란 원망이 많고 생각이 짧게 마련이니 이해해야겠지요. 허나 연말 제례는 국가의 중대사이고, 월씨를 복위시키는 것은 국가의 안녕과 백성의 화목을 위해서입니다. 둘 중 무엇이 중요하고 무엇이 덜 중요한지는 명확합니다. 목왕부에는 사자를 보내 몇 마디 설명하면 그만입니다. 은총이 너무 두터우면 교만해질 수밖에 없습니다."

사옥은 이렇게 말한 후 의미심장한 웃음을 떠올렸다.

"신은 군인 출신입니다. 군대에서는 공을 세웠다고 오만하게 구는 사람이 쉽게 생겨납니다. 그런 자들을 눈여겨보시고 잘 다스리셔야 합니다."

황제의 눈썹이 꿈틀했지만, 얼굴에는 감정을 읽을 만한 어떠한 단서도 드러나지 않았다. 황제가 가볍게 코웃음을 치며 말했다.

"예황은 그런 아이가 아닐세. 지나친 걱정이군."

사옥은 재빨리 황공한 표정을 지으며 사죄했다.

"신도 물론 예황 군주를 지칭한 것은 아닙니다. 그저 폐하를 일깨워드리고자 올린 말씀입니다. 지난날 적염군이 그렇게까지 커진 것도, 일찍이 그 세력을 억누르지 않았기 때문 아니겠습니까?"

황제의 얼굴 근육이 불끈거리고 저도 모르게 손가락에 힘이 들어가 용좌의 손잡이를 꽉 잡았다. 잠깐의 침묵이 흐른 후 황제가 차갑게 대꾸했다.

"금문(金門) 대조를 들라 하라."

대조를 부른 것은 곧 성지를 내리겠다는 뜻이었다. 태자는 흥분하여 기쁜 표정을 지었지만, 사옥이 남몰래 눈짓하자 재빨리 표정을 숨겼다.

"신이 오늘 보고드리러 온 것은 그리 급한 일이 아닙니다."

사옥이 허리를 숙이며 말했다.

"폐하께서 처리할 일이 있으시니 신은 먼저 물러가겠습니다."

"음."

황제가 손을 내저어 허락했다. 그리고 약간 지친 모습으로 의자에 비스듬히 기대앉으며 손으로 턱을 괴었다. 태자가 황급히 푹신한 베개와 담요를 가져오게 하여 손수 황제의 머리를 괴고 담요를 덮어줬다.

"짐의 시중을 들 것 없다. 짐이 오늘 성지를 내릴 테니 가서 네 어머니를 안심시켜 드려라."

황제가 한숨을 쉬며 나지막이 말했다.

"부황의 성은에 감사드립니다."

태자는 이마가 땅에 닿을 정도로 세 번 머리를 조아렸다.

"안심하십시오, 부황. 오늘 밤 제가 목왕부에 가서……."

"아니다."

황제가 한 손을 들어 어두운 얼굴로 그를 만류했다.

"어찌 그렇게도 모르느냐. 너는 태자다, 이 나라의 후계자야!

네가 목왕부에 갈 필요 없다. 짐이 사람을 보낼 것이다."

"예."

태자는 감히 반박하지 못하고 얼른 고개를 숙여 다시 절했다. 그리고 일어나 천천히 물러났다.

방 밖에는 찬바람이 쌩쌩 불었다. 태자는 태감이 건넨 모피 외투를 단단히 여미고 전각 밖으로 걸음을 옮겼다. 사실 동궁의 주인인 그에게는 황궁에서 사륜마차를 탈 특권이 있었다. 하지만 공경을 표하기 위해 남들처럼 마차를 전각 밖에 세워둔 것이다. 눈보라를 맞으며 기다리던 시종들은 주인이 나오는 것을 보자 황급히 나아가 맞았다.

"내궁으로 가자!"

간단한 분부와 함께 태자는 옷자락을 걷고 누런 덮개를 씌운 사륜마차로 뛰어올랐다. 추위가 두려운 것일까, 동작이 무척 빨랐다. 하지만 금색 비단으로 된 마차 가리개가 늘어져 바깥세상이 완전히 가려지자, 차분하던 동궁 주인의 얼굴이 싹 변했다. 마치 마음속 가득한 분노와 원망을 더 이상 억누를 수 없는 사람처럼 이를 악물고 원망의 기색을 떠올렸다.

후계자? 내가 후계자라고?

부황, 정말로 나를 후계자로 여긴다면 어째서 예왕을 그렇게 총애하는 거죠? 어째서 나와 대등하게 싸울 만큼 예왕을 떠받들어 올리셨느냐고요.

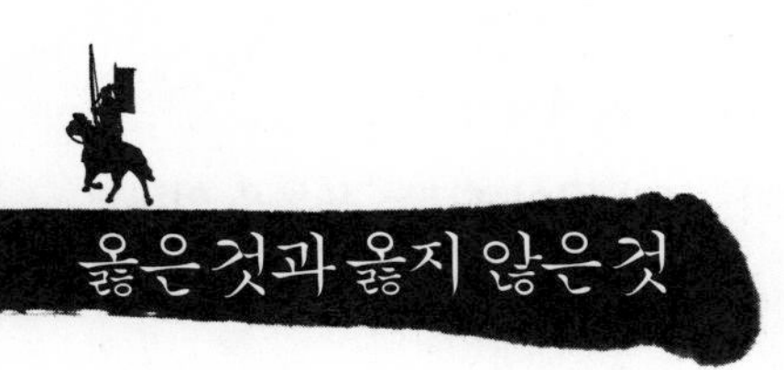

옳은 것과 옳지 않은 것

—

20

—

“쓸모없는 것들, 나가! 모두 꺼져버려!”

예왕부의 서재에서 노성이 터졌다. 곧이어 시녀 두 명이 비틀비틀 밖으로 나왔다. 그 중 한 명은 치맛자락이 차에 흠뻑 젖었고, 다른 한 명은 손에 깨진 찻잔 조각들을 들고 있었다. 둘 다 사색이 되어 전전긍긍했고, 서둘러 달려나오느라 머리칼도 엉망이었다.

“전하께 무슨 일이냐?”

부드러운 목소리가 들려왔다. 고개를 든 시녀들이 황급히 꿇어앉았다.

“왕비마마, 전하께서 차가 너무 뜨겁다시며…… 모두 저희 잘못입니다.”

예왕비가 고운 눈썹을 찡그리며 서둘러 서재로 다가갔다. 문이 잠기지 않은 것을 보자 그녀는 문을 밀어 열고 안으로 들어갔다.

“누가 감히? 모두 꺼지라고 했다, 어서 꺼져!”

“전하…….”

예왕비가 가볍게 말했다.

"화를 내시면 몸에 해로워요. 몸을 아끼셔야지요."

예왕이 멈칫하며 몸을 돌렸다. 그가 끓어오르는 울분을 억누르며 말했다.

"당신이구려. 무슨 일이오?"

"곧 봄이어서 부황과 모후께 드릴 새해 선물을 골라보았답니다. 부족한 데가 없는지 전하께서 한번 봐주세요."

예왕은 아내가 내민 연노랑 비단을 받아 재빨리 훑어본 후 다시 돌려주었다.

"모후의 취향은 누구보다 당신이 잘 알잖소. 매년 무척 마음에 들어 하셨으니 올해도 당신 뜻대로 하시오."

"예."

예왕비는 예물 목록을 다시 소매에 넣으며 느릿느릿 말했다.

"시녀들을 잘못 가르친 것은 제 잘못입니다. 부디 화내지 마세요, 전하."

"당신이 무슨 잘못이오. 저 아이들이 굼뜬 것이 문제지."

예왕비가 섬세한 손을 남편의 팔에 살짝 올려놓고 부드럽게 물었다.

"전하, 무엇 때문에 불쾌해하시는지 제게 말씀해주실 수 없나요? 저도 함께 걱정을 나누고 싶어요."

"아무것도 아니오. 바깥의 일이니 말해봤자 당신은 모를 거요."

예왕이 그녀의 손을 톡톡 두드리며 따뜻하게 말했다.

"신경 쓰지 마시오. 그동안 무척 피곤했을 텐데 그만 가서 쉬시오."

예왕비는 앵두 같은 입술을 살짝 깨물며 고개를 숙였다.

"하지만 반약 낭자 때문에……."

"무슨 생각을 하는 것이오?"

예왕이 눈을 찡그렸다.

"본 왕은 나랏일로 걱정하는 것이니 속 좁은 여인처럼 굴지 마시오."

"사실, 제가 반약 낭자에게 말해볼 수도 있어요. 비록 측비지만 전하께서 좋아하신다면 결코 그녀를 괴롭히지 않을 거예요. 설령 전하께서 그녀의 지위를 높이고자 하셔도 저는……."

"또 쓸데없는 말!"

예왕이 화난 눈으로 그녀를 노려보았다. 그녀의 안색이 창백해지자 그는 두 팔을 벌려 아내를 품에 안으며 말했다.

"자자, 내가 몇 번이나 말했소. 당신은 당신이고, 반약은 반약이오. 내 왕비는 언제까지나 당신뿐이오. 쓸데없는 망상으로 자신을 괴롭히지 마시오. 황후마마께서 궁에서 오로지 당신만 의지하고 계신데, 당신의 기분이 이렇게 나빠서야 어찌 내 대신 효도를 다할 수 있겠소?"

"죄송해요."

예왕비는 남편의 허리를 끌어안고 그의 품에 더욱 바짝 기댔다.

"제게 정말 잘해주시는군요. 제가 좀 더 총명하고 재능이 있어 전하의 걱정을 덜어드릴 수만 있다면 얼마나 좋을까요?"

"당신은 늘 그런 생각을 하는군. 나쁜 습관이오."

예왕은 그녀를 살짝 떼어내고 매끄러운 머리칼을 쓰다듬었다.

"그만 가보시오. 나는 혼자 조용히 생각할 일이 있소."

예왕비는 유순하게 고개를 끄덕이더니 무릎을 살짝 굽혀 인사하고 천천히 돌아서서 나갔다. 서재 밖의 뜰에 들어섰을 때, 맞은 편에 예왕부에서 가장 유능한 모사인 강(康) 선생이 들어오는 것이 보였다. 예왕비는 곧 걸음을 멈췄다.

"왕비마마."

강 선생이 허리를 숙여 인사했다.

"일어나시오. 그러잖아도 강 선생을 찾고 있었소."

예왕비가 옥같이 고운 손을 들었다.

"전하의 기분이 좋지 않소. 전하께서 근심을 푸실 수 있도록 진 낭자를 불러와주겠소?"

강 선생은 고개를 저었다.

"이 일은 황궁의 문제라 반약 낭자 힘으로도 어쩔 도리가 없습니다."

"황궁? 황궁에 무슨 일이 있소?"

"모르셨습니까? 폐하께서 성지를 내려 빈으로 강등된 월씨를 사면하고 다시 비로 올려 제례에 참석하라 하셨습니다."

예왕비는 당황했다.

"월빈을 사면하다니…… 황후마마께서는 뭐라고 하셨소?"

"아무 예고도 없이 내사감을 통해 선포하신 일이라 황후마마께서도 소문조차 듣지 못하셨다고 합니다. 그러니 뭐라고 하실 수 있겠습니까?"

"그랬군. 월빈은 수십 년간 궁에 있었으니 폐하와 정이 깊겠지."

이 예왕비가 매우 단순한 사람인 것을 잘 아는 강 선생은 깊이 있는 이야기는 할 필요가 없다고 생각하고 그저 웃기만 했다.

"그렇다면 선생께서 전하를 잘 달래주시오. 어차피 일어난 일이니 울적해해도 아무 소용이 없잖소."

"예."

"황궁 일은 안심하시라고 전해주시오. 내가 바로 입궁하여 황후마마를 위로할 테니."

강 선생이 웃으며 대답했다.

"왕비마마와 같은 현모양처를 얻으신 것은 전하의 큰 복입니다."

"과찬이오."

예왕비는 겸양의 말을 남기고 다시 걸음을 옮겼다. 강 선생은 황급히 길옆으로 비켜나 허리를 숙였다. 그녀가 멀리 사라지자 그는 실눈을 뜨고 혼잣말을 중얼거렸다.

"월씨가 복권되었으니 그녀를 귀비의 자리에서 끌어내린 기린지재도 지금쯤 전하처럼 화가 나서 펄펄 뛰고 있을까?"

강 선생의 기대와는 달리, 월씨가 사면되었다는 소식을 들은 매장소는 특별한 반응이 없었다. 여전히 화로 옆에 둥지를 틀고 묘음방에서 보낸 정보를 한 장 한 장 뒤적이며 다 읽은 것은 화로에 던져 넣었다. 비류는 옆에 웅크려 앉아 불꽃이 화르륵 타올랐다가 사그라지는 것을 몹시 즐거워하며 구경했다.

그때 두꺼운 면 가리개가 홱 젖혀졌다. 막 타오르던 불꽃이 불어닥친 찬바람에 기세가 확 줄었다가 훅 꺼지자, 비류는 몹시 화가 나 들어온 사람을 노려보았다.

몽지는 비류의 적대적인 눈빛을 보지 못하고 성큼성큼 매장소에게 다가갔다.

"꽤 한가해 보이는군."

"몸에 찬 기운이 잔뜩 묻었으니 너무 가까이 오지 마십시오. 일단 불을 쬐고 따뜻해지면 오시지요."
몽지는 기가 차서 그를 바라보았다.
"아직 소식 못 들었나? 내가 어디서 오는 길일 것 같아?"
"목왕부요."
그가 단번에 알아맞히자 몽지는 저도 모르게 짙은 눈썹을 꿈틀거리며 다가가 매장소의 얼굴을 똑바로 돌려놓았다.
"소수, 돌아온 후부터 왜 점점 괴물 같아지는 거냐? 아직 살아 있기나 한 거야?"
비류가 일장을 휘둘렀다.
"손 놔!"
"알아차렸습니까?"
매장소가 웃으며 말했다.
"저는 귀신이에요. 겁이 나십니까?"
"모두 돌아올 수만 있다면 귀신이라 해도 기쁘네."
몽지는 한숨을 쉬었다.
"자네 추측대로야. 방금 목왕부에 갔다 왔네. 목 소왕야는 화가 난 나머지 자기가 앉은 녹나무 의자까지 물어뜯어 잇자국이……."
"쉬워!"
비류가 갑자기 끼어들자 몽지는 무슨 말인지 몰라 그를 바라보았다.
"우리 비류의 말이 맞아. 녹나무는 물러서 물기도 좋고 별로 힘을 안 줘도 쉽게 잇자국이 생기지."
매장소가 칭찬하듯 소년의 머리를 쓰다듬었다.
"어이, 너희……."

몽지는 기가 막혀 힘이 쭉 빠졌다.

"나 지금 진지한 얘기 중이라고!"

"비류, 몽 아저씨가 너더러 진지하지 않다는구나."

매장소가 도발했다. 비류는 다소 혼란스러운 듯 눈을 휘둥그레 떴다.

"진지하지 않다는 말은 린신 형 같다는 얘기야. 강좌맹에 있을 때 아저씨들이 린신 형은 진지한 데가 없다고 욕하는 걸 들었지?"

자기를 린신 같다고 하는 말에 비류는 불끈 화를 내며 벌떡 일어나 날카로운 장풍을 쏟아냈다. 몽지는 그가 두렵지 않았지만 그래도 정신 차리고 맞서야 했다. 잠깐 동안 두 사람은 방 안에서 몇 차례나 초식을 주고받았다.

"소수, 얘 좀 가만히 있으라고 해. 중요한 얘기가 있단 말이다!"

몽지가 화가 나서 소리쳤다.

매장소는 싱글거리며 털옷을 껴안고 앉아 격려했다.

"힘내라, 비류. 몽 아저씨와 대결할 기회는 흔치 않아."

몽지는 그가 대놓고 장난을 치자 어쩔 수 없이 싸우면서도 은근히 신이 났다. 어쨌거나 지금의 매장소에게는 여전히 예전 임수의 모습이 남아 있었고, 그것이 큰 위로가 되었다. 게다가 비류와 겨루는 것은 솔직히 짜릿하고 흥분되는 일이었다. 그래서 아예 마음 놓고 진지하게 맞서 싸웠다.

비류의 무공 특징은 괴상하고 변화막측한 데에 있었다. 하동과 탁발호 같은 신법과 초식을 쓰는 사람에게는 크게 유리했지만, 몽지처럼 균형 잡히고 강인한 무공을 가진 사람과 맞설 때는 제약이 있을 수밖에 없었다. 하물며 내공만 놓고 봐도, 어리고 중상까지 입었던 비류는 소림 정종 심법을 착실하게 익혀온 몽지보다 훨씬 뒤떨어졌다.

하지만 몽지의 적수가 못 되는 것이 확실하기에 비류의 투지는 더욱더 활활 불타올랐다. 머릿속에 아무런 잡념도 없이, 몸과 마음이 오로지 이 싸움에만 집중되었다. 얼마 지나지 않아 몽지는 놀라운 것을 발견했다. 놀랍게도 비류는 싸우는 동안 상대방의 힘과 기운의 특징을 기억했다가, 즉시 그에 맞도록 초식을 바꿨다.

즉, 한번 비류를 제압한 초식은 다시는 효과를 발휘하지 못한다는 의미였다. 힘을 더하거나 기운의 흐름을 바꾸지 않는 한은. 그렇지 않으면 비류는 반드시 그 초식을 깨뜨렸으므로 다음 초식으로 그 피해를 보완해야 했다. 이런 놀라운 학습 능력을 지적 장애가 있는 소년이 가졌다니, 정말이지 믿기 어려운 일이었다. 어쩌면 지능의 특정 부분이 제약을 받으면서 놀라운 무공의 재능이 발휘된 것인지도 모른다.

"놀라셨죠?"

매장소의 웃음소리가 어렴풋이 들려왔다.

"형님, 더 강해지셔야겠어요."

몽지가 길게 웃음을 터뜨렸다.

"비류를 도울 생각이지만 소용없을걸. 내가 그렇게 쉽게 마음이 흔들릴까봐? 날 쓰러뜨리려면 아직 멀었다!"

말을 하는데도 그의 기운은 전혀 흔들림이 없었다. 온몸 가득한 소림 무공의 기운이 별안간 더욱 강해졌다. 그가 손바닥을 천천히 내밀어 무척 자유로운 자세로 비류의 손바닥을 마주치자, 소년의 눈썹이 꿈틀하더니 갑자기 몸을 휙 날려 본래 있던 곳에서 눈 깜짝할 사이에 모습을 감췄다. 곧바로 비류가 몽지 뒤에 나타났다. 하지만 비류의 동작이 아무리 빨라도 어쩐 일인지 천천히 움직이는 몽지를 따라갈 수 없었다. 본래 몽지의 등을 노리던 공격도 순식간에 정면을 공격하는 것으로 바뀌고 말았다. 이미 뻗어낸 두 손을 거둘 길이 없어, 비류의 손은 곧 몽지에게 단단히 붙잡혔다. 몽지가 힘을 주자 비류는 저 멀리 날아갔다. 공중에서 몇 번 몸을 뒤집어 힘을 상쇄했지만, 겨우 바닥에 내려섰을 때에도 여전히 중심을 잡지 못했다.

"괜찮아, 괜찮아."

매장소가 소년에게 손을 흔들었다.

"이번에는 쓰러뜨리지 못했지만 다음에 또 싸우면 돼."

몽지가 쓴웃음을 지었다.

"소수, 나를 저 아이의 연습 대상으로 던져주려는 건 아니지?"

"그럼 어떻습니까?"

매장소는 봄바람 같은 웃음을 지었다.

"너무 쩨쩨하게 굴지 마세요. 비류와 싸우는 것이 재미있지 않으세요? 우리 비류가 얼마나 귀여운데……."

몽지는 기가 찼다. 잘생겼다면 모를까, 귀엽다고?

하지만 몽지 역시 무공에 천부적인 자질이 있는 이 소년이 몹시 마음에 들어서, 시도 때도 없이 달려들어도 상관없었다. 그는 관대하게 허허 웃으며 매장소 곁에 다가와 앉았다.

"보아하니 월빈이 복위되든 말든 전혀 신경 쓰지 않는 것 같군?"

"놀랄 일도 아니지요."

매장소는 담담하게 말했다.

"월빈이 아무리 큰 죄를 지었어도 어쨌거나 폐하를 노린 것은 아니니까요. 우리 폐하께서는 본래 다른 사람의 고통은 별로 신경 쓰지 않아요. 설마 모르셨습니까?"

"폐하를 그렇게까지 말할 필요 있나?"

몽지가 다소 곤란한 듯 말했다.

"뭐라 해도 폐하는 폐하일세. 그리고 연말 제례 때문이잖은가."

"연말 제례가 무슨 상관입니까?"

매장소가 냉소를 터뜨렸다.

"설마하니 태자에게 어머니가 없습니까? 술을 따른 후 폐하와 황후의 옷자락을 만지면 그것이야말로 올바른 효도입니다. 무엇이 어렵다는 겁니까?"

"응?"

몽지는 당황했다.

"하지만 지금까지……."

"지금까지는 월씨가 일품의 귀비였고 아홉 개 구슬을 단 봉황관까지 썼으니 황후와 나란히 황제 옆에 앉았던 거지요. 그래서 태자가 무릎을 꿇고 월씨의 옷자락을 만질 때 모두 자연스럽게 생각했고요. 예에 가장 민감해야 할 예부마저도 태자의 행동을 정정하려 하지 않았으니, 다른 사람들은 말할 것도 없이 그 잘못을 알아차리지 못한 겁니다."

"그 말을 듣고 보니 일리가 있군."

몽지는 뒤통수를 긁적였다.

"제례의 규칙이 너무 많아서 하나하나 구체적으로 어떻게 하는지는 역시 예부가 가장 잘 알지. 그런데 왜 진 상서까지 아무 말을……."

"진원성 말입니까?"

매장소의 웃음이 더욱 싸늘해졌다.

"예부는 중립을 지키고, 그 늙은 상서는 오로지 '예' 밖에 모르는 것 같지만…… 후후, 가장 우스운 부분이 바로 그겁니다."

몽지는 멍하니 매장소의 얼굴을 바라보았다.

"소수, 자네 말은……."

"진원성의 하나뿐인 손자가 전장에서 달아났을 때, 사옥은 그 중죄를 숨기고 일부러 보호해줬지요. 그 후 늙은 상서 대인께서는 녕국후의 개가 되었습니다. 아아, 탓할 일도 아니지요. 사람이란 자식을 모른 체할 수 없는 법이니까요. 하경중도 그런데 진원성이라고 다르겠습니까?"

몽지는 놀라 떡 벌어진 입을 한동안 다물지 못했다. 눈동자마저 놀라 그 자리에 못 박혔다.

"제례의 규칙대로라면, 황후가 있는 한 월빈의 존재는 중요하지 않다는 사실을 진원성도 잘 알고 있습니다. 하지만 차마 말할 수가 없었지요. 첫째, 사옥이 미리 당부했기 때문이고, 둘째, 황제가 월빈을 사면할 핑곗거리를 찾고 있을 뿐이라는 것을 알기 때문입니다."

매장소는 비웃듯이 냉소를 지었다.

"강직하고 충성스럽다는 2대째의 원로도 결국 늙은 여우에 불과한 겁니다."

매장소가 별뜻 없이 내뱉은 것 같은 이 말에 몽지는 한참 동안 정신을 차릴 수가 없었다. 생각하면 할수록 이 '당쟁'이 너무도 가슴 서늘한 일이라는 생각이 들었다. 살짝 고개를 숙인 임수의 창백한 이마를 보자 그의 마음은 여러 가지 기분이 뒤섞여 몹시 복잡했다. 지난날 놀라운 재능을 지녔던 적염군의 소원수가 그 뛰어난 재능을 이런 일에 쓸 수밖에 없다니.

"형님, 제 걱정은 하실 필요 없습니다."

매장소는 마치 지붕을 뚫고 그 위의 어두컴컴한 허공을 바라보듯 살짝 고개를 들었다.

"모두 저 하늘 위에서 저를 보고 있어요. 반드시 해야만 합니다."

"알겠네."

몽지는 힘껏 고개를 끄덕였다.

"하지만 명심하게. 무슨 일이건 자네 안전이 가장 중요해. 내가 필요한 일이 있으면 반드시 부르게."

매장소는 저도 모르게 싱긋 웃었다.

"제가 형님을 써먹지 않은 적이 있습니까?"

"그야 모를 일이지. 지금 자넨 생각이 너무 깊어 무슨 생각을 하는지 아무도 몰라."

몽지는 불만스레 그를 흘겨보았다.

"지난번 정왕부에 갈 때도 왜 나를 부르지 않았나?"

"저 대신 그 거친 사내들을 혼내주려고요?"

매장소가 큰 소리로 웃었다.

"하긴, 다들 거칠게 억눌러야만 말을 듣고 영웅호한만 사람대접하는 자들이니, 몽 통령께서 제게 존경을 표하면 감히 아무도 저를 얕보지 못하겠지요."

"그걸 말이라고! 혼자 간 것도 모자라 악인 역할까지 톡톡히 했더군. 정왕부는 훗날 자네가 의지할 곳인데 어쩌자고 가자마자 사람들에게 미움을 샀나?"

"걱정 마세요. 정왕부에서 제법 머리가 있는 자들은 제게 감사하면 감사했지 미워하지는 않을 겁니다. 제게 불만이 있는 자들은 몸뚱이만 있지 머리는 없는 경솔한 자들이고, 지금은 그런 자들을 신경 쓰고 싶지 않아요. 나중에 제 손에 들어오면 그때 따끔하게 가르쳐줘야지요. 잊지 마십시오. 저렇게 싸움만 좋아하는 무장들을 다루는 것은 제가 가장 잘하는 일입니다."

몽지는 가만히 생각하다가 피식 웃었다.

"하긴 그렇군."

"참, 목 소왕야가 의자를 물어뜯은 것 말고, 목왕부의 다른 사람들 반응은 어떻습니까?"

"물론 모두 화가 났지. 폐하는 내사(內史) 한 사람만 보내 입에 발린 해명을 늘어놓고 군주더러 다른 생각 말라고 하셨네. 말하자면, 군주가 조금이라도 불만을 느끼면 신하로서 주군을 의심하는 것과 마찬가지라는 뜻이야."

몽지는 그렇게 말하며 약간 불편한 표정을 지었다.

"폐하께서 누구한테 무슨 참소를 들었기에 공신에게 그렇게 오만한 말씀을 하셨을까?"

"군주는 어떻습니까?"

"군주는 도리어 태연하더군. 전혀 화난 것 같지 않았네."

매장소는 가볍게 한숨을 쉬었다.

"오랫동안 병사를 이끌다보니 예황도 꿰뚫어본 것 같군요. 군권을 쥔 사람은 공을 세우지 못하면 쓸모없다는 평을 듣지만, 오히려 공을 많이 세우면 그 공이 황제를 능가할까봐 걱정해야 합니다. 무인의 생각이 아무리 깊어도, 끊임없이 세력의 균형을 맞추려는 주군만큼 깊을 수는 없지요. 이제 남쪽은 많이 안정되었으니, 폐하는 이 기회에 황권의 위엄을 세우려고 하실 겁니다."

"하지만 목 소왕야는 화를 못 참고 표를 올려 운남으로 돌아가겠다고 하던데."

"허락하지 않으실 겁니다."

매장소는 고개를 저었다.

"하물며 새해가 다가오는데 이렇게 급히 떠나면 폐하를 원망한다는 뜻이니 의심을 살 뿐이지요. 가서 목청을 잘 달래십시오. 떠나고 싶어도 최소한 내년 청명절까지 기다렸다가 어가를 모시고 황릉에 다녀온 후 떠나라고 하십시오."

"그 녀석이 어디 내 말을 듣던가? 더구나 권하려면 예황 군주에게 권해야 하지 않겠나?"

매장소의 눈동자가 살짝 굳고 눈빛도 그윽해졌다. 한참 멍하니 있던 그는 천천히 고개를 끄덕이며 나지막이 말했다.

"그렇군요. 제가 편지를 써드릴 테니 예황에게 전해주십시오. 예황은 총명하고 사리를 잘 아니 곧 이해할 겁니다."

매장소가 말하며 일어서서 비류의 어깨를 두드렸다.

"편지를 써야 할 것 같으니 먹 좀 갈아주겠니?"

"좋아!"

비류가 폴짝 뛰어 일어나 책상 쪽으로 달려갔다. 그리고 벼루에 놓인 먹을 들어 입김을 호호 불더니 재빨리 갈기 시작했다. 힘이 워낙 좋아 먹을 가는 속도가 무척 빨랐고, 얼마 지나지 않아 벼루가 먹물로 가득 찼다.

"됐다, 됐어."

매장소가 그를 향해 따스한 웃음을 지어 보였다.

"편지를 다 쓰면 남은 걸로 그림을 그리렴. 좋지?"

"좋아!"

매장소는 책상 옆의 책 더미에서 눈처럼 하얀 편지지 몇 장을 뽑아내고 붓을 들어 먹에 적셨다. 잠시 망설였지만, 그는 곧 붓을 휘둘러 편지지 두 장을 가득 채웠다. 입김을 불어 먹을 말린 후 잘 접어 봉투에 넣고 봉하지도 않은 채 바로 몽지에게 건넸다.

"내가 훔쳐볼까봐 겁나지도 않나?"

몽지는 받지 않고 슬며시 웃으며 물었다.

"연애편지 아니야?"

매장소는 고개를 숙이고 아무 표정 없이 말했다.

"형님, 앞으로 그런 농담은 마십시오. 군주와 저는 어려움을 같이한 남매나 마찬가집니다. 불필요한 관계는 이미 끝났어요."

몽지는 어리둥절했다.

"그게 무슨 말인가? 자네 앞길이 얼마나 위험한지, 해야 할 일이 얼마나 많은지 나도 잘 아네. 그래서 얼마간은 군주에게 자네 진짜 신분을 밝히지 않으려는 거겠지. 하지만 나중에는…… 오히려 언젠가는 말을 해야 해."

"그 나중이 얼마나 멀리 있는지 누가 알겠습니까?"

매장소는 다시 붓을 들어 무심코 편지지 위에 글씨를 마구 흘려 썼다. 하지만 다 쓰기도 전에 편지지를 와락 구겨 화로에 던져 넣고 눈을 감았다.

“인생이 처음 만난 그때와 같다는 것은 불가능한 일이지요. 이 세상에서 일어나는 일 중에는 사람이 예상할 수도 없고 아예 막을 수조차 없는 일도 있어요. 제가 할 수 있는 것은 가능한 한 그 일들이 좋은 결말을 맞도록 만드는 겁니다. 설령 그 결말 속에 제 존재가 없더라도…….”

“소수.”

몽지는 약간 놀란 듯이 그의 팔을 붙잡았다.

“그 말은…….”

“형님, 예황을 생각해보세요. 저는 벌써 오랫동안 그녀의 청춘을 망쳤습니다. 더 이상 망칠 수는 없어요. 혹여 제가 어떻게든 그녀 곁으로 돌아갈 생각을 했다 해도, 2년 전부터는 완전히 포기했습니다.”

매장소는 몽지의 손을 움켜쥐었다. 입가에 옅디옅으면서도 진심어린 웃음이 떠올랐다.

“제 존재는 지금까지 그녀에게 행복을 가져다주지 못했습니다. 최소한 앞으로는 그녀의 불행이 되지 말아야지요. 그것만 할 수 있어도 기쁩니다.”

“하지만…….”

몽지는 얼굴을 잔뜩 찌푸렸다.

“그건 자네에게 너무 불공평해!”

“세상에 절대적으로 공평한 일이 있을까요? 불공평한 것은 운명이고 잘못 맺어진 인연입니다. 어쨌든 예황 책임은 아니에요.”

몽지는 한참 동안 그를 똑바로 바라보다가 결국 발을 쿵 구르며 ‘에이’ 하고 한숨을 쉬었다.

"자네 일이니 내가 이래라저래라 할 수는 없지. 자네 하고 싶은 대로 하게."

매장소는 활짝 웃으며 편지를 그의 손에 쥐여주었다.

"좋아요. 저 대신 편지를 전해주세요. 다른 말은 한마디도 하실 필요 없어요. 있는 말 없는 말 마구 갖다 붙이시면 화낼 겁니다."

"예예, 원수 나리. 비류처럼 딱 한 마디, 한 마디씩만 하겠습니다요!"

"안 돼!"

비류가 소리쳤다.

"말 잘했다. 따라하지 말라고 해!"

매장소가 웃으며 소년의 머리를 쓰다듬었다.

"자네도 참."

몽지가 탄식하며 말했다.

"그래도 웃음이 나오나?"

"안 웃으면요? 울기라도 할까요?"

매장소는 눈초리를 말며 그를 흘겨보았다. 그러고는 옆에서 종이 한 장을 꺼내 재빨리 글을 써내려갔는데, 이번에는 흘려 쓴 글이 아니라 단정하게 작게 쓴 글씨체였다.

"또 뭐야? 방금 다 쓴 게 아니었나?"

"먹이 남은 김에 예왕에게도 편지를 썼지요."

"엉?"

"왜 그렇게 놀라십니까?"

매장소는 허리를 세우고 고개를 갸웃거리며 그를 바라보았다.

"제가 어느 정도 예왕에게 기울었다는 것을 모르시진 않을 텐데요?"

"군주 때문에 태자에게 밉보였으니 예왕 사람이 된 척할 수밖에 없겠지. 하지만…… 대체 뭐라고 썼나?"

"진 상서가 물러날 때가 되었다는 생각이 듭니다. 그 일을 예왕에게 맡기려고요."

몽지는 눈을 끔뻑였다.

"언제부터 예왕이 그렇게 자네 말을 잘 듣게 되었나? 자네가 하라고 하면 뭐든 하나보지?"

"그런 게 아닙니다."

매장소는 기가 차서 웃을 수도 울 수도 없었다.

"이건 명령이 아니라 제안입니다."

"제안?"

"그래요. 예왕은 분명 월빈의 복위 건으로 화가 나서 펄펄 뛰고 있을 겁니다. 어떻게든 반격을 하고 싶은데 돌파구가 없을 뿐이지요. 그래서 진원성의 허점을 그의 손에 넘겨 화풀이를 하게 해주려는 겁니다."

매장소의 맑은 눈동자에 한 줄기 어두운 빛이 섞였다. 그는 그렇게 말하며 계속해서 편지를 써내려갔다.

"황후는 아들이 없고 총애도 잃었는데, 월빈은 다시 지위가 높아졌습니다. 두 사람은 오랫동안 후궁에서 거의 막상막하의 자리를 차지하고 있었고, 그 덕에 사람들은 적통 황후의 존귀함을 느끼지 못했습니다. 하물며 제례의 규칙은 너무 복잡해서 구체적으로 어떻게 해석하는지는 황후와 예왕도 확실히 몰랐고, 아예 따질 방법도 생각해보지 않았던 거죠. 저는 예왕에게 박학다식한 학자들을 조정으로 청해 논쟁을 하라고 할 겁니다. 그들의 말은 제법 무게가 있지요. 일단 제례에서 적서의 차이가 밝혀지면 예부가 그동안 중대한 실수를 한 셈이니 진원성은 당연히 사직할 수밖에 없을 겁니다. 그렇게 되면 사옥은 한 명의 조력자를 잃게 됩니다. 월빈도 복위한 후 제약점이 많아지고 황후의 자리는 더욱 존귀해지지요. 겨우 기세를 회복한 태자도 약간 억누를 수 있고요."

"그럼 예왕에게만 좋은 일 아닌가? 설마 정말 그를 도우려는 것은 아니겠지?"

매장소는 냉소를 지었다.

"세상에 아무 손해 없는 장사가 어디 있겠습니까? 예왕의 손실은 눈에 보이지도 않고 생각할 수도 없는 곳에 있지요."

몽지는 스스로 생각해보려 했지만 아무리 머리를 굴려도 생각나지 않아 결국 포기했다.

"그게 어딘데?"

"황제 폐하의 마음입니다."

"뭐?"

"후궁을 떠받들고 적통 황후를 무시하는 것의 시작은 바로 폐하입니다. 월빈을 총애한 나머지 오랫동안 후궁에서 황후를 존중해주지 않았고, 그 덕분에 사람들도 잘못된 생각을 갖게 된 겁니다. 월빈은 태자의 생모이니 황후와 마찬가지로 존귀하다고 여긴 것이지요. 이번 일에 예왕이 나서면, 예부의 잘못뿐 아니라 폐하의 잘못도 들춰내는 것이 됩니다. 하지만 예법이나 이치를 따지면 그가 옳기 때문에 폐하께서도 겉으로는 아무렇지도 않은 척하실 겁니다. 도리어 칭찬을 하실지도 모르고요. 하지만 마음속 깊은 곳에서는 결코 기뻐하지 않으실 겁니다. 심지어 한동안은 역반응으로 황후를 더욱 냉담하게 대할 가능성도 아주 높습니다. 저는 이 손해에 대해서는 미리 말하지 않을 겁니다. 예왕이 스스로 찾아낼지 어떨지 구경해야지요."

몽지는 생각에 잠긴 표정이었다.

"예왕 곁에는 사람이 많네. 누군가 알아차릴지도 모르지."

"알아차려도 상관없어요. 예왕은 그래도 그렇게 할 겁니다."

"어째서?"

"잃는 것보다 얻는 것이 훨씬 많기 때문이지요."

이때 매장소는 이미 편지를 다 쓴 후 먹을 말리고 있었다.

"손해는 폐하의 마음뿐이고, 그것은 천천히 돌려놓으면 됩니다. 반면 이 논쟁에서 이기면 황후를 크게 높이고 월씨는 억누를 수 있지요. 더욱 중요한 것은, 이 기회에 조정의 신하들이 점차 잊어가던 것을 일깨워줄 수 있다는 것입니다. 바로 태자 역시 서출이라는 것이지요. 그 점에서는 태자도 예왕과 마찬가지입니다. 태자의 신분이 높은 것은 그가 지금 동궁의 주인이기 때문이지 출신 때문이 아닙니다. 나중에 폐하가 그를 동궁에서 쫓아내고 다른 사람을 앉혀도 아무도 놀라지 않을 겁니다. 태자는 적자가 아니니 건드리지도, 함부로 하지도 못할 만큼 존귀한 사람이 아니니까요."

"그렇다면 여전히 예왕만 좋은 일 아닌가?"

"예왕만이라니요?"

매장소가 고개를 돌렸다. 두 눈이 환하게 빛났다.

"정왕도 마찬가지 아닙니까? 어차피 다들 서자이니 앞으로 누구도 서로의 출신을 들먹일 수 없게 됩니다. 태자, 예왕, 정왕, 그리고 다른 황자들까지 모두 동등한 입장입니다. 약간의 차이가 있어도 크게 지장이 없는 정도지요. 적서의 차이와는 완전히 다른 문제이니 아예 입에 담을 필요도 없을 겁니다."

"맞아!"

몽지가 손뼉을 쳤다.

"왜 그걸 몰랐지? 예왕이 태자를 끌어내릴 수 있다면, 똑같이 정왕을 밀어올릴 수도 있는 거야. 그가 강조한 부분은 적서의 차이가 뛰어넘기 힘들다는 것이니만큼, 서자와 서자 사이에서 출신은 중요한 부분이 아니지. 그 말은 자기 자신에게 써먹을 수도 있지만, 정왕 역시 똑같이 써먹을 수 있군!"

"아셨으니 됐습니다."

매장소는 빙그레 웃으며, 이번에는 편지를 단단히 봉했다.

"비류, 려 아저씨와 같이 이 편지를 전해주고 오겠니?"

"저 아이를 시키려고?"

몽지가 비류를 바라보았다.

"려강은 말솜씨가 좋고, 비류는 뛰어난 호위일세. 편지 한 장 보내는 일을 저 둘에게 시키는 것은 아무래도 닭 잡는 데 소 잡는 칼을 쓰는 격인데."

하지만 매장소는 전혀 개의치 않고 비류에게 편지를 건네며 여유롭게 눈을 빛냈다.

"예왕, 이제 그의 솜씨를 좀 봐야겠군요."

새해가 다가오자 소경예와 언예진, 사필 세 사람도 마침내 호구 온천을 떠나 경성으로 돌아왔다. 돌아온 지 하루 만에 그들은 놀라운 것을 발견했다. 겨우 한 달 정도 떠나 있었는데, 경성의 상황이 크게 변해, 그들이 떠날 때보다 더욱 시끌시끌하고 더욱 복잡한 양상이 되어 있었던 것이다.

태자와 예왕은 세력이 엇비슷했기 때문에, 둘의 싸움도 최근에는 교착 상태에 빠져 있었다. 크게 볼 때 별다른 문제 없이 안정적인 형국이었다. 그런데 이 모든 것이 한꺼번에 터뜨리기 위한 준비에 불과했던 것이다. 조그마한 충돌만으로도 즉시 절정의 공방전이 벌어졌다. 월씨가 강등되고, 루지경이 쓰러지고, 경국공이 몰락하고, 하문신이 사형을 선고받고…… 이런 일들이 하나둘 숨쉴 틈도 없이 이어졌다.

지금은 또 월빈이 복위되자마자 수많은 어사가 줄줄이 상소를 올려 예부가 제례를 부적절하게 처리했다고 지적했다. 예왕은 이 분위기에 편승하여 덕망이 높은 당대의 학자 수십 명을 불러 조당에서 논쟁을 벌이게 했다. 주제는 월빈이 수년 동안 상례를 뛰어넘는 대우를 받은 일과 태자가 황후 앞에서 예의를 갖추지 못한 일이었다.

다른 일들은 잠시 젖혀두고, 예왕이 청해온 이 나이 많은 학자들의 말은 꽤 무게가 있었다. 오랫동안 문사들을 존중하며 적잖은 인맥을 쌓아온 예왕의 노력이 헛수고가 아니었음을 여실히 보여준 사건이었다. 그 중에는 경성 서쪽의 영은사(靈隱寺)에 오랫동안 머물던 주현청(周玄淸)도 있었는데 그야말로 가장 중요한 인물이었다. 평소에는 황족이든 귀족이든 그를 한번 만나기조차 힘들었는데, 이번에는 귀한 걸음을 옮겨 직접 금릉성으로 온 것이다. 덕분에 사람들은 예왕의 잠재력을 다시금 보게 되었다.

이상한 일은, 이 주 노선생은 경성에 들어와서도 예왕이 이 대학자를 위해 특별히 마련한 류학원(留鶴園)을 마다하고 목왕부에 머물기로 한 것이었다. 소식에 정통한 사람이 넌지시 알려준 바에 따르면, 주 노선생이 영은사를 떠날 때도 목 소왕야가 몸소 마차를 끌고 마중을 나간 모양이었다. 더욱이 그는 목왕부에 들어간 후 아무도 만나지 않았다. 예왕도 예외는 아니었다.

하지만 주 노선생을 누가 불러왔는지, 그가 누굴 만나고 누굴 만나지 않는지는 중요하지 않았다. 중요한 것은 대학자라는 그의 신분이었다. 그가 조당에 나갔을 때 황제마저 극진히 예우했다. 그는 학문에 대해 누구보다 엄격했고 논리 또한 정연하여, 지식을 제법 쌓지 않은 사람은 그와 말을 섞을 생각조차 말아야 했다. 덕분에 예부는 도저히 그 상대가 되지 못했다. 늘 경망스럽고 까불대는 언예진마저 태자의 패배를 단언할 정도였다.

결국 이 논쟁은 사흘 만에 막을 내렸다. 월빈은 비록 복위했지만 제례에서 황제 및 황후와 같은 제단에 오를 수 없었고, 태자는 술을 따른 후 황제와 황후의 옷자락을 만지는 것으로 끝내야 했다. 예부가 책임을 다하지 못한 일로 진원성은 파면되었지만, 나이를 참작하여 사직하는 것으로 하고 죄를 추궁하지 않았다. 하지만 태자는 예왕이 조정의 많은 사람 앞에서 그가 서자라는 것을 재삼 강조하자 부끄러움을 참을 수 없었다. 그래서 충동적으로 예왕의 따귀를 올려붙였고 그 자리에서 황제에게 호되게 질책을 당했다.

이런 혼란 속에서 오로지 정왕만이 차분하게 황자들 사이에 서서 차가운 눈으로 모든 것을 지켜보았다. 평소처럼 눈앞의 이익이 나 손해에 흔들리지 않는 그의 태도는, 평소 그를 신경 쓰지 않던 여러 대신에게 극히 좋은 인상을 남겼다.

이렇게 해서, 호부의 수장이 바뀐 지 얼마 되지도 않아 예부 또한 뒤이어 수장이 바뀐 부서가 되었다. 진원성이 허연 머리칼을 떨며, 20년 가까이 써온 관모를 후들후들 떨리는 손으로 머리에서 벗길 때, 정왕은 마치 배후에서 사람들을 조종하는 창백한 손과 언제나 담담한 표정으로 결코 흥분할 것 같지 않은 하얀 얼굴을 보는 것만 같았다.

하지만 대부분의 사람은 이 사건 배후에 점점 잊혀가는 소철의 존재가 있다는 것을 전혀 알지 못했다.

21

이틀간 맑은 날이 이어졌지만 기온은 오르지 않았다. 구름 한 점 없는 아침은 오히려 더욱 추웠다. 성문이 열린 지 얼마 되지 않아 문을 지키던 병사들은 매우 화려한 마차 한 대가 백여 명이나 되는 기사의 호위를 받으며 질풍처럼 달려오는 것을 보았다.

마차 앞에 세워진 목왕부의 푯말을 알아보지 못해도, 그 주인이 보통 사람이 아니라는 것은 알 수 있었다. 그래서 수문장은 재빨리 손짓을 해서 길을 비켜주고, 허리를 숙여 몹시 공손한 태도로 일행이 으쓱대며 성을 나가도록 해주었다.

날이 너무 추워서 마부가 숨을 쉴 때마다 하얀 김이 토해졌다. 하지만 마차 안은 두꺼운 가리개와 난로 덕분에 그리 춥지 않았다. 마차에 앉은 두 명의 손님 중 한 명은 나이 지긋한 노인이었고, 한 명은 청년이었다. 한 명은 천 옷에 솜을 넣은 신을 신었고, 다른 한 명은 수를 놓은 장포에 보석 박힌 관을 썼다. 노인은 눈을 감고 쉬는 중이었고, 청년은 심심한 여행이 견디기 힘든지 계속 안절부절못했다.

"주 할아버지, 차 좀 드실래요?"

노인은 눈도 뜨지 않고 고개를 저었다.

잠시 후.

"주 할아버지, 간식 좀 드실래요?"

노인은 다시 한 번 묵묵히 거절했다.

잠시 후.

"주 할아버지, 생강 사탕 맛 좀 보실래요?"

주현청이 마침내 눈꺼풀을 밀어올리고 그를 바라보았다. 목청은 얼굴 가득 천진무구한 미소를 지으며 생강 사탕을 들고 다가왔다.

"아주 맛있어요."

정직하고 엄격한 주 노선생이 오랫동안 갈고닦은 기질은 누구든 그 앞에서 공손하고 경의를 표하게 만들었지만, 이 소왕야 목청은 그 기질을 전혀 느끼지 못하는 것 같았다. 그는 처음부터 이 노선생을 보통의 할아버지처럼 대했다. 주현청이 조당에서 상대방의 말문이 딱 막히도록 논박함으로써 누님 대신 화풀이를 해준 다음에야 그 첫인상을 '꽤 능력 있는 보통 할아버지'로 수정했다. 그래서 평소 함께 있을 때에는 여전히 공손함보다는 친밀함을 내세우며 전혀 소원하게 굴지 않았다.

목 소왕야는 젊고 준수한데다 밝고 활발해서 왕다운 데가 전혀 없었다. 도리어 귀여운 후배 같았다. 주현청도 물론 그런 그가 무척 마음에 들었지만, 평소의 단정한 성격이 이 노인을 냉담하게 보이게끔 만들었다. 지금도 청년이 입가에 내민 생강 사탕을, 고개를 저어 거절하면서도 아무런 표정이 없었다.

"이건 이에 달라붙지 않아요."

목청이 친절하게 설명했다.

"하나만 드셔보세요."

"소왕야나 드십시오."

주현청은 냉담하게 한마디한 다음, 노쇠한 두 눈으로 실눈을 뜨고 마차 지붕에 달린 술을 바라보았다. 한동안 묵묵히 있던 노인이 불쑥 입을 열었다.

"소왕야, 그 신물을 다시 볼 수 있겠습니까?"

"아."

목청은 재빨리 사탕을 삼키고, 옆에 놓아둔 손수건으로 손가락에 묻은 설탕을 닦은 뒤, 품에서 조그마한 주머니를 꺼내 주현청에게 건넸다. 주머니의 매듭을 풀고 손바닥에 쏟자 옥으로 조각한 매미가 나왔다. 조각은 마치 살아 있는 듯 정교했고, 옥 자체도 곱고 윤이 반질반질해서, 한눈에 가격을 매길 수 없이 귀중한 물건임을 알 수 있었다.

그러나 주현청에게 이 옥 매미의 의미는 그 가격에 있지 않았다.

"소왕야, 이 옥 매미를 주며 저를 만나러 가라고 한 사람이 성 밖에서 저를 기다리고 있다고 하셨습니까?"

목청은 고개를 끄덕였다.

"편지에 그렇게 썼더라고요. 할아버지가 경성에서 영은사로 돌아가실 때 만나겠다고요."

주현청은 고개를 끄덕이고 손가락을 모아 옥 매미를 꼭 쥐었다. 그리고 다시 눈을 감은 채 아무 말도 하지 않았다.

대략 한 시간 정도 달렸을 때 갑자기 마차가 흔들리며 멈췄다.

목청이 가리개를 걷고 밖을 내다보더니 고개를 돌렸다.

"주 할아버지, 만날 사람이 왔어요."

주현청의 허연 눈썹이 꿈틀거렸다. 그는 목청의 부축을 받으며 비틀비틀 마차에서 내렸다. 주변을 둘러보는데, 한 중년이 다가와 공손하게 말했다.

"주 노선생, 저희 종주께서 기다리고 계십니다. 저쪽으로 가시지요."

그는 목청을 대신해 노인의 팔을 부축하고, 조심스레 길가의 바위 쪽으로 안내했다. 바위를 돌아가자 바람도 피할 수 있고 사람들의 이목도 없는 움푹 들어간 곳이 나왔다. 그곳에 하얀 털옷에 새까만 머리를 한 매장소가 미소를 지으며 서 있었다. 주현청을 본 그는 살짝 몸을 숙여 예를 갖췄다.

주현청은 실눈을 뜨고 그를 아래위로 꼼꼼히 훑어보았다. 그리고 손을 펼쳐 옥 매미를 보이며 물었다.

"이 옥 매미가 귀하의 것이오?"

"그렇습니다."

"어디서 났소?"

"여숭 노선생께서 주셨습니다."

"여숭은 귀하와 어떤 관계요?"

"제가 여숭 선생의 문하에서 가르침을 받은 적이 있습니다."

주현청이 눈을 찌푸렸다.

"여 형은 태부로 있었지만 평민들도 가리지 않고 황궁 밖에 학당을 세워 가르쳤소. 덕분에 문하 제자가 만 명 가까이 되고 천하에 널리 퍼져 있소. 허나 여 형이 아끼던 제자는 몇 명 되지 않소.

이 늙은이는 여 형과 학문을 익히며 친구가 되었고 그 교분이 결코 얕지 않소. 덕분에 그 제자들을 모두 아는데, 귀하는…… 처음 보는 얼굴이구려."

매장소는 빙그레 웃었다.

"제 학문이 모자라 은사의 명성에 누를 끼치는군요. 스승께 배운 시일이 길지 않아 노선생께서 저를 알아보시지 못하는 것도 당연합니다."

주현청은 한참 동안 그를 응시하다가 한숨을 내쉬었다.

"됐소. 여 형의 신물을 가지고 있으니 이 늙은이가 당연히 도와야지. 하지만 수년이 지나 옛 친구의 옥 매미를 다시 보게 된 것이 조정의 일 때문이라고는 생각지 못했소. 파면되어 경성을 떠날 때 여 형은 울분에 차 다시는 돌아오지 않겠다고 맹세했소. 이 늙은이가 조당에 들어간 것이 정말로 여 형이 원하는 일일지……."

매장소는 편안한 눈빛으로 조용히 말했다.

"은사께서 죄를 받은 것은 불공평한 일에 대해 직언을 했기 때문입니다. 역린을 건드린다는 것을 알면서도 하고 싶은 말을 하고, 꺾이고도 후회하지 않는 것이야말로 학문을 닦는 사람의 기개지요. 따라서 저는 세상 만물에는 도(道)가 아닌 것이 없다고 생각합니다. 산속에 은거하는 것도 도이고, 조당에 나가는 것도 도입니다. 마음이 깨끗하고, 그 마음에 어긋나는 행동을 하지 않고, 도리에 맞지 않는 말을 하지 않는다면, 지금 서 있는 곳이 어딘지 집착할 필요가 어디 있겠습니까?"

주현청은 허연 눈썹을 살짝 치켜세우며 노쇠한 두 눈동자를 번쩍였다. 그가 고개를 끄덕이며 말했다.

"배운 시간이 짧았다고 하지만 여 형을 아주 잘 아는구려. 옥 매미를 귀하에게 준 것을 보니 여 형은 역시 혜안이 있었소. 귀하는 여 형이 이 옥 매미를 차고 다닌 이유를 아시오?"

매장소는 천천히 뒷짐을 지고 야윈 턱을 살짝 들어올리고는 목소리를 길게 빼며 읊었다.

"이슬 젖은 날개로 다시 날아오르기 어렵구나, 바람 일어 노래는 묻혔노라. 이 고결함 믿어주는 이 없으니, 누가 그 마음 전해줄 것인가."〔낙빈왕의 〈재옥영선(在獄詠蟬)〉의 한 구절－옮긴이〕

주현청은 동요를 가라앉히려는 듯 살며시 눈을 감았고 한참 동안 아무 말도 하지 않았다. 매장소도 차분한 표정으로 시선을 모아 하늘 저편을 바라볼 뿐 더 이상 입을 열지 않았다. 겨울날 맑고도 추운 곳에 말없이 선 두 사람의 모습은 전혀 어색해 보이지 않았다. 마치 이 만남이 지난 세월을 묵묵히 그리워하기 위한 것이라도 되는 듯이.

"살아생전 여 형의 제자를 다시 보게 되다니 더 바랄 것이 없소."

주현청은 손바닥에 놓인 옥 매미를 매장소의 손에 천천히 넘겨주며 낮은 소리로 말했다.

"이 늙은이는 귀하가 경성에서 무엇을 하려는지 모르오만, 부디 스승의 명예를 잊지 말고 몸조심하시오."

매장소는 공손히 허리를 숙였다.

"선생의 귀한 말씀 명심하겠습니다. 이 엄동설한에 연로하신데도 불구하고 옛 친구의 우정을 위해 눈을 무릅쓰고 나와주시다니, 이루 말할 수 없이 감사드립니다."

주현청이 손을 내저었다.

"이 옥 매미가 찾아왔는데 경성에 오는 것이 무엇이 어렵겠소. 설사 이 늙은 몸으로 변경에 다녀오라 해도 그리했을 것이오. 이제 귀하가 부탁한 일은 끝났으니 다시 절로 돌아가 수행을 해야겠소. 이만 헤어집시다."

매장소가 황급히 손을 들어 몇 장 밖에서 기다리고 있는 중년 호위를 불렀다. 그리고 허리를 숙이며 말했다.

"조심히 가십시오."

주현청은 '음' 하고 대답한 후 호위의 부축을 받아 걸어갔다. 하지만 몇 걸음 안 가 갑자기 우뚝 멈추고 매장소를 돌아보았다.

"여 형이 아끼던 제자 중에 장군 가문의 후예가 있었소. 오만하지만 남달리 총명했고 책도 많이 읽었다오. 그 당시 귀하가 있었다면 그와 쌍벽을 이루었을지도 모르겠구려."

매장소의 창백한 피부는 찬 기운 속에서 유난히 새하얗게 보였다. 그는 입가에 쌀쌀한 미소를 떠올리며 가볍게 말했다.

"좋게 봐주셔서 감사합니다. 안타깝게도 인연이 없어 그분의 풍모를 직접 보지 못했군요."

"하긴, 그 사람은…… 다시는 보지 못할 것이오."

느릿느릿 말하는 주현청의 눈동자에 슬픈 빛이 떠올랐다. 그는 몸을 돌려 다시는 돌아보지 않고 떠나갔다. 목왕부의 마차는 덜컹덜컹 소리를 내며 멀어지다가, 얼마 지나지 않아 뽀얀 먼지만 남기고 엄동설한 꽁꽁 언 공기 속으로 차츰차츰 사라져갔다.

바람을 피할 바위를 떠나자, 저 앞 골짜기에서 거친 찬바람이 땅바닥을 휘갈기며 몰아쳐와 매장소의 머리칼을 허공에 휘날렸다. 옆에 선 중년 호위가 다가와 외투에 달린 모자를 씌워주려 했으나, 얼음장 같은 손이 가볍게 밀쳐냈다. 눈앞의 완만한 언덕에는 풀조차 눈에 뒤덮여 보이지 않았고, 드문드문 나무 몇 그루만 흩어져 서 있었다. 마른 나뭇가지가 찬바람에 바슬바슬 떠는 모습이 유난히 쓸쓸해 보였다.

매장소는 언덕 저편에 어렴풋이 보이는 옷자락을 발견하고, 바람에 휘날려 얼굴에 붙은 머리칼을 떼어내며 서둘러 언덕으로 올라갔다. 가장 높은 곳에 올라서야 그는 겨우 속도를 늦췄다. 잔설이 쌓인 마른 나뭇가지 아래로 바람을 맞으며 선 예황 군주가 보였다. 옥빛 바람막이가 펄럭펄럭 소리를 내며, 추위를 두려워하지 않는 남경 여원수의 위엄을 돋보이게 했다.

매장소는 군주가 오리라곤 생각조차 하지 못했다. 하지만 그녀가 온 이상 피할 생각도 없었다. 한때 그의 소녀였던 사람, 지금 그녀가 얼마나 위풍당당하든, 그녀의 사랑이 누구에게 향하든, 지난날 가장 소박하고 순수하던 정을 바꿔놓을 수는 없었다. 그녀를 향한 그의 양심의 가책과 안타까움 역시 바꿔놓을 수 없었다. 매장소의 발소리를 들은 예황 군주가 아리따운 얼굴을 돌리고 그를 향해 부드럽게 웃어 보였다.

그날 무영전 밖에서 헤어진 후 두 사람은 다시 만난 적이 없었다. 해야 할 말은 하동을 통해 전했다. 예황의 오만한 성격으로 보아, 보통 여자들처럼 의심하고 걱정하며 귀찮게 캐묻기보다는 완전히 관계를 끊든지, 아니면 묵묵히 기다릴 것이다. 그래서 매장소는 예황이 이 틈을 타 일부러 성 밖에서 그를 만나려고 한 이유를 짐작할 수가 없었다.

"소 선생, 오랜만이오. 그간 안녕하셨소?"

첫마디는 언제나 그렇듯 상투적인 인사말이었다. 그 말이 새삼 그녀를 멀게 느껴지게 했다.

"덕분에 잘 지냅니다. 얼마 전에 작은 집을 하나 장만했는데, 후한 선물을 받고도 직접 찾아가 감사드리지 못했군요. 부디 탓하지 마시기 바랍니다."

"무슨 말씀을."

예황이 걸음을 옮겨 다가왔다. 발에 사슴가죽으로 만든 장화를 신고, 허리에 녹운갑을 둘러 늠름하고 씩씩해 보였다. 경성에 온 후 겪은 번뇌와 억울함도 그녀의 마음에 아무런 생채기를 내지 못한 것 같았다.

매장소는 저도 모르게 활짝 웃으며 찬탄했다.

"호방하고 도량이 넓으며 고상하고 환히 트였군요. 군주께서는 딱 그 모습이십니다."

"그래도 바다같이 깊은 선생의 재능에 비하겠소?"

예황이 낭랑하게 웃었다.

"주 노선생께서 선생을 위해 걸음하실 정도이니 강좌맹의 실력은 실로 대단하오."

"모두 강호의 사람들이다보니 인연이 닿아 서로 만나 한 방파가 되었을 뿐입니다."

군주를 흘끗 바라본 매장소는 그녀가 먼저 이야기를 꺼내길 기다릴 수 없어 직접 요점을 말했다.

"강좌맹 사람들은 의를 우선시하여 부하들을 과하게 단속하지 않습니다. 그래서 그가 경성에 오지 못하는 것은 명령 때문이 아니라 다른 이유가……."

"나는 그것을 묻고자 하는 것이 아니오."

예황은 태연하게 그의 눈을 마주 보았다. 두 눈동자가 별처럼 반짝였다.

"그가 왜 올 수 없는지 알고 있소."

"알고 계시다고요?"

매장소는 약간 의외였다.

"무슨 말씀이신지……."

"그는 멀리 운남까지 와서 전심전력으로 나를 위기에서 구해냈소. 남쪽의 병사들은 위아래 할 것 없이 그를 몹시 흠모해 마지않았고, 그 덕분에 우리는 그가 변장했다는 것을 금방 알아차렸소. 하지만 아무도 그의 진짜 얼굴을 알아내려고 한 적은 없었소."

매장소는 눈을 내리깔았다. 그녀가 무슨 말을 하려는지 어렴풋이 짐작이 갔다.

"그 후 우리는 차차 정을 느꼈지만, 그는 늘 피하거나 거절했소. 여러 차례 물어보았지만 그는 끝내 이유를 말하지 않았소. 결국 마지막에야 추궁을 견디다 못해 자신의 진짜 얼굴을 보여주었소."

"음……."

매장소는 담담한 표정으로 손을 소매 속에 넣었다.

"그다음에는 어찌되었습니까?"

"처음에는 어딘지 낯익은 얼굴이라고 생각했소. 그런데 자꾸 보고 자꾸 생각해보았더니 누군지 떠올랐소."

예황 군주의 입가에는 내내 미소가 걸려 있었지만, 눈동자에는 고통스러운 기색이 떠올랐다.

"그는 강좌맹 사람이니 선생도 그의 진짜 이름을 알고 있을 것이오. 그렇지 않소?"

매장소는 아무 표정 없는 얼굴로 고개를 끄덕였다.

"예, 압니다."

"어디 말해보시오."

"섭탁(聶鐸). 반군 적염군의 장수 중 한 명이지요. 그가 살아 있다는 것을 누군가 알게 되면 그는 곧 나라의 죄인이 됩니다."

"그럼……."

예황이 그를 뚫어져라 바라보았다. 강렬한 눈빛이었다.

"그런 사람을 강좌맹에 받아들인 것은 정말 그를 보호하기 위해서요, 아니면 나중에 이용하기 위해서요?"

매장소는 서서히 앞으로 걸음을 옮겨 반쯤 말라버린 나무에 기대 처량하게 웃었다.

"당연히 이용하기 위해서지요. 강좌맹이 그저 공덕을 쌓자고 그 커다란 위험을 무릅쓰고 나라의 죄인을 받아들일 리가 없지 않겠습니까?"

예황 군주가 버들가지 같은 아미를 치켜세웠다. 고운 얼굴에도 흉악한 기운이 떠올랐다.

"그 말이 사실이오?"

매장소는 고개를 돌렸다. 어두컴컴한 눈동자가 보석처럼 까맣게 반짝이며 군주의 얼굴을 똑바로 바라보았다.

"사실이면 어떻습니까?"

"사실이라면 나는 반드시 섭탁을 데려가야겠소. 목왕부의 힘을 다 쏟아붓는 한이 있어도 그를 안전하게 보호할 것이오. 단순히 그에 대한 정 때문만이 아니오. 그보다는 남쪽 변경의 위기를 풀어주고 내 병사 수만 명의 목숨을 구해준 은혜 때문이오."

복잡한 감정…… 고뇌, 감동, 위안, 슬픔이 뒤섞인 웃음이 매장소의 입가에 떠올랐다. 그는 예황의 시선을 붙잡아두며 살며시 고개를 저었다.

"당신은 군주이고 그는 반군의 장수인데 어찌 어울리겠습니까? 황제 폐하께서 군주를 신원도 모르는 강호의 방랑자에게 시집보낼 리 없습니다. 더욱이 군주께서 그를 알아본다면 다른 사람도 그를 알아볼 겁니다. 그가 평생 얼굴을 가리고, 심지어 얼굴을 망가뜨리면서까지 군주 곁에 있기를 바라십니까?"

예황이 입술을 꽉 깨물며 얼굴을 옆으로 돌렸다. 끝내 자신의 약한 표정을 보여주기 싫어서였다.

"그렇게 하지 않으면? 그가 섭탁인 것을 안 뒤부터 나는 우리의 미래가 평탄하지 않다는 것을 알았소. 그가 가짜 신분을 만들어 이번 비무에 참가하고, 난관을 하나하나 뛰어넘어 내 앞으로 달려오기를 바란 적도 있소. 하지만 결국 그는 나타나지 않았소. 선생을 볼 때마다, 몇 번이나 그가 대체 무슨 생각을 하는지 물어보고 싶었지만, 그는 그저 강좌맹에 몸을 숨기고 있을 뿐이고, 선생도 그의 진짜 신분을 모르고 있을까봐 걱정스러웠소. 나중에야 하동 언니 편에 부친 편지를 보고 그의 신분을 알고 있다고 확신했소. 우리 사이의 일까지 선생께 알렸을 정도라면 아무것도 숨기지 않았을 테니까."

"옳은 말씀입니다."

매장소의 목소리는 몹시 차분해서, 마치 듣는 사람의 마음을 위로하는 마력이 담겨 있는 듯했다.

"섭탁은 저를 무척 믿고 있습니다. 그는 제게 숨기는 것이 없고, 저 또한 그렇습니다. 이제 군주께서도 그와 마찬가지로 저를 믿어주시기 바랍니다. 제 능력을 다해 두 사람이 정정당당하게 한자리에 설 수 있도록, 영봉루에서 혼례를 거행할 수 있도록 하겠습니다. 가면도, 위장 신분도 없이, 진짜 이름으로 편안하게 사람들의 축복을 받으며……."

"그게 어떻게 가능하겠소?"

예황은 믿을 수 없다는 듯 눈을 크게 떴다.

"적염군이 복권되지 않는 한 실현될 수 없는 환상일 뿐이오."

"일이란 사람이 어떻게 하느냐에 달려 있습니다."

매장소가 차갑게 말했다.

"적염군이 정말 반군이라고 믿으십니까?"

예황이 한 걸음 뒤로 물러났다. 고운 어깨가 바르르 떨렸다.

"모르겠소. 그때 나는 아직 어렸고…… 난 그저 내가 아는 사람들은 결코 주군을 저버리고 나라를 배신할 사람이 아니라는 것만 알 뿐이오. 하지만 이제 와서 그게 무슨 의미가 있소? 판결은 내려졌고, 태자나 예왕은 적염군을 복권시킬 리가 없소. 그 낡디낡은 사건이 그들에게는 가장 자랑스러운 걸작이니까!"

"그렇습니다. 태자나 예왕은 적염군을 복권시키지 않겠지요."

매장소는 저 앞으로 시선을 던졌다. 피부 아래쪽에서 서늘한 한기가 솟아나는 것 같았다.

"그들에게 기대하는 사람도 없습니다. 그 목적을 이루기 위해서는 단 하나의 선택밖에 없지요."

앵두 같은 예황의 입술이 격렬하게 떨리고, 얼굴이 하얗게 질렸다가 곧 다시 발갛게 달아올랐다. 흐릿하던 것이 안개 속에서 점차 윤곽을 드러내며 당장이라도 본모습을 드러낼 것 같았다.

"정왕…… 당신…… 당신은 정왕을……."

대답 없는 매장소를 보며 예황의 머릿속은 순식간에 하얗게 비었다. 하지만 결국은 오랫동안 전쟁터를 누빈 여장군인 만큼 몇 번 심호흡을 한 다음 곧 감정을 추스르고 안정을 되찾았다.

"맞소, 확실히 정왕밖에는……."

예황 군주는 붉은 입술을 다물고 그 자리에서 몇 걸음 천천히 옮겼다.

"하지만 너무 어려운…… 정말 너무도 어려운 일이오. 조금만 실수해도 사지에 처해 다시는 돌이킬 수 없소."

"누가 돌이키고 싶겠습니까?"

매장소는 태연하게 말했다.

"나중에 섭탁에게 물어보십시오. 단 한 번이라도 돌이키고 싶은 적이 있었는지?"

"섭탁은 다르오. 그는 적염군 출신이니 자신의 억울함을 풀기 위해서라면 그럴 수도 있겠지. 하지만 선생은……."

예황은 목이 메었다. 갑자기 뭔가를 깨달은 것 같았다.

"선생은…… 선생은 대체 누구요? 어째서 적염군을 위해 이토록 큰 위험을 무릅쓰려는 거요?"

소철이 처음 경성에 모습을 드러냈을 때, 수많은 사람이 '저 사람은 누구냐' 고 물었다. 그 질문에 대답은 빨리도 나왔다. 소철은 바로 천하제일 대방파 강좌맹의 종주 매장소였다. 이 대답은 모든 사람을 크게 만족시켰다. 마치 그것만으로도 많은 것을 알 수 있

다는 듯 더 이상 아무도 이렇게 추궁하지 않았다.

"그럼 매장소는 또 누구지?"

매장소는 이 질문을 던진 첫 번째 사람이 예황 군주일 거라곤 생각지 못했다. 지금 그녀의 눈빛은 사람의 몸을 찌르는 검처럼 형형하게 그의 얼굴에 박혀 그의 미세한 표정 변화조차 놓치지 않으며 그가 직접 대답해주기를 기다리고 있었다.

입 다물고 말하지 않을 것인가, 아니면 한 번 더 속일 것인가. 정말이지 어려운 선택이었다.

매장소의 미간에 피로가 떠올랐다. 그러나 피로보다 세상 풍파를 모두 겪어 잔뜩 지친 기색이 더욱 강했다. 그는 군주의 캐물음을 피하듯이 천천히 한쪽으로 고개를 돌리며 나지막이 대답했다.

"적염군의 옛사람입니다. 섭탁처럼, 그 사건 후에 살아남은 옛사람이지요."

물처럼 반짝이는 예황의 눈동자는 여전히 그를 단단히 옭아매고 있었다.

"적염군 사람이라면 어째서 내가 모르는 얼굴이오?"

"적염군에는 남자가 수없이 많은데 어떻게 모두 기억하시겠습니까?"

"하지만 지금 당신은 종주이고 섭탁은 기꺼이 당신 밑에서 명을 듣고 있소. 당신이 적염군의 무명 병사였다는 건 믿을 수 없소."

"어쩌면…… 지금 우리가 하는 일은 전쟁과는 무관한 일이기 때문일지도 모르지요."

매장소의 입가에 자조 섞인 미소가 떠올랐다.

"섭탁은 이런 일에는 재주가 없습니다. 하물며 그를 아는 사람도 많아 나서기가 어렵지요."

예황은 한참 동안 그를 응시하다가 불쑥 물었다.

"임수를 아시오?"

매장소는 두 눈을 내리깔았다. 적염군의 옛사람이라면 어찌 임수를 모르겠는가. 그래서 이렇게 대답할 수밖에 없었다.

"압니다."

"그가 정말 전사했소?"

"그렇습니다."

"어디서?"

"매령(梅嶺)입니다."

"시체는 어디에 묻었소?"

"7만 명의 대장부 모두 하늘과 땅을 무덤으로 삼았습니다."

"시체조차 수습한 사람이 없단 말이오?"

예황은 눈을 꼭 감고 손가락으로 옷자락을 힘껏 움켜쥐었다.

"유골 하나 찾지 못했다고?"

"전쟁은 참혹했고 시체가 산처럼 쌓였습니다. 어느 것이 임수인지 누가 알아보겠습니까?"

"그래……."

예황은 멍하니 고개를 끄덕였다.

"나도 참혹한 전쟁터가 어떤 모습인지 아오. 예로부터 전쟁에서 완전하게 돌아온 시신이 몇이나 되겠소."

매장소의 시선이 부드럽게 그녀의 몸으로 떨어졌다.

"군주께서 그의 제사를 지내고자 하신다면 어디에건 그의 영령이 없겠습니까?"

"맞소. 그는 그런 것에 개의치 않겠지."

예황은 혼잣말을 중얼거리더니 갑자기 다시 두 눈을 들었다. 눈빛이 순식간에 칼처럼 예리해졌다.

"당신은 적염군의 사람이라면서, 군의 소원수를 지칭할 때 어째서 임수라고 이름을 부르는 거요?"

매장소의 표정이 살짝 흔들렸다. 본래 창백한 입술에 더더욱 핏기가 가셨다. 속일 수 없다는 것을 알았기 때문인지, 아니면 더 이상 속이고 싶지 않아서인지, 그는 이 질문에는 대답하지 않고 도리어 고개를 돌려버렸다.

"섭탁이 종주에 관해 이야기할 때, 종주를 얼마나 존경하는지 훤히 알 수 있었소. 결코 선생이 말한 것처럼 이런 방면에 재주가 있기 때문만은 아니었소."

예황은 집요하게 그의 정면으로 돌아가 두 눈을 똑바로 마주 보았다.

"섭탁이 왜 그렇게 고통스러워했는지 도무지 알 수가 없었소. 설사 내가 한때 전사한 동료의 약혼녀였다 해도, 그렇게까지 발버둥 치며 피하려고 할 필요까지는 없었소. 오직, 오직 그가……."

"예황……."

매장소가 차분하게 그녀의 말을 끊었다.

"섭탁은 그저 쓸데없는 문제를 너무 깊이 생각하고 있을 뿐이야. 차차 좋아질 테니 너무 걱정하지 마."

예황은 멍하니 그를 바라보았다. 그 표정은 너무도 비통했다. 찬바람 속에 새어나온 하얀 숨결이 그녀의 시야를 흐릿하게 가리는 것 같았다. 깊이 숨을 들이쉰 다음, 그녀는 갑자기 매장소의 오른팔을 붙잡아 소매 여밈을 힘껏 열어젖히고 팔꿈치까지 소매를 걷어올렸다.

매장소는 그녀가 하는 대로 내버려두었다. 반항하지도, 가리지도 않았다. 다만 연못처럼 깊은 눈동자에는 처량함이 옅게 떠올랐다.

예황은 그의 팔을 꽉 틀어쥐고 몇 번이고 자세히 살펴보았지만, 밖으로 드러난 피부는 반질반질하기만 할 뿐 표식이라고 할 만한 흔적은 찾을 수가 없었다. 바보처럼 팔을 놓아준 후 그녀는 한참 동안 넋이 나가 있었다. 그렇지만 역시 포기할 수 없었는지 다시 매장소의 앞섶을 젖히고 그의 어깨 부위를 자세히 살폈다. 역시 깨끗한 피부에는 아무런 흉터도 흔적도 없었다.

젊은 아가씨의 눈에서 마침내 눈물이 쏟아져나왔다. 뺨을 타고 끊임없이 뚝뚝 떨어지는 눈물이 마치 살을 에는 듯한 찬바람에 얼어붙은 진주 같다는 착각을 불러일으켰다.

매장소는 온화하게 그녀를 주시할 뿐, 다가가지도 위로하지도 않았다. 한겨울의 지독한 추위가 걷어올린 소매와 풀린 앞섶 사이로 스며들어 피부 깊숙한 곳에 닿자 뼈까지 서늘했다. 마치 당장이라도 심장까지 밀어닥쳐 그 움직임을 딱 멈추게 할 것 같았다.

"많이 추워요?"

바람막이를 여미는 그의 동작에 예황이 물었다.

"응…… 추위를 많이 타……."

"예전에 그는 추위를 전혀 타지 않았어요. 모두 그를 불덩이라고 불렀다고요."

예황의 얼굴은 창백했고 눈동자는 촉촉이 젖어 있었다.

"대체 얼마나 잔인한 일이 있었기에, 몸에 있던 상처도 사라지고 불덩이 같은 사람이 이렇게 추위를 많이 타게……."

"예황……."

매장소의 표정은 여전히 차분했고, 목소리는 여전히 낮았다.

"본 것만으로도 충분해, 더는 상상하지 마. 대부분의 고통은 자신의 상상이 빚어낸 것들이야. 그 상상을 마주할 필요도, 받아들일 필요도 없어. 임수는 이미 죽었어. 그것만 믿으면 돼."

"하지만 여자의 직감이란 항상 이치를 따지지 않아요."

예황은 그의 얼굴을 응시했다. 눈물이 빠르고 급하게 떨어져 내렸다.

"아무 흔적이 없어도 난 알아요. 아무것도 없을수록 더 확신해요. 임수 오라버니, 미안해요. 다시는 오라버니를 떠나지 않을 거예요. 영원히 오라버니 곁을 떠나지 않을 거예요."

"바보 같으니."

매장소도 눈시울이 뜨끈해지는 것을 느끼며 그의 소녀를 품으로 끌어당겼다.

"임수 오라버니를 그리워한다는 건 알아. 하지만 이건 달라. 놓쳐버린 시간도, 흔들린 마음도 모두 흘러가버린 강물처럼 영원히 돌아올 수 없어. 난 이미 12년을 힘들게 살아왔어. 다시는 소중한 사람들이 내 존재 때문에 고통받게 하고 싶지 않아. 그래야 나도 마음이 편해. 안 그래?"

예황은 그의 허리를 꼭 끌어안았다. 눈물이 그의 앞섶을 적셨다. 10여 년 동안 그녀는 줄곧 다른 사람들의 의지처가 되고 다른 사람들의 버팀목이 되었다. 어린 아우와 옛 장수들, 남쪽의 병사와 백성들 앞에서 단 한 순간도 가녀린 허리를 굽힐 겨를이 없었다. 섭탁조차도 그녀가 완전히 긴장을 풀도록 해줄 수 없었다.

오직 이 사람만이, 이 품만이, 천진난만하던 어린 시절로 그녀를 돌려보내줄 수 있었다. 실컷 눈물을 흘리고, 거리낌 없이 응석을 부리게 해줄 수 있었다. 열렬한 사랑도 없고, 밤낮으로 애태우며 그리는 마음도 없었다. 있다면, 겨울날 햇살처럼 따스하면서도 나른한 믿음이었다. 눈을 감으면 영원히 아무런 근심도 걱정도 없는, 그의 등에 업혀 사방으로 뛰어다니던 어린 소녀로 돌아갈 수 있는 것처럼.

서로의 신분을 벗어던지고, 어른들이 정한 혼약을 벗어던져도, 임수 오라버니는 여전히 임수 오라버니였다. 아무리 오랜 시간이 흘렀어도, 세상이 아무리 변했어도, 언젠가 각자의 사랑을 찾고 각자의 반려를 만나더라도, 그래서 훗날 자녀들이 줄줄이 태어나고, 머리가 새고 이가 빠져도, 임수 오라버니는 여전히 그녀의 임수 오라버니였다.

"예황, 내 말을 들어."

매장소는 가만히 그녀를 안고 부드럽게 머리를 쓰다듬었다.

"그때 무슨 일이 있었는지 묻지 마. 언젠가 섭탁을 통해 사실대로 말해줄게. 하지만 지금은 내가 시킨 대로 착하게 목왕부로 돌아가, 응? 오늘 우리가 만난 것은 아무에게도 말하지 마. 하동이나 정왕에게도 마찬가지야. 나중에 다시 만날 때 나는 여전히 소철이고 너는 여전히 군주야. 다른 사람들이 이상하다고 느끼게 하면 안 돼. 할 수 있겠어?"

예황은 옷자락으로 얼굴 가득한 눈물 자국을 닦으며 정신을 가다듬고 고개를 끄덕였다.

"알았어요. 지금 하려는 일은 무척 어려운 일이니 귀찮게 하지 않겠어요."

매장소는 빙그레 웃으며 그녀의 귓가에 흘러내린 머리칼을 정리해주었다.

"청명절이 지나면 바로 운남으로 돌아가. 섭탁도 보내줄게. 그곳에서 조용히 내 소식을 기다려, 알겠지?"

"싫어요."

예황 군주는 눈썹을 살짝 추켜올렸다.

"오라버니는 경성에서 세력이 약해요. 최소한 내가 남아서 도와줄 수……."

"운남에서도 할 일이 있을 거야."

매장소가 부드럽게 권했다.

"네 도움이 필요하면 반드시 부를게. 너도 제3자는 아니니까 함께 노력해야겠지."

예황은 고운 눈을 깜빡이며 잠시 망설이다가 천천히 고개를 끄덕였다.

"좋아요. 운남으로 돌아가면 견제가 될 테니, 확실히 경성에 남는 것보다 더 쓸모가 있을지도 모르겠군요. 내가 떠난 다음 경성에 있는 목왕부의 세력은 마음대로 써도 돼요."

매장소의 눈동자에 웃음기가 어렸다. 그가 찬탄했다.

"그동안 정말 노련해졌구나. 결단력도 있고 생각도 밝고 조정의 흐름도 정확히 알고 있어. 네가 남쪽을 지켜준다면 경성에 있는 나도 크게 근심을 덜 거야."

창백하고 수척한 그의 얼굴과 여유롭고 평온한 미소를 바라보는 예황은 문득 가슴이 몹시 쓰려왔다. 하지만 그를 슬프게 하지 않으려고 억지로 눌러 참으며 떨리는 목소리로 말했다.

"임수 오라버니, 조심해요."

매장소는 위로하듯 그녀의 손등을 두드렸다. 그리고 품에서 하얀 수건을 꺼내 바닥에 쌓인 눈을 살짝 덜어낸 다음, 밑에 있는 깨끗한 눈으로 눈뭉치를 만들어 수건에 잘 싸서 예황의 눈에 갖다 대면서 부드럽게 말했다.

"삼군을 지휘하는 여장군이 눈이 퉁퉁 부은 채 돌아갈 순 없지."

예황은 생긋 웃고는, 눈뭉치를 싼 수건을 받아 번갈아가며 양쪽 눈의 붓기를 가라앉혔다. 조금 전의 비통함도 다소 흩어졌다. 눈을 긁어모았던 손가락을 소매 속에 넣어 데우는 매장소의 입술이 파랗게 질리는 것을 보자 그녀는 저도 모르게 걱정스레 말했다.

"임수 오라버니, 날이 추우니 먼저 마차를 타고 돌아가요. 나는 청이 주 노선생을 잘 모셔다드리고 돌아올 때까지 여기 있을게요. 그러면 부은 눈도 다 가라앉을 거예요. 걱정 말아요. 그 애가 눈치채게 하지 않을 테니까."

"목청에게조차 들킬 정도면 심각해."

매장소는 일부러 가벼운 목소리로 농담을 던졌지만, 확실히 점점 더 강해지는 몸속의 차가움을 견딜 수 없어 몇 마디 당부를 남기고 돌아서서 언덕을 내려갔다.

멀리 언덕의 움푹 팬 곳에서 기다리고 있던 호위무사가 즉시 다가왔다. 그는 매장소의 손짓을 보고 금방 알아들은 듯 달려가 마부에게 멀리 세워둔 마차를 가져오라고 외쳤다. 그리고 발판을 놓고 매장소를 부축해 마차에 태웠다.

매장소는 끌채를 붙잡고 고개를 돌려 언덕 쪽을 다시 한 번 바라보았다. 예황이 들고 있던 얼음주머니를 흔드는 것이 보이자, 그도 황급히 손을 들어 인사했다. 마차는 흔들흔들하다가 곧 앞으로 나아가기 시작했다. 두꺼운 가리개가 늘어지며 바깥 골짜기의 삭풍을 막았다. 예황 군주의 시선도 막았다.

매장소는 가슴을 바늘로 찌르는 것같이 날카로운 자극을 느끼고, 더는 참을 수 없어 소매로 입을 가린 채 기침을 했다. 겨우 기침이 가라앉았을 때 새하얀 털 소매는 새빨갛게 물들어 있었다.

"종주!"

호위무사가 놀라 외치며 그를 부축했다.

"괜찮네."

매장소는 빙그레 웃었다.

"날씨가 너무 추워서 그런 걸세. 돌아가서 뜨거운 물을 끓여 몸을 따뜻하게 하면 괜찮겠지."

2권에 계속

랑야방1: 권력의 기록

제1판 1쇄 발행 | 2016년 6월 29일
제1판 6쇄 발행 | 2022년 7월 21일

지은이 | 하이옌(海宴)
옮긴이 | 전정은
펴낸이 | 오형규
펴낸곳 | 한국경제신문 한경BP
책임편집 | 이혜영
교정교열 | 김명재
저작권 | 백상아
홍보 | 이여진 · 박도현 · 하승예
마케팅 | 김규형 · 정우연
디자인 | 지소영
본문디자인 | 디자인 현

주소 | 서울특별시 중구 청파로 463
기획출판팀 | 02-3604-590, 584
영업마케팅팀 | 02-3604-595, 583 FAX | 02-3604-599
H | http://bp.hankyung.com E | bp@hankyung.com
F | www.facebook.com/hankyungbp
등록 | 제 2-315(1967. 5. 15)

ISBN 978-89-475-4107-7 04820

마시멜로는 한국경제신문 출판사의 문학 브랜드입니다.
책값은 뒤표지에 있습니다.
잘못 만들어진 책은 구입처에서 바꿔드립니다.